A ORDEM DOS CLARIVIDENTES

Série **Bone Season**
Temporada dos ossos

A ORDEM DOS CLARIVIDENTES

BONE SEASON 2

SAMANTHA SHANNON

Tradução:
Cláudia Mello Belhassof

fantástica
ROCCO

Título original
THE MIME ORDER

Primeira publicação na Grã-Bretanha em 2015
pela Bloomsbury Publishing Plc

Copyright © 2015 *by* Samantha Shannon-Jones

O direito moral da autora foi assegurado.

Mapas e ilustrações © Emily Faccini

Todos os direitos reservados. Nenhuma parte desta obra pode ser reproduzida ou transmitida por qualquer forma ou meio eletrônico ou mecânico, inclusive fotocópia, gravação ou sistema de armazenagem e recuperação de informação, sem a permissão escrita do editor.

Edição brasileira publicada mediante acordo com David Godwin Associates.

Direitos para a língua portuguesa reservados
com exclusividade para o Brasil à
EDITORA ROCCO LTDA.
Av. Presidente Wilson, 231 – 8º andar
20030-021 – Rio de Janeiro – RJ
Tel.: (21) 3525-2000 – Fax: (21) 3525-2001
rocco@rocco.com.br | www.rocco.com.br

Printed in Brazil/Impresso no Brasil

Preparação de originais
NINA LOPES

CIP-Brasil. Catalogação na fonte.
Sindicato Nacional dos Editores de Livros, RJ.

S54o

Shannon, Samantha
    A ordem dos clarividentes / Samantha Shannon; tradução de Cláudia Mello Belhassof. – Primeira edição. – Rio de Janeiro: Fantástica Rocco, 2017.
    il.   (Bone Season; 2)

    Tradução de: The mime order
    ISBN: 978-85-682-6348-8 (brochura)
    ISBN: 978-85-68263-49-5 (ebook)

    1. Ficção inglesa. I. Belhassof, Cláudia Mello. II. Título III. Série.

16-38770
    CDD–823
    CDU–813.111-3

O texto deste livro obedece às normas do
Acordo Ortográfico da Língua Portuguesa.

*Para os lutadores —
e os escritores*

Mímicos, na forma de Deus nas alturas,
Murmuram e resmungam,
E voam de um lado para outro –
São meros títeres que vêm e vão
Ao comando da imensidão de coisas amorfas

– Edgar Allan Poe

Sumário

As sete ordens de clarividência	10
Mapa da I-4	12
Mapa da I-5	14
Mapa da II-4	15
A Assembleia Desnatural, 2059	16
Parte I: O Ponteiro Pilantra	17
Parte II: A Revelação Rephaite	131
Parte III: Os Dias da Monarquia	269
Glossário	392
Agradecimentos	397

AS SETE ORDENS DE CLARIVIDÊNCIA
– De acordo com o livro *Sobre os méritos da desnaturalidade* –

❋ ADIVINHOS ❋
— púrpura —

Precisam de objetos rituais (numa) para se conectar ao éter.
Usados com mais frequência para prever o futuro.

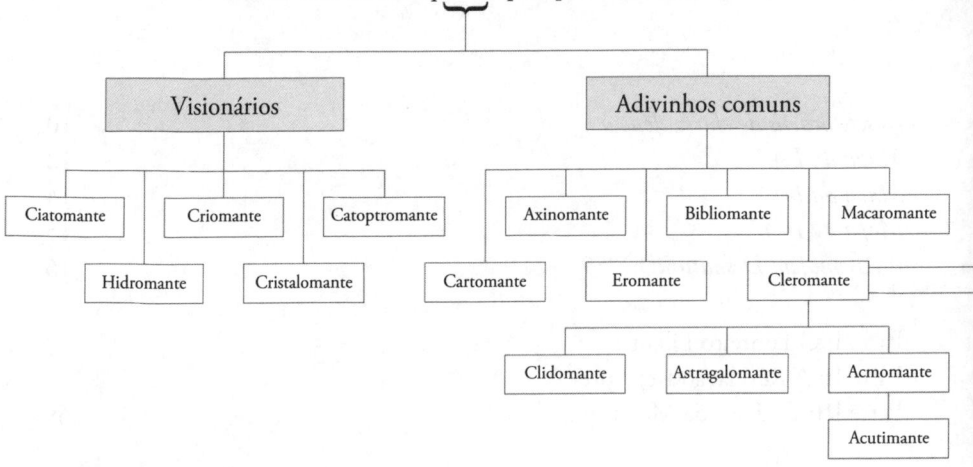

- **Visionários**
  - Ciatomante
  - Criomante
  - Catoptromante
  - Hidromante
  - Cristalomante
- **Adivinhos comuns**
  - Axinomante
  - Bibliomante
  - Macaromante
  - Cartomante
  - Eromante
  - Cleromante
    - Clidomante
    - Astragalomante
    - Acmomante
      - Acutimante

❋ MÉDIUNS ❋
— verde —

Conectam-se ao éter através da possessão espiritual. Sujeitos a certo grau de controle pelos espíritos.

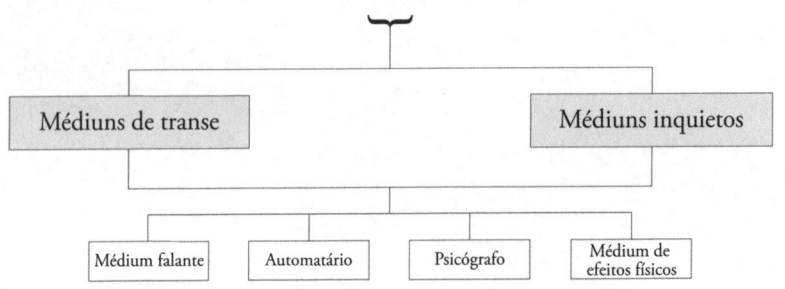

- **Médiuns de transe**
  - Médium falante
  - Automatário
- **Médiuns inquietos**
  - Psicógrafo
  - Médium de efeitos físicos

❋ SENSITIVOS ❋
— amarelo —

Compartilham o éter num nível sensorial e linguístico. Às vezes conseguem canalizar o éter.

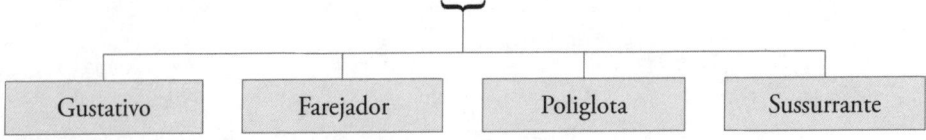

- Gustativo
- Farejador
- Poliglota
- Sussurrante

✳ ÁUGURES ✳
— azul —

Usam a matéria orgânica ou elementos para se conectar ao éter.
Usados com mais frequência para prever o futuro.

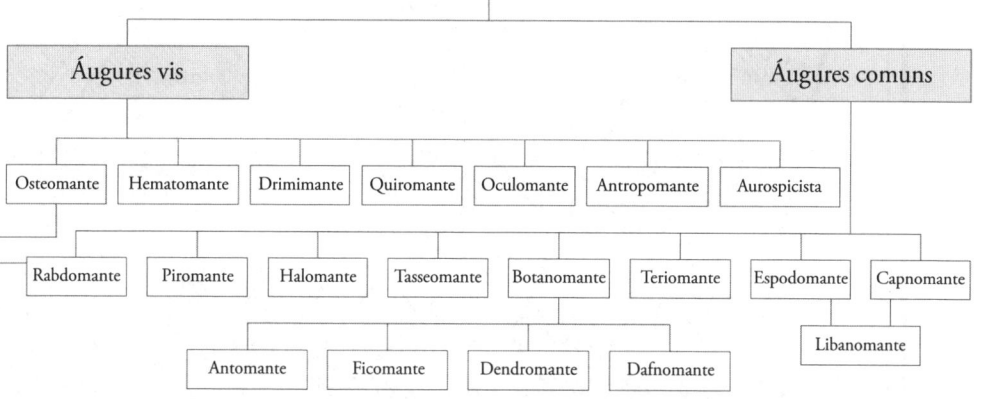

✳ GUARDIÕES ✳
— laranja —

Têm mais controle sobre os espíritos e conseguem dobrar limites etéreo-espaciais comuns.

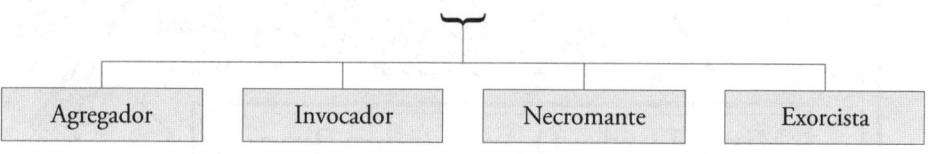

✳ FÚRIAS ✳
— laranja-avermelhado —

Sujeitos a mudanças internas quando se conectam ao éter, normalmente para o plano onírico.

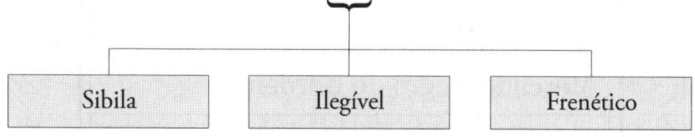

✳ SALTADORES ✳
— vermelho —

Capazes de afetar o éter fora de seus limites físicos. Têm maior sensibilidade ao éter.

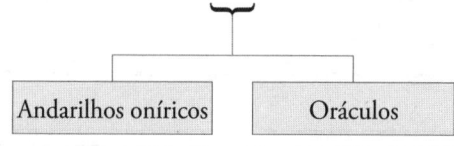

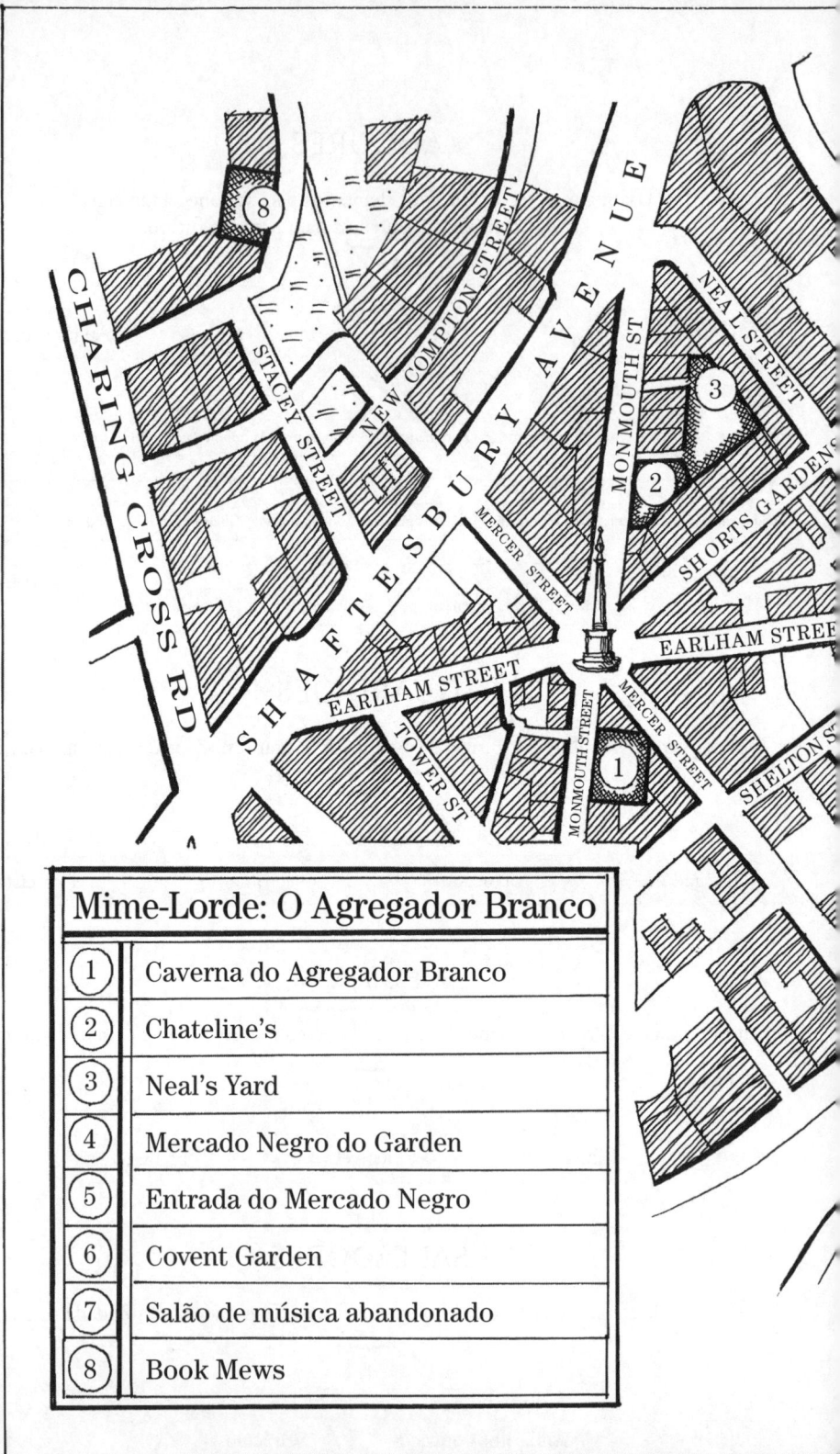

Mime-Lorde: O Agregador Branco	
1	Caverna do Agregador Branco
2	Chateline's
3	Neal's Yard
4	Mercado Negro do Garden
5	Entrada do Mercado Negro
6	Covent Garden
7	Salão de música abandonado
8	Book Mews

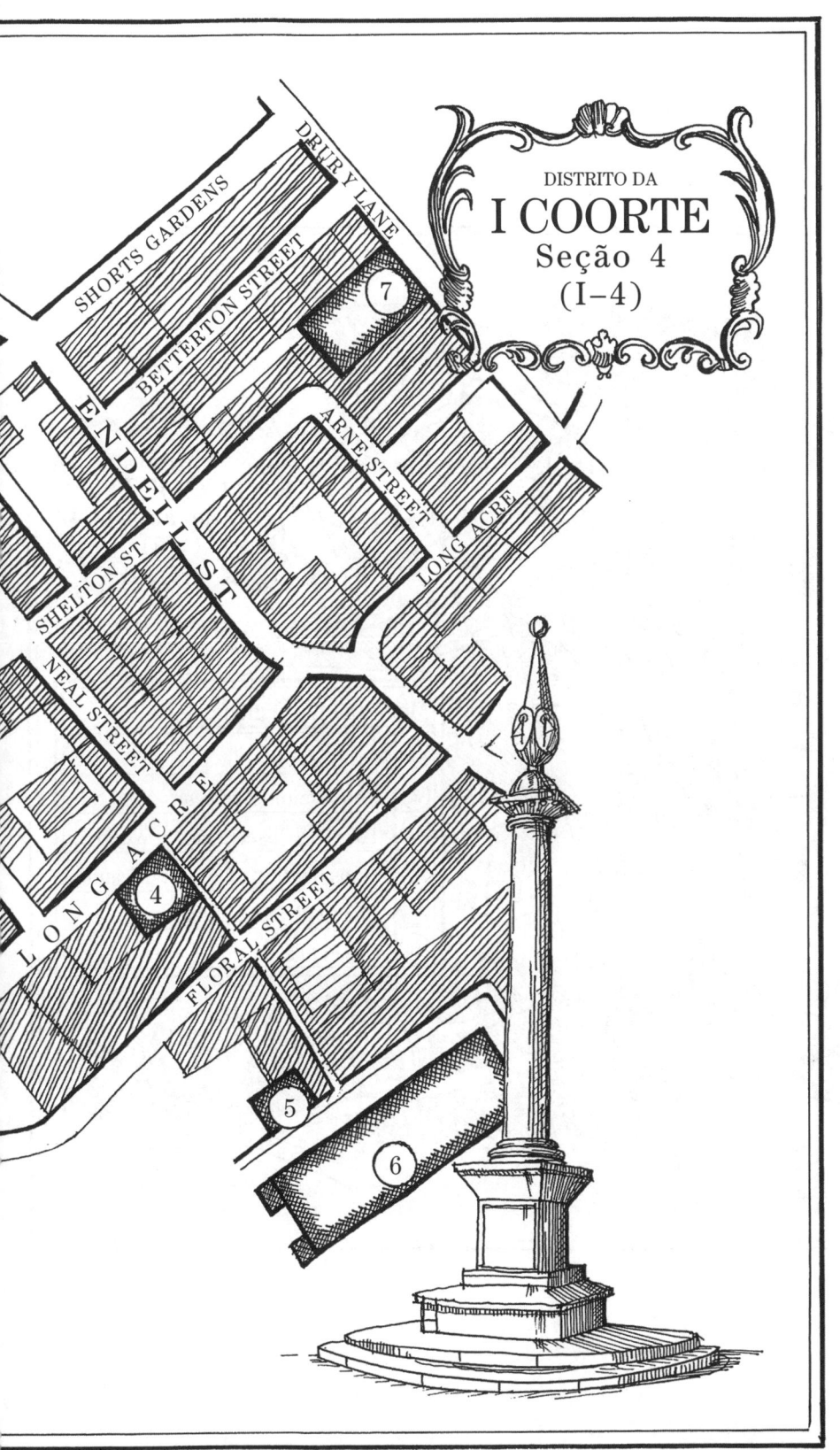

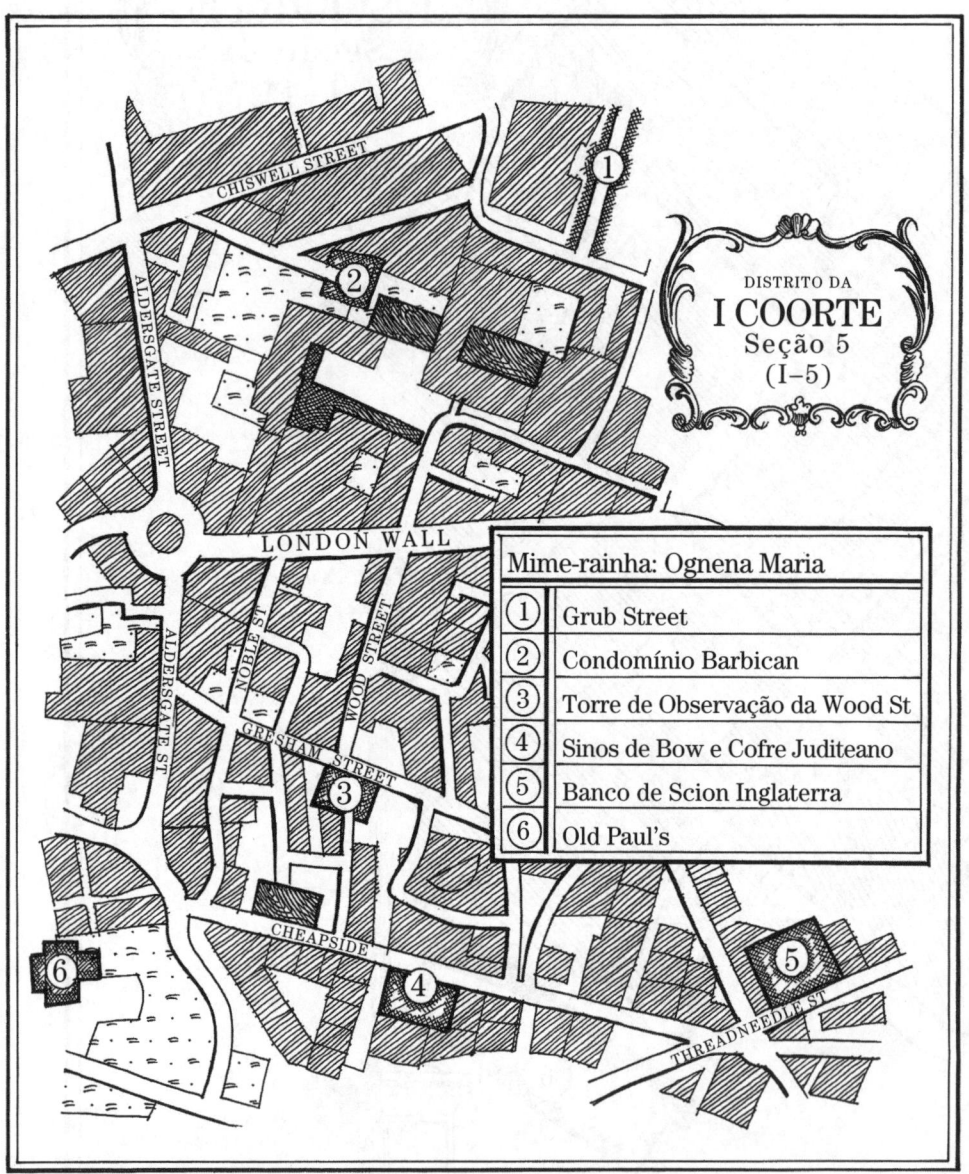

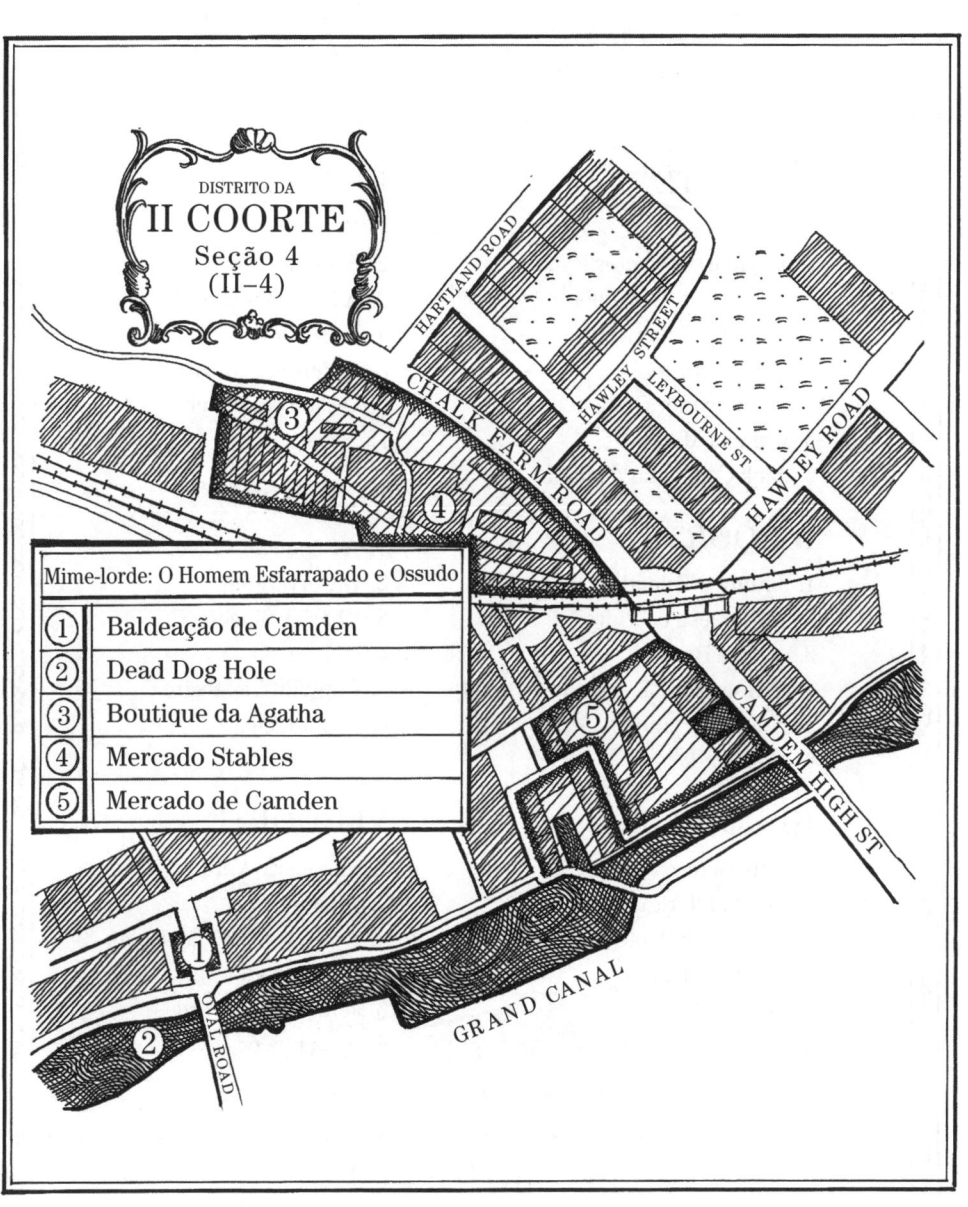

A Assembleia Desnatural

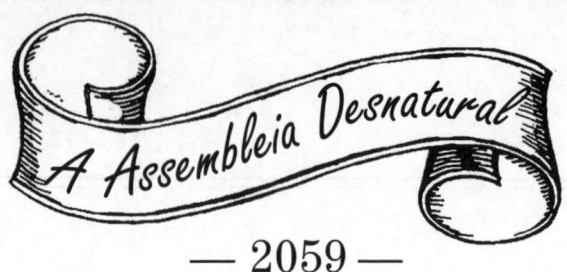

— 2059 —

I COORTE

1. O SUBLORDE
   Haymarket Hector e sua estimada concubina, Bocacortada
2. A Madre Superiora
3. Mary Bourne
4. O Agregador Branco
5. Ognena Maria
6. Jack Calcanhar de Mola

II COORTE

1. Jimmy O'Duende
2. A Duquesa de Vidro
3. A Arca Brutal
4. O Homem Esfarrapado e Ossudo
5. Nós Sangrentos
6. A Malvada

III COORTE

1. Carrasco
2. The Mudlark Prince
3. Madame Falante
4. A Quinta Irmã
5. Tom, o Rimador
6. O Lorde Luzente

IV COORTE

1. Capa Vermelha
2. O Rei Enterrado
3. A Rainha de Pérola
4. Descarada
5. O Verdureiro Lorde
6. O Filósofo Cruel

V COORTE

1. A Sílfide Miserável
2. O Corvo Fiel
3. Charley Sincero
4. O Cara
5. Capitão Trapaceiro
6. O Barqueiro

VI COORTE

1. Visionário Verde
2. A Lebre
3. A Senhora da Mansão
4. O Enganador Valentão
5. Jenny Dentesverdes
6. A Rainha do Inverno

Um registro dos(as) estimados(as) concubinos(as) de Londres pode ser encontrado em outros lugares na biblioteca particular do

The Spiritus Club

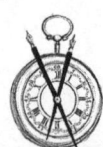

PARTE I

O Ponteiro Pilantra

Pois não somos muito superiores a eles, nós, os Desnaturais? Pois, apesar de escolhermos os ossos da sociedade, apesar de nos arrastarmos nas sarjetas e implorarmos nosso sustento, somos canais para o Mundo do Além. Somos prova de uma existência auxiliar. Somos catalisadores da energia fundamental, o Éter eterno. Dominamos a morte em si. Derrubamos o Ceifeiro.

– Um Escritor Obscuro, *Sobre os méritos da desnaturalidade*

1

Saltando

É raro uma história começar do começo. No cenário amplo das coisas, realmente fui parar no início do fim desta. Afinal, a história dos Rephaim e Scion começou quase duzentos anos antes de eu nascer... e as vidas humanas, para os Rephaim, são tão fugazes quanto uma batida do coração.

Algumas revoluções alteram o mundo em um dia. Outras levam décadas, séculos ou mais, e outras nunca dão resultado. A minha começou com um momento e uma escolha. A minha começou com o brotar de uma flor em uma cidade secreta na fronteira entre dois mundos.

Você vai ter que esperar para saber como essa história termina.

Bem-vindo de volta a Scion.

****

2 de setembro de 2059

Cada um dos dez vagões do trem era acolchoado no estilo de um pequeno salão. Carpetes vermelhos caros, mesas de pau-rosa polidas, a âncora – símbolo de Scion – bordada em dourado em todos os assentos. Uma música clássica saía de um alto-falante escondido.

Na extremidade do nosso vagão, Jaxon Hall, mime-lorde da I-4 e líder da minha gangue de videntes de Londres, estava sentado com as mãos cruzadas sobre sua bengala, olhando fixamente para a frente, sem piscar.

Do outro lado do corredor, meu melhor amigo Nick Nygård segurava uma argola de metal pendurada no teto. Depois de seis meses longe dele, ver seu rosto gentil foi como olhar para uma lembrança. Sua mão estava suspensa e com as veias inchadas, e seu olhar estava vidrado na janela mais próxima, observando as luzes de segurança que piscavam de vez em quando. Havia três outros membros da gangue jogados nos assentos: Danica com um ferimento na cabeça, Nadine com as mãos ensanguentadas, e seu irmão, Zeke, segurando o ombro machucado. A última de nós, Eliza, tinha ficado para trás, em Londres.

Eu me sentei longe deles, observando o túnel desaparecer atrás de nós. Havia uma queimadura recente no meu antebraço, onde Danica tinha desabilitado o microchip de Scion sob a minha pele.

Eu ainda ouvia o último comando que o Mestre me deu: *Corra, pequena onírica.* Mas para onde o Mestre ia correr? A porta fechada da estação tinha sido cercada por Vigilantes armados. Para um gigante, ele conseguia se mover feito uma sombra, mas nem mesmo uma sombra poderia ter escapado por aquela porta. Nashira Sargas, sua ex-noiva e líder dos Rephaim, não economizaria esforços para caçá-lo.

Em algum lugar da escuridão, estava o cordão de ouro que conectava o espírito do Mestre ao meu. Deixei o éter me dominar, mas não senti nenhuma resposta vindo do outro lado.

Scion já devia saber da rebelião. Alguma coisa devia ter escapado antes dos incêndios destruírem os sistemas de comunicação. Uma mensagem, um alerta – até mesmo uma palavra teria sido suficiente para avisá-los da crise na colônia deles. Provavelmente estariam nos esperando com flux e armas, esperando para nos mandar de volta para a prisão.

Eles podiam tentar.

– Precisamos fazer uma contagem de pessoas. – Eu me levantei. – Quanto tempo até chegarmos a Londres?

– Vinte minutos, acho – disse Nick.

– Será que eu quero saber onde o túnel termina?

Ele sorriu com amargura para mim.

– No Arconte. Tem uma estação logo abaixo. S-Whitehall, é como se chama.

Senti um aperto no coração.

– Não me diga que vocês estavam planejando escapar pelo Arconte.

– Não. Vamos parar o trem antes e encontrar outra saída – disse ele. – Deve haver outras estações nessa malha. Dani diz que deve haver até um caminho de volta para a área do metrô, através dos túneis de serviço.

– Esses túneis de serviço podem estar lotados de Subguardas – falei, me virando para Danica. – Tem certeza disso?

– Não estarão protegidos. São para engenheiros – respondeu ela. – Mas não sei sobre esses túneis mais velhos. Duvido de que alguém da SciORE tenha entrado neles.

SciORE era a divisão de robótica e engenharia de Scion. Se alguém sabia sobre os túneis, era alguém de lá.

– Deve ter outra saída – pressionei. Mesmo se conseguíssemos voltar para a malha do metrô, acabaríamos presos nas barreiras. – Podemos desviar o trem? Ou existe uma saída para o nível da rua?

– Não tem como acionar manualmente. E eles não são burros o suficiente pra ter acesso ao nível da rua nesta linha. – Danica levantou o pano que estava no ferimento da sua cabeça e examinou o sangue que o ensopava. Parecia haver mais sangue do que pano. – O trem é programado para seguir direto até S--Whitehall. Vamos disparar o alarme de incêndio e sair pela primeira estação que encontrarmos.

A ideia de conduzir um grande grupo de pessoas através de um sistema de túneis decadentes e sem luz não parecia sensata. Todos estavam fracos, famintos e exaustos; e precisávamos nos mover depressa.

– Deve haver uma estação embaixo da Torre – falei. – Eles não usariam a mesma estação pra transportar videntes e funcionários de Scion.

– É uma longa caminhada só para seguir um palpite – intrometeu-se Nadine. – A Torre fica a quilômetros do Arconte.

– Eles mantêm os videntes na Torre. Faz sentido ter uma estação embaixo dela.

– Se formos supor que tem uma estação na Torre, precisamos cronometrar o alarme com cuidado – disse Nick. – Alguma ideia, Dani?

– O quê?

– Como podemos identificar onde estamos?

– Não conheço este sistema de túneis, já disse.

– Dê um palpite.

Ela levou um pouco mais de tempo do que o normal para responder. Estava roxo ao redor de seus olhos.

– Eles... podem ter colocado marcadores nas linhas para os trabalhadores não ficarem desorientados. Isso existe nos túneis de Scion, placas indicando a distância até a estação mais próxima.

– Mas precisaríamos sair do trem pra vê-las.

– Exatamente. E só temos uma chance de pará-lo.

– Dê um jeito – falei. – Vou encontrar alguma coisa para disparar o alarme.

Deixei que eles discutissem e fui em direção ao próximo vagão. Jaxon virou o rosto para o outro lado. Parei na frente dele.

– Jaxon, você tem um isqueiro?

– Não – respondeu ele.

– Tá bom.

As seções do trem eram separadas por portas de correr. Elas não podiam ser trancadas; e o vidro não era à prova de balas. Se fôssemos pegos naquela coisa, não teríamos como escapar.

Uma multidão de rostos olhou para mim. Os videntes sobreviventes, todos amontoados juntos. Eu tinha esperanças de que Julian pudesse ter embarcado quando eu não estava olhando, mas não havia sinal do meu cúmplice. Senti uma pontada de dor no peito. Mesmo que ele e seu grupo de artistas tivessem sobrevivido pelo restante da noite, Nashira teria pendurado todos eles pelo pescoço antes do amanhecer.

– Pra onde estamos indo, Paige? – Era Lotte, uma das artistas. Ainda usava sua fantasia do Bicentenário, o evento histórico que acabamos de arruinar com nossa fuga. – Londres?

– Isso – respondi. – Olhe, a gente vai ter que parar o trem antes e andar até a primeira saída que encontrarmos. Ele está indo pro Arconte.

Houve um suspiro geral, e olhares ferozes foram trocados.

– Isso não parece seguro – disse Felix.

– É nossa única chance. Alguém estava acordado quando eles nos colocaram no trem pra Sheol I?

– Eu estava – disse um áugure.

– Então, tem uma saída na Torre?

– Definitivamente. Eles nos levaram direto das celas pra estação. Mas não vamos sair por lá, vamos?

– A menos que a gente encontre outra estação, vamos.

Enquanto eles murmuravam entre si, contei quantos eram. Sem incluir a mim e a gangue, havia vinte e dois sobreviventes.

Como essas pessoas iam sobreviver no mundo real depois de anos sendo tratadas como animais? Alguns mal se lembrariam da cidadela, e suas gangues já os teriam esquecido. Afastei esse pensamento e me ajoelhei ao lado de Michael, que estava sentado a alguns assentos de distância dos outros. O adorável e doce Michael, o único outro humano que o Mestre tinha colocado sob suas asas.

– Michael? – Encostei em seu ombro. Suas bochechas estavam manchadas e úmidas. – Michael, escute. Sei que isso é assustador, mas eu não podia simplesmente te deixar em Magdalen.

Ele assentiu. Não era totalmente mudo, mas usava as palavras com cautela.

– Você não tem que voltar pros seus pais, prometo. Vou tentar encontrar um lugar pra você morar. – Desviei os olhos. – Se a gente conseguir.

Michael secou o rosto com a manga.

– Você está com o isqueiro do Mestre? – perguntei, usando um tom de voz suave. Ele enfiou a mão na túnica cinza e tirou um isqueiro retangular familiar. Eu o peguei. – Obrigada.

Havia mais uma pessoa sentada sozinha: Ivy, a palmista. Ela era uma prova da crueldade Rephaite, com a cabeça raspada e o rosto encovado. Seu guardião, Thuban Sargas, a tratara feito um saco de pancadas. Alguma coisa em seus dedos retorcidos e no maxilar trêmulo me mostrou que ela não devia ficar sozinha por muito tempo. Eu me sentei diante dela, analisando os machucados que floresciam sob sua pele.

– Ivy?

Seu aceno de cabeça foi quase imperceptível. Uma túnica amarela e suja estava pendurada em seus ombros.

– Você sabe que não podemos te levar pro hospital – falei –, mas quero que saiba que vai ficar em segurança. Você tem uma gangue que possa cuidar de você?

– Nada de gangue. – Sua voz soava rouca de desgaste. – Eu era... uma sarjeteira em Camden. Mas não posso voltar pra lá.

– Por quê?

Ela balançou a cabeça. Camden era o distrito da II-4 com a maior comunidade de videntes, uma cidade-mercado agitada que se aglomerava ao redor de um trecho do Grand Canal.

Coloquei o isqueiro na mesa reluzente e entrelacei as mãos. Meses de sujeira se acumulavam sob as minhas unhas.

– Não tem ninguém em quem você confie lá? – perguntei baixinho.

Mais do que tudo, eu queria oferecer a ela um lugar para ficar, mas Jaxon não aceitaria que desconhecidos invadissem sua caverna, especialmente porque eu não tinha a intenção de voltar para lá com ele. Nenhum desses videntes duraria muito tempo na rua.

Seus dedos pressionaram o braço, acariciando e apertando. Depois de uma longa pausa, ela disse:

– Tem uma pessoa. Agatha. Ela trabalha em uma butique no mercado.

– Como se chama?

– Só Butique da Agatha. – Sangue escorria do seu lábio inferior. – Ela não me vê há algum tempo, mas vai cuidar de mim.

– Ok. – Eu me levantei. – Vou mandar um dos outros com você.

Seus olhos fundos estavam fixos na janela, distantes. A possibilidade de seu guardião ainda estar vivo fez meu estômago se revirar.

A porta deslizou e se abriu, e os outros cinco entraram. Peguei o isqueiro e andei pelo carpete até eles.

– Aquele é o Agregador Branco – sussurrou alguém. – Da I-4.

Jaxon estava em pé nos fundos, agarrando sua bengala com lâmina. Seu silêncio era enervante, mas eu não tinha tempo para joguinhos.

– Como é que a Paige conhece ele? – Outro sussurro assustado. – Você não acha que ela é...?

– Estamos prontos, Onírica – afirmou Nick.

Aquele nome poderia confirmar as suspeitas deles. Eu me concentrei no éter da melhor maneira que pude. Os planos oníricos borbulhavam dentro do meu raio, feito uma colmeia de abelhas agitada. Estávamos bem embaixo de Londres.

– Aqui. – Joguei o isqueiro para Nick. – Faça as honras.

Ele o ergueu até o painel e abriu a tampa. Em poucos segundos, o alarme de incêndio brilhou com uma luz vermelha.

– *Emergência* – disse a voz de Scarlett Burnish. – *Fogo detectado no vagão traseiro. Travando as portas.* – As portas para o último vagão se fecharam, e houve um zumbido baixo enquanto o trem deslizava até parar. – *Por favor, dirijam-se à frente do trem e permaneçam sentados. Uma equipe de preservação de vidas foi despachada. Não saltem do trem. Não tentem abrir as portas nem as janelas. Por favor, operem o mecanismo de deslizar se houver necessidade de ventilação extra.*

– Vocês não vão enganá-los por muito tempo – declarou Danica. – Quando perceberem que não há fumaça, o trem vai voltar a andar.

No fim do trem havia uma pequena plataforma com uma proteção. Passei as pernas por cima dela.

– Me passe uma lanterna – falei para Zeke. Quando ele fez isso, direcionei o facho para os trilhos. – Há espaço pra andar perto deles. Tem algum jeito de desligar os trilhos, Fúria? – A mudança para seu nome no sindicato veio naturalmente. Fez parte de como sobrevivemos por tanto tempo em Scion.

– Não – respondeu Danica. – E tem uma probabilidade bem alta de sufocarmos aqui embaixo.

– Legal, obrigada.

Mantendo um olhar cuidadoso no terceiro trilho, saltei da plataforma e caí no cascalho. Zeke começou a ajudar os sobreviventes a descerem.

Partimos em fila única, a uma grande distância dos trilhos e dormentes. Minhas botas brancas imundas esmagavam a base dos trilhos. O túnel era vasto e frio e parecia se estender para sempre, escuro nos longos intervalos entre as luzes de segurança. Tínhamos cinco lanternas divididas entre nós, uma com a bateria esgotada. Minha respiração ecoava em meus ouvidos. Sentia arrepios na parte de trás dos meus braços. Eu mantinha a palma pressionada no muro e me concentrava em pisar nos locais certos.

Depois de dez minutos, os trilhos estremeceram, e nos jogamos contra o muro. O trem vazio que tínhamos pegado na nossa prisão passou violentamente, num borrão de metal e luzes, em direção ao Arconte.

Quando chegamos a um sinal de junção, onde uma lâmpada verde brilhava, minhas pernas estavam tremendo de exaustão.

– Fúria – chamei –, você sabe alguma coisa sobre isso?

– Diz que o trilho à frente está livre e o trem foi programado pra virar na segunda à direita – explicou Danica.

A curva à esquerda estava bloqueada.

– Devemos entrar na primeira?

– Não temos muita escolha.

O túnel se alargava perto da esquina. Começamos a correr. Nick carregou Ivy, que estava tão fraca que me admirou ela ter conseguido chegar até o trem.

A segunda passagem era iluminada por luzes brancas. Uma placa nojenta tinha sido pregada num dormente, dizendo WESTMINSTER, 2.500M. O primeiro túnel bocejou diante de nós, totalmente preto, com uma placa que informava TORRE, 800M. Levei um dedo aos lábios. Se houvesse um esquadrão esperando na plataforma de Westminster, eles já teriam recebido um trem vazio. Eles podiam até mesmo estar nos túneis.

Um rato marrom e magrelo disparou pela fila. Michael recuou, mas Nadine o iluminou com a lanterna.

– Do que será que eles vivem?

Evidentemente, nós descobrimos. Conforme andávamos, os ratos se multiplicavam, e o som de conversas e dentes ecoava pelo túnel. A mão de Zeke tremeu quando o facho da lanterna encontrou o cadáver, com os ratos ainda se alimentando da carne restante. Ele estava vestindo os trapos infelizes de um hárli, e o tórax tinha sido claramente esmagado por um trem mais de uma vez.

– A mão está no terceiro trilho – disse Nick. – O pobre infeliz deve ter vindo sem lanterna.

Uma vidente balançou a cabeça.

– Como ele conseguiu chegar tão longe sozinho?

Alguém deixou escapar um suspiro baixinho. Ele tinha chegado tão perto de casa, esse hárli que escapou da prisão.

As lanternas finalmente iluminaram uma plataforma. Segui pelos trilhos e peguei impulso para subir nela, meus músculos pulsando enquanto levantava a lanterna até a altura dos olhos. O facho atravessou a escuridão esmagadora, revelando paredes brancas de pedra, um pulverizador de desinfetante e um depósito cheio de macas dobráveis: uma imagem que servia de espelho da estação de recepção na outra extremidade. O fedor de água oxigenada fazia os olhos lacrimejarem. Será que essas pessoas achavam que iam pegar a praga de nós? Será que desinfetavam as mãos depois de nos colocar no trem, com medo de que a clarividência pudesse grudar neles? Eu quase conseguia me ver presa a uma maca, assolada pela fantasmagoria, tratada com estupidez por médicos em jalecos brancos.

Não havia sinal de guardas. Apontamos as lanternas para todos os cantos. Havia um cartaz gigantesco na parede: um diamante vermelho dividido em dois por uma barra azul, com o nome da estação escrito em letras brancas compridas.

TORRE DE LONDRES

Eu não precisava de um mapa para saber que a Torre de Londres não era uma estação de metrô oficial.

Embaixo do cartaz, havia um pequeno quadro. Eu me aproximei, soprando a poeira das letras em alto-relevo. LINHA PENTAD, dizia. Um mapa mostrava os locais de cinco estações secretas sob a cidadela. Linhas de texto minúsculas me informaram que as estações tinham sido feitas durante a construção da Ferrovia Metropolitana, o antigo nome do Metrô de Londres.

Nick parou ao meu lado.
— Como foi que a gente deixou isso acontecer? — murmurou ele.
— Eles mantiveram alguns de nós na Torre durante anos antes de nos mandar aqui pra baixo.
Ele apertou meu ombro com delicadeza.
— Você se lembra de ter sido trazida pra cá?
— Não. Eu estava sob efeito de flux.
Uma rajada de pontos minúsculos cruzou minha visão. Levei os dedos até a têmpora. O amaranto que o Mestre tinha me dado curou a maior parte do dano ao meu plano onírico, mas uma fraca sensação de mal-estar permanecia ao redor da minha cabeça e, de vez em quando, minha visão fraquejava.
— Precisamos continuar — falei, observando os outros subirem na plataforma.
Havia duas saídas: um elevador largo, grande o suficiente para acomodar várias macas de uma vez só, e uma pesada porta de metal identificada como SAÍDA DE INCÊNDIO. Nick a abriu.
— Parece que vamos de escada — disse ele. — Alguém conhece o projeto do complexo da Torre?
O único ponto de referência que eu conhecia era a Torre Branca, a fortaleza e o coração do complexo prisional, administrada por uma força de segurança de elite chamada Guarda Extraordinária. No sindicato, nós os chamávamos de Corvos: Vigilantes cruéis vestidos de preto com uma quantidade ilimitada de métodos de tortura.
— Eu conheço. — Nell levantou a mão. — Uma parte.
— Qual é o seu nome? — perguntou Nick.
— É 9. Quero dizer, Nell.
Ela se parecia o suficiente com minha amiga Liss para ter enganado o Capataz com uma máscara e uma fantasia — cabelo preto cacheado, a mesma constituição de sílfide —, mas seu rosto tinha traços mais fortes. Sua pele era de um tom escuro de oliva, e, enquanto os olhos de Liss eram pequenos e muito escuros, os de Nell eram azul-claros.
A voz de Nick se suavizou:
— Conte o que você sabe.
— Foi há dez anos. Eles podem ter mudado.
— Qualquer coisa é melhor do que nada.
— Eles não usaram flux em alguns de nós — disse ela. — Eu fingi que estava inconsciente. Se aquela escada termina perto das portas do elevador, acho que estaremos logo atrás do Portão dos Traidores, mas ele estará trancado.
— Eu dou um jeito nas trancas. — Nadine ergueu uma bolsa de couro com gazuas. — E cuido dos Corvos, se eles quiserem brigar.
— Não banque a convencida. Não vamos brigar. — Nick olhou para o teto baixo.
— Quantos somos, Paige?

– Vinte e oito – respondi.
– Vamos nos movimentar em pequenos grupos. Podemos subir na frente com Nell. Agregador, Diamante, vocês podem ficar de olho em...?
– Espero de verdade – disse Jaxon – que você não esteja me dando ordens, Visão Vermelha.

Na confusão de saltar do trem e encontrar a plataforma, eu mal notara sua presença. Ele estava em pé nas sombras, com a mão na bengala, reto e iluminado feito uma vela que acabou de ser acesa.

Depois de um instante, Nick flexionou o maxilar.
– Eu estava pedindo sua ajuda – disse ele.
– Vou ficar aqui até você abrir caminho. – Jaxon fungou. – Você pode sujar as *suas* mãos arrancando as penas dos Corvos.

Segurei Nick pelo braço.
– Claro que podemos – resmungou ele, não alto o suficiente para Jaxon escutar.
– Vou ficar de olho neles – disse Zeke. Ele não tinha falado nada durante toda a viagem de trem. Uma de suas mãos estava segurando o ombro, a outra estava cerrada em punho.

Nick engoliu em seco e chamou Nell.
– Vá na frente.

Deixando os prisioneiros para trás, nós três seguimos Nell, subindo um lance de escada com degraus íngremes em caracol. Ela era rápida como um pássaro, então tive que me esforçar para acompanhá-la. Todos os músculos da minha perna estavam queimando. Nossos passos eram ruidosos demais, ecoando acima e abaixo de nós. Atrás de mim, a bota de Nick ficou presa num degrau. Nadine agarrou o cotovelo dele.

No alto, Nell diminuiu o ritmo e abriu outra porta. O uivo distante de sirenes da defesa civil veio rapidamente da passagem. Se eles sabiam que estávamos desaparecidos, era apenas questão de tempo até descobrirem onde estávamos.

– Liberado – sussurrou Nell.

Peguei minha faca de caça na mochila. Usar armas atrairia todos os Corvos da fortaleza. Atrás de mim, Nick pegou um pequeno aparelho de telefone cinza e apertou alguns botões.

– Vamos lá, Eliza – murmurou ele. – *Jävla telefon...*

Olhei para ele de relance.
– Mande uma imagem pra ela.
– Já mandei. Precisamos saber quanto tempo ela vai demorar.

Como Nell previra, a entrada para a escadaria ficava em frente ao elevador desativado. À direita, havia um muro de tijolos enormes, selados com argamassa, e, à esquerda, construído sob uma grande arcada de pedra, ficava o Portão dos Traidores: uma construção preta, solene, com uma luneta fasquiada, usada como entrada durante a época da monarquia. Estávamos em um local baixo, tão baixo, que não dava para nos ver das torres de vigilância. Um lance de degraus de pedra se estendia além do portão, manchado de líquen, com uma rampa estreita que levava para as macas.

A lua iluminava o pouco que eu conseguia ver da Torre Branca. Um muro alto se estendia entre a fortaleza e o portão, algo atrás do qual poderíamos nos esconder. Um holofote forte emitia um facho de luz a partir de uma torre baixa. As sirenes emitiam uma única nota ininterrupta. Em Scion, isso sinalizava uma grande falha de segurança.

– É ali que os guardas moram. – Nell apontou para a fortaleza. – Eles mantêm os videntes na Torre Sangrenta.

– Aonde os degraus vão nos levar? – perguntei.

– À fortaleza mais profunda. Temos que nos apressar.

Enquanto ela falava, uma unidade de Corvos vinha marchando pelo caminho, bem em frente ao portão. Nós nos espremeros contra os muros. Uma gota de suor tremia na têmpora de Nick. Se eles vissem que o portão estava seguro, talvez não o verificassem.

A sorte estava ao nosso lado. Os Corvos seguiram em frente. Assim que sumiram de vista, eu me afastei do muro com os braços trêmulos. Nell deslizou até o chão, xingando por entre os dentes.

Acima do nosso ponto de esconderijo, várias outras sirenes se uniram ao alerta. Tentei abrir o portão, mas não consegui. As correntes estavam presas com um cadeado. Ao ver isso, Nadine me empurrou para longe e pegou no seu cinto uma minúscula chave de fenda com ponta achatada. Ela a enfiou na metade inferior do buraco da fechadura e pegou uma gazua prateada.

– Isso pode demorar um pouco. – Estava ficando difícil escutar por causa do barulho. – Os pinos parecem enferrujados.

– Não temos tempo.

– Chame os outros. – Nadine não tirava os olhos do cadeado. – É melhor ficarmos juntos.

Enquanto ela falava, Nick levou o telefone ao ouvido e sussurrou:

– Musa? – Ele falou baixinho com Eliza: – Ela vai estar aqui assim que puder – disse ele. – Está mandando os saqueadores do Jack Calcanhar de Mola pra nos ajudar.

– Quanto tempo?

– Dez minutos. Os saqueadores devem chegar aqui antes.

Dez minutos era tempo demais.

O holofote se moveu no alto, vasculhando a fortaleza mais profunda. Nell se escondeu da luz, com os olhos semicerrados por causa do brilho. Ela se encostou no canto e cruzou os braços, respirando pelo nariz.

Eu caminhava entre os muros, verificando cada tijolo. Se os Corvos estavam dando a volta no complexo, não ia demorar para eles voltarem. Antes disso, tínhamos que abrir o portão, tirar os prisioneiros do caminho e colocar o cadeado de volta na posição original. Enfiei os dedos na fresta entre as portas do elevador, tentando afastá-las, mas não cederam nem um centímetro.

A alguns metros de distância, Nadine pegou outra gazua. Ela estava trabalhando num ângulo torto, já que o cadeado estava do outro lado do portão, mas suas mãos se mantinham firmes. Zeke apareceu na escadaria com vários prisioneiros nervosos atrás dele. Balançando a cabeça, fiz sinal para ele ficar onde estava.

No portão, Nadine abriu o cadeado. Nós a ajudamos a puxar as correntes pesadas das barras, tomando cuidado para os elos não fazerem muito barulho, e juntos empurramos o Portão dos Traidores e o abrimos. Ele arranhou o cascalho, as dobradiças gemeram por causa da falta de uso, mas as sirenes abafaram o barulho. Nell subiu depressa os degraus e nos chamou.

– Eles devem ter bloqueado todas as saídas – disse ela quando me aproximei. – Aquele cadeado era o único ponto fraco deste lugar. Vamos ter que escalar o muro ao sul.

Escalar. Meu ponto forte.

– Visão, chame os outros – falei. – Fiquem prontos pra correr.

Eu me arrastei degraus acima, abaixada, agarrando meu revólver com ambas as mãos. Outro lance de degraus levava a uma das torres nos dois lados da arcada. Um pulo rápido nos levaria para o espaço entre duas ameias no muro adjacente, que era bem mais baixo do que eu esperava. Claramente, Scion não imaginava que os videntes chegassem até aqui, no raro evento de conseguirem escapar da Torre Sangrenta. Fiz sinal para Nick trazer os outros, depois subi o segundo lance de degraus, com passos leves, me mantendo nas sombras. Quando cheguei ao espaço entre as duas ameias, senti um aperto no meu peito.

Lá estava.

Londres.

Além do muro, havia uma margem íngreme que levava ao Tâmisa. À esquerda, a Ponte da Torre. Se virássemos à direita, poderíamos circundar o complexo e chegar à rua principal. Nick pegou um saco no bolso e esfregou giz entre as palmas.

– Vou primeiro – murmurou ele. – Você ajuda os outros a descerem. Eliza vai estar esperando naquela rua.

Olhei para a ponte, procurando atiradores de elite. Não havia nenhum à vista, mas senti três planos oníricos.

Nick se espremeu por entre as ameias e agarrou uma delas em cada mão, virando-se para encarar o muro. Seus pés procuraram talhas na pedra, desalojando pequenos fragmentos.

– Cuidado – falei, apesar de não ser necessário.

Nick era melhor escalando do que andando. Ele me deu um breve sorriso antes de se abaixar e descer os últimos metros, caindo agachado.

Fiquei inquieta porque agora o muro estava entre nós.

Estendi as mãos para o primeiro prisioneiro. Michael estava lá com Nell, os dois apoiando Ivy. Eu a peguei pelos cotovelos, guiando-a para as ameias.

– Aqui em cima, Ivy. – Tirei o casaco de Nick e o abotoei ao redor dela, ficando apenas com o que restava do meu vestido branco. – Me dê suas mãos.

Com a ajuda de Michael, consegui colocar Ivy do outro lado do muro. Nick segurou seus quadris estreitos, colocando-a no gramado.

– Michael, traga os feridos pra cá, rápido – falei, num tom mais severo do que pretendia. Ele foi ajudar Felix, que estava mancando.

Um por um, todos pularam o muro: Ella, Lotte, depois um cristalista trêmulo e um áugure com o pulso quebrado. Todos permaneceram próximos de onde desciam, protegidos por Nick e sua pistola. Quando estendi a mão para Michael, ele foi empurrado para o lado por Jaxon. Jaxon escalou as ameias com facilidade, jogando a bengala para o outro lado antes, depois se abaixou para sussurrar no meu ouvido:

– Você tem mais uma chance, ó, minha adorada. Volte pra Dials, e eu me esqueço do que você disse em Sheol I.

Olhei fixamente para a frente.

– Obrigada, Jaxon.

Ele desceu das ameias de um jeito tão elegante que parecia deslizar. Olhei para Michael. Sangue escorria de seu rosto cortado, descendo pelo pescoço, ensopando a camisa.

– Vá em frente. – Segurei seus pulsos. – Só não olhe pra baixo.

Michael conseguiu jogar uma perna por cima do muro. Seus dedos se cravaram em meus braços.

Uma arfada escapuliu de Nell. Uma mancha de sangue comprida estava aparecendo através da perna de sua calça, cobrindo os dedos. Ela ergueu o olhar para mim, com os olhos arregalados de medo. Uma corrente percorreu meu corpo.

– Abaixem-se! – gritei mais alto que o som das sirenes. – Abaixem-se *agora*!

Não houve tempo para ninguém obedecer. Um fluxo de tiros disparou pela fileira de prisioneiros nos degraus.

Corpos caindo, se retorcendo e se debatendo. Um grito ensurdecedor. Os pulsos de Michael deslizaram pelos meus dedos. Eu me joguei para trás da balaustrada e tapei a cabeça com os braços.

A contenção seria primordial: matar imediatamente, sem fazer perguntas.

Nick estava rugindo meu nome lá embaixo, dizendo para eu me movimentar, pular, mas eu estava paralisada de medo. Minha percepção se estreitou até que só passei a ter consciência do meu coração e da minha respiração superficial, além do ritmo abafado das armas. E então, mãos me agarraram, me ergueram por cima do muro, e eu estava caindo.

A sola das minhas botas bateu com força na terra, trepidando minhas pernas até o quadril, e fui jogada para a frente por mais alguns metros. Com um *tum* abafado e um rosnado de dor, outra forma humana parou ao meu lado. Nell, com os dentes trincados. Ela se arrastou pelo chão, depois se levantou e mancou o mais rápido que conseguiu. Engatinhei na mesma direção até Nick colocar meu braço ao redor do seu pescoço. Eu me afastei dele.

– Precisamos pegá-los...

– Paige, *venha*!

Nadine tinha conseguido pular o muro, mas os outros dois ainda estavam subindo as ameias. Um novo bombardeio de tiros da Torre Branca fez os sobreviventes saírem correndo para todas as direções. Danica e Zeke pularam, duas silhuetas sob a reluzente luz da lua.

Senti a atiradora de elite acima de nós. Uma garota amaurótica fugitiva foi abatida, seu crânio arrebentado feito uma fruta madura. Michael quase tropeçou nela. A atiradora de elite mirou nele.

Todos os nervos do meu corpo explodiram em uma chama vermelha. Puxei meu braço do aperto de Nick. Com a única gota de energia que ainda me restava, lancei meu espírito e invadi o plano onírico da atiradora de elite, mandando seu espírito para o éter e seu corpo por cima da balaustrada. Quando seu cadáver vazio atingiu o gramado, Michael saltou o muro para a margem do rio. Gritei seu nome mais alto que o som das sirenes, mas ele tinha desaparecido.

Meus pés se moviam mais rápido que meus pensamentos. As fendas no meu plano onírico estavam se ampliando, como feridas abertas.

Estávamos perto da rua, nos aproximando, quase lá. Onde havia postes de luz. As armas ressoaram na fortaleza. Em seguida, o rugido do motor de um carro e o brilho azulado de faróis. Couro sob minhas mãos. Motor. Tiros. Uma nota aguda. Virar a esquina, atravessar a ponte. Depois entramos na cidadela, feito poeira na sombra, deixando as sirenes soarem no nosso rastro.

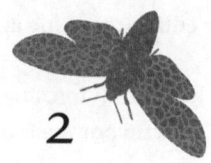

2

Longa História

Ela apareceu às seis da manhã. Sempre fazia isso.
Minha mão pegou um revólver na mesa. O tema de ScionEye estava tocando. Uma composição envolvente e teatral, com base nos doze carrilhões do Big Ben.
Esperei.
Lá estava ela. Scarlett Burnish, Grande Narradora de Londres, com uma renda branca escapando na parte de cima do vestido preto. Ela estava sempre igual, claro – feito um autômato infernal –, mas, às vezes, quando um pobre cidadão tinha sido "assassinado" ou "agredido" por um Desnatural, ela exalava um estresse forjado. Naquele dia, no entanto, estava sorrindo.
– *Bom dia, e bem-vindos a mais um dia em Scion Londres. Temos boas notícias, pois a Guilda de Vigilância anunciou uma expansão de sua divisão Diurna, com pelo menos mais cinquenta oficiais prestando juramento nesta segunda-feira. O Chefe de Vigilância declarou que o Ano-Novo trará novos desafios para a cidadela e que, nessas épocas de perigo, continua sendo crítico que os cidadãos de Londres se unam e...*
Desliguei.
Não havia nenhuma notícia de última hora. *Nada,* pensei, várias vezes. Nenhum rosto. Nenhum enforcamento.
A arma voltou para a mesa fazendo barulho. Passei a noite toda deitada num sofá, me encolhendo imediatamente ao menor som. Meus músculos estavam rígidos e doloridos; levei algum tempo para manobrar e conseguir ficar em pé. Toda vez que a dor começava a melhorar, uma nova onda aparecia, vinda de uma contusão ou de uma distensão. Eu deveria ir para a cama, como era meu costume ao amanhecer, mas precisava ficar de pé, só por um minuto. Um brilho de luz natural me faria bem.
Depois que estiquei as pernas, liguei o aparelho de som no canto. "Guilty", de Billie Holiday, começou a tocar. Nick tinha trazido alguns discos proibidos da caverna no caminho para o trabalho, junto de uma pequena quantia de dinheiro que ele podia dispensar e uma pilha de livros que eu não tinha tocado. Percebi que

sentia falta do gramofone do Mestre. Era fácil se acostumar a ser ninada pelos cantores do mundo livre que sofriam por amor.

Já tinham se passado três dias desde a fuga. Meu novo lar era um hotel espelunca sombrio na I-4, escondido em umas ruelas do Soho. A maioria dos estabelecimentos para videntes era de depósitos decrépitos, onde mal dava para morar, mas o senhorio – um clidomante, que eu suspeitava de ter fundado o hotel espelunca só para manusear chaves como forma de sustento – mantinha este aqui livre de roedores, a não ser pela umidade rastejante. Ele não sabia quem eu era, só que eu tinha de ficar escondida porque fui violentamente espancada por um Vigilante, que ainda podia estar atrás de mim.

Até ajeitarmos as coisas com Jaxon, eu teria que me mudar sempre de um quarto alugado para outro, a cada semana, mais ou menos. Isso já estava custando uma fortuna – eu estava conseguindo me manter, até o momento, com o dinheiro que Nick me dera –, mas esse era o único jeito de ter certeza de que Scion não me rastrearia.

Com a persiana fechada, nenhum raio de luz entrava no quarto. Eu as abri só um pouquinho. A luz dourada do sol atingiu meus olhos feridos. Dois amauróticos andavam rapidamente pela rua estreita. Na esquina, um adivinho estava procurando clientes videntes que pudessem querer uma leitura rápida. Se estivesse desesperado, poderia arriscar se aproximar de um amaurótico. Às vezes, eles ficavam curiosos; outras vezes, eram espiões. Fazia muito tempo que Scion tinha agentes provocadores nas ruas, instigando os videntes a se entregarem.

Fechei a persiana de novo. O quarto ficou escuro. Durante seis meses, fui noturna, meu padrão de sono acompanhava o do meu guardião Rephaite; isso não mudaria de repente. Afundei no sofá, estendi a mão para o copo de água na mesa e bebi tudo num gole só com dois Nightcaps azuis.

Meu plano onírico ainda estava frágil. Durante nosso confronto no palco – quando ela tentou me matar diante de um público de emissários de Scion –, os anjos caídos de Nashira deixaram ali fissuras finas como fios de cabelo, permitindo que a memória escapasse no meu sono. A capela, onde Seb tinha encontrado seu fim. O cômodo em Magdalen. A favela imunda e retorcida do Pardieiro e o psicomante de Duckett, onde meu rosto ficou monstruoso e desfigurado e meu maxilar rachou, frágil como cerâmica velha.

E Liss, com os lábios costurados com fio dourado. Arrastada para fora para servir de alimento para os Emim, os monstros que assombravam a floresta ao redor da colônia. Sete cartas ensanguentadas viradas em seu velório. Estendi a mão para elas, me esforçando para ver a última carta – meu futuro, minha conclusão –, mas, assim que encostei na carta, ela gritou em uma língua de fogo. Acordei num pulo ao anoitecer, encharcada de suor da cabeça aos pés. Minhas bochechas estavam úmidas e queimando, e meus lábios tinham gosto de sal.

Aquelas cartas me assombrariam por muito tempo. Liss tinha previsto meu futuro em seis etapas: Cinco de Copas, Rei de Paus invertido, o Diabo, os Amantes, a Morte invertida, Oito de Espadas. Mas ela não conseguiu chegar ao fim da leitura.

Tateei no escuro até o banheiro e tomei mais dois comprimidos para dor que Nick tinha deixado para mim. Suspeitei de que o cinza grande era algum tipo de sedativo. Alguma coisa para aliviar os tremores, o estômago revirado, a necessidade de agarrar minha arma e não a soltar.

Houve uma leve batida na porta. Devagar, peguei a arma, verifiquei se estava carregada e a segurei nas costas. Com a mão livre, abri uma fresta da porta.

O senhorio estava de pé no corredor, totalmente vestido, com uma chave de ferro antiga pendurada em uma corrente no pescoço. Ele nunca a tirava.

– Bom dia, senhorita – disse ele.

Consegui sorrir.

– Você nunca dorme, Lem?

– Não muito. Os hóspedes aparecem a qualquer hora. Tem uma sessão espírita no andar de cima – acrescentou ele, parecendo cansado. – Estão fazendo uma bela confusão com a mesa. Você está com uma aparência bem melhor hoje, se me permite dizer.

– Obrigada. Meu amigo ligou?

– Ele vem para cá hoje às nove da noite. Me ligue se precisar de alguma coisa.

– Obrigada. Tenha um bom dia.

– Você também, senhorita.

Para um senhorio de um hotel espelunca, ele era estranhamente prestativo. Fechei a porta e a tranquei.

Imediatamente, a arma deslizou da minha mão. Afundei no chão e enterrei o rosto nos joelhos.

Depois de alguns minutos, voltei para o banheiro minúsculo e abafado, tirei a camisola e dei uma olhada nos ferimentos pelo espelho. O mais visível era o corte profundo embaixo do olho, fechado com pontos, e o corte raso que dava a volta na minha bochecha. Tudo estava desgastado e retalhado. Minhas unhas estavam fracas, a pele estava pálida e os ossos dos quadris se destacavam. O senhorio me olhara preocupado quando trouxera minha primeira bandeja de comida, observando minhas mãos laceradas e o olho roxo. Ele não me reconhecera como a Onírica Pálida, concubina da sua seção, protegida do Agregador Branco.

Assim que entrei no cubículo e abri a torneira, a escuridão invadiu minha visão. A água quente caiu em meus ombros, acalmando os músculos.

Uma porta bateu.

Minha mão pegou uma lâmina escondida na saboneteira. Meu corpo se lançou para fora do cubículo, diretamente para a parede oposta. Eu me escondi atrás da porta, chiando de adrenalina, segurando a lâmina perto do coração.

Foram necessários alguns minutos para meu coração se acalmar. Eu me afastei dos azulejos molhados, escorregadios por causa do suor e da água. *Nada, não é nada*. Só a mesa da sessão espírita no andar de cima.

Tremendo, me apoiei na pia. Meu cabelo pendia em cachos úmidos ao redor do rosto, quebradiço e opaco.

Fitei os olhos do meu reflexo. Meu corpo fora tratado feito propriedade na colônia, arrastado, agarrado e surrado pelos Rephaim e pelos túnicas-vermelhas. Eu me virei de costas para o espelho e passei os dedos nos pequenos fios de cicatriz no ombro. XX-59-40. Essa marca ficaria ali enquanto eu vivesse.

Mas eu tinha sobrevivido. Puxei a manga por cima da marca de novo. Eu tinha sobrevivido, e os Sargas ficariam sabendo disso.

****

Quando abri a porta para Nick pela primeira vez em dois dias, ele me puxou para um abraço delicado, preocupado com os cortes e as contusões. Eu o vira em tantas lembranças, invocado pelo númen do Mestre, mas elas não chegavam aos pés do verdadeiro Nick Nygård.

– Ei, *sötnos*.

– Oi.

Sorrimos um para o outro. Sorrisos discretos, melancólicos.

Nenhum de nós falou nada. Nick espalhou nossa refeição na mesa enquanto eu abria as portas que davam para a pequena sacada. O vento soprou o cheiro do outono de Scion – combustível e fumaça das fogueiras dos mercadeiros –, mas o cheiro que saía das caixas era tão divino que eu mal percebi. Era um banquete: tortinhas quentes recheadas de frango e presunto, pão fresco, batatas chips douradas salpicadas com sal e pimenta. Nick empurrou uma pequena cápsula de nutrientes pela mesa.

– Vá em frente. Devagar.

As tortas eram cobertas por manteiga derretida e esparramavam um molho grosso e delicioso quando cortadas. Obediente, coloquei a cápsula na boca.

– Como está seu braço? – Nick o pegou nas mãos e analisou a queimadura redonda. – Dói?

– Não mais.

E qualquer dor valia a pena para me livrar daquele microchip.

– Fique de olho nisso. Sei que Dani é boa, mas ela não é médica. – Ele colocou a mão na minha testa. – Alguma dor de cabeça?

– Não mais do que o normal. – Parti uma fatia de pão em pedaços pequenos. – Nada ainda no ScionEye.

– Eles estão mantendo silêncio. Muito silêncio.

Também estávamos em silêncio. Suas olheiras denunciavam as noites sem dormir. A dúvida. A espera sem fim. Entrelacei as mãos na xícara de café e olhei para a cidadela lá fora, aquela faixa de risco feita de metal, vidro e luzes que levava a uma profundidade infinita de espaço. Michael estava em algum lugar por ali, provavelmente aninhado sob uma ponte ou um portal. Se ele arranjasse algum dinheiro, poderia dormir num pendura barato, mas os Vigilantes verificavam esses lugares todas as noites, procurando cumprir as cotas de prisões antes de voltar às suas estações.

– Peguei isso pra você. – Nick empurrou um celular por cima da mesa, idêntico ao que ele usara na Torre. – Telefone irrastreável. Troque sempre os módulos de identidade e Scion não vai conseguir te rastrear.

– Onde você conseguiu isso?

Scion nunca fabricara esses telefones; devia ser importado.

– Com um amigo no mercado de Old Spitalfields. O ideal seria você jogar fora o telefone, mas os comerciantes cobram muito caro pelos aparelhos. – Ele me deu uma caixa pequena. – Não funcionam muito bem pra receber ligações, porque você vai ter um número diferente toda hora, mas pode ligar. É só pra emergências.

– Tá bom. – Guardei o celular no bolso. – Como foi o trabalho?

– Bom. Acho. – Ele passou a mão na barba por fazer no maxilar, um hábito de quando ficava nervoso. – Se alguém me viu entrar naquele trem...

– Eles não viram.

– Eu estava usando o uniforme de Scion.

– Nick, Scion é uma organização grande. As chances de alguém ligar o respeitável dr. Nicklas Nygård à colônia penal são mínimas. – Passei manteiga no pão. – Seria muito mais suspeito se você não voltasse pra lá.

– Eu sei. E não estudei nas universidades deles durante todos esses anos pra desistir. – Quando viu meu rosto, forçou um sorriso. – Em que você está pensando?

– Perdemos muita gente na Torre. – De repente, fiquei sem apetite. – Falei pra eles que ia levar todos pra casa.

– Pare com isso, Paige. Estou avisando: você vai se destruir se pensar assim. Foi Scion que fez isso, não você.

Não respondi. Nick se ajoelhou ao lado da minha cadeira.

– Querida, olhe pra mim. Olhe pra mim. – Ergui a cabeça, encontrei seus olhos cansados, mas vê-los só agravou a dor. – Se a culpa é de alguém, é daquele Rephaite, não é? Ele colocou você no trem. Ele deixou você ir embora. – Como não respondi, ele colocou um braço ao meu redor. – Vamos encontrar os outros prisioneiros, prometo.

Ficamos assim durante algum tempo. Ele estava certo, claro que estava certo.

Mas talvez houvesse alguém para culpar. Alguém por trás do véu de Scion.

Será que o Mestre sabia que o trem ia parar em Westminster, bem na barriga da fera? Será que ele me traiu na última hora? Afinal de contas, ele era um Rephaite

– um monstro, não um homem –, mas eu precisava acreditar que ele fizera o que podia.

Depois que comemos, Nick limpou as sobras. Outra batida na porta me fez alcançar minha arma, mas Nick ergueu a mão.

– Tudo bem. – Ele abriu a porta. – Eu chamei uma amiga.

Quando Eliza Renton entrou, com o cabelo escorrido por causa da chuva, não parou para dizer oi. Ela correu para o sofá com uma expressão que dizia que ela ia me dar um soco na cara, mas acabou me puxando para os seus braços.

– Paige, sua idiota. – Sua voz estava grossa por causa da raiva. – Sua maldita idiota. Por que pegou o metrô naquele dia? Você sabia que havia Subguardas... Você sabia das verificações...

– Eu arrisquei. Fui burra.

– Por que você simplesmente não esperou que Nick te desse uma carona pra casa? A gente achou que Hector tinha te matado ou... ou que Scion tinha...

– Eles fizeram isso. – Dei um tapinha nas costas dela. – Mas estou bem.

Com delicadeza e, ao mesmo tempo, com firmeza, Nick a afastou do meu pescoço.

– Cuidado. Ela tem contusões em cima de contusões. – Ele a conduziu para o sofá oposto. – Achei que mais de um de nós deveria ouvir isso, Paige. Precisamos da maior quantidade de aliados que conseguirmos.

– Você *tem* aliados – disparou Eliza. – Jax está morrendo de preocupação por sua causa, Paige.

– Ele não pareceu muito preocupado quando estava me estrangulando – falei.

Isso era novidade para ela. Eliza olhou de um para outro, franzindo a testa de modo exasperado e marcando suas feições.

Fechei a cortina. Pouco depois, estávamos sentados nos sofás na penumbra, segurando copos de vidro com *saloop* do frasco de Nick. Era uma infusão cremosa de bulbos de orquídea e leite quente, salpicada com canela, algo popular nas cafeterias. O sabor era um conforto, depois de meses de fome voraz.

Na tela da TV, um dos narradores menores de Burnish estava no ar.

– *Espera-se que os números de Vigilantes dupliquem na I Coorte ao longo das próximas semanas, com a instalação do segundo protótipo de um scanner Senscudo, a única tecnologia conhecida que detecta a desnaturalidade, aguardada para antes de dezembro. Os cidadãos devem esperar um aumento no número de verificações pontuais no metrô, nas linhas de ônibus e nos táxis autorizados por Scion. A divisão do Metrô solicita que os cidadãos cooperem com as exigências dos funcionários nesse momento. Se você não tem nada para esconder, então não tem o que temer! Agora, vamos à previsão do tempo para esta semana.*

– Mais Vigilantes – disse Nick. – O que eles estão fazendo?

– Tentando encontrar os fugitivos – respondi. – Não entendo por que não disseram nada.

– O motivo pode não ser esse. A Novembrália é daqui a dois meses – observou Eliza. – Eles sempre aumentam a segurança nessa época. E este ano vão convidar o Grande Inquisidor de Paris.

– Aloys Mynatt, assistente do Inquisidor Ménard, estava no Bicentenário. Se ele estiver morto, duvido de que Ménard esteja em clima de festa.

– Eles não cancelariam.

– Confie em mim... Se Nashira disser "cancele", eles vão cancelar.

– Quem é Nashira?

Uma pergunta muito ingênua. Sem resposta fácil. Quem *era* Nashira? Um pesadelo. Um monstro. Uma assassina.

– O Senscudo vai mudar tudo – falei, observando a tela. – A Assembleia Desnatural já fez alguma coisa a respeito disso?

A Assembleia Desnatural, composta por trinta e seis mime-lordes e mime-rainhas da cidadela, cada um supostamente responsável por supervisionar todas as atividades do sindicato em sua seção designada. Todos eram relativamente autônomos, mas o Sublorde, Haymarket Hector, era responsável por convocar as reuniões.

– Chegaram a conversar em julho – disse Nick. – Grub Street mandou mensagens para informar que estavam sabendo da situação, mas desde então não houve mais nada.

– Hector não tem a menor ideia do que fazer – observei. – Ninguém tem.

– Esse protótipo de Senscudo não é o pior que vamos ver. Só consegue detectar as três primeiras ordens, de acordo com os boatos.

Esse lembrete fez Eliza desviar o olhar. Ela era médium. Terceira ordem. Nick segurou a mão dela.

– Você vai ficar bem. Dani está trabalhando num dispositivo de interferência – disse ele. – Alguma coisa que vai interferir no Senscudo. É um trabalho complexo, mas ela é esperta.

Eliza assentiu, mas seu cenho estava franzido.

– Ela acha que deve ficar pronto por volta de fevereiro.

Não era uma data próxima o suficiente, e todos nós sabíamos.

– Como foi que vocês chegaram à colônia? – perguntei a Nick. – Devia ter uma segurança incrível.

– Jax tinha quase desistido em agosto – admitiu Nick. – Àquela altura, tínhamos certeza de que você não estava em Londres. Não recebemos pedidos de resgate das outras gangues, não tínhamos nenhuma evidência de que você fora assassinada e não havia nenhum sinal de você no apartamento do seu pai. Só tivemos pistas no incidente da Trafalgar Square, quando você disse que eles tinham te levado pra Oxford.

– Depois disso, você se tornou o único foco de Jaxon – comentou Eliza, com um olhar penetrante. – Ele ficou obcecado em trazer você de volta.

Isso só me surpreendeu um pouco. Para Jaxon, perder sua valiosa andarilha onírica teria sido irritante, até mesmo humilhante, mas, mesmo assim, eu não poderia esperar que ele arriscasse tudo para me tirar das garras de Scion. Esse era o tipo de sacrifício que se fazia por pessoas, não por uma propriedade.

– No trabalho, tentei descobrir mais sobre Oxford, mas todos os dados estavam encriptados – continuou Nick. – Demorei algumas semanas pra conseguir entrar no escritório da supervisora-chefe e usar o computador dela. Isso me levou a um tipo de Scionet misteriosa, uma parte da rede que não pode ser acessada pelo público. Não havia muitos detalhes, só que a cidade de Oxford era um setor restrito Tipo A, o que já sabíamos, e que havia uma estação de trem embaixo do Arconte, o que foi novidade pra nós. Também havia uma lista de nomes que parecia existir há algumas centenas de anos. Pessoas desaparecidas. O seu estava lá, quase no fim da lista.

– Dani o tirou de lá – disse Eliza. – Ela encontrou o túnel de acesso. Só uma unidade de engenheiros especialmente escolhidos tinha permissão pra entrar, mas ela descobriu quando estaria aberto. A manutenção do trem estava agendada para 31 de agosto. Jax disse que era quando iríamos lá. Continuei aqui pra ficar de olho nas coisas.

– Não é típico de Jax sujar as próprias mãos – falei.

– Ele se importa com você, Paige. Faria qualquer coisa para nos manter em segurança. Principalmente você.

Não era verdade. Eliza sempre achou Jaxon Hall o máximo – afinal, ele nos dera um mundo –, mas eu tinha visto coisas demais dele que diziam o contrário. Ele era *capaz* de ser gentil, mas não era. Ele podia *agir* como alguém que se importava, mas sempre seria fingimento. Levei anos para abrir os olhos e perceber.

– Naquela noite, depois que os reparos foram feitos – disse Nick –, Dani entrou no túnel com o cartão que ela roubou de um dos membros da unidade. Ela nos deixou entrar.

– Ninguém reconheceu você?

– Eles não nos viram. Quando colocaram os emissários no trem, já tínhamos nos trancado num compartimento de manutenção nos fundos. Os Vigilantes não tinham como acessá-lo, então estávamos em segurança durante essa parte da viagem. Depois, é claro, teríamos que saltar do trem.

– Com Vigilantes que tinham visão escoltando os emissários? Como diabo vocês conseguiram isso?

– Esperamos até os emissários serem conduzidos e passarem pela porta. Um guarda do outro lado a trancou, o que nos deixou presos, mas encontramos um velho túnel de serviços atrás de uma grade. Isso nos levou lá para cima, para a rua. Entramos no Salão da Guilda por uma porta dos fundos.

Um túnel de serviços. Se o Mestre soubesse disso, também teria conseguido escapar em segurança. Soltei a respiração.

– Vocês todos estão fora da casinha.

– A gente tinha que te trazer de volta, Paige – disse Eliza. – Jax estava disposto a tentar qualquer coisa.

– Jax não é burro. Colocar um grupo desordenado de gângsteres num trem de Scion sem qualquer pista do que esperar do outro lado *está* no limite da burrice.

– Bom, talvez ele estivesse entediado de ficar sentado no escritório.

– Trouxemos você de volta. É isso que importa. – Nick se inclinou para a frente. – Sua vez.

Olhei para o meu *saloop*.

– É uma longa história.

– Comece com a noite em que você foi levada – pediu Eliza.

– Não é aí que começa. O início é em 1859.

Os dois se entreolharam.

A história demorou muito tempo. Expliquei que, em 1859, duas raças chamadas Rephaim e Emim tinham vindo do Limbo – o ponto intermediário entre a vida e a morte –, depois da ruptura da fronteira etérea, quando o número de espíritos perdidos se tornara alto demais e afinara os véus entre os mundos.

– Ok – disse Eliza, parecendo prestes a cair na gargalhada –, mas o que *são* os Rephaim?

– Ainda não sei. Eles têm uma aparência semelhante à nossa – falei –, mas a pele parece de metal, e são altos. Os olhos são amarelados, mas, quando se alimentam, refletem a cor da aura da pessoa que comeram.

– E os Emim?

Nesse instante, fiquei sem palavras.

– Nunca vi um deles na claridade, mas... – Exalei. – Na colônia, eles os chamavam de Zumbidores ou *gigantes putrefatos*. Os espíritos não se aproximam dos Emim. Eles se alimentam de carne humana.

Nunca achei que fosse possível Nick ficar ainda mais pálido, mas ele conseguiu.

Contei a eles sobre o pacto entre os Rephaim e o governo – proteção dos Emim em troca de escravos videntes –, que levou ao estabelecimento de Scion. Sobre a colônia penal de Sheol I, construída nas ruínas de Oxford para funcionar como farol de atividade espiritual, que afastou os Emim de cidadelas feito Londres. Contei a eles que entrei num trem noturno e fizeram uma verificação pontual em mim. Contei sobre ter atacado dois Subguardas, ter sido perseguida desde o apartamento do meu pai e atingida com flux pelo Capataz. E sobre ter acordado no presídio.

Contei que me entregaram a Arcturus Mesarthim, também conhecido como Mestre – noivo de Nashira –, para ser treinada como soldado. Expliquei o sistema da colônia penal, descrevendo cada classe. Os túnicas-vermelhas de elite, que desfrutavam dos favores dos Rephaim em troca de seus serviços como soldados; os artistas, jogados na favela e usados como fonte de aura; os ajudantes amauróticos, presos atrás de grades quando não estavam trabalhando até a morte. Contei que os Rephaim espancavam e se alimentavam dos humanos, expulsando-os se não passassem nos testes.

As bebidas ficaram frias.

Contei que a morte de Seb me levou para a túnica seguinte. Que eu treinei na campina com o Mestre. Contei sobre o cervo e o Zumbidor na floresta, sobre Julian e Liss. Sobre nossa tentativa de deter Antoinette Carter na Trafalgar Square, que resultou em Nick me dando um tiro.

Minha garganta estava começando a doer de tanto falar, mas contei a história até o fim. Contei tudo menos a verdade sobre meu relacionamento com o Mestre. A cada nova revelação sobre os Rephaim, ondas de repulsa e terror surgiam no rosto dos dois. Eles não entenderiam se eu revelasse como fiquei próxima do meu guardião. Não contei a eles sobre as memórias da sálvia, nem sobre a música dele na capela ou sobre a vez em que ele permitiu que eu entrasse em seu plano onírico. Pela minha descrição abrangente, ele era uma criatura reservada com quem eu mal falara, que às vezes me alimentava e finalmente me deixou ir embora. Claro que Nick percebeu o furo nas minhas evidências.

– Não estou entendendo – disse ele. – Quando você foi trazida pra Trafalgar Square, ele poderia ter te deixado aqui, mas te levou de volta pra Sheol. Agora você está dizendo que ele te *ajudou*?

– Pra que eu pudesse ajudá-lo. Ele tentou dar um golpe nos Sargas em 2039. Nashira o torturou.

– E depois decidiu se *casar* com ele?

– Não sei se isso foi uma consequência. Eles podiam estar noivos desde antes de virem pra cá.

Eliza fez uma careta.

– Que belo noivado. – Ela estava de lado, com os pés descalços apoiados nas almofadas. – De qualquer maneira, traição não é um motivo razoável pra acabar com o contrato?

– Acho que foi parte da punição. Ela sabia como ele a odiava. Para ele, era uma tortura maior continuar sendo seu consorte, desprezado pelos outros Rephaim.

– Por que ela simplesmente não o matou? Por que manteve qualquer Rephaite vivo?

– A morte pode não ser uma punição pra eles – disse Nick. – Não são mortais. Não como os humanos.

– Talvez nós, humanos, tenhamos coisas mais importantes pra pensar. – Fixei o olhar na TV. – O Mestre não importa mais.

Mentirosa.

Ouvi a voz dele com tanta clareza quanto se estivesse no quarto comigo, uma lembrança tão lúcida que eu a senti. E ainda provocou tremores nos meus braços, descendo até a ponta dos dedos.

– Você acha que o acordo deles ainda está valendo? – perguntou Nick. – Nós escapamos da colônia... Isso significa que o segredo deles está em perigo.

– Deve estar valendo – Assenti. – Acho que a segurança não tem a ver com a Novembrália. Eles precisam eliminar todo mundo que sabe.

– E depois? – indagou Eliza.

– Outra Temporada dos Ossos. Pra repor todos os humanos que eles acabaram de perder.

– Mas vão ter que colocá-los em outro lugar – disse Nick. – Não podem continuar usando a primeira colônia, não depois da localização ter sido revelada.

– Eles estão planejando construir Sheol II na França, mas acho que ainda nem começaram a converter a cidade – falei. – Encontrar a gente vai ser o primeiro objetivo deles.

Houve um breve silêncio.

– Então, o Mestre quer ajudar os humanos... – comentou Eliza. – Pra onde ele foi?

– Caçar Nashira.

– Não temos nenhuma prova real de que ele está do nosso lado, Paige. – Nick guardou o tablet de dados. – Não confio em ninguém. Os Rephaim são inimigos até que uma prova categórica mostre o contrário. Incluindo o Mestre.

Alguma coisa se contorceu dentro de mim, feito uma unha nas minhas entranhas, enquanto Nick se levantava e observava a cidadela lá fora.

Eu não podia contar a ele sobre o beijo. Ia achar que eu estava louca. Eu confiava no Mestre, mas a verdade era que eu não entendia realmente suas intenções; quem ele era, *o que* ele era.

Eliza se inclinou por cima da mesa.

– Você vai voltar pra Dials, não vai?

– Pedi demissão – respondi.

– Jax vai te aceitar de volta. Dials é o lugar mais seguro pra você, e ele é um bom mime-lorde. Nunca forçou você a dormir com ele. Existem pessoas muito piores pra quem trabalhar.

– Quer dizer que tenho uma dívida com ele por não ter me transformado na sua andarilha noturna? Por não ser Hector? Você não o viu. Não ouviu isso dele. – Arregacei a manga da blusa, mostrando a ela a cicatriz branca aberta no braço direito. – Ele está fora da casinha.

– Ele não sabia quem você era quando fez isso.

– Ele sabia que estava dando uma surra em uma andarilha onírica. Sou a única andarilha onírica que conhecemos.

– Isso não está ajudando. – Nick massageou o canto do olho. – Eliza, diga pro Jax que Paige e eu vamos voltar pra Dials em breve. Enquanto isso, precisamos criar algum plano de ação.

Eliza franziu a testa.

– O que você quer dizer com "plano de ação"?

– Bom, alguma coisa tem que ser feita em relação aos Rephaim. Não podemos simplesmente deixar que eles continuem com as Temporadas dos Ossos.

– Não sei, não. – Eliza vestiu o casaco. – Olhe, nós resgatamos Paige. Devíamos simplesmente... tentar nos concentrar em voltar ao trabalho. Jax disse que perdemos muito dinheiro desde que você desapareceu – contou ela. – Precisamos mesmo que você volte ao Garden.

– Você quer me mandar de volta pro mercado negro? – Não consegui me conter e a encarei. – Scion é um governo de marionete. Eles estão mantendo videntes em um campo de concentração.

– Não passamos de marginais, Paige. Se nos mantivermos de cabeça baixa, nunca seremos mandados pra lá.

– Não somos apenas marginais. Somos os Sete Selos, uma das gangues mais notórias da coorte central. E não teríamos que ficar de cabeça baixa se não fosse Scion. Não *seríamos* criminosos. Nem marginais, na verdade. Temos que unir depressa o sindicato, antes que eles apresentem o Senscudo.

– E fazer o quê?

– Lutar.

– Contra Scion? – Ela balançou a cabeça. – Paige, fala sério. A Assembleia Desnatural nunca concordaria com isso.

– Vou convocar uma audiência e explicar a situação.

– E acha que vão acreditar em você?

– Bom, vocês acreditam em mim, né? – Quando sua expressão não mudou, eu me levantei. – Não acreditam?

– Eu não vi nada – disse ela, baixinho. – Olhe, tenho certeza de que eles realmente mantêm uma prisão naquela área, mas... você estava sob efeito de flux, e tudo parece...

– Eliza, pare com isso. Eu também estive lá – disse Nick.

– Não tive um flash de flux há seis meses – sibilei. – Vi pessoas inocentes morrerem tentando sair daquele buraco. E vai acontecer de novo. Sheol II, Sheol III, Sheol IV. Eu *não* vou fingir que não era real.

Durante um bom tempo, ninguém falou nada.

– Vou contar pra Jax que vocês dois vão voltar logo – disse Eliza, por fim, enrolando o cachecol no pescoço. – Espero dizer a verdade pra ele. Já existem boatos de que você largou o serviço.

– E se eu tiver largado mesmo? – perguntei com delicadeza.

– Apenas pense no assunto, Paige. Você não vai durar muito sem uma gangue, e sabe disso.

Ela fechou a porta ao sair. Esperei o som de seus passos sumir antes de me soltar.

– Ela surtou. Que diabo ela acha que vai acontecer quando colocarem o Senscudo nas ruas?

– Ela está com medo, Paige. – Nick suspirou. – Eliza nunca conheceu nada além do sindicato. Ela foi jogada nas ruas e criada num porão terrível no Soho. Ela seria uma andarilha noturna se Jaxon não tivesse lhe dado uma chance.

Hesitei. Essa justificativa foi inesperada.

– Achei que ela tinha trabalhado no teatro poeira.

– E trabalhou. Ela arranjou esse emprego pra pagar o aluguel, mas acabou gastando todos os salários em áster e casas de flash. Quando ela entrou em contato com Jaxon, ele reconheceu seu talento. Ele deu tintas caras pra ela, um lugar seguro pra dormir e musas além da imaginação mais ousada dela. Eu me lembro do dia em que ela apareceu na caverna – disse ele. – Estava tão encantada que até chorou. Manter os Selos unidos é mais importante pra ela do que qualquer outra coisa.

– Se ela fosse capturada amanhã, Jax a substituiria em um dia, e você sabe disso. Ele não se importa com a gente. Só com nossos dons. – Fiz uma pausa, esfregando a área macia acima do olho. – Olhe, eu sei que isso é importante. Mais importante do que qualquer um de nós. Mas, se cedermos, eles vão vencer.

Nick ficou me encarando.

– Os Rephaim sabem que o sindicato é uma ameaça – continuei. – É um monstro que eles criaram, um monstro que não conseguem controlar. Mas, sob a liderança de Hector, não passa de uma caverna de ladrões. Temos centenas de videntes no sindicato. É organizado. É poderoso. Se conseguirmos usá-lo contra os Rephaim, em vez de jogar *tarocchi* e matarmos uns aos outros, poderemos nos livrar deles. Eu *tenho* que falar com a Assembleia Desnatural.

– Como? Hector não convoca uma reunião desde... – Ele fez uma pausa. – Hector nunca convocou uma reunião.

– Qualquer um pode convocar uma reunião.

– É mesmo?

– Aprendi algumas coisas como concubina. – Peguei papel e caneta na mesa de cabeceira. – Qualquer membro do sindicato pode mandar uma solicitação pro Sublorde pra ele convocar a Assembleia. – Escrevi, acrescentei minha seção no final, depois coloquei num envelope e o entreguei a Nick. – Pode entregar isso no Spiritus Club, por favor?

Ele pegou o envelope.

– Isso é uma convocação? Pra Assembleia?

– A caixa postal secreta de Hector vai estar cheia... Ele nunca esvazia aquilo. O Club vai mandar um mensageiro entregar em mãos.

– Se descobrir, Jaxon vai ficar furioso.

– Pedi demissão, lembra?

– Pode ser que não consiga ir muito longe sem um mime-lorde. Eliza tem razão. Você precisa de uma gangue, ou o sindicato vai te calar.

– Preciso tentar.

Ele guardou o envelope no bolso, mas pareceu em dúvida.

– Isso não é uma coisa que vai acontecer da noite pro dia. Não vão acreditar em uma palavra sequer do que você tem a dizer, e Hector não vai se importar. Mesmo se isso acontecesse, você está indo contra décadas de tradição e corrupção. Séculos. E sabe o que acontece quando as pessoas estragam os planos de alguém.

– Planos falham. – Coloquei as mãos no peitoril da janela. – Não podemos esperar. Os Rephaim precisam se alimentar, e não sobraram muitos videntes na cidade deles. Mais cedo ou mais tarde, eles vão vir nos pegar. Não sei como podemos lutar contra eles, nem sei *se* podemos lutar contra eles, mas não posso ficar de braços cruzados e deixar Scion decidir como vai ser a minha vida. Não posso fazer isso, Nick.

Silêncio.

– Não – disse ele. – Eu também não.

3

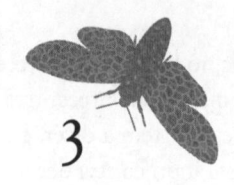

E aí eram cinco

O dia seguinte foi igual. E o próximo também. Dormir enquanto o sol brilhava, acordar à noite.

Não houve resposta da Assembleia Desnatural às minhas solicitações. Eu ia esperar uma semana antes de mandar mais. Os mensageiros do Spiritus Club eram rápidos, mas podia ser que Hector passasse dias sem olhar para o bilhete.

Eu não podia fazer nada além de esperar. Sem saber o que estava acontecendo no Arconte, eu não podia bolar um plano. Por enquanto, o conselho pertencia a Nashira.

No quinto dia, analisei meus ferimentos. A contusão nas minhas costas desbotou até ficar marrom-amarelada, e a maioria dos cortes tinha cicatrizado. Depois de conferir as notícias – ainda nada interessantes –, eu me sentei no sofá e engoli o café da manhã que o senhorio trouxera para mim.

Nick tinha trazido mais alguns suprimentos de Seven Dials para mim, incluindo um PVS[2], a máscara de oxigênio que me mantinha viva quando eu usava meu dom durante longos períodos de tempo. Eu me deitei na cama e a prendi acima da boca e do nariz. Fazia dias que eu não olhava meu plano onírico, mas, se eu quisesse até mesmo tentar lutar, tanto meu corpo quanto meu dom tinham que estar totalmente funcionais. Como já tinha amadurecido, meu espírito seria a melhor arma. Liguei a máscara e mergulhei na minha mente.

Doía entrar em mim mesma. Quando finalmente atravessei a barreira, papoulas murchas roçaram em meu rosto. Abri meus olhos oníricos. Eu estava parada na fronteira da minha zona de luz do sol, com os pés apoiados em pétalas, e o céu estava vermelho e quente acima de mim. Um vento árido balançou meu cabelo.

Grandes canteiros do campo tinham sido arrancados pela raiz. Esse era o tecido da minha mente, rasgado e marcado por cicatrizes, como se tivesse sido lavrado por um trator infernal.

Eu me ajoelhei ao lado de uma papoula moribunda e envolvi suas sementes com a palma. Ao toque da minha mão, cada uma desenvolveu um caule minúsculo e floresceu, mas não eram exatamente papoulas. Um vermelho mais escuro. Um botão menor. Cheiro de fogo.

Sangue de Adonis. A única coisa que podia fazer mal aos Rephaim. Eles atravessaram meu plano onírico feito uma onda vermelha.

Cem mil anêmonas de papoulas.

****

Não tentei andar pelo plano onírico. Uma tempestade mental dessa magnitude levaria tempo para se dissipar. Eu precisaria aguardar mais alguns dias até poder entrar no éter.

Considerei minhas opções. Havia uma boa chance de Hector não dar ouvidos às solicitações. Se isso acontecesse, eu teria que tentar seguir por conta própria.

Havia dois problemas sérios: dinheiro e respeito. Ou, mais especificamente, a falta dessas coisas.

Se eu largasse meu trabalho com Jaxon, precisaria de muito dinheiro para sobreviver. Eu tinha uma pequena quantia costurada no meu travesseiro na caverna. Talvez Nick e eu pudéssemos começar nossa própria gangue. Se uníssemos nossas economias – o dinheiro dele de Scion, o meu de Jaxon –, poderíamos ter o suficiente para comprar pelo menos uma pequena caverna em uma das coortes remotas. E então passaríamos a procurar aliados.

Andei até a sacada, com os braços cruzados. Havia o segundo problema. A única coisa que o dinheiro não podia comprar era respeito. Eu não era uma mime-rainha. Sem Jaxon, eu não era sequer uma concubina.

Havia regras. Se Nick e eu fôssemos formar nossa gangue em outra seção, teríamos que pedir permissão ao mime-lorde ou à mime-rainha de lá. O Sublorde teria que dar sua bênção, algo que ele quase nunca fazia. E, mesmo se conseguíssemos isso, cortariam nossos pescoços, assim como o de qualquer pessoa que fôssemos tolos ou egoístas o suficiente para contratar.

Por outro lado, se eu voltasse para Sete Selos, Jaxon abriria a carteira e faria uma dancinha de felicidade ao me receber. Se eu me recusasse a trabalhar para ele, não só perderia até a última gota de respeito que já tive, mas também me tornaria uma pária no sindicato, rejeitada pelos outros videntes. E, se Frank Weaver colocasse minha cabeça a prêmio, esses videntes se matariam para me vender para o Arconte.

Jaxon não tinha dito explicitamente que não me ajudaria a trabalhar contra os Rephaim, mas eu descobrira coisas sobre ele que não poderia esquecer. Talvez eu precisasse que ele me desse uma surra até eu desmaiar na Trafalgar Square ou que ele me enforcasse na campina antes que eu entendesse a mensagem de que Jaxon Hall era um homem perigoso e não se incomodava em machucar quem trabalhava para ele.

Mas ele poderia ser minha única esperança de ter voz no sindicato. Talvez minha melhor chance fosse voltar para Seven Dials e ficar de cabeça baixa, como sempre fiz. Porque, se havia alguma coisa mais perigosa do que ter Jaxon Hall como chefe, era tê-lo como inimigo.

Frustrada, eu me virei de costas para a janela. Não podia ficar ali para sempre. Como eu estava curada, deveria ir a Seven Dials e enfrentá-lo.

Não. Ainda não. Primeiro, eu deveria ir a Camden, aonde Ivy dissera que iria. Eu queria ter certeza de que ela conseguira.

Minha mochila de roupas estava pendurada atrás da porta. Eu a levei para o banheiro, onde parei na frente do espelho e comecei a me disfarçar. Vesti um casaco preto de lã, ergui o colarinho para esconder o pescoço e coloquei um chapéu com aba. Se eu abaixasse a cabeça, meus lábios escuros ficavam escondidos pela echarpe vermelho-sangue enrolada no pescoço.

O presente que o Mestre me deu – um pingente sublime, capaz de afastar espíritos malignos – estava pendurado no estrado da cama. Coloquei a corrente ao redor do pescoço e segurei as asas entre os dedos. A arte em metal era como filigrana: complexa e delicada. Um item como este seria valioso nas ruas, onde alguns dos assassinos mais notórios de Londres ainda vagavam em forma de espírito.

Houve uma época em que eu adorava me jogar no labirinto de Londres, adorava viver nessa corrupção. Houve uma época em que eu não pensaria duas vezes em sair, mesmo com a DVN vasculhando as ruas. Eu mantinha minha vida dupla sob controle, assim como muitos videntes. Era fácil passar pela segurança de Scion sem ser percebida: bastava evitar ruas com câmeras, manter uma distância segura de guardas com visão, não parar de andar. Cabeça baixa, olhos abertos, como Nick sempre me ensinou. Mas eu sabia que vivia de aparências e que titereiros moravam nas sombras.

Quase perdi a coragem. Mas então olhei para o sofá onde tinha ficado deitada, encolhida de pavor todas as manhãs e noites, esperando Scion arrombar a porta, e soube que, se não saísse naquele momento, nunca mais sairia. Passei pela janela e balancei as pernas na escada de incêndio.

O vento frio arranhou meu rosto. Durante um minuto, simplesmente fiquei ali, paralisada de medo.

Liberdade. Era essa a sensação.

O primeiro tremor me atingiu. Agarrei o peitoril, puxando as pernas de volta para dentro. O quarto era seguro. Eu não devia sair dali.

Mas as ruas eram minha vida. Eu lutara com unhas e dentes para voltar para cá, derramara sangue para isso. Com as mãos úmidas, eu me virei e agarrei a escada, dando cada passo como se fosse o último.

Assim que minhas botas encostaram no asfalto, olhei por cima do ombro, procurando o éter. Alguns médiuns estavam parados perto de uma cabine telefônica, conversando em voz baixa, um deles usando óculos escuros. Nenhum olhou para mim.

Camden ficava a uns bons quarenta minutos de caminhada. Meus dedos ajeitaram todos os fios louros de cabelo sob o chapéu.

Pessoas passavam apressadas, conversando e rindo. Pensei em todas as vezes que eu tinha andado por Londres. Será que eu algum dia parei para observar o rosto de alguém? Improvável. Então por que alguém olharia para mim?

Segui em direção à rua principal, onde motores rugiam e faróis brilhavam. Os táxis piratas estavam ocupados, e nenhum riquixá ilegal parou para mim. Táxis brancos, velotáxis brancos, peditáxis brancos com assentos pretos à mostra. Ônibus de três andares brancos com janelas pretas encurvadas. Prédios se assomavam acima de mim, todos com brilho néon e cartazes mostrando âncoras. E ainda havia arranha-céus que pareciam tocar as estrelas. Tudo era claro demais, barulhento demais, acelerado demais. Eu estava acostumada com ruas sem luzes elétricas, sem poluição sonora. Aquele mundo parecia alucinado, em comparação. Minha sórdida e sagrada SciLo, minha prisão e minha casa.

Piccadilly Circus logo apareceu no meu campo de visão. Difícil não ver, com todas aquelas telas colossais empilhadas até o alto dos prédios, exibindo um espectro eletrônico de anúncios, informações e propagandas. Os melhores pontos eram usados pela Brekkabox e pela Floxy, os figurões do comércio, enquanto as telas menores exibiam os programas mais recentes para os tablets de dados: Eye Spy, Busk Trust, KillKlock – todos para ajudar os cidadãos a encontrar, evitar ou se divertir à custa dos desnaturais. Um grande monitor mostrava uma série de alertas de segurança de Scion: CUIDADO COM A DESATENÇÃO CIVIL. OS VIGILANTES NOTURNOS ESTÃO DE SERVIÇO NA CAPITAL. ALERTE A GUILDA DA VIGILÂNCIA SE SUSPEITAR DE COMPORTAMENTO DESNATURAL. POR FAVOR, AGUARDE AVISOS SOBRE SEGURANÇA PÚBLICA. O clamor era inacreditável: trechos de músicas, motores, sirenes, conversas e gritos, vozes vindas das telas e o chacoalhar gutural dos riquixás enfileirados. Gorilas luzentes ficavam posicionados embaixo de postes de luz, segurando suas lanternas verdes, oferecendo proteção contra desnaturais à espreita. Segui em direção aos riquixás.

Uma mulher amaurótica parou à minha frente, com um casaco bege dobrado sobre o braço. Um vestido estilo Burnish, de veludo vermelho franzido, estava moldado ao seu corpo. Ela prendia um telefone preso entre o ombro e a orelha.

– ... seja *burro,* é só uma fase! Não, estou indo pro bar de oxigênio. Pode ser que dê tempo de ver aquele enforcamento.

Ela subiu num riquixá, rindo. Esperei no meio-fio, com o punho cerrado ao redor do metal.

O próximo riquixá era meu. Eram peditáxis elétricos com uma cabine leve e fechada atrás do motorista, com capacidade para um ou dois passageiros. Entrei nele.

– Mercado de Camden, por favor – falei, usando meu melhor sotaque britânico. Se estivessem atrás de mim, iriam procurar uma brogue.

O riquixá atravessou a I Coorte, seguindo para norte em direção à II-4. Eu me encostei totalmente no assento. Isso era arriscado, mas havia alguma coisa estimulante na viagem. Meu sangue disparou nas veias. Ali estava eu, andando pelo coração de SciLo, cheia de coragem, e ninguém parecia perceber. Quinze minutos depois, eu estava saltando do riquixá e vasculhando o bolso em busca da tarifa.

Camden Town, o centro da II-4, era seu próprio mundinho, onde amauróticos e videntes se acotovelavam num oásis de cores e músicas dançantes. Vendedores ambulantes apareciam de vez em quando no canal, trazendo mercadorias e comidas de outras cidadelas. Verdureiros vendiam numa e áster escondidos dentro de frutas. Era um foco de atividade ilegal, um lugar tão seguro quanto qualquer outro para uma fugitiva. Os Vigilantes noturnos clarividentes nunca tinham desmascarado este mercado; muitos deles contavam com aquele comércio e vários outros ainda passavam um tempo ali quando não estavam de serviço. Era o lar do único cinema clandestino da cidadela, o Fleapit, uma de suas muitas atrações audaciosas.

Segui em direção ao dique, passando por estúdios de tatuagem, bares de oxigênio e banquinhas de gravatas e relógios baratos. Pouco depois, cheguei ao Hipódromo de Camden: loja de vestidos de luxo durante o dia, discoteca à noite. Um homem com rabo de cavalo amarelo-limão estava parado do lado de fora. Antes mesmo de me aproximar, eu sabia que ele era sensitivo: os videntes muitas vezes coloriam o cabelo ou as unhas para combinar com suas auras, apesar de você só perceber a conexão se tivesse visão. Parei na frente dele.

– Está ocupado?

Ele me observou.

– Depende. Você é da área?

– Não. Sou a Onírica Pálida – respondi. – Concubina da I-4.

Com isso, ele virou a cabeça para o outro lado.

– Ocupado.

Com as sobrancelhas erguidas, me recusei a sair dali. Seu rosto estava cuidadosamente inexpressivo. A maioria dos videntes teria prestado muita atenção ao ouvir a palavra *concubina*. Dei um empurrão forte nele com meu espírito, fazendo-o gritar.

– Que porra de brincadeira é essa?

– Também estou ocupada, sensitivo. – Eu o agarrei pelo colarinho, mantendo meu espírito perto o suficiente do seu plano onírico para deixá-lo nervoso. – E não tenho tempo pra brincadeirinhas.

– Não estou brincando. Você não é mais uma bina – disparou ele. – Os boatos dizem que você e o Agregador se desentenderam, Onírica Pálida.

– Ah, é? – Tentei parecer inabalada. – Bom, você deve ter entendido errado, sensitivo. O Agregador Branco e eu não nos desentendemos. Então, você *realmente* quer correr o risco de levar uma surra ou quer me ajudar?

Seus olhos se estreitaram um pouco, me analisando. Eram protegidos por lentes de contato amarelas.

– Vá em frente, então – disse ele.

– Estou procurando a Butique da Agatha.

Ele puxou o colarinho da minha mão.

– Fica no Mercado Stables, depois do dique. Peça um diamante de sangue e ela vai te ajudar. – Cruzou os antebraços exageradamente tatuados. Esqueletos eram o tema, envolvendo seus músculos em ossos pintados. – Mais alguma coisa?

– Por enquanto, não. – Soltei seu colarinho. – Obrigada pela ajuda.

Ele rosnou. Resisti à vontade de dar mais um empurrão nele quando passei, indo em direção ao dique.

Fazer isso foi arriscado. Se ele fosse uma Boneca Esfarrapada, não teria me deixado empurrá-lo. Eles eram a gangue dominante dali, uma das poucas que inventaram o próprio "uniforme" característico: blazer listrado e pulseiras feitas de ossos de ratos, assim como o cabelo colorido. O nome do mime-lorde deles era sussurrado pela II-4, mas apenas algumas pessoas tinham visto o esquivo Homem Esfarrapado e Ossudo.

Jaxon deve ter espalhado pelas ruas que eu não era mais concubina dele. Já estava comprometendo minha posição no sindicato, tentando me obrigar a voltar para ele. Eu devia saber que ele não ia esperar muito tempo.

Senti o cheiro do Dique de Camden assim que me aproximei. Barcos estreitos flutuavam na água verde poluída, as laterais cobertas de algas e tinta velha, cada um comandado por um verdureiro.

– Comprem, comprem – gritavam eles. – Cadarços para botas, duas pratas por dez!

– Tortas quentes, joguem fora ou comprem!

– Cinco bobs por uma maçã e um branco!

– Castanhas frescas assadas, uma nota por vinte!

Meus ouvidos sentiram uma pontada ao ouvir essa última frase. O barco era vermelho-escuro, enfeitado com roxo e turbilhões de ouro. Deve ter sido lindo em algum momento, mas a tinta estava descascando e desbotando; a popa, desfigurada por um grafite anti-Scion. As castanhas eram assadas num fogão, marcadas com cortes em X através dos quais a polpa escapava.

Quando me aproximei, a verdureira sorriu para mim, exibindo dentes tortos. O brilho do fogão reluzia em seus olhos, sob a aba do chapéu-coco.

– Vinte pra você, madame?

– Por favor. – Dei um pouco de dinheiro a ela. – Estou procurando a Butique da Agatha. Me falaram que era perto daqui. Sabe onde fica?

– Logo depois da esquina. Tem um mascate vendendo *saloop* nessa direção. Você vai ouvir quando estiver perto. – Ela encheu o cone de papel com castanhas e as cobriu com manteiga e sal grosso. – Tome.

Comi as castanhas enquanto percorria o mercado, me permitindo absorver a atmosfera de humanos fazendo negócios. Não havia nada dessa energia vigorosa em Sheol I, onde as vozes eram sussurros e os movimentos eram silenciosos. A noite era o período mais perigoso para os videntes, quando a DVN fazia a ronda, mas também era o momento em que nossos dons estavam mais fortes, quando a vontade de ser ativo ardia dentro de nós... e, como éramos mariposas, simplesmente tínhamos que voar.

As janelas da butique reluziam com pedras preciosas falsas. Do lado de fora, havia uma garota vendendo *saloop*, uma botanomante baixinha com orquídeas no cabelo azul-celeste. Passei hesitante por ela.

Um sino tocou acima da porta. A proprietária – uma mulher mais velha, ossuda, envolvida num xale de renda branca – não levantou o olhar quando entrei. Para combinar com sua aura, ela havia optado por um verde fluorescente exagerado: cabelo verde bem curto, unhas verdes, rímel verde e batom verde. Uma médium falante.

– O que posso fazer por você, meu amor?

Para uma amaurótica, ela teria soado feito uma fumante inveterada, mas eu sabia que a rouquidão vinha de uma garganta maltratada por espíritos. Fechei a porta.

– Um diamante de sangue, por favor.

Ela me analisou. Tentei imaginar qual seria minha aparência se eu me pintasse para combinar com minha aura vermelha.

– Você deve ser a Onírica Pálida. Desça aqui – resmungou ela. – Estão te esperando.

A mulher me levou até uma escada bamba, escondida atrás de um antigo armário giratório. Ela tinha uma tosse persistente e profunda, como se um pedaço de carne crua estivesse preso na traqueia. Não demoraria muito para ela ficar muda. Alguns médiuns falantes cortavam a própria língua para impedir que os espíritos os usassem.

– Pode me chamar de Agatha – disse ela. – Aqui é o esconderijo da II-4. Não o uso há anos, é claro. Os videntes de Camden se espalham pra todo lado quando se assustam.

Eu a segui até um porão iluminado por uma única lâmpada. As paredes eram repletas de terrores baratos e enfeites empoeirados. Dois colchões competiam pelo espaço restante, cobertos por colchas de patchwork. Ivy estava dormindo em uma pilha de almofadas, e não passava de pele e osso vestindo uma camisa de botão.

– Não a acorde. – Agatha se agachou e acariciou a cabeça dela. – Precisa descansar, coitadinha.

Três outros videntes dividiam o outro colchão, todos com aparência de Sheol: olhares mortos, barriga vazia, aura fraca. Pelo menos, vestiam roupas limpas. Nell estava no meio.

– Quer dizer que você escapou da Torre – disse ela. – A gente devia ganhar um selo por sobreviver àquilo.

Na colônia penal, eu mal falara com Nell.

– Como está sua perna?

– É só um arranhão. Eu esperava mais da Guarda Extraordinária. Está mais para Guarda Medíocre, na verdade. – Ela ainda estremecia quando encostava no ponto machucado. – Você conhece esses dois encrenqueiros, né?

Um de seus companheiros era o garoto julco que eu ajudara em Sheol I. Tinha olhos castanhos e pele escura, vestia um macacão por cima da camisa e escondia a cabeça debaixo do braço de Nell. O quarto sobrevivente era Felix, que parecia nervoso e um pouco magro demais para sua altura, com cabelo preto emaranhado e rosto salpicado de sardas. Ele tinha sido fundamental no repasse de recados durante a rebelião.

– Desculpe. Acho que nunca perguntei seu nome – falei para o julco.

– Tudo bem – disse ele, com uma voz tranquila e meiga. – É Joseph, mas pode me chamar de Jos.

– Tá bom. – Olhei para os cantos do porão, com o coração na garganta. – Mais alguém escapou?

– Acho que não.

– Pegamos um táxi pirata em Whitechapel – disse Felix. – Tinha mais dois com a gente, mas estão...

– Mortos. – Agatha levou um pano à boca e tossiu com força. Quando o afastou, o pano estava salpicado de sangue. – A garota não conseguia absorver a comida. O garoto pulou no canal. Sinto muito, meu amor.

Senti uma pontada fria na parte de trás das pernas.

– O garoto – repeti. – Ele não era mudo, era?

– Michael escapou – disse Jos. – Ele correu pro rio, acho. Ninguém o viu.

Eu não devia ter sentido alívio – afinal de contas, outro garoto vidente tinha morrido –, mas imaginar Michael se machucando era algo fisicamente doloroso. Felix coçou a lateral do pescoço.

– Quer dizer que você não encontrou mais ninguém?

– Ainda não – falei. – Não sei onde procurar.

– Onde você está ficando?

– Estou num hotel espelunca. É melhor vocês não saberem onde. Estão seguros aqui?

– Eles estão seguros – disse Agatha, dando um tapinha no braço de Ivy. – Não se preocupe, Onírica Pálida. Não vou perdê-los de vista.

Felix deu um sorriso hesitante para ela.

– Vamos ficar bem, por enquanto. Camden parece seguro. Além do mais – disse ele –, qualquer coisa é melhor do que... onde estávamos antes.

Eu me agachei ao lado de Ivy, que não se mexeu.

– Eu era kidsman dela – disse Agatha, tirando o xale de renda e o envolvendo nos ombros de Ivy. – Achei que ela tinha fugido de mim. Pedi que todos os horrores procurassem por ela, mas não conseguimos nada. Eu sabia que ela devia ter sido pega por eles.

Fiquei tensa. Os kidsmen pegavam sarjeteiros e os treinavam para roubar e mendigar, muitas vezes causando ferimentos cruéis neles para atrair compaixão.

– Tenho certeza de que você sentiu muita falta dela – falei.

Se ela percebeu meu tom de voz, não demonstrou.

– É – disse. – Senti, sim. Ela tem sido como uma filha pra mim, essa aí. – Ela se levantou e esfregou a lombar. – Vou deixar vocês cuidarem dos próprios negócios. Tenho o meu pra gerenciar.

A porta fez um som metálico ao bater quando ela saiu. A tosse ecoou pela escada. Felix sacudiu Ivy com delicadeza.

– Ivy. Paige está aqui.

Ivy levou um tempo para acordar. Jos a ajudou a se sentar, apoiando-a com almofadas. A mão dela ficou apoiada nas costelas. Quando seus olhos escuros finalmente focaram em mim, ela sorriu, deixando à mostra um dente perdido na parte da frente, que vi de relance.

– Ainda não estou morta.

Jos pareceu preocupado.

– Agatha disse que você não devia se levantar.

– Estou bem. Ela sempre foi pessimista – disse Ivy. – Sabe, a gente realmente deveria mandar um convite pro Thuban vir até meu leito de morte. Tenho certeza de que ele adoraria ver os frutos do próprio trabalho.

Ninguém sorriu. Ver suas contusões me fez tremer na base.

– Então – falei –, quer dizer que Agatha é sua kidsman?

– Confio nela. Agatha não é como os outros kidsmen: ela me acolheu quando eu estava morrendo de fome. – Apertou o xale de renda nos ombros. – Ela vai nos esconder do Homem Esfarrapado e Ossudo. Nunca gostou dele.

– Por que vocês precisam se esconder dele? – Eu me sentei no colchão. – Ele não é seu mime-lorde?

– Ele é violento.

– Como a maioria dos mime-lordes, não?

– Confie em mim, você não iria gostar de irritar esse daí. Ele não vai querer um bando de fugitivos causando confusão na seção. Ninguém conhece o rosto dele, mas Agatha se encontrou com ele uma ou duas vezes. Faz anos que ela é encarregada do esconderijo, desde antes de eu trabalhar pra ela.

– Quem é a concubina dele? – perguntou Nell.

– Não sei ao certo. – Ivy passou a mão pela cabeça raspada, desviando o olhar. – Eles são um pouco reservados por aqui.

Eu teria que perguntar mais coisas sobre esse cara ao Jaxon. Quer dizer, se eu voltasse a falar com Jaxon.

– Por que voltar pra cá, então?

– Não tinha outro lugar pra ir – respondeu Nell, fazendo uma careta. – Não temos dinheiro pra um hotel espelunca nem amigos que pudessem nos hospedar.

– Olha, Paige – interrompeu Felix –, precisamos pensar no que fazer e botar em prática logo. Scion vai nos caçar por causa do que sabemos.

– Convoquei uma reunião na Assembleia Desnatural. Precisamos contar tudo sobre os Rephaim – falei. Ivy virou a cabeça. – Deixar todos os videntes de Londres saberem o que Scion tem feito com a gente.

– Você está louca – disse Ivy, me encarando. Havia um tremor em sua voz. – Acha que *Hector* faria alguma coisa a respeito disso? Acha que ele se importaria?

– Vale a pena tentar – falei.

– Temos nossas marcas – observou Felix. – Temos nossas histórias. Temos todos os videntes que continuam desaparecidos.

– Eles podem estar na Torre. Ou mortos. Mesmo se contássemos pra todo mundo, não teríamos garantia de que isso mudaria alguma coisa – disse Nell. – Ivy tem razão. Hector não vai acreditar em uma palavra. Uma vez, um amigo meu tentou relatar um assassinato pro capanga dele e levou uma surra até ficar inconsciente, por causa da confusão que causou.

– Precisamos de um Rephaite pra provar a história – comentou Jos. – O Mestre vai nos ajudar, não vai, Paige?

– Não sei. – Fiz uma pausa. – Nem sei se ele está vivo.

– E não devíamos trabalhar com os Rephs. – Ivy desviou o olhar. – Todos nós sabemos como eles são.

– Mas ele ajudou Liss – retrucou Jos, franzindo a testa. – Eu vi. Ele a tirou do choque espiritual.

– Dê uma medalha a ele, então – disse Nell –, mas também não vou trabalhar com ele. Todos eles podem apodrecer no inferno.

– E os amauróticos? – perguntou Felix. – Podemos trabalhar com eles?

Nell bufou.

– Desculpe, mas me lembre por que os rótis dariam a mínima importância pro que aconteceu com a gente?

– Você poderia ser um pouco mais otimista.

– É, as execuções semanais me deixam *realmente* otimista. De qualquer maneira, a proporção entre os rótis de Londres e nós é de dez pra um, talvez mais – acrescentou ela. – Mesmo se conseguíssemos trazer uma quantidade mínima deles pro nosso lado, o restante iria nos superar. Então, esse plano brilhante foi por água abaixo.

Dava para perceber que já fazia algum tempo que eles estavam presos em um quartinho.

– Os amauróticos poderiam acabar nos ajudando. Scion sempre ensinou seus cidadãos a odiarem a clarividência – falei. – Imagine como o cidadão mediano reagiria se eles descobrissem que Scion era *controlada* por videntes. Os Rephs são mais clarividentes do que nós e nos controlam há dois séculos. Mas primeiro precisamos nos concentrar nos videntes, e não nos rótis nem nos Rephaim. – Fui até a janela e fiquei observando os barcos estreitos passarem com as mercadorias. – O que seus mime-lordes diriam se vocês pedissem ajuda a eles?

– Vamos ver... O meu iria me bater – refletiu Nell –, depois... hum, provavelmente me jogaria na rua com cortes nos braços pra mendigar, porque ele acharia que sou ótima mentirosa.

– Quem é seu mime-lorde?

– Enganador Valentão. III-1.

– Certo. – O Enganador Valentão era tão bruto quanto seu nome sugeria. – Felix?

– Eu não era sindi – admitiu ele.

– Eu também não – disse Ivy. – Só uma sarjeteira.

Suspirei.

– Jos?

– Eu também era sarjeteiro na II-3. Meu kidsman não nos ajudaria. – Ele abraçou os joelhos. – A gente vai ter que ficar aqui, Paige?

– Por enquanto – respondi. – Agatha vai pedir pra vocês trabalharem?

– Claro que sim. Ela já tem vinte sarjeteiros pra alimentar – disse Ivy. – Não podemos simplesmente viver às custas dela.

– Entendo, mas todos vocês passaram por muitas coisas. Nell, você ficou dez anos fora. Precisa de um tempo pra se adaptar.

– Agradeço muito por ela nos hospedar. – Nell se apoiou na parede. – Voltar ao trabalho vai me fazer bem. Quase esqueci como é ser *paga* pra fazer uma tarefa – acrescentou ela. – Aliás, e o seu mime-lorde? Você está com o Agregador Branco, não é?

– Vou falar com ele sobre isso. – Olhei para Ivy, que estava remexendo um calo no dedo. – Agatha sabe da colônia? – Ela negou com a cabeça. – O que vocês contaram a ela, então?

– Que a gente escapou da Torre. – Ivy continuava balançando a cabeça. – Eu simplesmente... não tive coragem para explicar. Quero esquecer tudo aquilo.

– Deixe assim, então. A verdade é nossa melhor arma. Quero que a escutem pela primeira vez na Assembleia Desnatural, ou eles vão pensar que é só um boato que saiu do controle.

– Paige, *não* conte pra Assembleia. – Seus olhos se arregalaram. – Você não disse nada sobre lutar ou ir a público. Falou que ia nos trazer pra *casa*. Só isso. Temos que ficar escondidos. Você pode colocar o restante de nós em...

– Não quero ficar escondido. – A voz de Jos era baixa, mas firme. – Quero corrigir o que tem de errado.

Agatha voltou bem nesse instante, carregando uma bandeja de comida.

– Hora de ir embora, querida – disse ela. – Ivy precisa descansar.

– Se você está dizendo... – Olhei de novo para seus quatro fardos. – Mantenham-se em segurança.

– Espere um segundo. – Felix rabiscou um número de telefone num pedaço de papel. – Só pro caso de você precisar de nós. É o contato de uma mascate, mas ela vai anotar o recado se você ligar.

Enfiei o papel no bolso. Na subida pela escada apodrecida, xinguei Agatha. Que tipo de idiota ela era para ter deixado dois videntes morrerem durante a sua guarda? Ela parecia bem gentil, e esse fardo foi jogado em cima dela de forma inesperada, mas Ivy os seguiria até o éter se ela não fosse cuidadosa. Mesmo assim, ver quatro sobreviventes seguros, limpos e alimentados, com um lugar para dormir e outros videntes para protegê-los, foi mais do que eu esperava encontrar nessa excursão.

Uma chuva leve caía quando saí da Butique da Agatha. Andei pelo mercado coberto, onde luzes de nafta queimavam uma abundância de comidas quentes de rua. Ervilhas amanteigadas brilhantes, soltando fumaça em ramequins de papel; uma grande quantidade de purê de batata, alguns brancos e macios, outros tingidos de verde-ervilha ou cor-de-rosa; salsichas respingando em uma panela de ferro. Quando passei por uma bandeja de chocolate líquido, não consegui resistir. Era doce, sedoso e com sabor de conquista. Tudo o que eu comia e bebia era mais uma forma de desprezar Nashira.

Caiu mal no meu estômago. Liss teria dado um braço por um gole dessa bebida.

O ombro de alguém esbarrou no meu, fazendo o resto que tinha no copo sair voando.

– Preste atenção.

A voz era rouca e masculina. Quase respondi, mas ver as listras e as pulseiras de ossos me impediu. Bonecas Esfarrapadas. Esse era o território deles, não o meu.

Faltando algumas horas para o sol nascer, saí do mercado noturno e segui para o sul, de olho nos transportes que passavam. Não demorei muito para chegar à fronteira da I Coorte. Quando alcancei um beco, me encostei na parede para conferir as horas no relógio de pulso. Era um esconderijo abandonado de mercadeiros, sujo e silencioso, cheio de lixeiras queimadas pelos fogos acesos perto das portas. Pensando bem, foi um péssimo lugar para parar.

Meu sexto sentido estava lento. Não senti a aproximação deles até estarem bem em cima de mim.

– Ora, veja só quem é. Minha velha amiga, a Onírica Pálida.

Meu estômago despencou até minhas botas. Eu conhecia aquela voz arrastada. Era Haymarket Hector.

4

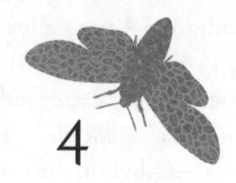

Grub Street

O Sublorde da Cidadela Scion de Londres não era uma visão agradável de nenhuma distância. Mesmo assim, como seu rosto estava apenas a alguns centímetros do meu, lembrei por que a escuridão lhe caía tão bem. Um nariz escabroso, dentes que pareciam hastes quebradas e olhos riscados por vasos sanguíneos formavam um sorriso. Por baixo do chapéu-coco, o cabelo era liso de gordura. Sua horda – os Subcorpos – se reuniu ao meu redor, formando um semicírculo estreito.

O Papa-defunto, agregador da I-1, estava atrás deles, e deu para reconhecê-lo pela cartola. Seu braço direito tinha sido talhado com tantos nomes que era pouco mais que uma manga de cicatrizes. Ao lado dele, estava Ardiloso, o enorme guarda-costas de Hector.

– A mocinha de Dials está muito longe de casa – disse Hector delicadamente.

– Estou na I-4. *Estou* em casa.

– Que meigo. – Ele passou a lanterna para o Ardiloso. – Sentimos sua falta, Onírica. É ótimo ver você de novo.

– Eu adoraria dizer o mesmo sobre você.

– O tempo que passou fora de Londres não fez você mudar em nada. O Agregador não nos contou aonde você foi.

– Você não é meu mime-lorde. Não sou subordinada a você.

– Mas ao seu mime-lorde é. – Um sorriso fino. – Eu soube que vocês dois brigaram.

Não respondi.

– O que você está fazendo na I-4?

– Temos alguns ossos pra pegar com o seu chefe. – Dentetagarela sorriu para mim, mostrando o incisivo esquerdo tatuado com um minúsculo desenho de tarô. Ele era especialista em *tarocchi*. O cartomante mais talentoso com quem eu joguei. – Um dos lacaios dele solicitou uma reunião da Assembleia Desnatural.

– É nosso direito convocar reuniões.

– Só se eu estiver no clima. – Hector pressionou o polegar no meu pescoço. – Por acaso, não estou a fim de nenhuma reunião entediante. Imagine se eu tivesse que responder a *todas* as solicitações que recebo na minha caixa postal secreta, Onírica Pálida. Eu nunca faria mais nada além de ouvir os infortúnios dos meus mime-lordes e mime-rainhas mais devotos.

– Os infortúnios deles podem ser importantes – falei com calma. – Não é parte do seu trabalho responder às solicitações?

– Não. Lidar com o rebanho é tarefa dos meus subalternos. A *minha* tarefa é manter todos vocês na linha. Os problemas insignificantes deste sindicato só são importantes se eu considerá-los importantes.

– Você acha que Scion é importante? Acha que é importante que eles estejam prestes a nos esmagar com o Senscudo?

– Ah. – Hector colocou um dedo em meus lábios. – Acho que encontramos nossa suspeita. Foi *você*, não foi, Onírica Pálida? Você convocou a reunião, né?

As palavras foram recebidas com uma gargalhada ruidosa. Meu espírito sentiu como se estivesse inchando, transbordando.

– Acha que pode *nos* convocar? – Dentetagarela zombou de mim. – O que nós somos? A porra dos seus cachorrinhos?

– É, Dentetagarela, parece que ela acha que pode. Que presunção. – Aproximando-se, Hector sussurrou no meu ouvido: – O Agregador Branco vai sentir meu descontentamento por permitir que você seja tão ousada a ponto de me *convocar*, Onírica Pálida.

– Não aja feito um rei, Hector. – Eu não me mexi. – Você sabe o que Londres faz com os reis.

Assim que falei isso, o éter tremeu de forma ameaçadora. O ar noturno soprou às minhas costas enquanto um poltergeist escapava das paredes.

– Esse é o Monstro de Londres – disse Hector. – Outro velho amigo. Você o conhece? Ele andava por essas ruas no fim do século XVIII. Tinha uma atração especial por rasgar a pele de jovens senhoritas.

Aquele borrão no éter foi suficiente para fazer a bile subir até minha garganta e provocar um arrepio nas minhas pernas. Então, me lembrei do pingente, e a coragem brotou dentro de mim.

– Já vi piores – falei. – Isso aí é uma imitação barata do Estripador.

O médium falante de Hector, Cabeçaredonda, deu um grito medonho.

– Tomara que seus olhos explodam, sua vadia maldita – rugiu ele. O poltergeist estava falando com a língua do Cabeçaredonda.

O Papa-defunto curvou um dedo comprido. Relutante, o poltergeist recuou. Cabeçaredonda disparou vários xingamentos terríveis antes de ficar quieto.

– Mais algum truque de festa? – perguntei.

– Vou te mostrar um.

A promessa veio da concubina de Hector, Bocacortada. Vários centímetros mais alta que seu mime-lorde, ela usava facas ao redor dos quadris e o cabelo vermelho comprido estava preso em uma trança embutida. Os olhos de um tom castanho ilusoriamente suave encararam os meus. Sua boca ficava retorcida num nó permanente, consequência de uma cicatriz em forma de S que retalhava seus lábios.

– Conheço alguns truques, Onírica Pálida. – A lâmina de uma faca comprida captou a lanterna quando ela aproximou a ponta do canto da minha boca. – E acho que vão te fazer sorrir.

Fiquei parada. Bocacortada devia ser só um ou dois anos mais velha do que eu, mas já era tão cruel quanto Hector.

– Uma concubina deve ter cicatrizes. – O polegar dela traçou a linha fraca em meu rosto. – Onde você arranjou isso? Quebrou uma unha, foi? Exagerou na maquiagem? Você é uma impostora. Um nada. Você e seus Sete Selos me dão vontade de cuspir.

E foi o que ela fez. Os outros caíram na gargalhada, exceto o Papa-defunto, que nunca ria.

– Agora que você já fez isso – limpei o rosto com o punho –, talvez pudesse me dizer o que quer, Bocacortada.

– Quero saber por onde você andou nesses seis meses. A última pessoa de Londres que te viu foi Hector.

– Estive fora.

– Sim, sua idiota, a gente sabe que você esteve *fora*. Mas onde?

– Em nenhum lugar perto do seu território, se esse é o problema.

Bocacortada me deu um soco nas costelas, com força suficiente para me impedir de respirar. A dor dos meus antigos ferimentos explodiu, me dobrando feito um galho quebrado.

– Não tente brincar comigo. Você é o brinquedo aqui. – Enquanto eu agarrava meu tórax, ela acertou um chute no meu joelho, me jogando no chão, depois soltou meu cabelo do chapéu e o enrolou na mão. – Olhe só pra você. Não passa de uma concubina.

– Ela é uma charlatã – disse um dos ladrões. – Não era uma andarilha onírica?

– Isso mesmo, sr. Dedoescorregadio. Ela não parece fazer muita coisa, né? Fica só esquentando a cadeira, eu diria. – Bocacortada pressionou a lâmina no meu pescoço. – Pra que você *serve*, Onírica? O que o Agregador faz com você? Temos um juramento de honra para nos livrar dos charlatões, então é melhor abrir essa sua boca de armadilha e falar. Vou perguntar mais uma vez: por onde você andou?

– Fora – repeti.

Ela me deu um soco tão forte no rosto que minha cabeça bateu na parede.

– Fale, eu mandei. Você quer ser um presunto, além de uma brogue de merda?

Engoli uma resposta atravessada. Até mesmo os videntes repetiam o ódio de Scion pelos irlandeses. Hector estava ali perto, olhando para o relógio de bolso dourado que carregava sempre. Eu não tinha como ganhar essa luta, não com os outros ferimentos que eu estava escondendo. Eu não queria que Hector soubesse como meu espírito havia mudado. Até onde eu sabia, eu ainda era somente um radar mental, que só servia para contar planos oníricos.

– Ah, ela não vai falar. Me dê sua carteira, Onírica – ordenou Dedoescorregadio. – Vamos comprar alguma coisa mais divertida.

– E esse colar bonito? – Sua companheira, uma mulher robusta, agarrou meu cabelo. – Que metal é esse?

Meus dedos sujos procuraram o pingente.

– É só plástico – falei. – De Portobello.

– Mentirosa. Me dê.

O metal formigou na minha palma. Era sublimado contra poltergeists, mas eu duvidava de que fosse me proteger de gângsteres de Londres.

– Vamos deixá-la ficar com a bugiganga – disse Hector um instante depois. – Mas devo dizer que esse cordão ficaria *maravilhoso* em você, srta. Narizchapado. – Enquanto os outros riam baixinho, o Sublorde estendeu a mão. – Sua carteira.

– Não tenho uma.

– Não minta, Onírica, senão vou ter que pedir pro Carainchada revistar você.

Meu olhar se voltou para o homem em questão. Com dedos grossos, cabeça oleosa sem cabelo e olhos pretos gananciosos, Carainchada, o verme, era quem fazia todo o trabalho realmente sujo de Hector. Quem matava e descartava os corpos, se fosse necessário. Enfiei a mão no bolso e joguei minhas últimas moedas nas botas de Dedoescorregadio.

– Considere isso um pagamento – disse Hector – pela sua vida. Bocacortada, guarde a faca.

Bocacortada o encarou.

– Ela não falou ainda – disparou. – Você quer deixar a garota ir embora?

– Ela não tem serventia para nós se estiver mutilada. O Agregador Branco não vai querer brincar com uma boneca danificada.

– A vadia pode nos dizer por onde andou. Você disse que a gente ia...

Hector a atingiu com um tapa. Um de seus anéis tocou o rosto de Bocacortada, provocando um sangramento.

– Você – sussurrou ele – não é minha mestra.

Parte do cabelo soltou da trança dela, caindo num dos lados do rosto. Ela olhou para mim, depois desviou a vista, cerrando o punho.

– Perdão – disse ela.

– Concedido.

Os outros gângsteres se entreolharam, mas Dentetagarela era o único que sorria. Todos exibiam pequenas cicatrizes no rosto. Dando uma última olhada em mim, Hector colocou as mãos na cintura da sua concubina e a levou para longe. Eu não conseguia mais ver o rosto dela, mas suas costas estavam tensas.

– Chefe – gritou Dentetagarela. – Está esquecendo alguma coisa?

– Ah, sim. – Hector acenou com a mão. – Sucesso com as cartas, Onírica. Se você me incomodar de novo, sua luz vai ser apagada.

O Ardiloso separou os outros. Antes que eu conseguisse me abaixar, seu punho esmagou a lateral do meu rosto, depois foi direto para o meu estômago. E de novo. Fagulhas voavam a partir do centro da minha visão. O chão se ergueu e encontrou as palmas das minhas mãos. Se ele fosse um homem menor, pelo menos eu teria tentado dar um soco nele, mas, se eu o irritasse, ele poderia simplesmente me matar... e eu tinha lutado demais para viver a ponto de deixar isso acontecer. Ele me deu alguns chutes de bônus.

– Mort.

Cuspiu em mim e depois saiu correndo feito um cão atrás de seu mime-lorde. A risada ecoou pelos estábulos.

A dor subia pelas raízes dos meus dentes. Eu ofegava e tossia. *Canalha covarde.* Dentetagarela estava se coçando por uma briga desde que perdeu nossa partida de *tarocchi*, embora colocar o Ardiloso atrás de mim dificilmente contasse como briga. Parecia tão *idiota* naquele momento, tão idiota derramar sangue por causa de um jogo... mas isso era tudo que o pessoal do Hector realmente fazia. Eles tinham transformado o sindicato num jogo de tabuleiro.

Eu me ergui para ficar de quatro. Naquele instante, eu realmente era uma sarjeteira. Peguei o telefone irrastreável no casaco e disquei um número. Tocou duas vezes antes de um mensageiro atender.

– I-4.

– O Agregador Branco – falei.

– Sim, senhora.

Três minutos se passaram até que a voz de Jaxon surgiu na linha:

– É você de novo, Didion? Olhe, seu arrogante miserável, não tenho tempo nem dinheiro pra gastar capturando mais um dos seus fugitivos...

– Sou eu.

Houve um silêncio demorado e ininterrupto. Sendo que minha voz costumava provocar surtos de prolixidade nele.

– Escute, Hector acabou de me encurralar. Disse que vai falar com você. Ele está com os Subcorpos.

– O que eles querem? – perguntou Jaxon, curto e grosso.

– Convoquei uma reunião da Assembleia Desnatural – falei, curta e grossa também. – Eles não gostaram.

– Sua *idiota* miserável, Onírica. Você devia saber que Hector não convocaria uma reunião. Ele não fez nenhuma sequer durante todos esses anos em que atua como Sublorde. – Escutei-o se mexendo. – Você disse que eles estão vindo pra cá? Pra Seven Dials?
– Acho que sim.
– Então imagino que vou ter que lidar com eles. – Pausa. – Você está machucada?
Limpei o sangue dos lábios.
– Eles me bateram um pouco.
– Onde você está? Devo mandar um táxi?
– Estou bem.
– Eu gostaria que você voltasse pra Seven Dials. Já fui obrigado a informar às seções mais próximas que você está pensando em parar de trabalhar pra mim.
– Estou sabendo disso.
– Então volte, querida. Vamos conversar sobre isso.
– Não, Agregador. – As palavras saíram antes mesmo que eu pudesse pensar a respeito. – Não estou pronta. Não sei se um dia vou estar.
Dessa vez, o silêncio foi muito, muito mais longo.
– Entendo – disse ele. – Bom, eu espero você ficar *pronta*. Enquanto isso, talvez eu deva começar a procurar uma concubina substituta. O comprometimento da Sino é animador. Afinal de contas, nem todos nós temos tempo pra descansar em luxuosos hotéis espeluncas enquanto nossos mime-lordes cuidam dos nossos problemas.
O tom de discagem penetrou no meu ouvido. Arranquei o módulo do telefone e o joguei no bueiro.
Então Jaxon estava pensando em Nadine, a Sino Silencioso, para sua nova concubina. Enfiei o telefone vazio no bolso e segui em direção aos fundos dos estábulos, com o rosto latejando. Nick estava hospedado na Grub Street, onde faziam panfletos. Eu devia ir até ele. Conversar com ele. Era melhor do que passar mais uma noite sozinha, esperando os túnicas-vermelhas me arrancarem da cama. Chamei um riquixá e pedi que me levassem à I-5.

****

Não haveria nenhuma reunião da Assembleia Desnatural. Foi otimista esperar que Hector me ouvisse, mas uma parte minúscula de mim pensou que pelo menos ele poderia ficar curioso o suficiente para me escutar.
Eu teria que espalhar a história de outra maneira. Não podia sair gritando sobre os Rephaim na rua. As pessoas achariam que eu tinha enlouquecido. E eu não podia lutar sozinha contra eles, não enquanto tivessem a força militar de Scion por trás. O mero tamanho do inimigo era assustador. Se eu não tivesse o sindicato, não teria nada.

Estava chovendo forte quando o riquixá me deixou na entrada da rua. Prometi ao motorista que ia voltar com moedas, envolvi o rosto com a echarpe e passei embaixo da arcada.

Desde a década de 1980, Grub Street tinha sido o lar da alta boemia do submundo vidente. Era mais um distrito do que uma única rua, uma mina de rebeldia no coração da I-5. Sua arquitetura era uma mistura excêntrica do estilo georgiano do século XVIII, falso Tudor e moderno, tudo com fundações tortas, paralelepípedos e paredes inclinadas, entremeadas com néon, aço e uma única tela de transmissão modesta. As lojas vendiam todos os suprimentos que um escritor poderia desejar: papel de alta gramatura, tinteiros em arco, livros grossos e antigos de colecionador – do tipo que abria como portas para outros mundos – e canetas tinteiro enfeitadas.

Havia pelo menos cinco ou seis cafeterias e uma loja de comida solitária já abertas. Cheiro de café escapava pela maioria das janelas. Dava para saber que era o lar da maioria dos bibliomantes e psicógrafos da cidadela, que moravam nas águas-furtadas bolorentas tendo apenas suas musas, café e livros como companhia. Uma música de câmara vitoriana flutuava pela porta aberta de uma loja de antiguidades.

Becos curtos se espalhavam por todos os lados da rua principal, cada um levando a um pequeno pátio confinado. Foi num desses que eu entrei, seguindo em direção ao único hotel espelunca dali. Havia um cartaz pendurado na porta, dizendo BELL INN. Quando senti o plano onírico de Nick, dei uma cutucada.

Alguns instantes depois, um rosto preocupado apareceu na janela da água-furtada. Fiquei perto do poste de luz, esperando ele sair pela porta do hotel espelunca.

– O que você está fazendo aqui? O que aconteceu?

– Hector – falei, como explicação.

Uma sombra passou por sua sobrancelha.

– Você tem sorte de estar viva. – Ele beijou o topo da minha cabeça. – Rápido. Pra dentro.

– Preciso pagar o riquixá.

– Eu faço isso. Entre logo.

Entrei no corredor e sacudi o casaco para me livrar das gotas de chuva. Quando Nick voltou, ele me conduziu pela sala de estar iluminada pelo fogo, onde um homem grandalhão se curvava sobre um livro, fumando um cachimbo. Devia ter uns sessenta anos, com a pele amarelada. Uma barba escura e bem cuidada, salpicada de cinza, crescia embaixo do seu nariz grande.

– Boa noite, Alfred – disse Nick.

O homem se assustou tanto que a cadeira fez um barulho de tiro.

– Ah... Visão, meu bom amigo. – Seu sotaque era claramente da classe alta, algo estranho, como se ele tivesse nascido na época da monarquia.

– Você não me parece muito bem, meu velho.

– É, bom. – Ele afundou de novo no assento. – Minty está me procurando, sabe. Meio estressada.

– Achou que eu era Minty? Fico lisonjeado. – Nick pegou sua chave com o porteiro. – Você trabalha demais. Por que não sai da Grub Street por alguns dias, tira uma folga?

– Ah, não tenha medo. Seu mime-lorde teria um ataque, para começar. Ele gosta que eu esteja disponível o tempo todo, para o caso de emergências literárias. Não que ele esteja na minha lista positiva... ainda me deve por um maldito manuscrito.

– Com um dedo torto, o homem levou o pincenê até a ponta do nariz. Quando me viu, suas sobrancelhas se ergueram. – E quem é essa bela senhorita que você está trazendo escondida para água-furtada?

– Esta é Paige, Alfred. Concubina de Jaxon.

Alfred olhou para mim por cima das lentes.

– Minhas palavras! A Onírica Pálida. Como vai?

– Alfred é um psicopesquisador – disse Nick. – O único de Londres. Ele descobriu os escritos de Jaxon.

– Eu gostaria de acrescentar que "psico" é uma redução de "psicógrafo". A maioria dos meus clientes é de médiuns escritores, sabe. – Alfred beijou minha mão imunda. – Ouvi muitas coisas sobre você pelo seu mime-lorde, mas ele nunca se dignou a apresentá-la para mim.

– Ele não se digna a fazer muitas coisas – falei.

– Ah, mas ele é o conspirador! Não precisa nem levantar um dedo. – Alfred soltou minha mão. – Se me permite dizer, querida, parece que você esteve na guerra.

– Hector.

– Ah. Sim. Nosso Sublorde não é o homem mais pacífico do mundo. Por que nós, videntes, lutamos uns contra os outros com tanta voracidade, mas não fazemos nada para combater o Inquisidor é algo que eu jamais saberei.

Analisei seu rosto caído. Se esse homem tinha descoberto os escritos de Jaxon, era pelo menos parcialmente responsável pela publicação de *Sobre os méritos da Desnaturalidade*, o panfleto que colocou vidente contra vidente e provocou as terríveis linhas falsas que ainda dividiam nossa comunidade.

– É estranho – falei.

Alfred ergueu o olhar para mim. Seus olhos caídos eram de um tom azul-acinzentado e, logo abaixo, pendiam duas bolsas inchadas de pele.

– Então, Nick... Conte para este velho os últimos escândalos de Scion. – Ele cruzou as mãos sobre o estômago. – Que tipo de novos experimentos maliciosos eles estão fazendo? Já estão cortando videntes em pedaços?

– Nada tão interessante, eu receio. A maioria dos médicos está testando o novo protótipo de Senscudo para SciORE.

– Sim, imagino que estejam. Como sua Danica está cuidando disso?

Eu tinha certeza de que Danica não havia conhecido esse homem; ela não era muito sociável. Jaxon deve ter contado a ele sobre nós, incluindo os nomes verdadeiros.

– Ela é da sexta ordem – disse Nick. – Ainda não dá para detectá-la.

– Ainda – comentou Alfred.

Eu me perguntei se Danica teria voltado ao trabalho imediatamente depois da fuga, e me senti uma inútil quando percebi que não fazia ideia. Ela só trabalhava em meio expediente para SciORE, mas eu poderia apostar que ela havia comparecido ao seu turno depois do resgate.

– O novo Senscudo não vai ficar pronto antes da Novembrália, de qualquer maneira – disse Nick. – Não pra ser usado em toda a cidadela.

– Eles já estão com tudo no Arconte, meu amigo. Vão querer colocá-los no Grand Stadium. Anote o que estou dizendo: eles vão fazer uma cerimônia luxuosa de boas-vindas para o *Inquisiteur* quando ele chegar.

– Estou ansioso para todos os cinquenta enforcamentos comemorativos. – Nick me conduziu em direção à escada. – Desculpe, Alfred... preciso dar uns analgésicos pra Paige. Boa sorte ao evitar Minty.

– Hunf, não se preocupe. "A fortuna, ao perceber que não poderia transformar os tolos em sábios, os transformou em sortudos."

– Shakespeare?

– Montaigne. – Estalando a língua, o pesquisador voltou sua atenção para o livro. – Até mais, mentecapto.

A estalagem era escura. Subimos os degraus que rangiam até o sótão, onde o carpete era fino de tão gasto e as paredes tinham o mesmo tom desbotado de marrom que uma contusão antiga.

– Alfred e Jaxon se conhecem há muito tempo. – Nick destrancou a porta. – Ele é incrível: provavelmente o bibliomante mais talentoso da cidadela. Tem cinquenta e sete anos e trabalha dezoito horas por dia. Ele diz que consegue ler qualquer coisa e simplesmente *sentir* se vai vender.

– Ele já errou?

– Não que eu saiba. Por isso ele é o único psicopesquisador. Tira o trabalho de todos os outros.

– O que ele faz pro Jax?

– Vende seus panfletos pro Spiritus Club, pra início de conversa. Ele fez uma pequena fortuna com *Sobre os méritos*.

Não fiz nenhum comentário.

Nick acendeu a luz. O quarto era praticamente indescritível, equipado com nada além de um espelho, uma pia rachada e uma cama com lençóis esfarrapados. Parecia não ser limpo havia um século. Alguns itens essenciais do apartamento dele permeavam o quarto.

– Você aluga isso aqui? – perguntei.

– Alugo, sim. Não é exatamente o Farrance's, mas às vezes simplesmente preciso ficar perto de outros videntes que não sejam Jax. Pode chamar de casa de férias. – Ele aqueceu uma flanela com água quente e me entregou. – Conte o que aconteceu com Hector.

– Ele disse que ia encontrar Jaxon.

– Por quê?

– As convocações. – Levei a toalha aos lábios. – Ele queria descobrir quem mandou. Percebeu que fui eu e ordenou que o Ardiloso fizesse isso comigo.

Ele fez uma careta.

– Eu queria poder dizer que estou surpreso. Nada de reunião, então?

– Não.

– Eles vão encontrar Jaxon mesmo assim?

– Liguei pra ele e avisei. Ele queria que eu fosse pra Dials. Eu disse não.

– Jaxon não ficou bravo com as convocações?

– Não tão bravo quanto eu esperava. – Quando tirei a flanela do meu rosto, estava manchada de sangue e sujeira. – Mas ele está ameaçando transformar Nadine em sua concubina.

– Ele a vem treinando pra isso, *sötnos*. – Quando franzi a testa, ele suspirou. – Nadine começou a forçar a barra pra ser concubina assim que você desapareceu. Eles vêm tendo reuniões privativas, e Jaxon a deixou fazer boa parte do seu trabalho: receber aluguéis, leilões juditeanos, esse tipo de coisa. Isso vai parar se você voltar, mas Nadine não vai ficar nada feliz.

– Por que ele escolheu Nadine? Achei que seria Zeke ou Dani, porque são fúrias.

Ele ergueu as mãos.

– Estou longe de adivinhar o que se passa na cabeça de Jaxon Hall. De qualquer maneira, ele não vai torná-la concubina a menos que você lhe diga diretamente que essa andarilha onírica nunca mais vai trabalhar pra ele. Quer mesmo se demitir?

– Não. Sim. Não sei. – Eu me joguei na cama. – Não consigo esquecer o que ele disse. Que transformaria minha vida num inferno, se algum dia eu saísse do emprego.

– E ele vai fazer isso. Você vai ser isolada de tudo, se pedir demissão. E precisa de dinheiro. Scion vigia todas as contas bancárias dos empregados – alertou ele. – Não posso continuar sacando dinheiro pro seu aluguel, senão vão começar a fazer perguntas. Fale o que quiser sobre Jax, mas ele paga uma boa grana.

– É, ele me paga pra intimidar Didion e vender quadros falsos no mercado negro. Ele paga à Nadine pra tocar violino. Paga ao Zeke pra ser a cobaia de laboratório dele. E qual é o objetivo disso, afinal?

– Ele é um mime-lorde. É o trabalho dele. É o seu trabalho.

– Por causa de Hector. – Encarei o teto. – Se ele desaparecesse, outra pessoa poderia assumir o sindicato e nos unir.

– Não. Tanto o mime-lorde quanto a concubina suprema precisam desaparecer antes que um duelo possa ser convocado. Se Hector morresse, Bocacortada se tornaria Sub-rainha – disse Nick –, e ela não é melhor do que ele. Hector só tem uns quarenta anos, e certamente não está morrendo de fome. Ele não vai pro éter tão cedo.

– A menos que alguém se livre dele.

Nick virou a cabeça.

– Até mesmo os mafiosos mais violentos condenariam um golpe – disse ele, com a voz baixa.

– Só porque Hector apoia a violência deles.

– Está sugerindo que alguém deveria organizar um golpe?

– Você tem alguma ideia melhor?

– Eles teriam que expulsar Bocacortada também. Mesmo se isso acontecesse, a Assembleia Desnatural não assumiria uma briga com Scion – disse ele com delicadeza. – A maioria deles conseguiu essas posições por meio de assassinatos ou chantagens, e não por coragem. Hector é só parte do problema. – Ele serviu um pouco de *saloop* de um frasco. – Aqui. Você parece estar congelando.

Peguei o copo. Ele se sentou na cama na minha frente e tomou um gole do próprio copo, olhando para baixo.

– Ando tendo visões desde que voltamos – disse ele. – Provavelmente não é nada, mas algumas delas...

– O que foi que você viu?

– Um afogamento simulado – respondeu, como se ainda estivesse vendo – em uma sala com paredes brancas e piso de azulejos azuis. Já tive visões assim, mas essa pareceu mais específica. Tinha um relógio de madeira na parede atrás da tábua, com folhas e flores esculpidas ao redor da superfície. Quando dava meia-noite, um pássaro minúsculo de metal saía do relógio e cantava uma antiga música da minha infância.

Minha pulsação saltou uma batida. O dom de um oráculo envolvia principalmente *enviar* imagens, mas às vezes eles também recebiam mensagens não solicitadas do éter. Para Nick, elas eram uma fonte infinita de medo e fascínio.

– Você já viu um relógio desses?

– Já. É um relógio cuco – respondeu ele. – Minha mãe tinha um.

Nick quase nunca falava da família. Eu me aproximei um pouco mais dele.

– Você acha que era destinada a você ou era sobre outra pessoa?

– A música parecia pessoal. – Toda vez que ele olhava para mim, as sombras em seu rosto pareciam mais intensas. – Tenho visões desde os seis anos e até hoje ainda não as entendo de verdade. Mesmo que o afogamento simulado não seja pra mim, mais cedo ou mais tarde eles vão descobrir o que sou. Gostamos de pensar que somos corajosos, mas, no fim das contas, somos apenas humanos. As pessoas quebram ossos tentando escapar do afogamento simulado.

– Nick, pare com isso. Eles não podem te torturar.

– Eles podem fazer o que quiserem. – Ele baixou as pálpebras. – Durante todos os anos em que trabalhei para Scion, salvei trinta e quatro videntes da forca e dois do NiteKind. Isso me manteve lúcido. É pra isso que eu vivo. Precisamos de alguém lá dentro ou não haverá ninguém pra lutar por eles.

Sempre admirei Nick pelo que ele fazia. Jaxon odiava o fato de que seu oráculo trabalhava para Scion – ele queria que Nick fosse totalmente comprometido com a gangue –, mas parte do seu contrato era manter o emprego diurno, e ele ficava feliz em poder compartilhar seus ganhos sempre que podia.

– Mas você, *sötnos,* ainda pode ir embora – continuou ele. – Não podemos te pegar do outro lado do Atlântico, mas sempre há maneiras de chegar ao continente.

– É tão perigoso lá quanto aqui. O que eu faria? Participaria de um show de horrores?

– Estou falando sério, Paige. Você tem a manha das ruas e fala bem francês. Pelo menos, não estaria aqui no centro das coisas. Ou você poderia voltar pra Irlanda. Eles só vão até certo ponto pra te encontrar antes de desistir.

– Irlanda. – Dei uma risada sem graça. – É, os Inquisidores sempre tiveram muito respeito pelo solo irlandês.

– Não para a Irlanda, então. Mas algum lugar.

– Para onde eu for, eles vão me seguir.

– Scion?

– Não. Os Rephaim. – Nashira não desistiria assim tão fácil de mim. – Só cinco pessoas sobreviveram com certeza à fuga. Sou a única dessas cinco que tem influência suficiente pra fazer a diferença.

– Então nós ficamos.

– Isso. Ficamos e mudamos o mundo.

Seu rosto se ergueu num sorriso de cansaço, mas parecia um trabalho árduo. Eu não podia culpá-lo. A perspectiva de se colocar contra Scion não era exatamente animadora.

– Preciso ir à loja de comida – disse ele. – Quer um café da manhã?

– Me surpreenda.

– Tá bom. Mas deixe as cortinas fechadas.

Ele enfiou o casaco e saiu. Tapei a janela com a cortina pesada.

Contara todas as possibilidades, a revolução em Sheol I tinha sido um sucesso. Com os motivos certos, no momento certo, até mesmo o povo mais derrotado e arrasado podia se rebelar e se recuperar.

Os mime-lordes e as mime-rainhas de Londres não estavam arrasados. A doutrinação e a crueldade de Scion tinham dado a eles a oportunidade de se rebelar. Eles estavam confortáveis no submundo, com uma rede ampla de mensageiros, batedores de carteira e ladrões para fazer seu trabalho sujo. De alguma forma, eles tinham que ser convencidos de que derrubar Scion lhes proporcionaria uma vida melhor, mas, enquanto Haymarket Hector estivesse vivo, o povo continuaria preguiçoso e corrupto.

Eu me inclinei na pia e lavei a saliva que estava no meu cabelo. Nick disse que não valia a pena matar Hector, mas, quando vi a mancha roxa brotando em meu rosto, tive que duvidar. Ele era um sintoma das doenças do sindicato: a ganância, a violência e, o pior de tudo, a apatia.

Assassinato não era bem um crime capital para as pessoas que tinham certeza da existência de vida após a morte. Hector se livrou de muitos sindis, e, não importava quão brutalmente ele fazia isso, ninguém piscava. Mas matar o líder do sindicato... Isso seria muito diferente. Você podia matar um mercadeiro ou o membro de uma gangue, mas não podia ir contra seu mime-lorde ou Sublorde. Era uma regra tácita. Uma alta traição ao sindicato.

Talvez – só talvez – eu pudesse falar com Bocacortada. Longe de Hector, ela poderia ser diferente. Mas isso era quase tão improvável quanto Hector ceder voluntariamente a coroa a alguém competente.

Com uma compressa fria na bochecha, eu me recostei na cama. Parecia que eu não tinha escolha a não ser assumir novamente o manto de concubina da I-4. Para colocar o sindicato contra Scion, eu precisava estar perto da Assembleia Desnatural, perto o suficiente para ser respeitada e conhecer seu funcionamento secreto... Mas, a menos que o Mestre voltasse, eu não tinha provas da existência dos Rephaim. Eu teria que espalhar a história toda sem qualquer evidência. Puxei o cordão de ouro de novo.

Você precisou de mim para começar isso, pensei. *Preciso que você me ajude a terminar.*

Nenhuma resposta. Apenas o mesmo silêncio solene.

5

Weaver

Nick saiu para trabalhar algumas horas depois. O quarto no Bell Inn ficou livre para eu usá-lo, e já estava na hora de sair do hotel espelunca da I-4. Descansei ali por algumas horas, mas o quarto parecia vazio sem Nick. À noite, saí com o intuito de procurar algo para comer. Uma música ecoava de uma loja de discos e portas eram deixadas semiabertas para sessões espíritas. Passei por um mendigo vidente, enrolado dos pés à cabeça em cobertores imundos. Eram sempre os áugures e os adivinhos que ficavam nas ruas com a chegada do inverno, lutando pela própria vida.

Será que os pais de Liss ainda estavam vivos? Será que estavam ali fora, no frio, oferecendo leituras de cartas, ou tinham voltado para as Highlands quando a filha desapareceu? De qualquer maneira, eles nunca saberiam o que aconteceu com ela. Nunca teriam a oportunidade de encarar seu assassino: Gomeisa Sargas. Ele poderia estar no Arconte nesse momento, coordenando uma reação à rebelião.

É assim que vemos o seu mundo, Paige Mahoney, me dissera ele. *Uma caixa de mariposas, apenas esperando para ser queimadas.*

Era estranho estar de volta à I-5, o centro financeiro de Scion, onde eu tinha morado desde os nove anos. Bem antes de Jaxon Hall ter entrado na minha vida, eu passava o tempo livre caminhando pelas áreas verdes escondidas entre os arranha-céus, tentando não notar meu dom que se esforçava para surgir. Meu pai raramente me impedia. Contanto que eu tivesse um telefone, ele ficava feliz em me deixar andar por aí.

Quando cheguei ao fim da rua, uma cafeteria apareceu à minha esquerda, quase invisível por causa da neblina. Parei de repente. A placa acima da porta dizia BOBBIN'S CAFÉ.

Meu pai era um homem de hábitos. Ele sempre gostou de tomar um café depois do trabalho e costumava ir ao Bobbin's. Eu tinha estado ali com ele uma ou duas vezes, no início da minha adolescência.

Valia a pena tentar. Eu nunca mais poderia me aproximar dele em público, mas precisava saber se estava vivo. E, depois de tudo o que eu vira, de tudo o que eu aprendera sobre o mundo, eu queria ver um rosto de antes. O rosto do pai que sempre amei, mas nunca entendi.

Como sempre, o Bobbin's estava lotado, o ar denso com o cheiro de café. Olhares se voltaram para mim – olhares com visão, analisando minha aura vermelha –, mas ninguém pareceu me reconhecer. Os videntes da Grub Street sempre se consideraram um pouco acima das políticas do sindicato. Uma garota magra e cheia de contusões não era uma ameaça imediata, mesmo se ela *fosse* algum tipo de saltadora. Mesmo assim, escolhi me sentar no canto mais escuro possível, escondida por uma tela, me sentindo como se tivesse sido despida. Eu não devia estar na rua. Devia estar atrás de cortinas e portas trancadas.

Quando tive certeza de que ninguém havia me identificado, comprei uma sopa barata com o punhado de dinheiro que Nick me deixara, tomando o cuidado de usar um sotaque britânico e manter o olhar para baixo. A sopa era feita de cevada e ervilhas, servida num pão com um buraco no meio. Comi na minha mesa, saboreando cada bocado.

Ninguém na cafeteria tinha um tablet de dados, mas a maioria das pessoas estava lendo: tratados vitorianos, livretos, terrores baratos. Dei uma olhada no cliente mais próximo, um bibliomante. Por trás do jornal, ele estava folheando uma cópia bem desgastada do primeiro livreto de poesia anônima de Didion Waite: *Amor à primeira vista; ou o deleite do visionário*. Pelo menos, Didion gostava de pensar que era anônimo. Todos nós sabíamos quem tinha escrito a sombria coleção de épicos, pois ele dava a todas as suas musas o nome da esposa falecida. Jaxon esperava ansiosamente o dia em que ele tentaria escrever literatura erótica.

A ideia me fez sorrir, até um sino tocar acima da porta, desviando minha atenção do livro. A pessoa que entrara tinha um plano onírico conhecido.

Um guarda-chuva estava pendurado em seu braço. Ele o transferiu para o apoio perto do balcão e bateu as botas no capacho. Em seguida, passou pela minha mesa, esperando na fila para pedir café.

Nos últimos seis meses, o cabelo do meu pai tinha ficado salpicado de grisalho, e duas rugas discretas contornavam sua boca. Ele parecia mais velho, mas não exibia as cicatrizes de uma vítima de tortura. Fui tomada pelo alívio. O atendente vidente perguntou o pedido dele.

– Café preto – disse ele, o sotaque menos perceptível do que o normal. – E uma água. Obrigado.

Precisei de toda a minha força de vontade para ficar quieta.

Meu pai se sentou a uma mesa perto da janela. Eu me escondi atrás da tela, observando-o através de uma estampa em espiral dos painéis de vidro na madeira. Eu estava vendo seu outro lado, notei uma marca roxa em seu pescoço, tão pequena que dava a impressão de ser um corte de barbear. Minha mão tocou a cicatriz de flux idêntica na minha lombar, conquistada na noite em que fui presa.

Outro soar do sino, e uma mulher amaurótica entrou na cafeteria. Ela viu meu pai e foi se juntar a ele, tirando o casaco dos ombros enquanto andava. Pequena e rechonchuda, tinha pele morena, olhos claros e cabelo preto preso em uma trança frouxa. Ela se sentou em frente ao meu pai e se inclinou na mesa, com as mãos entrelaçadas à frente. Dez anéis de prata delicados brilhavam em seus dedos.

Um franzido enrugou minha testa enquanto eu os observava. Quando a mulher balançou a cabeça, meu pai pareceu perder o controle. Apoiou a testa na mão, e seus ombros tombaram para a frente e estremeceram. A amiga dele colocou as mãos por cima da mão livre dele, que estava cerrada em punho.

Lutando contra uma densidade súbita na garganta, me concentrei em terminar a sopa. Quando alguém colocou uma moeda, o jukebox tocou "The Java Jive". Eu o observei pegar o braço da mulher e seguir para a escuridão.

– Uma moeda pelos seus pensamentos, querida.

A voz me assustou. Então, percebi que eu estava olhando para o rosto descaído de Alfred, o psicopesquisador.

– Alfred – falei, surpresa.

– Sim, esse tolo trágico. Ouvi dizer que está velho demais para abordar lindas jovens em cafeterias, mas ele nunca aprende. – Alfred me analisou. – Você parece triste demais para um sábado à noite. Em meus vários anos de experiência, isso significa que você não bebeu café suficiente.

– Nem tomei café.

– Ora, ora. Você claramente não faz parte dos *literati*.

– Boa noite, Alfred. – O servente ergueu uma das mãos, assim como alguns clientes. – Não te vejo há algum tempo.

– Olá, olá. – Alfred levantou o chapéu, sorrindo. – Sim, receio que as forças superiores estejam pegando no meu pé. Fui obrigado a fingir que tinha um emprego de verdade, que as musas me perdoem.

Ouviu-se uma onda de risos amigáveis antes que os videntes voltassem a atenção às bebidas. Alfred apoiou uma das mãos na cadeira em frente a mim.

– Posso?

– Claro.

– Você é muito gentil. Às vezes, é totalmente insuportável ficar cercado de escritores todos os dias. Muito terrível. Então, o que posso trazer para você? *Café au lait? Miel? Bombón?* Viena? Ou talvez um chai sórdido? Eu gosto de chai sórdido.

– Só um *saloop*.

– Ora, ora. – Ele colocou o chapéu na mesa. – Bom, se você insiste... Servente! Traga as drogas da iluminação!

Era fácil perceber por que ele e Jaxon se davam tão bem: os dois eram completamente maluquinhos. O servente quase correu para pegar as drogas da iluminação, me deixando para enfrentar a música. Pigarreei.

– Ouvi dizer que você trabalha no Spiritus Club.
– Bom, eu trabalho no prédio, sim, mas não sou contratada deles. Mostro-lhes alguns pedaços de papel, e às vezes eles compram.
– Pedaços de papel um tanto subversivos, ouvi dizer.
Ele deu um risinho.
– Sim, a subversão é meu campo de experiência. O seu mime-lorde é um conhecedor. O sistema de Sete Ordens dele continua sendo uma verdadeira obra de arte do mundo vidente.
Discutível.
– Como foi que você o encontrou?
– Bom, na verdade, foi o contrário. Ele me mandou um rascunho de *Sobre os méritos da desnaturalidade* quando tinha mais ou menos a sua idade. Um prodígio, se é que já vi algum. Possessivo também. Ainda surta sempre que eu arrumo um novo cliente na área da I-4 – disse ele, balançando a cabeça. – É um homem talentoso, muito criativo. Eu queria saber por que ele se irrita tanto com essas coisas. – Ele fez uma pausa quando o servente entregou a bandeja. – Obrigado, meu bom senhor. – O café estava transbordando, denso feito lama. – Eu sabia que havia riscos em publicar aquele panfleto, claro, mas sempre fui um apostador.
– Você o recolheu – falei. – Depois das guerras das gangues.
– Um gesto simbólico. Tarde demais, é claro. *Sobre os méritos* já havia sido pirateado por todos os mentecaptos que tinham uma impressora daqui até Harrow, afetando a mentalidade dos videntes conforme se espalhava. A literatura é nossa ferramenta mais poderosa, uma que Scion nunca dominou completamente. Tudo o que eles conseguiram fazer é desinfetar o que distribuem – disse ele. – Mas nós, os criativos, devemos ser muito cuidadosos com as obras subversivas. Se trocarmos uma palavra ou outra, até mesmo uma única letra, alteramos a história toda. É um negócio arriscado.
Misturei água de rosas ao meu *saloop*.
– Quer dizer que você não publicaria nada desse tipo de novo?
– Ah, misericórdia, não me deixe em tentação. Estou pobre desde a recolhida. O panfleto continua vivo e bem, enquanto o pobre pesquisador mora na imundície de sua água-furtada alugada. – Ele tirou os óculos e esfregou os olhos. – Mesmo assim, ainda recebo uma boa quantia por um ou outro panfleto e livreto que consegue chegar às prateleiras, além dos "romances" do sr. Waite, que não são, e acho que você vai concordar, nenhum fracasso para mim nem para a literatura.
– Não são exatamente material subversivo – concordei.
– É verdade. Nenhuma literatura vidente é muito diferente da de Jaxon. Só é subversiva por ser um gênero proibido. – Ele assentiu para uma mulher na janela. O queixo dela estava enfiado no colarinho, o rosto inclinado na direção do colo. – Não é maravilhoso como as palavras e o papel podem nos transformar tanto? Estamos testemunhando um milagre, querida.

Olhei para o terror barato que a mulher estava escondendo embaixo da mesa; para a forma como os olhos da bibliomante estavam grudados nas palavras impressas, ignorando tudo ao redor. Ela não estava apenas prestando atenção. Estava aprendendo. Acreditando no que pareceria insano se fosse ouvido nas ruas.

A tela de transmissão acima do balcão ficou branca. Todas as cabeças na cafeteria se ergueram. O servente estendeu a mão e apagou as luzes, de modo que a única iluminação vinha da tela. Duas linhas de texto preto tinham aparecido.

A PROGRAMAÇÃO REGULAR FOI SUSPENSA
POR FAVOR, AGUARDEM A TRANSMISSÃO INQUISITÓRIA AO VIVO

— Ora, ora — murmurou Alfred.

Uma versão instrumental do hino começou a tocar. "Ancorados a Vós, Ó, Scion." O hino que eu era obrigada a cantar todas as manhãs na escola. Assim que terminou, a âncora desapareceu e Frank Weaver assumiu seu lugar.

O rosto da marionete. Lá estava ele, nos encarando. A cafeteria ficou em silêncio. O Grande Inquisidor raramente era visto fora do Arconte.

Era difícil dizer sua idade. Tinha pelo menos cinquenta anos, provavelmente mais. Seu rosto era retangular, emoldurado por costeletas oleosas. O cabelo da cor de ferro se acomodava reto no topo da cabeça. Scarlett Burnish era equilibrada e expressiva; seus lábios conseguiam amenizar até mesmo as notícias mais terríveis. Weaver era seu completo oposto. O colarinho branco engomado dele estava apertado sob o queixo.

— *Cidadãos da cidadela, aqui é o seu Inquisidor.* — Uma cacofonia de vozes guturais ressoou em todos os alto-falantes da cidadela. — *É com notícias sérias que eu acordo vocês para mais um dia na Cidadela Scion de Londres, fortaleza da ordem natural. Acabei de receber o aviso do Grande Comandante de que pelo menos oito fugitivos desnaturais estão à solta na cidadela.* — Ele ergueu um quadrado preto de seda e secou a saliva do queixo. — *Devido a circunstâncias além do controle do Arconte, esses criminosos escaparam da Torre de Londres na noite passada e desapareceram antes que a Guarda Extraordinária conseguisse apreendê-los. Os responsáveis foram exonerados de seus cargos públicos.*

Diziam que Weaver era um ser de carne e osso, mas nenhuma emoção surgiu em suas feições. Eu me vi o encarando, fascinada e repelida por esse boneco de ventríloquo. Ele estava mentindo sobre o momento da fuga. Devem ter precisado de alguns dias para coordenar a reação.

— *Esses desnaturais cometeram alguns dos crimes mais hediondos que já vi em todos os meus anos no Arconte. Eles não devem ter permissão para continuar à solta, para não voltar a cometer os mesmos crimes. Eu os convoco, cidadãos de Londres, para garantirem que esses fugitivos sejam detidos. Se suspeitarem de um vizinho ou até de vocês mesmos* quanto à desnaturalidade, devem reportar-se imediatamente a um posto avançado de Vigilantes. Teremos piedade.

A sensação passou. O desejo de fugir gritou pelo meu sangue, fustigando meus músculos paralisados.

– Só cinco desses criminosos foram identificados até o momento. Vamos atualizar os cidadãos de Londres assim que os outros forem reconhecidos. Em breve, a Cidadela Scion de Londres usará as medidas de segurança da zona vermelha de emergência enquanto caçamos esses fugitivos. Por favor, prestem muita atenção às fotos a seguir. Meus agradecimentos a vocês e aos que mantêm a ordem natural. Vamos expurgar essa praga juntos, como sempre fizemos. Não existe lugar mais seguro do que Scion.

E ele sumiu.

A apresentação de fotos dos fugitivos foi feita em silêncio, exceto por uma voz mecânica dizendo cada nome e os crimes cometidos. O primeiro rosto era de Felix Samuel Coombs. O segundo, de Eleanor Nahid. O terceiro, de Michael Wren. O quarto, "Ivy" – sem sobrenome – com seu antigo corte de cabelo, pintado de azul-brilhante. A foto dela tinha um fundo cinza, e não o fundo branco do banco de dados oficial dos cidadãos de Scion.

E o quinto – o mais procurado, o rosto da inimiga pública número um – era o meu.

Alfred nem parou para respirar. Ele não esperou para ler os meus crimes nem para comparar meu rosto com o da mulher na tela. Pegou nossos casacos, me puxou pelo braço e me levou porta afora. Todo mundo na cafeteria estava comentando quando a porta se fechou.

– Neste distrito, há videntes que venderiam você para o Arconte num piscar de olhos. – Alfred me apressou, quase não mexendo os lábios enquanto falava. – Mercadeiros, mendigos e esses tipos. Sua prisão pode comprar a vida deles. Jaxon vai saber onde esconder você – disse ele, mais para si mesmo do que para mim –, mas chegar à I-4 pode ser um desafio.

– Não quero...

Eu estava prestes a dizer *ir para Dials*, mas me interrompi. Que escolha eu poderia fazer? Scion me pegaria em poucas horas se eu não estivesse sob a proteção de um mime-lorde. Jaxon era a única opção.

– Posso tentar andar pelos telhados – falei, em vez disso.

– Não, não. Eu nunca me perdoaria se você fosse pega.

Toda essa história tinha os dedos enluvados de Nashira. Eu me obriguei a reprimir o vulcão de raiva que sentia, abotoei o casaco até o queixo e amarrei frouxo para esconder minha cintura. Alfred me estendeu um braço. Com poucas opções além de confiar nele, deixei que me envolvesse com metade de seu casaco.

– Mantenha a cabeça baixa. Não há câmeras na Grub Street, mas eles vão vê-la imediatamente assim que sairmos.

Alfred abriu o guarda-chuva e andou muito rápido, mas sem dar sinal de estar com pressa. Cada passo nos levava para mais longe da tela de transmissão e para mais perto da I-4.

– Quem está com você, Alfred?

Era o áugure que andava dormindo do lado de fora da cafeteria.

– Ah, hum... só uma velha garota bonita e enfeitada. – Ele me puxou mais para dentro do casaco. – Desculpe, mas estou com um pouco de pressa... Vê se aparece para uma xícara de chá de manhã, está bem?

Sem esperar resposta, ele continuou andando. Eu mal conseguia acompanhar seus passos.

Seguimos pela arcada, saímos da Grub Street e chegamos às ruas da I-5. O ar noturno estava gélido. Apesar disso, ao nosso redor, Londres estava agitada. Cidadãos saíam às centenas de prédios residenciais e bares de oxigênio para se reunir ao redor das torres de transmissão. Eu não precisava sentir suas auras para saber quais eram videntes; havia terror em seus olhos. Passaram por nós enquanto se apressavam em direção à Torre Lauderdale, onde a tela da I-5 repassava várias vezes a transmissão de emergência. O rosto de Frank Weaver lançava luzes pelo céu.

Eles estavam saindo numa aglomeração dos bares, gritando das janelas.

– Weaver! Weaver! – Os rugidos eram altos e raivosos. – WEAVER. WEAVER.

Planos oníricos demais. Cada uma dessas pessoas ruborizava meus sentidos: suas emoções, seu *frenesi*, as chamas vibrantes das auras quando elas passavam. Vidente. Amaurótico. Vidente. Uma supernova de cores invisíveis. Quando surgiu uma lacuna na maré de corpos humanos, Alfred me puxou para fora da rua e me levou para dentro de uma espelunca, onde me esforcei para recuperar o controle do meu sexto sentido. Ele enfiou a mão no bolso, pegou um lenço e secou a testa.

Longe da multidão, senti uma calma estranha. Aos poucos, sintonizei o éter. Eu só precisava me concentrar no meu corpo: nas respirações curtas, na pulsação.

Antes de seguirmos, esperamos até que grande parte da multidão tivesse passado por nós. Alfred agarrou meu braço e voltou a passos largos para a rua.

– Vou levar você até a interseção. Depois pode seguir até Seven Dials a partir de lá.

– Você não deveria.

– Ah, acha que eu devia te largar aqui na I-5? E me expor à fúria de Jaxon? – Ele estalou a língua. – Como se eu pudesse abandonar a concubina dele a esse destino...

Seguimos pelas ruelas o quanto podíamos, longe das multidões e das telas de transmissão. Conforme nos aproximávamos, aceleramos o ritmo. Havia pouco tempo até que o Arconte parasse de repassar a transmissão. Sem a influência magnética das telas, os cidadãos estariam espalhados pela cidadela, caçando os traidores. Eu já tinha ouvido falar de ações de paramilitares durante zonas vermelhas.

Quando chegamos à interseção entre a I-4 e a I-5, Alfred estava bufando feito uma locomotiva. Eu estava tão concentrada na fronteira que não senti uma aura até que fosse tarde demais e um Vigilante aparecesse na minha frente.

Um soco esmagou meu estômago, me jogando contra a parede. Quando dei uma boa olhada no meu agressor, um medo avassalador me dominou. A Vigilante pegou sua arma de fogo e a apontou para minha cabeça.

– Desnatural. De pé. Levante-se! – Sem fazer movimentos bruscos, obedeci. – Parado – rugiu a Vigilante para Alfred, que não tinha se movido. – Mãos ao alto!

– Sinto *muito*, Vigilante, mas acho que deve ter havido um engano – disse Alfred. Apesar do rosto vermelho, seu sorriso estava perfeitamente amigável. – Estávamos indo ver o Inquisidor Weaver...

– Mãos ao alto.

– Está bem, está bem. – Alfred ergueu as mãos. – Além de não ter nenhum senso de direção, posso perguntar o que fizemos de errado?

A Vigilante o ignorou. Sob o visor, seus olhos disparavam entre nós dois. Olhos com visão. Fiquei parada.

– Saltadora – sussurrou ela.

Não havia ganância em sua expressão. Ela não era como os Subguardas no trem, empolgados com a captura, já imaginando o dinheiro que iam ganhar com uma aura vermelha.

– De joelhos – rugiu ela. – De *joelhos*, desnatural! – Fiz o que ela mandou. – Vocês dois – disse. Com dificuldade, Alfred se abaixou na calçada. – Agora, coloquem as mãos atrás da cabeça.

Nós dois obedecemos. A Vigilante deu um passo para trás, mas a mira vermelha da arma continuava apontada para o centro da minha testa. Eu me obriguei a olhar para o cano da arma. Um dedo no gatilho era tudo o que havia entre nós e o éter.

– Isso não vai esconder você. – A Vigilante tirou meu chapéu, expondo meu cabelo louro quase branco. – Você vai direto pro Inquisidor Weaver. Não pense que não vou te mandar pra lá, assassina.

Não me atrevi a responder. Talvez ela conhecesse os Subguardas que eu matara. Vai ver ela estava presente quando eles encontraram o segundo homem, enlouquecido, salivando apelos confusos para ser morto. Satisfeita com meu silêncio, a Vigilante estendeu a mão e pegou seu transceptor. Olhei para Alfred. Para meu espanto, ele *piscou*, como se todos os dias fosse detido na rua.

– Talvez – disse ele, enfiando a mão no bolso – eu possa instigar você com isso. É uma eromante, não é?

Ele levantou uma pequena taça de ouro, mais ou menos do tamanho de um punho, e ergueu as sobrancelhas.

– Aqui é 521 – disse a Vigilante no transceptor, ignorando-o. – Solicito reforço imediato na I-5, subseção 12, leste da Saffron Street. Suspeita número 1 sob custódia. Repito: Paige Mahoney está sob custódia.

– Você também é desnatural, adivinha – falei. – Precisa de um númen. Falar nesse rádio não vai mudar nada.

A arma foi erguida de novo.

– Cale a boca. Antes que eu dê um tiro nela.

– Quanto tempo você tem antes de eles te exterminarem? Forca ou NiteKind, o que você acha?

– *Aqui é 515. Detenha a suspeita até chegarmos.*

– Cuidado com a língua ou eu quebro suas pernas. A gente sabe que você consegue correr. – A Vigilante pegou as algemas no cinto. – Estenda as mãos, senão quebro elas também.

Alfred engoliu em seco. A Vigilante agarrou meus punhos com uma das mãos.

– Subornos não vão te ajudar – disse ela para Alfred. – Se eu levar essa aqui pro Weaver, serei livre pra comprar o que eu quiser.

Minha visão estremeceu. O vermelho não só escorreu como *jorrou* do nariz da Vigilante. Quando ergueu a mão para estancá-lo, soltando as algemas, empurrei meu espírito para dentro do corpo dela.

O plano onírico que encontrei era uma sala cheia de arquivos, iluminada por luzes muito brancas. Era uma pessoa limpa e precisa. Guardava todos os pensamentos e lembranças em uma caixa estéril. Para ela, era fácil separar o que fazia no trabalho de sua identidade como clarividente. Havia cor ali, mas não muita; tinha sido diluída, lavada pelo ódio que sentia de si mesma. Na escuridão, ficavam seus medos, assumindo a forma de espectros na zona hadal: as figuras amorfas de outros clarividentes, desnaturais cruéis nas sombras.

Fiquei feliz, então, quando assumi o corpo dela.

Logo senti a diferença no meu corpo. Meu novo coração assumiu um ritmo de *staccato*. Quando olhei para cima, deparei com meu cadáver. Paige Mahoney estava encolhida no chão, mortalmente pálida, e Alfred a sacudia com as mãos.

– Fale comigo – pedia ele. – Ainda não, querida. Ainda não.

Fiquei encarando, paralisada. Aquela era *eu*.

E eu estava...

Meu punho agarrou o transceptor. Era como levantar um halter, mas eu o levei até a boca.

– *Aqui é 521.* – Minha voz saiu embolada. – *A suspeita escapou. Seguiu em direção à I-6.*

Mal consegui ouvir a resposta. O cordão de prata estava afastando minha consciência da hospedeira. Seus olhos estavam com dificuldade para enxergar, rejeitando o corpo estranho por trás deles. Eu era uma parasita, uma sanguessuga no plano onírico dela.

Então fui expulsa. Abri os olhos e quase dei uma cabeçada em Alfred enquanto me sentava, tremendo e suando. Minha garganta estava fechada. Ele me deu um tapa nas minhas costas, e eu respirei fundo.

– Meu Deus, Paige... Você está bem?

– Estou – forcei a voz.

E eu estava mesmo. Minha cabeça doía, como se a mão de alguém tivesse agarrado a parte da frente do meu crânio, mas era uma dor tolerável.

A Vigilante estava deitada, inconsciente, com sangue escorrendo dos ouvidos, nariz, olhos e boca. Peguei sua pistola no coldre e apontei.

– Não atire nela – pediu Alfred. – A pobre mulher é vidente, afinal de contas. Traidora ou não.

– Não vou atirar. – Minhas têmporas latejavam. A visão daquele rosto sangrando era horripilante. – Alfred, você não pode contar a ninguém sobre isso. Nem mesmo a Jaxon.

– Claro. Eu entendo.

Ele não entendia.

Chutei o transceptor da mão fraca da Vigilante e o esmaguei com a bota. Depois de um instante, me agachei e pressionei dois dedos no pescoço dela. Um suspiro de alívio escapou de mim quando senti a pulsação acima do colarinho vermelho.

– Dials não fica longe daqui – falei. – Vou sozinha.

– Se você consegue fazer cidadãos sangrarem ao seu comando, longe de mim ficar no seu caminho. – Alfred forçou um sorriso, mas estava visivelmente abalado. – Mantenha-se sob a neblina, querida, e ande depressa.

Ele largou a Vigilante ali e disparou para longe, o guarda-chuva escondendo seu rosto. Segui na direção oposta.

Continuei andando pelas ruelas, em busca de uma oportunidade para escalar. Eu me juntei a uma grande multidão que seguia para Grandway e me afastei na primeira curva à direita, indo parar nas ruas menores atrás da estação de Holborn. O vento congelante fez meus machucados doerem, mas só me permiti parar quando cheguei ao playground de concreto da Stukeley Street, onde Nick me treinara para lutar e escalar quando eu tinha dezessete anos. Havia latas de lixo enormes, trilhos e muros baixos em abundância, e todos os prédios estavam abandonados. Minhas palmas desprotegidas queimaram quando arrastei uma lixeira até o outro lado da rua e subi nela para alcançar um cano de escoamento. No alto, prendi os dedos na canaleta e puxei meu corpo para um telhado plano. Os músculos dos meus ombros gritaram. Estavam muito ferrados e não tinham mais a antiga flexibilidade.

Quando cheguei ao meu território, estava encharcada de suor e com dores pelo corpo todo. Primeiro, vi a coluna do relógio de sol subindo até acima da neblina. Assim que encontrei o prédio certo, esmurrei a porta.

– Jaxon!

Não havia luzes nas janelas. Se eles não estivessem ali, não haveria nenhum lugar para ir. Tive certeza de sentir um plano onírico.

Olhei por cima do ombro. Não havia nenhum vidente no meu radar. Seven Dials estava abandonado – até o bar de oxigênio do outro lado da rua estava vazio, sem clientes –, mas Frank Weaver continuava falando em Picadilly Circus, onde ficava a enorme tela de transmissão da I-4.

Será que Jaxon estava fazendo isso para me humilhar? Eu ainda era a concubina dele. Ainda era a andarilha onírica dele. Não podia simplesmente me deixar aqui fora para morrer.

Podia?

Fui tomada pelo pânico. O frio estava no meu rosto, nas minhas mãos, na minha cabeça. Eu estava tonta com isso. Então, a porta se abriu, e a luz escapou lá de dentro.

6

Seven Dials

Quando atravessei a soleira da porta da caverna, meus joelhos quase cederam. Duas mãos fortes me conduziram até o primeiro lance de escada e me colocaram em uma poltrona. Meu nariz estava escorrendo, meus ouvidos doíam e uma queimação cruel agarrava minhas bochechas. Só quando a sensação voltou aos meus lábios, levantei o olhar para descobrir quem tinha me socorrido.

– Você está azul – disse Danica.

Consegui rir, apesar de parecer mais uma tosse.

– Não é nem um pouco engraçado. Provavelmente você está com hipotermia.

– Desculpe – falei.

– Não sei por que está pedindo desculpas. É você que provavelmente está com hipotermia.

– Certo. – Desafivelei a bota com dedos desajeitados. – Obrigada por me deixar entrar.

Com a exceção de uma única lâmpada num arquivo, a caverna estava totalmente escura – todas as cortinas fechadas, todas as luzes apagadas –, mas estava maravilhosamente aquecida. Alguém finalmente deve ter consertado o aquecedor.

– Onde estão os outros? – perguntei. Eu estava tendo um *déjà-vu*.

– Na rua, procurando por você. Nadine viu a transmissão quando estava voltando a pé do juditeano.

– Jaxon também foi?

– Ahá.

Talvez ele se importasse mais comigo do que eu pensava. Jaxon raramente fazia trabalho de busca ("Sou um mime-*lorde*, ó, minha adorada, não um mime-camponês"), até que de repente ele estava indo me socorrer. Danica se sentou no apoio de pés e puxou uma máquina conhecida na direção da poltrona.

– Aqui. – Ela soltou a máscara de oxigênio do tanque. – Respire algumas vezes. Sua aura está toda espalhada.

Levei a máscara até o rosto e inalei. *O medo é seu verdadeiro gatilho*, me dissera o Mestre. O Mestre sabia mais do que qualquer pessoa sobre o andar onírico.

– Como está sua cabeça? – perguntei.

– Concussão.

Quando ela se virou para a luz, percebi o longo corte acima do seu olho, preso com vários pontos finos.

– Você está bem agora?

– Tão "bem" quanto eu poderia estar, com um dano cerebral traumático brando. Nick costurou.

– Você foi trabalhar desde que voltamos?

– Ah, sim. Eles teriam suspeitado se eu não fosse. Tive um trabalho no dia seguinte.

– Com uma concussão?

– Eu não disse que fiz um *bom* trabalho.

Respirei de novo na máscara de oxigênio. Um trabalho malfeito de Danica Panić provavelmente ainda era muito melhor do que o realizado pela maioria dos engenheiros em plena forma.

– Vou apagar a luz lá embaixo. Jax disse que precisamos ficar em modo de confinamento. – Ela se levantou. – Não acenda nada.

Assim que ela saiu, o éter oscilou no nível dos meus olhos, perturbando minha visão. Pieter Claesz, o muso artístico preferido de Eliza, estava me censurando fortemente.

– Oi, Pieter – falei.

Ele flutuou até o canto para curtir seu mau humor. Se havia uma coisa que Pieter odiava era quando alguém sumia durante meses sem dar nenhuma explicação.

Danica voltou ofegante para o patamar.

– Estarei no sótão – disse ela. – Você pode terminar meu café.

O calor finalmente estava chegando à minha essência. Observei os arredores conhecidos enquanto bebia o café morno. Pelo espelho, notei uma mancha acinzentada ao redor dos meus lábios. As pontas dos meus dedos tinham a mesma descoloração.

O cheiro da caverna caiu feito poeira ao meu redor: tabaco, tinta, lignina, resina, óleo solúvel. Passei a maior parte do meu primeiro ano trabalhando em uma dessas mesas, fazendo pesquisas sobre a história e os espíritos de Londres, estudando *Sobre os méritos da desnaturalidade*, separando recortes de jornais velhos do mercado negro, fazendo e atualizando as listas dos videntes registrados na I-4.

Meu coração parou quando ouvi o som de uma chave na fechadura. Botas trovejaram nos degraus, e a porta se abriu de repente. Nadine Arnett ficou imóvel ao me ver. Desde que a encontrei pela última vez, ela havia cortado o cabelo superliso, de modo que só cobria suas orelhas.

– Uau – disse ela. – Acabei de *correr* por toda I-4 atrás de você, e aqui está você, bebendo café. – Ela jogou o casaco nas costas de uma poltrona. – Por onde você andou, Mahoney?

– Eu estava na Grub Street.

– Bom, podia ter nos mandado um memorando. Por que não veio pra cá desde que voltamos?

Fui poupada de responder quando a porta bateu de novo, e Zeke subiu a escada correndo.

– Nenhum sinal dela – disse ele, sem fôlego. – Se você ligar pra Eliza, podemos ir até...

– Não vamos a lugar nenhum.

– O quê?

Ela apontou. Quando Zeke me viu, veio logo para o meu lado e me abraçou com força. O gesto me pegou de surpresa, mas eu o retribuí. Ele e eu nunca tínhamos sido próximos.

– Paige, estávamos tão preocupados... Você chegou aqui sozinha? Por onde andou?

– Eu estava com Nick. – Olhei primeiro para ele, depois para Nadine. – Obrigada, vocês dois. Por terem me procurado.

– Não tive muita escolha. – Nadine abriu o zíper das botas. Um de seus ombros estava coberto pela casca de um machucado, envolvido por pele lívida. – Jax não parou de falar em você desde que voltamos de Oxford. "Onde está minha concubina? Por que ninguém a encontra? Nadine, faça isso. Encontre-a. Agora." Você tem uma sorte danada de ele me pagar, senão eu poderia ficar irritada.

– Pare – murmurou Zeke. – Você estava tão preocupada quanto o restante de nós.

Ela chutou as botas sem comentar nada. Olhei para a porta atrás deles.

– Vocês se separaram pra fazer a busca?

– É – respondeu Zeke. – Jaxon mandou trancar tudo, Dee?

– Mandou, mas não faça isso. Não vamos deixá-los lá fora. – Nadine olhou por entre as cortinas. – Vocês dois, durmam um pouco. Vou ficar de olho lá fora.

– Eu faço isso – falei.

– Você parece prestes a capotar. Só uns quarenta minutos de cochilo, pelo menos.

Não saí da cadeira. O calor da caverna havia me deixado tonta, mas eu precisava ficar alerta. Talvez eu ainda tivesse que fugir à noite.

Zeke abriu as portas de sua cama-box (era assim que Jaxon chamava, apesar de se parecer muito com um armário) e se sentou na colcha para tirar os sapatos.

– Nick está no trabalho?

– Ele já pode ter voltado pra Grub Street – falei.

– Tentei ligar pra ele mais cedo. – Ele fez uma pausa. – Acham que suspeitam dele?

– Não, a menos que ele tenha dito alguma coisa pra provocar suspeita.

Houve um silêncio em seguida. Ele se deitou na colcha e fechou uma das portas, olhando para as fotos e cartazes que tinha colado acima do box. A maioria era de músicos do mundo livre, com uma única foto dele e de Nadine em um bar indeterminado, com roupas chamativas e sorrisos iluminados. Nenhuma do resto da família nem de amigos de onde ele veio. Nadine estava em pé na janela, com sua pistola guardada na lateral do corpo.

Liguei a pequena TV no canto. Jaxon odiava que assistíssemos a ela, mas até ele gostava de ficar de olho no que Scion dizia. A tela estava dividida ao meio, com Burnish de um lado, no estúdio, e uma pequena narradora no outro. Ela estava em pé do lado de fora do portão da Torre, com seu casaco vermelho sendo açoitado e espancado pelo vento.

– ... *a Guarda Extraordinária diz que os prisioneiros conseguiram escapar usando a influência desnatural de Felix Coomb no membro mais novo da guarda, que não fazia a menor ideia do que esperar dos detentos.*

– *É claro* – disse Burnish. – *Que experiência terrível deve ter sido. Vamos deixar você agora e falar sobre a mais famosa dessas pessoas: Paige Eva Mahoney, uma imigrante irlandesa da província rural do sul, situada na região inquisitória de Pale.* – A área estava destacada num mapa. – *Mahoney é acusada de assassinato, alta traição, subversão e resistência à prisão. Primeiro, vamos conversar com o renomado parapsicólogo de Scion, dr. Muriel Roy, especializado no estudo cerebral da desnaturalidade. Dr. Roy, o senhor suspeita de que tenha sido Paige Mahoney quem coordenou essa fuga? Ela morou com o pai, dr. Mahoney, durante quase duas décadas sem que ele fizesse a menor ideia da condição da filha. Isso é um belo fingimento, não?*

– *É, sim, Scarlett... E, como supervisor do dr. Mahoney há muito tempo, só posso enfatizar que a desnaturalidade de Paige foi um choque tão terrível para ele quanto para nós...*

Eles exibiram um vídeo curto do meu pai saindo do complexo Golden Lane, protegendo o rosto com seu tablet de dados. Meus dedos se enterraram no braço da poltrona. Quando falava dele, Burnish usava seu nome de batismo, fazendo caretas enquanto soletrava as sílabas: Cóilín Ó Mathúna. Ele adaptou seu nome para Colin Mahoney quando chegamos à Inglaterra, e também mudou meu nome do meio de Aoife para Eva, mas, aparentemente, Burnish não se importava com legalidades insignificantes. Ao expor esse nome, ela rotulou meu pai de *alienígena*, de Outro. Um calor atingiu meus olhos.

Durante toda a minha vida, meu pai se manteve distante. A noite em que eu desapareci foi a primeira vez, em meses, em que ele demonstrou algum afeto por mim, quando se ofereceu para preparar o café da manhã para mim e me chamou pelo apelido de infância. Ele estava tremendo na cafeteria, segurando as mãos da mulher sentada com ele. Mas, para evitar a acusação de abrigar uma desnatural – um crime que poderia levá-lo ao cadafalso –, ele teria que me renegar publicamente. Negar que vira a parte de mim que definiu minha existência desde que eu era criança.

Será que ele me odiava pelo que eu era? Ou odiava Scion por ter nos levado a este ponto?

****

A cama era separada do restante do quarto por uma cortina translúcida. À esquerda do travesseiro, havia uma janela grande com persianas de madeira, que dava para o belo pátio atrás da caverna. Do outro lado da cortina, uma Lanterna Mágica, uma máquina de ruído branco e um toca-discos enfeitado com couro ficavam guardados num armário grande: ferramentas atmosféricas, projetadas para me colocar no estado adequado para andar pelo plano onírico. Em frente à porta, tinha uma estante de livros, repleta de lembranças roubadas e caixas de combustível para um andarilho onírico: analgésicos, Nightcaps, adrenalina.

Despertei do sono com meu sexto sentido vibrando. Meu antigo quarto, com paredes vermelhas e o teto pintado com mil estrelas. Jaxon Hall estava sentado na poltrona, me observando através do véu.

– Ora, ora. – Metade do seu rosto estava na sombra. – O sol nasce vermelho, e uma onírica retorna.

Ele estava usando seu roupão de seda brocada. Como não respondi, um sorriso surgiu no canto de sua boca.

– Sempre gostei deste quarto – disse ele. – Silencioso. Fechado. Um lugar adequado pra minha concubina. Fiquei sabendo que Alfred trouxe você de volta.

– Até uma parte do caminho.

– Homem sagaz. Ele sabe onde é o seu lugar.

– Não sei nada disso.

Analisamos um ao outro. Durante os quatro anos em que o conhecia, eu nunca tinha realmente me sentado e olhado para Jaxon. Agregador Branco. Rei de Paus. O homem que havia me transformado em sua única herdeira, me proporcionando um respeito sem igual de pessoas com três ou quatro vezes a minha idade. O homem que me recebera em sua casa e me protegera do olho de Scion.

– Já faz tempo que precisamos ter uma conversa frente a frente. – Jaxon cruzou uma perna sobre a outra. – Temos nossas diferenças, eu sei, minha Paige. Às vezes, esqueço que você tem quase vinte anos, embevecida com a doce ambrosia da independência. Quando eu tinha vinte anos, meu único amigo no mundo era Alfred. Eu não tinha mime-lorde, mentores, amigos com quem conversar. Uma situação incomum, considerando que comecei a vida sob o olhar atento de uma kidsman.

Abri a cortina entre nós.

– Você era um garoto de rua?

– Ah, sim. Surpreendente, não? Meus pais foram enforcados quando eu tinha apenas quatro anos. Provavelmente eram burros, ou não teriam sido capturados. Eles me deixaram sozinho na cidadela, sem um centavo. Nem sempre pude comprar roupas elegantes e espíritos famosos, minha concubina.

"Minha kidsman me obrigava a roubar de amauróticos. Ela trabalhava com outros dois, e, juntos, eles controlavam um grupo de dezoito sarjeteiros infelizes. Qualquer dinheiro que eu ganhasse era tirado de mim, e, em troca, de vez em quando, me jogavam um pouco de comida. Sempre sonhei em ir para a Universidade, em ser um homem letrado – um clarividente importante, culto –, mas o trio apenas ria disso. Eles me disseram, querida Paige, que eu nunca tinha ido à escola, e, enquanto eu pudesse arrancar relógios e tablets de dados de amauróticos, nunca iria. A escola custava dinheiro e, além do mais, eu era desnatural. Eu era inútil. Mas, quando completei doze anos, senti uma *coceira*. Uma coceira sob a pele, impossível de alcançar."

Seus dedos tocaram o braço, como se ele ainda conseguisse sentir. Havia um motivo para ele sempre usar manga comprida. Eu já tinha visto as cicatrizes: marcas brancas e compridas que iam desde as dobras dos cotovelos até os pulsos.

– Eu coçava até meus braços sangrarem e minhas unhas quebrarem. Eu coçava meu rosto, minhas pernas, meu peito. Minha kidsman me jogou na rua para mendigar, e ela achava que as minhas feridas causariam compaixão nas pessoas, sabe, e, de fato, nunca ganhei tanto dinheiro quanto na época da coceira.

– Isso é doentio – falei.

– Isso é Londres, querida. – Seus dedos tamborilaram no joelho. – Quando me tornei um jovem de quatorze anos, nada tinha mudado, exceto que eu cometia crimes mais perigosos em troca de pedaços de pão e goles de água. Fiquei doente, com febre; eu queimava pela independência, pela *vingança*... e pelo éter. Por mais que eu tivesse visão e uma aura, a verdadeira natureza do meu dom nunca havia se revelado para mim. Pelo menos, se entendesse minha clarividência, eu pensava, poderia ganhar meu dinheiro e guardá-lo. Eu poderia ler a palma da mão das pessoas ou mostrar cartas a elas, feito os mercadeiros de Covent Garden. Até eles riam de mim.

Ele contava a história com um sorriso, mas eu não estava rindo.

– Um dia, tudo se tornou demais. Feito uma boneca largada no chão, eu quebrei. Era inverno, e eu sentia muito, muito frio. Eu estava soluçando no chão da I-6, um pouco enlouquecido e rasgando os braços. Nenhuma vivalma me ajudou: nenhum amaurótico, nenhum vidente. – Ele dizia tudo isso num tom de voz cantarolado, como se estivesse contando uma história de ninar. – Eu estava prestes a gritar minha clarividência para o mundo, a *implorar* que a DVD me levasse para a Torre, para Bedleem ou qualquer outro inferno na terra; até que uma mulher se ajoelhou ao meu lado e sussurrou no meu ouvido: "Entalhe um nome, doce criança, um nome de alguém morto há muito tempo." E, com essas palavras, ela desapareceu.

– Quem era?

– Alguém a quem devo muito, ó, minha adorada. – Seus olhos claros estavam no passado. – Eu não conhecia nenhum nome de pessoas mortas muito tempo atrás, só os nomes daquelas que eu *queria* que estivessem mortas, e eram muitas. Como eu não tinha nada mais a fazer além de morrer, andei seis quilômetros até o Cemitério Nunhead. Eu não conseguia ler os nomes nos túmulos, mas copiei as formas das letras.

"Eu estava assustado demais para entalhar. Em vez disso, escolhi um túmulo, cortei meu dedo e escrevi o nome com o sangue no meu braço. Assim que a última letra foi finalizada, senti o espírito se mexer ao meu lado. Passei uma noite longa e delirante naquele cemitério, percorrendo as lápides, e, durante toda a noite, eu senti os espíritos saírem dançando dos túmulos. E, quando acordei, a coceira tinha desaparecido."

Uma imagem confusa flutuou em meus pensamentos: uma garotinha num campo de papoulas, com a mão estendida, e a dor ofuscante do toque de um poltergeist. Eu era mais nova do que Jaxon quando meu dom surgiu pela primeira vez, mas, até conhecê-lo, eu não fazia ideia do que eu era.

– Cortei o nome do espírito na minha pele, e ele me ensinou a ler e escrever. Quando terminou de servir a esse propósito, eu o soltei e o vendi por uma quantia modesta, o suficiente pra pagar um mês de refeições quentes – relembrou Jaxon. – Voltei pra os kidsmen por um breve período de tempo, só o suficiente pra praticar a minha arte, e, depois, finalmente fui embora.

– Eles não foram atrás de você?

– Mais tarde – respondeu –, fui atrás deles.

Eu só podia imaginar o tipo de morte que ele deve ter dado a esses três kidsmen. *Muito criativo*, foi assim que Alfred o definiu.

– Depois disso, comecei minha pesquisa sobre clarividência. E descobri o que eu era – disse ele. – Um agregador.

Abruptamente, Jaxon ficou de pé e se aproximou do quadro proibido de Waterhouse pendurado na parede. Ilustrava dois meios-irmãos, Sono e Morte, deitados juntos em uma cama com os olhos fechados.

– Contei isso porque quero que você saiba que eu entendo. Sei o que é ter medo do poder do seu próprio corpo. Ser um instrumento do éter – disse ele. – Nunca confiar em si mesmo. E tenho empatia por esse desejo ardente de independência. Mas não sou um kidsman. Sou um mime-lorde e me considero generoso. Você recebe dinheiro pra gastar com o que quiser. Você tem uma cama. Só peço que você obedeça às minhas ordens, como qualquer mime-lorde pede a seus empregados.

Eu sabia que podia ser pior, que eu tinha sorte. Eliza tinha me falado isso. Jaxon se virou para me olhar de novo.

– Perdi o controle em Oxford. Acho que você também. Você não quer *realmente* deixar Seven Dials, né?

– Eu queria ajudar outros videntes. Tenho certeza de que você, de todas as pessoas, entende isso, não é, Jax?

– Claro que você queria ajudá-los, você é uma alma altruísta e amável. E talvez eu estivesse preocupado demais em proteger você para pensar nos outros videntes. Foi desagradável te ameaçar, e mereço totalmente o seu desprezo. – Ele encostou a parte de trás dos dedos no meu rosto. – Você sabe que eu nunca te entregaria para aqueles bárbaros terríveis de Jacob's Island. Nenhum esplancnomante jamais vai colocar a mão na minha andarilha onírica, prometo.

– Você tentou me encontrar? – perguntei. – Quando eu desapareci.

Ele pareceu magoado.

– *Claro* que sim. Você acha que sou tão cruel assim, querida? Quando você não voltou naquela segunda-feira, fiz todos os clarividentes da I-4 procurarem você. Até envolvi os mentecaptos de Maria e Didion na busca. Eu tinha que manter a informação longe das garras oleosas de Hector, claro, por isso a operação foi conduzida *sub rosa*. Mas não desisti, garanto. Eu preferia voltar para as ruas em trapos a permitir que Scion levasse minha andarilha onírica. – Fungando, ele se virou para as duas taças na mesa de cabeceira. – Aqui. A fada verde cura tudo.

– Você nunca serve isso.

– Só em ocasiões extraordinárias.

Absinto. Seus dedos compridos manuseavam com flexibilidade os acessórios: a colher entalhada, os cubos de açúcar e a água. O líquido ficou opaco. Poucos cidadãos de Scion tinham constituição física para o álcool, mas meus ferimentos eram profundos o suficiente para que eu arriscasse uma dor de cabeça. Peguei a taça.

– Você ia se encontrar com Antoinette Carter – falei. – Naquele dia, em Londres, quando Nick atirou em mim. Por quê?

– Achei alguns registros antigos das performances dela quando estive no Garden naquele mês. Eu estava interessado em estudar o dom dela e consegui entrar em contato via Grub Street, que publicava os trabalhos dela. – Ele bebericou com delicadeza. – Infelizmente, graças à interferência dos Rephaim, ela escapou de mim.

– Vão interferir muito mais se não lutarmos contra eles, Jax – falei. – Não podemos deixar que continuem com as Temporadas dos Ossos.

– Querida, podemos lidar depois com seus amigos com olhos de lâmpada. Deixe-os brincarem com as marionetes que têm.

Foi difícil não erguer o tom de voz.

– Nós *precisamos* alertar o sindicato. Eles vão instalar o Senscudo daqui a dois meses. Se não nos unirmos...

– Paige, Paige. Seu entusiasmo é digno de elogio, mas me permita lembrar que não somos guerreiros da liberdade. Somos os Sete Selos. Nosso dever é com a I-4 e a cidadela de Londres. Como membros do sindicato, devemos proteger nossa seção. Esse é nosso único objetivo.

– Tudo o que conhecemos não terá sentido se os Rephs vierem pra cá. Estamos vivendo na mentira deles.

– Uma mentira que sustenta o sindicato. Que o criou. Você não pode, e não vai, mudar isso.

– Você mudou. Seu panfleto mudou.

– Isso foi bem diferente. – Ele colocou a mão sobre a minha. Era uma mão macia; a minha era cheia de calos, grossa por causa das escaladas e por manusear armas. – Existe um motivo pra eu ter proibido todos vocês de terem parceiros de longo prazo. Exijo compromisso total com a I-4. E, enquanto você está pensando nos Rephaim, não está pensando na I-4. Nesses dias agitados, simplesmente não posso me dar ao luxo de ter uma concubina com uma mente que não está cem por cento focada em suas tarefas. Você entende isso?

Eu não entendia de jeito nenhum. Queria agarrá-lo pelo roupão e sacudi-lo.

– Não – falei. – Não entendo.

– Mas vai entender, minha concubina. O tempo cura tudo.

– Não vou parar, Jaxon.

– Se quiser manter sua posição no sindicato, vai, sim. – Ele se levantou. – Você conquistou uma coisa durante o tempo que passou afastada de Seven Dials. Percebeu seu potencial de liderança.

Mantive o rosto inexpressivo.

– Liderança?

– Não se faça de boba. Você organizou uma rebelião inteira naquela jaula podre em que te colocaram.

– Não foi sozinha.

– Ah, modéstia. É mesmo um defeito. Verdade, você deve ter se esforçado sem seus amigos. Mas, naquela campina, você foi uma rainha. Até fez um discurso! E as palavras, minha andarilha, bom, as palavras são tudo. Dão asas até àqueles que foram pisoteados, destruídos, sem chance de conserto.

Eu queria ter palavras naquele momento.

– Sabe quantos anos eu tenho, Paige?

A pergunta me pegou de surpresa.

– Trinta e cinco?

– Quarenta e oito – respondeu ele. Não consegui me conter e o encarei. – Como membro da quinta ordem de clarividência, minha expectativa de vida é um pouco baixa. E, quando me juntar alegremente ao éter, você vai ser dona da I-4. Vai ser uma mime-rainha jovem, capaz e inteligente, pertencente à ordem mais alta, com muitos clarividentes fiéis sob seu comando. Você vai ter a cidadela aos seus pés.

Tentei imaginar: a Onírica Pálida, mime-rainha da I-4. Dona deste prédio. Sabendo que todos os videntes da seção me seguiriam. Tendo uma voz muito mais alta do que a de uma concubina.

Jaxon estendeu a mão.

– Uma trégua – disse ele. – Perdoe meu julgamento errado, e eu te darei tudo.

Eu era uma fugitiva. Uma fugitiva procurada. Sem a gangue e com medo da retaliação do Agregador Branco, eu seria uma presa fácil para qualquer mercadeiro e mendigo que já pensou em vender informações para Scion. O restante das pessoas fingiria que eu não estava lá. Jaxon era minha única ligação com o sindicato, e o sindicato era a única força organizada de videntes que possivelmente poderia se posicionar contra Scion. Eu não tinha intenção de ficar calada, mas, por enquanto, teria que entrar no jogo. Aceitei a mão dele, que apertou a minha.

– Você tomou a decisão certa.

– Espero que sim – falei.

Ele apertou com mais força.

– Dois anos. Até lá, você continua sendo minha concubina.

Senti um aperto no coração, mas me obriguei a assentir. Seu sorriso discreto e tenso voltou.

– Então temos que discutir a situação dessa pobre fugitiva com os outros. – Ele colocou a mão delicada nas minhas costas e me guiou até o patamar. – Precisamos tomar algumas precauções se quisermos continuar vivendo feito aranhas na teia do Weaver. Danica! – Ele bateu no teto com a ponta da bengala. – Danica, deixe esses mecanismos de lado e vá chamar meus queridinhos. Vamos fazer um *ajuntamento* e vai ser agora.

Sem esperar resposta, Jaxon me levou até seu escritório. Seu *boudoir*, como ele chamava. Cortinas de chenille tapavam as janelas, bloqueando a luz natural. Uma *chaise longue* acomodava pernas esticadas. Logo atrás, estavam o armário alto onde as absintianas costumavam ficar trancadas e uma estante de livros cheia de títulos da Grub Street, sem contar os de Didion. O quarto cheirava a tabaco, fumaça e óleo de rosas. Um velho abajur lançava fragmentos minúsculos de cor pelo chão, dando a impressão de que estávamos andando sobre pedras preciosas espalhadas: ametista e safira, esmeralda e olho de tigre, granada cor de laranja, opala de fogo e rubi. Jaxon se sentou em sua poltrona e acendeu um charuto.

Ele queria que eu esquecesse. Os Rephaim eram perigosos e estavam lá fora, aguardando, e eu parecia ser a única pessoa que dava alguma importância para isso.

Danica entrou pela porta, andando com dificuldade, parecendo azeda. Os outros três a seguiram meio minuto depois, todos aparentando diferentes graus de exaustão. Eliza sorriu ao me ver.

– Eu sabia que você ia voltar.
– Não consigo ficar longe – falei.
– Os espíritos a trouxeram até nós, minha médium. Como eu disse que fariam. – Jaxon acenou para todos entrarem, espalhando a fumaça ao fazer isso. – Sentem-se, meus adorados. Temos assuntos importantes para discutir.

Eu ainda não conseguia acreditar que ele tinha quarenta e oito anos. Mal havia rugas em seu rosto, e o cabelo preto não exibia fios grisalhos.

– Primeiro, o pagamento. Nadine, pra você. – Com um floreio, ele estendeu um envelope para ela. – Você se saiu bem em Covent Garden esta semana. Tem também um pequeno percentual pelo último espírito que vendemos.

– Obrigada.

– Pra você, Ezekiel. Cumpriu suas tarefas de forma admirável, como sempre. – Zeke pegou o pacote com um sorriso. – Quanto a você, Danica, vou segurar seu pagamento até que me mostre algum progresso.

– Tudo bem – disse ela, parecendo entediada.

– E, finalmente, Eliza. Minha mais querida. – Ele estendeu o envelope mais grosso, e ela o pegou. – Recebemos uma excelente quantia pelo seu último quadro. Aqui, como sempre, está seu percentual justo.

– Obrigada, Jax. – Ela o guardou no bolso da saia. – Vou usar bem esse dinheiro.

Tentei não olhar para o envelope nas mãos de Zeke, cheio de notas preciosas. Se eu tivesse voltado mais cedo para Jaxon, poderia ter recebido o salário de uma semana.

– Agora, aos negócios. Como temos uma fugitiva procurada morando sob meu teto, achei que devíamos rever o protocolo de emergência da I-4 e pensar sobre sair da caverna nos dias vermelhos. – Jaxon bateu a cinza do charuto. – Em primeiro lugar, vocês devem continuar evitando o metrô de Londres. Se precisarem ir a outra seção, eu mesmo peço um táxi pirata da I-4 pra levar vocês até lá.

– Podemos ir a pé? – Eliza se sentou mais reta, parecendo alarmada. – Pelo menos em distâncias curtas?

– Se for necessário, sim. Sempre, *sempre* usem seus apelidos dentro do sindicato e qualquer outro nome fora de lá. Evitem ruas com câmeras: vocês sabem onde elas estão, mas procurem câmeras sem fio recém-instaladas. Cubram o máximo que der do rosto meigo de vocês quando deixarem a caverna, e só saiam quando for absolutamente necessário.

– Quer dizer que não precisamos mais ir aos leilões idiotas do Didion? – perguntou Nadine, parecendo satisfeita.

– Os leilões são perfeitamente seguros, assim como o mercado negro. – Jaxon deu um tapinha nas costas da mão dela. – Eu abomino o ar que ele tem coragem de respirar, querida, mas esse tipo específico de idiotice é lucrativo. Além do mais, agora que nossa maravilhosa Paige está de volta, ela vai assumir parte da negociação. Junto de suas outras tarefas como concubina.

O maxilar de Nadine se flexionou.

– Certo – disse ela. – Tudo bem.

Ergui uma sobrancelha. Com um olhar rápido e avaliador para nós duas, Jaxon se recostou na cadeira.

– Agora, aos negócios. Pelas próximas duas semanas, a caçada vai se intensificar. Depois disso, poderemos diminuir um pouco nossas defesas.

– Jaxon – interrompi –, os Rephaim sabem sobre nós e onde moramos. Eles sabem sobre *você*. Não deveríamos ter um plano de fuga?

Houve um tilintar de porcelana quando Eliza colocou a xícara na mesa.

– Eles sabem onde a gente mora?

Jaxon ergueu o olhar para o teto. Estava claro que ele não queria que os Rephaim fossem mencionados ao alcance do ouvido dos outros, mas eu não me importava. Posso ter concordado em trabalhar para ele de novo, mas ele não podia simplesmente varrê-los para baixo do tapete.

– Eles têm videntes que fazem sessões espíritas – continuei – e estavam recebendo flashes da coluna do relógio de sol. É só questão de tempo até eles entenderem onde fica.

– Ah, fala sério. Existem muitas colunas na cidadela, sem falar na enorme quantidade de relógios de sol. – Jaxon se levantou. – Deixe eles caçarem. Esta cidadela vai virar pó antes de abandonarmos nossa caverna pra sempre. Não vou abandonar este território com base em sessões espíritas de desconhecidos.

– Eles queriam você e também Antoinette. E não vão esperar muito pra tentar de novo.

– Tenho preocupações mais importantes do que os caprichos de monstros. – Ele pegou a bengala. – Mas, pra acalmar suas jovens mentes, vou lhes mostrar uma coisa.

Ele nos levou escada abaixo, até o térreo da caverna. Não havia muita coisa para se ver no corredor: só um espelho empoeirado do tamanho da parede, a bicicleta de Zeke e a porta dos fundos trancada, que levava até o pátio externo. Jaxon apontou para o espaço estreito embaixo da escada.

– Estão vendo essas tábuas no assoalho? – Ele deu uma batidinha nelas com a bengala. – Embaixo dessas tábuas fica o esconderijo de Seven Dials.

Eliza franziu a testa.

– Nós temos um esconderijo? Uma rota de fuga?

– Temos.

– Moramos aqui há anos, e você nunca pensou em nos mostrar? – perguntou Nadine.

– Claro que não, minha adorada. Qual era a necessidade? Você e Zeke foram considerados mortinhos da silva, e ninguém se preocupava especificamente com o restante de nós. Até agora – acrescentou ele, olhando para mim. – Além do mais, não esteve sempre aqui. Mandei construir depois de uma incursão inesperada na I-4. Eliza e Paige devem lembrar. – Foi quando tivemos que fugir para o apartamento de Nick. – Este lugar é essencialmente para se esconder. Se a DVN aparecesse aqui atrás de Paige, ela poderia simplesmente ficar no esconderijo durante algumas horas. Se a situação piorasse, ela poderia empurrar um painel nos fundos, que levaria a um túnel que vai até Soho Square.

Ele tirou a lâmina da bengala e a usou para puxar uma das tábuas do assoalho. O espaço sob o painel tinha mais ou menos dois metros de profundidade e três de largura.

– Parece um lugar pra enterrar alguém vivo. – Eliza demonstrava certa hesitação.

– Preste atenção nessa palavra, minha médium. Vivo. Antônimo de *morto*. – Jaxon empurrou a tábua de volta. – Tenha isso em mente. Por enquanto, lembrem-se das minhas regras e todos nós continuaremos perfeitamente seguros. – Ele estalou os dedos. – Agora, voltem ao trabalho. Paige, você vem comigo.

Eu o segui. Nadine me lançou um olhar raivoso quando passei, mas ela sumiu antes que eu pudesse perguntar por quê.

– Não assuste os outros, querida. – Jaxon fechou a porta do escritório depois que entrei. – Eles não precisam ouvir sobre os Rephaim.

– Com exceção de Eliza, todos estavam em Sheol I – falei, tentando parecer calma. – Viram com os próprios olhos.

– Não quero que fiquem preocupados. Com a zona vermelha instalada, esta é uma época perigosa pra todos nós. – Ele tirou a papelada da mesa. – Agora, de volta ao trabalho. Estamos perdendo uma boa quantia de dinheiro na I-4. Nadine fez um trabalho quase decente como concubina temporária, mas ela não é *você*, e você era terrivelmente boa em fazer moedas aparecerem nos meus cofres. Com você no juditeano, posso mandar Nadine de volta pra Covent Garden com o violino dela.

Eu me sentei.

– Pode ser que ela não goste disso.

– Bom, ela fazia isso antes, não é? Não a contratei com o objetivo específico de mercadejar?

– Sim, Jaxon – falei, da forma mais paciente que consegui –, mas pode ser que ela não goste de ter a renda reduzida. Você estava pagando meus salários a ela?

– Você não precisava deles, não é? – respondeu, dando a impressão a todo custo de que eu tinha perguntado se a grama era verde. – Ela é uma sussurrante, Paige. Para ela, música é o equivalente a um númen. – Ele pegou um rolo de papel em uma gaveta, selado com o que parecia uma gravata-borboleta em miniatura. – Aqui está. Um convite para o próximo leilão juditeano. – Ele o jogou para mim. – Tenho certeza de que Didion vai ficar *encantado* em ver você.

Guardei no meu bolso traseiro.

– Achei que você queria que todos nós ficássemos dentro de casa.

– Como acabei de dizer, Paige, estamos perdendo dinheiro. A menos que queira ficar aqui e ver nosso dinheiro sair rolando como água em uma bola de cristal, você vai ter que trabalhar.

– Você não está perdendo seu tato, está?

– Bobinha. Nunca culpe o mime-lorde pelos fracassos dos serviçais. Existem muitos motivos para a perda – disse ele, sentando-se na beirada da escrivaninha. – Vários dos nossos mercadeiros mais lucrativos acabaram presos. Não foram cuidadosos o suficiente, é óbvio, esses tolos miseráveis... Sem ofensas a você, claro, boneca. Dois estabelecimentos importantes deixaram de pagar o aluguel. Além disso, a seção inteira desacelerou o ritmo depois que você foi levada. Preciso desse espírito de câmera de vigilância, querida. – Ele destrancou um armário e procurou algo em meio a uma fileira de frascos. – Ah, e mais uma coisa: você não pode andar por aí com essa aparência.

– Qual aparência?

– A *sua*, minha adorada. Esse seu cabelo é fácil demais de identificar. – Ele estendeu um frasco de vidro e um recipiente pequeno. – Aqui. Você tem as ferramentas. Torne-se invisível.

7

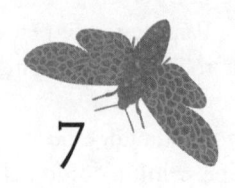

Debaixo da rosa

— E
u ouvi cem?
Uma única vela branca queimava num nicho, a única luz na cripta no subsolo. A cera pingava enquanto a chama oscilava com a corrente de ar, observada por um querubim de pedra com tocos onde antes ficavam as asas. Minhas botas estavam num apoio de pés de veludo, meu braço, pendurado nas costas da cadeira estofada. Alguns instantes se passaram até alguém levantar uma plaquinha.

– Cem pra IV-3. – Didion Waite colocou a mão em concha ao redor da orelha. – Eu ouvi duzentos?

Silêncio.

– Posso provocá-los com cento e cinquenta, concubinas e gângsteres? Seus mime-lordes e mime-rainhas ficarão encantados com esse, de verdade. Perguntem os segredos do sargento, e poderão conseguir uma Estripadora. E, se conseguirem uma Estripadora, quem sabe? Podem até arranjar um Estripador. – Outra plaquinha foi levantada. – Um fiel! Cento e cinquenta pra VI-5. Você veio de longe pra reivindicar esse prêmio, senhor. Alguém dá duzentos, senhoras e senhores? Ah, duzentos? Não, *trezentos*! Obrigado, III-2.

O leilão com vela era sempre entediante. Aquela maldita vela parecia que nunca ia queimar toda. Puxei um fio solto da minha blusa. Quando Didion pediu quatrocentos, levantei minha plaquinha.

– Quatrocentos pra... – Didion girou o martelo. – I-4. Sim. Quatrocentos pra Onírica Pálida. Ou será que devíamos te chamar de *Paige Eva Mahoney*?

Algumas pessoas me lançaram olhares curiosos. Minhas costas ficaram tensas. Ele tinha acabado de...?

– Vamos leiloá-la em seguida, madame – continuou ele, se divertindo totalmente –, considerando sua situação atual com Scion?

Murmúrios se espalharam. Minha pele formigou.

Didion Waite tinha acabado de me desmascarar.

Por mais que a Onírica Pálida fosse bem conhecida, seu rosto e seu nome verdadeiros não eram. Alguns membros do sindicato haviam abandonado as identidades jurídicas, se doando por completo para o submundo, mas a outra metade ainda mantinha empregos respeitáveis em Scion, o que os obrigava a se esconder atrás de máscaras e apelidos. Sempre fui uma das que levavam vida dupla. Por causa da posição do meu pai e do meu desejo de continuar em contato com ele, Jaxon sempre me fez usar uma echarpe vermelha por cima dos lábios e do nariz quando eu cumpria minhas tarefas como sua concubina. Eu me recuperei rápido o suficiente para gritar:

– Só se você me oferecer um lance, Didion.

Gargalhadas eclodiram nas fileiras da frente, enfurecendo-o.

– Bom, é melhor eu recusar essa opção, pois estou totalmente comprometido com a memória da minha Judith. Você parece sósia do seu mime-lorde – disse ele, corado. – O Agregador Branco é tão apaixonado pelo próprio reflexo que o pintou em sua concubina?

Meu cabelo tinha sido tingido de preto e cortado na altura do queixo, revelando meu pescoço. As lentes de contato eram cor de avelã, e não do tom azul-claro de Jaxon, mas Didion não teria percebido isso.

– Ah, não. Tenho certeza de que o Agregador sabe que pra você basta um dele, Didion – falei, inclinando a cabeça. – Afinal, você já perdeu uma guerra do panfleto contra ele.

Ninguém se deu ao trabalho de disfarçar o riso abafado. Jack Calcanhar de Mola uivou de felicidade tão alto que a Rainha de Pérola se sobressaltou no assento, e Didion mudou de rosa para roxo.

– Ordem – gritou ele, depois resmungou: – E, pra sua informação, estou trabalhando num panfleto novo, madame, um panfleto que vai apagar aquele farrapo do *Sobre os méritos* das páginas da história, pode anotar minhas palavras...

Jimmy O'Duende, que estava sentado perto de mim, se sacudiu de tanto rir enquanto bebericava seu frasco de bolso. Um tapinha no meu ombro me fez virar a cabeça. Um mensageiro sussurrou em meu ouvido:

– Você é mesmo a garota que Scion está procurando?

Cruzei os braços.

– Não tenho a menor ideia do que ele está falando.

– Eu ouvi quinhentos? – perguntou Didion, com dignidade.

Eu me forcei a prestar atenção, tentando ignorar os olhares e sussurros. Era raro um membro do sindicato ser publicamente desmascarado. Didion vira meu rosto uma vez, mais ou menos um ano antes. Deve ter adorado me expor daquele jeito, mas seu despeito dobrou minha vulnerabilidade.

O espírito em leilão era um tal de Edward Badham, sargento de polícia da famosa Divisão H. Eles eram os homens da lei na época da monarquia, especificamente os designados para a área de Whitechapel. Só depois da morte de Rainha Victoria e de seu filho ser expulso como desnatural é que a Divisão V, esboço da força policial clarividente de Scion, foi fundada por Lorde Salisbury. Qualquer espírito que tivesse conexão com a Divisão H poderia dar uma excelente pista para Estripadores. Eu via Jack Calcanhar de Mola, Jenny Dentesverdes e Ognena Maria na frente, levantando as plaquinhas em todas as oportunidades. Do outro lado do salão estava o Homem das Estradas, concubino da II-6, que exibia uma expressão severa. Pelo que eu sabia, ele nunca havia perdido um leilão relacionado a Estripadores.

Enquanto a vela queimava, o preço da essência do sargento Badham aumentava. Pouco depois, havia apenas seis de nós dando lances. Era provável que Jaxon fosse o mime-lorde mais rico da cidadela, mas, nos leilões juditeanos, a vela deixava tudo no mesmo nível. Observei a luz reveladora antes que ela morresse. Quando isso aconteceu, levantei minha plaquinha, e, uma fração de segundo depois, outra pessoa fez o mesmo.

– Cinco mil.

Cabeças viraram. Era o Monge, concubino da I-2. Como sempre, seu rosto estava oculto por um capuz preto.

– Cinco mil! Um vencedor óbvio – proclamou Didion. Supunha-se que isso o deixaria com perucas empoeiradas e calças inadequadas durante mais um tempo. – A vela se apagou, e o espírito do sargento Edward Badham pertence à Madre Superiora da I-2. Compaixão para com todos os outros!

Lamentos e xingamentos tomaram a cripta, junto de resmungos mal-humorados das pessoas de seções mais pobres. Comprimi os lábios. Perda de tempo. Ainda assim, pelo menos, eu tinha conseguido sair da caverna por algumas horas.

O enorme Homem das Estradas se levantou, derrubando a cadeira. O silêncio se instalou imediatamente.

– Chega dessa farsa, Waite. – Sua voz ressoou. – Esse espírito é propriedade da II-6. Onde foi que você o conseguiu?

– Esse espírito veio para a minha guarda *legalmente*, senhor, como todos os meus espíritos. – Didion se irritou. – Se o senhor acredita mesmo que todos os espíritos da II-6 querem ficar lá, então por que eu sempre os encontro no meu território?

– Porque você é um faca e um desonesto.

– Pode provar essas alegações?

– Um dia vou encontrar o Estripador, e você vai provar isso com a sua vida – foi a resposta sombria.

– Espero que isso não seja uma ameaça contra mim, senhor, espero sinceramente. – O leiloeiro estava tremendo. – Não vou aceitar esse tipo de conversa na casa de leilões da minha esposa, senhor. Judith jamais permitiria essa agressão verbal maldosa, senhor.

– Onde está o espírito da sua esposa? – gritou um médium. – Devemos leiloá-la também?

Didion ficou roxo feito um hematoma. Dava para saber que a coisa estava ficando séria quando Didion Waite esgotava a palavra *senhor*.

– Chega. – Uma das mime-rainhas se levantou. Seu cabelo ruivo e curto era alisado no estilo pompadour, e ela tinha um leve sotaque búlgaro. – A culpa é da vela, Homem das Estradas, não de quem a acendeu. Procure seu maldito Estripador nas suas ruas.

Com um rosnado de raiva, ele saiu apressado da cripta. Jack Calcanhar de Mola também correu para fora, rindo consigo mesmo do seu jeito insano, e Jenny Dentesverdes resmungou ao sair. Enquanto eu pegava meu casaco e minha mochila, Didion disparou em direção ao Monge, mas ele já estava na metade da escada.

– Eu aceito – disse uma jovem. Seu cabelo vermelho estava preso num coque trançado, preso por um pente em forma de leque.

Didion lhe deu um elo de agregação.

– Claro, claro. – Beijou a mão dela, que ostentava um anel de ouro comprido. – Diga para a Madre Superiora enviar seu agregador quando quiser.

A garota lhe deu um sorriso gracioso e guardou o elo.

– Vou providenciar seu pagamento daqui a alguns dias, sr. Waite.

A Madre Superiora certamente estava cheia de dinheiro por esses dias. A maioria dos líderes de gangue era rico, mas eu não estava convencida de que vários deles tinham cinco mil para pagar por um espírito.

– Onírica Pálida?

Uma mime-rainha tinha parado no corredor na minha frente, aquela do cabelo ruivo. Levei três dedos à testa, como era esperado quando alguém se encontrava com um membro da Assembleia Desnatural.

– Ognena Maria.

– Você está diferente. Eu ia dizer que não te via há algum tempo, mas seu rosto está espalhado por Londres.

– Escapei da Torre. – Coloquei a alça da mochila sobre o ombro. – Eu não sabia que você era caçadora de Estripadores.

– Não sou. Mas preciso desesperadamente de mais espíritos, e o juditeano me pareceu o melhor lugar para consegui-los.

– Você poderia ter escolhido um que *não fosse* da Divisão H.

– Eu sei, mas gosto de um desafio. Não que eu seja rica o suficiente para ganhar. – Ela estendeu o braço. – Vai subir?

Não havia mais nada para fazer ali embaixo. Eu sabia que devia me apressar para sair – Jaxon estava me esperando na rua –, mas o comentário dela tinha sido bem curioso.

– Você deve ter muitos espíritos – falei enquanto subíamos os degraus. Os broches na jaqueta dela tiniram. – Então por que este?

– Alguns foram embora recentemente da I-5. Eles parecem ser repelidos por uma rua específica. Não vejo nada de errado nela, a menos que alguém tenha estragado uma sessão espírita em uma das casas. – Uma ruga marcou sua testa. – Isso me preocupa mais do que admito para os meus videntes. Imagino que não esteja acontecendo alguma coisa parecida na I-4, né?

– O Agregador teria nos contado.

– Ah, o Agregador está tão fora da casinha que já está com um pé na cova. Não sei como você trabalha pra ele. – Ela olhou angustiada para o anel no próprio dedo. – Você acha que ele se interessaria em alugar um terreno em Old Spitalfields?

– Posso perguntar a ele.

– Obrigada, docinho. Ele tem mais dinheiro do que eu jamais terei.

Maria abriu o alçapão.

– Devo contar a ele sobre o seu problema?

– Ele não vai se importar, mas você pode tentar.

O painel nos levou para dentro da casca do que já tinha sido uma igreja. Raios de luz do sol fraca entravam pelo telhado quebrado dos Sinos de Bow, uma das poucas igrejas de Londres que não tinham sido destruídas e transformadas em estação de Vigilantes. Tinha sido desfigurada no início do século XX, claro, como todas as coisas associadas à vida após a morte e à monarquia – as asas dos querubins foram arrancadas, e os altares foram destruídos por vândalos republicanos –, mas os sinos ainda estavam na torre. O lugar inteiro me lembrava de Sheol I. Um vestígio de um mundo mais antigo.

Empurrei a tampa da cripta de volta para o lugar. Havia mais uma mulher em pé perto do altar, conversando com o Monge e o mensageiro. Era alta e magra, estava vestindo um terno sob medida, e uma cartola estava pregada nos cachos grossos do seu cabelo castanho.

A própria Madre Superiora tinha aparecido para encontrar seu concubino. A mime-rainha da I-2, fundadora do maior salão noturno de Londres.

– Maria! – Ela bateu palmas. Sua voz me deixou num estado em que eu parecia um fósforo sendo riscado. – É você, não é, Maria?

– Parabéns, Madre Superiora – disse Maria, tensa. – Que prêmio fascinante.

– Gentileza sua. Não tenho uma coleção tão interessante de espíritos quanto certas pessoas, mas de vez em quando gosto de dar lances. Me diga: como você está aguentando a zona vermelha?

– Razoavelmente bem. Você conhece a Onírica Pálida, não é?

A Madre Superiora me observou através de um véu. Eu mal conseguia ver sua pele marrom-clara, o nariz comprido e um sorriso que parecia uma pena vermelha.

– Claro que sim. O prodígio do Agregador Branco. Que alegria. – Ela segurou meu queixo com a mão envolvida em renda. – Ah, mas você daria uma ótima andarilha noturna.

– Ela está um pouco ocupada sendo caçada pelo Weaver. – Maria fungou. – Eu adoraria ficar e conversar, mas tenho um mercado pra administrar.

– Quero dar uma palavrinha. – A Madre Superiora me soltou. – Ou conversamos agora, Maria, ou esta noite.

– Só deixo meus videntes sozinhos uma vez a cada dia vermelho.

– Amanhã, então. Vou mandar um dos meus mensageiros pra combinar.

Com um aceno de cabeça conciso, Maria saiu andando. Eu a segui.

– Maldita madame. – Ela abriu as portas. – Fico feliz que alguém tenha tempo pra uma música de queixo.

– O que você acha que ela quer?

– Provavelmente mais andarilhos noturnos. Já falei pra ela que nenhum dos meus videntes tem interesse. Isso não a impede de perguntar. – Maria ergueu o colarinho do casaco por causa do vento. – Cuide-se, docinho. Sempre tem um lugar pra você na I-5, sabe, se um dia quiser fazer um bico.

– Vou me lembrar disso.

Ela saiu apressada em direção à estação Bank. Eu já tinha recebido ofertas de trabalho, assim como Eliza – os caçadores ilegais costumavam perambular entre uma seção e outra, tentando subornar videntes habilidosos a fazerem um bico para um chefe diferente –, mas eu sempre recusava. Jaxon pagava o suficiente, e era arriscado ter um segundo emprego. A maioria dos mime-lordes considerava uma traição passível de expulsão, ou até mesmo uma sentença de morte.

Mas Maria parecia genuinamente preocupada com a perda de espíritos, com a possível ameaça ao bem-estar de seus videntes. Ela poderia ser uma aliada útil, se ao menos eu pudesse espalhar a notícia. E, caso eu não conseguisse arranjar dinheiro, fazer algum bico poderia ser minha única opção.

Um táxi pirata estava me esperando na esquina.

– O Agregador disse que você deve ir pro Garden – disse a motorista.

– Sério?

– Sério. Ande logo, tá? – Ela passou um lenço no pescoço. – Já é arriscado demais levar uma fugitiva no meu táxi e só piora se ficar se arrastando.

Entrei no táxi. Eliza deve ter terminado uma pintura.

SciLo ainda estava em alerta vermelho, com uma segurança maior do que a torre de Old Paul. Subguardas em barreiras nas estações durante vinte e quatro horas por dia, veículos militares patrulhando a coorte central durante o dia, Vigilantes armados com o dobro de armas. Quando o táxi passou por uma tela de transmissão, meu rosto apareceu pela milésima vez. Para um desconhecido, o rosto parecia hostil: sem sorrir, orgulhosa demais para despertar compaixão, com olhos cinza frios e a palidez de um cadáver. Não era o rosto de uma inocente. A mulher na tela era a desnaturalidade encarnada. Seus olhos continham morte e frieza. Bem como o Mestre falou.

Mestre. Enquanto eu estava na cidadela, me escondendo do meu reflexo, meu colaborador Rephaite também era um fugitivo. Eu o imaginei no Limbo, colhendo amaranto, usando a essência para aliviar as cicatrizes. Olhando por cima do ombro em busca dos Sargas. Eu não sabia como era a aparência do Limbo, mas o imaginava como um reino sombrio e glorioso, fervilhando de coisas semivivas. E o Mestre com sua lâmina de punho negro, rastreando a soberana de sangue enquanto ela fugia do reino, como Edward VII fez antes dela. O Mestre no calor da caçada. A imagem me fez tremer por dentro, saturando meu sangue com adrenalina.

"*Se eu nunca mais voltar*", dissera ele, "*isso significa que está tudo bem. Que eu acabei com ela.*" Bom, ele não tinha voltado, e estava claro que nada andava bem. Havia algo acontecendo por trás da máscara de Scion, e, se Nashira tivesse matado meu único aliado Reph, talvez eu nunca conseguisse descobrir o que era.

Ele tinha arriscado – e perdido – tudo para me ajudar a fugir da prisão. Em troca, eu me arrastara de volta, com o rabo entre as pernas, para minhas traições insignificantes, não conseguira convencer Jaxon a lutar e havia amaldiçoado o nome de Hector quando ele não podia me ouvir.

Assim que saí do táxi, bati a porta com força demais. Zeke estava me esperando sob as passagens arcadas de pedra. Estava bem-vestido, como sempre estava nos dias de vendas: colete de seda brocada, cabelo cuidadosamente repartido, óculos de armação grossa que pareciam ter cinquenta anos.

– Como você está, Paige?

– Animada. Belos óculos. – Verifiquei minha echarpe. – Qual é a história?

– Eliza terminou três quadros. Jax quer que todos estejam vendidos até o fim da noite. Além de todo o lixo. – Ele começou a andar ao meu lado. – Podíamos contar com a sua ajuda para vender. Sou terrível.

– Seria melhor se não achasse que é terrível. Você disse que ele quer que a gente venda *tudo*? Ele está precisando de uma nova bengala vintage ou alguma coisa assim?

– Ele disse que estamos com pouca grana.

– Vou acreditar nisso quando ele parar de comprar charutos e absinto.

– Ele quase não parou de beber durante o tempo que você passou fora. Absinto todas as noites, foi o que Nadine disse.

Por trás das lentes excêntricas, seus olhos estavam injetados de sangue. Parecia que ele próprio tinha bebido absinto.

– Zeke – falei –, Jaxon realmente me procurou?

– Ah, sim. Ele não parou de te procurar até julho. Depois, pareceu desistir e transformou Nadine em concubina temporária. Quando Nick soube de você em agosto, depois que te vimos na Trafalgar Square, ele ficou... Bom, meio maluco de alegria. Então recomeçou a busca. – Zeke ajeitou os óculos. – Ele disse se vai fazer alguma coisa em relação aos Rephaim?

– Não – respondi.

– *Você* vai fazer alguma coisa?

– Ele me disse pra não fazer – expliquei, tentando não parecer amarga. – Ele exige nosso compromisso total com a I-4.

Zeke balançou a cabeça.

– Isso é loucura. Temos que fazer alguma coisa.

– Se você tiver alguma sugestão, sou toda ouvidos.

– Não tenho – admitiu ele. – Não sei por onde começaríamos. Eu estava falando com Nick sobre isso outro dia e pensei que podíamos fazer um tipo de transmissão nacional, mas pra isso teríamos que entrar no Arconte. E, mesmo que a gente conseguisse, como se diz às pessoas algo que você sabe que elas não vão acreditar?

Eu não tinha percebido que Zeke era tão ambicioso. Por mais que eu gostasse da ideia, a segurança de ScionEye era rígida demais para sequer considerarmos fazer uma transmissão lá de dentro.

– Não podemos colocar o carro na frente dos bois, Zeke – falei, com delicadeza. – Se vamos fazer alguma coisa, temos que começar por baixo. Avisar ao sindicato, e depois ao restante da cidadela.

– É, eu sei. Era só uma ideia. – Zeke pigarreou. – Aliás, Nick te contou...?

– Contou o quê?

– Nada. Deixe pra lá. Você comprou o espírito? – perguntou ele depressa.

– A Madre Superiora o pegou. Mas o que você ia...?

– Não importa. Acho que Jax não se importa muito com a Divisão H. Ele quase admitiu que estava fazendo isso pra irritar Didion.

– Qual é a novidade nisso?

Fazia anos que Didion e Jaxon estavam em guerra, golpeando um ao outro com panfletos e, ocasionalmente, com violência física. Didion desprezava Jaxon por ser "o senhor mais descortês que eu já conheci". Jaxon odiava Didion por ser um "perdulário inútil de cabelo cacheado" e por ter dentes horríveis. Era difícil argumentar com essas duas avaliações.

Caminhamos juntos ao longo da colunata até chegarmos a uma lanterna. Em vez do azul-claro dos postes de luz comuns em Scion, os painéis ali eram feitos de um vidro cobalto mais profundo, tingido de verde, difícil de ver até os olhos se acostumarem. Ficavam pendurados acima da porta de um brechó. Zeke fez um sinal discreto para a dona da loja, uma vidente, que assentiu.

Uma escada em espiral nos levou ao porão da loja. Não havia clientes lá embaixo, apenas cabides de roupas de segunda mão e três espelhos. Zeke olhou por cima do ombro, depois puxou um deles e o abriu como se fosse uma porta. Entramos pela abertura e chegamos a um túnel comprido.

O mercado negro ficava entre Covent Garden e Long Acre. Fazia décadas que uma gruta no subsolo de mais ou menos mil e quatrocentos metros quadrados era o centro do comércio ilegal. A maioria dos mascates ganhava grana nas fronteiras dos mercados amauróticos, mas este era totalmente vidente e totalmente secreto. A DVN nunca tinha entregado sua localização para Scion, e o motivo mais provável era porque muitos deles ainda compravam os seus numa dessas barracas. Os empregadores lhes davam comida e abrigo, mas nenhum meio para alcançar o éter. Levavam uma vida miserável, lutando contra a própria natureza deles.

A gruta era mal ventilada, densa com o calor de centenas de corpos. Barracas vendiam milhares de numa, de todo tipo que se podia imaginar. Espelhos: de mão, de corpo todo, emoldurados. Bolas de cristal pesadas demais para serem erguidas. Pedras de espetáculo feitas de vidro fumê, pequenas o bastante para caberem na palma da mão. Mesas para sessões espíritas. Incenso para queimar. Xícaras de chá e chaleiras de ferro fundido. Chaves para trancas que talvez nem existissem. Pequenas lâminas embotadas. Caixas de agulhas. Livros da lista negra. Baralhos de tarô de todos os tipos. E ainda havia as barracas dos áugures, onde flores e ervas eram vendidas em abundância. Depois disso, havia frascos de remédios para médiuns – relaxantes musculares, adrenalina, lítio – e instrumentos magníficos para sussurrantes, além de canetas para psicógrafos e sais aromáticos para bloquear os odores nojentos que os farejadores sentiam.

Zeke parou perto de uma barraca que vendia máscaras e colocou uma delas. Uma bem barata chamou minha atenção, de plástico e coberta de tinta prateada, grande o suficiente para cobrir a metade superior do meu rosto. Enfiei a mão no bolso e paguei com parte do dinheiro que Jaxon me dera para o leilão.

A barraca símbolo da I-4 era especializada em arte funerária, mortalhas e outros luxos mórbidos para clarividentes abastados. Nada de numa baratos na nossa barraca. Todos os nossos produtos ficavam expostos em cima de um veludo amassado, arrumado ao redor de vasos de vidro com rosas. Atrás da mesa, Eliza era uma visão num vestido de veludo verde-escuro. Seu cabelo dourado caía em cachos lustrosos nas costas, e seus braços estavam envolvidos em uma renda preta delicada. Ela estava conversando com um áugure vestido de negociante. Quando nos viu, disse alguma coisa para ele, que foi embora.

– Quem era? – perguntei.
– Um colecionador de arte.
– Ótimo. Agora vá pra trás da cortina.
– Tá bom, tá bom. – Ela limpou um pouco de poeira do quadro maior. – Zeke, você pode pegar mais algumas rosas?
– Ok. Quer um café?
– E um pouco de água. E um pouco de adrenalina. – Eliza secou a testa com a manga. – Vamos ficar aqui a noite toda, se não vendermos tudo.

– Você precisa ficar escondida.

Peguei seu cotovelo e a conduzi para os fundos da barraca, onde uma cortina escondia nossos casacos e bolsas. Suspirando, ela se sentou e se dedicou ao trabalho que Jaxon lhe dera. Ela gostava de ficar lá para podermos consultá-la, mas, se alguém visse uma médium artística perto dos nossos quadros, ia somar dois mais dois imediatamente. Zeke enfiou a cabeça do outro lado da cortina.

– Onde está Jax?

– Ele disse que precisava fazer negócios em outro lugar – respondeu Eliza. – Como sempre. Vá pegar as rosas logo, pode ser?

Com um leve franzido da testa, Zeke seguiu seu caminho. Eliza costumava ficar de mau humor depois de uma possessão, despedaçada com tiques e espasmos. Tirei alguns crânios humanos de uma caixa.

– Quer fazer um intervalo?

– Preciso ficar aqui.

– Você parece acabada.

– Sim, Paige, estou acordada desde segunda-feira. – Sua pálpebra tremulou. – Jax me mandou pra cá assim que terminei com Philippe.

– A gente vai vender. Não se preocupe. Onde está Nadine?

– Mascateando.

Eu não podia culpá-la por ser breve comigo. Por direito, ela deveria estar dormindo num quarto escuro depois de um transe, esperando os tremores passarem. Eu a ajudei com as mercadorias, empilhando crânios, ampulhetas, relógios de bolso, amostras de molduras. A maioria era feita por adivinhos habilidosos que trabalhavam para Jaxon, depois era vendida por cinco vezes o preço que ele pagava.

Pouco depois, uma briga começou na barraca em frente, onde dois palmistas ofereciam leituras. O consulente era um acutimante e parecia um pouco descontente com o que a palma lhe dissera.

– Quero *todo* o meu dinheiro de volta! Charlatão!

– Suas palmas são suas inimigas, meu amigo, não eu. Se quiser sua versão da verdade – disse o palmista com um olhar duro feito pedra –, talvez seja melhor tentar tricotá-la.

– Como é que é, seu áugure imundo?

Houve um barulho de trituração quando ele foi atingido bem no nariz. Os videntes mais próximos sapatearam e zombaram. Palmistas eram bons com os punhos. O acutimante caiu na mesa, depois foi arremessado para a frente com um rugido. Sangue se espalhou pelo carpete. A segunda palmista esmagou uma dupla de espíritos no rosto do agressor, mas depois foi atingida no pescoço por um furador afiado. Seu grito foi abafado pela asfixia e pelos berros da multidão.

– Mais alguém? – rugiu o acutimante.

Uma sussurrante solitária ergueu o tom de voz:

– Você acha que é um grandalhão, né, garoto das agulhas? Compensando sua agulhinha minúscula?

Risada se espalhou para todo lado.

– Fale isso de novo, sibilante – ele pegou outro furador –, e isso aqui pode enfiar uma agulhinha no seu coração.

Ele virou uma mesa ao sair. Eliza balançou a cabeça e voltou para trás da cortina. Como eu poderia ter esperança de unir essa ralé? Como alguém poderia ter esperança?

Arrumaram a bagunça. Os negócios continuaram como sempre. Eu tinha vendido três relógios e uma ampulheta do tamanho de um dedo quando Zeke voltou, com os óculos vintage embaçados pelo calor. Eu o levei para trás das cortinas, até Eliza.

– Ouviram falar da briga com os palmistas? – perguntou ele.

– Nós vimos.

– Teve mais uma perto da barraca de café. Mais uma vez, os Pés-de-Cabra e a Companhia Esfarrapada.

– Idiotas. – Eliza tomou metade do café. – Conseguiu encontrar adrenalina?

– Acabou – respondeu ele. – Sinto muito.

Ela estava oscilando.

– Descanse um pouco.

Peguei a papelada da mão dela.

– Já volto. Continuem vendendo.

– Meia hora. – Zeke segurou seus ombros e a afastou da barraca. – Nada de discussão, tá bom?

– Tá bom, tá bom, mas vocês dois precisam saber direitinho dos fatos – disse ela, exasperada. – Philippe nasceu Brabançon, mas ele era *do* Ducado de Brabant. Brabançon não é um lugar. E Rachel usava *liquor balsamicum* quando ajudava o pai. Não fale "vinagre balsâmico" de novo, Paige, senão eu juro pelo éter que vou quebrar um vaso na sua cabeça.

Ela pegou a bolsa de tricô e foi embora. Zeke e eu nos entreolhamos.

– Sino de Skellet?

– Vai fundo.

Procurei na caixa. Era um sino de mão pesado, usado em procissões funerárias medievais. Enquanto eu o desembalava, Nadine jogou uma cesta de mercadorias na mesa. Encarei a cesta cheia.

– Você não vendeu *nada*?

– Não é nenhuma surpresa – disse ela – que ninguém queira lixo de mesa.

– E não vão querer mesmo se você chamar de "lixo de mesa". – Peguei um dos crânios, verificando se estava rachado, mas aparentemente não havia de nada errado com ele . – Você tem que torná-los atraentes.

– Atraentes? "Ah, olá, madame, gostaria de comprar o crânio de um ignorante do século XIV estragado pela praga pelo preço de um ano de aluguel?" É, isso chama atenção.

Não consegui me obrigar a argumentar; em vez disso, entreguei o sino a ela. Com os lábios franzidos, ela passou pela frente da barraca e tocou uma única nota, assustando um sensitivo. O som fez pelo menos cinquenta pessoas erguerem o olhar.

– Senhoras e senhores, vocês se lembram da sua mortalidade? – Ela estendeu uma rosa para o sensitivo, que riu de nervoso. – É tão fácil esquecer, não é, quando vivemos lado a lado com a morte? Mas até mesmo os videntes morrem.

– Às vezes – disse Zeke –, precisamos de um lembrete delicado. *He aquí*, as obras de arte perdidas da Europa! – Ele acenou com a mão para indicar os quadros. – Pieter Claesz, Rachel Ruysch, Philippe de Champaigne!

– Aproximem-se para a liquidação do mês! – Nadine tocou o sino. – Não se esqueçam da morte; ela não vai se esquecer de vocês!

Em pouco tempo, tínhamos atraído uma grande multidão. Nadine descrevia as espécies de borboletas emolduradas, distribuía elogios sobre o quadro maior e demonstrava a velocidade da areia nas ampulhetas. Zeke passava o tempo encantando as pessoas com as histórias dos anos que passou em Oaxaca. Elas grudavam nele feito moscas no mel, desesperadas para ouvir as lendas de um país que não estava sob a influência de Scion. O mundo livre era um paraíso aos olhos dessas pessoas, um lugar onde os videntes podiam ficar em paz. Algumas também notaram o sotaque de Nadine, mas ela mudava de assunto quando perguntavam. Zeke distribuía flores enquanto ela falava e eu pegava o dinheiro, mantendo a cabeça baixa.

A maioria dos ouvintes comprou uma ou outra bugiganga. Contei as moedas em silêncio. Era como se Sheol I nunca tivesse acontecido.

Túnica-amarela, pensei comigo mesma.

****

Eliza só voltou depois de duas horas. Quando chegou, ela parecia cinza.

– Alguma coisa?

– Tudo. – Mesmo exausta, indiquei a mesa vazia com a cabeça. – O quadro de Pieter foi pra I-3, e dois negociantes estão interessados no Ruysch.

– Ótimo.

Ela pegou a rosa de um vaso e a prendeu no cabelo. Os cachos estavam escapando.

– Você chegou a dormir? – perguntei, levantando mais um caixote para colocar na mesa.

– Aonde você acha que eu fui?

Eu a observei. Ela deslizou de volta para a cadeira e encarou seu trabalho com um olhar vazio.

O Ruysch falso foi vendido para um grupo de botanomantes galeses. Quando faltavam quinze minutos para as cinco, eu estava pronta para ir embora. A DVN começava a trabalhar às cinco horas durante o outono e o inverno, e Jaxon insistiu para que eu não passasse mais do que algumas horas no mercado.

– Já vou – falei para Nadine. – Você está bem pra continuar?

– Se você conseguir trazer Eliza de volta pra cá, sim.

Achei que ela vinha bem atrás de mim, mas não estava à vista.

– Vou tentar.

– Se não a encontrar, fique de ouvido atento na cabine telefônica. Talvez eu precise ligar pra você. – Nadine passou a mão no cabelo. – Odeio isso.

Minha cabeça doía por causa das horas de barulho e concentração. Perto da saída, vi uma barraca vendendo numa metálicos: agulhas, lâminas pequenas, tigelas para ciatomancia. O metalurgista ergueu o olhar quando me aproximei.

– Olá – disse ele, franzindo a testa. – Você não é adivinha.

– Só uma comerciante de passagem. – Tirei a corrente do meu pescoço, tentando ignorar a pontada de desconforto. – Quanto você daria por isto?

– Me dê aqui. – Coloquei o pingente do Mestre na palma da mão dele, que levou uma lupa de joalheiro ao olho e o ergueu em direção à luz. – Do que isso é feito, querida?

– Prata, acho.

– Tem uma carga esquisita saindo disso, né? Como um númen. Mas nunca ouvi falar que um colar pode ser um númen.

– Repele poltergeists – falei.

Ele quase deixou a lupa cair.

– O quê?

– Bom, foi o que me disseram. Não testei. – O homem suspirou, algo entre alívio e pavor. – Mas digamos que *realmente* repele 'geists: quanto você me daria por ele?

– Difícil dizer. Se for de prata, eu daria mil. É pegar ou largar.

Fiquei desapontada.

– Só mil?

– Eu te daria algumas centenas por uma peça comum de prata. Mil parece razoável pra uma peça de prata que afasta 'geists.

– Espíritos como o Estripador – observei. – Isso deve valer muito mais do que mil pratas.

– Com todo respeito, senhorita, não sei que truques de faca foram usados nisso. Esse metal não é prata nem ouro. Eu precisaria levá-lo pra dar uma olhada melhor. Se o metal for adequado, funcionar e eu conseguir entender exatamente *por que* funciona, eu poderia te dar um pouco mais. – Ele me devolveu o colar. – Depende de você querer ficar um tempinho separada dele.

Era verdade que o Mestre me dera o colar, mas eu tinha a sensação de que ele não ia querer que eu o vendesse. "*Fique com ele*", dissera o Mestre. Não "*é seu*". Nem "*faça o que quiser com ele*". Não era algo que eu deveria dar a um desconhecido.

– Vou pensar – falei.

– Como quiser.

O próximo cliente estava ficando inquieto. Fechei a cortina e voltei para o túnel.

– Imaginei que você pudesse estar aqui, Onírica.

Empunhando uma lâmina, eu me virei para encarar Bocacortada. Seu cotovelo estava apoiado num caixote de suprimentos. Ela usava um chapéu de aba larga e exibia o maior sorriso que seus lábios permitiam.

– Como está o rosto? – perguntou ela.

– Ainda está melhor que o seu, acho.

– Ah, até que gosto da minha cicatriz. – Ela passou o polegar na cicatriz, do lábio até o queixo. – Você deve estar muito ocupada se mantendo fora do caminho de Scion. Estou ficando um pouco enjoada de ver seu rosto em todas as telas.

Seu rosto estava repleto de crueldade, mas tentei enxergar o que ela era por baixo da cortina de fumaça. Uma mulher jovem, sozinha no mundo, que tinha encontrado abrigo nos braços do Sublorde. Talvez um dia ela tivesse sido como eu: segura com uma família. Talvez ela tivesse procurado a liberdade no sindicato.

Depois de um instante, durante o qual ficamos nos encarando, guardei a lâmina no cinto.

– Bocacortada – falei –, pare com a encenação por um minuto.

Ela inclinou a cabeça.

– Encenação?

– Encenação de concubina. – Mantive o contato visual. – Hector realmente não se importa com nada que Scion está fazendo? Ele acha que vai sobreviver a tudo só porque é o Sublorde? Ele é vidente. Um adivinho, aliás. O Senscudo vai...

– Está *com medo* de Frank Weaver, Onírica?

– Você está em negação – falei. – E, se ficar com Hector, vai morrer dentro de um ano.

– Hector – disparou ela – vai ser Sublorde pelo resto da vida. E, quando ele morrer, estarei lá pra assumir. – Só por um instante, seu rosto com cicatrizes pareceu desamparado e vulnerável. – Você devia conhecer essa sensação. Pelo que mais nós, concubinas, fazemos isso, Onírica, a não ser pelo amor de um mime-lorde?

– Eu faço por mim mesma – respondi.

Sua boca se contorceu.

– Bom, isso não está te levando longe. Você ainda é uma peça inútil do mobiliário do Agregador. – Ela pegou alguma coisa no bolso de trás e envolveu o punho com o objeto, escondendo-o. – Mas você pode servir pra alguma coisa. Me conte onde Ivy Jacob está escondida.

Fiquei tensa.

– Ivy?

– Sim, *Ivy*. A garota cujo rosto aparece nas mesmas telas em que o seu todos os dias – cuspiu ela, me circundando. – Onde ela está?

– Como eu poderia saber? – perguntei. Se a concubina do Sublorde estava procurando Ivy em particular, ela devia estar muito encrencada. – Você acha que todos os procurados de Scion se conhecem pessoalmente?

Uma dúvida discreta passou por seu rosto, mas não durou. Ela olhou para a porta do mercado, depois me encarou com o olhar vazio.

– Se você não me contar – disse ela –, vou descobrir de qualquer jeito.

Vi a faca um segundo tarde demais. As mãos dela eram mais fortes que as minhas. Uma tapou meus lábios e me jogou na parede, contendo meu grito antes que pudesse ser ouvido. A lâmina brilhou na parte interna do meu cotovelo, e a ponta de um frasco pressionou minha pele.

Sangue era o númen dela. Se fosse boa, poderia usar um pouco do meu para descobrir certas coisas sobre mim: meu passado, meu futuro. Assim que a dor surgiu, meu espírito escapou de forma violenta. Bocacortada se afastou de mim com um grito de agonia. Vi de relance o interior de sua mente: um estaleiro vazio, iluminado no centro, escuro nas bordas, barcos podres flutuando em uma água esverdeada. No segundo em que ela ficou desorientada, arranquei o frasco da sua mão e torci seu braço nas costas até sentir a junta do ombro se distender.

– Tentando me espionar, hematomante? – Sangue escorria do meu corte. Cerrei os dentes, mantendo-a presa. – Fale pro Hector ficar longe dos negócios alheios. Na próxima vez, vou quebrar seu braço.

– Vá se foder.

Bocacortada bateu a cabeça no meu nariz, me fazendo recuar um passo, e depois fugiu em uma corrida mortal. O frasco estava despedaçado no chão, junto dos respingos do meu sangue. Peguei um pano no bolso e limpei a bagunça.

Por que diabo ela estava tão preocupada com Ivy em especial? Será que Hector estava atrás dela? Ela dissera que não era sindi...

Mantendo a mão pressionada no meu braço cortado, saí de novo através da loja. Quando cheguei à rua, chutei um fradinho, vermelha de raiva. Eu tinha energia para vender ampulhetas e quadros, mas não conseguia pensar em como incitar o sindicato. Eu teria que agir pelas costas de Jaxon – isso estava claro –, mas como conseguir apoio? Como espalhar a mensagem?

Sem Eliza, Nadine e Zeke não durariam muito no mercado. Procurei em alguns dos nossos locais assombrados da região – Neal's Yard, Slingsby Place, Shaftesbury Avenue –, mas ela não estava em lugar nenhum. Levei um minuto para chegar à caverna, porém seu quarto de pintura estava vazio. Isso era estranho. Ela devia ter voltado para o mercado. Tranquei a porta da frente, tomei um banho e vesti a camisola. Depois de passar um pouco de gel de fibrina no braço, eu me sentei na cama e peguei minha faca.

Desde que Jaxon me contratou, eu deixava minhas economias escondidas no quarto. Desfiz alguns pontos e tirei um rolo de dinheiro. Depois, com cuidado, contei.

Não havia o suficiente.

Passei os dedos no cabelo. Com essa quantia, se tivesse muita sorte, eu poderia comprar um quartinho minúsculo na VI Coorte e usá-lo como caverna. Nada mais. Jaxon sempre pagou bem, mas não o suficiente para nos tornamos financeiramente independentes dele. Sempre garantia isso. Sempre gastávamos boa metade dos nossos salários com coisinhas para a seção, coisas que comprometiam nossa renda: mensageiros, espíritos, suprimentos para a caverna. Todo o dinheiro que ganhávamos por nossa conta era entregue a Jaxon para ser redistribuído.

Não havia opção além de ficar aqui. Eu não duraria mais do que algumas semanas com essa quantia.

Várias musas tinham saído do quarto de pintura no andar de cima. Estavam flutuando na minha porta de maneira incisiva.

– Vendemos o seu, Pieter – gritei. – E o seu, Rachel.

O éter se agitou.

– Não se preocupe, Phil, vai vender. Você é um luxo.

Eu sentia sua dúvida. Philippe era propenso à melancolia. O trio continuou lá, atraído pela minha aura feito moscas em uma lâmpada, mas eu os enxotei de volta para o quarto de pintura. Sempre ficavam irrequietos quando Eliza não estava.

Do lado de fora, a noite estava se aproximando. Fiz as verificações – luzes apagadas, cortinas fechadas, janelas trancadas –, depois voltei para a cama e enfiei as pernas debaixo da coberta.

Como sempre, Danica estava em silêncio no andar de cima. O único som era o toca-discos de Jaxon espalhando "Elegy", de Fauré. Fiquei escutando, me lembrando do gramofone em Magdalen. Pensei em como muitas vezes o Mestre ficava sentado em silêncio na sua poltrona, observando as chamas, sozinho com o vinho e os pensamentos que viviam naquele plano onírico desolado. Eu me lembrei da exatidão delicada de seu toque quando ele cuidou do machucado na minha bochecha, das mesmas mãos no órgão, de seus dedos traçando meus lábios, emoldurando meu rosto na penumbra do Salão da Guilda.

Abri os olhos e os fixei no teto.

Isso tinha que parar.

Estendi a mão para uma das prateleiras e liguei a Lanterna Mágica. Já havia um slide lá dentro, largado ali desde o dia em que fui levada. Inclinei o espelho para o teto, direcionando um facho de luz através do vitral, e um campo vermelho de papoulas apareceu. Era o slide que Jaxon sempre usava enquanto eu andava pelo plano onírico. Era tão detalhado que quase dava para acreditar que era real e que o teto se abria para o meu plano onírico. Como se o eixo da terra tivesse se inclinado, me levando para dentro da minha mente.

Mas meu plano onírico estava diferente. Era o plano onírico de antes. Uma relíquia de outra época.

Mexi em uma caixa de slides até encontrar um que Jaxon havia me mostrado quando eu tinha uns dezessete anos, quando confessei pela primeira vez meu interesse pela história de Scion. Um slide fotográfico velho, pintado à mão. Um texto requintado em preto dizia A DESTRUIÇÃO DE OXFORD PELO FOGO, SETEMBRO DE 1859. Enquanto eu focalizava a lente, uma conhecida silhueta de prédios se materializou.

Uma fumaça preta sufocava as ruas. O fogo açoitava as torres. Um fogo infernal. Fiquei observando durante o que pareceram horas e caí no sono com Sheol I pegando fogo acima de mim.

8

Em Devil's Acre

— Paige. De novo, não. Ainda não podia estar na hora do sino noturno. Virei-me de costas, desconfortavelmente quente.
— Mestre?
A resposta foi uma risadinha e, quando abri os olhos, era Jaxon olhando para mim.
— Não, minha andarilha adormecida, você não está mais naquela favela terrível. — Seu hálito tinha um cheiro esquisito, eclipsado pelos aromas de mecks branco e tabaco. — A que horas você voltou pra cá, querida?
Levei alguns instantes para lembrar onde e em que época eu estava. A caverna, é isso. Londres.
— Na hora que você falou. — Minha voz não acompanhava os pensamentos. — Umas cinco horas.
— Eliza estava aqui?
— Não. — Esfreguei os olhos. — Que horas são?
— Quase oito. Um mensageiro me informou que ainda não há sinal dela no mercado. — Ele se empertigou. — Pode dormir, minha adorada. Eu te acordo se a situação piorar.
A porta se fechou, e ele foi embora. Deixei minha cabeça cair de volta no travesseiro.
Na próxima vez em que acordei, o quarto estava preto feito a noite e havia alguém gritando. Duas pessoas. Estendi a mão para o abajur e me agachei no colchão, pronta para pular da cama e correr até o esconderijo.
— ... *egoísta*, não teríamos...
Era Nadine. Fiquei parada, escutando, mas ela não havia erguido o tom de voz em pânico. Parecia com raiva.
Segui as vozes altas até o andar de baixo, onde encontrei Zeke e Nadine, ainda usando as mesmas roupas vistosas do mercado, e Eliza tremendo. Seu cabelo era uma confusão de emaranhados molhados, e os olhos estavam inchados.

– O que está acontecendo? – perguntei.

– Pergunte pra *ela* – rosnou Nadine. Uma contusão estava inchando na sua bochecha esquerda. – Pergunte pra ela, ande!

Eliza não estava fazendo contato visual comigo. Até mesmo Zeke olhava para ela com alguma coisa parecida com irritação. O lábio inferior dele parecia uma uva cortada ao meio.

– Hector foi até o mercado com os Subcorpos, todos muito bêbados. Ele começou a nos fazer perguntas sobre os quadros. Discutimos com quatro negociantes diferentes, todos convencidos de que estávamos vendendo falsificações. – Com um tremelique, ele estendeu a mão para a lateral do corpo. – Resumindo a história, pra agradar aos negociantes, Hector confiscou o Champaigne pra eles analisarem. Também levaram todo o resto das nossas mercadorias. Tentamos impedi-los, mas...

– Eram nove contra dois – falei, mas sentindo certa tristeza. – Vocês não tinham como impedi-los.

Era uma situação delicada. Philippe ficaria arrasado quando descobrisse que seu quadro tinha sido roubado, mas esse era o menor dos nossos problemas se algum dos negociantes descobrisse que vendíamos falsificações. Sempre havíamos tomado o cuidado de vendê-los para contrabandistas, que não davam a mínima para o fato dos quadros serem falsos, ou para vendedores viajantes que dificilmente voltariam. Se fôssemos descobertos, Jaxon ia pirar.

– Desculpe. – Eliza parecia perto de entrar em colapso. – Peço desculpas a vocês dois. Eu só... precisava dormir.

– Então devia ter nos chamado pra irmos embora de lá. Mas, não, você nos largou lá, esperando. E nos deixou levar uma surra por você. Depois apareceu lá, toda feliz, às nove e meia, esperando que deixássemos você dormir?

– Espere aí. – Eu me virei para Eliza. – Onde você estava até as nove e meia?

– Caí no sono do lado de fora – murmurou ela.

Isso não era típico dela.

– Onde? Eu verifiquei todos os nossos locais.

– Goodwin's Court. Eu estava desorientada.

– Você é uma mentirosa. – Nadine apontou para o irmão. – Quer saber? Não me importo com onde você estava ou o que estava fazendo. Mas, além de terem roubado o maldito quadro, Zeke está com uma costela quebrada. Como vamos consertar isso?

O holofote estava voltado para mim. Como eu era a concubina de Jaxon, sua autoridade passava para mim quando ele não estava. Era minha tarefa decidir a punição a ser dada se a situação assim pedisse.

– Eliza – falei, tentando parecer sensata –, você dormiu durante o seu primeiro intervalo. Isso durou duas horas. Sei que você precisa de mais do que isso depois de um transe prolongado, mas, se estava tão cansada, devia ter voltado e fechado a barraca, pra que Zeke e Nadine pudessem trazer você de volta pra caverna. É melhor lidar com um Jax irritado do que perder clientes potenciais.

Algumas pessoas de vinte e três anos não aceitariam receber tamanha crítica de alguém quatro anos mais novo, mas ela sempre respeitou minha posição.

– Desculpe, Paige.

Havia tanta derrota e exaustão em sua expressão que não consegui me obrigar a repreendê-la por muito tempo.

– Está feito, então. Vamos em frente. – Quando Nadine ficou boquiaberta, cruzei os braços. – Olhe, ela dormiu. O que você quer que eu faça? Coloque ela no afogamento simulado?

– Quero que você faça *alguma coisa*. Supostamente você é a concubina. A gente levou uma tremenda surra e ela escapa assim?

– Hector cuspiu em vocês porque ele é um Sublorde patético e merece ser assassinado pelas mesmas pessoas que ele alega liderar. Eliza nem deveria ter ido ao mercado. E não acha que o roubo do quadro dela é suficiente? Você sabe quanto tempo ela passou nesse quadro.

– É, deve ser muito cansativo entrar em transe enquanto o pobre Philippe faz todo o trabalho.

– Tão difícil quanto tocar violino e receber dinheiro que as pessoas jogam por algo que um *róti* poderia fazer. – Eliza se empertigou para cima dela, com a aura inflamada. – O que você faz exatamente pra contribuir com esta seção, Nadine? O que aconteceria se Jaxon expulsasse *você* amanhã?

– Pelo menos eu faço meu próprio trabalho, princesa marionete.

– Ganho mais dinheiro pro Jaxon do que todos nós!

– Pieter ganha dinheiro pro Jax. Rachel ganha dinheiro pro Jax. Philippe ganha dinheiro...

As bochechas de Eliza estavam vermelhas de raiva.

– Você só está aqui por causa do Zeke! Jax nem queria te contratar!

– Chega – disparei.

Eliza estava soluçando, agarrando o cabelo com uma das mãos, e Nadine estava em silêncio por causa do choque.

– Sim. Chega *mesmo*.

A voz rouca nos calou. Jaxon tinha aparecido na porta, e parecia que o sangue tinha escapado do seu rosto. Até o branco de seus olhos parecia mais pálido.

– Expliquem – exigiu ele – o que está acontecendo.

Eu me coloquei na frente de Eliza.

– Já cuidei de tudo.

– Cuidou do quê, precisamente?

– Eliza foi negligente, todas as nossas mercadorias foram roubadas e Zeke está com uma costela quebrada – explodiu Nadine. – Como exatamente você "cuidou de tudo", Mahoney?

– Você devia ter se candidatado à DVN, Nadine – falei com frieza. – Iria gostar dessa linha de trabalho. Vamos pedir pro Nick dar uma olhada no Zeke, mas não vou punir ninguém por estar cansada.

– Eu vou tomar essa decisão, Paige. Obrigado. – Jaxon ergueu uma das mãos. – Eliza, explique-se.

– Jax – começou Eliza –, desculpe mesmo. Eu simplesmente...

– Você "simplesmente" o quê? – A voz dele estava tão delicada quanto um laço de fita.

– Eu estava... eu estava cansada. E dormi.

– E não conseguiu encontrar o caminho de volta pro Garden. Estou certo?

Ela baixou a cabeça, mas sussurrou:

– Isso.

– Eliza desmaiou na rua, Jax – falei. – Ela não deveria estar vendendo de jeito nenhum.

Jaxon ficou muito tempo sem dizer nada. Depois, deu um passo em direção a ela, com um sorriso estranho.

– Jax – alertei, mas ele nem sequer olhou para mim.

– Querida e doce Eliza, minha Musa Martirizada. – Ele segurou o queixo dela com uma das mãos, com força suficiente para fazê-la se encolher. – Neste assunto específico, devo concordar com Nadine. – Ele apertou o queixo dela com mais força. – Não faço a menor ideia do tipo de nó em que você se meteu quando se trata do seu padrão de sono, mas não vou aceitar nenhuma indolência nesta caverna. E você pode ser mártir, pelo menos no nome, mas não vou deixar você choramingar feito uma. Se está achando muito difícil se controlar, vá embora. Pode ser que você tenha que ir embora de qualquer jeito. Se não conseguirmos vender sua arte no mercado negro, minha querida, você será tão útil pra mim quanto um espelho pra um invocador.

A julgar pela expressão dela, ele não poderia tê-la magoado mais se a tivesse esfaqueado no coração. O silêncio foi terrível. Durante todos esses anos em que conheço Jaxon, nunca o escutara ameaçar alguém de expulsão.

– Jax. – Os lábios dela tremiam.

– Não. – A ponta da bengala dele indicou a porta. – Vá para a água-furtada. Reflita sobre sua posição frágil neste grupo. E torça, Eliza, para que a gente consiga resolver esse dilema. Se você decidir que quer continuar no emprego, me informe antes de o sol nascer, e vou pensar no assunto.

– *Claro* que quero meu emprego. – Ela parecia uma morta-viva, de tanto medo. – Jaxon, por favor, por favor... não faça isso...

— Tente não choramingar, Eliza. Você é uma médium da I-4, não uma mendiga inoportuna.

Felizmente, Eliza não chorou. Jaxon a observou ir para o andar de cima com apenas uma gota de emoção perceptível.

Balancei a cabeça.

— Isso foi cruel, Jax.

Pela resposta que recebi, ele poderia muito bem não passar de um pedaço de madeira bem-vestido.

— Nadine — disse ele —, você está liberada.

Ela não argumentou. Não parecia com vergonha de si mesma, mas também não parecia triunfante. A porta bateu quando ela saiu.

— Zeke.

— Sim?

— Sua caixa. Vá pra lá.

— Era verdade, Jaxon? Que você só deu um emprego pra minha irmã por minha causa?

— Está vendo muitos mercadeiros na minha casa, Ezekiel? Que uso você acha que eu tinha pra uma violinista com transtorno de pânico? — Ele apertou a ponte do nariz, com os dentes trincados. — Você está me dando dor de cabeça. Saia da minha frente, seu garoto miserável.

Durante um tempo, Zeke simplesmente ficou parado ali. Abriu a boca, mas eu balancei a cabeça para ele. Jaxon não estava a fim de discutir. Derrotado, Zeke tirou os óculos quebrados, pegou um livro na escrivaninha e se afastou. Não havia nada que pudéssemos fazer pela sua costela quebrada.

— Venha aqui em cima comigo, Paige. — Ainda segurando a bengala, Jaxon seguiu para a escada. — Tenho que te contar uma coisa.

Fui atrás dele até o segundo andar, sentindo calor ao redor dos olhos. No intervalo de cinco minutos, toda a gangue tinha se despedaçado. Ele me conduziu até uma poltrona do seu escritório, mas eu fiquei em pé.

— Por que você fez isso?

— Isso o quê, minha adorada?

— Você sabe que eles dependem de você. De nós. — Alguma coisa em seu olhar inquisitivo me deu vontade de esmurrar suas orelhas. — Eliza estava exausta. Você sabe que Philippe a possuiu durante cinquenta e seis horas, não sabe?

— Ah, ela está bem. Já ouvi falar de médiuns que ficam sem dormir durante duas semanas. Não causa nenhum dano permanente. — Ele acenou com a mão. — Não devo demiti-la, de qualquer maneira. Sempre podemos levar a barraca pra Old Spitalfields se puxarmos o saco de Ognena Maria. Mas Eliza tem andado triste, soluçando sozinha na água-furtada. Isso é *muito* irritante.

– Talvez você devesse perguntar por que ela anda deprimida. Pode ter alguma coisa errada.

– Problemas do coração vão muito além de mim. Corações são coisas frívolas, não servem pra nada além de azedar. – Ele uniu os dedos. – O quadro roubado pode ser problemático se Hector arranjar algum especialista em arte, que vai perceber imediatamente que a tinta é fresca. Quero que o quadro volte para a I-4 ou, se não conseguirmos isso, que seja jogado no Tâmisa.

– Por que acha que ele vai entregar o quadro?

– Não vou pedir que ele entregue sem um incentivo, querida. É preciso oferecer uma cenoura para o jumento. – Jax enfiou a mão dentro da gaveta da escrivaninha. – Quero que você leve a tal cenoura até Devil's Acre em meu nome.

Olhei mais de perto.

Em uma caixa forrada de couro havia uma faca solitária, com mais ou menos vinte centímetros de comprimento, aninhada no fundo de veludo vermelho. Quando levei um dedo até a faca, Jaxon agarrou meu pulso.

– Cuidado. Um númen desse tipo é traiçoeiro. Se seus dedos roçarem na faca, ela vai mandar uma onda de choque pro seu plano onírico. E, muito possivelmente, vai afetar sua sanidade.

– De quem é?

– Ah, de uma pessoa que morreu. Quando os numa são deixados muito tempo sem um vidente, não reagem bem ao ser tocados. Só alguém da mesma ordem do proprietário morto tem chance de tocá-lo sem se machucar. – Ele fechou a caixa e me deu. – Não tenho uso pra isso, mas Hector é macaromante. Vai ficar feliz com uma lâmina pra coleção dele. Uma lâmina *cara*, devo acrescentar.

Não me parecia muito especial, mas longe de mim questionar o gosto de Hector.

– Será que devo me aproximar tanto do Arconte? – perguntei. – À noite?

– Aí mora o dilema. Se eu mandar alguém menos importante que a minha concubina, isso vai ferir o orgulho de Hector. Se eu mandar alguém pra acompanhar você, ele vai me acusar de tentar obrigá-lo a devolver uma obra valiosa de mime-arte.

– Quando eu estava saindo do mercado, encontrei Bocacortada. Ela tentou tirar meu sangue – comentei.

– Aquele tolo intrometido ainda deve estar curioso para saber onde você esteve. Ele andou exigindo saber isso quando veio a Seven Dials. O fedor dele ainda está impregnado nas cortinas.

– Eles podem pegar meu sangue, se eu for lá.

– Bocacortada – disse ele – é uma áugure desprezível. A "arte" específica dela é desajeitada e selvagem. Mesmo se conseguisse, de alguma forma, ler as imagens da colônia penal no seu sangue, ela não conseguiria lhes atribuir o menor sentido. – Ele tamborilou os dedos na mesa. – Mesmo assim, não quero que tirem sangue da minha concubina. Vou pedir para um mensageiro te levar até a fronteira da I-1.

Um gorila luzente vai te acompanhar até Devil's Acre e garantir que saia de lá inteira. Dê um jeito de Hector saber que ele está lá. Ele vai ficar esperando por você nos degraus do Thorney.

Não havia como escapar disso.

– Vou me trocar – falei.

– Essa é minha garota.

No meu quarto, tirei as botas com biqueira de aço, a calça cargo e as luvas de couro sem dedos. Desta vez, eu precisava estar pronta para o Hector. O mais provável era que um dos Subcorpos me desse uma pancada forte por estar na I-1, mesmo que eu tivesse ido lá por um motivo.

Subi sorrateiramente e peguei uma roupa falsa da DVN atrás da porta da cozinha. Do outro lado do patamar, a porta do quarto de pintura estava fechada.

– Eliza?

Não houve resposta, mas eu sentia seu plano onírico. Abri a porta, e o cheiro de semente de linho escapou. Havia tubos de tinta a óleo espalhados pelo chão, respingando cores no pano de proteção. Eliza estava sentada na sua cama embutida, com os joelhos encolhidos até o queixo. As musas flutuavam feito nuvens acima dela.

– Ele não vai me demitir, vai?

Ela soava como uma criança perdida.

– Claro que não – respondi com delicadeza.

– Ele parecia tão irritado... – Seus dedos emolduraram as têmporas. – Mereço ir embora. Fiz besteira.

– Você estava exausta. – Entrei no quarto. – Vou falar com Hector agora. Para pegar o quadro de volta.

– Ele não vai te dar.

– Vai, sim, se quiser manter o próprio espírito na zona da luz do sol.

Ela conseguiu dar um sorriso triste.

– Só não faça nenhuma burrice. – As lágrimas escorreram até o queixo, e ela as secou com a manga. – Ainda tenho que falar com Jax.

– Ele sabe que você quer o emprego. Durma um pouco. – Eu me virei para ir embora, depois parei. – Eliza?

– Hum?

– Se precisar conversar, você sabe onde estou.

Ela assentiu. Apaguei a luz e fechei a porta.

Quando eu estava vestida e disfarçada, com a roupa falsa fechada por cima da blusa e coberta com uma jaqueta preta, pendurei a alça da bolsa atravessada no peito e guardei o númen dentro dela. Mesmo dentro da caixa, ele me causava um arrepio desagradável. Quanto antes chegasse às mãos de Hector, melhor.

****

Devil's Acre, o antigo e honrado lar do Sublorde, ficava quase a distância de um cuspe do Arconte de Westminster. O Sublorde se considerava o outro líder da cidadela, com todo direito de se instalar na I-1. Era o último lugar do mundo para onde um fugitivo deveria ir.

O táxi pirata passou ao longo do dique, onde desembarquei. Um espasmo de medo quase me fixou ao chão, mas me obriguei a andar em direção ao Arconte. Eu estava bem disfarçada, mas precisava me apressar com isso.

Quando cheguei ao Arconte, fiquei parada ali debaixo, perto de onde o rio atingia as paredes. Aquele relógio tinha os maiores ponteiros da cidadela. Sua face de vidro opalescente brilhava num tom escarlate-vulcânico.

Nashira podia estar lá dentro. Mais do que qualquer coisa, eu queria espiar, saber o que eles estavam fazendo, mas ali não havia lugar seguro para andar pelo plano onírico.

Ali perto havia uma abadia ampla e decadente, onde os reis e rainhas do passado eram coroados. Os moradores da região a chamavam de Thorney. Conforme prometido, um gorila luzente estava me esperando. Ele era muito musculoso, estava encapuzado e carregava uma lanterna verde. O objetivo deles na cidadela era escoltar amauróticos à noite até seus destinos, garantindo proteção contra os desnaturais e seus crimes, mas Jaxon tinha um ou dois ao seu lado.

– Onírica Pálida. – Ele inclinou a cabeça. – O Agregador disse que devo escolhter você até Devil's Acre e esperar do lado de fora.

– Por mim, tudo bem. – Descemos os degraus. – Qual é o seu nome?

– Grover.

– Você não é um dos gorilas do Agregador.

– Sou da I-2. Estou surpreso com o fato de o Agregador ter deixado você sair, se me permite dizer. – Ele andava ao meu lado, perto o suficiente para parecer um guarda-costas. – Seu rosto estava no meu jornal esta manhã.

– Está lá em cima também. – Apontei com a cabeça para uma tela de transmissão, onde o rosto dos fugitivos estava sendo mostrado novamente. – Mas tenho uma missão pra cumprir.

– Somos dois, então. Fique perto e ande de cabeça baixa. Minha tarefa é manter você viva hoje à noite.

Eu me perguntei quanto Jaxon estava pagando a ele. Qual seria o preço que ele pagava pela vida de uma andarilha onírica?

Antes de Scion, os lordes de Westminster tinham planejado erradicar as espeluncas infestadas de doenças de Londres e substituí-las por moradias modernas e higiênicas. Mas claro que renovação urbana deixou de ser prioridade quando a desnaturalidade apareceu. Assim como a maioria dos outros problemas. Apesar de terem sido feitas algumas tentativas de limpeza depois dos assassinatos do Estripador, especialmente em Whitechapel, ainda havia quatro favelas na cidadela, majoritariamente habitada por mercadeiros e mendigos. Devil's Acre era, de longe, a menor, confinada a três ruas que cruzavam alguns alojamentos decrépitos.

A área ao redor do Arconte era muito protegida. Em certo ponto, uma tropa de Vigilantes chegou bem perto, mas o gorila luzente me empurrou para um beco antes que eles conseguissem perceber minha aura.

– Rápido – disse ele, e saímos correndo.

Quando chegamos ao perímetro de Devil's Acre, me aproximei da entrada. Uma folha de metal corrugado servia de porta na Old Pye Street, trancada pelo outro lado. Bati com força na porta.

– Porteiro!

Nada. Chutei a porta.

– Porteiro, é a Onírica Pálida. Tenho uma proposta urgente para Hector. Abra a porta, seu canalha preguiçoso.

Ele não respondeu – nada além de um ronco –, mas de jeito nenhum eu ia voltar para I-4 sem o quadro. Eliza não pregaria o olho até que fosse encontrado.

– Espere aqui – falei para o gorila luzente. – Vou dar um jeito de entrar.

– Como quiser.

Os muros não eram fáceis de escalar. Espirais de arame farpado rasgariam minhas mãos e as deixariam em farrapos, e o metal corrugado era pintado com uma tinta oleosa anti-intrusos. Dei algumas voltas no local, procurando aberturas, mas tudo estava lacrado. Estava evidente que Hector era um pouco mais inteligente do que higiênico. Eu estava quase pronta para admitir a derrota quando a sola da minha bota atingiu alguma coisa oca. A tampa de um poço.

Agachada, arrastei a tampa de metal para o lado. Em vez da pequena câmara de acesso que eu esperava encontrar, havia um túnel curvo debaixo do muro, fracamente iluminado por uma lanterna portátil.

O esconderijo de Hector. Era estranho ele não ter colocado um cadeado ali.

O túnel era acolchoado com almofadas e espuma de látex imundas, tão cobertas de sujeira que pareciam pedras. Eu me enfiei lá dentro e coloquei a tampa do esconderijo de volta no lugar. No fim da passagem, encontrei uma grade. Luz fraca a atravessava. Eu me concentrei no sexto sentido, deixando todo o resto escoar. Não havia nenhum plano onírico nem espírito. Estranho. Hector vivia se vangloriando de sua enorme coleção de espíritos, desde fogos-fátuos até fantasmas e poltergeists. Hector e a gangue devem ter saído de novo, a menos que tenham decidido causar o caos em outra seção antes de voltar para casa. Mesmo assim, deviam ter um guarda vigiando o esconderijo, e não havia motivo para todos os espíritos terem ido embora.

Essa era minha chance. Eu podia entrar sorrateiramente, pegar o quadro e sair escondida outra vez. Missão cumprida. Meu coração disparou. Se eu fosse pega invadindo Devil's Acre, estaria mais do que morta.

Saí do túnel e me deparei com um barraco, onde o ar estava abafado e com cheiro de chuva. Tentando ser discreta, entreabri uma porta. Atrás dela, havia um grupo minúsculo de casas baixas, remendadas com tijolos e metal. Eu esperava mais do covil do Sublorde.

Todas as casas estavam vazias. Quando me aproximei da maior, que parecia ter sido uma grandiosa residência dois séculos atrás, soube que era ali que Hector morava. Havia fileiras de lâminas de todo tipo nas paredes. Algumas definitivamente eram importadas, compradas em segredo no mercado negro; eram bonitas demais para ser armas de rua.

Do outro lado do corredor, outra porta dupla estava entreaberta. Um cheiro bolorento e desagradável invadiu meu nariz. Peguei a faca de caça na mochila e a escondi atrás da jaqueta. Uma luz quente cintilava no carpete, mas não havia nenhum som.

Abri as portas. E vi a sala de estar e o que havia ali dentro.

Hector e sua gangue estavam ali, na verdade.

Espalhados pelo chão.

9

O Rei Sangrento

Hector estava deitado de costas no meio da sala de estar, com as pernas arreganhadas, o braço esquerdo apoiado no abdome. Um sangue escuro escorria do seu pescoço, e isso não surpreendia, pois sua cabeça não estava à vista. Só consegui identificá-lo pelas roupas eternamente sujas e o relógio de bolso dourado.

Velas vermelhas enfileiradas estavam acesas sobre o consolo da lareira. A luz fraca fazia a poça de sangue parecer petróleo bruto.

Havia oito corpos estendidos no chão. Ardiloso estava ao lado de seu mestre, como sempre. Com a cabeça ainda no lugar, os olhos vidrados e a boca aberta. Os outros estavam em pares, feito casais na cama. Todos deitados na mesma direção, com a cabeça voltada para as janelas da parede que dava para oeste.

O interior dos meus ouvidos latejou. Olhei para trás, através das portas, e alcancei o éter, porém não havia mais ninguém na casa.

E lá encontrei o belo quadro de Eliza, apoiado na parede. A tela estava respingada de sangue arterial, que escorria.

O cheiro amargo de urina chegou às minhas narinas. E o de *sangue*. Muito sangue.

Corra. A palavra flutuou em meus pensamentos. Mas, não, o quadro. Eu precisava pegar o quadro. E tinha que anotar o que havia ali; eles levariam tudo quando a notícia da morte de Hector se espalhasse.

Primeiro, os cadáveres. Pelo sangue espalhado, eles devem ter sido assassinados ali mesmo, e não trazidos de outro lugar. Eu já tinha visto cadáveres, alguns nos estágios finais de putrefação, mas aquelas posições idênticas eram grotescamente teatrais. Rastros de sangue levavam a cada corpo. Eles devem ter sido arrastados pela sala feito bonecos, antes de serem posicionados. Imaginei mãos sem rosto levantando pernas, erguendo braços e inclinando cabeças no ângulo desejado. Todos os rostos estavam apoiados sobre a bochecha esquerda. Todos os braços direitos estavam no chão, paralelos ao tronco. Todos os móveis – poltronas, uma mesa de sessão espírita e um cabide de casacos – tinham sido empurrados até as paredes com o intuito de criar espaço para os corpos.

Eu me agachei perto do cadáver mais próximo, com a respiração trêmula. A bile se esgueirava na minha garganta. Era o corpo de Dentetagarela. Parecia impossível ele ter me provocado alguns dias atrás, com lábios desdenhosos e olhos cheios de malícia. As bochechas dele tinham sido cortadas com uma faca, a maior parte do nariz estava faltando, e pequenos cortes em forma de V dividiam suas pálpebras.

O assassino devia saber que Hector nunca estava sozinho. Certamente havia mais de uma pessoa aqui para matar toda a gangue. Verifiquei os cadáveres de novo. Hector, Ardiloso, Narizchapado, Dedoescorregadio, Carainchada, Dentetagarela, Cabeçaredonda. No canto inferior direito da arrumação, perto de Dentetagarela, estava Papa-defunto, com a boca ainda formando uma linha. A morte mal tinha mudado sua expressão. Isso explicava por que todos os espíritos haviam fugido. Assim que o coração de um agregador parava de bater, seus agregados ficavam livres para ir embora.

Estava faltando uma pessoa: Bocacortada. Ou ela havia escapado ou não estivera presente no momento.

Além da arrumação dos corpos, o assassino deixara um cartão de visitas. Todos os corpos estavam com a palma da mão direita virada para o teto, e em cada uma havia um lenço de seda vermelho. Algumas gangues tinham cartões de visita – a Companhia Esfarrapada deixava um punhado de agulhas, os Pés-de-Cabra largavam uma pena preta –, mas esse eu nunca tinha visto.

Com cuidado, encostei a parte de trás dos dedos na bochecha ensanguentada de Dentetagarela. Ainda estava quente. Seu relógio estava parado em três e quinze. O relógio no consolo da lareira me informava que tinha se passado quase meia hora.

Um arrepio desceu pelas minhas costas. Eu precisava sair dali. Pegar o quadro e correr para fora.

Os espíritos dos Subcorpos precisariam da trenodia, as palavras essenciais para se libertar do mundo físico. Se eu negasse essa compaixão básica a eles, tinha quase certeza de que virariam poltergeists, mas eu não sabia a maioria dos nomes deles. Parei acima do corpo decapitado e encostei três dedos na testa em sinal de respeito.

– Hector Grinslathe, vá para o éter. Está tudo acertado. Todas as dívidas foram pagas. Você não precisa mais habitar entre os vivos.

Não houve resposta do éter. Insegura, eu me virei para Dentetagarela.

– Ronald Cranwell, vá para o éter. Está tudo acertado. Todas as dívidas foram pagas. Você não precisa mais habitar entre os vivos.

Nada. Eu me concentrei, forçando a percepção até minhas têmporas doerem. Achei que podiam estar escondidos, mas não apareceram.

Novos espíritos quase sempre ficavam perto de seus corpos vazios. Dei um passo para trás, pisando em uma piscina de sangue.

O éter, que estava parado, começou a vibrar. Feito água tocada por um diapasão. Corri pelo meio das duas fileiras de corpos, em direção ao quadro, mas o tremor logo me alcançou. As velas se apagaram, o teto se abriu, e um poltergeist explodiu através dele.

O impacto do esguio me jogou no chão. Percebi meu erro imediatamente: o pingente estava no bolso, não ao redor do meu pescoço. Em seguida, veio a agonia, acompanhada de um grito visceral. Espasmos agitavam minhas entranhas. Alucinações desfilavam diante dos meus olhos: o grito de uma mulher, um vestido rasgado e ensanguentado, um espinho escondido por flores artificiais. Ofeguei, em busca de ar, arranhando o chão até minhas unhas quebrarem, mas a coisa estava se retorcendo dentro de mim feito uma cobra, enfiando as garras no meu plano onírico, e cada ar inspirado parecia congelar dentro dos meus pulmões.

De algum jeito, meus dedos alcançaram meu bolso, pegaram o pingente e o bateram no meu coração. O espírito se debateu no meu plano onírico. Também me debati, com o pescoço tenso, mas o mantive pressionado na pele, como sal em uma ferida, queimando a infecção, até o poltergeist ser expulso da minha mente. Antes de sair pela janela, ele provocou uma onda de tremores. O vidro explodiu na moldura. Fiquei deitada no chão, coberta de sangue dos Subcorpos.

Depois do que pareceram horas, consegui respirar. Meu braço direito, que eu tinha estendido para me proteger, já estava começando a retesar. Eu me arrastei até ficar de quatro. Cacos de vidro caíram do meu cabelo. Abri os olhos devagar, piscando para afastar cristais minúsculos dos cílios.

Com os dentes cerrados, alcancei o quadro e o escondi dentro do casaco antes de pegar a mochila. Aquele poltergeist devia estar esperando para atacar a primeira pessoa que se aproximasse do cadáver do velho mestre, apenas para se divertir.

Saindo de perto dos cadáveres, percorri o caminho de volta pelo túnel. Quando saí, Grover segurou minha mão boa e me puxou.

– Terminou?

– Ele está morto – falei. – Hector, ele está...

Eu mal conseguia falar. Grover soltou minha mão e olhou para a dele. Estava molhada de sangue.

– Você o matou – disse, assombrado.

– Não. Ele estava morto.

– Você está coberta de sangue. – Ele se afastou. – Não quero ter nada a ver com isso. O Agregador pode ficar com o dinheiro.

Então pegou a lanterna na parede e saiu correndo.

– Espere – gritei atrás dele. – Não é o que parece!

Mas Grover tinha sumido. O pavor inundou minhas veias.

Ele ia contar para alguém. Provavelmente para Madre Superiora. Pensei em mandar meu espírito ir atrás dele e matá-lo, de forma que ele levasse para o éter o que tinha visto, mas eu não conseguia simplesmente matar espectadores inocentes. E isso não mudaria o fato de que eu estava coberta de sangue, sozinha, e a quilômetros de Seven Dials.

De forma alguma, eu poderia voltar para a I-4 desse jeito, e eu duvidava de que algum riquixá quisesse me levar. Ligar para Jaxon não era uma opção; eu não estava com o telefone irrastreável. Mas havia um lago a uns cinco minutos dali, em Birdcage Park. Seria perigoso ir até lá – ficava perto da propriedade de Frank Weaver em Victoria –, mas, a menos que eu encontrasse um chafariz, não tinha escolha.

Saí correndo, mantendo o braço perto do peito. A favela foi engolida atrás de mim. Larguei o quadro em uma caçamba de lixo na esquina da Caxton Street. Era pesado demais para continuar carregando.

O Birdcage Park era um dos poucos espaços verdes restantes em SciLo. Duzentos e trinta mil metros quadrados de gramado, árvores e canteiros de flores ondulantes. Naquela época, final de setembro, folhas caídas se espalhavam pelo caminho. Quando cheguei ao lago, andei com água pela cintura e lavei o sangue do rosto e do cabelo. Eu não sentia nada acima do cotovelo, e meu antebraço doía tanto que eu queria arrancar tudo que estava abaixo do ombro. Um grito abafado escapou da minha garganta; tive que pressionar o punho na boca para contê-lo. Lágrimas quentes encheram meus olhos.

Havia uma cabine de telefone público na margem do lago. Eu me arrastei para dentro e peguei uma moeda no bolso. Meus dedos tremeram enquanto eu digitava o código da cabine da I-4.

Ninguém atendeu. Não havia nenhum mensageiro por perto.

Em algum lugar no meio da neblina, o instinto voltou. Consegui ficar de pé. Meus ouvidos estavam chiando. Era fogo? Não importava. Eu tinha que me esconder, levar minha dor para algum lugar em que eu não seria vista. As árvores perto do lago formavam sombras escuras. Eu me arrastei até a vegetação rasteira e me encolhi em uma pilha de folhas caídas.

O tempo desacelerou. E desacelerou. E desacelerou. Tudo que dava para registrar era minha respiração superficial, o som de fogo e a dor que latejava em meu braço. E eu não conseguia mexer as juntas dos dedos. Antes do amanhecer, um Vigilante faria uma ronda no lago, mas eu não era capaz de me levantar. Nada funcionava. Uma risada impiedosa encheu meus ouvidos, e eu apaguei.

****

A dor se acumulava atrás dos meus olhos. Eu os abri um pouco. O cheiro de óleo de rosas e tabaco me informou onde eu estava.

Alguém tinha me acomodado nas almofadas do sofá de Jaxon, trocado minhas roupas ensanguentadas por uma camisola e me deixara coberta até o peito com uma manta de chenille. Tentei me virar, mas todos os membros estavam rígidos, e eu não conseguia parar de tremer. Até mesmo meu maxilar estava travado. Quando tentei erguer a cabeça, os músculos do meu pescoço se contraíram dolorosamente.

Os eventos da noite começaram a voltar à minha mente numa enxurrada. A ansiedade estremecia no meu estômago. Tentando usar apenas os olhos, observei meu braço. A ferida estava coberta com algo que parecia um limo verde.

Um rangido no patamar anunciou a chegada de Jaxon. Ele prendia um charuto com os dentes de trás num dos lados da boca. Atrás dele, estavam os outros, exceto Danica e Nick.

– Paige? – Eliza se agachou ao meu lado e colocou a mão na minha testa. – Jax, ela está muito gelada.

– Ela vai ficar. – Ele soprou uma fumaça azulada. – Devo admitir que esperava alguns ferimentos, mas não imaginava encontrar você inconsciente em Birdcage Park, minha andarilha.

– Você me encontrou? – Meu maxilar doía a cada palavra.

– Bom, eu te resgatei. O dr. Nygård me mandou uma imagem da sua localização. Parece que o éter finalmente enviou alguma coisa útil pra ele.

– Onde ele está?

– Naquele emprego maldito de Scion. Entrei depressa num táxi pirata pra encontrar minha concubina em uma pilha de folhas, coberta de sangue. – Ajoelhou-se ao meu lado, empurrando Eliza, e molhou um pano numa tigela de água. – Vamos dar uma olhada nesse machucado.

Ele tirou o emplastro. Ver o ferimento me deixou enjoada. Eram vários cortes na forma bruta de "M", cercados de veias dilatadas e escuras, com um tinteiro reluzente onde as duas linhas se encontravam. Jaxon o analisou. O coloboma dele aumentou, melhorando sua visão espiritual.

– Isso é trabalho do Monstro de Londres. – Ele encostou um dedo na marca. – Uma lâmina fantasma muito distinta.

O suor escorria pela minha testa, e os tendões rígidos no meu pescoço ficaram tensos com o esforço de não fazer barulho. O toque dele era como nitrogênio líquido no ferimento; meio que esperei que soltasse vapor. Eliza se arriscou a olhar mais de perto.

– Tem uma *lâmina* aí dentro?

– Ah, essa é uma arma muito mais sinistra. Acredito que todos vocês conhecem o conceito de membro fantasma, não? – Ninguém respondeu. – É a sensação de que existe alguma coisa que não está lá. Costuma acontecer com amputados. Eles podem sentir coceira num braço cortado ou dor num dente arrancado. Uma lâmina fantasma é um fenômeno puramente espiritual, mas com uma teoria semelhante: os poltergeists conseguem infligir suas sensações fantasmas, normalmente algo em que eles eram especialistas quando estavam vivos. É um tipo especialmente maligno de *aporte*, a energia etérea comandada por esguios, que lhes permite afetar o mundo físico. Um estrangulador pode deixar mãos fantasmas ao redor do pescoço da vítima, por exemplo. Em essência, é um membro fantasma supérfluo.

– Quer dizer – comentou Zeke, encostando a mão no meu ombro bom – que ela tem uma faca invisível no braço. É isso?

– Exatamente. – Jaxon jogou o pano de volta na tigela. – Foi Hector que mandou a criatura pra cima de você?

– Não – respondi. – Ele está morto.

A palavra pendeu no ar.

– O quê? – Nadine olhou para um ponto entre nós dois. – Haymarket Hector?

– Morto – repetiu Jaxon. – Hector Grinslathe. Hector do Haymarket. Sublorde da Cidadela Scion de Londres. Esse Hector específico?

– Sim – respondi.

– Falecido. – Ele pronunciava lentamente as palavras, como se cada sílaba valesse ouro e ele a estivesse pesando. – Partiu. Livrou-se da espiral mortal. Cordão de prata danificado pra sempre. Sem vida. Não mais. Isso está correto, Paige?

– Sim.

– Você tocou a lâmina? Alguém tocou a lâmina? – Suas narinas inflaram. – E o espírito dele?

– Não. E não estava lá.

– Que pena. Eu adoraria agregar aquele nojento miserável. – Deixou escapar uma risadinha cruel. – Como foi que ele encontrou seu fim, então? Bebeu até ficar inconsciente e caiu na lareira?

– Não – respondi. – Foi decapitado.

Eliza levou a mão à boca.

– Paige – disse ela, com a voz fraca de pânico –, por favor, não me diga que você matou o Sublorde.

– Não. – Eu a encarei. – Eles estavam mortos quando eu cheguei. Todos eles.

– A *gangue* toda está morta?

– Bocacortada, não. Mas os outros, sim.

– Isso explicaria a quantidade generosa de sangue no seu casaco. – Jaxon esfregou o polegar no maxilar. – Você usou seu espírito?

– Jax, está me ouvindo? Eles já estavam mortos.

– Conveniente. – Nadine estava apoiada na soleira da porta. – O que foi que você disse mais cedo? Que Hector merecia ser assassinado pelos próprios homens?

– Não seja ridícula. Eu não teria *realmente*...

– De quem era o sangue, então?

– Deles – disparei –, mas o poltergeist...

– Espero que você não seja responsável, Paige – disse Jaxon. – Matar o Sublorde é crime capital.

– Eu não o matei. – Minha voz estava baixa. – Eu nunca mataria alguém daquele jeito. Nem mesmo Hector.

Silêncio. Jaxon esfregou uma mancha invisível na camisa.

– Claro. – Ele deu um trago longo no charuto, com o olhar estranhamente vazio. – Esse dilema precisa ser corrigido. Você destruiu o quadro?

– Joguei fora na Caxton Street.

– Alguém viu você sair?

– Ninguém além do Grover. Verifiquei o éter.

– Ah, sim. O gorila luzente. Zeke, Eliza: vão até Devil's Acre e confiram se não tem nenhum traço da presença de Paige. Escondam o rosto. Se forem pegos, digam que estavam levando uma mensagem para Hector. Depois, peguem o quadro na Caxton Street e o destruam. Nadine: quero que você passe o restante da noite no Soho e monitore os boatos. Sem dúvida aquele gorila luzente miserável já está gritando aos quatro ventos que o Sublorde morreu, mas podemos negar qualquer menção a Paige. Nossa testemunha é um amaurótico. Podemos dar um jeito de minar a confiabilidade dele.

Os três seguiram em direção à porta.

– Esperem. – Jaxon ergueu uma das mãos. – Espero que isso seja óbvio, mas, se algum de vocês deixar escapar que sabíamos da morte de Hector antes do anúncio oficial, todos nós ficaremos sob suspeita. Seremos arrastados até nos colocarem diante da Assembleia Desnatural. As pessoas do mercado vão aparecer e contar tudo sobre a confusão do quadro. Vocês vão descobrir que línguas frouxas muitas vezes levam a pescoços decapitados. – Ele olhou para todos nós. – Não se vangloriem disso. Não façam piadas, não abordem o assunto, não sussurrem. Jurem pelo éter, ó, meus adorados.

Não era um pedido. Todos nós dissemos "eu juro", um de cada vez. Quando ficou satisfeito, Jaxon se levantou.

– Vão, vocês três. E voltem logo.

Os outros saíram, todos me lançando olhares diferentes. Zeke estava preocupado, Eliza, também; e Nadine, desconfiada.

Quando a porta se fechou no andar de baixo, Jaxon se sentou ao lado na *chaise longue*. Ele passou a mão no meu cabelo úmido.

– Eu entendo – disse ele – se você sentiu que não podia contar a verdade na frente deles. Mas me conte agora. Você o matou?

– Não – respondi.

– Mas queria matá-lo.

– Há uma diferença entre querer matar alguém e de fato matar alguém, Jax.

– Parece que sim. Tem certeza de que Bocacortada não estava lá?

– Não que eu tenha visto.

– Sorte dela. Não tanta sorte pra nós, se ela reivindicar a coroa. – Os olhos dele brilhavam feito joias, e dois pontos coloridos reluziam em suas bochechas. – Tenho um jeito de lidar com isso. A ausência de Bocacortada é suspeita. Só precisaríamos espalhar o boato de que ela é a responsável por essa proeza, e o mero peso da suspeita a obrigará a fugir para garantir a própria segurança. E você, querida, vai ficar fora da linha de fogo.

Eu me apoiei no cotovelo.

– Você acha que ela poderia mesmo ter feito isso?

– Não. Ela era leal a ele, a pobre tola. – Ele pareceu pensativo. – Todos estavam decapitados?

– Os Subcorpos, não. Pareciam ter sido estripados. E todos seguravam um lenço vermelho.

– Intrigante. – O canto de sua boca se contraiu. – Há uma mensagem no assassinato, Paige. E acho que não é só uma referência a Hector correndo feito uma galinha sem cabeça nos últimos oito anos.

– Zombaria – arrisquei. – Ele estava crescendo demais. Agindo como se fosse um rei.

– Exato. Um Rei muito Sangrento. – Ele se recostou e tamborilou os dedos no joelho. – Hector precisava morrer, não há dúvida quanto a isso. Estávamos tremendo sob sua sombra há quase uma década, observando-o transformar o sindicato numa associação vaga de pilantras preguiçosos e criminosos vulgares, nada além disso. Ah, me lembro da época em que Jed Bickford era Sublorde, quando eu ainda era um sarjeteiro. Era mais fácil conseguir moral de uma pedra do que de Jed Bickford, mas ele não era preguiçoso.

– O que aconteceu com ele?

– Foi encontrado no Tâmisa com uma faca nas costas. A concubina dele morreu assim que amanheceu.

Que ótimo.

– Você acha que Hector matou os dois?

– Improvável, apesar de ele gostar muito de lâminas. Ele não era esperto o suficiente pra matar o Sublorde sem ninguém perceber. Mas foi esperto o suficiente pra ganhar o duelo seguinte. E agora – seu sorriso aumentou –, bem, se Bocacortada fugir mesmo, alguém deve ser esperto o suficiente pra ganhar o próximo.

Só nesse instante minha ficha caiu.

Um novo Sublorde. Teríamos um novo Sublorde.

– Essa poderia ser a nossa chance – falei. – Se outra pessoa tomar o lugar de Hector, poderíamos mudar as coisas, Jax.

– Talvez. Talvez a gente possa. – No silêncio que se seguiu, Jaxon se inclinou na direção do armário e pegou uma bengala estreita. – A ferida pode te deixar fraca, e seus músculos vão ficar rígidos durante algumas horas. – Ele colocou a bengala nas minhas mãos. – Você vai ficar algum tempo sem conseguir correr, meu carneirinho ferido.

Uma concubina sabia quando era dispensada. Saí com a cabeça erguida. Assim que abri a porta do meu quarto, parei de repente.

Jaxon Hall estava gargalhando.

PARTE II

A Revelação Rephaite

Pois os Méritos da Desnaturalidade são muitos e devem ser conhecidos por todo o nosso Submundo, de Devil's Acre e da Capela até a corajosa Fortaleza da I Coorte.

– Um Escritor Obscuro, *Sobre os méritos da desnaturalidade*

Interlúdio

Ode a Londres sob a âncora

O campanário de Cheapside estava claro em contraste com o céu, e em toda a cidadela os sem-teto espalhavam fuligem com suas fogueiras. Os Vigilantes Noturnos estavam voltando para os alojamentos depois de doze longas horas de caça e angústia. Os que não tinham completado a cota de prisões seriam espancados pelos comandantes até ficarem bem machucados. Mesmo assim, não pareciam nem um pouco mais perto de encontrar Paige Mahoney.

Em Lychgate, três cadáveres balançavam com a brisa. Uma criança roubou os cadarços dos sapatos deles e foi observada pelos corvos com bicos ensanguentados.

Às margens do Tâmisa, os escavadores imundos saíam dos esgotos e cavavam a sujeira. Rezavam para encontrar um brilho de metal na lama.

Alguns mercadores conferiram o relógio de pulso e foram para o metrô, esperando conseguir um trocado com os trabalhadores de olhos pesados. Eles trocavam dinheiro por café, arrancavam o *Daily Descendant* de um vendedor e observavam os rostos na capa sem prestar atenção. No fundo do distrito financeiro, com o nariz de seda enfiado na camisa, eles contavam as moedas que usariam para pagar a viagem.

E os sem-teto continuavam sem teto, e os cadáveres continuavam dançando. Marionetes penduradas nos fios de um carrasco.

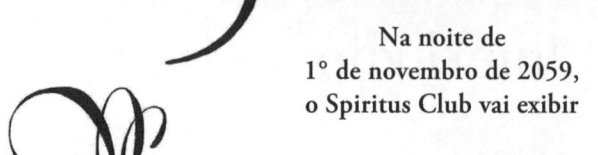

Na noite de
1º de novembro de 2059,
o Spiritus Club vai exibir

UM DUELO

PELO DOMÍNIO DA
COORTE CENTRAL

NOTA: O evento será confirmado mais perto da data. Todos os participantes entrarão em combate físico no confinamento do Ringue de Rosas.

Ao amanhecer do dia 1º de outubro, um sino memorial será pendurado em homenagem ao nosso último Sublorde.

Deixem os sinais do éter conduzi-los.

Minty Wolfson.

Secretária do Spiritus Club, Mestra de Cerimônias

*Em nome da Madre Superiora,
Mime-rainha da I-2,
Sub-Rainha Interina da
Cidadela Scion de Londres*

10

Sino da luta

Na escuridão que antecedia o amanhecer, os videntes da I Coorte esperaram o sinal. Os Sinos de Bow tocariam por um motivo, e apenas um. Para confirmar a morte do Sublorde.

Um único carrilhão tocou. Tradicionalmente, ao amanhecer um vidente corajoso entraria de forma sorrateira na igreja e tocaria os sinos durante o máximo de tempo possível antes da chegada dos Vigilantes. Alguém do grupo da Madre Superiora tinha sido escolhido para fazer isso.

Onze toques depois, sirenes lamentaram na Guilda de Vigilância. Outros videntes haviam subido em prédios e árvores para observar a passagem do mensageiro, mas logo começaram a ir embora.

Três de nós tinhamos acampado no telhado da velha torre na Wood Street, parte de outra ex-igreja. Lá em cima, passamos a noite esperando amanhecer, observando as estrelas e rindo das lembranças de Jaxon.

Eu não costumava passar muito tempo com Zeke, mas fiquei feliz por ele ter vindo com a gente. Às vezes, era fácil esquecer que éramos todos amigos, apesar das circunstâncias bizarras. Não tinha sido tão fácil assim esquecer que eu enfrentaria a Assembleia Desnatural nesse dia.

A silhueta do mensageiro disparou pelos telhados de Cheapside. Nick, que estava observando os Sinos de Bow em silêncio, se sentou e serviu três taças de mecks borbulhantes e cor-de-rosa.

— Um brinde a Haymarket Hector, amigos — disse ele num tom grave, levantando uma taça em direção à igreja. — O pior Sublorde que a cidadela já viu. Que seu reinado seja rapidamente esquecido pela história.

Dando um longo bocejo, Zeke se sentou e pegou uma taça. Continuei onde estava.

Dois dias depois dos assassinatos, uma carta aparecera em nossa caixa postal secreta, junto de um raminho de jacinto. A mestra de cerimônias tinha chamado todos que sabiam do assassinato para se apresentarem e mostrarem provas. Depois de quatro dias, outro aviso fora enviado, dando a Bocacortada mais três dias para se apresentar à Assembleia Desnatural e limpar o próprio nome antes que ela pudesse reivindicar a coroa. Por fim, uma terceira carta chegara para anunciar a data do duelo.

Haymarket Hector fora enterrado por salteadores da I-2 sob as ruínas de St. Dunstan-in-the-East. Lindo e coberto de vegetação, com uma copa de folhas, ali todos os líderes do sindicato eram enterrados.

O primeiro nascer do sol de outubro nos banhou com uma bruma dourada, queimando a névoa e o orvalho. Os Vigilantes, como não encontraram nada na igreja, recuaram para seus alojamentos.

Jaxon e eu tínhamos recebido convocações formais para a Assembleia, a primeira vez que uma convocação desse tipo era enviada em muitos anos. Nenhum de nós sabia do que se tratava, mas provavelmente me perguntariam sobre meu envolvimento na morte de Hector. Se me considerassem culpada, eu acabaria no Tâmisa.

O vento balançava meu cabelo enquanto eu observava a cidadela, que realizava seu encantamento sombrio no meu estado mental. Ao sul, ficava a lúgubre torre pontuda de Old Paul's, o prédio mais alto de toda Scion Londres e abrigo para as cortes Inquisidoras, onde videntes ocasionalmente recebiam julgamentos falsos transmitidos pela televisão antes de ser sentenciados à morte. Ver aquilo me deixou arrepiada.

– Tem alguma coisa linda nela, não é? – murmurou Nick. – Na primeira vez em que vi Londres, eu queria fazer parte dela. Todas essas camadas de história, morte e esplendor. Faz a gente sentir que pode ser qualquer coisa, que pode fazer qualquer coisa.

– Por isso eu quis ficar com Jax. – Observei as luzes desbotando nos prédios conforme o sol se erguia. – Pra fazer parte daqui.

Havia outro prédio importante perto. O Banco de Scion Inglaterra ficava na Threadneedle Street, o coração e a alma do distrito financeiro. Um grande holograma da âncora girava acima dele. Era esse banco que sustentava a cidadela, financiava a punição capital dos videntes e injetava dinheiro na rede de cidadelas e postos avançados de Scion. Sem dúvida era responsável por garantir que os Rephaim se mantivessem em uma opulência extraordinária.

E era isso que eu estava tentando combater. O império e seus ricos contra uma mulher e sua fronha cheia de moedinhas.

– Havia organizações videntes no México, Zeke? – perguntei.

– Não muitas. Ouvi dizer que algumas se chamam de curandeiros ou bruxas, mas a maioria das pessoas não sabe o que é. – Ele mexeu no cadarço do sapato. – Não havia tantos videntes na cidade onde eu morava.

Uma dor aguda de nostalgia. Fazia muito tempo que eu não morava no mundo livre. Que eu não morava num mundo em que a clarividência nem era percebida, quanto mais considerada traição.

– Às vezes, eu me pergunto o que é pior – refletiu Nick. – Não saber de jeito nenhum ou ser definido por ela.

– Não saber – respondi com certeza. – Prefiro saber o que sou.

– Não tenho tanta certeza... – Zeke apoiou o queixo nos joelhos. – Se eu não soubesse... Se o mundo de Scion não tivesse nos alcançado...

Ele virou a cabeça para o outro lado. Nick olhou para mim e assentiu. Alguma coisa acontecera com Zeke que o fez perder seu dom original e se tornar ilegível. Jaxon e Nadine sabiam, mas o restante de nós estava no escuro.

– Paige – disse Zeke –, tem uma coisa que você precisa saber.

– O quê? – perguntei. Ele estava olhando para Nick, que cerrava o maxilar. – Qual é o problema?

– Ouvimos boatos – respondeu Nick. – Passamos em um bar no Soho numa noite dessas. Havia videntes fazendo apostas em quem podia ter matado Hector.

O gorila luzente devia ter falado alguma coisa.

– Quem eram os candidatos? – perguntei, tentando parecer calma.

Zeke entrelaçou suas mãos elegantes.

– Bocacortada e o Homem das Estradas foram mencionados.

– Mas você era a preferida. – Nick não parecia feliz. – A preferida disparada.

Uma centelha de trepidação surgiu dentro de mim.

Quando o sol estava mais alto, recolhemos nosso acampamento. Para descer, tínhamos que saltar entre a torre e o prédio mais próximo. Assim que aterrissamos, Nick caiu rolando: uma virada rápida e ágil dos membros, da ponta dos pés até o ombro e engatou direto em uma corrida. Eu era a próxima. O pulo era bem fácil, mas, assim que minhas botas atingiram o concreto, os músculos do meu braço direito se retesaram. Caí com força de costas e parei deitada de barriga para cima, segurando a nuca com a mão. Nick se aproximou depressa de mim, com o rosto pálido.

– Paige, você está bem?

– Estou ótima. – Falei através dos dentes trincados.

– Não se mexa. – Ele tocou minha lombar. – Está sentindo as pernas?

– Sim, elas estão ótimas. – Segurei suas mãos, e ele me levantou. – Estou um pouco enferrujada.

Acima de nós, Zeke continuava segurando o parapeito, os nós dos dedos embranquecidos.

– Alguma chance de ajuda? – gritou ele.

Nick ficou em pé com os braços cruzados, com um olhar divertido.

– Você não está com medo de uma queda de vinte e sete metros, está?

Um xingamento murmurado foi a única resposta que ele recebeu.

Zeke exalou demoradamente, recuou alguns passos e depois começou a correr. Quando saltou, manobrou sobre o parapeito da torre e desceu para o telhado mais baixo. A distância não foi suficiente. Seus braços ficaram pendurados na borda do prédio, mas as pernas balançaram em direção à rua, chutando o nada. O pânico fez seus olhos se arregalarem. Fui até ele, com o coração na boca.

Nick chegou primeiro. Com a força de quem tinha duas décadas de treinamento, ele o pegou sob os braços e o levantou, impedindo uma grande queda. Zeke pressionou o peito com a mão, rindo enquanto ofegava em busca de ar.

– Acho que não fui feito pra isso – disse ele.

– Você está ótimo. – Nick segurou os ombros dele. As testas dos dois estavam próximas, quase encostando. – Paige e eu fazemos isso há anos. Dê um tempo.

– Acho que não vou fazer isso de novo tão cedo. – Ele sorriu para mim. – Sem ofensa, mas acho que vocês dois são malucos.

– Preferimos "intrépidos" – disse Nick solenemente.

– Não – falei. Olhamos para cima, para as três torres barbicanas, onde meu rosto ainda aparecia nas telas, perto o suficiente para meu pai ver enquanto toma café da manhã. – Acho que "malucos" combina bem.

E combinava mesmo. Era maluquice termos passado todos os dias escalando prédios e nos pendurando pelos dedos em bordas, a centímetros da morte. Saber escalar e correr quase me salvou dos túnicas-vermelhas naquele fatídico dia de março. Se o dardo de flux não tivesse me atingido, eu poderia ter escapado sem nunca ter colocado os pés na colônia penal.

Saímos em direção à I-4 o mais rápido possível. Os Vigilantes ficariam muito alertas depois dessa infração. Zeke estava nervoso com a possibilidade de ter que pular de novo, mas Nick foi tão paciente com ele quanto fora comigo no início. Quando chegamos à caverna, fui até o meu quarto para me arrumar, sentindo meu corpo em pânico. Assim que abri a porta, Nick segurou meu braço.

– Jax vai te proteger. Boa sorte – disse ele, e me deixou sozinha.

Minúsculos arrepios descem pela parte de trás das minhas coxas. Respirando devagar, fiz cachos no cabelo com um *baby-liss*, depois abotoei uma blusa de seda de manga comprida e coloquei uma calça de cintura alta. Quando terminei, ergui uma das mangas para observar a marca do poltergeist. Respirei fundo ao vê-la. O "M" preto retorcido tinha cerca de doze centímetros e vertia um fluido claro com cheiro de metal.

Ouvi uma batida na porta, e Jaxon Hall entrou com sua bengala preferida de pau-rosa. Estava usando um chapéu de aba larga e um casaco preto por cima do seu melhor colete e de sua melhor calça.

– Está pronta, querida?

Eu me levantei.

– Acho que sim.

– O dr. Nygård disse que você levou um tombo nos telhados. – Dedos envoltos em couro acariciaram minha bochecha. – Criaturas sorrateiras e maldosas, esses poltergeists. Eles destroem a vontade de viver. Felizmente, agora podemos agregá-lo.

Meu coração deu um pulo.

– Você descobriu o nome dele?

– Eliza descobriu. Claro que há registros conflitantes sobre a identidade do Monstro de Londres, mas esse cara foi preso pelos crimes que cometeu. Um vendedor de flores artificiais chamado Rhynwick Williams. – Jaxon se sentou na minha cama e deu um tapinha ao seu lado no edredom. Eu me abaixei até ele. – Estenda o braço, querida.

Fiz isso. Com os olhos ávidos fixados na cicatriz, Jaxon tirou uma pequena faca da ponta de sua bengala. Um boline, com punho de osso arredondado e lâmina prateada, usado por agregadores e hematomantes na flebotomia. Ele ergueu a manga da própria camisa, revelando a parte inferior do antebraço. Era marcado por linhas brancas fracas, cada uma soletrando um nome completo.

– Agora – disse ele –, me deixe explicar. O Monstro não foi capaz de ocupar seu plano onírico, mas forjou uma passagem só pra ele. Essa minúscula fenda na sua armadura permite que o Monstro cause dor em você sempre que quiser. Você tem muita sorte, querida, porque o toque da criatura não conseguiu destruir sua mente... Talvez isso tenha alguma relação com seu encontro com um poltergeist na infância.

O pingente tinha me protegido, mas Jaxon podia pensar o que quisesse.

– Então, como fechamos essa passagem?

– Com habilidade. Depois que a criatura for agregada, vai deixar de ser uma ameaça.

A ponta da lâmina de Jaxon encostou na marca do Monstro, umedecendo a lâmina com seu fluido estranho. Em seguida, ele a virou para a própria pele, fazendo um fio de sangue escorrer pela parte interna do braço.

– Me permita te ensinar a nobre arte da agregação. – A letra "R" sangrou no braço dele. – Observe a flebotomia. A fonte do meu dom. Sabe, enquanto o nome do espírito estiver escrito na minha carne, tenho poder pra controlá-lo. Ele pertence a mim. É meu subalterno. Se eu quiser manter temporariamente um espírito, só preciso esculpir o nome na superfície. O espírito fica sob meu controle só até a ferida cicatrizar. – O sangue escorria de seus dedos pálidos. – Mas, se eu quiser manter um espírito, preciso fazer em mim uma cicatriz com o nome dele.

– Bela caligrafia – observei.

O nome tinha sido lindamente escrito, com floreios que pareciam dolorosos.

– Não é possível esculpir a própria pele com uma letra qualquer, querida. – Jaxon continuou cortando. – Nomes são importantes, sabe... mais do que você imagina.

– E se alguém nunca receber um nome? – perguntei. – Ou se mais de uma pessoa tiver o mesmo nome?

– Por isso, você nunca deve se identificar com um nome. O anonimato é sua melhor proteção contra um agregador. Agora, observe.

Ele esculpiu a última letra.

Uma onda de choque passou pelo meu plano onírico, ressoando por cada osso do meu corpo, enquanto o Monstro de Londres vinha correndo pela cidadela. Minha cabeça parecia prestes a explodir. Eu me encolhi, ofegando, quando uma força invisível puxou o tecido da minha mente, costurando a minúscula abertura. Assim que o espírito entrou pela janela, Jaxon flexionou o punho, levando o sangue para a ponta dos dedos.

– Pare, Rhynwick Williams.

O espírito parou de repente. O gelo se espalhou pelo espelho na parede.

– Venha até mim agora. – Jaxon estendeu a mão. – Deixe a moça. Seu reinado de terror chegou ao fim.

A tensão escapou do meu plano onírico quando o espírito obedeceu. Desmoronei na parede, inspirando depressa, encharcada de suor. Agregado, mudo e obediente, o Monstro de Londres gravitou em direção a Jaxon.

– Pronto. Meu. Até eu vendê-lo no juditeano por uma quantia obscena, é claro. – Seus olhos baixaram até a marca do monstro, que tinha ganhado um tom apagado de cinza. – A cicatriz, sinto dizer, vai ficar aí pra sempre.

Eu me apoiei e me levantei com os braços trêmulos.

– Não tem um jeito de me livrar dela?

– Não que eu saiba, querida. Talvez se tivéssemos um exorcista que mandasse a criatura pra última luz, mas, infelizmente, não é o caso. Os dafnomantes dizem que essência de louro pode aliviar a dor. Provavelmente é besteira de áugure, mas vou pedir pra um dos meus mensageiros pegar um frasco desse óleo no Garden. – Com um sorriso, ele me entregou meu casaco preto comprido. – Deixe que eu falo hoje. A Madre Superiora não vai te condenar sem provas.

– Ela era amiga de Hector.

– Ah, ela sabe muito bem que Hector era um bufão insuportável. Vai ter que ouvir o relatório do gorila luzente dela, mas não vai se demorar nesse assunto. – Ele segurou a porta aberta para mim. – Você vai ficar bem, minha adorada. Só não mostre a cicatriz pra eles.

****

Um dos táxis piratas de confiança de Jaxon estava esperando em frente à caverna. A reunião ocorreria em uma casa de banho abandonada em Hackney, e todos os membros da Assembleia Desnatural eram esperados.

– Poucos vão aparecer – disse Jaxon. – Os mime-lordes e as mime-rainhas centrais vão, mas dificilmente os das seções afastadas vão se dar ao trabalho. Pilantras preguiçosos e impertinentes.

Enquanto Jaxon seguia com seu monólogo sobre como desprezava todos eles (e como era favorável que Didion Waite não tivesse conseguido entrar para a Assembleia Desnatural), fiquei sentada em silêncio e assentindo de vez em quando. A Madre Superiora fora gentil no juditeano, mas ficou claro, por causa de sua interação com Ognena Maria, que ela tinha mão firme. E se pedisse para ver meu braço? E se eles vissem a prova incriminadora de que o poltergeist de Hector havia se sentido ameaçado por mim?

O táxi parou na II-6, e um mensageiro correu com um guarda-chuva em mãos para nos encontrar. A chuva despencava ruidosamente de nuvens cinza-escuro, agitando a água pelas sarjetas. Jaxon pegou meu braço e me puxou mais para perto. Enquanto andávamos, alguns videntes viram nossas auras e levaram a mão à testa.

– Quem mais já chegou? – perguntou Jaxon ao mensageiro.

– Há catorze membros da Assembleia presentes, senhor, porém esperamos que cheguem mais na próxima meia hora.

– Será um *prazer* ver todos os meus velhos amigos. Minha concubina só interagiu com alguns deles.

– Estão ansiosos para vê-lo, senhor.

Eu duvidava. A maioria dos membros da Assembleia Desnatural era eremita e preferia ficar reclusa em suas cavernas enquanto os empregados realizavam seus desejos. Alguns tinham amizades superficiais, mas nada forte. Havia amargura demais remanescente das guerras de gangues.

Fazia mais de um século que a casa de banho pública de Hackney tinha sido fechada com tábuas. Depois de olhar por cima do ombro, o mensageiro nos conduziu por uma série de degraus que desciam e bateu em uma porta preta pesada. Um par de olhos com visão surgiu na fenda.

– Senha?

– Nostradamus – sussurrou o mensageiro.

A porta se abriu com um rangido. Antes de entrarmos na penumbra, Jaxon apertou o braço ao meu redor.

Lá dentro, o ar estava abafado e bolorento. Conhecendo Londres, provavelmente havia um corpo ali em algum lugar. O mensageiro pegou uma lanterna com o companheiro e a ergueu, nos orientando por uma passagem estreita até chegar a um cômodo amplo e sombrio. Um teto branco e arqueado se assomava acima de nós, pintado com retângulos azuis perfeitos. Todas as janelas e claraboias estavam bloqueadas por tábuas pesadas. Velas brancas aromatizadas tinham sido dispostas em espaços regulares ao longo das laterais do quarto. As paredes tremeluziam e as sombras dançavam. Notas superiores de flores adocicadas atingiram minha garganta, alinhadas feito pétalas sobre um túmulo. Apesar das velas, o fedor ilícito de álcool invadiu minhas narinas, misturado com suor.

Os mime-lordes e as mime-rainhas de Londres tinham se reunido num chão de azulejos onde antes havia uma piscina funda. A grande maioria escondia a própria identidade, usando todo tipo de disfarce, desde capuzes e cachecóis simples até máscaras ameaçadoras de ferro e visores roubados de Vigilantes. Era ilegal usar máscaras decorativas em público – a maioria dos membros do sindicato só as usava em reuniões como aquela –, mas muitas pessoas faziam isso. A moda tinha vindo de cidadelas industriais como Manchester, onde a maioria dos habitantes usava respiradores.

Jaxon nunca usara nenhum tipo de disfarce; ele parecia confiar que a própria eloquência o livraria de confusões. Por hábito, eu ainda estava usando minha echarpe vermelha sob os olhos, por mais que, graças a Didion, ela não servisse para muita coisa.

Auras saltaram aos meus sentidos. Apesar dos anos de preconceito com as ordens inferiores, os líderes de gangue apresentavam uma ampla variedade de dons. A maioria se encaixava em algum ponto no meio do espectro: médiuns, sensitivos, guardiões, com uma fúria estranha ou um adivinho perdido na mistura.

Ognena Maria estava entre os reunidos ali, conversando em voz baixa com Jimmy O'Duende, o bêbado desastrado que governava a II-1. Suas concubinas estavam ao lado deles feito guarda-costas, ambas encapuzadas, os rostos cobertos com seda colorida. E lá estavam o brutal Enganador Valentão e seu concubino Jack Caipirapãoduro; a Sílfide Miserável, pálida e desolada; a idosa Rainha de Pérola com suas joias vistosas, a única que veio sozinha. Eu conhecia a maioria dos outros de vista, mas raramente interagira com eles.

Três metros acima de nós, nas cabines, a Madre Superiora da I-2, Sub-Rainha interina até o duelo, apoiava-se na amurada, usando um terno de veludo bordado que deve ter custado uma pequena fortuna. Sob o chapéu, seu cabelo caía em ondas esculpidas na lateral do pescoço. O Monge e duas de suas andarilhas noturnas, inclusive a ruiva que estivera no juditeano, estavam sentados atrás dela. Seus associados eram adequadamente chamados de Rouxinóis, apesar de receberem inúmeros nomes nas ruas.

– Ora, ora, o que temos aqui? – A Duquesa de Vidro, que tinha olhos verdes, nos analisou através de uma nuvem de fumaça. Um sorrisinho cínico surgiu num dos cantos de sua boca larga. – Assembleia, pasme! O recluso saiu da toca.

– Que bom vê-lo – disse Cova de Vidro, sua gêmea e concubina. As duas eram idênticas, exceto pelos cachos castanhos enrolados sob o chapéu-coco de cada uma; os de Cova eram longos, e os da Duquesa, curtos. – Faz um verão que não vemos você, Agregador.

– E como sentimos falta da sua presença... Seja bem-vindo, Agregador Branco – gritou a Madre Superiora, acenando para nós com um sorriso simpático. – E você, Onírica Pálida. Bem-vinda.

Cabeças se viraram para nos observar: alguns com curiosidade, outros com ódio declarado. Quando olhei para a Madre Superiora, tentei ler sua aura. Definitivamente uma médium. Uma médium física, era o que parecia. Um dom bem raro. O plano onírico dela era do tipo que precisava de espíritos para controlar.

Jaxon ignorou os outros mime-lordes e mime-rainhas, mas levou a mão ao peito em uma reverência discreta.

– Minha querida Madre Superiora, é um grande prazer revê-la. Já faz tempo demais.

– É verdade. Você devia me visitar no salão de vez em quando.

– Não tenho nenhum uso específico para um salão noturno – disse ele, fazendo Cova de Vidro engasgar com o áster –, mas talvez eu dê um pulo na I-2.

– Agregador, seu velho esquisito e repugnante – disparou Lorde Luzente, dando um tapa tão forte nas costas de Jaxon que ele quase deixou a bengala cair. Mais conhecido como Luzente, ele era quase tão grande quanto um Rephaite, todo esticado com bastante músculo e um cabelo nojento. Cachos emaranhados caíam até sua cintura, presos por uma faixa grossa. – Como você está?

– Como está a vida? – Tom, o Rimador, apareceu por trás do outro ombro, dando um tapinha com sua mão cheia de manchas senis. Ele era quase da mesma altura que Luzente; um velho adivinho escocês com cortinas de cabelo pintado de azul sob o chapéu. Era o único outro saltador no local. – Sabe, na próxima vez em que alguém pintar um baralho de tarô, deveria colocar você na carta do Ermitão.

Sorri por trás da seda. Como se tivesse sentido, Luzente me deu um sorriso que fez seus olhos brilharem, os dentes brancos em contraste com a pele escura e grossa. O olho de Jaxon se contraiu num espasmo.

– Deixe ele em paz, seu par de monstros. Espero que vocês perdoem o ambiente deplorável, meus amigos – gritou a Madre Superiora para todos nós, acenando em direção ao teto com a mão metade coberta por uma luva. – Achei que seria inadequado nos encontrarmos em Devil's Acre, dadas as tristes circunstâncias. Infelizmente, temos que nos congregar nos lugares que Scion deixou que fossem estragados.

Era verdade. A maioria dos refúgios do sindicato eram locais destruídos: prédios abandonados, estações fechadas, câmaras de esgoto que funcionaram muito tempo atrás. Nós nos reuníamos em lugares inferiores, escondidos, esquecidos.

Os minutos passavam. O Filósofo Cruel chegou em uma nuvem de perfume, pó branco e graxa, acompanhado por uma concubina de cara azeda. Foi preciso que dois salteadores impedissem a entrada de Didion Waite, e nós tivemos que ouvir sua voz pomposa sibilando argumentos durante dez minutos ("Posso não ser um mime-lorde, mas sou um membro *valioso* desta comunidade, Madame Sub-Rainha!"). Quando as portas se abriram de novo, a Malvada entrou marchando com o Homem das Estradas. Ela era a mime-rainha brutal daquela seção, presidindo sobre três das favelas mais notórias da cidadela: Jacob's Island, Whitechapel e

Old Nichol, além da zona portuária. Uma caçadora robusta de Estripadores, com cerca de trinta anos, metade da altura do seu concubino, voz de buzina e lábios arroxeados pelo áster. Acima de nós, a Madre Superiora apontou para um assento ao seu lado.

– Minha querida amiga – disse ela. – Obrigada por nos permitir usar o local para estes procedimentos.

– Ah, não me incomoda. – Bufando, a Malvada se sentou e cruzou as pernas, jogando os cachos louro-cinza por cima do ombro. – Metade desta maldita seção está arruinada.

– Ela tem um passado negro, como sabemos – comentou a Madre Superiora. Ela olhou para todos nós, erguendo as sobrancelhas esguias. – Pedi para todos os membros da Assembleia da I e da II Coorte comparecerem urgentemente a esta reunião. Onde está Mary Bourne?

– Ela mandou pedir desculpas, madame – disse um mensageiro com rosto pálido, fazendo uma mesura exagerada. – Está com febre. A concubina dela virá no lugar.

– Desejamos melhoras. E Arca Brutal?

– Embriagado, madame, aquele maldito patife miserável – avisou Jimmy O'Duende com a voz embolada, acenando com um dedo. – A concubina dele também. Ontem à noite, todos tomamos uma taça agradável. Em homenagem a Hector, você entende. Falei pra ele: "Ora, Arca, você sabe muito bem que a Madame Madre Superiora nos chamou num momento de necessidade, então talvez você não devesse beber mais uma", mas vou contar, senhora, tudo o que ele disse foi...

– Sim, obrigada, Jimmy. Acho que fui otimista em esperar a presença dele. Parabéns por chegar tão equilibrado. – O sorriso da Madre Superiora sumiu, e suas mãos apertaram a amurada. – E onde, pergunto, está o Homem Esfarrapado e Ossudo? Ele se considera requintado demais para estes procedimentos?

Suas palavras foram seguidas de um longo silêncio.

– Acho que nunca o vi – disse a Madame Falante.

– Ele espreita no subsolo, como sempre – comentou o Verdureiro Lorde. – Ouvi dizer que sua concubina, La Chiffonnière, governa Camden no nome dele.

– Um negligente, como sempre. O Homem Esfarrapado e Ossudo sempre preferiu se esconder no seu covil sórdido, na companhia de ratos e podridão, a atender ao chamado do sindicato. – Alguma coisa parecida com raiva alterou sua voz. – Não importa. O ambiente vai ficar um pouco menos asqueroso sem a presença dele. Por favor, todos vocês, sentem-se.

Ela se abaixou até uma cadeira, assim como parte da Assembleia Desnatural. Eu me sentei ao lado de Jaxon e tentei parecer calma.

– Todos vocês já devem saber que Haymarket Hector, meu amigo mais do que querido, foi assassinado. Agora, cabe a mim comandar o sindicato antes do duelo. – Ela suspirou fundo. – Como parte dos meus deveres de Sub-Rainha interina, para manter a força da Assembleia Desnatural, devo investigar as circunstâncias que levaram à morte de Hector. Onírica Pálida, pode se apresentar ao recinto?

Olhei para Jaxon. Ele me respondeu com um aceno discreto de cabeça.

– Um dos meus gorilas luzentes relatou que você estava presente na noite da morte de Hector – disse a Madre Superiora com delicadeza enquanto eu andava até o meio do salão. – Isso é verdade?

Minhas pernas viraram colunas de gelo.

– Sim. Estavam todos mortos quando cheguei a Devil's Acre. Hector tinha sido decapitado. O restante morreu com o pescoço cortado, pelo que pareceu.

– Deplorável – resmungou a Rainha de Pérola. – Na sua própria sala, entre tantos lugares... Espero que você decrete sentença de morte por esse crime, Sub--Rainha. Essa situação zomba das nossas leis.

– Garanto a você que a justiça será feita no momento adequado. – A Madre Superiora se virou de novo para mim. – Posso perguntar o que estava fazendo no território do Sublorde, Onírica Pálida?

– É o que eu gostaria de saber – disse o Enganador Valentão, me lançando um olhar maldoso.

– Fui enviada até lá por ordem do meu mime-lorde.

– Tem certeza de que você não entrou sorrateiramente e o matou? – perguntou a Duquesa de Vidro, provocando sussurros de concordância. – Viram você discutindo com a concubina de Hector no mercado negro, Onírica Pálida.

– Não nego isso – falei com tranquilidade.

– Minha concubina é de confiança. – Jaxon se levantou e apoiou as mãos na bengala. – Sinto dizer que Hector, apesar de todo o bom trabalho que fez por esta cidadela, estava tentando me chantagear. Na noite em que foi assassinado, ele roubou um quadro valioso da barraca símbolo da I-4 no Garden. Mandei minha concubina até lá para negociar o retorno da peça em segurança. Infelizmente, isso significou que ela foi a primeira a se deparar com o cadáver dele. Posso atestar totalmente a boa conduta dela nesse assunto.

Atrás de mim, Tom, o Rimador, deu um risinho.

– Mas você faria isso, não é mesmo?

– Posso saber o que você está insinuando, Tom? – A cortesia velada na voz de Jaxon era perturbadora. – Que eu *mentiria* pra Assembleia?

– Parem. – Acima de nós, a Madre Superiora ergueu a mão. – Não vou mais ouvir isso. Confiamos na sua palavra, Agregador Branco.

Tom resmungou alguns argumentos, mas ficou quieto quando Luzente lançou um olhar de alerta para ele. A maioria dos membros da Assembleia murmurou em concordância, por mais que a Rainha de Pérola não tirasse os olhos pálidos de mim durante muito tempo. Eles não iam me interrogar enquanto eu tivesse a proteção da Sub-Rainha interina.

Quando o silêncio se instalou de novo, a Madre Superiora apontou para os dois andarilhos noturnos atrás de si.

– Meus Rouxinóis observaram que Bocacortada não estava presente na cena do crime. Você confirma isso, Onírica Pálida?

– Não havia sinal dela – falei – e nem de nenhum espírito. Todos tinham deixado o Acre.

– Até mesmo o Monstro de Londres, protetor de Hector?

– Sim, Sub-Rainha.

A Duquesa de Vidro balançou a cabeça.

– Não sei por que ele mantinha aquela criatura acorrentada ao seu lado. Inútil.

– Não era totalmente inútil – falou de forma pausada o Filósofo Cruel, alisando o queixo largo. – O Monstro de Londres deixa uma marca muito distinta, um "M" preto na pele. Se conseguirmos encontrar essa marca, vai ser fácil rastrear o assassino de Hector.

Cerrei o punho nas minhas costas. Acima de nós, a Madre Superiora apoiou outra vez as mãos na amurada. Marcas azuladas marcavam a pele sob seus olhos, deixando-a com uma aparência abatida de exaustão.

– Eu pediria que todos vocês ordenassem que seus videntes ficassem de olho nessa marca. Maria, minha querida – disse ela –, como você administra um mercado especializado em bugigangas amauróticas, quero que pesquise qual é a origem dos lenços vermelhos encontrados com o corpo, que parecem ser a única pista concreta. – Ognena Maria assentiu, apesar de não parecer muito feliz por ter sido chamada de *minha querida*. – Enquanto isso, vamos começar o processo de busca por Bocacortada. Alguém faz ideia de pra onde ela pode ter fugido?

Ninguém falou nada. Antes que eu percebesse, dei mais um passo à frente. Podia ser minha única chance.

– Madre Superiora – falei –, espero que perdoe a intromissão, mas tem uma coisa que a Assembleia Desnatural precisa ouvir desesperadamente. Uma coisa que...

– ... eu deveria ter anunciado no início desta reunião – interrompeu Jaxon. – Foi bobagem minha ter esquecido. Apesar das minhas tentativas de mantê-la longe do meu território, Bocacortada frequentava várias casas de jogos e salões noturnos no Soho. Talvez seja sensato começar a busca por lá.

A raiva ferveu nas minhas entranhas. Ele sabia muito bem o que eu queria dizer. Depois de um instante, a Madre Superiora falou:

– Tenho permissão para meus mercenários entrarem na I-4 com esse objetivo, Agregador?

– Claro. Será um prazer recebê-los.

– Você é muito gentil, meu amigo. Se não houver mais tópicos a serem abordados, vou deixar vocês voltarem para suas seções em paz. Espero ver todos no duelo.

– Quando a Madre Superiora se levantou, o restante da Assembleia Desnatural repetiu seu gesto. – Grub Street vai organizar o livro de participantes e mantê-los informados sobre a localização. Até lá, que o éter os proteja nessa época conturbada.

Houve algumas despedidas antes que todos começassem a ir embora. Quando passou por mim, a Madre Superiora me deu um sorriso discreto. Levei depressa três dedos à testa e segui Jaxon pelo corredor.

– Viu? – Ele segurou meu braço novamente. – Você está em segurança. Não tem o que temer agora, ó, minha adorada.

Enquanto esperávamos outro táxi, Jaxon acendeu um charuto e observou o céu. Eu me recostei num poste de luz.

– Jax – falei baixinho –, por que você me interrompeu?

– Porque você ia contar a eles sobre os Rephaim.

– Claro que eu ia. Eles precisam saber.

– Tente usar seu bom senso, Paige. Nosso foco era garantir que você não fosse enforcada por assassinato, não contar historinhas. – Toda a cordialidade sumira de seu rosto. – Não tente isso de novo, querida, ou vou ter que mostrar à Madre Superiora essa pequena evidência.

Ele tamborilou um dedo no meu braço.

Fiquei tão chocada com a ameaça que me calei. Ele ergueu a mão, e um riquixá parou do outro lado da rua.

Enquanto eu estivesse com ele, ficaria segura. Contanto que eu fosse sua obediente Onírica Pálida, meu nome se manteria limpo o suficiente para a Assembleia Desnatural reprimir suas suspeitas sobre mim. Mas, se eu desse um golpe sozinha, ele iria expor o segredo imundo sob a minha manga.

Jaxon nunca tivera a intenção de usar essa reunião para me proteger. Ele a usou como uma armadilha para me prender. Para garantir que eu nunca me colocasse acima dele.

– Agora, de volta à I-4. – Dando um sorriso vistoso para o motorista, ele subiu os degraus retráteis do riquixá e se sentou. – Os outros vão nos encontrar em Neal's Yard.

Chantagem, seu *canalha desonesto*. Eu mal conseguia emitir as palavras.

– Pra fazer o quê?

– Quebrar nosso jejum – disse ele, com sorriso bem peculiar. – Toda revolução começa com um café da manhã, querida.

****

Até mesmo um café da manhã revolucionário – o que quer que seja isso – tinha que ser degustado no Chateline's. Os outros nos encontraram na nossa mesa particular. Como sempre, me sentei ao lado direito de Jaxon, onde uma concubina deveria ficar. Ele pediu um café da manhã extravagante: tudo o que estava no cardápio, desde espadilhas salgadas em cima de ovos mexidos até muffins de milho com mel, linguiças fritas e *kedgeree* com ovos cozidos. A comida foi servida em suportes enfileirados e bandejas cobertas com tampas prateadas.

– Qual é a comemoração, Agregador? – O proprietário me serviu uma xícara de café fresco. Chat era um ex-boxeador de fala mansa que servira a Jaxon durante anos, até perder uma das mãos para um rival raivoso. Vasos capilares rompidos se espalhavam das suas narinas até as bochechas. – Brinde de despedida para Hector?

– De certo modo, meu amigo.

Chat voltou para o bar. Na minha frente, Eliza se serviu, dando um sorriso incerto.

– De certo modo?

– Você vai ver. Ou, melhor, vai *ouvir*. Quando eu contar – ronronou Jaxon.

– Certo. Como foi a reunião?

– Ah, bem sem graça. Quase me esqueci de como todos eles são insuportáveis. Apesar de tudo, a reputação de Paige está salva; portanto, a reunião serviu ao seu propósito. – *Aposto que sim*, pensei. – Fígado apimentado, Danica, minha querida?

Ele ofereceu um prato quente a ela, que lançou um olhar ríspido antes de aceitar.

– Essa é a primeira vez que vejo você em dias. – Zeke deslizou um prato de muffins na direção dela. – Do que você está vivendo lá em cima?

Danica ficava desnorteada fora da caverna. O cabelo vermelho revolto escapava do coque, a bochecha sardenta estava respingada de óleo e queimaduras recentes de solda marcavam suas mãos.

– Oxigênio – respondeu ela. – Nitrogênio. Posso continuar listando...

– No que você está *trabalhando*, então, cabeçuda?

Nadine jogou um cogumelo frito na boca.

– Danica está projetando um dispositivo de interferência eletrônica – interferiu Jaxon. – É a mesma tecnologia que criou o Senscudo, lindamente envolvida em uma forma conveniente e portátil.

– Peguei o projeto básico de Scion – disse ela. – Eles estão trabalhando em uma versão portátil do Senscudo.

Meus dedos tamborilaram na toalha de mesa. Na minha frente, Nick franziu a testa.

– Por que eles precisam disso?

– Pra se livrar da DVN. Você não acha que eles querem usar uma polícia desnatural pra sempre, acha?

Nick pareceu chocado, e não era para menos. Se o Senscudo pudesse ser carregado por Vigilantes amauróticos, eles não precisariam de olhos com visão nas ruas. Os videntes que tinham se voltado contra a própria espécie, que haviam caçado seus companheiros desnaturais, perderiam a utilidade em Scion.

– Excelente notícia pra nós – observou Jaxon. – Teremos amauróticos tropeçando por aí com equipamentos desajeitados em vez de soldados clarividentes com visão nas ruas. Coma, minha adorada – acrescentou ele para mim. – Temos muito o que fazer nas próximas semanas. Você vai precisar do seu apetite e da sua sanidade mental.

Mordi um pedaço do pão.

– Você parece bem melhor, Paige. – Como os dois tinham feito as pazes, Eliza voltara a ser uma verdadeira pró-Jaxon. – Temos uma tonelada de truques do arco-íris pra classificar. Se você estiver a fim, seria ótimo ter sua ajuda amanhã.

– Eu não me preocuparia com truques do arco-íris por enquanto. – Nosso mime-lorde deu uma fungada delicada no Floxy de limão, como sempre fazia para limpar o paladar. – Temos assuntos muito mais importantes pra considerar, ó, minha adorada. Assuntos que, pela primeira vez, podem fazer nossos pensamentos ultrapassar as fronteiras da I-4. – Ele fez uma pausa, provavelmente para dar um efeito dramático. – Querem ouvi-los?

Zeke captou meu olhar e fez uma careta.

– Sim, Jaxon.

– Ótimo. Aproximem-se, então.

Chegamos mais perto. Jaxon olhou para cada um de nós, toda sua aparência queimando de energia.

– Como sabem, faz quase vinte anos que me dedico à I-4. Juntos, nós a mantivemos próspera diante da tirania de Scion. Vocês seis são minha obra grandiosa. E, apesar de suas mancadas ocasionais... bom, regulares... não tenho nada além de uma grande admiração pelas habilidades e pela dedicação de vocês. – Sua voz baixou um tom. – Porém, não podemos fazer mais nada com a I-4 e seu povo. Somos a melhor de todas as gangues dominantes da cidadela: a melhor no comércio, a melhor no combate, a melhor na *excelência*. Por esse motivo, decidi me candidatar ao cargo de Sublorde.

Fechei os olhos. Nenhuma surpresa.

– Eu sabia. – Um sorriso se abriu no rosto de Eliza. – Ah, Jax, isso é mesmo muito surreal, mas *imagine*. Nós... nós podíamos realmente ser...

– A gangue governante da Cidadela Scion de Londres. – Jaxon segurou uma das mãos dela, rindo. – Sim, minha fiel médium. Podemos, sim.

Ela parecia prestes a chorar de alegria.

– Nós daríamos as cartas. – Com um sorriso forçado, Nadine contornou a borda da taça. – Poderíamos mandar Didion explodir o juditeano.

– Ou pegar todos os espíritos deles pra nós. – Ao lado dela, Eliza estava se deleitando com o bom humor de Jaxon. – Poderíamos fazer *qualquer coisa*.

– Só nós sete. Os lordes de Londres. Vai ser o máximo. – Jaxon acendeu um charuto. – Não acha, Paige?

Por trás do seu sorriso, havia perigo. Consegui exibir algo que eu esperava que parecesse um sorriso convincente. O tipo de sorriso que uma concubina daria a seu mime-lorde ao receber uma notícia tão boa quanto aquela.

– Claro – comentei.

– Você tem fé de que posso vencer, acredito.

– É óbvio.

Jaxon tinha mais dinheiro, ego e ambição que todos os outros mime-lordes de Londres. Ele podia ser tão implacável e era tão habilidoso em agregar e combater com espíritos que tinha grande chance de vencer. Uma chance *muito* grande. Nick parecia tão apreensivo quanto eu.

– Ótimo. – Jaxon pegou o café. – Vou deixar um dever de casa no seu quarto. Material de leitura, pra você aprender os nobres costumes do duelo.

Brilhante. Enquanto Scion e os Rephaim arquitetavam o próximo passo, eu estaria fazendo meu dever de casa. Como uma boa concubina.

– Paige – disse Jaxon, quase como se viesse com uma ideia nova –, pode pegar mais uma bandeja de misto-quente, querida?

Fazia anos que eu deixara de ser a garota do cafezinho. Talvez eu não tenha demonstrado entusiasmo suficiente. A gangue me observou enquanto fui até o bar e, tamborilando os dedos no balcão, fiquei esperando Chat sair da cozinha. No canto, ouvi dois outros videntes conversando.

– ... argumentar com a I-4. – Uma voz masculina. – Ouvi dizer que houve uma confusão com a garota francesa no mercado.

– Ela não é francesa – murmurou uma mulher. – É o Sino Silencioso, a sussurrante dele. Ela veio do mundo livre, pelo que dizem. O irmão também.

Dei um tapinha na campainha de serviço, enquanto meus nervos se enrolavam em nós apertados. Chat saiu da cozinha de avental, com as bochechas vermelhas devido ao calor dos fornos.

– Pois não, meu amor?

– Mais misto-quente, por favor.

– Já levo.

Enquanto eu esperava, me esforcei para escutar a conversa de novo.

– ... vi a garota com Bocacortada, sabe. Estava usando uma máscara, mas era ela, tenho certeza. A Onírica Pálida.

– Ela voltou pra Londres?

– Voltou, e ela estava lá quando Hector morreu – disse uma voz rouca. – Conheço o gorila luzente que foi com ela até o Acre. Grover. Um homem bom, ele, e honesto. Disse que a garota estava coberta de sangue.

– É ela que aparece nas telas. Você sabia?

– Hum. Negócio esquisito, esse. Talvez Hector tenha traído a garota, e por isso ela matou o cara.

Chat apareceu com uma bandeja cheia de misto-quente amanteigado, e eu voltei para o meu lugar.

– Eles estão falando de nós – contei a Jaxon, que ficou imóvel. – O pessoal atrás da tela.

– Estão? – Ele bateu o charuto num cinzeiro de vidro. – E o que estão dizendo?

– Que nós matamos Hector. Ou que eu matei.

– Talvez – Jaxon bufou, falando mais alto de modo que metade do bar olhou para nós – eles devessem tomar cuidado com o que falam. Ouvi dizer que o mime-lorde da I-4 não tolera calúnias. Menos ainda do próprio pessoal.

Houve um breve silêncio antes de um trio de adivinhos se levantar atrás da tela, pegar o casaco no cabide mais próximo e ir embora. Eles mantiveram o rosto virado para a direção oposta da nossa mesa. Jaxon se recostou, mas seu olhar os seguiu enquanto eles se apressavam até Neal's Yard.

Os outros voltaram a atenção para a comida.

– Um deles sabia. – Olhei para Jaxon. – Conhecia Grover.

– Talvez os dois devessem ler as antigas leis do sindicato. O Primeiro Código diz que, sem provas suficientes, a palavra de um amaurótico é podre. – Ele levou o charuto de volta aos lábios. – São boatos, ó, minha adorada. Não se preocupe. Você tem a mim para atestar sua boa índole. E, depois que eu me tornar Sublorde, essas alegações vão desaparecer.

E, com isso, qualquer chance de mudar o sindicato. Essa era a barganha que ele estava oferecendo: proteção em troca da minha submissão. Jaxon Hall me deixou atada e o pior de tudo era que ele sabia disso.

Eu me desliguei do resto da conversa. Enquanto bebericava o café, senti duas auras próximas. Arrepios subiram pelo meu abdome.

Duas silhuetas estavam do lado de fora da janela.

A xícara caiu da minha mão. Dois pares de olhos me observaram de volta, feito luzes de vagalumes na escuridão da passagem.

Não.

Agora, não. Eles, não.

– Paige?

Eliza estava me encarando. Olhei para o café derramado e para o vidro quebrado, paralisada.

– Desculpe, Chat – gritou Jaxon. – A empolgação a deixa com dedos escorregadios. Ficaríamos mais do que felizes de pagar o dobro da sua gorjeta de sempre. – Ele acenou com algumas notas. – Suponho que tenha sido um tremor, Paige.

– Sim – consegui dizer. – Sim. Desculpe.

Quando olhei de novo para a janela, não havia o menor sinal de ninguém. Nick me observou, curioso.

Só podia ser um engano. Um pesadelo. Meu plano onírico prejudicado, borrando a memória e a realidade.

Caso contrário, eu tinha acabado de ver dois Rephaim na I-4.

****

Jaxon estava planejando pedir mais cinco pratos, mas inventei uma desculpa e saí do restaurante. Eram apenas alguns segundos de corrida até a caverna. Todas as sombras ficaram maiores; todos os postes piscavam feito olhos de Rephaite. Assim que entrei, subi correndo a escada e peguei a mochila embaixo da minha cama. Eu a abri com uma das mãos, quase rasgando o zíper, e enfiei uma blusa e uma calça dentro dela. Respirações rápidas e irritadas escapavam de mim, quase se tornando um choro.

Não era o Mestre. Quem mais teria vindo atrás de mim? Quem mais poderia saber onde eu morava? Nashira deve ter descoberto aonde o relógio de sol levava... Eu teria que voltar para o hotel espelunca. Pensar num plano. Fugir. Arranquei o casaco da parte de trás da porta e o vesti. Quando Nick entrou, ele me deu as mãos.

– Paige, pare, pare. – Eu me debati, mas ele me segurou. – O que você está fazendo? O que aconteceu?

– Rephs.

O rosto dele ficou tenso.

– Onde?

– Em frente ao Chat's. No beco. – Enfiei uma jaqueta extra na mochila. – Tenho que ir, senão eles vão pegar vocês também. Tenho que voltar pro hotel espelunca e...

– Não. Espere – pediu ele. – Você está segura aqui, com a gente. E Jaxon não vai deixar você ir embora, não agora que ele vai se candidatar a Sublorde.

– Não me importo com o que Jaxon faz!

– Você se importa, sim. – Ele me virou para encará-lo. – Deixe a mochila, *sötnos*. Por favor. Tem certeza absoluta de que eram Rephs?

– Senti as auras deles. Se eu ficar aqui, vão me levar pra Nashira.

– Podem ser aliados do Mestre – disse ele, apesar de parecer em dúvida.

– O que foi mesmo que você disse, Nick? "Os Rephaim são inimigos até que tenhamos uma prova categórica do contrário." – Vasculhei minha mesa de cabeceira, pegando meias e camisetas, echarpes e luvas. – Você vai me dar uma carona ou vou a pé?

– Esta é a noite da revolução pessoal de Jaxon. Ele não vai perdoar se você for embora, Paige... Não desta vez.

– Vão acabar com a revolução dele se nos encontrarem.

Levamos um susto ao ouvirmos três batidas fortes na porta antes que ela quase voasse para longe das dobradiças. Jaxon parecia ocupar toda a moldura da porta. A bengala dele bateu no piso.

– O que significa isso?

– Jaxon, havia Rephs do lado de fora do bar. Dois deles. – Fiquei em pé. – Tenho que ir. Todos nós temos que ir. *Agora*.

– Não vamos a lugar nenhum. – Ele usou a bengala para empurrar a porta até fechá-la. – Explique. Baixinho.

– Onde estão os outros?

– Ainda no Chateline's, onde vão ficar pelas próximas horas, alegres e sem saber desta conversa.

– Jaxon, *escute* ela. Por favor – disse Nick com firmeza. – Ela sabe o que viu.

– Ela pode achar que sim, dr. Nygård, mas todos nós sabemos o que a exposição recorrente ao flux pode provocar.

– Que diabo isso quer dizer, Jax? – Eu o encarei, lívida. Eu podia entender que Eliza achasse que eu tinha perdido a cabeça, mas Jaxon estava lá. – Acha que estou tendo flashes de flux? Você também estava tendo um quando viu a colônia com seus próprios olhos?

– Não é questão de não acreditar, ó, minha adorada. É questão de decoro. De dedicação. Apesar do seu contato frequente com drogas psicoativas experimentais, eu acredito na sua história. Como você diz, não posso negar o que vi com meus próprios olhos – disse ele, andando até a janela. – No entanto, não vejo nenhum motivo para o povo da I-4 agir em relação a isso, nem para a Assembleia Desnatural ouvir essa história. Já falei isso pra você em muitas palavras. Realmente preciso repetir?

Em troca de sua proteção, ele estava me pedindo para fechar os olhos para tudo que eu tinha descoberto.

– Não consigo entender você – falei, irritada. – Eles estão *aqui*, na I-4. Como pode simplesmente ignorar isso?

– Você não precisa entender minhas ações, Paige. Precisa fazer o que eu mando, como combinamos.

– Se eu tivesse feito o que mandaram na colônia, ainda estaria lá.

Houve um longo silêncio. Jaxon virou a cabeça.

– Explique o que quer dizer com isso. Estou um pouco confuso. – Ele veio na minha direção, levantando um dedo. – Você sempre soube que a doutrina de Scion se baseia na injustiça. Você sempre soube que a inquisição deles em relação à desnaturalidade é repreensível. Mas só *agora* acha que devemos interferir. Você estava com muito medo pra atacar quando a corrupção deles era apenas humana, minha Paige?

– Eu vi o que começou tudo. Vi o que os doutrinou – falei. – E acho que podemos impedir.

– Você acha que lutar contra os Rephaim vai acabar com a inquisição? Não se iluda achando que Frank Weaver e o governo dele vão se tornar seus amigos dedicados se você destruir os mestres deles.

– Mas com certeza precisamos *tentar*, Jax. Quem vai governar a I-4 quando eles vierem atrás de nós?

– Cuidado, Paige. – O rosto de Jaxon estava perdendo a cor novamente. – Você está se equilibrando em uma linha muito fina.

– Estou? Ou estou ultrapassando o seu limite?

Isso bastou. Usando apenas um braço, Jaxon me jogou no armário, me prendendo nas prateleiras. Ele era muito mais forte do que parecia. Um frasco alto de comprimidos para dormir se espatifou no chão.

– Jaxon! – gritou Nick, mas isso era entre mime-lorde e concubina.

A mão direita dele agarrou meu braço, onde a marca do poltergeist tinha queimado minha pele.

– Escute, ó, minha adorada. Minha concubina *não* vai andar desvairada pelas ruas feito um infeliz de Bedleem. Principalmente agora que estou pensando em assumir o controle desta cidadela. – Um triângulo de rugas se formara entre suas sobrancelhas. – Você acha que as pessoas boas de Londres iam me apoiar, Paige, se achassem que eu acredito em uma história maluca sobre gigantes e cadáveres ambulantes? Por que acha que te impedi de contar à Madre Superiora? Acha que iam acreditar em nós, querida, ou iam rir e nos chamar de tolos?

– É isso, Jax? Depois de todos esses anos ainda está preocupado com as pessoas rindo de você?

Ele deu um sorriso vazio.

– Eu me considero um homem generoso, mas esta é sua última chance. Você pode ficar comigo e aproveitar os benefícios da proteção da I-4 ou pode se arriscar lá fora, onde ninguém vai ouvir. Onde vão enforcar você pelo assassinato de Hector. O único motivo pra você não estar morta ainda, ó, minha adorada, é a *minha* palavra. A minha declaração da sua inocência. Coloque um dedinho para fora, e eu arrasto você até a Assembleia Desnatural pra que possa mostrar essa cicatriz a eles.

– Você não faria isso – falei.

– Você não tem ideia do que eu faria pra impedir uma guerra em Londres. – Flexionando os dedos, ele soltou meu braço. – Vou pedir pra alguém pintar o relógio de sol pra impedir que seja reconhecido. Mas saiba de uma coisa, Paige: você pode ser a concubina do Sublorde ou pode ser carniça pros corvos. Se escolher a segunda opção, vou espalhar a notícia de que você é um alvo legítimo. Do jeito como fiz quando você voltou para os Selos. Afinal, se não for a Onírica Pálida... Quem é você?

Ele saiu. Chutei minha cesta de bugigangas do mercado, derrubando-a, e me sentei, apoiando a cabeça na mão boa. Nick se agachou diante de mim e segurou a parte superior do meu braço.

– Paige?

– Isso poderia *fortalecer* o sindicato. – Respirei fundo. – Se a gente simplesmente conseguisse convencê-los...

– Talvez, se você encontrasse uma prova da existência dos Rephs, mas a verdade destruiria o sindicato que conhecemos. Você quer transformá-lo em uma força do bem. Jaxon não está interessado no "bem". Ele quer se sentar no trono, reunir espíritos e ser o rei da cidadela até morrer. É só com isso que ele se importa. Mas a concubina de um Sublorde também tem poder. Você poderia mudar as coisas, Paige.

– Jax sempre me impediria. Uma concubina não é um Sublorde... Ele me transformaria na sua garota de recados especial. Só um Sublorde pode mudar tudo.

– Ou uma Sub-Rainha – disse Nick, dando uma risadinha. – Não temos uma Sub-Rainha há muito tempo.

Ergui lentamente o olhar até o dele. Seu sorriso desapareceu.

– Eu não poderia – murmurei. – Poderia?

Eu o observei. Ele se levantou e apoiou as mãos no peitoril da janela, olhando para o pátio logo abaixo.

– Concubinas nunca são elegíveis. A lealdade delas não pode ser questionada num duelo.

– É contra as regras?

– Provavelmente. Se uma concubina se opuser ao próprio mime-lorde, fica marcada como vira-casaca. Nunca aconteceu, em toda a história do sindicato. Você seguiria alguém capaz de esfaquear o outro por trás?

– Eu preferia seguir alguém assim a andar na frente dessa pessoa.

– Não banque a espertinha. Isso é sério.

– Tá bom. Sim, eu trabalharia pra alguém capaz de esfaquear o outro por trás se a pessoa soubesse a verdade sobre Scion. Se quisesse expô-la, acabar com o *assassinato* sistemático de clarividentes...

– Eles não se *importam* com a corrupção de Scion. São todos como Jaxon. Até mesmo quem parece gentil. Estou te falando: eles sangrariam as próprias seções, se isso significasse que ficariam com os bolsos cheios. Você não tem dinheiro pra pagar a todos eles. E já viu Jaxon nos dando o trabalho sujo enquanto fica fumando e bebendo absinto. Você realmente acha que pessoas como ele vão comandar um exército pra você? Acha que vão colocar a vida preciosa em risco por você?

– Não sei. Mas talvez eu devesse descobrir. – Suspirei. – Digamos que eu *realmente* me candidatasse. Você seria meu concubino?

Seu rosto se contorceu.

– Seria – disse ele –, porque eu me importo com você. Mas não quero que faça isso, Paige. Na melhor das hipóteses, vai ser uma Sub-Rainha traidora. Na pior, vai perder e acabar sendo assassinada. Se você esperar dois anos, Jaxon vai te dar a seção de qualquer maneira. É sábio esperar.

– Daqui a dois anos vai ser tarde demais. Estamos a semanas do Senscudo, e os Rephaim podem ter criado a próxima colônia deles. Precisamos atacar *agora*. Além do mais – falei –, Jaxon não vai se aposentar daqui a dois anos. Só está tentando me manter calada. Ele dá um tapinha na minha cabeça com uma das mãos enquanto me acorrenta com a outra.

– Vale a pena correr o risco de perder?

– Pessoas morreram pra que eu conseguisse sair de Sheol – falei baixinho. – Pessoas como nós estão morrendo todos os dias. Se eu me esconder nas sombras enquanto isso continua, estou cuspindo nas memórias deles.

– Então é melhor você ter certeza de que está preparada pras consequências. – Nick se levantou. – Vou acalmá-lo. É melhor você desfazer a mochila.

Ele fechou a porta com delicadeza ao sair.

Pode ser a única opção. Pintar o relógio de sol não vai conter os Rephaim por muito tempo. Para transformar o sindicato num exército capaz de enfrentá-los, eu teria que pensar mais alto. E me tornar não só uma concubina, não só uma mime--rainha, mas a Sub-Rainha da Cidadela Scion de Londres. Eu teria que conquistar uma voz alta demais para ser silenciada.

Depois de um minuto, comecei a recolher as coisas que eu tinha espalhado pelo chão: recortes de jornal do século XIX, broches, numa antigos... e uma terceira edição de *Sobre os méritos da desnaturalidade*, confiscado de um mercadeiro que estava falsificando a publicação no Soho. *Por um Escritor Obscuro*, dizia.

Palavras dão asas até mesmo àqueles que foram pisoteados, arrasados além de toda esperança de conserto.

Havia novas maneiras de erguer minha voz. Peguei o telefone, encaixei um novo módulo na parte de trás e disquei o número que Felix me dera.

11

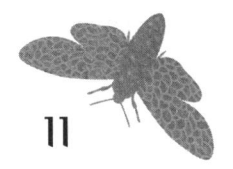

Lenda Urbana

— Um quê?
Nell parecia quase impressionada com a minha súbita demonstração de insanidade. O cabelo dela tinha sido cortado de modo a passar um pouco do queixo; o que restou fora alisado e pintado com pelo menos dez tons de laranja. Com óculos cinza e batom preto brilhante, ela estava irreconhecível.

Ainda não havia amanhecido, mas nós cinco já estávamos aninhados no terraço do telhado de um dos bares de oxigênio independentes de Camden. Telas curvas dividiam as mesas. A música dos mercadeiros no comércio logo abaixo bastava para evitar bisbilhoteiros.

— Você me ouviu — falei. — Um terror barato.

À minha esquerda, Felix balançou a cabeça. Seu disfarce era uma das máscaras respiratórias que usavam no norte e em partes de East End, e deixava só os olhos de fora.

— Você quer contar uma *história* sobre os Rephaim? — Sua voz saiu abafada. — Como se não fosse real?

— Exatamente. *Sobre os méritos da desnaturalidade* fez o sindicato ser o que é hoje — falei, mantendo a voz baixa. — Revolucionou completamente nossa forma de pensar a clarividência. Só de colocar seus pensamentos no papel, um escritor obscuro mudou tudo. Por que não podemos fazer o mesmo?

Felix afastou a máscara da boca.

— Tá bom — disse ele —, mas isso era um panfleto. Você está sugerindo um terror barato. Uma história de terror a preço baixo pras pessoas que têm tempo sobrando.

— Eu costumava ler *Pássaros canoros maravilhosos à venda*. Sabe, aquele sobre o ornitomante que é sarjeteiro e vende pássaros falantes — disse Jos —, mas meu kidsman encontrou meu estoque e jogou tudo em uma fogueira.

Ele ainda não estava no radar de Scion, mas mesmo assim Nell o embolara num cachecol e num chapéu.

— Ótimo. Esse negócio vai estragar seu cérebro. — Nell estava com olheiras. — E a Grub Street os produz muito rápido.

– Só não sei se devíamos fazer uma história de terror – continuou Felix. – E se as pessoas acharem que é ficção?

– Como se mata um vampiro? – perguntei.

Felix me parecia o tipo de cara que fingia ler Nostradamus à noite, mas guardava uma cópia surrada de *Os mistérios de Jacob's Island* entre as páginas.

– Com alho e luz do sol – respondeu ele. Bingo.

– Mas vampiros não existem – falei, tentando não sorrir. – Como você sabe?

– Porque eu li... – Ele ficou vermelho. – Tá bom, tá bom. Li alguns terrores baratos quando eu tinha a idade do Jos, mas...

– Tenho treze anos – resmungou Jos.

– ...não podemos simplesmente escrever um panfleto sério? Ou alguma coisa tipo um manual?

– Ah, ótimo. Os Rephaim vão morrer de medo de Felix Coombs e seu *manual* – disse Nell, inexpressivo.

Os lábios dele se contraíram.

– Estou falando sério. O Agregador pode te ajudar, né, Paige?

– Ele não gosta de rivais. E a diferença entre um panfleto e um terror barato é que os panfletos alegam dizer a verdade. Os terrores baratos, não. Não podemos simplesmente gritar sobre os Rephs nas ruas – falei. – Um terror barato vai transformá-los em uma lenda urbana.

– E isso vai servir pra quê? – Nell massageou a área entre as sobrancelhas. – Se nunca provarmos...

– Não estamos tentando provar nada. Estamos tentando *alertar* o sindicato.

À minha frente, Ivy estava encolhida diante de uma xícara intocada de *saloop*, a respiração evaporando por baixo de óculos escuros redondos de armação dourada. A característica distintiva na foto dela – o cabelo azul brilhante – já tinha sido eliminada. Dedos ossudos tamborilavam na mesa, os nós, embrutecidos com calos. Ela não dissera nem uma palavra sequer desde a minha chegada nem tirara os olhos do *saloop*. Ela fora tratada feito lixo pelo seu guardião Rephaite. Aquelas feridas não iam se curar com facilidade.

– A gente devia fazer isso, sim – disse Jos. – Paige está certa. Quem vai nos dar ouvidos se dissermos que é real?

– Vocês todos estão viajando. Sabiam? – Quando viu nossos rostos, Nell soltou um muxoxo. – Tá bom. Acho que vou ter que escrever a maior parte.

– Por que você? – perguntei.

– Arranjei um emprego nas sedas no Fleapit. Podemos usar a bilheteria pra escrever. – Ela tomou alguns goles da bebida de cola. – Acho que consigo criar uma história decente. Jos pode me ajudar a melhorá-la.

Os olhos de Jos se iluminaram.

– Sério?

– Bom, você é o especialista. – Ela conteve um bocejo. – Vamos começar a trabalhar nisso amanhã. Quero dizer, hoje.

Um pouco da minha tensão se aliviou no pescoço e nos ombros. De jeito nenhum eu conseguiria trabalhar num terror barato durante dias sem Jaxon perceber.

– Pode ser melhor escrever duas cópias, pro caso de uma se perder. E não se esqueçam de incluir o pólen da anêmona de papoula – falei. – É assim que eles podem ser destruídos.

– Dá pra comprar isso no mercado negro?

– Talvez. – Eu tinha a sensação de que não haveria isso lá, mas os vendedores do mercado negro eram capazes de conseguir quase qualquer coisa. – Em quanto tempo você acha que dá pra terminar?

– Nos dê uma semana. Pra onde mandamos quando acabarmos?

– Deixe na casa de jogos Minister's Car, no Soho. Conheço uma das crupiês de lá, a Babs. Ela trabalha de cinco até meia-noite durante toda a semana. Não se esqueça de selar. – Eu me recostei. – Como Agatha está tratando vocês?

Jos fez uma careta.

– Não gosto muito dela. Quer que eu comece a cantar no mercado.

– A comida que ela nos dá é terrível – acrescentou Felix.

– Pare com isso – disparou Ivy, saindo tão repentinamente do silêncio que Jos se encolheu. – O que tem de errado com vocês? Ela está nos escondendo do Esfarrapado e nos alimentando com dinheiro do próprio bolso. Ela nos dá o que consegue comprar. E é bem melhor do que aquilo que os Rephaim nos obrigavam a comer. Quando nos deixavam comer.

Houve um breve silêncio antes de Jos murmurar um pedido de desculpas. As orelhas de Felix ficaram cor-de-rosa.

– Agatha é tranquila. É mais barato ficar com ela do que num hotel espelunca. – Nell passou a mão no cabelo. Uma cicatriz bifurcada, que ia do canto do olho esquerdo até o lóbulo da orelha, captou a luz. Era clara demais para ser recente. – Ei, em quem você está apostando no duelo, Paige?

– É. – Felix se inclinou na minha direção, esfregando as mãos. – O Agregador vai concorrer?

– Naturalmente – respondi.

– Então, se ele vencer, você vai ser a concubina suprema. – O olhar de Nell era penetrante. – Acho que você faria um bom trabalho como concubina do Sublorde, sabe. Tirou todos nós da colônia, não foi?

– Julian e Liss ajudaram bastante. E o Mestre.

– Você colocou todo mundo no trem. Fez todo mundo lutar até o fim. Além do mais, é a única sobrevivente que pode convencer a Assembleia Desnatural a fazer alguma coisa.

– Como se alguém fosse fazer alguma coisa, depois do que aconteceu com Hector – disse Felix. – Quem você acha que fez aquilo?

– A concubina dele – respondeu Nell. – Sempre achei que ela o adorava, mas, se não foi ela, por que não estava lá?

– Porque ela sabia que seria julgada por isso, por mais que o canalha lascivo e bêbado merecesse. – Todos os olhos se voltaram para Ivy, que vomitou as palavras como se fossem arame farpado em sua garganta. – Ele deixou aquela cicatriz em Bocacortada, sabe. Ficou muito bêbado uma noite e fez isso com uma das facas. Ela odiava o cara.

Era impossível ver os olhos dela através daquelas lentes, mas seus dedos se fecharam num punho. Troquei um olhar com Nell e disse:

– Como é que você sabe disso?

Quando ela respondeu, mal deu para ouvir.

– Escutei nas ruas. A gente ouve muita coisa quando é sarjeteira.

Nell parecia desconfiada.

– Ninguém no meu distrito achava que Bocacortada odiava Hector. As pessoas diziam que ela meio que era apaixonada por ele, na verdade.

– Ela não era – disparou Ivy – apaixonada por ele.

– Você conhecia ela, né? – perguntei. Ivy olhou para um ponto entre nós duas. – Eu a vi na noite em que Hector morreu. Ela perguntou onde você estava escondida.

Ivy abriu e fechou a boca.

– Ela perguntou... – Todo o seu corpo estava tremendo quando ela se inclinou por cima da mesa. – Paige, o que você falou pra ela?

– Falei que não sabia onde você estava.

Diversas emoções passaram por seu rosto. Como eu, Nell claramente tinha ficado desconfiada.

– Como *foi* que você a conheceu? – perguntou ela.

Com os ombros encolhidos, Ivy levou a mão ao queixo.

– Nós crescemos na mesma comunidade.

– Mas ela ganhou a cicatriz enquanto trabalhava pro Hector, e nunca ouvi essa história de que ele a cortou – falei, observando o rosto dela. – Quer dizer que vocês continuaram amigas depois que ela se tornou concubina dele, e ela contou pra você que o odiava muito. Essa é uma informação perigosa pra ser compartilhada com uma sarjeteira.

Alguma coisa parecida com pânico surgiu nas feições de Ivy.

– Sabia que estão dizendo que foi você que matou Hector, Paige? – perguntou ela, com a voz tensa. – Agatha me contou. A Assembleia Desnatural te liberou, mas você esteve no salão dele naquela noite. Por que está tão interessada em Bocacortada?

Fiquei em silêncio e me recostei no assento, tentando não notar o olhar confuso que Jos me lançou. Ela me pegou. Se eu conseguisse provar que Bocacortada era culpada, isso limparia meu nome e me livraria da necessidade de "proteção" oferecida por Jaxon... Mas eu não podia pressionar Ivy na frente dos outros ou eles iam pensar a mesma coisa.

– Estou cansada. – Ela se levantou, erguendo as mangas com as mãos trêmulas. – Vou voltar pra butique.

Sem mais uma palavra, ela foi em direção à escada, com a cabeça baixa. Quando fiquei de pé para ir atrás dela, Nell segurou meu braço.

– Paige, não – murmurou. – Ela está confusa. Agatha está dando sedativos pra ela conseguir dormir.

– Ela não está confusa.

Liberei meu braço e joguei as pernas por cima da balaustrada, chegando a uma escada de ferro batido que descia em zigue-zague pela lateral do prédio, deixando os outros três ali para terminarem suas bebidas. Abaixo de mim, Ivy estava saindo do bar em alta velocidade, voltando para o mercado interno. Desci num pulo e corri atrás dela, pegando um caminho estreito repleto de barracas vazias.

– Ivy.

Nenhuma resposta. Ela acelerou o passo.

– Ivy – chamei, erguendo o tom de voz –, não me importo com o motivo de você conhecer Bocacortada, mas preciso saber onde ela pode estar se escondendo.

Sua cabeça raspada estava abaixada, as mãos, enfiadas nos bolsos. Quando fiquei a poucos centímetros dela, Ivy se virou nos calcanhares e jogou alguma coisa em mim. Um canivete reluziu sob a luz azul de um poste.

– Deixe isso pra lá, Paige – disse Ivy, com uma frieza que eu nunca tinha percebido nela. – Não é da sua conta.

Seu rosto estava contraído e a mão tremia, mas os olhos estavam quase pretos de tanta determinação. Ainda havia contusões desbotadas na sua pele. Ela manteve o canivete apontado para o meu coração até eu recuar um passo.

– Ivy, não vou te machucar – falei, levantando um pouco as mãos. O canivete foi erguido de novo. – Ela pode estar em perigo. Quem matou Hector deve estar procurando...

– Quer saber, Paige? Não sei se ela amava ou odiava o cara. Houve uma época em que eu achava que conhecia ela – disparou Ivy –, mas sempre tive uma tendência a confiar nas pessoas erradas. – Sua voz estava fraca. – Pra trás, Onírica Pálida. Volte pro seu mime-lorde.

O canivete se fechou. Ela passou por uma fileira de tapetes pendurados e desapareceu no mercado.

****

Pode não ser nada. Talvez Bocacortada e Ivy tivessem sido amigas que ficaram próximas o suficiente para compartilhar os segredos e nada mais. Era óbvio que ela fazia alguma ideia de onde Bocacortada estava, mas não tinha qualquer motivo para confiar essa informação a mim. Ela não sabia qual era a diferença entre mim e qualquer pessoa que conhecera na colônia. Eu era apenas a túnica-branca da campina, com um guardião que tinha sido gentil com ela.

Perto da estação do metrô, entrei num riquixá e puxei o capuz por cima dos olhos, observando as estrelas aparecerem e desaparecerem atrás das nuvens. Pelo menos, todos nós tínhamos concordado com o terror barato. Era o tipo mais secreto de rebelião que eu podia imaginar: colocar palavras no papel. Mas o panfleto de Jaxon não tinha mudado totalmente a estrutura do sindicato? Não havia ditado nosso protocolo, nossas rivalidades, o modo como víamos uns aos outros? Jaxon era um zé-ninguém, um sarjeteiro autodidata, mas o panfleto dele tinha feito mais do que qualquer Sublorde, simplesmente porque as pessoas leram em massa e descobriram alguma coisa pela qual valia agir.

Escrever não trazia os mesmos riscos que falar. A pessoa não podia ser calada nem encarada. A página era tanto uma aliada quanto um escudo. A ideia foi suficiente para provocar um sorriso em mim pela primeira vez nos últimos dias, apesar de ter se esvaído quando vi a tela de transmissão mais próxima.

O riquixá me levou de volta para a I-4. Quando entrou em Picadilly Circus, ele sacolejou para a direita e me fez pular no banco. O motorista olhou por cima do ombro. Automaticamente, puxei a echarpe até os olhos.

Havia um camburão estacionado no centro de Circus, onde uma unidade de Vigilantes tinha cercado nove videntes e amarrado suas mãos. Na minha frente, o motorista murmurou para si mesmo, xingando seu trabalho e flexionando os dedos no guidom. Ficamos presos no tráfego e tivemos que parar por causa do sinal vermelho e da curiosidade dos passageiros. Outro passageiro do riquixá estava se levantando e se inclinando para ver o espetáculo.

– ... cafajestes, subversivos e os mais desprezíveis desnaturais – berrava um comandante dos Vigilantes num megafone. Sua pistola apontava para o coração de um adivinho, que estava de cabeça baixa. Ao lado dele, havia um médium chorando de medo. – Esses nove traidores confessaram ter sido seduzidos por Paige Mahoney e seus conspiradores. Se esses fugitivos não forem encontrados, vão espalhar a praga por toda a nossa cidadela! Eles planejam destruir as leis que PROTEGEM vocês! Que Londres QUEIME antes que o legado do Rei Sangrento continue!

A luz vermelha piscou e apagou, e o ônibus seguiu em frente. Outra sacolejada, e o riquixá voltou a se mover pelo tráfego.

– Desculpe – gritou o motorista, secando o suor da testa. – Eu teria escolhido uma rota diferente se tivesse percebido.

– Você tem visto muito isso? – perguntei.

– Demais.

Ele era amaurótico, mas parecia triste. Não falei de novo. Todos os movimentos de Scion eram controlados por Nashira. Aqueles nove videntes estariam mortos antes do fim da semana.

O riquixá me deixou na base da coluna de Seven Dials. Os azuis e dourados vibrantes nos relógios de sol no alto tinham sido substituídos por vermelho, branco e preto, com âncoras prateadas no meio de cada oval. Chat os havia pintado durante a noite, cobrindo seus belos símbolos com as cores de Scion. Parecia autêntico, algo feito para a Novembrália, mas a visão do símbolo do inimigo naquela coluna me magoou. Peguei minhas chaves e me afastei dele.

Quando voltei para o meu quarto, encontrei quatro livretos da Grub Street na minha cama. Peguei o mais próximo e passei os dedos sobre ele. *A história do Grande Sindicato de Londres: Volume I.* Deve ser isso que Jaxon queria dizer quando falou em "dever de casa". Eu me sentei na poltrona e o abri.

Originalmente, os clarividentes de Londres só se reuniam em pequenos grupos. Havia algumas gangues grandes com membros videntes, como os Quarenta Elefantes, mas foi um "leitor de espelhos" chamado Tom Merritt que assumiu o controle de tudo no início da década de 1960. É interessante que o primeiro Sublorde tenha sido um adivinho, a ordem mais baixa de Jaxon. Com sua amante, a "lançadora de flores" Madge Blevins, ele dividiu a cidadela em seções, criou o mercado negro e ofereceu um emprego a cada clarividente. Os mais dedicados foram promovidos a cargos de poder, se tornando os primeiros mime-lordes e mime-rainhas. Em 1964, o trabalho dele estava pronto. Declarou-se Sublorde e Madge como sua fiel concubina.

Era estranho ver um registro que não usava o sistema de classificação das Sete Ordens. Fazia muito tempo que os termos *leitor de espelhos* e *lançadora de flores* tinham sido substituídos por *catoptromante* e *antomante*. Havia outros arcaísmos no texto: *numina* no lugar de *numa*, *grupo de espíritos* no lugar de *enlace*.

O primeiro duelo fora realizado doze anos depois. O bom Tom e Madge tinham morrido num acidente terrível, deixando o sindicato sem líder. A batalha resultante pela coroa – o primeiro duelo – foi vencida pela primeira Sub-Rainha, que deu a si mesma o nome de Baronesa Dourada. Ela governou durante quatro anos, antes de ser brutalmente assassinada por um "adivinhador de martelos".

Depois da terrível morte da Sub-Rainha, a Assembleia Desnatural decretou que seu Concubino, o Barão Prateado, herdaria a Coroa no estilo dos Monarcas da Inglaterra depostos, cuja linhagem foi interrompida pela chegada de Scion (afinal, não somos, como disse uma Mime-Rainha, a monarquia daqueles que foram esmagados embaixo da Âncora?). Desse ponto em diante, os Concubinos sempre seriam herdeiros, exceto na rara exceção de tanto o Sublorde quanto a Concubina terem morrido ao mesmo tempo, ou de a Concubina recusar ou ignorar esse Direito.

Isso pode explicar o desaparecimento de Bocacortada. Dava para assumir que quem matou Hector também a queria morta. Ela preferira se esconder a se apresentar à Assembleia Desnatural. Quando abri o Volume III, publicado em 2045, cerrei o maxilar.

Foi nesse período da nossa História que o grande Panfleteiro, conhecido pelo pseudônimo de "Um Escritor Obscuro", se apresentou para reorganizar o Sindicato. Em 2031, as Sete Ordens de Clarividência – publicadas no panfleto Sobre os méritos da desnaturalidade *– provocaram uma pequena onda de Desentendimentos (incluindo a histórica prisão dos Áugures Vis) antes da implementação como o Sistema oficial segundo o qual entendemos a Clarividência no Sindicato. Grub Street tem orgulho de ter publicado esse Documento estupendo e pioneiro. Neste momento, o Escritor Obscuro, agora formalmente conhecido como Agregador Branco, é Mime-Lorde da I Coorte, Seção 4.*

"Uma pequena onda de Desentendimentos"? Era assim que o historiador chamava todos aqueles assassinatos sem sentido, todas aquelas guerras de gangues? Era assim que ele chamava as divisões que ainda nos separavam? Virei a página para a seção sobre os costumes do sindicato.

O Duelo se baseia na arte medieval da justa. Mime-Lordes, Mime-Rainhas e seus Concubinos lutam em Combate físico num "Ringue de Rosas", um símbolo resistente da Praga da Desnaturalidade. Cada um dos Combatentes luta por si mesmo, mas um Concubino pode trabalhar em conjunto com seu Mime-Lorde ou com sua Mime-Rainha a qualquer instante durante a batalha. O último Candidato de pé é declarado Vitorioso e recebe a Coroa cerimonial. Daquele momento em diante, o Vitorioso governa o Sindicato e recebe o título de Sublorde ou Sub-Rainha, dependendo de sua Preferência.

Quando há apenas dois Combatentes sobrando no Ringue de Rosas e eles não são uma dupla de Mime-Lorde ou Mime-Rainha e seu Concubino, devem combater até a morte para que um Vitorioso seja declarado. Um Combatente só pode encerrar a última luta sem derramamento de sangue usando uma invocação específica: "em nome do éter, eu [nome ou apelido], me rendo." Assim que essa palavra é proferida, a outra Parte é automaticamente declarada Vitoriosa. Essa Regra foi introduzida pela Baronesa Dourada, primeira Sub-Rainha da Cidadela Scion de Londres (governo de 1976-1980).

Jaxon bateu na parede com sua bengala. Fechei o livro e o coloquei na mesa de cabeceira.

No escritório, fui atingida pelo cheiro parafinado de flores. Havia flores cortadas sem cima da mesa toda, além de uma tesoura pesada e um pedaço de fita cor de laranja. No sofá, Nadine contava os ganhos semanais. Ela olhou para mim antes de voltar a atenção para o monte de moedas em seu colo.

– Aí está você, Paige. – Jaxon acenou para que eu me sentasse. Nossa discussão já tinha sido esquecida. – Aonde você foi hoje de manhã?

– Tomar um café no Chat's. Acordei cedo.

– Não fique andando por aí. Você é preciosa demais pra desaparecer, ó, minha adorada. – Ele fungou, com os olhos injetados. – Pólen desgraçado. Eu gostaria da opinião da minha concubina, se você puder dar uma olhada nessas flores.

Eu me sentei na cadeira em frente a ele.

– Não sabia que você era botanista, Jax.

– Não é botânica, querida. É costume. Cada participante do duelo escolhe três flores para enviar a Grub Street com sua candidatura. Eles ainda usam a linguagem das flores como tributo à concubina do primeiro Sublorde, que era, segundo a lenda, uma antomante talentosa. – Cada uma das flores tinha uma pequena etiqueta. – Aqui estão as que eu escolhi. Forsítia, pra dizer a eles que estou muito ansioso pela luta. – Era uma flor pequena e amarela. – *Lychnis flos-cuculi*, claro, pela esperteza. – Outra flor veio girando até o meu colo, com pétalas cor de malva e a aparência de uma aranha. – E, por fim, acônito.

– Essa não é venenosa?

– É. Simbolicamente, pode significar "cavalheirismo" ou "cuidado". Nadine acha que eu não devo mandar essa.

– Não – comentou ela, sem olhar para ele. – Acho que não.

– Ah, fala sério. Vai ser divertido.

– *Por que* você mandaria essa? – perguntei.

A última flor era um pouco disforme, com o tom forte de roxo de adivinho.

– Pra ser diferente, querida. A maioria dos mime-lordes manda begônias como alerta, só que eu gosto mais de acônitos.

– Se eu a recebesse – falei –, poderia achar que você estava ameaçando os organizadores.

– Obrigada. – Nadine suspirou.

– Suas idiotas malditas. Realmente não tem nem uma gota de bom humor em vocês. – Com dedos cuidadosos, ele amarrou um pedaço de fita ao redor das flores e as estendeu para mim. – Leve isso pra caixa postal secreta. Nadine e eu temos que discutir algo.

Nadine ficou boquiaberta e sua mão se fechou num punho no braço da poltrona. Era tentador ficar ali e ouvir, mas a melhor parte de mim me disse para não fazer isso.

A chuva desabava de uma camada de nuvens. Verifiquei se havia Vigilantes na rua e saí pela porta, tapando o cabelo com um capuz. Book Mews era uma viela deserta ao norte de Seven Dials, o lugar perfeito para uma caixa postal secreta. Ficava a apenas uma corridinha de distância da caverna, mas, com o aumento da segurança de Scion, até mesmo uma saída rápida podia provocar a minha morte. Quando vi Giles's Passage, acelerei bastante o passo e pulei a cerca na extremidade. Assim que cheguei à caixa postal secreta em Book Mews, espremi o envelope e o ramalhete de flores atrás de um tijolo solto e o devolvi ao lugar.

Dois planos oníricos – blindados, de Rephaite – convergiram sobre mim.

Num piscar de olhos, não havia ar nos meus pulmões. O ar se acumulava na minha garganta, quase me sufocando. O sangue escorria pela minha pele por um sifão, seguindo em direção aos meus órgãos vitais, causando um frio terrível no caminho. Até mesmo meu plano onírico estava reagindo a ele, levantando barreiras, aumentando as defesas. *Merda*. Deviam estar esperando que eu saísse da caverna sozinha. E estavam bloqueando meu caminho de volta para lá. Se esses dois estivessem sob os domínios dos Sargas, eu já estava morta.

Eu não ia voltar para a colônia penal. Isso era tudo o que eu sabia, tudo em que eu conseguia pensar. Eles que me levassem num saco para cadáver. Peguei duas facas na minha jaqueta antes de sentir o toque do metal no pescoço.

– Guarde isso. – Não havia nada agradável naquela voz. – Elas não vão ajudar você.

– Se está pensando em me levar pra Sheol I – a frase saiu por entre os meus dentes trincados –, pode cortar meu pescoço antes, Rephaite.

– Sheol I não é mais nossa colônia penal. Sem dúvida a soberana de sangue encontraria outro lugar para manter você, mas, para sua felicidade, não estou do lado dela.

O rosto acima de mim estava escondido por uma das máscaras exorbitantes de Scion, uma daquelas que reformulavam as feições com tanta sutileza que era difícil perceber que não passava de uma máscara. Quando uma mão enluvada a levantou, um arrepio de reconhecimento percorreu minha coluna.

Na colônia penal, os Rephaim sempre eram vistos sob a luz de velas, tochas ou sob a iluminação do fim de tarde. Sempre radiantes, mas meio nas sombras. Sob a luz do dia, Terebell Sheratan parecia quase exaurida. O cabelo castanho-escuro caía pelos seus ombros largos, e um nariz elegante e comprido se estendia por entre olhos levemente puxados para cima. Os dois lábios eram finos, tornando seu olhar desaprovador. Como acontecia com qualquer Rephaite, era impossível dizer quantos anos ela tinha.

Se olhasse mais de perto, veria que a pele dela era uma mistura de prata e cobre, e as íris eram cheias de fogo. *Linda* não era a palavra exata para ela, nem para o macho ao seu lado. Ele era tão alto quanto o Mestre, esguio feito uma faca, careca e com uma pele parecida com cetim prateado. Seus olhos espaçados tinham aquele tom amarelo-esverdeado de um Rephaite que não se alimentava havia algum tempo. Um longo rosnado escapou de sua garganta.

– Como foi que vocês me encontraram? – perguntei.

Terebell guardou a lâmina de volta no cinto.

– Vai ficar feliz em ouvir que foi difícil encontrar você. Arcturus nos contou a localização de sua caverna.

Devagar, guardei as facas.

– Não senti seus planos oníricos desde que vocês apareceram no bar.

– Temos nossas maneiras de nos esconder. Até mesmo de andarilhos oníricos.

Minha mão se dirigiu para o revólver na jaqueta.

– Não seja tola – disse Terebell ao reparar no meu gesto. – Sem a flor vermelha, você vai perceber que somos quase imunes a tiros.

Os dois Rephaim usavam luvas abotoadas até o cotovelo. Não se vestiam mais como monarcas, e sim como cidadãos: casacos de lã compridos, botas de inverno robustas, calças bem cortadas. Como tinham encontrado roupas que cabiam tão bem neles, além de passar por este distrito sem atrair um Vigilante, eu não fazia ideia.

– Quem é você? – perguntei ao macho.

– Eu, andarilha onírica, sou Errai Sarin. Você não deve ter visto nenhum parente meu durante o período que passou na velha cidade – disse ele, olhando para a parede. – Nenhum de nós se ofereceu para ser guardião durante a sua Temporada dos Ossos.

– Por que não? – Levantei a mão. – Estou aqui, aliás. Não estou escondida atrás da parede.

Dois olhares penetrantes me encararam de cima a baixo.

– Nossas tarefas – continuou ele – não eram reduzidas a sermos guardiões. Eu tinha vários residentes da temporada anterior, só que mal os via. Eu e dez primos somos alinhados com os Ranthen.

– Esse é o nome verdadeiro dos "cicatrizados" – explicou Terebell. – Acho que não me apresentei formalmente a você, andarilha onírica. Sou Terebellum, já fui Mestre dos Sheratan, soberana eleita dos Ranthen.

Então ela era a líder deles. Sempre achei que fosse o Mestre.

– Eu não sabia que havia mais de vocês – falei.

– Existem outros Rephaim simpatizantes dos Ranthen, mas não chegam a um quarto dos que são cegamente leais aos Sargas.

– Alsafi e Pleione – falei, lembrando. – Eles eram os únicos outros na colônia?

– Havia mais um, que... se perdeu de nós durante nossa fuga da colônia. – As íris dela escureceram. – Além desses, os outros estavam sob o domínio dos Sargas.

Errai observou toda a viela.

– É melhor conversarmos num lugar fechado, Soberana.

– Não estamos mais em Sheol I – retruquei. – Vocês não vão encontrar salões e cômodos elegantes em Londres. Só favelas e arranha-céus.

– Não precisamos de honrarias. Só de discrição – disse Terebell.

– Aqui é discreto o suficiente. E, com todo respeito, não quero ficar num lugar fechado com vocês até saber o que querem.

– Sim, já observei que você escala para escapar de todos esses espaços, feito uma aranha. Você foge. Muitas vezes me pergunto por que Arcturus escolheu você para ser a subalterna humana dele.

– Não tínhamos muita escolha além de fugir. Passamos fome e fomos surrados durante meses.

– Essa desculpa não serve mais para você, porque tem comida e água. – Ela se virou de costas para mim. – Vamos conversar num ambiente fechado. Você me deve um favor, afinal eu te protegi dos Sargas, e não esqueço quando alguém tem uma dívida comigo.

Houve um breve silêncio, durante o qual combati meu orgulho. Aqueles dois podiam ter notícias do Mestre, e eu queria isso mais do que poderia admitir para eles. Mais do que eu admitia para mim mesma.

– Me sigam – falei.

Seria uma caminhada arriscada até Drury Lane. As íris dos meus companheiros estavam escuras demais para passar por humanas, mas a altura e o porte deles atraíam olhares curiosos, me deixando tensa. Mantive distância e o capuz puxado logo acima dos olhos. Uma mercadeira deixou cair a latinha de moedas quando os viu.

O salão de música abandonado era mais um esconderijo para os sem-teto no inverno. Scion tinha fechado muitos estabelecimentos durante o reinado de Abel Mayfield, conquistador da Irlanda, que muitas vezes proclamou que todo tipo de arte propagava a discórdia. *Dê tinta a eles*, esbravejou em um discurso, *e vão pintar por cima da âncora. Dê um palco a eles, e vão gritar sobre traição. Dê uma caneta a eles, e vão reescrever as leis.*

Verifiquei o éter, depois impulsionei meu corpo até uma janela aberta. Os dois Rephaim observaram com expressões vazias, se é que dava para chamar de *expressões*. Uma vez lá dentro, abri a porta pesada para deixá-los entrar.

No corredor, estava tudo quieto. Sepulcral, até. Mesas e cadeiras de imbuia tinham sido abandonadas, algumas viradas por invasores, outras tapadas modestamente com panos para evitar a poeira. As cortinas do palco suspiravam com anos de poeira, mas a arquitetura ainda estava praticamente intacta. Havia um velho folheto grudado no carpete surrado.

Na quarta-feira, 15 de maio de 2047
Testemunhe A LOUCURA DE MAYFIELD
Em "ALÉM DO PÁLIDO"!
Uma nova comédia sobre os recentes acontecimentos na Irlanda

Dirigi o olhar até uma janela estreita. Eu não fazia ideia de que os cidadãos de Scion ficavam rindo nos salões de música enquanto lutávamos pela nossa liberdade de Dublin a Dungarvan. Isso me fez pensar, pela primeira vez em meses, no meu primo Finn e na sua noiva Kay. A paixão dos dois, mais forte do que o sol baixo no Liffey. A raiva deles contra a sombra da âncora. Para os dois, nada no mundo importava mais do que manter Scion longe da Irlanda.

Fazia doze anos que esse papel estava ali. Quando ergui o olhar, as evidências da retribuição de Scion cintilaram em mim. Queimaduras nas cortinas do palco e nos carpetes. Manchas de ferrugem. Pedrinhas faltando nas paredes almofadadas. Só os idiotas tiveram coragem de ridicularizar o Louco Mayfield, fossem amauróticos ou videntes.

– Este lugar vai servir – disse Terebell baixinho. Aquela camada da história era invisível para ela. – Pelo visto, boa parte desta cidadela está destruída.

– Você também parece um pouco acabada, Terebell – falei.

– Não contamos com um trem de luxo para nos conduzir sob a Terra de Ninguém. Agradeça por não termos atraído nenhum caçador Emite até a sua porta. – Sem piscar, Terebell sustentou meu olhar, uma mania desconcertante dos Rephaim. – Nashira está determinada a recuperar você. Ela está no Arconte nesse momento, insistindo para o Grande Inquisidor intensificar ainda mais a caçada.

– Ela sabe que eu moro na I-4. – Eu me sentei. – Por que ainda não me encontrou? A seção não é tão grande assim.

– Como eu disse, foi difícil localizar você. As marionetes de Nashira não querem propagar mais pânico colocando mais Vigilantes nas ruas. Eles podem achar que você saiu da I-4 para sua própria segurança, que seria o ato mais lógico para você.

– Quer dizer que o acordo dela com Scion ainda está de pé.

– Claro. Weaver não vai questionar as regras dos Rephaim enquanto tiver medo dos Emim. – Ela me olhou como se esperasse que alguma coisa fantástica pulasse nela. – Você quer destruir Nashira. Nós também.

– Por que não conseguem destruí-la sozinhos?

– Apenas duzentos de nós simpatizam com os Ranthen, e só uns poucos deste lado do véu – disparou Errai. – Contra os milhares de apoiadores que os Sargas conquistaram, esse é um número muito pequeno.

– *Milhares?* – Eu os encarei. Só havia uns trinta Rephaim na colônia penal. – Por favor, me diga que vocês estão brincando.

– Brincadeiras são as declarações dos tolos.

– Ela também vai atrair humanos. – Terebell parecia um pouco revoltada. – Vocês todos são tão autodepreciativos, tão escravizados pela culpa... Não tenho dúvida de que a doutrina Sargas vai atrair alguns humanos.

Senti tremores nas costas só de imaginar milhares de Rephs.

– Só os Ranthen enfrentam o poder dos Sargas – disse Errai de maneira resumida. – E queremos que você encontre o Mestre dos Mesarthim para nós.

Ergui a cabeça.

– Ele está vivo?

– Esperamos que sim. – O rosto de Terebell estava tenso. – Não conseguimos destruir Nashira e Gomeisa na colônia. Os dois se esconderam dentro da Residência do Suzerano, junto de todos os túnicas-vermelhas que não foram assassinados, para esperar a destruição. Assim que ficou claro que nunca conseguiríamos alcançá-los naquela fortaleza, Arcturus veio para Londres avisar a você da caçada dela. Ele é um sustentáculo do nosso movimento moribundo – disse ela. – E precisa ser encontrado.

– O que faz você pensar que tenho a menor ideia de onde ele está? Eu não o vejo desde...

– O Bicentenário, eu sei. Mas você sabe onde ele está, sim. – Ela se inclinou para me encarar nos olhos. – Você tem sorte porque os Sargas ainda não sabem sobre o seu cordão de ouro com Arcturus. Se você disser uma palavra a respeito disso para qualquer Rephaite além de nós dois, andarilha onírica, vou cortar sua língua.

O Mestre dissera que o cordão se formara quando salvamos a vida um do outro, três vezes cada um.

– Posso perguntar por quê?

– Você parece não entender nossa cultura. – Errai me lançou um olhar fulminante. – Qualquer intimidade entre os Rephaim e os humanos é proibida.

– O cordão – disse Terebell – é indesejado e uma complicação. Sem isso, no entanto, vai demorar mais para Errai e eu o encontrarmos. Talvez tempo demais. Mas você consegue, Paige Mahoney. Sabe onde ele está.

– Ele não me ensinou muita coisa sobre o cordão – confessei.

– Você não precisa ser ensinada. Não é burra e sabe pelo menos um pouco como o éter funciona.

Enfiei as mãos nos bolsos.

– Qual foi a última vez que vocês tiveram notícia dele?

– Quando ele chegou a Londres, no dia cinco de setembro. O acordo era que ele faria uma sessão espírita assim que encontrasse você, mas nunca recebemos notícias.

Minha boca ficou seca.

– Tem *certeza* de que Nashira não o pegou?

– Ela teria deixado muito claro se houvesse capturado o traidor da carne. É mais provável que ele tenha sido vítima de humanos oportunistas.

– Isso não combina com ele – falei.

– Não. Não mesmo. – Havia certa suavidade na sua voz que me pegou desprevenida. – Você pode nos conhecer como traficantes de escravos, mas também há ganância entre os humanos. Não quero vê-lo ser vendido feito um animal para encher os bolsos de um comerciante insensível. – Ela se empertigou. – Se quiser conhecer a lealdade dele, verifique a mochila que você trouxe da colônia.

– Minha mochila? Por quê?

Terebell não se dignou a responder à pergunta.

Concordar seria loucura. Eu estava sendo caçada, não sentira nada além de um tremor vindo do cordão de ouro, e Londres era grande demais para procurar por lá sozinha. Mas havia muitas perguntas sem resposta; tanta coisa que eu ainda precisava perguntar a ele. Contar a ele.

– Está bem – falei, baixinho.

Errai não disse anda, mas percebi certa dúvida na forma como ele olhou para Terebell. Ela enfiou a mão no casaco e me entregou duas grandes bolsas de seda.

– A branca contém sal; a vermelha, pólen da anêmona de papoula – disse ela. – Use a bolsa vermelha com moderação.

– Obrigada. – Eu as guardei no bolso interno. – Como entro em contato com vocês?

Terebell abriu um pouco a porta, deixando a luz do sol desbotada entrar no local.

– Quando você encontrar Arcturus, ele vai nos avisar em uma sessão espírita. Enquanto isso, andarilha onírica, dê um jeito de continuar escondida. Se tem uma coisa em que nós, Rephaim, somos ótimos, é em esperar. Nashira tem muito tempo. Ela não vai parar de caçar você até que seu rosto esteja gravado em gesso nos salões dela.

As máscaras mortuárias enfileiradas na casa dela. Eu nunca conseguiria me esquecer daqueles rostos adormecidos, tirados das vítimas de seu reinado. Quando Terebell recolocou a máscara e se virou para sair, Errai segurou o braço dela.

– Devemos nos alimentar.

– Nem pensem nisso – falei.

Eles se entreolharam e saíram sem dizer mais uma palavra. Assim que cheguei à rua, os dois não estavam mais à vista.

****

Tentar encontrar um homem na Cidadela Scion de Londres não seria tarefa simples, mesmo ele sendo um Rephaite. Era uma confusão irregular de ruas e corpos se acotovelando, irradiando por quilômetros em todas as direções, e quase tanto no subsolo quanto acima. Se o Mestre *tivesse* sido levado por traficantes oportunistas – o que era possível, caso estivesse bem vestido e andando sozinho –, eles já podiam estar planejando capturar outros Rephaim. Logo perceberiam que ele não era humano e poderia valer muito dinheiro.

Por outro lado, o Mestre não era exatamente um alvo fácil. Tinha quase dois metros de altura e músculos correspondentes; ele seria difícil de pegar e prender.

Seus captores deviam estar preparados, o que significava que o tinham observado antes. Alguém lá fora sabia sobre os Rephaim.

Naquela noite, eu me sentei nos telhados de Seven Dials, vendo o sol se pôr. Era o momento mais bonito do dia, quando a luz brilhava através das lacunas entre os prédios e transformava os arranha-céus em lâminas de ouro.

Jaxon e os outros estavam na caverna, depois de passar a noite festejando com vinho de verdade e queijo defumado para comemorar sua candidatura, mas eu não consegui me juntar a eles. Ficaria óbvio demais que minha mente estava em outro lugar. Eu tinha deslocado meu espírito, procurado dentro do meu raio alguma pista do plano onírico do Mestre, mas ele não estava em lugar algum.

Ao longe, dava para ver uma tela de transmissão. Exibia três vezes a lista dos fugitivos antes de voltar para a âncora de Scion. Levei os joelhos até o queixo.

Eu poderia vê-lo de novo. Arcturus Mesarthim, o mistério que eu nunca havia solucionado.

A cabeça de Nick apareceu enquanto ele subia no telhado.

– Paige? – chamou ele.

– Aqui.

Um sorriso iluminou seu rosto quando ele me viu.

– Comida de festa pra você. – Ele jogou um pacote para mim, que estava enrolado num guardanapo de pano, e se sentou ao meu lado. – Ele percebe quando você não está presente, sabe.

Eu sabia. Sabia bem demais.

– Nick, preciso que você me dê cobertura hoje à noite. – Virei o pacote nas mãos. – Só por algumas horas.

– Agora? – Ele fez um barulho, algo entre um suspiro e um gemido. – Paige, você é uma fugitiva. A pessoa mais procurada na cidadela. Não pode ficar saindo à noite.

Scion havia tirado muitas coisas de mim, mas não iam tirar a noite.

– Precisa ser agora. – Foi tudo o que eu disse.

– Pelo menos, me diga aonde você vai.

– Ainda não sei direito. Mas fique de ouvido atento na cabine telefônica.

Nick se recostou na chaminé. Meu estômago estava se revirando de nervoso, mas abri o guardanapo e peguei o gengibre cristalizado.

Ao longe, o Big Ben marcou cinco horas. A DVD estava voltando aos alojamentos para o descanso de doze horas. Em toda a cidadela, seus colegas clarividentes e com visão assumiriam os postos. Fui tomada pela determinação. Estava escuro o suficiente para começar a busca.

– Paige – disse Nick –, ando tentando te contar, mas, com tudo o que aconteceu... nunca parecia ser a hora certa. – Os contornos do seu rosto ficaram mais profundos. – Contei pro Zeke. Quando o Mestre te levou. Eu estava atormentado, ele ficou comigo durante muito tempo, e... – Nick tossiu. – Bom, simplesmente escapou.

Sua mão direita estava tremendo. Eu a cobri com a minha.

– E...?

Os cantos da sua boca se curvaram de leve.

– Ele disse que sentia a mesma coisa.

Atrás das costelas, senti uma breve falha no meu batimento cardíaco. Um sulco profundo se formou entre as sobrancelhas de Nick enquanto ele me observava. Eu me inclinei no espaço entre nós dois e beijei sua bochecha gelada.

– Você merece – falei, baixinho. – Mais do que qualquer pessoa, Nick Nygård.

Um grande sorriso respondeu ao meu. Ele me envolveu com os braços, me abraçou com força, e uma risada gostosa percorreu todo o seu corpo. O som brilhou feito brasa no meu peito.

– Estou feliz, *sötnos* – disse ele. – Pela primeira vez em anos, sinto que tudo pode dar certo. Tudo. – Ele apoiou o queixo no topo da minha cabeça. – Isso é uma ilusão, né?

– Definitivamente. Mas, se vocês dois estiverem iludidos juntos, vão ficar bem.

O coração dele estava acelerado no meu ouvido, como se tivesse corrido durante anos para atingir esse estado mental.

– Não podemos contar para Jaxon – disse ele, muito baixinho. – Você vai guardar segredo, né?

– Você sabe que sim.

Jaxon sempre nos proibiu de ter *relacionamentos* – palavra dita com um toque adequado de repulsa – que durassem mais de uma noite. Ele iria surtar se pensasse na existência de um relacionamento dentro da própria gangue. Como andava muito imprevisível ultimamente, podia até mesmo expulsar os dois.

Entramos de novo pela janela da água-furtada e pisamos nas paletas de tinta de Eliza que estavam espalhadas por ali. O contorno de um cavalo tinha sido esboçado na tela.

– Jax conseguiu uma nova musa pra ela – disse Nick. – George Frederick Watts, o pintor vitoriano.

– Tem alguma coisa errada. Ela anda diferente.

– Eu perguntei, e ela disse que um amigo estava doente.

– "Os Sete Selos não têm amigos. Só aqueles que poderiam nos derrubar e aqueles que não conseguem" – falei, citando Jaxon.

– Exatamente. Acho que ela está saindo com alguém.

– Talvez. – Muitas vezes Eliza era abordada por outros videntes, normalmente de gangues que não tinham as regras rigorosas de Jaxon sobre compromisso. – Mas quem? Ela nunca tem tempo pra si mesma.

– Bem pensado.

Nick e eu nos separamos no patamar do segundo andar. Enquanto ele descia a escada, percebi que estava se portando de forma diferente. Seus ombros estavam relaxados, o rosto se livrara da tensão. Ele quase tinha uma mola nos pés.

Será que eu tinha dado a impressão de que queria que ele ficasse sozinho? Deve ter se sentido tão culpado durante todo esse tempo, achando que eu ia sofrer, que eu ainda poderia amá-lo em algum canto profundo do coração. Eu sabia como ele era, sempre tentando carregar a felicidade das pessoas nos próprios ombros. Mas desta vez não havia necessidade disso. Eu ia adorá-lo sempre, e o que tínhamos era mais do que suficiente.

Os demais ainda estavam conversando e rindo do outro lado da porta, mas nunca senti tão pouca vontade de me juntar a eles. Era doloroso o fato de que Nick tinha que esconder essa única fonte de conforto do Jaxon. Danica também não estaria lá, mas ela geralmente conseguia escapar. Eu, por outro lado, deveria estar ao lado de Jaxon sempre que ele desejasse minha presença. Para cuidar de suas feridas, para alimentar seu ego, para seguir suas ordens ao pé da letra.

Sinceramente, eu tinha coisas melhores para fazer.

Eu me agachei ao lado da cama, onde minha mochila estava escondida atrás do cesto de bugigangas do mercado. Tudo o que eu tinha ainda estava enfiado no bolso lateral. Remexi até meus dedos encontrarem dois frascos minúsculos, menores que meu mindinho. Um pergaminho estava preso à fita vermelha que amarrava os dois. Eu a desatei e encontrei um bilhete, escrito em uma letra conhecida.

Até a próxima vez, Paige Mahoney.

Um dos frascos estava cheio até a borda com um líquido brilhante amarelo-limão. Ectoplasma, o sangue dos Rephaim.

Quando o outro frasco captou a luz, despertando seu brilho modesto, eu soube exatamente o que era. Um alívio cresceu dentro de mim, tão puro e forte, que dei uma gargalhada. Depois afundei no carpete, expus meu braço e inclinei o frasco precioso de amaranto na marca do poltergeist.

Um calor floresceu sob minha pele fria feito pedra. A ferida retorcida rachou, como tinta velha. Assim que passei o dedo em círculos na ferida, ela desapareceu, deixando minha pele lisa feito soro de leite.

E, num piscar de olhos, Jaxon não podia mais sujar meu nome diante da Assembleia Desnatural.

Mas o Mestre precisava daquele frasco. Onde quer que ele estivesse, ia sofrer por esse sacrifício.

Até a próxima vez, Paige Mahoney.

A próxima vez seria agora.

12

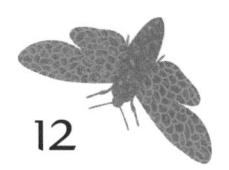

Missão do Tolo

Londres – a bela e imortal Londres – nunca fora uma "cidade" no sentido mais simples da palavra. Era, e ainda é, um ser vivo que respira, um leviatã de pedra que esconde segredos sob suas pedras. Ela os guarda cobiçosamente, disfarçando-os no fundo de seu corpo; só os loucos ou os dignos conseguem descobri-los. Era nesses lugares eternos que eu precisaria me aventurar para encontrar o Mestre.

Ele andara me procurando, então fazia sentido que tivesse sido sequestrado no meu distrito. Não poderiam tê-lo levado para longe. Mesmo que o tivessem dopado, ele era um volume notável para se carregar.

Enquanto Jaxon e os outros bebiam até perder os sentidos na porta ao lado, eu me deitei na cama e coloquei a máscara de oxigênio na boca. Com os olhos fechados, alcancei o mais longe possível fora do meu corpo sem deixá-lo. O deslocamento não foi suave; mais como uma tentativa de rasgar um pedaço grosso e áspero de tecido. Eu tinha me deixado enferrujar. Quando finalmente senti o éter, ele estava repleto de planos oníricos e espíritos, como sempre acontecia na parte central da cidadela.

Perto do fim do meu tempo com o éter, meu sexto sentido estava perfeitamente sintonizado com a presença do Mestre, a ponto de me fazer sentir um pouco suas emoções. Mas, no momento, não havia nada.

Eles o tinham levado para muito longe. Eu me sentei e tirei a máscara, frustrada. Meu limite era de um quilômetro e meio. Além disso, eu não conseguia sentir nada.

Levaria muito tempo para cobrir toda a cidadela sozinha, e eu precisava me manter alerta em relação aos Vigilantes. Eu tinha uma dívida com Terebell, mas pagá-la poderia custar a minha vida. E a do Mestre, caso eu não conseguisse encontrá-lo. Seus captores – se é que *eram* captores – podem inclusive tê-lo levado para fora de Londres. Contrabandeado o Mestre através do canal, talvez, ou simplesmente o matado e vendido para um taxidermista no mercado negro. Eu já ouvira falar de coisas mais estranhas.

Sem opções, tirei a echarpe e o chapéu. Quando me aproximei do peitoril da janela, olhei de novo para o ectoplasma.

O Mestre não era do tipo que revelava suas intenções, mas ele não teria plantado uma coisa dessas na minha mochila sem um objetivo. Tirei a rolha do segundo frasco e bebi. O líquido chocou meus dentes como um gole de água com gelo, deixando um sabor de metal.

Imediatamente, tudo ficou mais claro. O frasco escorregou dos meus dedos e quicou no carpete. O líquido causou o efeito contrário ao do álcool no meu sexto sentido, deixando-o em hiperatividade. Senti os movimentos dos espíritos no andar de cima como se fossem carícias; senti os planos oníricos e as auras dos outros feito luzes fortes através da parede, gritando suas emoções para mim. Eu era uma condutora, repleta de energia. Eu me apoiei na parede, enjoada e sem fôlego, com a cabeça rodando.

Num impulso, submergi a visão no meu plano onírico. Na forma onírica, cortei caminho pelo excesso de anêmonas de papoula, procurando qualquer pista, qualquer diferença. O sol tinha se posto na minha mente. As flores se enroscavam nos meus joelhos, brilhantemente vermelhas sob o céu noturno. Cada pétala era destacada por uma luz verde-amarelada como se minha mente fosse bioluminescente. Uma fenda entre as nuvens deixou entrar um único raio de luz do éter, iluminando minha zona da luz do sol.

E lá estava. Uma luz dourada fluía do centro da minha mente e formava um caminho para o éter, bem além do alcance do meu espírito.

O sangue dele o tornou visível.

Quando saí num solavanco do meu plano onírico, minhas mãos estavam suando e tremendo. Joguei a mochila nos ombros e abri a janela, deixando-a entreaberta, antes de escalar pelos fundos da caverna e sair correndo pelos telhados.

Era uma leitura tão fácil quanto uma bússola interna. Instintiva, como se fosse um caminho que eu já tivesse percorrido. Eu tinha a sensação de que, se eu tivesse visão, seria capaz de enxergar o cordão a olho nu, como uma flecha me apontando para ele. Atravessei ruas, pulei prédios, passei por cima de telhados e por baixo de cercas. Segui o chamado, evitando os Vigilantes, me escondendo em vielas e escalando paredes. Assim que cheguei à fronteira da I-4 e entrei num riquixá, eu sabia que ele estava por perto. Menos de um quilômetro e meio. E, quando o riquixá entrou na II-4, quase vi o farol no éter, me atraindo para um distrito conhecido.

O Mestre estava em Camden.

****

Quando cheguei, o mercado estava frenético como sempre. Era fácil me misturar na multidão. Eu continuava andando cabisbaixa e com uma das mãos na pistola em meu bolso. As Bonecas Esfarrapadas poderiam tolerar a presença de uma concubina rival se percebessem, mas não iam me deixar passar sem uma verificação. Eu precisava terminar isso antes que o ectoplasma saísse do meu sistema.

Enquanto eu disparava pela Camden High Street, vi Jos, usando um capuz com viseira sobre as tranças cornrow, empoleirado feito um pássaro curioso em uma estátua de Lorde Palmerston. Havia uma sussurrante ao seu lado, tocando uma música lenta no flautim enquanto Jos cantava com uma voz delicada. Uma grande multidão observava em um silêncio reverente. Poliglotas cantavam melhor no seu idioma materno – Glossolalia, a língua dos Rephaim –, mas conseguiam fazer a balada de rua mais horrenda parecer linda.

Cinco corvos se alimentavam num dia de inverno,
Na torre mais alta da White Keep, dizem,
Quando o caixão carregava a rainha.

Nem um corvo sequer decidiu deixar a briga
Enquanto a rainha ficava gelada no estilo Frogmore,
E a viúva usava branco-neve no dia
Em que Londres estava de luto.

Cinco corvos se alimentavam num dia de verão,
Na torre mais alta da White Keep, dizem,
Quando o rei fugiu de seu trono.

Todos os corvos se viraram e saíram voando
Enquanto o sangue gelava ao estilo Whitechapel,
"Ele foi marcado", diziam, "pela lâmina do Estripador
Não é mais nosso rei."

No fim da música, a multidão aplaudiu e jogou moedas para ambos. Jos as pegou no chapéu, e a garota fez uma reverência enquanto o público se dispersava. Os dois se arrastaram para catar as moedas restantes e as enfiaram nos bolsos. A garota saiu correndo. Quando me viu, Jos acenou.

– Olá – falei, e ele sorriu. – Quem era aquela?

– Só alguém com quem eu mercadejo. – Ele desceu da estátua num pulo. – O que está fazendo aqui?

– Procurando uma pessoa. – Enfiei as mãos geladas nos bolsos. – Onde estão os outros?

– Ivy está no esconderijo. Acho que Felix também está na rua, trabalhando. Nell disse que ia me encontrar pra pegar o jantar: agora ela recebe dinheiro pra se exibir nas sedas – acrescentou –, mas ainda não apareceu.

– Por que Nell precisa comprar seu jantar? Agatha não está alimentando vocês?

– Ela nos dá leite de arroz e arenques. – Jos pareceu enjoado só de pensar. – Dou os arenques pro gato dela. Sei que é melhor do que aquilo que os Rephs nos davam, como disse Ivy, mas tenho certeza de que ela poderia pagar por outras coisas. Toda noite, ela come uma fatia enorme de torta e um bolo de especiarias inteiro.

Arenques eram horríveis. Um peixe nojento do canal, que só tinha entranhas e olhos. Ele estava certo: Agatha devia ser capaz de alimentá-los com algo melhor do que isso, considerando todas as moedas que lhe davam.

Jos caminhou comigo pelo mercado, inclinando o chapéu para o sarjeteiro esquisito. Tentei achar o cordão de ouro de novo, mas ele estava tremendo, difícil de localizar. Tudo o que eu sabia era que o Mestre estava por perto.

– Aonde você vai procurar essa pessoa? – perguntou Jos.

– Ainda não sei. – Dei uma olhada nos prédios mais próximos. – Como Agatha está tratando vocês, além da comida?

– Ela é gentil com Ivy, mas é bem rígida com o restante de nós. Se não levarmos cinquenta libras por noite, não temos jantar. A maioria dos adivinhos está com medo demais pra mercadejar, achando que pode ser preso.

Se pelo menos eu tivesse mais dinheiro, poderia tirar todos eles de lá.

– Como está a escrita?

– Estamos quase no fim. Nell é brilhante – disse ele. – Ela podia ser psicógrafa.

– Como é a história?

– É... Bom, é meio que a nossa história. Sobre uma Temporada dos Ossos, todos os humanos fugindo e os Rephaim indo caçá-los, mas alguns ajudando também. – Seus olhos escuros me encararam. – Liss é a personagem principal. Como uma homenagem. Você acha que está bom?

Um nó apertado pressionou minha garganta. Liss, a heroína anônima da favela, que me ajudou a viver durante aquelas primeiras semanas. Liss, que sofrera tantas injustiças com dignidade. Liss, cuja vida fora interrompida antes que ela conseguisse se libertar.

– Sim – falei. – Acho que está bom.

Depois da confirmação, Jos pareceu melhor. Enquanto caminhávamos, dei uma olhada nos mendigos do distrito, encolhidos nas portas com cobertores surrados e latas quase vazias.

Jaxon deve ter sido assim, um dia. Talvez ele tivesse passado as noites em Camden, perto dos verdureiros, esperando um pedaço de comida quente ou uma moeda para comprar uma bebida. Eu quase conseguia vê-lo: um garoto magro e pálido com cabelo cortado por ele mesmo, raivoso e amargurado, odiando-se e o que as circunstâncias tinham lhe causado. Um garoto que implorava por livros e canetas com a mesma frequência com que pedia moedas. Um garoto com braços rasgados pelas próprias unhas, tramando sua fuga da pobreza.

Mas, no fim, acabou fazendo seu nome, diferentemente dos mendigos que morriam nas ruas dele. Qualquer empatia que Jaxon tivesse por eles – se é que tinha – havia desaparecido.

No Mercado Stables, gastei algumas libras em uma xícara de *saloop*, em uma tortinha quente e em uma fatia de bolo de especiarias para Jos. Ele comeu com voracidade enquanto caminhávamos, quase sem falar. Pensei no que Jaxon diria se soubesse que eu estava gastando meu salário em bolos de especiarias para cantores de rua fugitivos ("Que desperdício abismal de boa moeda, ó, minha adorada"), depois decidi que não me importava.

Captei o cordão de novo. Estava apontando para um prédio enorme que se assomava sobre o mercado. Um prédio abandonado, pelo que parecia, por mais que os tijolos vermelhos estivessem em boas condições.

– Você disse que estava procurando alguém – falou Jos, baixinho. – É um dos outros sobreviventes?

– De certo modo. – Indiquei o prédio com a cabeça. – Que lugar é aquele?

– É chamado de Intercâmbio. Ninguém teve permissão pra entrar aí desde que estou na II-4.

– Por quê?

– Não sei direito, mas os sarjeteiros da Agatha acham que é a caverna das Bonecas Esfarrapadas. Há uma porta pra entrar, mas sempre tem um guarda. Ninguém entra no Intercâmbio, exceto eles. Você não vai tentar invadir, vai? – perguntou Jos, parecendo preocupado. – Ninguém tem permissão. Ordens do Homem Esfarrapado e Ossudo.

– Você já viu esse famoso Homem Esfarrapado e Ossudo?

– Não. As Bonecas Esfarrapadas dizem ao distrito o que fazer.

– Como?

– Reúnem todos os kidsmen e os mestres de sessão espírita e os convencem a espalharem as notícias. Mandam as datas pelos sarjeteiros. Minha amiga Rin disse que uma vez precisou levar uma resposta da Agatha para a líder deles. Chiffon é o nome dela, apelido de La Chiffonnière. É ela que recebe as ordens das Bonecas.

– A concubina dele – falei, me lembrando da reunião da Assembleia Desnatural. O Verdureiro Lorde dissera que *La Chiffonnière* governava este distrito.

– Acho que sim.

Interessante. *La Chiffonnière* parecia um nome francês, mas eu não tinha aprendido essa palavra na escola.

– Se eu me encontrar com ela, acho que vou ter uma conversinha com essa Chiffon – falei. – Como é que chego até a porta?

Jos apontou.

– Atravesse o mercado e suba um lance de escada. Tem uma placa grande. Outro lance de escada à esquerda vai te levar até a porta. Certa vez, os sarjeteiros desafiaram alguém a se arriscar a ir até lá. A pessoa nunca mais foi vista.

– Que bom. – Respirei fundo. – Preciso ir, Jos. Você devia tentar encontrar Nell.

– Vou junto – disse ele. – Posso ajudar. Agatha só vai me mandar cantar de novo.

– Você ainda está no radar de Scion – retruquei. – Quer que seu rosto fique espalhado por toda Londres?

– Você conseguiu escapar deles, né? E precisa que alguém fique de olho enquanto você procura – disse Jos com seriedade. – E se o Homem Esfarrapado e Ossudo aparecer?

Meu instinto me mandou dizer não, mas ele tinha razão.

– Você precisa fazer exatamente o que eu mandar. Mesmo que eu te mande me deixar pra trás se houver perigo – falei. – Se eu te mandar embora, você corre e encontra Nell. Prometa, Jos.

– Prometo.

****

A placa arqueada já deve ter exibido um nome escrito, mas os anos separaram as palavras. Em vez de INTERCÂMBIO DE CAMDEN, estava escrito CÂMBIO D CA DE. O grafite de uma âncora de Scion invertida cortava o meio, e um ponto de interrogação foi acrescentado no fim. Jos e eu o contornamos pela lateral até chegarmos à parte de trás.

– Você não me disse quem está procurando. – Os passos de Jos eram leves e quase não faziam barulho. – É o Mestre, né? – Quando assenti, ele sorriu. – Os outros não vão gostar disso.

– Precisamos de alguns Rephaim do nosso lado. Ele ajudou Liss – lembrei a Jos. – Também vai nos ajudar.

– Acho que ele ajudou muita gente. A gente é que não viu.

Jos tinha razão sobre isso. O Mestre certamente tinha me ajudado, me levando comida e se recusando a levantar a mão para mim, um grande risco para sua posição.

O pátio estava mortalmente silencioso. Alguns carros abandonados estavam estacionados nos paralelepípedos do lado de fora do Intercâmbio: um prédio abandonado, no formato de um "T" de cabeça para baixo, que dava para uma parte tranquila do mercado. O lugar inteiro estava fechado com madeira; tábuas tinham sido pregadas até mesmo nas portas. Não havia nenhuma luz. Se eu desse um jeito de me esgueirar para o interior, poderia encontrá-lo repleto de alarmes para impedir invasores.

– Chegamos – falei.

– Parece que ninguém mora aqui.

– Eles podem ter mandado desligar a luz. – Dei um leve empurrão para ele seguir em frente. – Preciso que você suba o mais alto possível e fique de olho. Caso veja alguém se aproximando, faça barulho.

– Posso usar isto. – Ele me mostrou um crescente prateado de metal. – Imitador de pássaros. É alto.

– Boa ideia. Mas tome cuidado.

Ele correu em direção ao prédio e começou a escalar, usando peitoris de janelas e tijolos salientes como apoio. Eu me sentei ao lado de uma parede e alcancei de novo o cordão de ouro.

Sim, ele estava aqui. Eu estava sentindo seu plano onírico, um brilho instável.

Contornei as laterais do prédio até chegar a um lance de degraus de concreto. Havia dois planos oníricos na parte inferior: um animal e outro humano. Desci alguns degraus com cuidado e espiei pelo buraco. Havia uma mulher sentada num caixote, fumando com uma das mãos e ajustando um rádio portátil com a outra. Um cachorro enorme dormia ao lado dela, encolhido no calor de uma pequena fogueira. Atrás dos dois, havia uma porta preta, borrada com uma linha de grafite vermelho ininteligível.

A mulher era ilegível. Mime-lorde esperto. Nada podia afetar a mente dela, nem mesmo meu espírito. Eu podia tentar possuir o cachorro e causar uma confusão, mas a porta estava trancada com cadeado. A guarda simplesmente entraria em pânico e fugir com a chave.

Recuei para o pátio e olhei mais uma vez para cima do prédio. Não havia outras entradas. A menos que... Bom, se não dava para ir por cima, normalmente dava para ir por baixo.

Perto do meu pé havia um bueiro. Eu me agachei, joguei uma pedra pequena na abertura e a ouvi fazer *ping* no chão sólido.

Não era um bueiro. Era um respiradouro. Havia um espaço aberto sob o Intercâmbio, logo abaixo das minhas botas. Eu já ouvira falar dessas passagens, claro – havia um mundo inferior de esgotos e passagens sob as ruas de Londres, construídos na época da monarquia –, mas nunca ouvira falar de um sistema de túneis em Camden. Enfiei os dedos nas fendas e puxei, mas a tampa não se moveu.

Eu ainda não fazia ideia de como usar o cordão de ouro para me comunicar, mas podia adivinhar um jeito. Pensei em uma imagem, como um oráculo poderia criar *khrēsmoi*. Imaginei a grade nos menores detalhes: o metal trabalhado em ferro batido, o piso de pedras de granito, as fendas entre o metal e a pedra. E, enquanto mantinha a imagem no meu olho mental, eu o senti de novo, sendo que desta vez foi mais do que uma pontada nos meus sentidos. A lanterna do plano onírico dele se acendeu, como se o Mestre tivesse acordado de um sono profundo. A imagem que recebi em troca era escura nas bordas, feito a margem de um filme mudo. Uma cela com barras. Uma corrente. Um guarda com uma aura cor de laranja.

Eu estava vendo através dos olhos do Mestre. Contra todas as probabilidades, eu o encontrara.

Jos desceu do peitoril de uma janela num pulo e veio correndo.

– Ninguém está vindo. Você encontrou alguma coisa? – perguntou ele.

– Uma coisa. – Eu me empertiguei, com os olhos doendo. – O que tem do outro lado do Intercâmbio?

– O canal, acho.

– Vamos dar uma olhada.

Escalamos um conjunto de amuradas, depois uma parede de tijolos e, por fim, descemos um caminho de sirga. Uma ponte se curvava sobre a água suja, bem ao lado do prédio do Intercâmbio. Jos pulou pelos telhados de vários barcos estreitos e se empoleirou do outro lado do canal.

– Olhe – indicou ele, apontando. – Olhe deste lado.

Eu me juntei a ele. Quando encarei novamente a ponte do caminho de sirga, vi o que ele queria dizer. Havia um espaço escancarado ali debaixo, feito a boca de uma caverna, onde a água desaparecia sob o prédio.

– O que é aquilo? – perguntei.

– Dead Dog Hole, a antiga bacia do canal. – Ele se agachou, semicerrando os olhos. – Você acha que essa é a entrada?

– Acho. – Havia uma pilha de destroços perto do barco mais próximo. – E acho que sei um jeito de entrar.

Colocamos entre nós um pedaço de madeira na água. Parecia parte de um caixote, grande o suficiente para uma pessoa se sentar ali. Eu teria que achar outro jeito de tirar o Mestre de lá. Jos ficou de olho nos arredores, observando os transeuntes enquanto me entregava uma tábua para usar como remo.

– Devo ficar de vigia de novo? – Ele se agarrou à amurada com uma das mãos. – E se o Homem Esfarrapado e Ossudo aparecer?

– Vou dar um jeito. – Segurei nas laterais da madeira. – Fique de olho e assobie se vir alguém.

– Tá bom.

– Jos. – Ele me lançou um olhar cheio de expectativa. – *Não* seja visto. Fique observando de algum lugar seguro. Ao primeiro sinal de encrenca, corra de volta pra Agatha e finja que eu não estive aqui. Entendeu?

– Entendi.

Ele ficou observando da margem enquanto eu empurrava a balsa improvisada para a escuridão absoluta do Dead Dog Hole.

O silêncio era interrompido apenas pelas gotas que ecoavam. Assim que fiquei fora da visão do caminho e a iluminação dos postes de luz não chegava mais até mim, acendi a lanterna. Colunas rebitadas desciam do teto e sumiam na água preta. As paredes dos dois lados tinham o mesmo tijolo vermelho do armazém, apesar de estarem cobertas de algas e sujeira. Eles não teriam levado o Mestre por esse caminho.

Do outro lado de duas passagens arqueadas, havia algo que parecia uma passagem. Joguei a mochila na amurada. Quando coloquei o peso nos pés, pronta para pular, a madeira virou. Meus dedos seguraram a pedra, mas a maior parte do meu corpo mergulhou na água congelante. Deixei escapar uma arfada de choque. Ergui meu corpo até a passagem, com os braços tremendo por causa do esforço. Minhas roupas molhadas eram uma segunda pele. Empurrei a parede com a ponta das botas, tirando minhas pernas do canal.

Engatinhei por alguns metros e agarrei duas barras de metal corroído. Havia espaço suficiente entre elas apenas para minha cabeça e meu corpo deslizarem para o outro lado. Tirei a jaqueta ensopada e amarrei as mangas ao redor da cintura. Meus dedos já estavam enrijecendo, e minhas roupas fediam ao limo e à sujeira da água.

Por que o mime-lorde da II-4 estava mantendo um Rephaite naquele lugar? Devia saber o que estava fazendo ou nunca teria conseguido capturar um deles. Assim que passei pelas barras enferrujadas, senti dois planos oníricos. Um era o do Mestre – reconheci o arco da sua mente –, mas o outro era desconhecido. Humano. Vidente. O guarda com a aura cor de laranja. A pessoa que tinha prendido o Mestre ali não queria deixá-lo sozinho... e tinha um bom motivo para isso. Nunca o vi matar, mas, se ele conseguia combater os Emim, devia ter uma força imensa. Enfiei a mão na bota para pegar minha faca de caça.

Se me descobrissem na caverna de um mime-lorde rival, os mercenários dele teriam todo o direito de me arrastar até a Assembleia Desnatural. Ou simplesmente me matar, desde que avisassem a Jaxon.

Minhas botas eram de couro macio; mal faziam barulho. Andei até parar num túnel construído por humanos, remanescente de uma época de minas, vapor e vagões de trem. As paredes eram tapadas por tela de galinheiro. Lâmpadas quebradas e descobertas estavam penduradas em gaiolas por fios soltos. Entrei na escuridão, evitando os espíritos agourentos que passavam flutuando. Apenas fogos-fátuos. Nada perigoso. O plano onírico de Jos estava em algum lugar acima de mim. Ele deve ter subido até o telhado do armazém.

Logo ficou claro que o lugar era um tipo de labirinto. Talvez não tivesse sido construído com esse propósito, mas, com apenas um brilho ocasional de luz para indicar minha localização, era desorientador. Anotei o que havia em cada câmara subterrânea: barris de álcool, colchões e tochas, escombros e lixo. Décadas de sucata acumulada. Uma caverna para as Bonecas Esfarrapadas. Devia ter sido um porão sob o armazém, mas também se estendia além do Intercâmbio.

E algemas. Minha respiração ficou presa na garganta.

Havia *algemas* nas paredes.

Jos dissera que um sarjeteiro que tivera coragem de chegar perto deste lugar nunca mais fora visto. Eu segui mais devagar, prestando atenção para ouvir passos. Quando cheguei a um túnel, vi as pessoas no mercado acima através de grades circulares no teto. Suas sombras passavam rapidamente. Fiquei perto das paredes, por mais que duvidasse de que eles conseguissem me ver.

Peguei na mochila um saco de giz de escalada e risquei uma linha minúscula na parede. Enquanto seguia pelas passagens, marquei todas elas com giz. Havia uma enorme sala sem ventilação: uma grande câmara subterrânea, com pelo menos trinta metros de comprimento, parecida com a gruta do mercado do Garden. O teto era baixo, com arcos amplos e arrebatadores. Parecia que estava sendo reformada. Uma fileira de refletores ficava no canto mais distante, lançando uma luz elétrica desagradável nos arcos. Cortinas vermelhas tinham sido penduradas nas paredes, algumas meio presas a trilhos, e havia mesas e cadeiras espalhadas pelo local. Verifiquei o éter e saí em disparada pelo chão de pedra, indo para a passagem do outro lado da câmara.

Um gato magro e imundo apareceu embaixo da mesa e passou correndo por mim, soltando um gemido. Bati as costas na parede, meu coração esmagando as costelas. O animal desapareceu em outro túnel.

Se um gato tinha conseguido chegar até ali embaixo, devia haver outra saída. Isso era um pequeno conforto naquele lugar. Eu os imaginava arrastando o peso morto do Mestre pelas passagens. *Quase lá.* Pensei na sala com arcos, mas não recebi nada em retorno.

O som indistinto de um rádio logo chamou minha atenção, sintonizado na única estação de notícias de Scion. Apaguei a lanterna e espiei pelo canto. Havia uma velha lanterna de sinalização solta no chão no túnel seguinte, iluminando a porta da prisão do Mestre.

O guarda era um homem magro, com cabelo artificial cor de laranja, apoiado tranquilamente na parede, inclinando a cabeça em direção ao rádio. Uma barba alguns dias por fazer descia pelo seu pescoço, indo direto até o pelo no peito, e uma camada de graxa suja cobria sua pele. Um invocador. Eu teria uma bela briga pela frente se o encarasse. Invocadores conseguiam puxar espíritos de enormes distâncias se soubessem seu nome.

Eu me encaixei num nicho. Feito uma flecha, meu espírito disparou através da parede e entrou no plano onírico do guarda. Quando ele ergueu as defesas, eu já o tinha jogado para a zona do crepúsculo dele. Assim que voltei, com as têmporas latejando, ouvi o barulho distinto de um corpo fraco caindo na pedra.

No momento em que cheguei ao túnel, eu o encontrei no chão, de barriga para baixo. Estava inconsciente, mas respirando. Não havia cadeado na porta, apenas uma corrente que a impedia de abrir mais do que alguns centímetros. Ninguém estava esperando uma invasão. Puxei a corrente e entrei na cela.

13

Ladrão

Algemado a um cano sob a luz de uma lamparina de querosene, com a cabeça pendendo entre os ombros, Arcturus Mesarthim não se parecia em nada com o guardião com quem dividi uma torre durante seis meses. Suas roupas estavam nojentas de tanta sujeira e poeira, e gotas de água escorriam do seu cabelo. Larguei a lanterna e me agachei ao lado dele.

– Mestre.

Ele não respondeu.

O medo se esgueirou pelo meu peito, empurrando a raiva. Alguém – várias pessoas, pelo que parecia – tinha dado uma surra nele. Sua aura era como uma vela em uma corrente de ar: tremeluzente e fraca.

Um hálito branco passou pelos meus lábios. Minhas botas mal conseguiam grudar no chão gelado ao redor dele. Com o nariz escorrendo e as mãos trêmulas, segurei seus ombros e o sacudi. Nenhum ar fazia seu peito se mexer.

– Mestre, acorde. Vamos lá. – Bati no rosto dele com força. – *Arcturus*.

Ao ouvir seu nome verdadeiro, ele abriu os olhos. Uma fraca luz amarelada se infiltrou em suas íris.

– Paige Mahoney. – Era quase baixo demais para ouvir. – Que bom que veio me resgatar.

Senti um enorme alívio.

– O que fizeram com você? – Eu mal conseguia fazer as palavras passarem pelos meus dentes batendo. – O guarda tem a chave da sua corrente?

– Deixe a corrente. – Um barulho de chocalho escapou de sua garganta. – Você precisa ir embora. Meus captores vão voltar daqui a pouco.

– Eu decido a hora de ir embora.

Do lado de fora, virei o guarda de costas e vasculhei os bolsos dele. Com uma chave pesada, abri as algemas do Mestre, libertando seu pulso. Passei um braço ao redor dos seus ombros, tentando colocá-lo sentado, mas ele era um peso morto.

– Mestre, você *tem* que se mexer. Não consigo te levantar. – Puxei a lanterna para mais perto. Manchas verde-escuras floresciam sob sua pele em padrões curiosos, feito samambaias congeladas. – Me diga onde você está machucado.

Seus dedos enluvados se contraíram. Virei a lanterna para baixo. Havia um bracelete de anêmonas de papoula vermelha pendurado no seu pulso esquerdo, do tipo que eu costumava juntar com margaridas quando era criança. Todo o seu braço estava salpicado de tecido necrosado, ultrapassando o tom dourado-escuro da sua pele macia.

– São como ferros. – A luz de seus olhos estava sumindo. Quando estendi a mão para a primeira corrente, se acendeu de novo. – Não.

– Não temos tempo pra...

– Não me alimento há dias. – A última palavra terminou num rosnado. – A fome está me derrubando.

– Ela não vai te levar a lugar nenhum. Eu vou. – Segurei seu rosto entre as mãos. – Terebell e Errai me mandaram atrás de você.

Seu olhar recuperou um pouco de luz.

– Você está diferente – disse ele. – A doença mental... Não vou me lembrar de você, Paige...

Ele estava delirando.

– Mestre, do que você precisa? Sal?

– Isso pode esperar. Não tenho mordidas. É necessário lidar primeiro com a febre na minha mente.

– Você precisa de aura – percebi.

– Sim. – Cada respiração arranhava sua garganta. – Eles têm me atormentado há semanas, me deixando pegar apenas um pouco de cada vez... deixando fora do meu alcance... Confesso que estou faminto. Mas não vou pegar a sua.

Dei um sorriso amarelo.

– Ainda bem que temos alternativa, então.

O guarda estava mesmo tendo uma noite ruim. Eu o peguei pelos pulsos e o arrastei de costas para dentro da cela. Rosnados secos pontuavam cada puxão de seus braços. Eu o algemei ao cano e aproximei a faca do seu pescoço. O Mestre observou num silêncio faminto.

– Esse aqui te bateu? – perguntei.

– Em diversas ocasiões.

O guarda se mexeu. O sangue escorria das suas duas narinas, descendo até o queixo.

– Que diabo você fez comigo? – Seu hálito tinha cheiro de café velho. – Minha cabeça...

– Você trabalha pro Homem Esfarrapado e Ossudo – falei, sorrindo. – Diga quem ele é ou vou pedir pro meu amigo esgotar muito, *muito* lentamente a sua aura. Você gostaria de ser amaurótico, invocador?

Quando notou que havia uma faca no seu pescoço e uma corrente no seu pulso, o guarda se debateu. Meu joelho prendeu sua mão livre.

– É melhor ser róti até a essência do que dormir com os arenques – sibilou ele.
– O Esfarrapado vai me jogar lá com pesos nos tornozelos se eu disser uma palavra. – Ele respirou fundo e gritou: – Sarah Whitehead, eu te invoco para...

Tapei a boca dele com a mão.

– Se tentar isso de novo, vou pular a parte da drenagem – falei, me aproximando dele. – Vou simplesmente te dar um tiro. Entendeu?

Ele assentiu uma vez. Assim que tirei a mão, ele disse:

– Vaca.

O Mestre fez lindamente seu papel. Ficou de quatro e foi em direção ao guarda com a lenta precisão de um predador, com os olhos amarelo-claros feito os de um lobo na penumbra. Os músculos se mexiam sob a sua pele. O homem puxava a corrente, em pânico, chutando o chão. Até mesmo eu estremeci. Os Rephaim pareciam relativamente humanos à luz do dia, mas, no escuro, perdiam a aparência da humanidade.

– Mande ele parar. – Quanto mais perto o Mestre chegava, mais o guarda puxava as algemas. – Mande ele parar, brogue!

– Sinto muito, mas ele não é um cachorro – falei –, apesar de você tê-lo tratado como se fosse, não é? – Pressionei mais a faca em seu pescoço. – Conte quem é o Homem Esfarrapado e Ossudo. Diga o nome dele e pode ser que eu te deixe viver.

– Eu não *sei* o nome dele! – gritou o guarda. – Nenhum de nós sabe! Por que ele nos contaria?

– O que ele estava planejando fazer com o Rephaite? Com quem ele está trabalhando? Onde ele está agora? – Agarrei seu pescoço e inclinei a faca na parte inferior do seu queixo. – É melhor começar a falar, invocador. Não me considero uma pessoa paciente.

Ele cuspiu em mim. O rosto do Mestre ficou totalmente frio.

– Você não vai saber nada por mim – reforçou o guarda. – Nada.

Empurrei com força meu espírito em seu plano onírico. Mais sangue escorreu das suas narinas.

– Mesmo se eu quisesse, não poderia te contar – disse, engasgando. – Ele só aparece aqui na lua azul. Recebemos ordens da concubina dele. – Quando o Mestre se aproximou novamente do guarda, ele ofegou em busca de ar. Mais do que ar. – Você disse que ia mandar ele parar!

– Não disse, na verdade – respondi.

Não houve violência. Nada além de um olhar. O Mestre encarou o guarda e inspirou. Seu peito se expandiu, e seus olhos se acenderam feito sinalizadores antes de ganhar um tom forte de laranja. O guarda desmoronou em cima do cano congelado, com a aura tão fina quanto um lenço de papel.

Uma agitação percorreu o corpo do Mestre. O ectoplasma brilhou nas veias sob a sua pele, que de repente pareceu translúcida. Fiquei onde eu estava, mantendo alguns centímetros de distância entre nós. Quando tirei as flores do seu braço, um rosnado profundo e trêmulo saiu do seu peito.

– Meus captores saíram para buscar comida – disse ele. – Não vão demorar.

– Ótimo. Vou adorar conhecê-los.

– Eles são perigosos.

– Assim como eu. E você também.

Seus olhos estavam ficando mais brilhantes e me inundaram com as lembranças mais estranhas da minha prisão. A música proibida no gramofone, contando histórias de amor na penumbra. Uma borboleta presa por dedos que formavam uma gaiola. Seus lábios tocando os meus no Salão da Guilda, as mãos deslizando pelos meus quadris, pela minha cintura. Tentei me concentrar em tirar a próxima corrente de flores, porém eu estava consciente demais de seus movimentos. Cada vez que seu peito subia e descia, cada vez que o tendão do seu pescoço flexionava.

Acima de nós, mal dava para ver a lua clara entre as ripas de metal. Quando não havia mais correntes, peguei meu telefone irrastreável na mochila e prendi um novo módulo entre os dentes enquanto tirava a capa de trás. O Mestre deixou a cabeça tombar para trás e encostar na parede. Fiquei ao lado dele enquanto ligava para a cabine telefônica da I-4, esperando conseguir sinal. Não estávamos muito fundo no subsolo.

– I-4 – disse a voz de um mensageiro.

A ligação estava ruim, mas eu conseguia ouvir.

– Visão Vermelha – falei. – Rápido.

– Segure as pontas.

Eu não tinha muito tempo para segurar as pontas. Os olhos do Mestre se fixaram novamente no invocador, observando o filete de aura que ainda se agarrava a ele. Depois de um minuto, Nick falou:

– Está tudo bem?

– Preciso de uma carona – falei.

– Onde você está?

– Camden. No armazém no fim da Oval Road.

– Dez minutos.

A linha ficou muda. Tirei o módulo de identificação e o guardei no bolso de trás, depois peguei a lanterna sinalizadora com uma das mãos e ergui o braço pesado do Mestre, colocando-o ao redor do meu pescoço. Ele segurou meu ombro enquanto se levantava. O peso da sua mão provocou tremores nas laterais do meu corpo.

– Onde é a saída? – perguntou ele, com a voz baixa.

– Entrei pelo Dead Dog Hole. A bacia do canal.

– Cheguei aqui por uma porta preta, mas a guarda ilegível está sempre lá. Suponho que não vamos sair pela bacia.

– Não conseguiríamos atravessar – falei.

– Talvez tenha um jeito de acessar o armazém, pois aqui era o porão. – Ele apertou mais o meu ombro. – Você ainda está com as chaves do guarda, não está?
– Naturalmente. Você consegue andar?
– Preciso.

Nosso progresso pelos túneis era lento: o Mestre estava mancando bastante, incapaz de apoiar o peso nas pernas durante muito tempo. Parecia incrível que uma florzinha vermelha minúscula, leve feito uma pluma, pudesse provocar tanto dano à anatomia de um Rephaite. Eles eram criaturas musculosas, parecidas com estátuas, impossíveis de derrotar com força física, mas a chave para sua derrocada cabia na palma da minha mão. Dei a lanterna a ele e envolvi sua cintura com meu braço livre. Sua proximidade me deixou gelada, depois quente. Eu sentia o peso da sua respiração pesada no meu cabelo.

O próximo túnel fazia uma curva. A luz da lanterna parecia muito fraca, formando um círculo minúsculo ao nosso redor. Direcionei o facho da lanterna para um duto de ventilação, mas era um beco sem saída.

– Como as Bonecas Esfarrapadas capturaram você?
– Com anêmona de papoula. Deviam estar me observado há um tempo, anotando meus movimentos. Ou talvez eles soubessem, de alguma forma, que eu iria à I-4 – explicou. Continuamos em frente, entrando em mais uma passagem que parecia idêntica à anterior. – Eles me pegaram durante o dia, quando eu estava descansando. Então, me vendaram e me prenderam com a flor, depois me trouxeram para cá num veículo grande.

Meu coração estava acelerando. As Bonecas Esfarrapadas não deviam saber nada sobre os Rephaim, quanto mais como capturá-los. Quando vi uma marca de giz familiar pra mim, esmoreci.

– Estamos andando em círculos.

O Mestre estava ficando mais forte, dava para sentir na sua mão, no seu aperto.

– Você está sentindo o dr. Nygård?
– Sim. Ele está perto. – Fiquei tensa. – Tem mais uma pessoa também.
– Com ele?
– Não. Estão vindo de outra direção. – Um pequeno grupo de planos oníricos tinha se separado da multidão do mercado. – Três pessoas.

Assim que ele disse isso, um assobio veio de cima. O chamado de um pássaro no meio da noite. Jos. Soltei o Mestre e peguei meu revólver.

– Algum dos guardas tem visão total?
– Não. Todos têm meia visão.

Ótimo. Um vidente com meia visão precisava se esforçar para mantê-la focada por muito tempo. No escuro, poderíamos enganá-los.

Uma porta bateu ao longe. O Mestre segurou meu braço e me puxou para um nicho, de modo que meu peito ficou encostado no dele.

– ... o alimentou em algum momento – dizia alguém. Um homem, rude e barulhento, com um toque do East End no sotaque. Cada palavra ecoava pelos túneis úmidos. – Ele quase drenou o Pano na última vez.

– Você estava segurando ele muito perto. – Uma mulher. Moradora de Londres, como o homem, mas não consegui identificar o distrito. – Eles só conseguem se alimentar a certa distância.

– Tem certeza de que nenhum dos nossos abriu o bico sobre ele?

Uma risada aguda.

– Pra quem abririam o bico? O Sublorde está morto. Sem ele, a Assembleia Desnatural virou uma bagunça. Não que já tenha sido mais do que isso.

Apertei o revólver. Ao meu lado, o Mestre se apoiou com força na parede. Seus olhos estavam quase recuperando o tom amarelo-esverdeado.

Um grito de alerta ecoou da cela, tão perto do nosso esconderijo que eu me assustei.

– Que diabo é isso? – disparou o homem. – Onde está a criatura? – Barulho de correntes. – *Onde ele está?* Acha que a gente pagou pra você perder nossa vantagem?

Minha boca estava seca como pó.

– Chiffon – gemeu o guarda –, uma... vaca brogue apareceu e o levou. A aura dela era... vermelha.

A mulher devia ser La Chiffonnière, a porta-voz do Homem Esfarrapado e Ossudo no distrito. Eu queria ver o que ela tinha a dizer em sua defesa, mas o Mestre estava fraco demais para ficar sozinho.

– E onde está essa brogue? – Passos. – Como ela era?

– Cabelo preto e echarpe vermelha cobrindo o rosto. Ela foi embora.

– Foi? – perguntou Chiffon, com a voz estranhamente calma. – Então se considere desempregado.

Um único tiro ecoou pelas catacumbas. Um dos planos oníricos desapareceu da minha percepção.

– O nariz dele estava sangrando, e estamos procurando uma brogue com aura vermelha. Parece que estamos falando da Onírica Pálida – concluiu Chiffon.

Merda.

– O Esfarrapado vai matar alguém por isso – disse o homem. – Acabamos de perder nosso poder de barganha.

– Não éramos nós que estávamos vigiando a criatura. Além do mais, duvido que ele tenha mancado para muito longe. Ainda podemos pegá-lo.

– Se conseguirmos encontrá-lo. – Mais passos. – Deveríamos manter nossas visões em alerta.

O Mestre segurou meu braço. Continuamos nos movendo, mas perto das paredes. Direcionei o facho da lanterna para elas, procurando nossas marcas conhecidas. Meus pés estavam leves, porém os ferimentos do Mestre o deixavam desajeitados.

Cada passo era como um farol, denunciando aos dois a nossa direção, mas as joias barulhentas que os capturadores estavam usando também eram úteis. Todas as vezes que escutávamos um barulho metálico, mudávamos de direção.

Logo chegamos à câmara principal, onde apaguei a luz e procurei a mão do Mestre. Seus dedos se entrelaçaram nos meus. Quando passamos pela fileira de refletores, puxei a tomada, nos jogando na escuridão total outra vez. O Mestre seguiu em frente, seus olhos parecendo fracos pontos de luz nas trevas. Deixei ele me conduzir. Tínhamos chegado a outra passagem e nos escondido atrás do que parecia uma cortina de veludo, quando os dois desconhecidos apareceram na câmara.

– Agora alguém encalcrou a luz.

– Shiu. Até os andarilhos oníricos respiram – sussurrou Chiffon.

Arrisquei espiar através das cortinas. Os dois passaram por nós com lanternas, procurando atrás das cortinas e embaixo das mesas.

– Onde um gigante se esconderia, se pudesse? – Chiffon passou direto pelo nosso esconderijo, mas seus sentidos não eram tão aguçados quanto os meus. – No maior cômodo da casa, eu diria.

O Mestre estava parado em silêncio. Ao lado dele, eu me sentia atordoadamente humana, cada respiração minha mais parecia uma corrente de ar.

– Não tem pra onde correr, Rephaite. – O homem estava perto. – Todas as saídas estão bloqueadas. Se você não aparecer, vou gastar meu precioso tempo matando sua amiga. Você pode mantê-la na sua cela, se quiser...

O suor escorria pelas minhas costas. Coloquei o dedo no gatilho da arma. Atirar em alguém era a última coisa que uma suspeita de assassinato deveria fazer, mas talvez eu não tivesse escolha. Ao meu lado, o Mestre encostou no meu braço e indicou alguma coisa com a cabeça que eu achei que fosse uma mesa. Havia um jukebox escondido atrás da cortina.

Os passos pesados do outro capturador estavam se aproximando. Com um movimento rápido, o Mestre ligou a máquina, e uma antiga gravação alardeou de dentro dela. Meu crânio tocou feito um sino, enquanto uma mulher cantava num francês alegre e vibrante, acompanhada pelo que parecia uma orquestra inteira. Não dava para ouvir nada além da canção. Seguimos para a esquerda, para trás da cortina mais próxima, e andamos encostados na parede. Senti dois planos oníricos indo na direção contrária.

A câmara se tornara uma gruta de vozes ecoantes; era impossível saber de onde vinha a música.

– Encontre – disparou Chiffon.

Havia outro túnel do outro lado da câmara. Teríamos que correr até lá. Com passos leves, saí de trás da cortina. Mal dava para ver a parte de trás da cabeça do homem sob a luz da lanterna, com cabelo curto que acabava numa área careca. O

Mestre me seguiu. Nós quase chegamos ao túnel antes que a fileira de refletores voltasse à vida, me ofuscando, e duas figuras mascaradas se virassem para nos encarar.

– Lá está ela. A brogue vermelha e seu Rephaite – disse o homem.

Havia uma boca nas máscaras pintadas que parecia ter sido rasgada, com dentes afiados de plástico aparecendo num sorriso. Uma luz brilhava atrás deles. Sem hesitar nem sequer por um instante, joguei meu espírito direto no plano onírico do homem. Ele caiu para trás e deu um grito que arrepiou todos os pelos do meu corpo. Assim que voltei para minha pele, agarrei o Mestre pela jaqueta e corri, piscando para afastar as luzes dos meus olhos.

Chiffon mandou um enlace atrás de nós. Desviei de dois perdidos e atirei por cima do ombro antes que o Mestre me puxasse para a esquerda, para outro túnel que nos obrigou a ficar enfileirados. Não tive coragem de parar.

– Não tem saída, vocês sabem – gritou Chiffon, rindo. – É um labirinto aqui embaixo!

Todos os túneis pareciam iguais. A voz dos capturadores ecoava na escuridão, fazendo o medo contorcer meu abdome. Em algum lugar, um cachorro latia, procurando o invasor. Então, vimos uma luz, bem no fim de uma passagem estreita e comprida. Corri nessa direção, com o Mestre mancando atrás de mim. Dos nossos dois lados, caixotes estavam empilhados até o topo do túnel. Antes que eu conseguisse pedir, o Mestre agiu. Mesmo com suas forças esgotadas, ele era muito mais forte do que eu. Pegou um caixote e o puxou da parte inferior de uma pilha. No túnel estreito, o barulho que eles fizeram ao cair foi ensurdecedor. Vidros estilhaçando, madeira quebrando, algemas e correntes arrastando na pedra. Uma enxurrada de vinho tinto escorreu do maior. Minhas botas tropeçaram em alguns degraus até que caí num conjunto de barras. Procurei nas chaves, com os dedos trêmulos.

Enlaces passaram voando por mim, atingindo os limites do meu plano onírico. Eu me agachei e arremessei um de volta, esmagando as memórias para dentro do plano onírico do homem. Ele ficou com os olhos turvos, confuso por causa do choque no seu sistema. Um caixote pesado esmagou suas pernas. Dessa vez, seu grito foi interrompido.

A chave certa era feita de aço oxidado. Assim que o portão se abriu, deixei o Mestre ir na frente e o tranquei depois de passarmos.

O prédio do Intercâmbio era enorme, abandonado e vazio. Sem fazer uma pausa para respirar, atirei algumas vezes em uma janela alta. Quando a última a atingiu, o vidro caiu da moldura em uma cascata de estilhaços. O Mestre me deu apoio e subi no peitoril, enfiando a cabeça debaixo de uma tábua de madeira. O cachorro continuava latindo lá embaixo, mas eles teriam que encontrar outro caminho para nos alcançar.

– Venha. – Segurei os ombros do Mestre. – Só mais um pouco. Suba.

O maxilar dele estava rígido; e o pescoço, tenso por causa do esforço, mas ele conseguiu passar pela abertura. Mesmo depois de beber uma aura, ele estava muito fraco. Envolvi o braço ao redor dele de novo, e dessa vez ele apoiou o peso em mim.

Havia um carro preto fechado com janelas escuras estacionado nos paralelepípedos. Nick piscou os faróis. Um alívio me tomou até a alma. Ele abriu a porta de trás.

– Alguém está te seguindo?

– Sim. Rápido, vamos.

– Tudo bem. Mas... Espere, Paige, o que você...? – Ele ficou encarando, enquanto eu ajudava o Mestre, exausto, a entrar no carro. – Paige!

– Apenas dirija. – Entrei depois do Mestre e fechei a porta com uma pancada. – Dirija, Nick!

Uma silhueta veio correndo da parte da frente do armazém, esguia e rápida, com uma espingarda de cano serrado nas mãos. Nick não fez perguntas. Empurrou o câmbio com uma das mãos e pisou no acelerador. O motor do carro tinha vinte anos e era encalacrado pra caramba, rebocado de uma pilha de entulhos no Garden, mas, por algum milagre, funcionava. Com um solavanco que me fez trincar os dentes, ele andou de ré. O gângster mascarado atirou, mas o alcance da espingarda era muito curto. Nick virou o volante de repente, direcionando o carro para a rua principal.

O gângster baixou a arma. Várias outras pessoas saíram correndo do armazém, todas usando as mesmas máscaras terríveis. Foram juntas para uma van preta.

O suor se destacava na testa de Nick. Nosso carro era um baú enferrujado e pintado, usado apenas em emergências; não estava preparado para uma perseguição. Ele continuou pisando fundo, nos tirando do campo de visão do armazém e descendo pela Oval Road, mas não seguiu para a I-4. Em vez disso, passou por um arco.

– Vamos dar a volta neles – disse. – Vamos atravessar o mercado e ir para a I-4 por meio de ruelas.

Olhei por cima do ombro. As luzes traseiras vermelhas da van passaram direto com os pneus cantando, descendo a rua por onde eles achavam que tínhamos seguido.

– Fique de olho – falei. – Eles podem ter outros carros.

– Você podia ter me contado que ia fazer isso. – Nick agarrou o volante com os nós dos dedos brancos. – Quem diabo são aquelas pessoas? Bonecas Esfarrapadas?

– Isso.

Nick xingou. Só quando ele ligou o aquecimento, percebi que eu ainda estava encharcada até os ossos e congelando. Instintivamente, me aproximei do Mestre. Respirações curtas roçavam minha orelha. Enquanto o carro seguia para a I-4, peguei o módulo de identidade usado no bolso e o joguei pela janela, na sarjeta. Nick observou pelo retrovisor.

– Antes de ser capturado, onde você estava dormindo? – perguntei ao Mestre

– Em uma subestação elétrica na Tower Street. – A voz desgastava sua garganta. – Nós, monstros, não dormimos em camas de plumas. Não mais.

A Tower Street ficava bem perto da caverna. Se eu tivesse ido a Seven Dials quando ele chegou, poderia ter sentido sua presença antes que fosse tarde demais. O Mestre deixou a cabeça cair no apoio do assento, e eu senti sua consciência desvanecer.

– Não podemos ir para Dials – disse Nick, olhando para a frente.

– Eu sei.

– Nem pro meu apartamento.

– Ele está indo pra um hotel espelunca. Não tem outro lugar pra ir.

****

– Essa foi por pouco, Paige. Por muito pouco.

No menor quarto de um hotel espelunca do Soho, as luzes estavam apagadas, e as cortinas, fechadas. Nós dois olhamos para a cama, onde o Mestre dormia um sono profundo. Eu o ajudara a tirar o casaco imundo, mas ele se deitara na cama e se retraíra para seu plano onírico antes que pudéssemos fazer mais alguma coisa.

– Ele não pode ficar aqui pra sempre.

– A maioria dos Rephs quer ele morto, e Scion vai sair atrás dele. – Eu estava falando baixinho. – Não podemos jogá-lo pra morte.

– Mas ele vai ter que ir embora em algum momento. Nenhum de nós tem como pagar esse aluguel.

Suspirando, passei a mão no meu cabelo grudento. Era difícil me lembrar de uma época em que eu não estivesse toda suja e suada.

– Nick – falei –, tem uma ligação entre o sindicato e os Rephaim. Só pode ter, ou eles não saberiam como capturar o Mestre. Preciso descobrir o que mais eles sabem. E tirar os fugitivos daquele distrito.

Ele franziu a testa.

– Você não vai voltar à II-4, Paige. O distrito inteiro vai estar te procurando.

– Acha que eles vão à Assembleia?

– Acho que não. Eles não têm nenhuma prova de que você esteve lá, e duvido que queiram anunciar o fato de que tinha alguém amarrado na caverna deles.

Analisei seu rosto.

– Você está no sindicato há mais tempo do que eu. O que sabe sobre esse cara?

– O Homem Esfarrapado e Ossudo? Pouca coisa. Ele é o mime-lorde da II-4 desde que entrei pro sindicato.

– Você já o viu?

– Nunca. Mesmo para os padrões da Assembleia Desnatural, ele é considerado recluso. A Madre Superiora e ele têm sangue ruim entre si, mas ninguém sabe por quê. – Sua voz estava baixa. – Você já está envolvida demais nisso, Paige. Se essas pessoas tiveram coragem de capturar um Rephaite, terão coragem de fazer a mesma coisa com você. Sei que você vai me ignorar, mas... não faça nenhuma idiotice.

Dei um sorriso cansado.

– Como se eu fizesse isso...

Ele estalou a língua. Massageou a área logo acima do olho esquerdo num movimento circular e reconfortante que eu reconheci. Ele tinha enxaquecas em intervalos de algumas semanas, às vezes acompanhadas de visões, deixando-o de cama durante dias. Jaxon sempre dizia que uma "dor de cabeça" não era motivo para se queixar, mas Nick sofria horrores nesses dias.

– O que estou tentando entender – disse ele, com uma expressão tensa – é como um mime-lorde do sindicato poderia saber sobre os Rephaim. Alguém já escapou de uma Temporada dos Ossos?

Minha pulsação acelerou.

– Duas pessoas. Vinte anos atrás.

De todos os prisioneiros, apenas dois tinham escapado do massacre que se seguiu à rebelião. Um era uma criança; o outro, o traidor que contou a Nashira sobre a insurreição. Ela matara todos os humanos e torturara todos os Rephaim envolvidos, incluindo seu consorte de sangue.

– Pode ser que o Mestre saiba alguma coisa – falei. – Preciso de um tempo com ele. – Quando Nick me encarou, ergui as sobrancelhas. – Nick, fiquei presa com ele durante seis meses. Mais um dia não vai me matar.

– Ele vai demorar pra acordar. Volte pra caverna por algumas horas. Jaxon está perguntando por você o dia todo.

– Estou coberta de água do canal. Ele vai perceber.

– Vou mantê-lo ocupado enquanto você troca de roupa.

Olhei de relance para o Mestre.

– Me dê um segundo.

Ele comprimiu os lábios, mas não discutiu.

Assim que ele saiu, me sentei na beirada da cama e levei a mão até o cabelo áspero do Mestre. Seu corpo estava pesado por causa do sono profundo, o rosto enfiado no travesseiro. Ele não emitiu nenhum som nem se moveu um centímetro. Se alguém o descobrisse aqui, fraco daquele jeito, ele não duraria um minuto.

Era perturbador que membros do sindicato soubessem sobre os Rephaim. Um dos sobreviventes da primeira rebelião da Temporada dos Ossos podia muito bem ter voltado para Londres e se escondido no fundo das catacumbas de Camden, onde ninguém o encontraria. Fiquei com a impressão de que eu só estava arranhando a superfície dessas maquinações.

Contrariando meu bom senso, encostei a parte de trás dos dedos na bochecha do Mestre. Ainda havia em seu rosto aquelas formas incomuns de contusões, porém estava mais quente. Ele se mexeu, e as pálpebras tremeram. Meu coração pulsava na ponta dos dedos. Eu me lembrei de quando ele foi ferido pela primeira vez, quando cuidei dele em vez de matá-lo. Alguma coisa nesse Rephaite me deu vontade de salvá-lo, naquela cidade entre a vida e a morte. Algo tinha prevalecido sobre meu instinto natural de destruí-lo de dentro para fora.

Eu não tinha pensado no que aconteceria quando ele voltasse à minha vida ou como ele se encaixaria nela. Arcturus Mesarthim pertencia aos salões de Magdalen, a cortinas vermelhas, conversas e músicas de um século atrás à luz da lareira. Era quase impossível imaginá-lo andando pelas ruas de Londres.

Não importava o que essas pessoas estavam planejando, elas não estavam mais com ele. Peguei uma caneta e rabisquei um bilhete.

Volto mais tarde. Não abra a porta.
  Ah, e me faça este favor: sobreviva à noite. Tenho certeza de que você prefere não ter que ser resgatado duas vezes.

– Paige

14

Arcturus

Quando ele acordou na tarde seguinte, não estava acorrentado a um cano em uma cela no subsolo. Não estava sob custódia das Bonecas Esfarrapadas, faminto e surrado ao bel-prazer da gangue. Em vez disso, estava num colchão de molas que não era comprido o bastante para ele, com o pescoço apoiado num travesseiro murcho e um vaso de gerânios plásticos na mesa de cabeceira.

– Bom – falei –, isso me parece familiar.

Ele olhou para o teto: as rachaduras ramificadas no gesso, a umidade que manchava os cantos.

– Este lugar não – disse ele.

Sua voz era exatamente como eu lembrava, sombria e lenta, vindo do fundo do seu peito. Uma voz que era sentida, além de ouvida.

– Você está na I-4, num hotel espelunca. – Acendi um fósforo. – Não é exatamente Magdalen, porém é mais quente que nas ruas.

– De fato. Certamente é mais quente que os túneis desolados de Camden.

Enquanto eu acendia a vela em cima da mesa, o Mestre se ergueu e se apoiou nos cotovelos, flexionando os ombros. Todas as contusões tinham desaparecido durante as horas que ele passou dormindo.

– Que horas são? – perguntou.

– Quatro da tarde. Você esteve morto pro mundo.

– Fiquei acordado por tempo suficiente para ler seu bilhete. Touché – disse ele. – Posso perguntar aonde você foi?

– Seven Dials.

– Entendo. – Pausa. – Voltou a servir Jaxon, então.

– Não tive escolha.

Ficamos nos entreolhando durante muito tempo. Tantas coisas haviam acontecido nas semanas que sucederam a fuga. Nunca tínhamos nos encontrado em terreno neutro.

Ao longo do tempo, eu me acostumara à aparência dele, mas nesse momento me forcei a olhar para ele como se fosse a primeira vez. Íris que pareciam chamas atrás de vitrais, pupilas pretas como se não recebessem luz. As linhas do seu rosto, duras, mas, ao mesmo tempo, suaves: o arco dos lábios, o corte e a curva do maxilar. O cabelo preto sem pentear que começava no topo da coluna e caía na testa, estranhamente humano. Ele não tinha mudado nada, exceto por uma discreta perda de brilho.

– Entendo que há perigo – falei.

– De fato. Planejei ser o primeiro a alertar você, mas parece que o Grande Inquisidor deixou claro o perigo. – Seu olhar percorreu meu rosto. – Londres combina com você.

– Refeições regulares fazem milagres. – Pigarreei. – Bebida? O vinho está racionado, mas tem uma deliciosa água da torneira.

– Água seria bem-vinda. Meus captores não eram tão liberais com os suprimentos quanto eu gostaria.

– Lavei suas roupas. Estão no banheiro.

– Obrigado.

Eu me concentrei em servir a água nos copos enquanto ele se levantava. Considerando como os Rephaim eram pudicos na colônia, com suas luvas e decotes fechados, ele parecia bastante blasé em relação à nudez. Quando voltou, usando as roupas pretas e simples de um comerciante amaurótico, sentou-se no sofá na minha frente, mantendo a mesa entre nós. Uma reencenação de Magdalen, exceto pelos nossos uniformes da colônia. A camisa dele estava aberta, expondo seu pescoço.

– Confesso que estou impressionado por você ter encontrado as catacumbas – disse ele. – Achei que era improvável que eu fosse descoberto.

– O cordão de ouro ajudou. – Apontei com a cabeça para a vela. – Terebell quer saber o seu paradeiro. Você pode fazer uma sessão espírita aqui.

– Antes eu gostaria de ter um tempo para conversar com você. Assim que os Ranthen descobrirem que você me libertou, será difícil nós dois ficarmos sozinhos sem levantar suspeitas.

– "Suspeitas" – repeti.

– Não pense que o mistério acaba aqui, Paige. Apenas trocamos um estilo de dança por outro. Não são só os Sargas que temem qualquer contato prolongado entre os Rephaim e os humanos.

– Eles sabem do cordão de ouro.

– Eles sabem que você começou a revolta. Terebell e Errai sabem do cordão de ouro. E sabem de um boato dos Sargas sobre algo a mais entre nós dois. – Ele sustentou meu olhar. – Isso é tudo o que eles sabem.

Meu coração acelerou.

– Entendo – falei.

Dei um copo a ele. Mesmo aqui, longe da colônia penal, essa pequena troca parecia um tabu.

– Obrigado – disse o Mestre.

Assentindo, me recostei no sofá e puxei o joelho até o peito.

– Os Sargas estão te procurando?

– Ah, imagino que Situla Mesarthim esteja me rastreando enquanto conversamos. Sou um traidor da carne. Um renegado – disse ele, indiferente como sempre. – Todos os Rephaim devem ter sido alertados sobre a minha deslealdade.

– Qual é a consequência de ser um traidor da carne?

– Ter o acesso negado ao Limbo por toda a eternidade. Ser um não Rephaite. Um traidor do sangue trai a família reinante, mas um traidor da carne trai todos os Rephaim. Para receber essas punições, cometi um dos maiores crimes da carne. Eu me relacionei com uma humana.

Comigo.

– Você sabia qual era a consequência.

– Sabia.

Era uma declaração e tanto, mas ele a fez como se estivesse comentando sobre o clima.

– Nashira está pressionando o Grande Inquisidor para que ele use todos os recursos para encontrar os fugitivos. Ela já está com dois sobreviventes da fuga nas salas de interrogatório.

– Como você sabe?

– Alsafi é um dos nossos. Ele ainda está com Nashira, nos mantendo informados. Não sei o nome dos prisioneiros, mas vou me esforçar para descobrir. – Uma sombra atravessou o rosto dele. – Michael está em segurança?

Michael tinha sido leal a ele muito antes de mim.

– Fomos separados na Torre – falei. – A Guarda Extraordinária matou a maioria das pessoas que pegaram o trem.

Os nós de seus dedos se destacaram nas luvas.

– Quantos sobraram?

– Doze escaparam. Que eu tenha visto, sobraram cinco, contando comigo.

– Cinco. – Uma risadinha oca escapou de sua garganta. – É melhor eu abandonar esse negócio de fazer motim.

– Seu objetivo nunca foi salvar videntes. Esse era o meu. – Eu o observei durante muito tempo. Tinha me esquecido de como ele olhava para mim. Como se pudesse olhar diretamente para a essência do meu plano onírico. – Tenho tanta coisa pra te perguntar...

– Temos tempo – disse ele.

– Só posso ficar mais algumas horas aqui. Jax vai voltar da reunião à meia-noite. Ele vai fazer perguntas, se eu tiver saído de novo.

– Então vou fazer uma pergunta primeiro – disparou o Mestre. – Por que fugir de Nashira se era para se entregar de novo a Jaxon?

Isso fez com que eu me empertigasse.

– Não me entreguei a ninguém. Estou me mantendo nas graças dele.

– Na campina, ouvi você dizer a ele que estava farta da escravidão. Esse homem ameaçou você de morte caso não voltasse a trabalhar para ele. Me conte, por que ele é que não deveria implorar pelas *suas* graças?

– Porque não sou o mime-lorde da I-4. Porque sou a Onírica Pálida, concubina de Jaxon. Porque, sem Jaxon Hall, não sou absolutamente nada. E preciso de status assim como você precisa de brilho. – Eu estava cuspindo as palavras. – Não posso deixar Jaxon. É assim que funciona.

– Achei que você não tivesse tanto respeito pelo *status quo*.

– Mestre, meu rosto está espalhado por toda a cidadela. Eu precisava de proteção.

– Se você o procurou só por necessidade – disse ele –, imagino que esteja pensando em algum jeito de conquistar sua independência.

– Eu poderia roubar o Banco de Scion Inglaterra e me tornar a mulher mais rica de Londres, mas não tenho armas boas nem soldados pra me ajudar. Uma revolução não é tão fácil quanto uma traição. – Como ele não disse nada, me recostei novamente. – Mas tenho uma ideia, sim. O Sublorde foi assassinado. Se eu conseguir ganhar o duelo pra substituí-lo, vou ser Sub-Rainha.

– O Sublorde escolheu um momento primoroso para morrer. – Ele levou o copo aos lábios. – Imagino que você não saiba a identidade do assassino.

– Não exatamente. O homem que te capturou pode ter alguma coisa a ver com isso. Você ouviu alguma coisa nas catacumbas?

– Nada útil, mas sabemos que Nashira tem um interesse velado em extinguir o sindicato. Como o Sublorde foi assassinado?

– Decapitado dentro da própria sala de estar. A gangue dele teve a garganta cortada e o rosto desfigurado, no estilo do Estripador. Não foi só um assalto – falei, com certeza –, ou o assassino teria levado tudo o que havia ali de valor. Hector tinha um relógio de pulso de ouro maciço. Que ficou no corpo.

– Uma mensagem, então. – O Mestre tamborilou os dedos na mesa, um hábito dele. – Decapitar é o estilo de execução preferido da dinastia Sargas no mundo corpóreo. Significa a remoção do plano onírico. É bem possível que um Rephaite tenha feito isso. Ou então um humano a serviço dos Sargas.

– Um humano não conseguiria matar oito pessoas – falei.

– Mas um Rephaite, sim – retrucou ele. Eu não tinha pensado nisso. Seria dolorosamente fácil para alguém com o tamanho e a força do Mestre assassinar oito videntes bêbados. – Você parece saber bastante coisa sobre a cena do crime.

– Eu encontrei os corpos. Jaxon me mandou pra acalmar Hector. Ele estava prestes a expor parte da nossa rede de comércio.

Mestre entrelaçou as mãos.

– Você já pensou, então, que o próprio Jaxon pode estar envolvido?

– Ele estava o tempo todo em Seven Dials. Não estou dizendo que não se envolveu indiretamente, mas eu poderia afirmar isso sobre qualquer um. – Esfreguei as têmporas. – Sou a principal suspeita nas ruas. É preciso limpar meu nome, se quiser conquistar o respeito dos videntes.

– Entendo.

O brilho de seus olhos me deixou tensa. Tive que me perguntar até que ponto ele confiava em mim, depois de tudo. Seus braços continuavam num estado terrível, escurecidos e lustrosos do cotovelo para baixo.

– Do que você precisa? – Apontei para as contusões com a cabeça. – Sangue e sal?

Ele não ia pegar meu sangue de novo, mas Nick poderia conseguir um pouco com Scion.

– Sal deve ser suficiente. O meio-desejo continua na superfície.

Havia um pequeno armário no canto, cheio de coisinhas para os hóspedes prepararem as próprias refeições. Esvaziei num copo o que sobrou de um saleiro e entreguei a ele.

– Obrigado. – O Mestre arrastou um braço pesado até o colo.

– Você tem mais amaranto?

– Não. A menos que os Ranthen tenham mais, vai ter que ser colhido no Limbo. De qualquer maneira – disse ele –, amaranto não é remédio para o meio desejo. Cura ferimentos espirituais.

– Obrigada pelo frasco. Foi útil.

– Achei que seria. Você parece atrair ferimentos como uma flor atrai abelhas.

– Vem com o crime. – Sem pensar, toquei na cicatriz na minha bochecha. – O ectoplasma me mostrou o cordão.

– Sim – disse ele. Sua atenção estava voltada para o próprio braço, medindo o sal. – O ectoplasma aguça seu sexto sentido. O meu, especificamente, te ajudou a encontrar a conexão entre nós.

– Sim – falei. – A Misteriosa Conexão Entre Nós.

Ele olhou para mim. A necrose em seu braço já estava desaparecendo. Era quase perturbador ver a rapidez com que eles se curavam.

– Os fugitivos redigiram um tipo de manual de instruções sobre como lutar contra os Rephaim e os Emim – comentei. – Vou tentar vendê-lo pra Grub Street.

– Mais caçadores Rephaim vão começar a aparecer na cidadela em pouco tempo e vão ter que se alimentar. Acho que seria prudente o seu povo ficar sabendo. – Ele colocou o copo na mesa. – Me conte: que tipo de técnica de destruição de Rephaim está nesse manuscrito?

– Usar pólen de anêmona de papoula e mirar nos olhos.

– É ilegal ter sementes de anêmona de papoula em qualquer cidadela Scion. O único suprimento que eu conheço era cultivado nas estufas de Sheol I. – Ele salpicou um pouco de sal no pulso. – Parece que também estão sendo cultivadas ilegalmente em Londres.

– Vamos ter que descobrir onde. Aliás, eu trouxe isso pra você. – Coloquei uma garrafa de brandy na mesa de cabeceira. – É do armário de bebidas proibidas de Jaxon Hall.

– Você é muito gentil. – Ele fez uma pausa. – Vou voltar para a subestação quando estiver mais forte.

– Você não vai chegar perto de lá – falei.

– Para onde vou, então?

Não hesitei antes de responder:

– Aqui.

O Mestre me olhou, analisando minhas feições. Às vezes, eu me perguntava se os Rephaim tinham que se esforçar muito para captar o significado das expressões humanas. Eles eram tão pouco expressivos...

Uma batida na porta me fez recobrar a consciência. O olhar do Mestre se fixou na parede, depois voltou-se para mim, antes de ele se levantar e se esconder atrás da porta do banheiro. Não havia garantia de que não tínhamos sido seguidos até ali. Entreabri a porta.

– Nick?

O suor encharcava sua testa. Ele ainda estava usando o uniforme de Scion, tremendo, tão pálido que parecia doente.

– *Jag kunde inte stanna* – disse ele, fraco. – *Jag kan inte göra det här...*

– O que há de errado? – Eu o levei até o sofá. – O que aconteceu?

– SciOEPC. – Respirações rasas saíam de seus lábios. – Não posso trabalhar pra eles por nem mais um dia, Paige. Não posso.

Uma imobilidade gradual o tomou. Eu me sentei no braço do sofá, segurando com delicadeza seu ombro.

– Eles pegaram uma das prisioneiras da Temporada dos Ossos. Ella Parsons. Chamaram todo o meu departamento pra olhar quando a levaram pra lá.

Minha pele pinicou.

– Olhar o quê? Nick, *o quê?*

– Observá-los testando o Fluxion 18.

– Achei que eles ainda estavam tentando descobrir a fórmula.

Essa tinha sido uma das últimas informações que consegui obter do meu pai sobre o projeto.

– Eles devem ter acelerado pra armar os Vigilantes pra Novembrália. – Seus dedos pressionaram as têmporas. – Nunca vi nada igual. Ela estava vomitando sangue, agarrando o cabelo, mordendo os dedos. Os dois desenvolvedores sênior começaram a fazer perguntas pra ela. Sobre você. Sobre a colônia.

Um círculo de médicos ao redor da maca. Um teatro médico, os espectadores de jaleco branco. A raiva que senti não era do tipo vermelha e instável, mas fria feito cacos de vidro.

– Nick – falei –, Ella te reconheceu?

Ele deixou a cabeça pender.

– Ela estendeu a mão pra mim antes de desmaiar. Eles me perguntaram se eu a conhecia. Falei que nunca a tinha visto. Fomos mandados de volta pros nossos laboratórios, só que eu saí mais cedo. – O suor escorria da sua testa. – Eles devem ter percebido. Vou ser preso na próxima vez em que colocar os pés naquele lugar.

Seus ombros estavam tremendo. Eu o envolvi com o braço. Scion estava intensificando o jogo.

– Você a conhecia? – A voz dele estava pesada. – Conhecia, Paige?

– Não muito bem. Ela nunca passou da túnica-branca. Precisamos pensar num plano pra tirar você de lá.

– Mas todos esses anos... Todo o trabalho...

– Você vai ser útil pra alguém quando estiver no afogamento simulado? Na forca? – Prendi a respiração. – Isso... Sua visão não foi sobre isso, né? Com o relógio cuco?

– Não. Eu teria sentido isso se aproximando. – Sua mão apertou a minha. – Preciso arranjar uma amostra daquela droga. Tenho que saber o que colocam nela. Encontrar um antídoto. – Ele respirou fundo. – Tem mais. Eles não vão mais se concentrar apenas no transporte público quando lançarem o Senscudo. Vão usar nos serviços essenciais também. Cirurgias, hospitais, abrigos de sem-teto, bancos. Tudo vai ser equipado com os leitores.

A notícia revirou meu estômago e ferveu meu sangue. Usar abrigos de sem-teto sempre foi arriscado para os videntes, mas a escala desse ataque era aterrorizante. Quando chegasse o Ano-Novo, a grande maioria dos videntes não conseguiria ter acesso a serviços médicos básicos. Se os bancos não fossem mais uma opção, a maior parte deles teria que abrir mão da vida dupla. As ruas ficariam lotadas de sarjeteiros. Fechei os olhos.

– Como você sabe disso?

– Ah, eles nos contaram. – Nick deu uma risada superficial. – Eles nos contaram, e sabe o que todos nós fizemos, Paige? Aplaudimos.

O ódio borbulhava nas minhas entranhas. Eles não tinham direito de fazer isso. Não tinham nenhum direito de roubar os *nossos* direitos.

Nick ergueu a cabeça quando uma aura foi registrada pelo seu radar. O Mestre estava em pé na porta do banheiro. Mesmo fraco e cansado, ele parecia assustador. Nick se levantou, com uma expressão tensa, e me puxou para perto.

– Acho que ainda não apresentei vocês dois – falei.

Nick me apertou com mais força.

– Não.

– Certo. – Pigarreei. Eles tinham se encontrado uma vez na colônia, mas por pouco tempo. – Nick, este é Arcturus Mesarthim, ou o Mestre. Mestre, este é Nick Nygård.

– Dr. Nygård. – O Mestre inclinou a cabeça. – Sinto muito por não o conhecer num estado melhor. Ouvi falar muito de você.

Nick assentiu ainda tenso. Estava vermelho ao redor de seus olhos, mas eles estavam rígidos.

– Só coisa boa, espero.

– Muito boas.

Houve um silêncio sugestivo. Tive a sensação de que Nick não ficaria feliz se descobrisse quanta coisa o Mestre sabia dele, quantas das minhas memórias ele havia roubado. Mostrei a última por vontade própria, a que mostrava a alma de Nick junto da minha.

– Me dê um minuto – falei. – Preciso das minhas lentes de contato.

Nick assentiu, mas não tirou os olhos do Mestre. Entrei no banheiro minúsculo e puxei a corda da lâmpada, deixando a porta entreaberta para poder escutar. As lentes de contato estavam num líquido em uma prateleira acima da pia. O silêncio continuou por um instante, antes de Nick falar:

– Vou ser direto e dizer logo, Mestre. Sei que no fim você deixou Paige escapar da colônia, mas isso não significa que tenho que gostar de você ou confiar em você. Poderia ter soltado Paige na Trafalgar Square. Ela estava nos meus braços, e você a levou.

Pelo menos, ele foi direto ao assunto. Eu me vi tentando escutar a resposta do Mestre, esperando para descobrir como ele responderia às acusações.

– A presença dela na antiga cidade era necessária. – Essa foi a resposta calma. – Paige era minha única chance de formar um tumulto.

– Quer dizer que você a estava usando?

– Sim. Os insurgentes humanos não teriam respondido a um líder Rephaite, e com bons motivos. Tem um fogo de rebelião dentro de Paige. Eu seria tolo se não percebesse isso.

– Ou você poderia tê-la deixado ir. Pelo bem dela. Caso você se preocupasse com ela, teria feito isso.

– E depois eu seria forçado a usar outro humano como sacrifício. Isso seria mais ético?

Nick abafou uma risada.

– Não. Mas acho que vocês não são muito bons com ética.

– Toda ética é cinza, dr. Nygård. Com a profissão que você tem, devia saber isso.

– Como é?

Isso não estava indo bem, e eu não gostava que falassem de mim. Voltei para o quarto antes que o Mestre pudesse responder, silenciando os dois.

– Quer ficar aqui por um tempo? – perguntei ao Nick.

– Não. Preciso voltar pro Dials. – Ele olhou de relance para o Mestre. – Há quanto tempo você está fora da caverna?

– Mais ou menos uma hora.

– Venha comigo, então.

Olhei para o Mestre, que retribuiu meu olhar.

– Não sei – respondi.

– A gente vai inventar uma desculpa pra você voltar. Mas deixe Jaxon feliz por um tempo, senão ele vai estabelecer um toque de recolher pra nós. – Nick abotoou o casaco. – Vou esperar lá fora.

Cerrei o maxilar quando ele saiu.

– Pode ir – disse o Mestre, com muita delicadeza. – Deixei você sozinha várias vezes na colônia penal, sem explicação. Manipule seu mime-lorde, Paige, da mesma forma com que ele passou a vida manipulando pessoas. Use-o a seu favor.

– Não posso superar Jaxon. Ele é o mestre da manipulação. – Eu me levantei e vesti a jaqueta. – Nick tem razão sobre o toque de recolher. Volto quando puder.

– Vou esperar ansioso. Nesse meio-tempo – disse ele –, tenho certeza de que vou encontrar um jeito de me distrair.

– Você podia fazer aquela sessão espírita.

– Talvez. Ou quem sabe eu aproveite algumas horas a mais de paz antes que a guerra comece mais uma vez.

Havia uma luz em seus olhos que eu poderia ter considerado divertida, se ele não fosse um Rephaite. Não consegui evitar um sorriso quando o deixei sozinho.

15

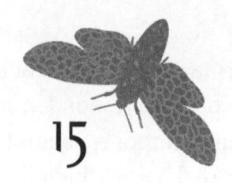

Minister's Cat

No instante em que saí do hotel espelunca, tive vontade de voltar. Eu não queria deixá-lo sozinho lá. Principalmente, não queria voltar para a caverna só com o intuito de evitar que Jaxon interrompesse meu pagamento. Minha liberdade – a liberdade pela qual eu lutara, pela qual pessoas haviam morrido – parecia tão falsa nos Sete Selos quanto em Scion. Eu não era nada além de um cachorro na coleira de Jaxon Hall.

Eu não conseguiria manter isso por mais dois anos. Eu não era uma atriz muito boa para continuar acompanhando a *danse macabre* dele. O duelo era minha única chance de escapar das suas garras.

Andamos pelo Soho. A malha de ruelas era o verdadeiro ponto fraco da I-4, onde as pessoas mais pobres de Jaxon lutavam pela sobrevivência ou morriam tentando. Mantive a cabeça baixa e os olhos bem abertos para perceber qualquer sinal de mensageiros desconhecidos.

– Paige – disse Nick em uma voz baixa –, não confio nele.

– Eu percebi.

– Não consigo me esquecer daquela noite na ponte. Você o empurrou. Você queria ir pra casa. – Ele segurou meu braço, e eu parei de repente. – Talvez ele tivesse seus motivos. Talvez ele queira te ajudar a derrotar o povo dele. Mas ele te manteve prisioneira durante seis meses, pra te usar como marionete. Ele te jogou na floresta com um daqueles monstros. Observou enquanto eles te *marcavam*...

– Eu sei. Eu lembro.

– Lembra mesmo?

– Sim, Nick.

– Mas você não odeia ele.

Aqueles olhos verde-claros conseguiam derrubar todos os escudos que eu já havia erguido.

– Nunca vou me esquecer daquelas coisas – falei –, mas quero confiar nele. Se o Mestre não está do lado deles, deve estar do nosso.

– O que ele vai comer? Aura à gogo? Andarilho onírico *au gratin*? Devo levar um cardápio pra ele e servir um mercadeiro?

– Engraçadinho.

– Não é engraçado, Paige. Aquele episódio na cidade foi minha primeira experiência de ser fast-food.

– O Mestre não vai se alimentar de nós. E não há motivo sob o céu pra ele contar a Scion onde estamos. Eles os matariam com a mesma rapidez com que me matariam.

– Faça o que quiser, *sötnos*, mas não vou te ajudar a se encontrar com ele. Se alguma coisa acontecesse, eu nunca me perdoaria.

Não falei nada. Ele parecia não conseguir olhar pra mim.

A culpa estava espalhada nele. O que eles fizeram com Ella não era culpa de Nick, mas eu sabia que, nos piores momentos, ele sempre se perguntaria se havia alguma coisa que ele pudesse ter feito para acabar com o sofrimento dela. E, quer ele me ajudasse ou não, sempre pensaria a mesma coisa caso eu me machucasse na companhia do Mestre.

Enquanto eu pensava nisso, Liss Rymore e Seb Pearce apareceram diante da minha mente pela primeira vez em dias, e a agonia dessas mortes voltou com força total. Eu nunca tivera a chance de lamentar os mortos daquela temporada. Videntes não organizavam funerais – não fazia parte da nossa cultura chorar sobre um cadáver vazio –, mas poderia ter ajudado. Poderia ter me dado uma chance de dizer *sinto muito* e *adeus*.

Disfarcei minha expressão para não revelar nada. Nick não precisava da minha tristeza, além da dele.

Quando passamos pela coluna do relógio de sol, onde havia rostos tristes pintados, um médium de casaco comprido assobiou de trás de uma cabine telefônica.

– Onírica Pálida.

Parei. Era um dos mensageiros de Jaxon, alguém que eu reconheci.

– O que foi, Copas?

– Tenho uma mensagem pra você – disse ele, se aproximando de nós. – De alguém chamado 9. Ela disse que o projeto está pronto e esperando por você no local em que combinaram.

Era o número da Nell. Deve ser o terror barato.

– Só isso?

– Só isso.

Uma boca cheia de dentes quebrados sorriu para mim. Revirei meus bolsos vazios. Comprimindo os lábios, Nick lhe deu algumas moedas que tinha na carteira.

– Quando foi que você recebeu a mensagem? – perguntei.

– Apenas dez minutos atrás, mas o mensageiro que falou comigo comentou que ela levou dois dias pra entregar o pacote. As Bonecas Esfarrapadas estão revistando os bolsos de todos os mensageiros que saem da II-4 – explicou ele. – Demorou algum tempo pra contrabandear o envelope pra fora da seção sem eles perceberem, aparentemente.

Copas tirou o chapéu e guardou o dinheiro no casaco antes de escapar para um beco. Nick e eu esperamos até seu plano onírico estar a uma boa distância antes de continuarmos.

– É você que eles estão procurando – murmurou Nick. – Você já ouviu falar de mensageiros sendo revistados?

– Não, mas acabamos de roubar um Reph da seção deles. Podem estar se sentindo paranoicos.

– Exatamente. Você não pode voltar.

Assim que passamos pela porta vermelha da caverna, Jaxon nos chamou para seu escritório. Ele estava sentado na poltrona, com a ponta dos dedos unidas, vestindo seu roupão de seda brocada preferido e com uma expressão severa. Fiquei ao lado de Nick e ergui as sobrancelhas.

– Mais um passeio, querida? – perguntou ele diretamente.

– Pedi pra ela procurar um mercadeiro pra mim – disse Nick. – Ele nos devia dinheiro.

– Não quero que minha andarilha onírica saia da caverna sem minha permissão expressa, dr. Nygård. No futuro, você manda um dos outros. – Ele fez uma pausa. – Por que está usando esse uniforme medonho?

– Vim direto do trabalho. – Ele pigarreou. – Jax, acho que meu cargo em Scion está comprometido.

Jaxon se virou na cadeira.

– Estou ouvindo.

Enquanto Nick explicava o que tinha acontecido, Jaxon pegou uma caneta tinteiro e a girou entre os dedos de uma das mãos.

– Por mais que eu despreze seu outro emprego em Scion, precisamos do seu salário, dr. Nygård – concluiu ele. – É melhor que você volte ao trabalho na próxima semana e continue fingindo ignorância. Se você abandoná-los agora, só vai se incriminar ainda mais.

Não podíamos precisar tanto assim de dinheiro. Mesmo depois do que tinha acontecido no mercado negro, a I-4 estava funcionando normalmente.

– Jax, ele está em perigo – falei. – E se eles o prenderem?

– Não vão fazer isso, abelhinha.

– Você está ganhando uma fortuna só com os mercadeiros. Não pode...

– Você pode ser minha herdeira, Paige, mas, a menos que eu esteja enganado, no momento, eu sou o mime-lorde aqui. – Ele não teve a dignidade de olhar para mim. – Um olhar de uma vidente não basta para incriminar nosso oráculo em nada.

— Quer dizer que você fica satisfeito em arriscar o pescoço desse oráculo pra colocar uns centavos a mais no seu cofre? — perguntei, irritada.

Ele apertou o braço da poltrona.

— Pode me deixar sozinho com minha concubina, por favor, dr. Nygård. Tire uma folga merecida.

Nick hesitou antes de sair, mas só por um instante. Ele apertou delicadamente meu ombro ao passar.

Uma gravação distorcida de "The Boy I Love is Up in the Gallery" estava tocando no canto. Havia uma taça vazia na mesa. Eu me sentei em uma poltrona e cruzei as pernas, lançando a ele o que eu esperava ser um olhar inocente e cheio de expectativa.

— O duelo — disse Jaxon, com uma voz perigosamente calma — é daqui a menos de um mês. E não vi nenhuma evidência de que você está tentando se preparar pra ele.

— Andei treinando.

— Treinando *o quê*, Paige?

— Meu dom. Andei... tentando usá-lo sem a máscara — falei. Não era exatamente uma mentira. — Já consigo durante alguns minutos.

— É ótimo que você esteja exercitando seu dom, mas sua saúde física também é importante. Eles te mantiveram fraca e malnutrida por um motivo, querida: pra você não reagir. — Ele colocou uma garrafinha na mesa, cheia até a borda com um líquido esverdeado. — Pior, ainda negou a se tratar com o louro em folha que comprei pra você.

Aproximei o braço do peito. Alguma coisa me disse para não contar a ele que as cicatrizes tinham sido removidas com amaranto. Isso só levaria a perguntas sobre onde eu o arranjara.

— Não tem doído desde que você agregou o Monstro — falei.

— Irrelevante. Até que eu veja alguma prova de que você está cuidando de si mesma — disse Jaxon —, vou segurar seus salários.

O sorriso desapareceu dos meus lábios.

— Eu fiz tudo o que você me pediu — falei, tentando não deixar a voz amargurada. — Tudo. Entreguei as mensagens, fui aos leilões...

— ... e, esse tempo todo, não prestou nem um pouco de atenção! — Ele derrubou a taça da mesa, junto das pilhas de papel. — Sugiro que você administre um pouco melhor o seu tempo. Vou pedir ao Nick te treinar para luta.

O absinto encharcou o carpete. Meu coração martelava. Jaxon pegou outra taça no armário.

— Agora, já pra cama. — Ele serviu o absinto. — Você precisa descansar, ó, minha adorada.

Com um discreto aceno da cabeça, saí.

Havia quanto tempo ele não saía da caverna? Havia quanto tempo não via as ruas que queria tanto governar?

No patamar, Eliza, com a boca entreaberta e uma expressão vazia, estava encarando a parede. A tinta a óleo pintava uma manga em seus braços que ia da ponta do dedo até o cotovelo. O cabelo se resumia a cachos oleosos, fedendo a suor antigo.

– Eliza?

– Paige – disse ela com a voz arrastada –, por onde você andou?

– Fora. – Suas pálpebras estavam fechando. Eu a segurei pelos cotovelos. – Ei, quando foi que você dormiu pela última vez?

– Não sei. Não importa. Você sabe quando sai o próximo pacote de pagamento do Jaxon?

Franzi a testa.

– Ele não te pagou também?

– Disse que queria ver algum progresso. Preciso fazer mais progresso.

– Você já fez muito progresso.

Eu a conduzi escada acima pelo braço. Ela estava tremendo.

– Preciso continuar – murmurou ela. – Preciso, Paige. Você não entende.

– Eliza, quero que você tire oito horas de folga. Durante esse tempo, quero que se alimente, tome banho e durma um pouco. Consegue fazer isso?

Um sorrisinho surgiu em seus lábios. Eu a empurrei para o banheiro com uma toalha e um roupão.

Danica, como sempre, estava trabalhando na sua parte da água-furtada. Bati na porta dela e entrei após não receber resposta.

Os cantos estavam repletos de pedaços e peças que ela havia recolhido em pilhas de ferros-velhos ou comprado de escavadores imundos nas margens do Tâmisa. Danica estava sentada na beirada da cama, encurvada sobre a pesada mesa de carvalho que servia de mesa de trabalho.

– Dani, preciso de um favor.

– Não faço favores – disse ela.

Um círculo de vidro denso deixava um de seus olhos num tamanho absurdo.

– Não é nada cansativo. Não se preocupe.

– Não é esse o motivo. Esse banco não é pra pessoas – acrescentou ela quando eu me sentei.

– No que você está trabalhando? – Observei os retalhos retorcidos de papel no chão, todos escritos em alfabeto cirílico. – A Teoria Panić?

A hipótese dela ainda precisava de pesquisas empíricas. Jaxon queria incluí-la em seu próximo grande panfleto. A fórmula era simples: pegar a ordem de clarividência, multiplicar por dez, diminuir de cem e a resposta era a idade média para um vidente daquela ordem morrer. Significava que eu morreria aos trinta, o que era uma previsão feliz. Por outro lado, previsões felizes não vendem panfletos.

– Não. – Ela pegou uma chave inglesa. – O Senscudo portátil.
– Por que Jax quer que você trabalhe nisso?
– Ele não me diz *por quê*. Ele me diz *o quê* e *quando*.

Não consegui pensar no motivo para Jaxon precisar de uma coisa daquelas.

– Se ficar entediada – falei, enfiando a mão no bolso –, você acha que pode modificar a máscara de oxigênio portátil pra mim? Preciso que você possa diminuí-la um pouco.

Ela a virou nas mãos calejadas.

– Esse é o menor tamanho possível. Precisa de uma câmara de ar decente.

– Que tal alguma coisa que eu possa esconder?

– Jaxon não vai me pagar por isso. A tarefa que ele me deu é esta aqui.

– É pro duelo. Além do mais, você só comprou uma meia desde o ano passado – falei.

– Pode ser que você fique chocada com essa informação, mas preciso de dinheiro pra pagar os escavadores imundos. Eles me cobram como se estivessem vendendo ouro em pó. – Ela largou a máscara na mesa. – Se eu disser que sim, você vai embora?

– Se você também garantir que Eliza vai fazer uma refeição completa antes de voltar ao trabalho.

– Combinado.

Isso foi o melhor que consegui dela. Passei por Eliza, que estava cambaleando até seu quarto e depois caiu enroscada na cama. Quando as musas se aproximaram dela, eu as forcei para um enlace e as mandei, sem a menor cerimônia, para o outro lado da água-furtada.

– Ela precisa descansar. Vão perturbar outra pessoa pra variar.

Pieter saiu depressa e bufando. A musa mais nova, George, ficou remoendo num canto enquanto Rachel e Phil flutuaram, tristes, sobre a porta. Eliza já estava dormindo profundamente, com o braço pendurado ao lado da cama, o rosto meio enterrado no travesseiro. Puxei um cobertor grosso sobre seus ombros.

Jaxon não queria que eu *descansasse*. Se ele estivesse interessado em dar descanso aos seus videntes, Eliza não estaria andando de um lado para outro feito um autômato usando as mesmas roupas havia uma semana.

Meu mime-lorde estava esperando na porta do seu escritório, me observando. Com um sorriso torto, ele acenou para que eu fosse até o meu quarto. Bati a porta na cara dele.

Encolhida na cama, abri os pontos da fronha com a ponta da faca. Havia dinheiro suficiente ali para pagar por mais uma noite para o Mestre no hotel espelunca. Depois disso, ele teria que dar um jeito sozinho. Eu me virei de lado e apoiei a cabeça no braço, ouvindo a máquina de ruído branco.

Depois de uma ou duas horas, o plano onírico de Jaxon escureceu. Fiquei deitada sem dormir até a caverna ficar em silêncio; até os postes inundarem as ruas com a luz azul e Danica ter sucumbido à própria exaustão. O terror barato estava esperando no Soho. O Mestre estava esperando no hotel espelunca. Debaixo do travesseiro, minha mão segurava o punho da faca. Eu não me sentia tão sozinha assim havia muito tempo.

À meia-noite, minha porta se abriu. Eu me sentei com o coração acelerado, com a faca ainda na mão.

– Shiu. Sou eu. – Nick se agachou ao lado da minha cama. – Você está dormindo com uma faca?

– Você dorme com um revólver. – Eu a coloquei na mesinha de cabeceira. – O que aconteceu?

– Vá. – Ele apontou com a cabeça para a janela. – Vá até o hotel espelunca ver o Mestre. Eu deixo um bilhete pro Jaxon. Digo que estamos treinando.

– Achei que você tinha dito...?

– Eu disse, mas estou cansado de fazer tudo de acordo com a cartilha do Jaxon – sussurrou ele. – Não gosto disso, Paige, mas precisamos descobrir o que as Bonecas Esfarrapadas estão planejando. E acredito que você sabe o que está fazendo. – Mesmo assim, ele não parecia feliz. – Tome cuidado, *sötnos*. E, se não conseguir tomar cuidado...

– ... seja rápida. – Dei um beijo na sua bochecha. – Eu sei. Obrigada.

****

Deve ter sido difícil para Nick me deixar sair, mas era bom tê-lo de volta ao meu lado. Mesmo nós dois concordando que era arriscado que eu fosse ver o Mestre, era melhor do que não receber nenhuma ajuda de um Rephaite.

Havia uma onda de frio no ar. Escalei para sair da caverna, encolhida com uma jaqueta e uma echarpe, e desci pela Monmouth Street. A janela do escritório de Jaxon estava escura; seu plano onírico flutuava com a tonalidade turva do álcool. Vi uma unidade de Vigilantes patrulhando a Shaftesbury Avenue e segui até o Soho por um caminho diferente por cima dos telhados.

O distrito estava repleto de habitantes, a maioria amauróticos, com um ou outro vidente passando apressado pela multidão. As pessoas iam até ali para aproveitar o prazer que Scion lhes permitia: os cassinos, os teatros clandestinos e o 3i's Coffee Bar e sua música, tocada pelos poucos sussurrantes que se esgueiraram para empregos amauróticos. Foi ali que Eliza passou sua juventude.

Quando cheguei à praça, deslizei para dentro de um dos estabelecimentos videntes mais populares do distrito: o Minister's Cat, uma casa de jogos feita para videntes, com regras mais rígidas sobre quais ordens poderiam apostar (oráculos, adivinhos e áugures eram sempre reprovados, por causa de seus dons proféticos). Todo mês acontecia uma loteria ali, e o ganhador recebia uma quantia em dinheiro de Jaxon. Também era o único lugar da I-4 em que os membros de outras gangues podiam ficar sem permissão expressa, pois geravam muito dinheiro para a seção. A maioria dos distritos tinha um punhado de prédios "neutros", onde disputas de território e ressentimentos eram ignorados.

Königrufen e *tarocchi* eram os jogos mais populares. Meus dedos coçaram – eu adorava *tarocchi*, e ganhar algumas partidas poderia me render um bolso cheio de dinheiro –, mas eu não tinha o suficiente para entrar na disputa.

Como sempre, estava cheio, quase lotado, de pessoas de vários lugares da cidadela. Passei por entre corpos suados e mesas redondas, deixando para trás olhares e sussurros. Aquele estabelecimento específico era um terreno fértil para fofocas do sindicato. Babs estava conduzindo um jogo de *tarocchi* no canto. Eu teria que esperar.

Talvez eu pudesse encontrar ajuda em outro lugar. Havia muitos videntes vendendo conhecimento por ali.

Conhecimento é perigoso.

Perigoso, mas útil.

Uma adivinha estava sentada em uma cabine ali perto, com pele escura, quase trinta anos. Seu cabelo era uma nuvem de espirais minúsculas, preso por uma faixa estreita de seda cor de violeta. Olhos grandes me observavam sob pálpebras pesadas. O direito era marrom-escuro e o esquerdo, verde, com uma faixa amarela ao redor da pupila e sem coloboma. Era a segunda vez na minha vida em que eu via olhos como aqueles.

– Tem tempo pra uma leitura?

Ela esfregou a ponta do seu nariz largo.

– Se você tiver moedas pra isso.

Dei a ela o troco escasso no meu bolso.

– Isso é tudo o que eu tenho.

Era suficiente para ela comprar mais alguns copos de mecks.

– Bom – disse a adivinha –, acho que é melhor do que nada.

Sua voz grossa tinha um resquício de sotaque. Eu me sentei na cabine e entrelacei as mãos. Ela puxou uma cortina de veludo no trilho até não podermos ser vistas pelos jogadores.

– Você é uma astragalomante – falei.

Suas unhas estavam pintadas de branco com bolinhas pretas. Havia marcas brancas acima de seus olhos também. Ela tirou dois dados pequenos da manga. Ossos da articulação pintados com tinta.

– Bom, é assim que funciona – disse ela, segurando um dos dados entre o polegar e o indicador. – Nem todos os astragas trabalham do mesmo jeito que eu: a maioria faz umas merdas muito complicadas com respostas no papel, mas eu simplifico as coisas. Você faz cinco perguntas e eu vou te dar cinco respostas. Podem ser vagas, mas você vai ter que aceitar. Me dê sua mão.

Dei, e ela a segurou, depois a soltou como se fosse um fio desencapado.

– Você está fria – disse ela, me lançando um olhar suspeito.

A princípio, não percebi o que ela queria dizer com aquilo – minhas mãos estavam desconfortavelmente quentes –, até que abri a mão e lembrei.

– Desculpe. – Estiquei os dedos, mostrando os cortes. – Poltergeist. Faz mais ou menos dez anos.

Ela balançou a cabeça.

– É como apertar a mão de um cadáver. Me dê a outra.

As cicatrizes sempre foram um pouco mais frias do que o resto do meu corpo, mas eu nunca tinha visto ninguém reagir daquele jeito ao meu toque. Ela pegou minha mão direita em vez da esquerda, segurando o dado na mão livre.

– Certo – disse ela, relaxando. – Faça as perguntas.

Não perdi tempo.

– Quem matou o Sublorde?

– Pergunta perigosa. Melhore isso aí. O éter não vai simplesmente dar um nome, feito uma máquina automática.

Fiz uma pausa, remoendo.

– Bocacortada matou o Sublorde?

Os dados rolaram pela mesa. Dois e dois. A adivinha levou a mão livre até a têmpora.

– Balança – disse ela, naquele tom monótono estranho que Liss tinha usado durante a minha leitura. – Um lado da balança está cheio de sangue, fazendo-o pesar. Há quatro figuras ao redor da balança: duas de um lado e duas do outro.

– Certo. Isso responde à pergunta?

– Eu disse que seria vago. Pela minha experiência, as balanças costumam apontar para a verdade. Então, você tem duas pessoas que estão do lado certo da verdade e duas não estão – disse ela. – Você deve entender. A resposta do éter a uma pergunta é para entendimento apenas do querelante.

Se o éter tivesse uma personalidade, decidi que seria a de um canalha presunçoso.

– Próxima pergunta, então – falei. – Foi Bocacortada que matou o Sublorde?

– Você acabou de perguntar isso.

– Estou perguntando de novo.

– Está testando minhas habilidades, saltadora? – Ela não pareceu ofendida; só um pouco intrigada.

– Pode ser – respondi. – Já vi mais do que um charlatão aqui. Como vou saber que isto não é um truque do arco-íris?

Então ela fez de novo. Dois e dois. Repeti a pergunta mais uma vez e recebi a mesma resposta. A adivinha tomou alguns goles de mecks.

– Por favor, chega. Recebo a mesma maldita imagem todas as vezes. E você só tem mais duas perguntas.

Havia tantas coisas que eu queria perguntar, especialmente sobre o Mestre, mas precisava tomar cuidado.

– Digamos que eu queira saber sobre um grupo de pessoas, mas não queira dizer quem são – comecei.

– Desde que *você* saiba de quem está falando, deve funcionar. Você é a querelante. Sou apenas o canal.

Meus dedos tamborilaram na mesa.

– Como é que... aquele que vive no subsolo... sabe dos titereiros?

Era tosco, mas tinha que ser algo sem sentido para essa desconhecida. Pela sua expressão, ela já havia escutado coisas mais esquisitas. Os dados rolaram pela mesa e pararam perto da minha mão, ambos mostrando um único ponto.

– Uma mão sem carne viva, seus dedos apontando para o céu. Seda vermelha ao redor do pulso, feito uma algema. A mão pega penas brancas do chão. Dois dedos se afastam, mas a mão continua pegando.

Ela balançou a cabeça e tomou outro gole da bebida.

– O que isso significa? – perguntei, tentando não parecer exasperada.

– Não tenho ideia do que é a mão. Seda vermelha provavelmente é sangue ou morte. Ou nenhum dos dois – acrescentou ela. Não era nenhuma surpresa que os adivinhos tivessem tanto trabalho para ganhar dinheiro. – Penas brancas... arrancadas de um pássaro, talvez. Podem representar partes de um todo. Ou serem símbolos isolados. – Uma veia se destacou no meio da sua testa. – Última pergunta. Estou me cansando.

Fiquei em silêncio por um tempo, tentando pensar em algo que pudesse me apontar a direção certa... até que me lembrei de Liss e da leitura que ela fizera para mim.

– Quem é o Rei de Paus?

Ela sorriu.

– Você falou com uma cartomante, né?

Não respondi. Citar Liss apenas reacenderia a dor da sua morte. A adivinha deu um peteleco nos dois dados com o polegar e os pegou com a mesma mão. Dois e cinco.

– Sete – disse ela, batendo com eles na mesa. – É isso.

Ergui as sobrancelhas.

– Nenhuma visão?

– Às vezes, o número é suficiente. Lembre-se também do jeito como estão divididos – disse ela. – Dois e cinco são diferentes de, digamos, três e quatro. Um dos dois números costuma ser especialmente significativo. – Sua mão se mexeu sem seu consenso, derrubando a taça de mecks branco e jogando os dados no chão. – E isso é tudo. Quando começo a derramar bebidas, está na hora de parar. Sei que parece suspeito, mas existe significado na loucura.

– Acredito em você.

E eu acreditava mesmo. Não importava quanto seu dom parecera confuso, senti que Liss estava certa sobre tudo. Por mais que eu não entendesse *tudo*.

– Não se preocupe demais com isso. Sinto dizer que não há nada que você possa fazer sobre o seu futuro.

– Não sei, não. – Eu me levantei. – Obrigada.

– Se precisar de outra leitura, você sabe onde me encontrar.

– Não, obrigada. Mas vou te indicar pra alguns conhecidos.

A adivinha assentiu, apoiando a testa em uma das mãos. Afastei a cortina e saí da cabine. Minhas estranhas pareciam um ninho de cobras.

Babs estava de volta ao bar, sardenta e animada, servindo aos jogadores drinques de uma garrafa de mecks sangue que parecia mais velho do que ela. Alguns diziam que a monarquia ainda estava viva e passando bem em Babs: ela era uma rainha autoproclamada da música de queixo. Ergueu uma das mãos quando me viu.

– Onírica Pálida – exclamou ela. – Faz tempo que não te vejo. Como você está?

– Podia estar melhor, Babs. – Eu me sentei num dos bancos de madeira. – Ouvi dizer que você tem um pacote pra mim.

– Ah, sim, tenho mesmo. – Ela vasculhou debaixo do balcão. – Presente de um admirador, é?

Balancei a cabeça, sorrindo.

– Você sabe que o Agregador não permitiria isso.

– Frio como um peixe morto num túmulo, esse homem. Você sabe que ele acabou com a loteria, né?

– Desde quando?

– Desde agosto. Ninguém ficou feliz, mas acho que ele foi generoso ao criá-la.

Interessante.

– Você está ocupada hoje à noite.

– Ah, eu sei. Estamos recebendo apostas pro resultado do duelo. Abençoado seja o velho Hector por ter morrido. Tivemos dificuldade pra conseguir clientes aqui por um tempo – disse ela. – Os Giles costumavam aparecer, mas não voltaram mais com a mesma frequência. Scion os deixou apavorados demais pra sair dos alojamentos depois de certa hora.

– Por quê?

– Surras. Estão perdendo a paciência com essa situação dos fugitivos, dizendo que os Giles devem estar escondendo o próprio povo. – Ela olhou para mim. – Falando em fugitivos, você tem sido o assunto da casa há umas boas luas. Estão apostando que foi você que derrubou Hector.

Claro que estavam.

– E o que você acha?

Ela bufou.

– Eu te conheço há dois anos, meu amor. Não consigo te imaginar arrancando a cabeça de alguém. Não, acho que foi Bocacortada. Quero dizer, se não foi ela, por que não apareceu pra reivindicar a coroa?

– Porque sabe que é suspeita.

– Ela não daria a mínima pra isso, aquela garota. Não era muito ruim sem Hector controlando seus passos. Vinha com uma boa frequência aqui pra jogar com uma amiga. – Sorrindo, Babs me estendeu um envelope pardo grosso. – Aqui, meu amor. Nem dei uma olhada nisso, mesmo sendo sensitiva.

– Obrigada. – Mesmo assim, verifiquei se o selo estava intacto antes de guardá-lo na minha jaqueta. – Estou meio sem grana, Babs. Te pago quando receber meu salário.

– Em vez de me dar moedas, me dê a satisfação de um jogo. Alguns mensageiros ali precisam de uma boa surra.

Olhei por cima do ombro.

– Onde?

– Mesa do meio. Eles vêm quase toda noite.

– Pra qual seção eles jogam?

– I-2. São bem gentis, mas vencem com frequência demais, se é que você me entende. Ei, lembra quando você baixou a bola de Dentetagarela? – Ela riu. – Ah, aquela noite foi muito boa. Vê-lo perder todo o dinheiro que tinha apostado em si mesmo...

Todos nós ficamos histéricos naquela noite. Mas, após a morte de Dentetagarela, parecia uma vitória vazia.

Um pequeno grupo do pessoal da Madre Superiora estava sentado ao redor da mesa que ela indicou, todos envolvidos num jogo de *tarocchi*. Eles usavam os veludos e sedas valiosos e escuros dos associados mais próximos dela, enfeitados com mangas de renda e delicadas joias de prata. Reconheci a ruiva do leilão juditeano, na beirada da mesa, olhando para o leque de cartas na sua mão.

– Talvez na próxima – comecei a dizer e, em seguida, enrijeci.

Um dos jogadores tinha a cabeça coberta de cabelo azul-claro e exibia as listras das Bonecas Esfarrapadas no colete sem mangas. Havia uma pulseira de pequenos ossos ao redor de um dos pulsos dele. Na parte superior do braço direito, uma pequena tatuagem da mão de um esqueleto, branco-marfim, delineada em preto, com os dedos erguidos na direção do ombro.

Uma mão sem carne viva, seus dedos apontando para o céu. Olhei de volta para a cabine, mas a adivinha tinha ido embora.

– Aquele cara é um Boneca Esfarrapada – falei baixinho.

Babs ergueu o olhar.

– Hum? Ah, é, sim. Os Rouxinóis estão sempre participando de jogos amigáveis com outras seções. Eles têm uma rivalidade antiga com o pessoal da Malvada. – Ela serviu uma taça de mecks branco pra mim. – Mas devo dizer que fico surpresa por eles aceitarem jogar com um Boneca Esfarrapada. Ele deve ter pago uma boa grana pra entrar no campeonato. O Agregador continua não tendo problema com a presença de outras gangues aqui, né? Posso expulsá-los, caso ele não goste.

– Não. Tudo bem. – Meu coração ainda martelava com um pouco de força demais. – Você sabe por que a Madre Superiora odeia tanto o mime-lorde deles?

– Isso pode te surpreender, mas nunca ouvi falar disso.

Fiquei mesmo surpresa. Eu estava usando a echarpe, mas mantive o rosto virado para longe do Boneca Esfarrapada.

– O que é aquele símbolo no braço dele?

– Todas as Bonecas têm. Parece uma merda, né?

Sorri ao ouvir isso.

– Preciso ir. Obrigada pelo drinque.

– Tá bom. – Ela se inclinou por cima do balcão do bar para me abraçar. – Tome cuidado, Onírica. As ruas não estão muito gentis ultimamente.

Atravessei o salão e me escondi em outra cabine, onde peguei as páginas do manuscrito e as alisei. Duas cópias. Nell fez bem em me entregá-las tão rápido.

Eles deram o título *A Revelação Rephaite*. A história era econômica, claramente rabiscada às pressas sob a luz de uma lanterna, mas terrores baratos não precisavam ser obras de arte. Descrevia o triângulo profano entre Scion, os Rephaim e os Emim. Entrava em detalhes sangrentos sobre a colônia penal e explicava o tráfico que existia havia duzentos anos. E o mais importante: dizia como destruir um Rephaite. Eles sugeriram cobrir uma lâmina com néctar de anêmona ou usar um canudo de soprar para mirar o pólen nos olhos.

Tudo isso era contado através dos olhos de 1, uma pobre cartomante, tirada das ruas e jogada num pesadelo. Os desenhos não mostravam seu rosto, mas seu cabelo era cacheado e preto, como o de Liss. Folheei até as últimas páginas. No fim, essa Liss escapava da colônia e reunia toda Londres para defender a raça de videntes. Fazendo o que a verdadeira Liss não teve chance de cumprir.

Ela estava viva nas páginas da verdade. Enfiei o envelope de volta na jaqueta e afastei a cortina.

O Boneca Esfarrapada tinha desaparecido da casa de jogos. Enquanto eu passava pelos jogadores da I-2, parei e bati na mesa deles. Todos olharam para cima, assustados. A ruiva engasgou no áster e se levantou.

– Onírica Pálida – disse ela, com a voz rouca. Metade de seu rosto estava escondido por uma complexa máscara de renda. – Podemos te ajudar?

Cruzei os braços.

– O Agregador te falou, na reunião, que às vezes Bocacortada vinha aqui. Você seguiu essa pista?

– Ah, sim – respondeu um dos homens, sem tirar os olhos das cartas. – Infelizmente, não encontramos nada útil. Algumas dessas pessoas já a viram aqui, só que ela não voltou mais.

– Certo. – Canalhas preguiçosos. – Vocês têm algum motivo pra estarem jogando com Bonecas?

– Ele nos desafiou. E insultou nossa dama. Mandamos ele enfiar o dinheiro onde estava a boca dele.

Uma das outras mulheres, uma áugure, soprou fumaça lilás em mim.

– Você quer nos desafiar, Onírica Pálida?

A ruiva jogou uma carta nela.

– Pare com isso. Este não é o nosso território. – Ela estendeu a mão para o meu braço. – A Madre Superiora agradece sua compreensão e a do Agregador Branco. Esperamos que isso possa ser resolvido.

– É o que todos esperamos, né? – falei e depois virei de costas.

Babs ainda estava atrás do bar com outro crupiê, gargalhando de algo que ele dissera. Saí pela porta da frente, fazendo o sino tocar.

Andei mais rápido do que o normal. O aluguel do Mestre vencia na manhã seguinte; eu precisava vê-lo naquele momento ou o senhorio iria bater na sua porta.

Meu coração disparava enquanto eu voltava pelo Soho, dando preferência às ruelas mais calmas. Minha nuca formigou. Àquela hora da noite, as áreas residenciais eram sombrias e desertas; seus videntes estavam no centro do distrito, jogando ou fofocando.

Eu estava quase no hotel espelunca, quando dois planos oníricos se fecharam em cima de mim, e um soco na cara me arrancou do chão.

16

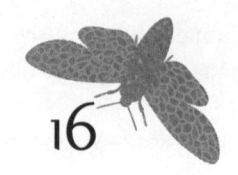

Flor e Carne

Um saco cobriu minha cabeça. Meus braços foram esticados nas laterais do meu corpo. Arqueei as costas e estendi a mão direita para o cinto, tentando pegar a faca de caça enquanto eu gritava de raiva.

Alguma coisa dura atingiu a parte de trás do meu crânio, provocando uma explosão de cores no fundo dos meus olhos. A mão de alguém segurou a parte de baixo do meu rosto. Eu me senti sendo arrastada feito uma carroça de catador de lixo, o asfalto ralando meus joelhos.

– Sinto muito mesmo por estar fazendo isso, Onírica Pálida – uma voz rouca –, mas você sabe demais.

Eles me carregaram até virar uma esquina. O gosto de ferro cobria o céu da minha boca. O sangue se esgueirava para o fundo da minha garganta, me dando ânsia de vômito. O pânico me fez parar de respirar. A menos que estivessem planejando me matar ali mesmo, deviam estar me levando para um carro. Tentei gritar de novo – alguns dos funcionários de Jaxon deviam estar por perto, e a maioria me ajudaria se achasse que poderia ganhar alguma recompensa –, mas só conseguia que o saco pressionasse meus lábios com mais força. A luz azul do poste penetrava por ele.

– Agora, Onírica Pálida, a gente quer que você faça o seguinte. – Uma faca serrilhada encostou na lateral do meu pescoço. – Diga pra onde você levou a criatura, e a gente reconsidera cortar sua garganta.

– Que criatura? – disparei.

– A que você roubou das catacumbas. Olhos bonitos, feito lanternas. Será que devemos refrescar sua memória?

Outro soco, desta vez na minha lombar, me jogou na parede. Meu espírito pareceu despertar de repente; atacou o plano onírico mais próximo. Um dos agressores gritou, e a faca dele caiu no chão perto das minhas botas. Cega, eu a peguei e apontei na direção de dois planos oníricos, meus músculos tremendo.

– Vocês não vão encontrá-lo – falei.

– Não vamos?

Uma áugure e um sensitivo. Rasguei o saco. O sensitivo era excepcionalmente alto e magro, enquanto a áugure era muito pequena. Ambos usavam roupas pretas, com aquelas máscaras sorridentes pintadas, e carregavam facas de destrinchar.

– É o Homem Esfarrapado e Ossudo que me quer morta, já entendi – falei, dando um passo para longe deles.

– Foi inteligente da sua parte ter encontrado o santuário dele. – A áugure apontou para mim uma pistola com silenciador. – Inteligente demais pro seu bem, Onírica Pálida.

Eu me joguei na direção dela, atingindo-a na cintura. A pistola dela caiu em algum lugar perto do meu joelho direito. Ela me agarrou com a mão livre, enquanto eu segurava seu pulso esquerdo no chão, forçando a arma para longe do meu corpo.

O segundo agressor veio na minha direção com uma faca. Chutei o estômago dele, fazendo-o se contorcer. A mulher aproveitou a oportunidade para me virar de costas e segurar minhas mãos com os joelhos. A máscara caiu para o lado quando ela encostou a pistola no meio da minha testa.

Uma pressão quente surgiu atrás dos meus olhos, e me senti sendo sugada para fora do corpo, ossos e espírito se afastando um do outro enquanto eu saltava. Tentei impedir, mas foi um impulso, algo mecânico. Era matar ou ser morta. Meu espírito atravessou a mente dela, jogando seu espírito para fora do corpo. Num piscar de olhos depois, o cadáver caiu em cima de mim. O homem gritou um nome através da abertura da máscara. Ele cerrou os punhos na minha jaqueta, me arrastou de baixo da mulher e esmagou minhas costas na parede. Segurei seu pulso e o forcei de volta, quebrando ossos, de modo que os nós de seus dedos quase encostaram no antebraço.

Uma faca se ergueu, mirando meu estômago. Eu me afastei bem na hora; a ponta da faca cortou a lateral do meu corpo. Antes que ele pudesse me apunhalar de novo, bati o joelho no meio das suas coxas. Uma bufada de ar quente saiu pela máscara, passando pela minha orelha. Meus dedos soltaram seu pulso ferido e seguraram a mão com a faca. Mordi seu braço com toda a força, até sentir o peso da mordida nas raízes dos meus dentes. Ele gritou um insulto lancinante no meu ouvido, mas me segurou até meus dentes perfurarem a pele e minha boca se encher com gosto de moedas.

Eu me conhecia bem demais para usar meu espírito de novo. Minha cabeça estava latejando e minha visão formigava nos cantos. No instante em que a mão esquerda dele reduziu o aperto na faca, chutei com força a parte da frente da sua perna e enfiei o punho livre no seu plexo solar. A perna machucada fraquejou sob seu peso. Meus ombros se livraram do aperto dele, e eu estava livre.

A faca do assassino de aluguel girou no salão feito um dançarino de valsa. Peguei o revólver da mulher morta e andei na ponta dos pés, sendo discreta. A faca passou por mim e quase atingiu meu rosto. A visão dele devia estar borrada por causa do soco que levou no tronco, já confinada pelos pequenos buracos para os olhos na máscara. No instante em que ele se virou para o lado errado, esmurrei o revólver atrás de sua orelha, depois chutei sua lombar com tanta força que meu joelho doeu. Ele cambaleou até as lixeiras antes de cair no chão.

Ofegante, me deixei cair na parede de tijolos. Faíscas surgiram no meu campo de visão. Limpei as mãos antes de me agachar e tirar as máscaras dos dois.

Os olhos da mulher encaravam o nada. Ambos usavam pulseiras de ossos e listras, assim como as Bonecas Esfarrapadas. Enfiei a mão no bolso do casaco dela, e meus dedos encontraram um tecido frio e macio. Havia uma seda vermelha amassada na minha mão.

Um lenço vermelho, manchado de sangue escuro.

Meus dedos se fecharam ao redor do lenço. Eu sabia, instintivamente, que naquele pequeno pedaço de seda estava o sangue de Hector. Eles deviam ter planejado colocá-lo no meu cadáver, para usar meu corpo como uma prova de que eu era a assassina.

O homem grunhiu brevemente. Com a exceção de uma pequena cicatriz perto da têmpora e um pouco de pelo no maxilar, ele não tinha nenhuma característica diferencial. Guardei o lenço no bolso e dei um tapa forte no rosto dele.

– Qual é o seu nome?

– Não vou dizer. – Suas pálpebras estavam pesadas. – Não me mate, andarilha onírica.

– Então você está disposto a matar pelo seu chefe, mas não a morrer por ele. Eu diria que essa é a marca de um verdadeiro covarde. Melhor falar pra ele mandar mais do que dois lacaios na próxima vez. – Mostrei o lenço. – O que vocês iam fazer com isso? Plantá-lo em mim?

– Espere só até o duelo. – Ele deu uma risada. – Um rei cai, outro se ergue.

– Você é louco. – Sentindo uma onda de repulsa, eu o joguei de volta no chão. – Você tem sorte que não vou te matar por estar no território do Agregador Branco.

– Vá em frente. Os Esfarrapados vão fazer isso, se você não fizer – disse ele. – Mas você não tem nenhum poder de verdade, concubina. Sempre vai ser a marionete de alguém.

Já havia uma morte na minha consciência naquela noite. O que importava era que o terror barato ainda estava guardado na minha jaqueta, protegido e seguro. Tirei o cinto e amarrei as mãos do assassino de aluguel no portão de ferro batido. Usei minhas últimas forças para empurrar o homem para sua zona do crepúsculo e o deixei à mercê de seus pesadelos ao lado do corpo vazio da mulher.

****

Assim que cheguei ao hotel espelunca, era quase meia-noite e meia. Subi pelos degraus rangentes e destranquei a porta.

O quarto era iluminado por uma única vela e o brilho da tela de transmissão. O Mestre estava em pé ao lado da janela suja onde a chuva caía, observando a cidadela. Quando viu meu lábio inchado e minha cabeça ensanguentada, seus olhos se incendiaram.

– O que aconteceu?

– Ele mandou um assassino de aluguel atrás de mim. – Virei as trancas e deslizei a corrente no trilho. – O Homem Esfarrapado e Ossudo.

Meu coração continuava acelerado, minha visão tremendo com as luzes. Passei cambaleando por ele, indo até o banheiro, e peguei no armário uma lata de suprimentos médicos escassos.

Enquanto eu tirava a calça e fazia uma atadura nos joelhos ralados, me perguntei o que o Mestre estava pensando. Sem dúvida eu estava desperdiçando um tempo precioso, me arrastando por ruelas enquanto Scion preparava seu império para a guerra. Só quando abri a porta, percebi que minhas mãos estavam tremendo.

O Mestre não me perguntou se eu estava bem. A resposta era óbvia. Em vez disso, ele fechou as cortinas e me serviu uma taça de brandy. Eu me afundei no sofá ao lado dele e aninhei a taça entre as mãos.

– Suponho que você tenha dado um jeito no assassino de aluguel – disse ele.

– Eles estão procurando você.

Ele tomou um gole da própria taça.

– Com certeza, não tenho a intenção de ser pego de surpresa pela segunda vez.

Sua mão esquerda segurava o braço do sofá; a direita estava apoiada na coxa, com a palma virada para cima. Mãos grandes e brutas, marcadas por cicatrizes nos nós dos dedos e uma marca na base do dedão direito.

Na colônia, ele me observava com frequência como se eu fosse um enigma que não conseguia decifrar. Naquele momento, seu olhar estava fixo na tela de transmissão. A comédia mais popular de Scion estava passando, aquela que falava de amauróticos insípidos e seus valentes triunfos sobre desnaturais. Franzi uma sobrancelha.

– Você estava vendo uma *sitcom*?

– Estava, sim. Acho os métodos de doutrinação de Scion bastante intrigantes. – Ele trocou o canal para o noticiário e uma transmissão anterior estava sendo reprisada. – Scion anunciou a criação de uma subdivisão de elite dos Vigilantes, chamada Punidores. Sua função específica é rastrear fugitivos preternaturais para que eles sejam levados à justiça.

– Preternaturais?

– Um novo nome para aqueles que cometem formas extremas de alta traição, pelo visto. Imagino que tenha sido sugestão de Nashira. Uma forma de dificultar sua vida em Londres.

– Como ela é criativa! – Inspirei devagar. – Quem são eles?

– Túnicas-vermelhas.

Eu o encarei.

— O quê?

— Alsafi nos informou que, como eles não têm mais uma colônia para proteger, os túnicas-vermelhas foram designados para trabalhar na cidadela. Sem dúvida seu amigo Carl deve estar entre eles.

— Ele não é meu amigo. É puxa-saco da Nashira. — Até mesmo a lembrança de Carl Dempsey-Brown era irritante. Coloquei a taça na mesa. — Não posso pagar mais do que uma noite pra você aqui. Jax está segurando meus salários.

— Não espero que você pague minha hospedagem, Paige.

Desliguei o noticiário, aumentando a escuridão, e tomei um gole de brandy. Seu olhar estava quase queimando um buraco na parede, como se me olhar fosse fazer o teto desabar. Eu me ajeitei, colocando o cabelo atrás da orelha. Minha blusa ia até o meio da coxa, e eu pensei que ele já tinha me visto com menos roupas antes, afinal ele havia removido uma bala do meu quadril depois de Nick atirar em mim.

O Mestre falou primeiro:

— Suponho que seu mime-lorde tenha deixado você ficar aqui por mais uma noite.

— Você acha que eu conto tudo pra ele?

— Conta?

— Na verdade, não. Ele não tem a menor ideia de onde estou.

Nós dois éramos fugitivos, ambos separados de nossos aliados, os dois do lado errado de Scion. Tínhamos mais em comum do que jamais tivemos, mas aquele não era o Mestre que eu deixara no hotel espelunca algumas horas antes. Alguma coisa tinha mudado nas horas em que me mantive afastada, mas eu não o havia tirado daquele buraco para transformá-lo em outro monstro. Já havia muitos no meu encalço.

— Você tem perguntas — disse o Mestre.

— Vou começar te perguntando sobre a verdade.

— Um pedido espetacular. Sobre o quê, especificamente?

— Você — respondi. — Os Rephaim.

— A verdade parece diferente em cada lente. A história foi escrita por mentirosos. Eu poderia falar sobre as grandes cidades do Limbo e sobre o modo de vida dos Rephaim, mas acho que essas verdades são para outra noite.

Tentei sorrir, só para dissipar a tensão.

— Bom, agora você me deixou curiosa.

— Não consigo descrever a beleza do Limbo. Nenhuma palavra consegue. — Uma luz surgiu em seus olhos, algo do Mestre que eu conhecia. — Se eu tivesse minha sálvia, poderia mostrar a você. Mas, por enquanto — ele colocou a taça vazia na mesa —, vou contar a história dos Rephaim e dos humanos. Você vai precisar saber disso para entender os Ranthen e para entender o que nos motiva a lutar.

Minha cabeça estava me matando, mas fazia muito tempo que eu queria ouvir aquilo. Puxei as pernas para cima do sofá.

– Estou ouvindo.

– Primeiro – disse ele –, fique sabendo que a história contada do Limbo foi distorcida ao longo dos séculos. Só posso falar o que eu vi e ouvi.

– Anotado.

O Mestre se recostou no sofá, e, pela primeira vez em algum tempo, fixou o olhar em mim. Era uma postura relaxada, quase humana. Um centímetro insignificante de mim ficou tentada a desviar o olhar, mas, em vez disso, retribuí.

– Os Rephaim são uma raça atemporal – começou ele. – Estamos no Limbo há muito, muito tempo. Seu nome verdadeiro é She'ol, de onde vem o nome da colônia. Só existíamos no éter, pois nada cresce no Limbo. Não há frutas nem carne. Só éter e amaranto, e criaturas-sarx, como nós.

– Criaturas-sarx?

– Sarx é nossa carne imortal. – Ele flexionou os dedos. – Não envelhece nem pode ser profundamente ferida por armas amauróticas.

Enquanto ele contava a história, sua voz ficava mais lenta e calma. Tomei mais um gole de brandy, me virei de lado e afundei nas almofadas. O Mestre olhou para mim antes de continuar.

Os Rephaim sempre estiveram no Limbo. Eles não nasciam, como os humanos, nem tinham evoluído (até onde sabiam); em vez disso, segundo o Mestre, eles *surgiam* totalmente formados. O Limbo em si era o berço da vida imortal, o útero onde eles eram criados. Não havia crianças Rephaim. De tempos em tempos, mais Rephaim surgiam, mas as ondas de criação eram esporádicas.

Certa vez, esses imortais se viram como mediadores entre a vida e a morte, entre os dois planos da Terra e do éter. Quando os humanos apareceram pela primeira vez no mundo corpóreo, eles decidiram ficar de olho para garantir que não danificassem o frágil equilíbrio entre os mundos. Originalmente, faziam essa vigilância enviando guias espirituais, os psicopompos, para que os espíritos dos humanos mortos fossem acompanhados até o Limbo.

Mas, conforme o tempo passava – e os Rephaim, pelo que ele me disse, ainda tinham dificuldade para entender o conceito de *tempo*, uma força que não exercia efeito algum sobre o Limbo e seus habitantes –, os humanos ficaram cada vez mais divididos. Cheios de ódio uns pelos outros, eles lutavam e matavam por qualquer motivo imaginável. E, quando morriam, muitos ficavam para trás, se recusando a seguir para a próxima etapa da morte. No fim das contas, o limite etéreo tinha aumentado e chegado a um nível perigoso.

Nessa época, o líder deles era a família Mothallath. O soberano-estrela, Ettanin Mothallath, tinha decidido que os Rephaim deveriam entrar no mundo físico e acalmar a agitação etérea, encorajando os espíritos a irem para o Limbo, onde poderiam aceitar sua morte em paz.

– Então, é pra isso que serve o Limbo – falei. – Pra facilitar a passagem da morte. Pra impedir que os espíritos fiquem aqui.

– Sim. Nós os preparávamos para a viagem até a última luz. Para sua segunda e verdadeira morte. Nossas intenções eram puras.

– Bom, você sabe o que dizem sobre boas intenções.

– Já ouvi dizer – comentou ele.

Fiquei em silêncio enquanto ele prosseguia com a história. De vez em quando, ele parava no meio de uma frase; seus olhos se estreitavam um pouco e sua boca afinava e os cantos se curvavam para baixo. Por fim, ele escolhia uma palavra e continuava, ainda com uma discreta expressão de insatisfação, como se o idioma tivesse falhado com ele de alguma forma.

Uma família arrogante e respeitada de eruditos – os Sargas, cuja tarefa era estudar o limite etéreo – havia decidido que atravessar o véu seria um ato de profanação inconcebível. A crença deles era que a interação entre os Rephaim e os humanos deveria ser evitada, que sua carne imortal pereceria na Terra. Mas o limite aumentava cada vez mais, e os Mothallath rejeitaram o conselho. Como a ideia fora de sua família, eles mandariam um dos seus para ser o primeiro dos "observadores".

A primeira observadora, a ousada Azha Mothallath, conseguira atravessar os véus e se comunicara com o máximo de espíritos de que fora capaz. Ela retornara em segurança, e o limite diminuíra. Parecia que os Sargas estavam errados. Não havia problema algum na travessia.

– Isso deve tê-los deixado furiosos – falei.

– Imensamente – confirmou ele. – Os observadores atravessavam o véu sempre que o limite aumentava muito, usando armaduras para se proteger da corrupção. Nós, os Mesarthim, que éramos guardiões dos Mothallath, decidimos acompanhá-los, mas logo descobrimos que só eles conseguiam atravessar.

– Por quê?

– Isso ainda é um mistério. Para se proteger, os Mothallath estabeleceram uma lei rígida de que nunca se revelariam para os humanos. Sempre deveriam manter distância.

– Mas alguém não fez isso – supus.

– Isso mesmo. Não sabemos exatamente o que aconteceu, mas os Sargas nos informaram que um dos Mothallath tinha atravessado o véu sem permissão. – Seus olhos se ofuscaram. – Depois disso, tudo se desintegrou. Então, a clarividência entrou no mundo humano. Então, os Emim apareceram. Então, os véus entre os mundos se tornaram mais finos e permitiram que todos nós atravessássemos.

Hesitei.

– A clarividência nem sempre existiu, então.

– Não. Só depois desse evento, o Declínio dos Véus, como os Rephaim chamam, é que os humanos começaram a interagir com os espíritos. Vocês estão aqui desde épocas remotas, mas não há tanto tempo quanto os amauróticos.

Sempre gostei de pensar que estávamos aqui desde que os humanos existiam. No fundo, sempre soube que isso era uma fantasia comodista. Os amauróticos *eram* os originais, os naturais. Inspirei fundo e devagar, depois expirei.

Então, a guerra tinha atingido o Limbo, uma guerra que colocou Rephaite contra Rephaite e todas as facções contra os Emim. As criaturas haviam rastejado das sombras feito uma praga, apodrecendo o Limbo ao longo do caminho. Os Rephaim não conseguiam mais existir apenas no éter, que antes eles respiravam assim como os humanos respiravam ar. Eles morreram de fome e milhares se extinguiram, conforme os Sargas tinham previsto. Por fim, Procyon, Mestre dos Sargas, nomeou a si mesmo como *soberano de sangue* e declarou guerra contra os Mothallath e seus apoiadores, culpando-os por deixar a morte entrar no seu reino. Quem ainda era fiel aos Mothallath se chamava Ranthen, em homenagem ao amaranto, a única flor que crescia no Limbo.

– Imagino que você estava do lado dos Ranthen – falei.

– Estava. Estou.

– Mas?

– Você sabe o fim. Os Sargas venceram. Os Mothallath foram usurpados e destruídos, e o Limbo não conseguia mais nos sustentar.

O rosto dos Rephaim não se entregava ao sofrimento, mas havia momentos em que eu achava que conseguiria vê-lo na expressão do Mestre. Pequenas coisas revelavam arrependimento. A redução do brilho em seus olhos. A leve inclinação da cabeça.

Um impulso aproximou minha mão da dele. Ao ver isso, ele flexionou os dedos num punho e puxou o braço para a esquerda.

Nossos olhares se encontraram por um brevíssimo instante. Minha nuca esquentou. Estendi a mão para a taça, como se fosse isso que eu pretendia fazer desde o início, e me recostei no braço oposto do sofá.

– Continue – pedi.

O Mestre me observou. Aninhei a testa em uma das mãos, tentando ignorar o calor que corava minhas bochechas.

– Para se salvar – disse ele –, os Ranthen declararam lealdade aos Sargas. Nessa época, Procyon não tinha capacidade para liderar, e dois novos membros da família Sargas haviam se apresentado para assumir seu lugar. Nashira, que era metade desse par, declarou que assumiria um dos traidores como seu consorte de sangue, para mostrar a eles que até mesmo seus líderes se conformariam com a nova ordem. Por azar, ela me escolheu.

O Mestre se levantou e colocou as mãos no peitoril empoeirado da janela. A chuva fustigava o vidro.

Eu não devia ter tentado reconfortá-lo. Ele era um Rephaite, e estava claro que tinha sido um erro o que acontecera no Salão da Guilda.

– Nashira era, e ainda é, a mais ambiciosa dos Rephaim. – Quando ele falava dela, seus olhos queimavam. – Como não conseguíamos mais nos conectar ao éter, ela disse que precisaríamos conferir se teríamos sucesso do outro lado do véu. Esperamos o limite etéreo atingir o ponto mais alto antes de um grande grupo atravessar em 1859. Ali, descobrimos que podíamos nos alimentar da conexão que certos humanos tinham com o éter. Onde conseguiríamos sobreviver.

Balancei a cabeça.

– E o governo de Palmerston simplesmente deixou vocês entrarem?

– Podíamos ter sobrevivido nas sombras, mas Nashira cismara que deveríamos nos tornar grandes predadores, não parasitas. Nós nos revelamos a lorde Palmerston, lhe dizendo que os Emim eram demônios e nós, anjos. Quase sem questionar, ele entregou o controle do governo a Nashira.

As asas arrancadas dos anjos nas igrejas, abrindo caminho para novos deuses. A estátua de Nashira na Casa. Gomeisa tinha razão: facilitamos muito para eles assumirem o controle.

– A rainha Vitória teve permissão para manter uma aparência de poder, mas ela não exercia mais influência sobre a Inglaterra do que um indigente. A morte do príncipe Albert acelerou a partida dela. No dia em que foi coroado, seu filho, Edward VII, foi preso por assassinato e acusado de trazer a desnaturalidade para o mundo. E começou a inquisição contra a clarividência, que era o estabelecimento do nosso controle. – Ele ergueu a taça. – O resto, como dizem, é história. Ou modernidade, como pode ser o caso.

Ficamos em silêncio por algum tempo. O Mestre esvaziou sua taça, mas não a largou. Era estranho pensar que o mundo dele sempre existiu com este aqui, invisível e desconhecido.

– Certo – falei. – Agora me diga o que os Ranthen querem. Me diga em que vocês são diferentes dos Sargas.

– Em primeiro lugar, não queremos colonizar o mundo corpóreo. Esse é o principal desejo dos Sargas.

– Mas vocês não podem viver no Limbo.

– Os Ranthen acreditam que o Limbo pode ser restaurado, mas não queremos que fique isolado do mundo humano, como era antes. Se o limite puder ser reduzido até um nível estável, desejamos ter uma presença de conselheiros no mundo humano – disse ele. – Para evitar o colapso total dos véus.

Eu me sentei mais reta.

– O que acontece se eles entrarem em colapso?

– Isso nunca aconteceu – disse ele –, mas sinto que vai terminar num cataclisma, assim como muitos outros Rephaim. É o que os Sargas querem. Os Ranthen têm o objetivo de impedir isso.

Observei seu rosto, tentando tirar alguma coisa dali: uma emoção, uma pista.

– Você concordava com Nashira? – perguntei. – Quando veio pra cá pela primeira vez. Você concordava que os humanos deviam ser subjugados?

– Sim e não. Eu acreditava que vocês eram imprudentes, destinados a se autodestruir e ao éter, com suas guerras insignificantes e sem fim. Eu pensava, talvez de forma ingênua, que vocês se beneficiariam com a nossa liderança.

Minha risada foi um pouco amarga.

– Claro. As mariposas idiotas, atraídas pra chama da sua sabedoria.

– Eu não penso como Gomeisa Sargas. – Seus olhos estavam frios, mas isso não era novidade. – Nem os parentes dele. Eu não sentia nenhum prazer com a degradação e a miséria da colônia penal.

– Não. Você simplesmente cooperava. – Virei a cabeça para o outro lado. – Parece que alguns dos Ranthen deveriam simplesmente se unir aos Sargas. Acho difícil acreditar que eles querem cuidar de nós, pobres e indefesos humanos.

– Você tem razão ao suspeitar desse motivo. A maioria dos Rephaim não consegue sobreviver aqui, ficam parecendo coisas pela metade, e muitos se ressentem amargamente dos Sargas por obrigá-los a ficar. – Ele voltou para o assento ao meu lado. – Para uma criatura-sarx, a Terra pode parecer... desagradável.

– O que quer dizer com isso?

– Tudo aqui está morrendo. Até mesmo seus combustíveis são feitos de matéria decomposta. Os humanos usam a morte como meio de manter a vida. Para a maioria dos Rephaim, essa é uma ideia desagradável. Veem isso como o motivo para os humanos serem tão sedentos de sangue, tão violentos. A maioria dos Ranthen iria embora se tivesse opção. Mas o Limbo também está destruído. Decadente, assim como os Emim. E por isso devemos ficar.

Outro calafrio. Peguei uma pera madura na tigela de frutas.

– Então, pra vocês – falei –, isso está podre.

– Nós vemos a podridão antes de ela aparecer.

Joguei a pera de volta na tigela.

– É por esse motivo que vocês usam luvas. Pra não se contaminarem com a mortalidade. Por que você quis trabalhar comigo?

Ou *me beijar*, pensei, mas não consegui dizer.

– Não acredito nas mentiras dos Sargas – disse ele. – Você está viva até o dia em que morrer, Paige. Não deixe a loucura deles entrar na sua mente. – O Mestre não desviou o olhar do meu. Ele estava ali dentro em algum lugar, por trás das feições severas. – Os Ranthen acreditam, diferentemente dos Sargas, que os humanos roubaram nossa corda de salvamento de forma inadvertida, mas não veem os humanos como iguais. Muitos culpam a violência e a vaidade humanas pelo sofrimento deles.

— Você me ajudou.

— Não confie na ilusão de que sou um bastião da bondade moral, Paige. Isso seria um risco perigoso.

Algo se iluminou dentro de mim.

— Confie em mim — falei —, não tenho nenhuma ilusão sobre você. Você entrou nas minhas lembranças pessoais e teve acesso a coisas que eu nunca contei a ninguém. Também me manteve aprisionada durante seis meses pra que eu pudesse iniciar uma guerra pra você. E agora está agindo feito um canalha frio apesar de eu ter arrastado suas partes escuras pra fora de uma cela.

— Estou mesmo. — Inclinou a cabeça. — Sabendo disso, você está disposta a continuar com nossa aliança?

Pelo menos, ele não inventou desculpas.

— Você quer explicar *por quê*?

— Sou um Rephaite.

Como se eu pudesse ter esquecido.

— Certo. Você é um Rephaite — concordei. — Você também é um Ranthen, mas fala deles como se não fosse um. Então, que diabo você quer, Arcturus Mesarthim?

— Tenho muitas metas. Muitos desejos — disse ele. — Quero fazer um acordo entre os humanos e os Rephaim. Quero restaurar o Limbo. Mas, acima de tudo, quero acabar com Nashira Sargas.

— Você está demorando demais com isso.

— Vou ser sincero com você, Paige. Não sabemos *como* destruir os Sargas. Eles parecem extrair o poder que têm de um poço mais fundo que o nosso — explicou ele. Eu esperava algo assim, ou já teriam despachado os Sargas anos atrás. — Nosso plano original era extinguir os dois soberanos de sangue e dispersar seus apoiadores, mas ainda não somos fortes o suficiente para fazer isso. Em vez de derrubar nossos líderes, precisamos nos infiltrar na principal fonte de poder deles: Scion.

— Então, o que você quer de mim?

Ele se recostou.

— Não podemos derrubar Scion sozinhos. Como você deve ter notado, nós, os Rephaim, não somos especialmente generosos com nossas paixões — disse ele. — Não podemos inspirar a insurreição no coração do seu povo. Mas um humano pode. Alguém com um conhecimento profundo do sindicato e dos Rephaim. Alguém com um dom poderoso e gosto pela revolução. — Quando não falei nada, sua voz se suavizou. — Não peço isso de você levianamente.

— Mas eu sou a única opção.

— Você não é a única opção. Mas, se eu pudesse escolher qualquer pessoa na Terra, ainda assim seria você, Paige Mahoney.

— Você também me escolheu pra ser sua prisioneira – falei com frieza.

— Para proteger você de ter um guardião cruel e violento como Thuban ou Kraz Sargas, sim. Eu fiz isso. E sei que não é desculpa para as injustiças que cometi com você – disse ele. – Sei que, não importa a explicação que eu der, você nunca vai conseguir me perdoar de verdade por não a ter deixado partir quando tive a chance.

— Posso ser capaz de te perdoar. Se você nunca mais me der uma ordem – falei. – Não tenho como esquecer.

— Como oniromante, tenho respeito infinito pela memória. Eu não esperaria que você esquecesse.

Ajeitei o cabelo atrás da orelha e cruzei os braços, formigando com tantos arrepios.

— Digamos que eu me torne sua sócia – falei. – O que vou ganhar em troca, além do seu desdém?

— Não tenho desdém por você, Paige.

— Você poderia ter me enganado. E conquistar respeito é uma coisa, mas eu poderia ter todo o respeito do mundo e nenhum dinheiro pra comprar armas, numa ou comida.

— Se precisa de dinheiro – disse ele –, esse é mais um motivo para você se alinhar com os Ranthen.

Olhei para ele.

— Quanto você tem?

— O suficiente. – Seus olhos brilharam. – Você achou que tínhamos planejado nos opor aos Sargas sem um centavo no bolso?

Meu coração começou a martelar.

— Onde você guardou tudo isso?

— Tem um agente trabalhando para os Ranthen dentro do Arconte de Westminster, que guarda o dinheiro em uma conta bancária particular. Um associado de Alsafi, que fez o possível para que só ele soubesse seu nome. Se você conseguir convencer Terebell de que é capaz de cuidar dele e se prometer dar apoio, ela vai se tornar sua patrocinadora.

Eu me recostei, surpresa. Toda essa situação de catar moedas poderia ficar no passado.

— Se eu me tornar Sub-Rainha – falei –, *talvez* a gente consiga reunir os videntes de Londres. Mas terei que ir contra todos os mime-lordes e mime-rainhas desta cidadela com o ego pela metade e uma cabeça sobre os ombros.

— Imagino que sejam todos como Jaxon Hall.

— O quê? Pavões sedentos de sangue? Quase uniformemente.

— Então você precisa ganhar. Eles estão fazendo um banquete com os próprios cadáveres, Paige. Se o sindicato for adequadamente governado, acredito que possa ser uma grande ameaça para o Inquisidor e para os Sargas. Mas, com um líder feito Jaxon Hall, só prevejo sangue e orgias. E, no fim, destruição.

A última carta de Liss surgiu na minha mente. Eu nunca saberia qual imagem havia queimado naquela pequena fogueira, nem se apontava para a vitória ou para a derrota.

– Suponho que não devo deixar os Ranthen esperando. – Ele se levantou de vez. – Você tem outra vela?

– Na gaveta.

Em silêncio, ele armou a mesa da sessão espírita. Assim que começou, se ajoelhou à luz da vela e murmurou na própria linguagem. Gloss não tinha palavras discerníveis, apenas uma série longa e fluente de sons.

Dois psicopompos atravessaram as paredes. Fiquei parada. Eram espíritos enigmáticos, raramente vistos fora de cemitérios. O Mestre fez um som suave com a garganta. Os dois voaram através da chama da vela e saíram de novo, deixando as janelas e o espelho cobertos de uma leve geada.

– Terebell vai me encontrar ao amanhecer. – O Mestre apagou a vela. – Devo ir sozinho.

– É assim que suas sessões espíritas funcionam?

– Sim. A tarefa original dos psicopompos era guiar os espíritos até o Limbo, mas, como essa função está obsoleta, eles fazem o possível para nos ajudar neste lado. Raramente interagem com humanos, como você deve ter percebido.

Jaxon certamente percebera; fazia anos que ele tentava se aproximar de psicopompos, para terminar o próximo panfleto.

Ele não estava indo embora. Ficamos nos observando durante um minuto, sem falar. Eu me lembrei do ritmo do coração dele nos meus lábios. Suas mãos nuas e calejadas passando pelo meu corpo, me puxando para perto até o beijo ser profundo e faminto. Olhando para ele, uma pequena parte de mim se perguntava se eu tinha imaginado tudo.

Com a luz apagada, tudo o que eu conseguia escutar era o meu batimento cardíaco calmo. O Mestre estava silencioso como uma pedra. Achei que iria para a cama, mas ficou onde estava. Eu me virei de lado e apoiei a cabeça em uma almofada. Durante apenas algumas horas, eu dormiria longe do alcance de Jaxon.

– Mestre.

– Hum?

– Por que o amaranto floresceu?

– Se eu soubesse lhe diria. – Foi a resposta dele.

17

Jogador

Escondi o lenço vermelho no meu travesseiro na caverna. Eu não poderia ser pega com um objeto tão incriminador, mas algo me fez querer mantê-lo comigo.

Com os Rephaim de volta à cidadela, estava na hora de colocar outra peça em movimento. Deixar as pessoas sabendo contra o que estavam lutando. No dia seguinte, voltei a Grub Street pela primeira vez desde que fugi com Alfred.

Considerando sua posição diferenciada como a única editora vidente de Londres, o Spiritus Club, fundado em 1908, era um negócio decadente. Considerava-se o baluarte da criatividade entre os videntes, o coração vivo do mime-crime não violento. Alta e estreita, espremida entre uma casa de poesia e uma gráfica, ostentava metade de uma parede de madeira que imitava o estilo Tudor e um bico torto como telhado, com uma porta verde pesada e janelas arqueadas sujas.

Antes de apertar a campainha, verifiquei novamente o éter, para ter certeza de que eu não tinha sido seguida. Em algum lugar do prédio, um sino tocou. Depois de mais dois toques e uma batida na porta, a voz de uma mulher saiu estriada de um alto-falante à minha direita.

– *Vá embora, por favor. Temos coleções de poesia suficientes para cobrir de papel todas as casas de Londres.*

– Minty, é a Onírica Pálida.

– *Ah, você, não. Já enfrentei problemas suficientes com traças sem ter uma fugitiva na minha porta. É melhor isso não ser uma cilada para arranjar mais elegias minhas para o Agregador Branco.*

– Ele não sabe que estou aqui. Estou procurando Alfred – falei. – O psicopesquisador.

– *Sim, eu sei quem ele é. Não estamos escondendo vários Alfreds aqui, eu te garanto. Você foi convidada?*

– Não. – Mexi na maçaneta. – Está congelando aqui fora, Minty. Pode me deixar entrar?

– *Espere no saguão. Limpe os pés. Não toque em nada.*

A porta se abriu. Bati as botas no capacho e fiquei esperando no corredor.

Era esquisito lá dentro. Papel de parede com estampa floral, candeeiros, uma pequena mesa de pau-rosa sobre um carpete vinho-escuro. O símbolo do Spiritus Club – duas canetas-tinteiro dentro de um círculo, unidas para formar os ponteiros de um relógio – estava esculpido num escudo acima do console da lareira. Aquele símbolo aparecia no canto superior direito de todos os panfletos e folhetos ilegais da cidadela.

– Alfred! – gritou uma voz de algum lugar acima de mim. – Alfred, venha aqui para o saguão!

– Sim, sim, Minty, espere um instante...

– Agora, Alfred.

Eu me sentei na beira da mesa para esperar, segurando com firmeza minha bolsa carteiro.

– Ah, a Onírica Pálida volta a Grub Street! – Alfred desceu cambaleando a escada, com um sorriso afastando os lábios e os dentes. Quando ele viu meu rosto, o sorriso murchou. – Ah, querida. O que aconteceu?

O soco do assassino de aluguel tinha deixado um roxo terrível sob meu olho direito.

– Foi só o treino. Pro duelo.

Ele balançou a cabeça, semicerrando os olhos para o hematoma.

– Você deveria ser mais cuidadosa, meu coração. Mas a que devo esse prazer?

– Eu queria saber se você tem alguns minutos livres.

– Mas é claro. – Ele estendeu um braço, que eu segurei, e andamos até o patamar da escada, pisando em hastes de ouro na escada com forquilhas decorativas. – Veja só, com esse cabelo você quase podia ser filha do Jaxon. Foi esperto pintá-lo.

Outra mulher desceu voando a escada, com um cabelo selvagem e usando óculos, mas não a reconheci. Não era Minty Wolfson, de qualquer forma. Ela parecia ainda estar de camisola.

– Quem na *terra* é você? – exigiu saber, como se eu fosse abusada por estar na terra.

– Ora, esta é a estimada concubina do Agregador Branco. – Alfred colocou as mãos nos meus ombros. – Atualmente, a pessoa mais procurada de Londres, o que a torna muito bem-vinda no nosso meio.

– Uma maldita encrenqueira, pelo que ouvi dizer. Espero que você saiba onde está, mocinha. O Spiritus Club é a melhor editora vidente do mundo.

– É a única, não é? – perguntei.

– Portanto, a melhor. Fomos criados com a base gloriosa do Scriblerus Club.

– De fato. Todos grandes satíricos, os Scriberianos. Apaixonados na sua busca por idiotas. – Alfred me conduziu por uma porta. – Seja boazinha e nos prepare um chá, Ethel. Minha pobre visita está com sede.

Eu poderia jurar que os franzidos do vestido dela balançaram de indignação.

– Não sou garçonete, Alfred. Não tenho tempo de servir xícaras de chá pra uma piranha de Dublin. Tenho trabalho a fazer... *trabalho*, Alfred. Definição: *empenho* ou *esforço* direcionado a produzir ou *realizar* alguma coisa...

Alfred, suando, fechou a porta antes que ela pudesse continuar.

– Peço sinceras desculpas pela conduta da minha colega. O norte vai parecer pacífico, depois dessa insensatez.

Eu me sentei na poltrona diante dele.

– Você está indo pro norte?

– Daqui a algumas semanas, sim. Ouvi falar de um psicógrafo muito talentoso em Manchester. – Ele empurrou um pote de biscoitos na minha direção. – Devo dizer que estou muito feliz de ver que você voltou para Seven Dials depois do nosso último encontro. Foi por pouco, não? Geralmente tenho mais sorte ao suborná-los.

– Sou a pessoa mais procurada de Scion. Um númen nunca ia ajudar. – Indiquei com a cabeça uma fotografia em preto e branco em uma moldura elaborada de metal, apoiada no armário alto atrás da mesa dele. – Quem é?

Alfred olhou por cima do ombro.

– Ah, essa é minha falecida esposa. Floy era o nome dela. Meu primeiro amor, de vida curta. – Seus dedos acariciaram a moldura. A mulher devia ter uns trinta anos. O cabelo grosso e liso passava dos ombros. Ela estava olhando fixamente para o observador com os lábios um pouco separados, como se estivesse falando enquanto a fotografia era tirada. – Foi uma boa mulher. Distante, talvez, mas gentil e talentosa.

– Era vidente?

– Amaurótica, na verdade. Um casal estranho, eu sei. Ela morreu muito jovem, infelizmente. Ainda estou tentando encontrá-la no éter, para perguntar o que aconteceu, mas ela nunca parece me escutar.

– Sinto muito.

– Ah, meu coração, não é culpa sua. – Pela primeira vez, notei a aliança no dedo dele: uma tira grossa de ouro e sem enfeites. – Mas como posso ajudá-la?

Abri minha bolsa.

– Espero que você não ache que estou sendo presunçosa – falei com um sorriso pesaroso –, mas tenho uma proposta pra você.

– Confesso que estou intrigado.

– Você disse que estava procurando alguma coisa controversa. Uns conhecidos meus escreveram um terror barato, e eu queria saber se você gostaria de dar uma olhada.

Ele sorriu.

– Você me conquistou quando disse "controversa", meu coração. Deixe-me ver.

Espalhei as páginas em cima da mesa. Com um sorriso intrigado, Alfred pegou seu pincenê e conferiu o título.

A Revelação Rephaite
*Um Registro verdadeiro e fiel dos medonhos Titereiros
Mestres por trás de Scion e sua Colheita do Povo clarividente*

– Ora, ora. – Ele deu um risinho. – Suponho que você tenha mesmo dito "controversa". Quem são essas pessoas de imaginação fértil?

– São três, mas querem permanecer anônimas. Elas se identificam por números. – Apontei para a parte inferior da página. – Tudo isso faz parte da história.

– Que esplêndido!

Eu o deixei folhear a história por um tempo. Ele ocasionalmente murmurava "ah, sim", "ótimo" e "excêntrico". Um arrepio percorreu minha coluna. Se Jaxon descobrisse que eu estava fazendo isso, ele me expulsaria aos pontapés de Seven Dials e me deixaria à mercê do destino. Mas também ele não estava muito feliz comigo no momento.

– Ora, Paige, pode dar um pouco de trabalho, mas a ideia é bem apavorante. – Alfred pressionou o indicador na primeira página. – É raro ver literatura falando abertamente sobre corrupção em Scion. Desafia a autoridade deles, sugerindo que suas mentes são fracas o suficiente para serem controladas por forças externas.

– Exatamente – falei.

– Jaxon vai ficar furioso se descobrir que eu me envolvi nisso, mas sempre fui um jogador. – Ele esfregou as mãos. – Nem todos os escritores vêm até mim.

– Tem uma questão – falei. – Os escritores precisam que seja publicado na próxima semana.

– Na próxima semana? Caramba. Por quê?

– Eles têm seus motivos – respondi.

– Sem dúvida, mas não sou só eu que eles precisam convencer. São os livreiros exigentes da Grub Street, que precisam alocar certa quantia para pagar o Pergaminho Barato. Eles são a livraria: uma livraria móvel e viva, composta por trinta mensageiros – explicou Alfred. – Foi assim que a Grub Street manteve distância de Scion durante tantos anos. Seria perigoso demais vender histórias proibidas num lugar só.

Houve uma batida na porta antes de um homem magro e trêmulo entrar cambaleando com uma bandeja. Sua aura quase gritava o que ele era: um psicógrafo.

– Chá, Alfred – disse ele.

– Obrigado, Scrawl.

O homem colocou a bandeja na mesa e cambaleou de novo para sair, resmungando para si mesmo. Ao ver minha expressão, Alfred balançou a cabeça.

– Não se preocupe. O pobre coitado foi possuído por Madeleine de Scudéry. Uma novelista prolífica, para dizer o mínimo. – Ele gargalhou dentro da xícara de chá. – Faz um mês que ele anda rabiscando.

– Nossa médium às vezes passa dias pintando sem dormir – falei.

– Ah, sim, a Musa Martirizada. Um amor de garota. Os médiuns realmente ficam com a pior parte desse negócio, não é? Falando nisso, tenho que perguntar: seus amigos são psicógrafos? Médiuns escritores?

– Não tenho certeza. – Mexi o chá. – Isso vai afetar a decisão do Club?

– Não devo mentir para você, meu coração. Pode afetar, sim. Com exceção de Jaxon, eles sempre acreditaram que, a menos que uma história seja escrita por alguém que tem uma conexão com o éter mantida pela escrita, não vale a pena ser contada. Besteiras elitistas, se você quer saber, mas por aqui minha opinião só vale até certo ponto.

– Você acha que eles precisariam de provas?

– Ah, tenho certeza de que deixariam passar. – Ele girou o cachimbo entre os dedos. – Espero que Minty veja o potencial, mas um manuscrito desse tipo pode fazer Scion cair em cima de nós feito tijolos.

– O Club manteve *Sobre os méritos* em segredo.

– Por um tempo. Agora Scion sabe tudo sobre ele. Foi só questão de tempo até um Vigilante lhes mostrar. – Ele olhou para as páginas, alisando o queixo miúdo. – Tem material suficiente aqui para um livro, se bem que seria muito mais difícil distribuir. E um terror barato seria lido imediatamente. Posso levar essas páginas para Minty analisar?

– Claro.

– Obrigado. Daqui a algumas horas ligo para você com o veredicto dela. Como posso contatá-la?

– Pela cabine telefônica da I-4.

– Muito bem. – Seus olhos úmidos se fixaram nos meus. – Agora realmente me diga, Paige. Existe uma gota de verdade nisso aqui?

– Não. É tudo ficção, Alfred.

Ele ficou me olhando durante um tempo.

– Está bem, então. Vou entrar em contato. – Sem se levantar, Alfred segurou minha mão entre as suas mãos grandes e quentes e a apertou. – Obrigado, Paige. Espero vê-la de novo em breve.

– Vou avisar aos escritores que você está dando seu aval pra eles.

– Está bem, meu coração. Mas leve um recado meu para eles: nem uma palavra para o Agregador, senão eu serei jogado do alto. – Ele guardou as páginas em uma gaveta. – Entregarei isso a Minty assim que ela terminar de escrever. Fique em segurança, está bem?

– Claro – falei, sabendo que não faria isso.

****

O sol queimava num tom dourado-escuro de outono. Meu próximo destino era Raconteur Street, onde Jaxon ouvira falar de batedores de carteira não registrados que atacavam amauróticos. ("Eles estão roubando das *nossas* vítimas azaradas, ó, minha adorada, e eu não gosto nem um pouco disso.") Nenhum dos outros estava disponível para cuidar da questão. Se eu quisesse receber meu próximo pacote de pagamento, precisaria fazer o que ele estava mandando. Eu ainda não tinha o patrocínio dos Ranthen.

Alfred se disse um jogador. Talvez eu também fosse, apesar de não ter ganhado nem um centavo pelos riscos que estava correndo. Se Jaxon descobrisse que eu andava vendo o Mestre – em qualquer proporção –, sua ira seria incandescente.

Não havia sinal dos batedores de carteira, por mais que eu estivesse vendo alguns dos nossos trabalhando. Se os videntes ofensivos estavam ali, seria a oportunidade perfeita para eles atacarem. Do outro lado da cidadela interna, os amauróticos estavam inundando as grandes lojas de departamento, comprando pilhas de presentes para a Novembrália. Era a festa mais importante do calendário Scion, comemorando a inauguração formal da Cidadela Scion de Londres no fim de novembro de 1929. Havia lanternas de vidro vermelho penduradas entre as ruas, enquanto minúsculas luzes brancas, menores do que flocos de neve, cascateavam dos peitoris das janelas e se enroscavam em uma espiral perfeita ao redor dos postes de luz. Imensos cartazes pintados dos Grandes Inquisidores anteriores eram pendurados nos prédios maiores. As multidões estavam salpicadas de estudantes entregando ramalhetes de flores vermelhas, brancas e pretas.

Será que este ano meu pai comemoraria sozinho? Eu o imaginei à mesa, sob a luz cinza da manhã, lendo o jornal, sendo encarado de volta pelo meu rosto na primeira página. Eu estava sendo uma decepção para ele desde o instante em que desisti da faculdade, mas no momento ia muito além disso.

– Não sei do que você está falando. – O apelo de uma mulher chegou aos meus ouvidos. – Por favor, Comandante, só quero chegar em casa.

Um enorme veículo preto blindado estava estacionado na calçada, com a inscrição divisão de vigilância diurna e a âncora no sol. Eu me escondi atrás de um poste e puxei a ponta do boné, me esforçando para ver o que tinha acontecido. Era raro os Vigilantes saírem com veículos militares, pois a maior parte do exército deles estava estacionada no exterior. Patrulharam as ruas de todas as cidadelas durante os Protestos de Molly, quando Scion havia declarado lei marcial e inserido soldados ScionIDE na coorte central.

Uma moça havia sido detida. Suas mãos estavam algemadas na frente do corpo, e ela exibia um olhar preocupado e desesperado de alguém que sabia que estava encrencada.

– Você alega ter chegado em 2058 – dizia o comandante Vigilante. Um de seus subalternos estava por perto com um tablet. – Pode provar isso?

– Sim, tenho meus documentos – balbuciou a mulher, o sotaque irlandês tão claro quanto um sino. Tinha mais ou menos a minha idade, apesar de o cabelo ser de um louro mais escuro do que o meu já fora, e usava o uniforme vermelho-vivo de paramédica. De onde eu estava, dava para ver que ela era amaurótica. E estava grávida de alguns meses. – Sou de Belfast – continuou ela quando o comandante não falou nada. – Vim trabalhar. Não tem trabalho no norte da Irlanda, agora que...

O Vigilante bateu nela.

O impacto irradiou pela multidão feito uma onda de choque. Ele não tinha só dado um tapa nela, mas também um soco no maxilar, com força suficiente para virar a cabeça da moça. Os Vigilantes Diurnos nunca usavam força bruta.

A mulher escorregou no gelo e caiu, virando-se no último instante para proteger a barriga redonda. O sangue escorria de sua boca até a palma da mão. Quando ela viu, gritou de choque. O comandante andou ao redor dela.

– Ninguém quer ouvir suas mentiras, srta. Mahoney.

Meu coração acelerou.

– Você trouxe sua desnaturalidade para a minha região. Se eu pudesse fazer do meu jeito – disparou ele –, não empregaríamos brogues de jeito nenhum. Ainda mais garotas do interior sujas e desnaturais.

– Sou de uma cidadela Scion! Não está *vendo* que não sou ela? Você é cego?

– Quem é o pai? – Ele pressionou a pistola na barriga da moça, fazendo a multidão arfar. – Felix Coombs? Julian Amesbury?

Julian.

Instintivamente, olhei para a tela de transmissão mais próxima. Um novo rosto fora acrescentado ao ciclo de fugitivos preternaturais. Olhos e pele castanho-escuros, careca, com o maxilar rígido. Julian Amesbury, culpado de alta traição, motim e incêndio culposo. Se não estavam com ele, Julian devia estar vivo. Com certeza.

– Quem? – A mulher protegeu a barriga com os braços, usando os saltos para se empurrar para trás. – Por favor, não sei de quem você está falando...

Murmúrios percorreram os espectadores. Eu os ouvia dali: "Não deviam fazer isso aqui", "não durante o dia", "falta de consideração". Aquelas pessoas queriam que os desnaturais desaparecessem, mas não enquanto estavam fazendo compras. Para eles, éramos lixo sendo levado para o depósito.

A mulher foi levantada pelos subalternos para ficar de pé. Suas bochechas já estavam num tom furioso de vermelho, os olhos marejados de lágrimas.

– Vocês são todos loucos – disparou ela. – Não sou Paige Mahoney! Não estão *vendo*?

Ela foi amarrada por uma Vigilante a uma maca no camburão, chorando e se debatendo.

– Vamos em frente – rosnou o comandante, assustando os observadores, que esperavam cortesia dos Vigilantes diurnos. – Se algum de vocês conhece imigrantes brogues, pode avisar pra eles se prepararem pro interrogatório. E não pensem que podem escondê-los nas suas casas, senão vocês vão pra forca com eles.

Ele subiu no segundo camburão.

– Isso é errado – gritou alguém. Um rapaz amaurótico, com os olhos brilhando de revolta. – Ela não é Paige Mahoney. Vocês não podem simplesmente prender uma mulher inocente em plena luz...

Outra Vigilante o atingiu com o cassetete, bem na parte da frente do crânio. O rapaz caiu no chão, com as mãos erguidas para se proteger.

Um silêncio estupefato tomou a multidão. Quando não havia mais vozes dissonantes, a Vigilante fez um sinal para seu esquadrão. Enquanto o homem se erguia nos cotovelos e cuspia dois dentes, os observadores se afastaram dele. Seu nariz estava sangrando. Eu só pude observar enquanto o camburão e sua escolta armada se afastavam, sentindo como se o mundo e todos os seus muros estivessem caindo em cima de mim. Senti uma vontade insana de correr atrás deles ou impulsionar meu espírito para dentro do plano onírico de um Vigilante, mas de que adiantaria?

A consciência da minha impotência me sufocou. Antes que qualquer pessoa pudesse perceber que a verdadeira Paige Mahoney estava ali perto, corri para as ruelas. Cabelo preto, uma echarpe e um par de lentes de contato não me esconderiam por muito mais tempo.

Eu conhecia Londres de um jeito como eles não conheciam. De que forma usar as sombras como um capuz sobre meus olhos. De que forma passar sem ser vista, mesmo em plena luz do dia. De que forma me esconder na noite. Seu mapa era tão familiar para mim quanto minhas mãos. Enquanto eu tivesse essa vantagem, eles não me encontrariam.

Eu tinha que acreditar nisso.

Quando cheguei à porta da caverna, precisei de três tentativas para enfiar a chave na fechadura. No corredor, Nadine estava sentada na escada, polindo seu violino. Ela ergueu o olhar, franzindo a testa.

– O que aconteceu?

– Giles. – Fechei a corrente.

Nadine se levantou.

– Os Punidores? – Ela me encarou. – Eu os vi no ScionEye. Eles estão vindo pra cá?

– Não. Não são Punidores. – Engoli o nó na garganta, com o sabor ácido do medo. – Tem mais alguém aqui?

– Não. Zeke está com Nick. Eu *falei* pra ele não sair hoje...

Ela disparou porta afora, seguindo para a cabine telefônica. Subi correndo a escada, enjoada.

Durante os Protestos de Molly, qualquer pessoa com sobrenome irlandês ou que Scion dissesse que *parecia* irlandês fora submetida a intermináveis verificações pontuais e interrogatórios. Aquela pobre mulher, cujo único erro fora estar no lugar errado e ser do país errado, pode muito bem estar morta ao amanhecer. E, a menos que eu me entregasse, arriscando todo o resto, não havia nada que eu pudesse fazer para salvá-la.

A cobra da culpa se enroscou com mais força. Eu me sentei na minha cama e apertei os joelhos entre os braços, me encolhendo. Se as marionetes de Nashira tinham a intenção me forçar a aparecer por meio da força bruta, não iam conseguir.

Uma batida veio do outro lado da parede. Jaxon Hall exigia uma audiência. Minhas olheiras mais pareciam fendas – ele saberia imediatamente que havia alguma coisa errada –, porém em algum momento eu tinha que enfrentar a fera.

Meu mime-lorde estava deitado na sua *chaise longue* feito uma estátua, com os olhos semiabertos e o rosto aquecido pela luz dourada que vinha de fora. Garrafas vazias de vinho se acumulavam na mesa de centro, e todos os cinzeiros estavam cheios de cinzas até a borda. Fiquei parada na porta, me perguntando mais uma vez quanto tempo fazia que ele não saía.

– Tarde – falei.

– De fato, é. Um tipo frio de tarde. Será que é porque o inverno está se aproximando cada vez mais e, com ele, o duelo? – Ele tomou um gole de absinto direto da garrafa. – Você verificou os batedores de carteira?

– Eles não estavam lá.

– O que andou fazendo nas outras duas horas?

– Coletando dinheiro dos salões noturnos – respondi. – Achei que era melhor recolher tudo antes do duelo.

– Ah, não ache nada, querida, esse é um hábito fatigante. Mas deixe o dinheiro na minha mesa.

Ele não desviou os olhos de mim. Enfiei a mão no bolso e coloquei um maço das minhas preciosas notas na mesa dele. Jaxon as pegou e contou.

– Você podia ir melhor, mas isso vai nos ajudar ao longo do mês. Aqui. – Com um floreio desengonçado, ele pegou mais ou menos um terço do maço, colocou num envelope e me devolveu. – Pelos seus aborrecimentos. – Olhos injetados de sangue me observaram. – Que diabo aconteceu com seu rosto?

– Assassinos de aluguel.

Isso o despertou.

– Assassinos de aluguel de quem? – Ele se levantou, quase derrubando uma taça da mesa. – No *meu* território?

– Bonecas Esfarrapadas – respondi. – Dei um jeito neles. Mas ainda devem estar em Silver Place, se você mandar alguém verificar.

– Quando isso aconteceu?

– Ontem à noite.

– Na volta do seu treinamento. – Quando assenti, ele pegou um isqueiro na mesa. – Vou ter que falar com a Madre Superiora sobre isso. – Ele prendeu um charuto entre os dentes, acendendo-o depois de quatro tentativas. – Tem alguma ideia de por que o Homem Esfarrapado e Ossudo estaria atrás de você, Paige?

– Nenhuma ideia – menti. Eu me sentei devagar no sofá. – Jaxon, o que você sabe sobre ele?

– Quase nada. – Sua expressão estava pensativa. – Nem mesmo que tipo de vidente ele é, apesar de seu nome implicar osteomancia. Durante todos os meus anos como mime-lorde, nunca o vi. Ele leva uma existência miserável subterrânea, afastando todo contato humano, falando apenas através de suas concubinas. Suponho que ele tenha se tornado mime-lorde durante o reinado de Jed Bickford.

– Espere – falei. – Concubinas?

– Ele mantém a Assembleia Desnatural informada sobre as mudanças na sua seção. Tinha três concubinas, pelo que sei. Nunca ouvi o nome da primeira, mas a segunda se chamava Jacobite, e a mais recente é La Chiffonnière. Ela se tornou concubina em fevereiro deste ano.

Fevereiro. Mais ou menos na época em que fui capturada.

– O que faria com que ele quisesse trocar de concubina?

– Ah, só os céus sabem. Talvez a concubina tenha feito alguma coisa que o tenha irritado. – Ele puxou um cinzeiro de vidro pela mesa. – Me conte, Paige, você recebeu notícias dos ventríloquos locais?

– Quem?

– Os Rephaim, querida.

– Você está interessado?

– Não quero saber especificamente o que os Rephaim andam fazendo, e ainda não tenho intenção de fazer algo a respeito da presença deles. Só perguntei se você *teve notícias*.

Umedeci os lábios.

– Não. Nada.

– Ótimo. Então não temos distrações.

– Depende do que você quer dizer com "distrações" – falei de um jeito lacônico. – Os Vigilantes vão interrogar todos os colonos irlandeses esta semana. Parece que eles acham que os brogues estão conspirando pra me esconder.

– O Grande Comandante deve estar *ansioso* por novas maneiras de desperdiçar tempo. Agora, vamos a assuntos mais importantes. Venha comigo até o pátio.

Claro. Prisões em massa e surras não significavam nada para Jaxon Hall. Será que ele reconhecia Scion ou para ele isso não passava de um ruído de fundo?

O pátio nos fundos da caverna era um dos meus lugares preferidos de toda Londres: um triângulo de tranquilidade, pavimentado com pedras brancas lisas. Duas árvores pequenas cresciam em círculos de terra, e Nadine deixava as jardineiras de ferro batido repletas de flores. Jaxon se sentou no banco e colocou o charuto apagado em uma delas.

— Você conhece as regras do duelo, Paige?

— Sei que é combate direto.

— A luta se baseia na tradição medieval um tanto brutal da *justa*. Você vai se engajar em uma série de pequenas batalhas dentro do chamado "Ringue de Rosas". — Ele fechou os olhos, absorvendo o sol. — Precisa tomar cuidado com aqueles que possuem numa que também podem ser usados como armas: axinomantes, macaromantes e acmomantes em especial. Outro ponto a ser destacado é que usar táticas amauróticas para encerrar qualquer uma das batalhas, como atingir alguém com uma lâmina comum, por exemplo, é chamado de "truque podre". Houve uma época em que era proibido, mas hoje em dia é perfeitamente aceitável, desde que seja realizado com talento suficiente.

Ergui uma sobrancelha.

— *Talento* suficiente? É isso que o sindicato quer de seu Sublorde?

— Você seguiria alguém sem nenhuma petulância, querida? Além do mais, o duelo seria insosso sem um pouco de derramamento de sangue, e armas amauróticas são perfeitamente adequadas pra isso.

— E armas de fogo?

— Ah, sim... Armas de fogo não são permitidas. É considerado um tanto injusto que um candidato maravilhoso dê um passo em falso e acabe levando um tiro. — Ele deu um tapinha na bengala. — Temos mais uma vantagem vital, você e eu. A qualquer momento, podemos lutar juntos. Só um par de mime-lorde e concubina pode fazer isso.

— A maioria dos participantes luta em pares?

— Todos, exceto os candidatos independentes, que têm mais a provar. O que eu sugiro, pra garantir que nós dois vamos sobreviver...

— Sobreviver? — Franzi a testa. — Eu achei que...

— Não seja ingênua. Nas regras, consta que o objetivo é assustar, mas sempre ocorrem mortes durante um duelo. O que eu sugiro — continuou ele — é que nós dois devemos aprender um pouco mais sobre nossos dons. Desse jeito, seremos capazes de antecipar e interpretar os movimentos um do outro enquanto lutamos.

Fiquei um tempo sem falar nada. Jaxon não fazia a menor ideia de que meu dom havia amadurecido tanto.

— Tudo bem. — Eu me recostei na árvore florida. — Bem, você sabe do meu.

— Não me diga que você não aprendeu nada na colônia.

— Eu era escrava, Jax, não aprendiz.

— Ora. Não me diga que minha concubina não tentou aprender mais sobre o próprio dom. — Havia um brilho ávido em seus olhos. — Não me diga que você ainda não dominou a possessão.

Possessão era algo que eu tinha toda a intenção de usar durante o duelo; se eu não mostrasse a Jaxon, ele só descobriria mais tarde.

Durante um tempo, não havia hospedeiros à vista. Por fim, um pássaro adejou no alto, desaparecendo num piscar de olhos. Saltei.

Foi fácil assumir o controle do seu corpo, com um plano onírico lilás frágil; mas não foi tão fácil quando eu me encontrei planando nas loucuras do vento, sem nada para me impedir de cair diretamente no asfalto. Bem lá no fundo de mim, havia um tremor – a consciência do pássaro –, mas eu me concentrei, reprimindo o espírito dele. Não seria como tinha sido com a borboleta. Desta vez, eu abriria as asas. Eu me espremi nos novos ossos, como se estivesse vestindo roupas pequenas demais, e bati as asas para baixo, erguendo o corpo leve. Senti vertigem.

Mas o céu estava pacífico. Tranquilo. Nada parecido com a cidadela violenta e sangrenta. No céu, não havia Scion. Os pássaros se recusavam a atender ao chamado da âncora. Atrás dos limites da noite, uma fita colorida ainda se estendia no horizonte: coral-rosado, amarelo-claro, rosa-claro. Havia outros pássaros aglomerados ao meu redor, girando e voando, virando e dobrando num uníssono que parecia impossível. Eles rodavam feito chuva a caminho do abrigo noturno. Havia uma pulsação entre esses pássaros, como se compartilhassem um único plano onírico. Como se tivessem uma rede de cordões de ouro entre si.

O cordão de prata puxou meu espírito. Eu me afastei do bando e desci de volta para o pátio. Bati de forma desajeitada as asas até o outro ombro de Jaxon, abri o bico e gorjeei em seu ouvido.

Ele ainda estava rindo de prazer quando voltei para o meu corpo e respirei fundo. O estorninho cambaleou no banco, parecendo bêbado. Eu tinha caído bem nos braços de Jaxon.

– Maravilhoso!

Eu me soltei dele e sequei o suor da testa. Meu coração palpitava, endurecendo minhas vias aéreas.

– Você é mesmo extraordinária, ó, minha adorada. Eu sabia que tinha colocado seu dom duas ordens acima da minha por um motivo, assim como sabia que você transformaria uma experiência ruim em uma vantagem pra você. Aquele Rephaite deve ter te ensinado muita coisa. Estou em dívida com ele. Você está conseguindo fazer isso até mesmo sem aquela máscara de oxigênio incômoda.

– Por cerca de trinta segundos. – A escuridão enevoou minha visão.

– Já são trinta segundos a mais do que você conseguia antes. Você fez *progresso*, Paige, mais do que fez comigo. Eu poderia mandar o resto da gangue pra aguçar as habilidades. Ah, esse lugar parece um campo de treinamento pra clarividentes. Uma pedra de amolar pro espírito. Mande todos, eu diria. – Ele me levou de volta ao banco e me fez sentar. – O único problema que prevejo com a possessão é o fato de que o corpo fica vulnerável. Talvez você devesse esperar até o final para usá-lo, quando só houver um ou dois oponentes sobrando.

A dor de cabeça já surgia acima do meu olho. Ele se agachou na minha frente, as bochechas com um leve tom de cor-de-rosa.

– Mais alguma coisa?

– Não.

– Ah, não seja tímida, Paige.

– É só isso. De verdade. – Forcei um sorriso. – Sua vez.

– Meu dom não é nem um pouco tão fascinante quanto o seu, ó, minha adorada, mas suponho que eu tenha prometido.

Jaxon se sentou ao meu lado.

– O que você consegue fazer com os espíritos? – perguntei. Eu sempre tive curiosidade sobre o dom dele. – O que você quer dizer com "controlar"?

– Meus agregados são livres para andar dentro dos limites que estabeleço pra eles. A maioria simplesmente recebe um comando pra ficar na I-4 e se comportar. Mas, quando preciso deles, posso usá-los no combate espiritual.

– Do mesmo jeito como usaria outros espíritos?

– Não exatamente. Quando um vidente comum enlaça um grupo comum de espíritos, ele apenas os mira na direção de um oponente e espera o melhor. Os espíritos empurram imagens terríveis pra dentro do plano onírico do inimigo, mas são facilmente afastadas pelas suas defesas. Meus agregados, porém, carregam minha força com eles. Diferentemente do fogo-fátuo comum, que só consegue causar alucinações, os agregados são capazes de manipular o tecido do plano onírico de um clarividente.

– Eles podem matar?

Tentei parecer casual. Jaxon olhou para o estorninho inexpressivo. Seus lábios se moveram rapidamente, e o éter se agitou quando um espírito disparou de dentro da caverna. O pássaro se encolheu assim que ele se aproximou, depois se sacudiu de forma horrível enquanto o espírito atravessava seu minúsculo plano onírico, destruindo o cordão de prata.

Um instante depois, o estorninho estava morto.

– Meus agregados podem ser quase tão poderosos quanto você, querida. Alguns têm o poder de empurrar espíritos fracos diretamente pra fora dos planos oníricos. – Ele empurrou de leve o cadáver, que rolou pela borda do banco, caindo no piso de pedra branca do pátio. Meu estômago se revirou ao ver seus olhos mortos. Assassinato sem sangue. – Viu? – perguntou ele. – A vida, com todas as suas maravilhas, é um tanto frágil no fim.

Frágil. Feito uma mariposa.

Jaxon se inclinou por cima do banco e me deu um beijinho na bochecha.

– Nós vamos ganhar – afirmou ele. – Vamos triunfar, querida. E tudo vai ser como deve ser.

****

A cidadela estava se unindo aos Vigilantes, todos em uma orgia de caça aos videntes, mas eu tinha que sair da caverna antes de sufocar ali. Assim que Jaxon se trancou no escritório, desci pela Monmouth Street e entrei no túnel que levava ao Chateline's. Sem pedir nada, fiquei sentada à minha mesa preferida, longe das janelas, e apoiei a cabeça nas mãos.

Jaxon poderia me matar durante o duelo. Sempre haveria um jogo sujo – eu esperava isso –, mas nunca imaginei que assassinato dentro do ringue poderia ser uma prática aceitável.

A tela de transmissão no canto exibia o grande arco de pedra do Lychgate, como costumava acontecer atualmente nos dias de semana. NiteKind devia estar saindo de moda. Talvez a elite amaurótica não quisesse mais punição indolor para os desnaturais da cidadela. Eu me forcei a olhar enquanto o carrasco levava dois prisioneiros até o telhado.

Os nós corrediços foram colocados sobre a cabeça dos condenados. Dava para ouvir um deles implorando clemência, sua voz amplificada de modo que toda Londres pudesse ouvir sua covardia. Sua roupa larga estava manchada; o rosto, inchado e machucado. Suas mãos tremiam enquanto o Grande Carrasco as algemava. O outro homem estava parado com as mãos nas costas, esperando a queda.

Antes que eles morressem, a tela mudou para o canal de comédia. Os clientes comemoraram.

Uma bandeja de prata foi colocada na minha frente. Chat cruzou os braços e apoiou o cotoco na curva do cotovelo.

– Esse carrasco é uma obra-prima – murmurou ele. – Cephas Jameson é o nome dele. Sempre demora o maior tempo possível.

Esfreguei a têmpora.

– Eu pedi alguma coisa, Chat?

– Não, meu amor, mas parece que você está precisando. Olhe só para esse belo olho roxo seu. – Ele observou a tela com o olho bom. – Não sei por que mostram isso. Como se não soubéssemos o que eles vão fazer conosco.

– Por que não fazemos alguma coisa? – A frustração quase me sufocava. – Faz séculos que isso está acontecendo, Chat. Por que nós simplesmente não...?

Gesticulei, como se pudesse agarrar a solução.

– A apatia é formidável. Na visão da maioria, podemos sobreviver desse jeito se nos mantivermos fora do caminho. – Chat se inclinou sobre a mesa. – Você sabe como costumavam chamar o Império Britânico? "O império onde o sol nunca se põe." Esse é exatamente o império sobre o qual Scion foi construído. – Sua boca se enrugou por um instante antes de ele prosseguir: – Se formos nós contra o sol, quem vence?

Eu não conseguia responder.

Chat voltou para o bar, deixando a bandeja para trás. Debaixo da tampa, encontrei uma tigela de sopa de castanha. Quando peguei a colher, vi meu reflexo na bandeja. O cabelo preto deixava meu rosto parecendo pastoso. Olheiras se espalhavam sob meus olhos, junto do enorme hematoma.

A porta se abriu com barulho, e um mensageiro correu até o bar. Um de Ognena Maria, usando o símbolo do Spiritus Club. Assim que me viu, ele disparou até minha mesa, ofegante.

– Você é a Onírica Pálida?

Assenti.

– O que há de errado?

– Mensagem pra você, senhorita. Da Grub Street.

Ele me entregou um telefone irrastreável. Alfred já devia ter uma resposta de Minty. Eu o levei ao ouvido, envolvendo o bocal com a mão.

– Alô?

– Sou eu, meu coração. Achei que o pobre mensageiro nunca fosse encontrar você.

Agarrei o telefone, com os nós dos dedos brancos.

– Eles gostaram?

– Adoraram! – Alfred parecia eufórico. – Sim, todos ficaram muito impressionados, até mesmo os livreiros. Desde que os autores deem uma pequena quantia para cobrir o custo da tinta e da distribuição urgente. Datilografamos tudo hoje, vamos imprimir amanhã e distribuir assim que você pagar.

– Ah, Alfred, isso é... – Apoiei a testa na parede, com o coração ainda disparado. – Isso é maravilhoso. Obrigada.

– Eu vivo para servir, meu coração. Então, sobre a delicada questão do dinheiro, Minty vai precisar antes do panfleto sair. Diga ao mensageiro onde ele deve deixar a conta. Devo estar bem longe de Londres amanhã, mas pode entrar em contato, se tiver alguma pergunta. O mensageiro vai deixar meu número com você.

– Obrigada mais uma vez, Alfred.

– Boa sorte – disse ele.

E desligou primeiro. Joguei o telefone de volta para o mensageiro.

– Diga pra Minty deixar a conta aqui, no Chateline's.

Em troca, ele me deu um papel que eu guardei no bolso.

– Entendido, senhorita.

E saiu.

A delicada questão do dinheiro. Realmente delicada. Mesmo se eu me comprometesse a seguir as ordens de Jaxon a cada minuto que eu estivesse acordada, não conseguiria um quarto do que precisava para cobrir um custo tão astronômico... e seria astronômico. Eu não tinha escolha a não ser impressionar os Ranthen e buscar o patrocínio de Terebell Sheratan.

– Chat – falei –, acho que preciso de um drinque.

18

Marionete da Patrocinadora

Aquele drinque me conferiu uma boa noite de sono, mas não afastou o problema. Até que os Ranthen voltassem, eu não tinha como pagar ao Spiritus Club. Conforme previsto, a quantia que eles queriam era mais do que eu ganhava em um ano com Jaxon. A regra de Minty era clara: sem dinheiro, sem distribuição. Tentei ligar para Felix – talvez os fugitivos tivessem o suficiente para ajudar –, mas o mascate não atendeu.

Tentei o cordão de ouro. Nada. Se o Mestre não voltasse logo, eu teria que localizá-lo.

Nesse meio-tempo, eu me dediquei ao trabalho. O duelo estava se aproximando e, não importava o que fosse acontecer com o panfleto, eu tinha que estar pronta para esse duelo. Nick e eu treinamos muito no pátio, com e sem armas. Meus músculos das pernas e dos braços se enrijeceram. Minha cintura e meus quadris retomaram sua forma. Eu conseguia me erguer e escalar sem suar. Aos poucos, tudo estava voltando. Como ser uma concubina, uma lutadora, uma sobrevivente.

Quatro dias depois da ligação de Alfred, bati na porta de Jaxon. Nenhuma resposta. Apoiei uma bandeja no quadril e bati de novo.

– Jax.

Um grunhido veio de algum lugar lá dentro. Entrei.

O quarto estava escuro e sufocante, as cortinas bloqueavam qualquer indício da luz do sol. Tudo tinha cheiro de guimbas de cigarro e pele sem banho. Jaxon estava totalmente estirado de costas, os dedos compridos agarrando uma pequena garrafa verde com rolha.

– Que inferno, Jaxon. – Isso foi tudo o que consegui dizer.

– Vá embora.

– Jax. – Coloquei a bandeja na mesa e o segurei por baixo dos braços, mas ele era mais pesado do que parecia. – Jaxon, saia dessa viagem, seu bêbado preguiçoso.

A mão dele apareceu voando, me jogando na escrivaninha. Um frasco de tinta cambaleou na borda e quicou no carpete, atingindo-o bem na testa. Um gemido aborrecido foi sua única reação.

– Ótimo. – Ajeitei minha blusa, irritada. – Por favor, fique aí.

Xingamentos se embolaram em sua boca. Por pena, coloquei uma almofada sob sua cabeça e joguei a manta do sofá em suas costas.

– Obrigado, Nadine. – Suas palavras não foram claras como de costume, mas ele quase não embolou as palavras.

– É Paige. – Bati o pé. – Você falou com a Madre Superiora sobre o assassino de aluguel?

Mesmo bêbado, ele conseguiu parecer irritado.

– Ela está verificando. – Seu braço se enroscou na almofada. – Boa noite, Paignton.

Pelo menos ele tinha falado com ela. Se a Madre Superiora odiava tanto o Homem Esfarrapado e Ossudo quanto sugeriam os boatos, ela ficaria feliz de investigar. Coloquei a coberta sobre seus ombros e saí, fechando a porta sem fazer barulho. Jaxon sempre gostou de um drinque, mas eu nunca o vira desse jeito. *Paignton...*

Com exceção do violino de Nadine, que tocava uma música melancólica no primeiro andar, a caverna permanecia em silêncio. Todos nós estávamos trancados lá dentro por causa do mais recente toque de recolher de Jaxon. A porta da frente estava trancada por dentro, e ninguém sabia onde ele havia escondido a chave. Só para pegar um pouco de ar, fui até o pátio e me deitei no banco debaixo da árvore florida.

Londres tinha muita poluição luminosa para que a maioria das estrelas fosse visível, mas algumas apareciam através da névoa azul artificial. Acima da loucura da metrópole, o céu noturno me colocou no clima do éter: uma rede de astros, alguns claros, outros fracos, aparece nas dobras infinitas da escuridão que poderia ser repleta de conhecimento ou de ignorância. Coisa demais para ver ou compreender.

O cordão de ouro deu um puxão forte.

Eu me sentei de repente. O Mestre estava esperando atrás do portão, na escuridão da passagem de acesso.

– Você passou um tempo fora – falei, preocupada.

– Infelizmente. Eu estava com os Ranthen, discutindo a situação do Arconte de Westminster. – Ele quase passaria por humano naquela noite, com olhos tão escuros. Usava um casaco de corte reto, luvas e botas. – Terebell mandou chamar você.

– Pra onde?

– Ela disse que você saberia onde.

O salão de música. Parte de mim queria recusar o chamado, mas era uma parte pequena e amargurada, e eu precisava da ajuda de Terebell.

– Me dê um minuto – falei.

– Encontro você na coluna.

Ele se afastou. Tomei cuidado para não fazer barulho na escada. No banheiro, tapei o cabelo com o chapéu, passei batom nos lábios e coloquei as lentes de contato cor de mel. Não era suficiente. A menos que eu enfrentasse a faca, nada poderia esconder meu rosto para sempre.

Faltavam mais duas semanas para o duelo. Tudo o que eu precisava fazer era me manter viva até lá.

Quando abri a porta do banheiro, dei de cara com Nadine Arnett. Suas pálpebras estavam inchadas; os pés, descalços e repletos de bolhas.

– Você está bem? – perguntei. Havia algum tempo que não nos falávamos. – Parece exausta.

– Ah, estou simplesmente ótima. Só passei nove horas na rua. Só precisei fugir dos Vigilantes duas vezes. – Ela colocou o estojo do violino no chão. Sulcos fundos e roxos marcavam a ponta de seus dedos. – Vai a algum lugar?

– Goodge Street. Tenho um trabalho pra terminar.

– Certo. Jaxon sabe?

– Não faço ideia. Você vai contar pra ele?

– Sabe, ele só mantém você como concubina porque é uma andarilha onírica. Ele me falou isso, enquanto você estava desaparecida. É sua aura que ele quer, Paige. Esse é o trunfo. Não você.

– Todas as nossas auras são trunfos dele. Ou você achou que Jaxon gostou da nossa conversa genial à mesa?

– Sou fiel. Por isso ele me escolheu quando você desapareceu. Não teve nada a ver com a minha aura – disse ela, e eu percebi, pela sua expressão, que ela acreditava nisso. – Você sabe o que ele acha dos sensitivos. Mesmo assim, me escolheu pra ser concubina dele.

– Estou tentando trabalhar, Nadine. – Eu a empurrei para passar. – Não estou interessada em uma rivalidade.

– Talvez você pudesse trabalhar mais se fosse menos arrogante – disse ela, quase cuspindo as palavras. – Não sei o que você está aprontando, Mahoney, mas sei que está armando alguma coisa.

Eliza escolheu justo esse momento para abrir a porta da cozinha, deixando escapar o cheiro de pimenta. Ela olhou para nós duas.

– Aconteceu alguma coisa?

– Nada – falei, deixando Nadine para responder a suas perguntas.

Peguei o casaco e a echarpe no cabide e saí pela janela do meu quarto. O Mestre estava me esperando perto da profanada coluna do relógio de sol. Ele se levantou quando me aproximei. Vê-lo provocou um tremor nas minhas costas.

– Precisamos nos mover com discrição – afirmou ele. – Tem Vigilantes aqui por perto.

– Não é longe. – Enrolei a echarpe na parte inferior do meu rosto, verificando três vezes se o nó estava bem apertado. – Vamos chamar atenção se andarmos juntos.

– Vou seguindo você.

Eu o conduzi pela rua que levava para o leste, onde carros e riquixás ribombavam pelo asfalto. Eu me mantive perto das paredes e das vitrines das lojas, com o rosto virado para baixo. Não havia Vigilantes à vista, mas qualquer aura me deixava tensa. Podia haver espiões das Bonecas Esfarrapadas no distrito. Uma câmera num telhado apontava para baixo, mas a aba do meu boné me protegia do reconhecimento facial. Acenei para o Mestre, mostrando o outro lado da rua, fazendo sinal com a cabeça. Era loucura estar ao ar livre com ele. A cidadela tinha olhos em todas as paredes.

Consegui respirar de novo quando nós dois já tínhamos saído das ruas principais e estávamos longe do caminho dos postes de luz. O Mestre acelerou o passo até ficar ao meu lado. Ele dava passos muito mais largos que os meus.

– O que Terebell quer?

– Negociar com você. – Ele diminuiu o passo por minha causa – É um ótimo momento para você solicitar o dinheiro necessário.

Se ela dissesse não, seria o fim de tudo.

Voltamos a andar em silêncio até chegarmos ao salão de música. Diminuí o ritmo quando senti um plano onírico por perto.

No meio de Drury Lane, estava um único oficial vidente parado, com o rosto mascarado virado para longe de nós. À primeira vista, ele parecia um Vigilante noturno, mas o uniforme era diferente. Uma camisa vermelha com mangas bufantes, exibindo pedaços de forro dourado; colete de couro preto, bordado com a âncora de Scion em dourado; luvas até o cotovelo; e botas altas. Uma versão mais sofisticada do velho uniforme dos túnicas-vermelhas.

– É um Punidor? – sussurrei.

O Mestre olhou por cima da minha cabeça.

– Tenho quase certeza de que é.

Independentemente do que aquele cara fosse, ele estava entre nós e nosso destino. Olhei para os prédios acima, procurando a janela certa. Quando a encontrei, assobiei um sinal, as primeiras notas do hino de Scion.

Em poucos segundos, três salteadores começaram a escalar a partir da janela do salão noturno mais próximo. Apontei com a cabeça para o Punidor. Eles taparam o rosto com echarpes antes de seguir atrás dele. Uma delas tirou o cassetete do cinto dele e o jogou para sua companheira, que pulou por cima de um carro e saiu correndo. O Punidor ficou observando em silêncio enquanto eles fugiam, depois olhou por cima do ombro, com o visor vermelho cintilando. Agarrei o ombro do Mestre, puxando-o para as sombras.

Por um instante, tive certeza de que o Punidor ia investigar. Seus dedos flexionaram ao redor do rádio. Por fim, ele foi na direção em que os salteadores tinham ido.

Esse não era o comportamento normal de um Vigilante. Aquele silêncio, a falta de reação imediata quando eles pegaram o cassetete. Ele iria voltar em um minuto.

– Vá – sussurrei.

Andando depressa, demos a volta até os fundos do teatro. Senti quatro planos oníricos de Rephaite lá dentro, com a armadura característica. Assim que chegamos à porta do palco, o Mestre me encarou debaixo do poste de luz e segurou a parte superior dos meus braços. Um choque desceu até os meus dedos, mas minhas costas se enrijeceram. Era a primeira vez que ele me tocava desde as catacumbas.

– Não vou pedir com frequência para você esconder a verdade – disse ele, baixinho –, mas estou pedindo isso agora.

Não falei nada.

– Tem um motivo para eu estar me comportando desse jeito. O que aconteceu entre nós no Salão da Guilda é de conhecimento geral dos Rephaim. Nashira passou muito tempo falando para eles que eu sou um parasita e um traidor da carne. – Ele me encarou nos olhos. – Mas você precisa negar, repetida e enfaticamente, se necessário, para os Ranthen.

Era a primeira vez que ele afirmava que o Salão da Guilda não tinha sido fruto da minha imaginação.

– Achei que Terebell e Errai sabiam – falei, baixinho. – Eles sabem sobre o cordão.

– O cordão nem sempre reflete uma intimidade física. – Ele percorreu o olhar pelo meu rosto. – Entendo se você não quiser fazer como estou pedindo. Mas estou pedindo isso para o seu bem, não o meu.

Depois de um instante, concordei com a cabeça. Ele soltou meus braços, causando arrepios sob a minha blusa. Eu me virei para a porta.

– Se ela perguntar – falei –, o que devo dizer que aconteceu?

– Qualquer coisa, menos a verdade.

Porque a verdade deve ser terrível demais para os Rephaim aceitarem.

Mantive distância do Mestre enquanto atravessávamos a porta, afastávamos as cortinas empoeiradas do palco e descíamos até o auditório, onde as cadeiras e o carpete desbotados eram clareados por várias luminárias. Terebell estava em pé no corredor com três outros Rephaim. O Mestre parou ali.

– Amigos Ranthen – disse ele –, esta é Paige Mahoney. É a ela que vocês devem minha presença hoje à noite.

Terebell ignorou o aviso dele. Ela seguiu diretamente até o Mestre e pressionou a testa na dele, murmurando em Gloss. Eles eram quase da mesma altura. Ver a cena agitou alguma coisa atrás das minhas costelas.

– Olá, Terebell – falei.

Ela virou a cabeça, mas continuou sem falar. Depois, apoiou a mão no ombro do Mestre. Olhou para mim do mesmo jeito com que Jaxon olhava para os mercadeiros.

– Eu trouxe Paige aqui para falar com vocês sobre seus planos – continuou o Mestre. – Ela tem um pedido para nós, assim como temos um para ela.

Errai e Pleione não falaram nada. Em pé entre eles, Terebell fixou o olhar em mim.

– Andarilha onírica, esta é Lucida Sargas. – Ela apontou para a desconhecida. – Uma das poucas simpatizantes dos Ranthen.

Minha mão escapou na direção do pacote no meu bolso.

– Sargas?

– De fato. Ouvi falar muito de você, Paige Mahoney. – Lucida tinha um pouco mais de emoção em suas feições do que os outros; parecia quase curiosa. – Das histórias que meus parentes Sargas contam.

Sua pele era como a de Nashira – algo entre o prateado e o dourado, mais para prateado – e tinha cabelo grosso, mas estava solto e cortado na altura dos ombros. Um estilo incomum entre as fêmeas Rephaim na colônia, mas ali todas as três usavam o cabelo desse jeito. Ela se parecia muito com seus parentes, com os olhos velados.

– Que tipo de história? – perguntei, preocupada.

– Estão chamando você de a maior cafetina de Londres. Dizem que a terra sob seus pés é queimada e podre. – Seu olhar deslizou para as minhas botas. – Para mim, parece decididamente sem danos.

Fantástico.

– E o que dizem sobre você? – Larguei o pacote. – Eles sabem que você é Ranthen?

– Ah, sim. Fui tola o suficiente para discordar da colonização violenta de Sheol I. Consequentemente, fui declarada traidora de sangue pelo meu querido primo, Gomeisa. Desde então, tenho vivido como uma renegada.

– Uma renegada Ranthen. – Terebell passou por ela. – Tenho certeza de que você se lembra de Pleione Sualocin.

– Muito bem – respondi.

Ela era a única sentada, a primeira Rephaite que eu tinha visto. A que tinha drenado a aura de um vidente durante a minha primeira noite na colônia. Seu cabelo também estava curto, com cachos pretos grossos que caíam sobre os ombros.

– Ah, sim. Quarenta. – Uma voz baixa e ronronante que prometia perigo. – Temos muita coisa para debater com você.

– Foi o que ouvi dizer. – Eu me empoleirei no encosto de um dos assentos. O Mestre continuou em pé no corredor. Ele se comportava de forma diferente perto deles, com as costas retas e sem se mexer. – Pode deixar de lado esse negócio de "andarilha onírica", aliás. E esse papo de Quarenta também. Meu nome é Paige.

– Me diga, *andarilha onírica* – disse Terebell, me ignorando –, você encontrou algum caçador Rephaite desde que nos vimos pela última vez?

Meu maxilar se flexionou.

– Não – respondi –, mas eles virão mais cedo ou mais tarde.

– Então, tome cuidado para se esconder. Os túnicas-vermelhas estão disfarçados entre os Vigilantes. – Terebell passou por mim. – Estamos em uma etapa crítica dos nossos planos. Depois de várias tentativas fracassadas de derrubar a família Sargas, demos o primeiro passo para provocar a queda deles. Mas eles se prendem com muita força ao mundo corpóreo e só vão se fortalecer mais quando o império deles se expandir. A localização de Sheol II já foi decidida.

– Onde?

– Sabemos que será na França, mas desconhecemos o local exato – respondeu o Mestre. – Alsafi vai avisar quando souber.

– Nashira e Gomeisa formam o coração da doutrina Sargas. Você deve ter notado que Gomeisa conseguiu repelir quatro de nós no Salão da Guilda – continuou Terebell, sem demonstrar qualquer vergonha. – Aquilo não é uma força natural. Planejamos eliminar Nashira de forma silenciosa, mas parece que perdemos essa oportunidade – Ela fixou o olhar no Mestre. – Antes que possamos derrubá-los, é essencial desmantelarmos a rede que eles construíram no mundo humano.

– Scion – comentei.

– O objetivo principal da colônia penal nunca foi se defender dos Emim – disse o Mestre –, mas doutrinar os humanos. Os túnicas-vermelhas, sendo que a maioria sofreu lavagem cerebral com sucesso, vão agir feito agentes dos Sargas quando eles revelarem sua presença para o mundo.

– Você está dizendo que os Sargas vão contar pra todo mundo que estão aqui? – Olhei de um para outro e só me deparei com rostos sérios. – Eles são loucos. O mundo livre declararia guerra contra Scion.

– Improvável. Se culminasse em guerra, Scion poderia reunir um grande exército. Isso deteria qualquer declaração de guerra dos países do mundo livre, cujas alianças são, na melhor das hipóteses, confusas.

– De acordo com nossos últimos relatórios, muitos deles estão fechando os olhos para as práticas de mau gosto de Scion, com o objetivo de manter a paz – disse Terebell. – A presidente Rosevear, por exemplo, está inclinada a uma política de não intervenção. Scion também conseguiu esconder boa parte de sua brutalidade na supervisão do mundo livre.

Como aluna em uma escola de Scion, eu sonhava com o mundo livre caindo em si. Eu sonhava que, quando houvesse provas concretas dos crimes de Scion, as superpotências levantariam suas bandeiras contra meu inimigo... mas nunca foi tão simples assim. Os países livres eram invisíveis nos mapas das salas de aula, mas, entendi, um pouco por osmose no mercado negro e conversando com Zeke e Nadine, como as Américas eram governadas. Rosevear era uma líder respeitada, mas tinha os próprios problemas para resolver: aumento do nível dos oceanos, lixo tóxico, encargos financeiros, incontáveis problemas em suas terras. Por enquanto, estávamos sozinhos.

– Precisamos começar por Londres – disse Terebell. Era uma afirmação, não uma sugestão. – Se conseguirmos destruir o centro nervoso, as outras cidadelas podem começar a ruir. Ficamos sabendo por Arcturus que o Sublorde foi assassinado.

– Sim.

— Evidentemente – disse Errai – foi um assassino Rephaite. Situla Mesarthim, talvez. Ela gosta de decapitação.

— Parece provável – concordou Pleione.

Lucida ainda estava me observando, com uma sobrancelha levemente arqueada.

— E o que você acha, andarilha onírica?

Com os braços cruzados, pigarreei.

— É possível – falei –, mas todas as evidências estão apontando para um mime-lorde chamado o Homem Esfarrapado e Ossudo. O mesmo mime-lorde que capturou o Mestre.

— Então não há um herdeiro certo da coroa – comentou Terebell, e eu balancei a cabeça.

— Estamos fazendo uma competição para escolher um novo líder.

— E você pretende participar?

— Sim. Tenho que vencer, se quiser espalhar a notícia. Já consegui produzir isto. – Peguei minha cópia extra de *A Revelação Rephaite* e entreguei a Errai, que olhou para minha mão como se fosse um rato morto. – Assim que for distribuído, todo mundo na cidadela vai saber sobre vocês.

— O que é isso?

— É um terror barato. Uma história de terror.

Terebell o pegou. Seus olhos se incendiaram quando ela leu a primeira página.

— Já ouvi falar disso. Um entretenimento barato e sórdido. Como você se atreve a diminuir nossa causa com essa zombaria?

— Não tive tempo pra escrever um poema épico, Terebell. E se eu tentasse contar pras pessoas sem ter provas...

Errai sibilou para mim, fazendo um som parecido com água jogada no fogo.

— Não fale com a soberana nesse tom. Você não tinha o direito de nos expor sem permissão. Devia ter esperado nosso conselho.

— Eu não sabia que precisava do seu conselho, Rephaite – falei com frieza.

Ele disparou alguma coisa em Gloss para o Mestre, e um espírito saiu voando da parede. Olhando para mim, o Mestre enviou um leve tremor pelo cordão, algo que dava uma pequena sensação de alerta.

Lucida pegou as páginas das mãos de Terebell.

— Não acho que essa ideia seja idiota – refletiu ela, folheando as páginas. – Vai dificultar mais nossa movimentação pela cidadela, mas pode economizar explicações árduas quando chegar a hora de nos revelarmos.

— Os habitantes desta cidadela têm medo do ataque da desnaturalidade – disse o Mestre. – Eles não têm vontade de ver gigantes, e, se quisessem, certamente não procurariam as autoridades por causa deles.

Houve um breve silêncio antes de Terebell se abaixar até a minha altura. Eu não tinha certeza se a intenção era me diminuir ou não.

— Se você vencer esse "duelo" — disse ela —, então terá o comando geral do sindicato de Londres. Queremos saber se vai unir suas forças com as nossas.

— Duvido que isso vá funcionar — falei. — Você não?

— Explique o que quer dizer com isso.

— Vocês estão visivelmente indignados com minha presença. Além disso, o sindicato está uma bagunça. Organizá-lo vai levar tempo. — Fitei os olhos dela. — E dinheiro.

Houve um silêncio, durante o qual o salão esfriou, como se uma corrente de ar súbita tivesse passado.

— Entendo. — Terebell apoiou as mãos enluvadas no encosto do assento. — Dinheiro. A sombria obsessão da raça humana.

Errai empinou o nariz.

— Posses materiais podem não durar, mas os humanos lutam por elas feito abutres. Ganância repulsiva.

— Ganância infrutífera — disse Pleione.

— Ok, parem com isso. — Ergui uma das mãos, irritada. — Se eu quisesse aulas, teria ido para uma universidade.

— Tenho certeza de que sim. — Terebell fez uma pausa. — E o que acontece, andarilha onírica, se não lhe dermos *dinheiro*?

— Não vou ser capaz de remodelar o sindicato. Nem mesmo sendo Sub-Rainha. Primeiro, vou ter que dar um incentivo financeiro aos mime-lordes e às mime-rainhas pra eles se tornarem meus comandantes — falei. — Depois, se conseguirmos começar a revolução, vou precisar de mais pra dar continuidade. Comprar armas, alimentar videntes, cuidar deles quando Scion revidar... tudo isso vai custar mais do que eu poderia esperar ganhar na vida. Se vocês concordarem em me financiar, posso ajudá-los. Caso contrário, devem pedir a alguém com bolsos mais cheios do que os meus. Existem muitos criminosos ricos por aí.

Todos se entreolharam. Errai se virou, e suas costas musculosas oscilaram enquanto ele rosnava para si mesmo.

Eu não permitiria que eles recriassem a colônia penal em Londres. Os videntes do sindicato não seriam seus túnicas-vermelhas e não contariam comigo como capataz. Eu tinha que me posicionar como igual a eles, não como lacaia.

— Lembre que nossas reservas não são infinitas — disse Terebell, analisando meu rosto. — A qualquer momento, nosso agente em Scion pode ser descoberto e a conta bancária, fechada. Não temos recursos para financiar um estilo de vida extravagante para uma Sub-Rainha, e, ao primeiro sinal de gastos desnecessários, vamos retirar nosso apoio.

— Entendo — falei.

— Então, você tem nossa palavra de que, se vencer o duelo, vamos financiar a reorganização do sindicato de Londres. Também vamos, quando possível, oferecer recursos naturais do Limbo para contribuir com o esforço de guerra. É onde a essência do amaranto e o sangue dos Emim são colhidos.

– Pra que serve o sangue dos Emim?

– Tem muitas propriedades – contou o Mestre –, sendo que a mais útil é mascarar a aura. Uma dose baixa altera sua aparência, de modo que não é possível determinar a natureza do dom. Claro que colher sangue é uma tarefa perigosa e saboreá-lo é profundamente desagradável.

Parecia impagável. Minha aura era a única coisa que quase sempre me entregava em Londres.

– Quando você diz "mascarar" – falei –, está se referindo a outros videntes?

– Sim.

– E a leitores Senscudo?

– Talvez. Ainda não tivemos a oportunidade de testar essa teoria.

– E, em breve, quando a notícia chegar às últimas fortalezas do Limbo, também poderemos fornecer soldados nossos – disse Terebell.

Ergui uma sobrancelha.

– Qual notícia?

– A do amaranto em flor – respondeu Errai, parecendo tão irritado quanto um Rephaite era capaz – É o chamado às armas dos Ranthen, que vai persuadir nossos antigos aliados a voltarem para nós. Por que você acha que nunca agimos antes? Estávamos esperando o verdadeiro sinal. Uma oportunidade para reviver o que tinha murchado.

Minha cabeça estava girando. Enfiei as mãos nos bolsos, depois respirei fundo e devagar.

– Não temos tempo para você pensar sobre essa proposta – afirmou Terebell. – Responda agora, andarilha onírica: vai unir suas forças com as minhas?

– Não é tão simples quanto "sim" ou "não". Se eu ganhar, vou me esforçar ao máximo pra persuadir os videntes de Londres de que derrubar Scion é uma boa ideia, mas não vai ser fácil. Eles são ladrões e trapaceiros sem qualquer treinamento militar. O dinheiro deve convencê-los a nos ajudar, mas não posso garantir.

– Como você não pode *garantir*, teremos que impor nossa própria garantia. – Ela indicou os dois Ranthen mais próximos. – Para vencer o duelo, você será submetida ao nosso treinamento. Errai, Pleione, vocês vão instruir a andarilha onírica para termos certeza de que ela esteja dentro dos padrões.

Considerando o olhar que Errai me lançou, dava para imaginar que ela havia pedido para ele lamber o chão.

– Não vou fazer isso – afirmou.

– Eu vou fazer – disse Pleione, com um tom de ameaça.

– Faria mais sentido pra mim se eu treinasse com o Mestre. Estou acostumada ao estilo de treinamento dele – falei, tentando parecer espontânea. Não era nada agradável imaginar aqueles dois me treinando.

A tensão subiu até o maxilar de Terebell.

– Arcturus tem outras tarefas. Ele não é mais seu guardião.

– Vai economizar tempo. Não temos muito.

Seus olhos se incendiaram. Quase dava para vê-la remoendo, pesando os prós e os contras de deixar o grande Arcturus Mesarthim sozinho com uma humana arrivista. Ela se virou para o Mestre e falou em Gloss com ele, seu corpo todo parecendo esticado por uma corda tensa. Ele ficou me olhando por um tempo.

– Paige está certa – disse ele. – Vai economizar um tempo precioso. Pelo bem dos Ranthen, eu vou fazer isso.

As feições de Terebell estavam rígidas.

– Que assim seja. – Ela enfiou a mão dentro do casaco e me entregou um envelope grosso. – Seja grata por esse patrocínio, andarilha onírica. E saiba que, se você não for bem-sucedida no ringue, vou fazer com que se arrependa de ter nascido.

Ela falou em Gloss com os outros três, e os quatro saíram do auditório sem mais nenhuma palavra. Só o Mestre ficou para trás. Guardei o envelope no meu casaco, escondendo-o dos batedores de carteira.

– Eles são tão simpáticos... – falei.

– Hum. E você é uma diplomata talentosa.

– Andarilha onírica. – Terebell ainda estava no palco, olhando por trás da cortina. – Antes de você começar, uma palavra.

Minha pulsação acelerou. Olhei de relance para o Mestre, que não disse nada; logo em seguida fui atrás dela, subindo os degraus e chegando ao palco. Ela segurou meu braço e me puxou para trás da cortina, onde me jogou na parede. Meu espírito se elevou dentro de mim.

– Os Sargas espalharam uma mensagem pelo Limbo. Todos os pássaros-chol estão cantando que Arcturus Mesarthim se degrada com humanas. – Terebell forçou meu queixo para cima. – Isso é verdade, garota?

– Não sei do que você está falando.

Ela apertou com mais força.

– Se mais uma mentira sair da sua língua, ela vai apodrecer até a raiz. O cordão de ouro pode ter ajudado você a encontrá-lo, mas sua mera existência revela um relacionamento íntimo. Não vou permitir que você...

– Os Rephaim não se relacionam com humanos. – Afastei o braço dela. – Mesmo se eu pudesse, não tocaria nele.

Minha língua, por acaso, não apodreceu até a raiz.

– Ótimo – disse Terebell com delicadeza. – Posso ter concordado em financiar sua revolução e posso ter salvado sua pele na colônia, mas nunca se esqueça do seu posto, Paige Mahoney, ou vou ver você cair feito uma planta cai com uma foice.

Ela soltou meu braço. Marchei até a porta, tremendo mais do que eu queria mostrar. Foda-se o treinamento dela. Fodam-se todos eles.

Do lado de fora, estava começando a chover. O Punidor não tinha voltado. Ele estava com sorte, pois, naquele momento, eu provavelmente o teria matado.

Com as mãos cerradas em punhos nos bolsos, me afastei do salão de música, respirando lentamente para controlar a raiva. Eu sempre soube o que os Rephaim pensavam dos humanos, mas nunca imaginei que o Mestre se importaria com o que os outros pensavam dele. Eu tinha que ser impenetrável, assim como eles eram. Deixar tudo sair de mim, feito água.

– Paige.

Sua voz estava próxima, mas eu continuei andando.

– Acho que não devíamos conversar – falei, sem olhar para ele.

– Posso perguntar por quê?

– Consigo pensar em vários motivos.

– Tenho muito tempo para ouvi-los. A eternidade, na verdade.

– Ótimo. Um deles é: seus supostos aliados estão me tratando como se eu fosse sujeira nas botas, e não gosto nem um pouco disso.

– Achei que você não ficava incomodada com tanta facilidade.

– Vamos ver se você vai ficar incomodado quando eu começar a falar de como vocês, Rephaim, podem ser canalhas cruéis e tiranos.

– Sem dúvida – disse ele. – Eles poderiam se beneficiar com uma lição de humildade.

Parei embaixo de um poste e o encarei. A chuva estava ficando mais forte, grudando meu cabelo no rosto. E, pela primeira vez, ele parecia tão humano quanto eu, em pé no aguaceiro naquele canto de Londres.

– Não sei qual é o problema deles nem o que sabem sobre o Salão da Guilda – falei –, mas precisam superar isso, se formos trabalhar juntos. E você precisa decidir quantas ordens de Terebell vai seguir, se formos adiante com essa aliança.

– O que eu faço é prerrogativa minha, Paige Mahoney. Graças a você, sou meu próprio mestre.

– Certa vez, você me disse que a liberdade era um direito meu. – Sustentei seu olhar. – Talvez você devesse fazer alguma coisa com isso.

Uma fornalha rugiu atrás de seus olhos. Aquilo tinha soado como um desafio.

Será que ele também era um jogador? E será que o jogo valia a pena, considerando que nenhum de nós dois poderia vencer? Pensei no patrocínio, no dinheiro e no apoio de que eu precisava. Pensei em Jaxon, observando o relógio, esperando que eu voltasse do meu encontro.

– A soberana eleita nos ordenou a treinar – disse ele –, mas ela não especificou como devo treinar você.

– Isso parece ameaçador.

– Vai ter que confiar em mim. – Ele voltou para o salão de música. – Você confia?

19

Ciuleandra

O salão de música estava vazio quando voltamos, mas mesmo assim verifiquei se havia planos oníricos. O Mestre fechou as portas depois que entramos. Eu me sentei na beira do palco e puxei um joelho até o peito.
– Como você sabe que Lucida não é agente duplo?
Ele colocou uma barra nas portas.
– Por que está perguntando isso?
– Ela é uma Sargas – respondi.
– Você concordava com seu pai em tudo, Paige? Com seu primo?
– Não – falei –, mas a família Mahoney não é formada por tiranos especializados em lavagem cerebral.
O canto de sua boca se contorceu de leve.
– Lucida rompeu com a família muito tempo atrás. Ela não teria passado fome durante um século sem um bom motivo.
– E os outros? – Minha respiração estava mais lenta, mais firme. – E Terebell?
– Confio neles, mas a aliança não vai ser fácil. Terebell sempre foi uma crítica hostil da raça humana.
– Por algum motivo específico?
– Estudei muitos livros sobre a história humana e, se tem uma coisa que eu aprendi com eles, é que nem sempre é possível encontrar um motivo na tradição. O mesmo vale para os Rephaim.
Nunca se ouviram palavras mais verdadeiras.
O Mestre se sentou ao meu lado, não perto o suficiente para encostar em mim, e entrelaçou as mãos. Nós dois olhamos para as colunas esculpidas, depois para o teto alto. Diferentemente de Terebell, ele entendia as marcas da violência que tinham sido impostas ao prédio. Seu olhar se fixou na coleção de tiros mais próxima nas paredes, nas cortinas de palco rasgadas e escurecidas.
– Peço desculpas pelo jeito com que tratei você no hotel espelunca – disse ele.
– Eu queria preparar você para a conduta dos Ranthen. A tolerância deles pelos humanos vai e vem.

— E você achou que a melhor maneira de me preparar era agir feito um...

— ... Rephaite. A maioria dos Rephaim é assim, Paige.

Fiz um barulho evasivo.

Na colônia, nosso relacionamento se baseava no medo. Meu medo do controle dele. O medo dele de que eu fosse traí-lo. Nesse momento, percebi que se baseava em tentar entender um ao outro.

Mas medo e entendimento eram coisas parecidas. Ambos envolviam a perda do que era familiar e o terrível perigo do conhecimento. Eu não sabia se o entendia ainda, mas eu queria entendê-lo. Isso em si era um choque.

— Não quero que isso seja repetido pela colônia – falei baixinho.

— Não vamos permitir. – Pausa. – Pergunte.

Ele nem sequer tinha olhado para mim.

— O plano de "eliminar em silêncio" Nashira – falei. – Esse era você.

Demorou um pouco para ele responder.

— Sim. Só quando ela me escolheu é que encontrei uma oportunidade para eliminá-la.

— Quando foi que vocês ficaram noivos?

— Pouco antes de virmos para este lado do véu.

— Dois séculos – falei. – Isso é muito tempo.

— Pelos nossos padrões, não. Séculos não passam de grãos de areia na infinita ampulheta da nossa existência. Felizmente – disse ele –, Nashira e eu nunca nos unimos de maneira formal. Ela queria esperar até depois do Bicentenário, quando nosso domínio sobre a colônia penal estivesse garantido.

— Quer dizer que vocês nunca...

— Copular? Não.

— Certo. – Um calor subiu pelo meu pescoço. Havia um pingo de diversão no olhar dele. *Pare de falar sobre sexo, pare de falar sobre sexo.* – Eu... percebi que você parou de usar luvas.

— Posso até mesmo adotar uma vida de motim.

— Que ousado da sua parte. O que vem em seguida? Seu casaco?

Uma risada silenciosa brincou em seu rosto: uma suavização de suas feições, um fogo rápido em seus olhos.

— É inteligente atormentar seu mentor logo antes de começar seu treinamento?

— Por que interromper o hábito de uma vida inteira?

— Hum.

Ficamos sentados juntos durante muito tempo. A tensão continuava presente, mas se dissipava a cada instante.

— Venha, então. – O Mestre se levantou, se assomando sobre mim. – Você possuiu alguém desde que chegou aqui?

— Um pássaro. Jaxon viu. E uma Vigilante — falei. — Eu a forcei a falar no transceptor.

— E você a machucou?

— Ela estava sangrando por todos os orifícios da cabeça.

— Sangue não é dor. Não tenha medo do seu dom, Paige. Seu espírito anseia por vaguear — disse ele. — Você pode fazer mais do que apenas forçar a inconsciência em seus oponentes. Você sabe muito bem disso. — Como não respondi, ele olhou por cima do ombro. — A possessão só é desonrosa se você ferir deliberadamente o hospedeiro; supondo que ele não mereça esse ferimento, é claro. Quanto mais você praticar suas habilidades, menor será a probabilidade de se machucar.

— Eu só queria repassar o pulo de tiro rápido. Ainda é um pouco difícil alternar entre carne e espírito.

— Você perdeu a prática, então.

Tirei a jaqueta.

— Eu chamo de "mantendo a discrição".

— Ótimo. Nashira vai ter poucos meios para rastreá-la. — Ele passou por mim. — Você enfrenta dois problemas básicos quando anda pelo plano onírico. Primeiro: seu reflexo respiratório para. Segundo: seu corpo cai no chão. O primeiro problema pode ser resolvido com uma máscara de oxigênio, mas o segundo... não é tão fácil assim.

Esse era o verdadeiro ponto fraco da minha condição. Durante o duelo, seria meu defeito fatal. No instante em que eu pulasse, meu corpo ficaria vulnerável no chão do Ringue de Rosas. Uma facada no coração e eu seria incapaz de voltar para ele.

— O que você sugere?

— Quando treinei você na campina, sua transição entre carne e espírito era desajeitada, para dizer o mínimo. Porém, você não é mais uma novata. — Havia uma vitrola antiga equilibrada em cima de um velho piano empoeirado. Ele abriu a tampa. — Quero ver fluidez em você. Quero que salte para o éter como se pertencesse àquele lugar. Quero que você voe entre planos oníricos.

Ele ligou a vitrola.

— Onde você arranjou isso? — perguntei, contendo um sorriso.

— Num lugar qualquer. Como a maioria dos meus pertences.

Não era tão bonita quanto o gramofone dele, mas, mesmo assim, era requintada, envolvida por um estojo de madeira, que tinha vários símbolos do amaranto esculpido, com pétalas entrelaçadas em outras pétalas.

— E pra que serve?

— Para você. — Uma viola sonora tocou. — Maria Tănase, atriz e cantora romena do século XX. — Ele fez uma mesura para mim, sem desviar os olhos do meu rosto. — Vamos ver se andarilhas oníricas sabem dançar.

Uma voz grossa e comovente começou a cantar num idioma desconhecido. Sem mais nenhuma palavra, circulamos ao redor um do outro. Mantive meu corpo inclinado na direção dele, me lembrando da mesma dança no campo de treinamento da campina. Naquela época, eu estava tremendo numa túnica frágil, sem entender direito meu dom, apavorada, irritada e sozinha. A reação de medo ainda formigava dentro de mim, um instinto que queimou junto da marca no meu ombro.

– Qual é o nome da música?

– Esta se chama "Ciuleandra". – Ele deu um soco na minha direção, e eu me abaixei. – Nada de se abaixar durante uma dança, Paige. Gire. – Quando ele tentou de novo, eu me virei para a esquerda, evitando o segundo golpe. – Bom. Espero que haja outros discos para comprar nesta cidadela, senão posso perder controle da minha sanidade mais rápido do que eu esperava.

Girei de novo, desta vez para a direita.

– Posso conseguir outros no Garden, se você quiser.

– Seria gentil da sua parte. – Ele imitou meus movimentos, ou talvez eu tenha imitado os dele. – Quero que fique firme sobre os pés quando me atacar. Quando você sai do corpo, ele cai, mas acho que pode controlar isso. Acho que você pode deixar um pouco da consciência no seu plano onírico. O suficiente para continuar de pé enquanto habita outro corpo. – Minha expressão deve ter explanado que eu não acreditava. – Eu falei que você tinha potencial, Paige. Não foi bajulação.

– De jeito nenhum eu consigo ficar de pé. Todas as minhas funções vitais param de funcionar.

– No seu estado atual, sim. Mas podemos corrigir isso. – Ele recuou, interrompendo a coreografia. – Vamos tentar um pequeno combate. Antecipe meus movimentos.

– Como?

– Foco. Use sua habilidade.

Pensei num velho truque que Jaxon tinha me ensinado quando comecei a deslocar meu espírito. Imaginei seis frascos altos, um para cada sentido, cada um com um pouco de vinho. Eu me imaginei virando cinco frascos em que tinha a marcação de ÉTER. Assim que o frasco encheu até a borda, abri os olhos.

O mundo ao meu redor era uma névoa cinza, mas vibrava com tanta atividade espiritual. Havia um campo de perturbação ao redor do Mestre, onde sua aura brilhava.

Seu corpo se moveu. Não, espere... Sua *aura* se moveu para a direita, e *nesse momento* seu corpo... Eu mal consegui desviar antes de seu soco falso atingir o ar perto da minha orelha. Então, voltei para o plano carnal, mas ele não esperou para tentar de novo. Desta vez, quando sua aura foi para a esquerda, mergulhei na direção oposta.

– Muito bom – disse ele. – É por isso que indivíduos com visão, incluindo os Rephaim, costumam ser melhores no combate físico. Eles veem a aura se mexer antes dos músculos do oponente. Por mais que você não seja capaz de ver, pode sentir. – A cantoria recomeçou, mais acelerada. – Quando perceber uma oportunidade, me ataque com seu espírito. Deixe seu corpo, como se quisesse me possuir.

No instante em que ele se moveu, eu saltei.

Tentei saltar, pelo menos. Espírito e carne se tensionaram na fissura. Usei toda a minha força, lutando através de cada zona do meu plano onírico, e me joguei no éter.

Não fui muito longe. Meu cordão de prata ficou rígido, feito um fio metálico, e me jogou de volta para o meu corpo.

– Levante-se – disse o Mestre.

Obedeci, já exausta.

– Por que não está funcionando?

– Suas emoções não estão fortes o suficiente. Você não está mais com medo de mim de verdade, e, consequentemente, seu instinto de sobrevivência não está mais forçando você a sair do seu corpo ao me ver.

– Eu ainda deveria sentir medo de você?

– Talvez – confessou ele –, mas eu preferiria que você fizesse com que o dom fosse seu. Você pertence a você mesma, não ao medo.

– Ótimo. – Passo, vira, passo. – Suponho que você já nasceu sabendo tudo sobre seu dom.

– Nunca suponha nada. – Ele segurou minha mão e me girou, de modo que meu cabelo roçou na sua camisa, depois me empurrou com delicadeza para longe. – Agora, sinta o éter. Salte.

Desta vez, meu espírito voou para fora. Atravessei a fronteira, ricocheteei para fora do plano onírico dele feito uma bala e acordei com a sensação desagradável da minha cabeça batendo no chão.

– Não foi rápido o suficiente – disse o Mestre. Ele estava de pé com as mãos apoiadas nas costas, sem se mexer.

– Então esse é o humor Rephaite. – Voltei a ficar de pé, com a cabeça zumbindo. – *Schadenfreude*.

– Não mesmo.

– Você já parou pra refletir como consegue ser irritante?

– Uma ou duas vezes – respondeu ele, com os olhos ardentes.

Tentei de novo, me arrancando do meu corpo. Desta vez, continuei de pé por um instante antes de cair, atingindo o carpete com os joelhos.

– Não use a raiva, Paige. Imagine seu espírito como um bumerangue. Uma jogada leve e um retorno rápido. – Ele me puxou com uma mão para me colocar de pé. – Lembre-se do que eu lhe ensinei. Tente tocar meu plano onírico e voltar para o seu corpo antes de atingir o chão. E, enquanto fizer isso, dance.

– Dançar *e* cair?

– Claro. Lembre-se de Liss – disse ele. – O espetáculo dela dependia da dança enquanto caía.

Ouvir seu nome doeu, mas ele tinha razão. Pensei em como Liss escalava as sedas multicoloridas, depois se soltava enquanto caía em direção ao palco.

– Seu corpo é a sua âncora à terra. Quanto mais sua mente estiver concentrada nele, mais difícil será se libertar. Por isso, você tem dificuldades quando tenta andar pelo plano onírico depois de ter sido ferida. – Ele ergueu meu queixo. – Levante-se.

Meu maxilar estava apoiado na junta do dedo dele. Seu polegar roçou minha bochecha, e, só por um instante – talvez tenha sido só um instante –, seus dedos se enroscaram no meu pulso. Depressa. Quente.

Ele recuou. Afastei a confusão da minha cabeça por tempo suficiente para ativar meu sexto sentido. Eu me imaginei andando pelo éter, me libertando dos limitações impostas por estes ossos.

O mundo ficou embaçado de novo. Meu peso se concentrou na ponta dos meus pés. Os músculos do meu abdome se enrijeceram. Minha coluna se empertigou, e meu tórax se ergueu. Eu o circundei de novo. Eu estava presa à terra pela ponta dos dedos.

– Agora – disse o Mestre –, a música está convidando você a ir mais depressa. Um, dois, três!

Girei e joguei meu espírito.

Minha viagem até o plano onírico dele foi rápida e fluida. Era como se eu estivesse tentando jogar um sino de imersão, depois de ter jogado uma moedinha nele. Espiei o interior do seu plano onírico. Onde antes havia uma expansão de cinzas, um vislumbre de cores fortes brilhava no centro. A visão me chamava: o motor do seu corpo, me tentando para assumir o controle, para usá-lo como uma marionete. Mas depois eu me joguei para fora de novo, voltando para o meu plano onírico, blindando meu espírito na carne...

Minhas palmas atingiram o cimento. O choque abalou meus braços até os ombros. Minhas pernas tremiam, mas eu estava de pé.

Não caí.

A música terminou de repente, e meus joelhos cederam. Porém, em vez de sentir dor, eu estava rindo, meio bêbada. O Mestre me ajudou a levantar, colocando as mãos sob meus cotovelos.

– Essa era a música que eu queria ouvir – afirmou ele. – Quando foi a última vez que você riu?

– Você já riu *alguma vez*, Mestre?

– Não há muitos motivos para rir quando se é consorte de sangue de Nashira Sargas.

Outra música começou. Eu mal a escutei. Estávamos perto demais um do outro, meus cotovelos ainda apoiados em suas palmas, me segurando perto dele.

– Os Rephaim são muito vulneráveis – disse o Mestre – nos pontos em que nossos corpos são alinhados com maior proximidade ao mundo físico. Se você esfaquear um Rephaite no calcanhar, no joelho ou na mão, terá mais probabilidade de provocar dor do que se atingi-lo na cabeça ou no coração.

– Vou guardar essa informação – falei.

A luz em seus olhos estava suave, feito a chama de uma vela. Ergui a mão e encostei a palma em seu rosto.

E uma de suas mãos deslizou pelo meu braço nu, passando pelo meu ombro e pelo meu pescoço, e depois ele segurou delicadamente minha nuca.

Devia ter sido muito fácil reproduzir o que aconteceu no Salão da Guilda. Não havia nenhuma Nashira atrás da cortina vermelha, nenhum Jaxon na outra sala. Nesses momentos, nada no mundo poderia ter me persuadido a andar pelo plano onírico. Ou a correr. Todos os meus sentidos se concentraram em como eu o sentia encostado em mim e no espaço entre seus lábios e os meus; em como nossas auras corriam uma em direção à outra, feito cores num tear. Espalhei os dedos sobre seu coração, sentindo-o. A mão dele no meu cabelo, o calor do seu hálito.

– Vocês chamam um ex-amante de "velha chama". – Seus olhos de maçã dourada estavam mais arrepiantes do que bonitos, e seu rosto era esculpido por algo não terreno. – Para os Rephaim, leva muito tempo para uma chama acender. Mas, quando acende, não pode ser apagada.

Não levei muito tempo para entender o que ele quis dizer.

– Mas eu vou – falei. – Vou parar. Vou ser apagada.

Houve um longo silêncio.

– Sim – disse o Mestre com muita delicadeza. – Você vai ser apagada.

Ele me soltou. Com a quebra do contato, a noite caiu rapidamente sobre mim.

– Não fale em enigmas. – Meu peito estava travado, como um cofre. – Eu sei o que você está dizendo. E não tenho ideia de por que aconteceu, no Salão da Guilda. O que eu estava pensando. Eu estava com medo e você foi gentil comigo. Se você fosse humano...

– Mas não sou. – Seu olhar incendiou o meu. – Seu respeito pelo *status quo* continua me surpreendendo.

Observei o rosto dele, tentando decifrá-lo.

– Saiba que eu sou um Rephaite e só posso entender seu mundo pela perspectiva de um estranho. Saiba que andar ao meu lado não é fácil – disse ele, mais baixo do que nunca – e que, se formos descobertos, você não vai só perder o apoio de que precisa dos Ranthen, mas muito provavelmente sua vida também. Quero que você saiba disso, Paige.

O amor não era assim, e nós dois sabíamos. Arcturus Mesarthim era do véu, não do mundo, e eu era uma filha das ruas. Se os Ranthen descobrissem que havia alguma coisa entre nós, a frágil aliança que forjamos seria quebrada. Mas onde estava eu sentia sua presença quente e sólida – a pulsação do seu espírito, o arco sombrio tentador do seu plano onírico, uma chama escondida na fumaça – e percebia que nenhuma dessas coisas me faria mudar de ideia. Eu ainda o queria do meu lado, da mesma forma como antes de embarcar naquele trem para a minha liberdade.

– Não escolhi uma vida fácil. E, se estou sendo paga pra seguir ordens – falei –, então não passo de outro tipo de escrava. Terebell devia me dar o dinheiro porque quer destruir Scion e tudo que representa. Não pra me manter sob controle.

O Mestre olhou para mim, para dentro de mim. Ele enfiou a mão no estojo da vitrola e pegou as luvas. Fiquei tensa.

– Sempre há motivos – disse ele.

Com as luvas, ele enfiou a mão no estojo e pegou uma flor. Uma anêmona de papoula com pétalas vermelhas perfeitas, a flor que o queimaria se ele encostasse nela. Ele a estendeu para mim.

– Para o duelo. Soube que ainda usam a linguagem vitoriana das flores.

Em silêncio, eu a peguei.

– Paige. – Sua voz era uma sombra cinza de si mesma. – Não é que eu não queira você. O problema é que talvez eu queira você demais. E por tempo demais.

Alguma coisa se agitou dentro de mim.

– Você nunca pode querer demais. É assim que nos calam – falei. – Eles nos diziam que tínhamos sorte de estar na colônia penal em vez de no éter. Sorte de sermos assassinados com NiteKind, e não com nó corrediço. Sorte de estarmos vivos, mesmo que não estivéssemos livres. Eles nos diziam para não querermos mais do que nos davam, porque o que nos davam era mais do que merecíamos. – Peguei minha jaqueta. – Você não é mais um prisioneiro, Arcturus.

O Mestre ficou me encarando em silêncio. Eu o deixei naquele salão destruído com a música ecoando acima dele.

****

Quando voltei à caverna, a porta ainda estava trancada. Os outros deviam ter desistido de esperar que eu terminasse meu "trabalho". O portão do pátio tinha sido fechado com uma barra e acorrentado também. Jaxon realmente estava fazendo grande caso daquilo.

Escalei o prédio até o outro lado, onde minha janela estava entreaberta. Tirei as lentes de contato dos meus olhos doloridos. Havia um bilhete na mesa de cabeceira, escrito com tinta preta brilhosa.

Acredito que você tenha aproveitado o passeio. Me diga, querida, você é uma andarilha onírica ou uma vagabunda, perambulando pela cidade à noite? Felizmente para você, fui chamado para uma reunião, mas vamos conversar sobre sua desobediência pela manhã. Estou perdendo a paciência.

Nadine devia ter contado a ele. Eu o joguei no lixo. Jaxon podia pegar sua paciência e enfiá-la no gargalo de uma garrafa. Totalmente vestida, me deitei na cama e contemplei a escuridão.

O Mestre estava certo. Eu era mortal. Ele, não.

Ele era um Rephaite. Eu, não.

Fiquei pensando no que Nick diria se eu confessasse o que sentia. Eu sabia, eu *sabia* o que ele ia dizer. Que a tensão mental do cativeiro tinha me obrigado a desenvolver um grau irracional de empatia em relação ao Mestre. Que eu era uma tola por me sentir assim.

Imaginei o que Jaxon diria. *Corações são coisas frívolas, só servem para azedar.* Ele diria que isso me enfraquecia. Que o compromisso, por menor que fosse, era uma falha fatal em uma concubina.

Mas o Mestre se importava se eu ria. Ele se importava se eu estava viva ou morta. Ele tinha me enxergado como eu era, não como o mundo me enxergava.

E isso significava alguma coisa.

Tinha que significar. Não?

Fui tomada por uma determinação súbita, e minha mente ficou clara como cristal de novo. Descalça, entrei no escritório escuro de Jaxon, onde estava tocando "Danse Macabre", e peguei um rolo grosso de papel e uma vela num dos armários. Na penumbra, eu me sentei na cadeira do meu mime-lorde e abaixei a cabeça para fazer minha inscrição no duelo.

****

De manhã, logo antes do amanhecer, fui direto para o Garden e segui em direção à maior barraca de flores. Já havia diversos videntes ali, esperando a barraca abrir para poder comprar os ramalhetes para as inscrições tardias. Cada tipo tinha uma etiqueta para descrever seu significado na linguagem das flores.

Dava para ver quais eram populares. Gladíolos, a flor do guerreiro. Cedro para força. Begônias: um aviso de luta feroz no ringue. Passei direto por todas essas. Depois de pensar bem, peguei alguns sinos-irlandeses para ter sorte e, por fim, uma única doce-amarga roxa.

Verdade, dizia a etiqueta.

Juntei todas num único ramalhete, amarrado com fita preta: sorte, verdade e o veneno dos Rephaim, a flor que conseguia derrubar os gigantes. Sob o sol nascente, fui até a caixa postal secreta, onde deixei a mensagem junto da inscrição.

O que quer que acontecesse em seguida, eu não seria mais a Onírica Pálida por muito tempo.

PARTE III

Os Dias da Monarquia

Uso este Epílogo para expressar minha tola Esperança de que minha Pesquisa tenha iluminado todos os Clarividentes que nunca pensaram em se distinguir da nossa grande Massa que passeia pela Cidadela. Foi uma Década árdua, porém, neste Panfleto, meu Desejo de uma Sociedade mais hierárquica e organizada ainda pode ser realizado. Devemos combater Fogo com Fogo se quisermos sobreviver a essa Inquisição.

– Um Escritor Obscuro, *Sobre os méritos da desnaturalidade*

Interlúdio

Ode ao Submundo

Havia muito tempo que a monarquia tinha sido desmantelada, arrancada da raiz pelo sangue e pela lâmina. Sob a cobertura da noite, novos reis e novas rainhas escondiam o rosto com máscaras, deslizando à sombra da âncora.

A violinista tocava uma doce sonata, sozinha na rua enfeitada pela chuva. As vozes dos mortos estavam no seu arco.

Um garoto sem palavras olhava para a lua. Cantava num idioma que nunca deveria conhecer.

O homem que era como neve viu o mundo começar a mudar, e sua cabeça explodiu com uma imagem do amanhã.

O relógio cuco está tiquetaqueando na sala.

As criaturas com olhos de lanterna moravam nos ossos da cidadela, seus destinos estavam amarrados a Paige Mahoney e ao Ringue de Rosas.

Esses dias terminam com flores vermelhas num túmulo.

A mão sem carne ergueu a seda, colocando-a na mulher com dois sorrisos e um coração fraturado.

Por toda a cidadela, as luzinhas se agitavam. Dedos roçavam a superfície lisa de uma bola de cristal, e asas batiam lá dentro. Asas, asas escuras no horizonte, apagando as estrelas.

Exclusivamente para atenção da

ONÍRICA PÁLIDA,

ESTIMADA CONCUBINA DA I COORTE, SEÇÃO 4

A localização exata do quarto Duelo será entregue pessoalmente ao seu Mime-Lorde no prazo de dois dias por um Mensageiro da II Coorte, Seção 4. Um Riquixá será enviado ao seu Ponto de Encontro às dez da noite do dia primeiro de novembro.

A SEGUIR, OS NOMES ESCOLHIDOS DE TODOS OS VINTE E CINCO COMBATENTES:

VI COORTE: *A Lebre e o Maná Verde* * *Jenny Dentesverdes e O Tolo de Maio*
V COORTE: *A Sílfide Miserável e Arbusto de Sarça*
IV COORTE: *Capavermelha e A Rainha das Fadas* * *Descarada e A Cavaleira Cisne*
III COORTE: *Carrasco e Jack Caipirapãoduro* * *O Lorde Luzente e O Detalhista de Londres*
II COORTE: *Nós Sangrentos e Meiamoeda* * *A Malvada e O Homem das Estradas* * *Arca Brutal e O Afiador de Facas*
I COORTE: *O Agregador Branco e a Onírica Pálida*
INDEPENDENTES: *O Médium Dissidente* * *O Coração Sangrento* * *Mariposa Negra*

Minty Wolfson.

Secretária do Spiritus Club, Mestra de Cerimônias

*Em nome da Madre Superiora,
Mime-Rainha da I-2,
Sub-Rainha Interina da
Cidadela Scion de Londres*

20

Erros tipográficos

Na quinta-feira, treze de outubro, *A Revelação Rephaite*, o primeiro livro anônimo de ficção publicado pela Grub Street em um ano e meio, chegou às ruas de Londres como um fogo de artifício. O Pergaminho Barato estava por toda a cidadela, contando a história macabra dos Rephaim e dos Emim, vendendo livretos em todos os cantos do submundo como se fossem bolos de especiarias fresquinhos.

Eu estava na I-4 quando vi uma cópia pronta pela primeira vez. Como todos os outros estavam ocupados, Jaxon me mandou sair com Nick para realizar tarefas locais, apesar de termos sido instruídos a ficar perto de Seven Dials. O sino tocou assim que empurrei a porta para entrar no Chateline's.

– Chat, vim buscar o aluguel do próximo mês – falei, apoiando os braços no bar. – Sinto muito.

Não houve resposta. Olhei de novo. O rosto de Chat estava escondido atrás do material de leitura. Quando vi o título, um arrepio desceu pelas minhas costas.

– Chat – repeti.

– Ah... – Parecendo envergonhado, ele largou o material e tirou os óculos de leitura. – Desculpe. O que foi, meu amor?

– Aluguel. Novembro.

– Certo. – Uma ruga funda apareceu no meio da sua testa. – Você já leu isso?

Peguei o material, tentando não parecer interessada demais. A Grub Street costumava imprimir em preto e branco, mas tinham usado vermelho neste caso, como fizeram em *Sobre os méritos da desnaturalidade*.

– Não – respondi, devolvendo. – É sobre o quê?

– Scion.

Num silêncio estupefato, ele foi até os fundos. Passei os dedos na capa, exibindo um leve sorriso. *Obrigada, Alfred.* Sob a impressão pesada, havia um Rephaite e um Emite presos num combate mortal. O Emite tinha sido descrito como um cadáver repugnante derretendo, com membros que pareciam ter sido esticados em uma tortura e globos brancos servindo de olhos. Ao lado, o Rephaite andrógino era uma obra de arte, todo cheio de força física e atraente... Mas também terrível, empunhando uma espada enorme, com um escudo que continha a âncora de Scion.

– Aqui, meu amor. – Chat voltou com um bolo de notas na mão. – Mande minhas lembranças para o Agregador.

Guardei o dinheiro no bolso.

– Você está indo bem, Chat? Posso esperar mais alguns dias.

– Tudo bem. O comércio está bom. – Ele abriu na página certa de novo. – Imagine só se foi isso o que realmente aconteceu... Eu não duvidaria de Scion, sabe, mesmo que essa bobagem toda sobre monstros não seja verdade.

– No mundo livre, algumas pessoas acham que os clarividentes não são reais. Não sabemos o que há por aí. – Tapei a boca com a seda. – Tchau, Chat.

Ele resmungou, ainda encarando as páginas.

Saí da loja para a discreta luz do sol de outubro. Nick estava me esperando do lado de fora, sentado num banco com o rosto virado para os raios mornos. Ele olhou para mim e perguntou:

– Pegou? – Assenti.

– Vamos voltar.

Saímos do pátio, andando bem próximos. Uma unidade de Vigilantes tinha marchado por Seven Dials na tarde do dia anterior, fazendo perguntas em lojas e cafeterias aleatórias, nos obrigando a fugir para o Soho pelo esconderijo. Felizmente, eles não chegaram a invadir a caverna.

– Chat está com um novo terror barato – falei. – Autores anônimos, parece. Novos no mercado.

– Ah, é mesmo? Preciso de um novo material de leitura – disse Nick, sorrindo. Provavelmente pela relativa normalidade da conversa. – Como se chama?

– *A Revelação Rephaite*.

Ele me encarou.

– Você não fez isso.

– Não fiz nada.

– Paig... Onírica! O Agregador vai ficar furioso se achar que você está se infiltrando nos panfletos dele. Vai descobrir imediatamente que é você. – Seus olhos estavam redondos feito a boca de uma garrafa. – O que você estava querendo com isso?

– O material revela pras pessoas o que elas estão enfrentando. Estou cansada de o mundo não saber – respondi calmamente. – Nashira está contando que isso continue em segredo até eles mesmos decidirem se anunciar. Quero ouvir a palavra *Rephaim* nas ruas e saber que nós os expusemos, que nós os minamos. Mesmo que seja só por meio de boatos.

– Jaxon é um detector de mentiras. Ele vai saber. – Nick suspirou e pegou a chave do pátio no bolso. – Devíamos treinar antes de entrar.

Fui atrás dele. O Mestre tinha me armado com um pouco mais de conhecimento do meu espírito, mas eu ainda precisava trabalhar minha força e velocidade.

Mestre. Seu nome causava uma sensação estranha e calorosa em meus ossos. Era inútil alimentar um sonho, mas eu queria terminar a conversa que tínhamos começado no salão de música.

No pátio dos fundos da caverna, Nick deixou o casaco no banco e esticou os braços acima da cabeça. Seu cabelo louro liso reluziu sob o sol.

– Como você está se sentindo em relação ao duelo?

– O melhor *possível*, sabendo que estou prestes a lutar com vinte pessoas esquisitas em público. – Flexionei os dedos. – Talvez meu punho seja um problema. Eu o quebrei na colônia.

– Você pode enfaixar as mãos. – Ele assumiu uma postura defensiva, um sorriso largo animou suas feições. – Vamos lá, então.

Fiz uma careta antes de erguer os punhos.

Ele me manteve no pátio durante uma hora, socando e desviando, simulando ataques e se agachando, me obrigando a fazer exercícios de barra na árvore. Em certo momento, ele pegou um espírito do nada e o jogou na minha cara, me derrubando e causando um ataque de riso em nós dois. Quando ele me liberou, eu estava toda dolorida, mas feliz com o progresso que fizera. Meus braços não estavam fracos como tinham ficado na colônia penal. Eu me sentei no banco para recuperar o fôlego.

– Tudo bem, *sötnos*?

Flexionei a mão.

– Tudo certo.

– Você está indo bem. Lembre: seja rápida. Essa é sua vantagem – disse ele, cruzando os braços. Ele mal tinha suado. – E continue comendo. Precisamos de você com força total pra essa luta.

– Tá bom. – Sequei o lábio superior. – Onde está Zeke?

– Fazendo algumas tarefas na rua, acho. – Ele olhou para as janelas logo acima. – Pode ir. É melhor você entregar esse dinheiro a Jaxon.

O suor encharcava minha blusa. Corri escada acima até o banheiro e me enfiei na água antes de vestir roupas limpas. Ainda com o cabelo molhado, bati na porta de Jaxon.

– O quê? – Foi a resposta tensa.

Entrei e estendi o envelope.

– Peguei o aluguel do Chat.

Jaxon estava deitado no sofá, com as mãos entrelaçadas apoiadas no peito. Ele se sentou e se inclinou para a frente, prendendo as mãos entre os joelhos como uma ponte. Para variar, ele não estava bêbado, mas vestindo o roupão de dormir e uma calça listrada, ele parecia pequeno e exausto de um jeito que nunca achei possível para o meu mime-lorde. Peguei o dinheiro no envelope – oitocentas libras, boa parte do lucro mensal de Chat – e coloquei em sua caixa enfeitada de dinheiro.

– Pegue metade pra você – disse ele.

– São oitocentos.

– Sim, Paige. – Ele acendeu uma cigarrilha e a prendeu com delicadeza entre os dentes de trás na lateral da boca.

Normalmente, ele fazia um espetáculo com nossos pagamentos, e eu não conseguia me lembrar da última vez em que recebera tanto dinheiro pelo meu trabalho. Peguei metade das notas, as coloquei de volta no envelope e guardei na minha jaqueta antes que ele pudesse mudar de ideia.

– Obrigada, Jax.

– Qualquer coisa por você, ó, minha adorada. – Ele segurou a cigarrilha, observando-a. – Você sabe que eu faria *qualquer coisa* por você, não é, querida?

Minhas costas ficaram tensas.

– Sei – respondi. – Claro.

– Claro. E, depois de ter arriscado meu pescoço, minha seção e meus Selos pra resgatar você, espero que não desobedeça às minhas ordens. – Sua mão pálida se estendeu até o material de leitura. – Me entregaram uma coisa hoje de manhã, enquanto eu estava curtindo meu café da manhã em Neal's Yard.

Tentei parecer interessada.

– Ah, é?

– Ah, sim. Ah, querida. – Ele balançou o terror barato, com o rosto tenso de indignação. – *A Revelação Rephaite* – leu. – *Um registro verdadeiro e fiel dos medonhos Titereiros. Mestres por trás de Scion e sua Colheita do Povo clarividente.* – Girando o pulso, ele jogou o material na lareira fria. – Pela qualidade do texto, acho que foi um dos esfarrapados de Didion, mas Didion Waite é tão criativo quanto um saco de batatas. E, por mais que esse ou essa picareta forme as palavras de forma ofensiva, tem uma imaginação além dos limites. – Em três segundos, ele ficou a centímetros do meu rosto, agarrando meus braços. – Quando foi que você escreveu isso?

Mantive minha postura.

– Não escrevi.

Suas narinas se alargaram.

– Você acha que sou idiota, Paige?

– Foi uma das outras fugitivas – falei. – Ela chegou a comentar que queria escrever um panfleto. Falei pra ela não fazer isso, mas deve ter...

– ... pedido pra *você* escrever?

– Jax, eu não poderia escrever uma coisa dessas nem pra salvar minha vida. Você é o panfleteiro.

Ele me observou.

– Verdade. – A fumaça saiu em espiral de sua boca. – Você ainda mantém contato com esses fugitivos, então.

– Já perdi contato com eles. Nem todos têm mime-lordes ricos, Jax – falei. – Precisam arranjar um jeito de ganhar dinheiro.

– Claro. – A raiva dele passou. – Bom, não há nada que possa ser feito a respeito disso. Vai ser descartado como um absurdo fantasioso, pode anotar.

– Sim, Jax. – Pigarreei. – Posso dar uma olhada?

Jaxon me lançou um olhar fulminante.

– Daqui a pouco vou te flagrar lendo poesia do Didion às escondidas. – Ele acenou com a mão para me dispensar. – Pode ir.

Peguei o panfleto na lareira e saí. Ele ia descobrir o meu envolvimento. Provavelmente ia ligar para a Grub Street assim que tivesse um minuto livre (sendo que todos os seus minutos pareciam livres), exigindo saber a identidade do autor. Eu queria confiar em Alfred, mas ele era amigo de Jaxon havia muito tempo, mais tempo do que eu estava viva. No fim das contas, o segredo viria à tona.

A primeira coisa que notei no meu quarto foi que várias coisas tinham sido mexidas desde que saí. A Lanterna Mágica. Minha caixa de bugigangas. Alguém tinha bisbilhotado por ali, e eu tive a impressão de que não era um intruso. Conferi minha fronha e encontrei os pontos intocados. Só para garantir, enfiei o lenço vermelho e o envelope de dinheiro na minha bota.

Jaxon realmente estava passando dos limites. O que ele achava que eu estava escondendo? Levei o terror barato para a cama e li até o décimo segundo capítulo, no qual Lorde Palmerston teve que encarar sua terrível escolha.

Quando, pela manhã, Palmerston acordou e foi até o Salão Octogonal, lá estava a criatura de novo, adornada com suas joias vistosas, uma rainha perfeita em tudo, exceto no nome.

– Iluminada – disse ele –, temo que seu pedido não será concedido. Por mais que eu tenha tentado persuadir os grandes lordes de seu bom caráter, eles acham que meu cérebro está comprometido por causa do láudano e do absinto.

E a criatura sorriu, tão linda quanto estranha.

– Meu querido Henry – disse ela –, você deve garantir aos lordes que eu não vim para fazer mal ao seu povo, vocês é que são cegos para o mundo espiritual. Só vim libertar os clarividentes de Londres.

Arrepios percorreram meu corpo inteiro. Isso não estava no original. A palavra era *encarcerar*, não *libertar*, e eu tinha certeza de que Nashira não fora descrita como *linda*. Ou será que fora? Eu não estava com os dois originais, tinham ficado com Alfred e Terebell, mas por que algum de nós teria escrito *linda*?

Li mais um pouco. Se fosse só um erro, não teria problema. Mas, não, havia mais e mais erros, se acumulando feito uma criação de fungos na essência da história.

Então, a sombra da senhora se estendeu para o outro lado da rua. Com as mãos trêmulas, o visionário a contemplou, e, imediatamente, a beleza dela aliviou o espírito ferido dele.

— Venha comigo, pobre alma perdida — disse ela —, e vou levá-lo para um lugar além do desespero.
O visionário se levantou e estava eufórico.

Desta vez, um golpe forte me atingiu no peito. Não. Isso estava errado. Nada tinha sido escrito sobre a beleza de Nashira, nem sobre ela aliviar o espírito ferido de alguém. E não, não era *eufórico*... A palavra certa era *apavorado*, eu me lembrava claramente do manuscrito... Peguei meu telefone irrastreável e disquei o número que Alfred me dera, com o coração pulsando na garganta e a boca seca. Chamou e chamou.
— Ande logo — sibilei.
Finalmente, depois de mais duas tentativas, houve um estalo do outro lado.
— Sim, o que é?
— Preciso falar com Alfred. Diga a ele que é a Onírica Pálida.
— Um instante.
Meus dedos tamborilavam na mesa de cabeceira. Por fim, uma voz familiar falou do outro lado da linha:
— Alô, meu coração! Que tal *A Revelação Rephaite*?
— Foi muito editado. — Eu me esforcei para manter a voz controlado. — Quem fez isso?
— Os autores, é claro. Eles não lhe contaram?
Senti um frio na barriga.
— Os autores — repeti. — Você ouviu a voz deles, Alfred?
— Ora, eu certamente ouvi a voz de alguém. Um belo rapaz chamado Felix Coombs. Ele disse que, pensando bem, era necessário ter um lado positivo no panfleto, além do lado negativo. Como os Rephaim são os menos repulsivos dos dois, eles foram escolhidos como "os bonzinhos", para usar um termo coloquial.
— Quando foi isso?
— Ah, pouco antes da impressão. — Pausa. — Tem alguma coisa errada, meu coração? Saiu algum erro tipográfico?
Eu me recostei na cama, com o coração acelerado em pulsações lentas e aflitas.
— Não — respondi. — Deixe pra lá.
Desliguei. Com os olhos ardendo, li o panfleto de novo, encarando as letras impressas.
O dinheiro de Terebell fora usado para glorificar os Sargas.
Os Rephaim não se alimentavam de humanos. Não havia sinal da anêmona de papoula. Eles foram descritos lutando com os malvados Emim, protegendo os fracos clarividentes. Era o belo mito, aquele em que os líderes de Scion tinham acreditado durante duzentos anos: um conto sombrio sobre os Rephaim sábios e onipotentes, os deuses na Terra, defendendo os humanos dos gigantes apodrecidos. Uma onda negra se ergueu e se assomou sobre a minha cabeça.

Felix não tinha feito essa ligação por conta própria. Alguém deve ter descoberto sobre o panfleto, alguém que queria proteger os Rephaim. Deixá-los com uma boa reputação.

O Homem Esfarrapado e Ossudo. Só podia ser. Ele sabia sobre os Rephaim. Se estivesse com os fugitivos... Se ele os tivesse entregado a Nashira...

Uma capa fina de suor cobriu meu corpo. Sequei o lábio superior com a manga, mas eu não conseguia parar de tremer. Não era culpa de Alfred. Ele tinha feito o melhor possível, e, além do mais, não faria a menor ideia de por que eu estava chateada. Era só uma história, afinal de contas. Apenas a história de outra pessoa.

Não importava mais. Estava nas ruas. O que importava era que os fugitivos tinham sido encontrados. Peguei meu casaco e meu chapéu, vesti os dois e empurrei a janela para abri-la.

– Paige? – A porta rangeu e abriu, e Eliza entrou. – Paige, preciso...

Ela parou de repente quando me viu agachada no peitoril, agarrando a moldura com a mão.

– Preciso sair – falei, já colocando as pernas para fora. – Eliza, você pode ficar de ouvido atento na cabine telefônica? Diga pro Nick que eu fui ver os outros fugitivos.

Ela fechou a porta devagar depois de entrar.

– Onde?

– Camden Market.

– Ah, é mesmo? – Ela exibiu um sorriso. – Não me importo de ir, na verdade. Jaxon precisa de mais áster branco.

Isso me fez parar.

– Por quê?

– Cá entre nós, acho que ele está colocando no absinto. Não consigo entender o que há de errado com ele ultimamente. Vai fumar e beber até se matar.

O que quer que ele quisesse esquecer, não iria nos contar.

– Não vamos fazer compras. Todo o distrito está confinado – falei, depois fiz uma pausa. – Na verdade, posso precisar da sua ajuda. Se você estiver livre.

– O que vamos fazer?

– Eu te falo quando chegarmos lá. – Acenei para ela. – Traga uma faca. E uma arma.

****

Pedi para um táxi pirata local nos deixar na tranquila parte residencial no norte da Hawley Street, o mais perto possível do Mercado Stables.

– As Bonecas Esfarrapadas não vão nos deixar chegar mais perto dos mercados – disse a motorista. – Mensageiros, táxis sem licença, qualquer um do submundo que opera fora do distrito. Não sei o que deu neles. Aposto que vocês vão ter problemas pra entrar. – Ela estendeu a mão. – Deu oito libras e quarenta, por favor.

– O Agregador Branco vai reembolsar você – falei, já quase saindo do táxi. – Coloque a conta na caixa postal secreta da I-4.

Enquanto ela se afastava, escalei um andaime. Eliza me seguiu, mas não parecia feliz.

– Paige – disse ela, exasperada –, quer me explicar que diabo estamos fazendo aqui?

– Quero conferir como estão os outros fugitivos. Tem alguma coisa errada.

– E como você sabe disso?

Eu não podia responder sem deixar escapar que eu estava envolvida com o terror barato.

– Simplesmente sei.

– Ah, fala sério. – Ela pulou para o telhado seguinte. – Nem videntes podem falar esse tipo de merda, Paige.

Saí correndo pelos telhados. Quando cheguei ao prédio no fim da rua, me agachei na borda do telhado e observei a cena lá embaixo. Chalk Farm Road já estava bem acordada, suas lojas pulsando luzes e música, a calçada repleta de amauróticos e videntes. Se conseguíssemos atravessar a rua sem ser vistas e pular o muro, estaríamos no Mercado Stables, a minutos de distância da butique.

Auras cintilavam toda vez que um vidente passava. Havia uma Boneca Esfarrapada agachada perto do muro, de cabelo azul e armada com duas pistolas, mas ela estava longe demais para perceber minha aura. Com Eliza logo atrás de mim, desci pelo outro lado do prédio e atravessei em disparada a rua, esbarrando num amaurótico no caminho. Um pulo rápido me levou até o topo do muro. Eliza cambaleou atrás de mim, mas suas pernas eram menores. Eu a agarrei por baixo dos braços e a carreguei até o outro lado.

– Você está louca? – sussurrou ela para mim, com raiva. – Você ouviu o que a taxista falou!

– Ouvi. – Eu já tinha saído andando. – E quero saber o que as Bonecas Esfarrapadas têm a esconder do restante de nós.

– Quem se importa com o que as outras seções fazem? Seus ombros não são largos o suficiente para sustentar todos os problemas de Londres, Paige...

– Talvez não – falei –, mas, se Jaxon quer ser Sublorde, seus ombros precisam ficar um pouco mais largos. – Mantive uma das mãos na faca. – Aliás, Jax fez uma bela inspeção no seu quarto ou foi só no meu?

Ela me encarou.

– Percebi que algumas coisas tinham mudado de lugar. Você acha que foi Jaxon?

– Só pode ter sido.

O mercado ficava agitado naquele período da tarde, quando o dia de trabalho de Scion terminava. A luz do sol moribunda reluzia em prateleiras de joias. Atravessei os túneis fechados do mercado, abrindo caminho entre barracas e passando por baixo de candelabros, em espreita constante para o caso de encontrar as Bonecas Esfarrapadas. Qualquer uma dessas pessoas podia estar trabalhando para elas. Sempre que eu via um vidente, me agachava para me esconder até ele passar, puxando Eliza junto. Quando cheguei ao local certo, tinha visto dois grandes grupos de Bonecas e inúmeros videntes vagando por lá, sem dúvida a serviço delas.

A Butique da Agatha estava trancada, com um cartaz de FECHADO PARA REFORMAS na porta. Todas as joias tinham desaparecido das vitrines. A porta era vigiada por um grupo de Bonecas Esfarrapadas armadas. Um dos integrantes – um médium barbudo com cabelo verde-claro crespo – equilibrava uma caixa de comida no joelho. Os outros estavam totalmente em alerta, observando os comerciantes mais próximos montarem as barracas.

– Eliza – falei, e ela se aproximou –, você acha que consegue distraí-los?

– Você *não pode* entrar lá – sibilou ela. – Imagine se alguém tentasse invadir um dos nossos prédios. Jaxon ia...

– ... dar uma surra até a pessoa desmaiar, eu sei. Esses caras não fariam só isso, eles me matariam. – Basta afastar os caras da loja por uns cinco minutos. Eu te encontro na caverna daqui a uma ou duas horas.

– Acho bom você me pagar por isso, Paige. Está me devendo o salário de duas semanas. O salário de dois *anos*.

Apenas olhei para ela. Sussurrando alguns xingamentos, ela engatinhou e saiu de baixo da mesa.

– Me dê seu chapéu – disse Eliza, estendendo a mão. Eu o tirei e joguei para ela.

Se eles tinham seis guardas a postos para vigiar a loja, devia haver alguma coisa lá dentro que valia a pena ver. Talvez os fugitivos ainda estivessem no porão, acorrentados assim como o Mestre ficara nas catacumbas.

Fiquei esperando, observando a loja. Eliza era membro dos Sete Selos havia mais tempo do que eu e tinha sido ladra na infância. Era uma mestra da distração e de escapadas rápidas, apesar de não ter feito muito serviço de rua desde que Jaxon a contratou.

Depois de um minuto, eu a senti novamente, se aproximando pela minha direita. Ela saiu de uma loja usando um par roubado de óculos cinza, com os cachos escondidos sob o meu chapéu, parecendo alguém que não queria ser vista. Assim que as Bonecas Esfarrapadas a viram, ficaram tensas. Uma se levantou.

– Ei.

Eliza acelerou, mantendo a cabeça baixa, e seguiu em direção à passagem mais próxima. Uma Boneca Esfarrapada de cabelo roxo segurou sua arma.

– Você, parada aí – disse ela. – Não gostei da sua aparência.

Os outros também se levantaram. O homem ergueu os olhos da comida o suficiente para revirá-los.

– Não tem nada pra roubar aqui dentro.

– Bom, se tiver e sumir, você é quem vai explicar tudo pra Chiffon. E ela não anda no melhor humor.

Então Eliza saiu correndo, e as Bonecas Esfarrapadas dispararam atrás dela. Assim que sumiram, passei direto pelo guarda que restou ali, que só me deu uma olhada rápida, e segui para os fundos da loja. Eu lembrei que havia uma janela no porão. Depois de um minuto procurando, eu a encontrei e a chutei, espatifando o vidro no chão. Era um espaço apertado, mas consegui passar pelo buraco.

O esconderijo estava vazio. Para alguém do lado de fora, não era nada além do porão de uma loja vazia.

Fiquei ali por um tempo, agachada em meio aos cacos de vidro, que reluziam sob a luz fraca de fora. Minha primeira suspeita foi que os fugitivos tinham sido levados para as Catacumbas de Camden, mas aquele esconderijo estava ocupado. Tinha que haver *alguma coisa* aqui...

Quando meus olhos se ajustaram à penumbra, meu dedo rastreou uma mancha de sangue seco no piso, que desaparecia embaixo de uma estante vazia, feita de madeira escura e lisa.

Agatha dissera que sua butique era o *esconderijo* da II-4. Um esconderijo não era apenas um lugar para se esconder, mas um jeito de sair do distrito. O nosso levava de Seven Dials até a Soho Square. O de Hector lhe dera a oportunidade de escapar sob a cerca que circundava sua favela. Se eles estivessem tentando movimentar os fugitivos sem ninguém perceber, fazia sentido terem ido pelo subsolo.

A entrada para o porão estava disfarçada por meio de um armário antigo na loja acima para evitar inspeções de Vigilantes, e eu apostava que a estante era a porta secreta número dois. Enfiei os dedos atrás dela e a puxei com toda a força, começando a suar na testa e a sentir meus braços ardendo. Com um *clique* oco, a porta finalmente se arrastou nas dobradiças bem lubrificadas, quase sem fazer barulho. Atrás dela, havia uma passagem estreita de pedra, baixa demais para que eu conseguisse ficar totalmente em pé. Um ar frio e bolorento escapou, bagunçando meu cabelo.

Minha parte sensata me disse para esperar até ter reforços, mas ouvir essa voz nunca me levara a lugar algum. Acendi a lanterna e entrei, deixando a estante entreaberta atrás de mim.

****

Foi uma caminhada muito, muito longa. A passagem começava pequena e indefinida, quase sem espaço para que eu estendesse meus cotovelos para distanciá-los do tórax, antes de se alargar o suficiente para que eu respirasse o ar úmido sem ofegar.

Tive que manter a cabeça baixa e os ombros encolhidos para não bater a cabeça no teto baixo, que parecia ser feito de cimento.

Logo deparei com as Catacumbas de Camden, que surgiram através de um duto de ventilação. Estava escuro demais para identificar muita coisa, mas consegui ver o suficiente para saber que eu estava vendo a cela do Mestre.

Eu estava começando a suspeitar de que a confiança de Ivy em sua antiga kidsman era inadequada. Agatha era porteira da caverna do Homem Esfarrapado e Ossudo... e mais coisa além disso, pelo que parecia. A passagem seguia para outra direção. Respirei fundo e continuei.

Mais dez minutos se passaram antes que a minha lanterna piscasse e se apagasse, me deixando na escuridão total. *Merda*. Dei um tapinha no meu relógio, e os tubos de Nixie ali dentro brilharam num tom fraco de azul. Eu estava começando a me arrepender de não ter trazido Eliza comigo, no mínimo para ter com quem conversar. Eu esperava muito que ela tivesse escapado das Bonecas Esfarrapadas, ou seria a próxima pessoa a desaparecer sem deixar rastro. Isso se eu não sumisse antes, é claro. Meu único consolo era que, se eu me perdesse aqui embaixo, o Mestre conseguiria sentir onde eu estava.

Usando as mãos para me orientar, segui em frente, batendo a cabeça de vez em quando, até sair em uma passagem com o teto abobadado distinto do metrô de Londres. Recuei imediatamente, colocando a mão no revólver, mas o túnel estava vazio. Outra estação perdida, pelo visto, como a que existia debaixo da Torre.

O trem que esperava na linha era incomum porque batia na minha cintura; estava mais para uma carreta do que para um vagão. As pontas tinham sido pintadas de vermelho, as partes centrais, de preto enferrujado. SERVIÇO POSTAL DA REPÚBLICA DA INGLATERRA fora pintado com tinta dourada na lateral. Eu me lembrava vagamente de aprender alguma coisa relacionada a isso na escola. No início do século XX, em uma era antes dos computadores, uma linha ferroviária postal fora criada para disseminar as mensagens secretas da nova república pela cidadela. Havia muito tempo que fora abandonado, desde que a correspondência passou a ser enviada eletronicamente, mas eles devem ter deixado o esqueleto apodrecendo.

Meu coração espancava meu tórax feito um punho cerrado. A última coisa que eu queria fazer era subir nesse trem para um destino desconhecido, mas só podia ser para onde os fugitivos foram levados.

Em uma das pontas do trem, havia uma alavanca cor de laranja. Havia mais sangue seco ali, digitais enferrujadas na lateral do trem. As marcas tinham alguns dias, pelo visto. Eu me agachei em uma das carretas minúsculas, xingando baixinho, e puxei a alavanca para baixo com ambas as mãos. Eu estava começando a odiar trens.

Com um rugido baixo, o trem deslizou pelo trilho, passando por túneis tão escuros que eu não conseguia ver nada além do meu relógio. Nick ia me matar quando eu voltasse.

Minutos se passaram. A escuridão me pressionava, forçando o sangue a subir para minha cabeça. Repeti para mim mesma que o trem não ia para a colônia penal – era pequeno demais, viajava muito devagar –, mas isso não impediu meus ouvidos de latejarem. Fiquei de olho no relógio, a única fonte de luz, aninhando o pulso no peito.

Depois de meia hora, o trem entrou num túnel iluminado e foi parando gradualmente. Com os olhos ardendo, desci em outra plataforma, tão indefinida e estreita quanto a anterior. Um único feixe de luz piscava no alto. Pisando de leve, me esgueirei para a outra passagem, que me levou até uma inclinação reta e íngreme. Mais sangue manchava o chão. Eu devia estar a vários quilômetros de Camden, mas a viagem só levou meia hora... Considerando o tamanho de Londres, eu ainda podia estar na coorte central. Subi uma escada pequena e entrei num túnel tão baixo que precisei andar agachada. Por fim, consegui ver uma luz. Uma luz quente e interna.

Havia planos oníricos ali perto, uns quinze. Reconheci o de Ivy, fraco, silencioso e violado. Os fugitivos deviam estar aqui, mas cercados de guardas. Fiquei de quatro para impedir que minhas botas rangessem. Quando cheguei ao fim da passagem, olhei através de uma série de frestas estreitas, daquelas que há na porta de um armário. Por meio das frestas, vi as costas de uma cadeira, mãos agarrando as laterais, e uma cabeça com cabelo verde curto.

Agatha.

Ela se sentava bem empertigada, de costas para mim. Não me mexi.

Dentro da sala iluminada por uma lareira, havia uma enorme cama com dossel, empilhada com colchas de seda, lençóis brancos, travesseiros com monogramas e almofadas sedosas cor de cereja. Cortinas pesadas caíam ao redor, reluzindo com uma estampa dourada e delicada. Uma mesa de cabeceira polida servia de apoio para um vaso de vidro com flores de áster cor-de-rosa. Poltronas de veludo com espaldar alto, uma mesa de centro de pau-rosa e um espelho de chão decorando o espaço ao redor da lareira, tudo posicionado sobre um carpete verde-menta.

Assim que uma porta se abriu rangendo, a cabeça de Agatha se virou. Eu me encolhi nas sombras.

– Aí está você – disse ela com a voz rouca. – Faz muito tempo que estou esperando.

Demorou alguns instantes para alguém responder.

– Posso perguntar o que você está fazendo aqui, Agatha?

Minhas entranhas se reviraram. Eu conhecia aquela voz baixa e sombria. Quando olhei pelas frestas, até a lembrança do calor deixou o meu corpo.

Era a Madre Superiora.

21

Simbiose

Eles se conectam ao éter por Meio dos próprios Corpos, dos corpos dos Querelantes ou de uma vítima involuntária. Como muitos reivindicam o uso de Sujeira corporal no Trabalho, eles são párias da nossa Sociedade Clarividente. Sabe-se que uma grande Comunidade de Áugures Vis prospera perto de Jacob's Island, a grande Favela da II Coorte. Meu grande Conselho para o Leitor é evitar essa Seção da Cidadela, para não se tornar uma vítima de suas Práticas básicas.

– Um Escritor Obscuro, *Sobre os méritos da desnaturalidade*

****

– Vim buscar meu pagamento. – A boca de Agatha ainda estava laqueada de verde. – Metade do que eles te prometeram.

– Conheço nosso acordo. – A luz que entrava pelas frestas mudou. – Suponho que isso tenha relação com a loja. Você entende por que tivemos que fechá-la, não é?

Aqui devia ser o salão noturno dela.

– A entrada do túnel fica atrás de duas portas escondidas – falou Agatha com a voz rouca. – Eu ganhava um bom dinheiro naquela loja.

– Foi uma precaução necessária, minha amiga. A Onírica Pálida tem o hábito infeliz de se esgueirar para dentro de lugares escondidos.

Você não faz ideia, pensei.

A Madre Superiora jogou o casaco longe, ficando só de saia de cintura alta e uma blusa amassada. Depois tirou o alfinete da cartola da cabeça. Seu cabelo caiu pelas costas, grosso e brilhante, cacheado em espirais delicadas nas pontas. Emoldurada pela luz da lareira, ela se sentou na poltrona de encosto alto diante de Agatha, bem no meu campo de visão.

– A Jacobite acordou?

– Acordou – respondeu a Madre Superiora, servindo duas taças de vinho rosé. – Temos a informação que exigimos. Precisou de um pouco de... persuasão.

Agatha rosnou.

– Ela mereceu, por deixar meu serviço. Eu a tirei da sarjeta, de verdade, e ela me agradece fugindo pra trabalhar com seu mestre.

– Pode ter certeza de que não sirvo a mestre nenhum. – Essa foi a resposta tranquila que a outra deu.

– Então me diga, *Sub-Rainha*, por que ele nunca aparece? Por que se esconde enquanto pessoas inferiores fazem o trabalho sujo?

– Essas "pessoas inferiores", Agatha – a Madre Superiora ergueu a taça –, são todas líderes deste sindicato. Seus líderes. Ele e eu temos muitos amigos. Nos próximos dias, teremos bem mais.

Uma risadinha seca.

– Muitos peões, mais provável. Bom, eu não vou ser um deles. Posso estar perdendo a voz, mas não sou idiota. Se o seu pequeno empreendimento gera dinheiro suficiente pra você usar esse tipo de vestido, pode colocar um pouco no meu bolso agora mesmo.

Ela estendeu a mão. A Madre Superiora tomou mais um gole de vinho, sem desviar os olhos dela.

Todos líderes deste sindicato. Empreendimento. Memorizei essas palavras, enquanto meu sangue disparava de adrenalina. *Trabalho sujo. Jacobite.* O que quer que estivesse acontecendo, era algo mais sério do que eu jamais imaginara. Outro plano onírico estava se aproximando da sala, vindo de um andar inferior.

– Gastei um bom dinheiro com esses fugitivos. Alimentando. Vestindo. – A rouquidão de Agatha estava piorando. – Tive que me livrar de dois deles, só pra lembrar. Eles gritavam enquanto dormiam, choravam por causa de monstros nas árvores. Reconheço planos oníricos destruídos quando me deparo com eles. Inúteis. Você não sabe quanto tive que pagar aos mercenários locais pra me livrar deles enquanto os outros quatro dormiam.

O garoto e a garota, os outros dois sobreviventes. A raiva me fez tremer. Eu os tinha levado de um inferno para outro.

– Vamos resolver suas queixas em breve, minha amiga. Ah – disse a Madre Superiora, sorrindo. – Pode se virar, Agatha. Aí está o seu dinheiro.

– Ótimo. – A cadeira foi empurrada para trás com um rangido de madeira sobre madeira. – Aí está você, garoto. Já era...

Um revólver disparou.

O barulho foi tão súbito e tão próximo de onde eu estava me escondendo, que quase me entreguei com um grito. Eu me joguei no chão do armário, com o punho enfiado na boca. Através das frestas, eu ainda conseguia ver as duas cadeiras nas sombras. O corpo de Agatha rolou para o chão, vazio feito uma luva sem mão.

Uma sombra bloqueou a luz.

– Ela falava demais – disse uma voz profunda e masculina.

– Ela desempenhou seu papel. – Um pé descalço empurrou o cadáver para longe. – Está com tudo pronto?

– Lá embaixo.

– Ótimo. – Ela massageou a lateral do pescoço com os dedos. – Leve minha mala pro carro. Preciso... me arrumar.

O homem passou diante do meu esconderijo, com as mãos nas costas, e pulou o corpo no carpete. Se o capuz indicasse alguma coisa, queria dizer que aquele era o concubino dela, o Monge.

– Precisa de lítio?

– Não. – Sua mime-rainha fechou os olhos, expandindo o peito. – Nada de lítio. Nossa simbiose está muito mais forte agora.

– Seu corpo não está ficando mais forte. A última vez te exauriu – disse o concubino, irritado. – Devem conseguir encontrar outra pessoa com seu dom. Todo esse risco pra quê? Por *ele*?

– Você sabe muito bem pra quê. Porque eles conhecem o meu rosto, não o dele. Porque eu cometi o erro. – Seus dedos se flexionaram na haste da taça. – Da última vez, eram oito bandidos armados e fortes, apesar de bêbados. Desta vez, é só uma concubina. Hoje à noite, Bocacortada vai deixar de ser uma ameaça. – Ela se levantou, esvaziando o resto do vinho no cadáver de Agatha. – Quero o dobro de guardas das Bonecas Esfarrapadas ao redor da loja da Agatha. Até recebermos nosso pagamento, ela deve estar totalmente fechada.

Depois de uma pausa, o Monge respondeu:

– Será feito.

Respirei da forma mais suave que consegui.

– Preciso de um pouco de tempo pra... envolvê-lo. Bata três vezes na porta e espere minha ordem antes de entrar.

A luz mudou de novo quando os dois saíram. Recuei para dentro do túnel até os planos oníricos deles terem desaparecido, depois engatinhei nos cotovelos e empurrei a porta do armário. Trancada pelo outro lado. Joguei o peso do meu corpo na porta, mas a tranca não cedeu. Enchi a porta de pancadas, frustrada, antes de desabar na lateral do túnel.

Se eu quebrasse a porta, ela saberia que alguém tinha estado ali e transferiria os fugitivos para outro lugar. Eles estavam aqui, em alguma parte deste prédio.

Ela estava indo atrás de Bocacortada.

Era coisa demais para absorver. As implicações da Sub-Rainha interina fazendo isso... mas não fazia sentido. Ela era amiga de Hector... Eu precisava entender tudo. *Simbiose. Lítio.* Balancei a cabeça, com os dentes trincados. *Pense, Paige, pense!* A

Madre Superiora era médium física. *Simbiose...* Eu me xinguei por não ter trazido Eliza. Ela entenderia o significado disso.

Pense. Meu cérebro estava superaquecendo, vasculhando as pistas e palavras separadas, tentando juntá-las.

Eu poderia chegar antes da Madre Superiora ao esconderijo de Bocacortada. Ivy tinha crescido com Bocacortada, pelo que ela dissera – na mesma comunidade –, mas onde? Agatha encontrara Ivy na sarjeta de Camden. Ela deve ter sido abandonada ou devia estar fugindo de algo...

Espere. Minha pulsação estava disparada. Havia alguma ligação entre as duas. Ambas eram áugures vis: Bocacortada era hematomante e Ivy, palmista.

E onde todos os áugures vis tinham sido aprisionados depois de *Sobre os méritos da desnaturalidade*? Para onde eram levados quando os sindis os viam nas ruas? Onde seus filhos nasciam?

Me diga onde Ivy Jacob está escondida.

Sequei o suor do lábio superior, encarando a penumbra. Só havia um lugar onde elas podiam ter crescido juntas; só um lugar onde ela poderia se isolar do mundo exterior. Só um lugar onde ela poderia se esconder das pessoas que tinham assassinado seu mime-lorde. Disparei de volta pelo túnel, retornando para Camden.

Bocacortada estava em Jacob's Island.

****

Levei quinze minutos para atravessar até a cidadela na carreta – empurrar a alavanca aumentou a marcha –, depois, dez minutos em uma disparada mortal pelas passagens para chegar ao esconderijo. Quando eu me contorci pela janela do porão, engoli o ar fresco como se fosse água, tremendo da cabeça aos pés. Sem tempo para uma pausa, nem mesmo para respirar. Saí apressado pelo mercado e voltei a Hawley Street, onde me joguei na frente de um táxi pirata e bati as mãos no capô. O motorista se inclinou para fora da janela, o rosto vermelho de raiva.

– Ei!

– Bermondsey. – Eu me enfiei dentro do veículo, encharcada de suor. – Por favor, preciso ir pra Bermondsey. Rápido.

– Está querendo se matar, garota?

Tive que ranger os dentes para impedir que meu espírito escapasse. O esforço fez uma gota de sangue escorrer do meu nariz.

– Se você tiver algum problema com isso – ofeguei –, fale com o Agregador Branco. Ele vai te pagar pela pressa.

Isso o fez dirigir. Disquei para a cabine telefônica da I-4 com o polegar livre. Tocou duas vezes antes de uma voz familiar atender:

– I-4.

– Musa? – Ótimo. Ela havia conseguido voltar. – Musa, escute, tenho que ir a um lugar, mas...

– Onírica, você precisa se acalmar e me dizer que diabo está acontecendo. Faz uma hora que você sumiu. Onde se meteu?

– Estou a caminho da II-6. – Ajeitei meu cabelo úmido. – Você pode me encontrar em Bermondsey?

Um estalo.

– Agora não. É o toque de recolher do Agregador. Olhe, vou tentar, mas pode ser que eu precise esperar até ele me mandar sair.

– Tudo bem. – Minha garganta se fechou. – Tenho que te contar uma coisa.

Sozinha de novo. Desliguei e me agarrei à porta quando o táxi deu uma guinada ao virar em outra esquina.

Jacob's Island, um conjunto de ruas na curva de um rio, era a pior favela de Sci-Lo. Tinha menos de um quilômetro de comprimento e era rejeitada como um resquício irremediável da época da monarquia. Jaxon a descobrira quando era criança. Deve ter achado que era a prisão perfeita para os áugures vis, os párias da sociedade vidente. Com exceção dos quiromantes, cujo estudo das palmas não era considerado de mau gosto, eles não eram muito populares. Não quando os boatos diziam que alguns usavam entranhas no trabalho.

Depois que *Sobre os méritos da desnaturalidade* foi distribuído, quarenta e três áugures vis foram assassinados, e o restante deles foi aprisionado aqui. Eu não sabia muito sobre o que havia dentro da favela, mas sabia que os habitantes nunca tinham permissão para sair. Eles tiveram filhos aqui desde o aprisionamento, crianças que nunca viram o mundo além deste canto de Bermondsey. Todas as pessoas que nasciam aqui recebiam o sobrenome *Jacob*.

Ivy não tinha um sobrenome nas telas. Se tivesse nascido aqui, nunca teria entrado no censo de Scion. Mas como ela e Bocacortada haviam conseguido sair?

Se eu estivesse errada, seria tarde demais.

Desci do táxi pirata num pulo, dizendo para ele deixar a conta na caixa postal secreta (eu teria que esvaziá-la antes de Jaxon perceber) e segui na direção do portão. Minhas botas deslizaram em uma ladeira lamacenta. Lá embaixo, havia um jovem guarda entediado do sindicato parado no portão leste de Jacob's Island, com um rifle apoiado num caixote ao seu lado. Trinta e seis espíritos poderosos cercavam o distrito, um de cada seção da cidadela. O próprio portão era uma grade de barras de metal, preso em uma cerca com corrente. Uma placa antiga de Scion fora pregada no alto.

II COORTE, SEÇÃO 6

SUBSEÇÃO 10

ALERTA: SETOR RESTRITO TIPO D

Tipo D era usado em pequenos canteiros de obra considerados perigosos demais para ser ocupados. Aquele cartaz devia estar ali desde antes de decidirem não reformar a favela; desde antes de quando o panfleto de Jaxon forçou os áugures vis a virem para este lugar, longe do conhecimento de Scion. Assim que me viu, o guarda invocou um enlace.

– Pra trás, você. Agora.

– Preciso ter acesso a Jacob's Island – falei. – Imediatamente.

– Está precisando limpar os ouvidos, garota? É proibido entrar, a não ser que você esteja a serviço da Sub-Rainha interina.

– Não sou a Sub-Rainha interina, mas sou a Onírica Pálida, herdeira do Agregador Branco – disparei –, responsável pelo panfleto que originou essa favela. Diga o que quiser para Malvada e para Madre Superiora – falei, empurrando-o para passar –, mas me deixe entrar.

Ele me empurrou de volta com tanta força que eu quase caí na lama.

– Não respondo à I-4. E também não pense que você vai entrar por meio de um buraco na cerca. Os espíritos vão destruir sua mente.

– E suponho que um guarda dedicado como você tem um jeito de fazê-los recuar. – Enfiei a mão na bota e joguei para ele o envelope cheio de dinheiro do aluguel de Chat. – Isso basta pra você me deixar entrar e ficar de bico calado?

O guarda hesitou, mas ele deve ter se convencido pela grossura do envelope. Pegou um saquinho de pano em uma corrente de ouro pendurada no pescoço e o jogou para mim.

– Faça o favor de devolver.

Enquanto o porteiro destrancava o portão enferrujado, envolvi a faca com a mão. O sachê perfumado estava no meio do meu colarinho, com um discreto cheiro de sálvia.

– Você está por sua conta aí dentro – alertou o guarda. – Não vou entrar pra te tirar.

– Não – falei. – Não vai mesmo.

Chicoteando meu espírito, eu o deixei inconsciente, caído de costas em uma poça. Não tive nem mesmo uma leve dor de cabeça em seguida. Peguei o envelope de dinheiro da mão dele e o guardei de volta no meu bolso interno.

E assim, sozinha, entrei na favela mais famosa de Londres. Os espíritos se afastavam feito cortinas num palco.

O portão dava em uma passagem estreita. O suor escorria pelo meu rosto, e minhas bochechas queimavam.

Todas as palavras de Jaxon sobre os áugures vis se agitavam nos meus pensamentos. Os auruspicistas usavam entranhas de animais no seu trabalho. Os osteomantes usavam ossos queimados ou tratados. Havia os hematomantes de amantes do sangue; os drimimantes, que faziam leituras com lágrimas humanas; os oculomantes, obcecados por olhos que estivessem em uma cabeça ou não. Jaxon tinha apavorado Eliza quando nos contou sobre o Deflorador, o lendário antropomante que vagava pelos esgotos deste lugar, esperando encontrar mulheres jovens para esfolá-las e desmembrá-las antes de usar suas entranhas para prever a morte da próxima.

Só uma história, pensei. *Só uma história...* Uma história contada nos becos e nas esquinas, nada mais do que uma lenda urbana.

Mas algumas lendas não eram verdadeiras?

Uma fumaça turva era expelida do que sobrara de uma fogueira próxima, enchendo o ar de um fedor cinza. O odor do lugar fez meu estômago se revirar: enxofre, podridão úmida e o cheiro horrível de um esgoto aberto, misturado com carne queimada. Em comparação, o Pardieiro era um palácio. O lixo se acumulava em pilhas ao redor de portas quebradas e se espalhava pelas ruas, onde escorria com fluxos estreitos de água. Chapinhei por ossos translúcidos de peixes e pelos cadáveres de ratos de esgoto. O silêncio só era interrompido pelo grasno de um corvo no telhado mais próximo.

Este lugar era como um emaranhado de passagens. Havia uma antiga bomba d'água no fim da seguinte, pingando água marrom feito lama, com o esgoto vazando a apenas alguns centímetros. Quando uma porta se abriu, eu parei. Uma mulher saiu de uma casa, magra e pálida como osso. Eu me escondi atrás de uma cerca, tentando registrar a aura dela na memória. Três anos no sindicato e eu nunca tinha visto esse tipo específico de áugure. Ela acionou a bomba com a mão frágil, mas apenas um filete de lodo recompensou seus esforços. Em silêncio, ela se ajoelhou ao lado de uma poça funda e com a palma da mão pegou o máximo da lavagem nojenta e colocou em seu balde. Depois de lamber um pouco os dedos, ela subiu mancando os degraus.

As ruas eram estreitas, esmagadas entre prédios altos e sem telhado. Não havia evidências de que os prédios já tiveram janelas. Minhas botas pisavam na água suja, coberta de espuma branca como se fosse mármore. Tapei o nariz com a manga. Scion devia ter queimado este lugar um século atrás.

Havia planos oníricos nas casas, mas estavam quietos. Bocacortada tinha que estar em algum lugar aqui. Devia estar agitada e com medo, fácil de sentir. Enquanto o sol vermelho baixava, saí de um beco para a rua mais larga que eu tinha encontrado até o momento.

A dor explodiu no meu ombro.

Algo entre uma arfada e um grito escapou da minha boca, e meus dedos automaticamente alcançaram a fonte da agonia. A coisa era metálica e curva, cravada na minha pele. Ela deu um solavanco, me derrubando na lama.

Passos apressados vieram chapinhando pela água. Enviei meu espírito, repelindo um deles, mas já havia seis pares de mãos em mim, me colocando de pé. Um homem magro de feições sutis saiu da casa mais próxima, com uma ponta da linha de pescar enrolada na mão. Na outra, havia um tipo de pistola de design antigo e algumas modificações.

– Parece que pegamos alguma coisa. Uma *invasora* – disse ele, alisando a pistola com o dedo largo. Sardas se espalhavam pelas suas bochechas queimadas de sol. – Me diga: o que você fez com essa aí?

Ele apontou para o homem entre os quatro, que estava segurando um crânio com ambas as mãos. Tentei pegar meu revólver, mas o líder do grupo me puxou com tanta força que o anzol saiu do meu ombro rasgando, arrancando um grande pedaço de pele. Um xingamento chegou aos meus dentes, mas eu o engoli. Isso não ia terminar bem se eu os enfrentasse. O sangue pulsava pelo corte, ensopando minha blusa.

– Devíamos levá-la pro Navio, não? – perguntou um dos outros. – Eles têm corda.

Corda?

O líder do grupo pareceu pensar por um instante, depois assentiu.

– Acho que sim. Alguém desarme a moça, por favor.

Minhas armas visíveis foram levadas, uma por uma, antes que eu fosse empurrada pelas passagens estreitas.

Depois de um minuto andando em silêncio, o líder do grupo empurrou um varal de roupas pesadas e saiu em uma rua mais larga. Fui empurrada na direção de uma cerca de estacas.

– O que é isso?

Havia outro estranho parado na porta do que parecia uma antiga taberna pré--Scion, rodeada por uma cerca de madeira. O homem tinha um peitoral largo e era careca como uma colher de chá. Seu rosto pálido exibia uma expressão semitransparente que me lembrou de girinos. Um cartaz contraditoriamente bonito estava pendurado no meio de uma aresta acima dele, com o NAVIO ENCALHADO pintado com tinta prateada. Como eu não falei, ele limpou as mãos na camisa.

– Pegaram uma invasora, é, rapazes?

Ele tinha sotaque irlandês, parecido com o meu. Certamente era do sul.

– Encontramos a moça se esgueirando perto da bomba de água. – O líder do grupo me jogou no chão. – Olhe só essa aura.

O sangue escorria pelas minhas costas, encharcando minha blusa. Pressionei a ferida com os dedos. Não parecia muito profunda, mas doía pra caramba. O homem careca desceu os degraus podres e se agachou na minha frente.

– Você não me parece daqui, garota.

Citar o nome do Agregador Branco normalmente me tiraria de uma situação como esta, mas, neste caso, seria uma sentença de morte.

– Não sou – respondi. – Estou procurando alguém do seu povo.

– Imagino que você não trabalhe para mime-rainha, ou não estaria se esgueirando feito um rato. O porteiro sabe que você está aqui ou você invadiu?

– Ele sabe.

– A gente devia pedir resgate por ela – disse um dos meus captores, que em seguida recebeu gritos de aprovação dos outros. – A Assembleia pode até mesmo soltar um de nós em troca.

– Quem é essa?

Uma nova voz, baixa e aguda. Uma jovem usando avental tinha saído do pub, com um balde de comida nojenta na mão.

– Volte lá pra dentro, Róisín – disse o careca com rispidez.

Um tremor me atingiu. Um emaranhado de tecido de cicatriz distinto marcava o lado esquerdo do rosto pálido da mulher, do maxilar até a têmpora. Durante os últimos anos dos Protestos de Molly, ScionIDE – o braço militar de Scion – havia usado um agente nervoso para dispersar grandes multidões de rebeldes, o que teve resultados devastadores. Eu nunca soube o nome correto, mas os irlandeses chamavam de *an lámh ghorm*, a mão azul, por causa das queimaduras azuis em formato de dedo que ficava em quem sobrevivia.

Outros rostos tinham aparecido nas janelas do prédio. Olhos febris espiavam através das lâminas imundas de vidro. Portas e persianas se abriram com rangidos nas casas. Passos chapinhavam na água rasa. Minha garganta se fechou enquanto eles saíam dos barracos e das galerias, e, lentamente, passo a passo, me cercavam. Antes que eu percebesse, fiquei presa por um círculo de trinta áugures vis esquisitos. Uma pancada abafada ecoou nos meus ouvidos.

As roupas deles eram esfarrapadas e imundas. A maioria estava descalça ou usava pedaços de papelão para proteger a sola dos pés. Os mais jovens me encaravam como se eu fosse algo reluzente e bizarro que tinha saído do rio. Os moradores mais velhos estavam preocupados, diante das portas. Quando olhei para eles, percebi que estava vendo o Pardieiro e seus artistas amontoados nos barracos. Eu estava vendo Liss Rymore atrás da cortina que funcionava como porta da frente, protegendo as poucas coisas desgastadas no mundo que ainda eram dela.

O irlandês socou a porta do pub. Depois de terem se passado dez segundos de um silêncio reverente, uma mulher a abriu e saiu no ar denso, secando as mãos num pano de prato. Parecia ter quase quarenta anos, com olhos ibéricos escuros e pele morena, oleosa e coberta de sardas. O cabelo preto volumoso estava preso em uma trança rabo de peixe frouxa.

– O que é? – perguntou ela ao homem, que indicou minha presença com a cabeça.

– Temos uma intrusa.

– Temos, é? – Ela cruzou os braços, me analisando. – Você foi esperta de entrar aqui, garota. Se ao menos fosse tão fácil sair...

Ela era de Dublin. Seu sotaque era o mais carregado que eu ouvia havia algum tempo.

– Você é a líder daqui? – perguntei, tentando parecer calma.

– Isso aqui é uma família, e não uma das suas gangues – respondeu ela. – Sou Wynn Jacob, curandeira de Jacob's Island. Quem é você?

– Amiga da Ivy – respondi, na esperança de que alguém conhecesse o nome e eu não estivesse errada. – Vim aqui atrás de alguém do seu povo, alguém que cresceu aqui. No sindicato, ela atende pelo nome de Bocacortada.

– Essa é a minha Chelsea – gritou uma mulher de outra casa. – Diga pra ela nos deixar em paz! A Malvada não tirou o suficiente de nós?

– Cale a boca, você. Volte pro trabalho. – Wynn olhou de novo para mim. – Conhecíamos Ivy e Chelsea bem antes de elas nos deixarem. Eu mesma criei Ivy desde bebê. Em que perigo ela se meteu, me diga?

– O que ela quer dizer? – perguntei. – Que a Malvada tirou o suficiente de vocês?

– Não conte nada a ela – disparou outro áugure. – Se ela não tem o nome Jacob, não é uma de nós.

– Espere. – Róisín pegara um jornal frágil, tão úmido e amassado, que era difícil saber como ela conseguia ler. Ela mostrou a primeira página, me encarando. – É você que Scion está procurando.

Meu próprio rosto me encarou: deformado, mas ainda perfeitamente reconhecível. Os áugures vis ficaram em silêncio, olhando da fotografia para mim, comparando uma feição com a outra.

A mão de alguém segurou minha manga. Pertencia a um homem com dentes escurecidos e nariz grande e brilhoso.

– O cabelo está diferente – disse ele –, mas ela tem a mesma aparência. É, Róisín, acho que você pode ter razão.

– A gente podia vendê-la! – Uma mulher agarrou minha nuca. – Scion ia nos pagar uma fortuna, eu acho. Ela é *preternatural*, essa aí.

A mulher irlandesa de cabelo escuro não disse nada. Meu espírito estava prestes a romper os limites, mas essas pessoas iam me matar se eu machucasse alguém. Suprimir o salto fez meus olhos soltarem fagulhas.

– Chelsea disse que eles viriam buscá-la. – Nos degraus, Róisín parecia apavorada. – Por favor, não machuque ela. Eles disseram que iam protegê-la.

Pingava sangue do nariz do áugure mais próximo.

– Não machuquei ninguém. E não planejo fazer isso. – Minhas palmas formigavam. – Quando você encontrou a mão azul?

O reconhecimento ficou claro em seu olhar. Ela levou os dedos à bochecha.

– Eu tinha dez anos – respondeu ela.

– Dublin?

– Bray. – O Saque de Bray, uma das derrotas mais destruidoras dos Protestos de Molly. Ela olhou de relance para Wynn, depois me encarou com uma expressão curiosa. – Você também viu os protestos?

– Éire go brách – respondi e minha língua natal saiu rolando pela língua.

Wynn continuou sem dizer nada, mas olhou para um ponto entre nós.

– Soltem ela, vocês dois – ordenou, por fim, e os áugures que seguravam meus braços me largaram. – Vern, leve ela pra Savory Dock. Rápido, antes que o porteiro venha atrás dela.

A mulher à minha direita disparou:

– Você vai deixá-la *ver* Chelsea?

– Bem rápido e com Vern ao lado – respondeu Wynn. – Ela está aqui porque alguém da Assembleia Desnatural a enviou. Não vou provocar a ira do sindicato, senão vão queimar este lugar com a gente ainda aqui.

– Quero minhas armas – falei.

– Você pode recuperá-las ao sair.

Dando uma olhada ríspida na multidão, o careca me pegou pelo braço e me puxou para longe do Navio Encalhado.

– É, vá lá, Vern, jogue o lixo fora – gritou o velho na galeria. – Não volte mais, sindi!

Vern dava passos largos, sem olhar para mim. O fedor de lixo diminuía conforme andávamos, sendo substituído por um cheiro discreto de água suja, ovos podres e fósforo. Um homem observava de um barraco com um olhar sofrido, envolvido em roupas tão imundas que eram todas de um tom só. O sangue reluzia na ponta dos dedos. Assim que viramos na esquina, puxei meu braço e o soltei.

– Não vou embora antes de ver Bocacortada.

– Estou levando você ao Shad Thames, em Savory Dock. É lá que ela está. Mas vou entrar com você – disse ele com rispidez. – Conhece a pessoa que veio visitá-la, então?

Eu me virei para encará-lo.

– O quê? Quem?

– Alguém veio falar com ela, alguém que queria garantir que ela estaria protegida até o duelo. Não sei quem era, porque estava usando máscara – comentou ele. – É a primeira visita oficial que recebemos desde a última vez que a Malvada teve a dignidade de vir aqui ver como estávamos, e foi quando ela levou...

Eu saí em disparada pelo beco.

– Ei! – Vern correu atrás de mim. – Você não sabe aonde tem que ir!

– Isso foi há quanto tempo? – gritei.

– Quinze minutos, no máximo.

Ela já estava lá. A Madre Superiora. Corri pelas ruas, passando por baixo de varais de roupas e saltando fragmentos de cerca. As palavras SAVORY DOCK estavam impressas nos muros sujos de tijolos da próxima rua. Naquele local, a favela se reduzia a uma faixa de água verde-oliva, onde uma frota de barcos de pesca destruídos balançava na superfície. Imagens do plano onírico de Bocacortada.

Um grupo de escavadores imundos se arrastava pela margem, conferindo sacos plásticos molhados. Assim que me viram, fugiram feito um bando de pássaros.

– Você – gritei para uma das pessoas. – Em qual casa está Bocacortada?

Ela apontou para uma casa frágil com porta azul e vários andares. Apenas lascas de tinta se mantinham presas à madeira. Não bati na porta. As dobradiças estavam nas últimas.

Outros cheiros preencheram minhas narinas. Pisei na água que batia nas minhas canelas, repleta de garrafas vazias e pedaços de escombros do rio. A maré devia subir com frequência ali. Debaixo das minhas botas, o piso tinha uma base macia de podridão.

– Bocacortada. – Eu me arrastei por uma escada bamba. – Bocacortada!

Silêncio.

Minhas costas estavam rígidas. Havia um plano onírico vacilante e fraco no prédio. Peguei a faca escondida na bota, a abri e subi a escada. Assim que dei mais um passo, minha bota afundou na madeira e despencou em uma grande queda até o porão. O restante da escada desmoronou atrás de mim.

Com os dentes trincados, escalei para fora do buraco e segui em frente. Meu ombro queimava onde o anzol o rasgara. Pingava água no meu rosto. No topo da escada, dei uma olhada no corredor, mantendo meu espírito na fronteira da mente. A casa estava se despedaçando. Um passo errado poderia fazer despencar o chão. Na base da escada, Vern xingou.

– Vou encontrá-la – gritei.

– Não tente nada. Tem outro caminho pra subir – disse ele. – Vou contornar pela frente.

Ele correu de volta para a rua. Dei com passos cuidadosos, com as mãos nas paredes.

Havia uma porta entreaberta no fim do corredor. Eu a empurrei, sentindo o plano onírico. O quarto atrás da porta estava escuro, com as persianas podres fechadas. Duas velas vermelhas altas queimavam em uma arca frágil com gavetas. E ali, espalhada no chão, coberta de sangue, estava Bocacortada.

Caí de joelhos e a peguei no colo, a legítima Sub-Rainha de Londres. O sangue ensopava suas roupas, mas ela ainda estava viva. Suas pálpebras e bochechas estavam talhadas com os mesmos cortes em V que marcaram o restante da sua gangue. Ao lado direito, perto da coxa, seus dedos estavam enrolados num lenço vermelho.

– O-onírica. – Ela mal conseguia falar. – Acabaram de sair. Você pode... p-pegá-los...

A vontade primitiva de correr fustigou meus músculos. Eu estava sentindo um plano onírico se movendo rapidamente na fronteira da favela. A lógica me mandou ir atrás, mas eu sabia quem seria. E, quando olhei para baixo e deparei com aquele rosto mutilado e assustado, molhado de sangue e lágrimas, não consegui.

– Não – falei, baixinho. – Eu sei quem era.

A pele de Bocacortada já estava congelando, como se a morte respirasse sobre ela. Uma das suas mãos se contraiu em direção à minha, e eu a peguei. Seu espírito estava se derretendo no plano onírico, enviando sinais de confusão e agonia. Todo o seu abdome estava encharcado de sangue. Ela ainda estava usando a mesma roupa da noite no mercado, a noite em que Hector tinha morrido.

Passos ecoaram com tanta força no patamar que eu achei que o chão ia desmoronar. Vern quase caiu dentro do quarto.

– Chelsea!

Seus punhos agarraram a moldura da porta; seu rosto estava contorcido de raiva. Os olhos de Bocacortada se fixaram nele, mas sua mão continuava segurando a minha.

– Não foi ela – disse Bocacortada, e Vern tapou a boca com a mão, o rosto pálido. – Onírica, eles... Eles mataram Hector. D-diga pra Ivy que não fui eu... Sinto muito que tenham levado ela. Confiei nele. Ela era... tudo. Ela tem que... corrigir as coisas...

Uma lágrima escorreu pela sua bochecha, manchando-a de sangue.

– Por que mataram Hector? – perguntei com o máximo de delicadeza que consegui. – O que ele sabia?

– Sobre o Esfarrapado... Sobre *eles*... – Ela apertou minha mão com mais força, até eu achar que meus dedos iam quebrar. – Ele ficou ganancioso demais. Eu falei pra ele, eu falei pra ele.

Lágrimas escorriam pelo seu rosto, e os dedos ensanguentados se flexionaram ao redor dos meus. Ela era exatamente como eu. Mesmo cargo, mesma idade, mesma situação bizarra. Tive que ver Liss morrer desse jeito na colônia, impotente.

– Fiz tanta coisa errada... – sussurrou ela.

– Não se preocupe. – Alisei seu cabelo com as costas dos dedos. – O éter leva todos nós. Não importa o que fizemos. – Eu me fixei em seus olhos desfocados. – Me diga o que eles estão fazendo. Me diga como impedi-los, Chelsea.

Uma respiração áspera.

– É... É o mercado... – Seu peito subiu mais uma vez. – Mercado cinza. Esfarrapado e... a Madre Superiora, *juntos...* nos vendendo pra... – O éter tremeu quando seu cordão de prata desmoronou. – A tatuagem. Vi uma vez. No braço dela...

Então ela ficou rígida. Seu cordão de prata se rompeu com um estalo delicado, libertando-a do corpo mortal, e ela ficou mais pesada em meus braços.

Vern se agachou ao lado do corpo e colocou a mão no pulso dela, verificando os batimentos. Fiquei onde estava, ajoelhada no sangue, chocada demais para pensar direito na descoberta de última hora.

– Imagino que você acha que nós merecemos isso. Que *ela* mereceu isso.

– O quê? – Minha voz estava rouca.

– O que foi que ele disse? "Práticas Básicas"? "Primitivos e desajeitados"? E a melhor: "todos já deviam ter morrido" – disse Vern por entre os dentes trincados, e havia lágrimas em seus olhos. – Por que vocês têm que nos odiar tanto?

Não consegui pensar em nenhuma desculpa.

– Você acha que realmente há assassinos neste lugar? Acredita em todas as histórias exageradas do Agregador, garota? – disparou ele. – Você acha que ele tinha razão em espalhar um palpite desagradável e chamar de pesquisa? – Ele se inclinou por cima do corpo de Bocacortada, segurando a mão frouxa dela entre as dele. – Se o sindicato desconfiar de que ela foi assassinada aqui, vai ser o nosso fim.

– O Agregador não vai saber – afirmei.

– Ah, ele vai descobrir.

A porta se abriu e Wynn entrou no quarto. Ela se ajoelhou ao lado do corpo e alisou o cabelo emaranhado de Bocacortada.

– Nada é suficiente? – murmurou.

– Ela era daqui. – Sequei o suor do rosto com a manga. – Vocês deviam enterrá-la.

– Vamos fazer isso. Não que a gente tenha algo além de um terreno baldio ou um rio pra enterrá-la. – Vern pegou o lenço da mão de Bocacortada e o usou para cobrir o rosto ensanguentado. – Agora saia daqui.

Seu tom de voz me fez me encolher por dentro, mas não demonstrei meu sentimento. Eu a coloquei nos braços de Vern e me afastei da cena, sem me preocupar em impedir meu sexto sentido de assumir o controle. Estava tudo tranquilo no éter.

– Chelsea Neves – Wynn fez o sinal –, vá para o éter. Está tudo acertado. Todas as dívidas foram pagas. Você não precisa mais habitar entre os vivos.

O espírito dela evaporou do quarto, foi enviado para longe, para a escuridão externa. Vern enterrou o rosto na mão. Olhei mais uma vez para o corpo de Bocacortada – fiquei observando até todos os detalhes queimarem na minha memória feito uma marca –, antes de voltar para o patamar e me apoiar na parede, apertando o cabelo com a mão e tremendo descontroladamente de raiva.

Ivy era a única pessoa que restava e poderia saber por que isso tinha acontecido, mas ela ainda estava nas garras da Madre Superiora. Não havia nada que eu pudesse dizer para corrigir isso; até mesmo pedir *desculpa* parecia vazio. Em vida, Bocacortada tinha sido brutal e valentona, mas o que eu fora além disso? Eu não usara meus punhos e meu dom para servir a Jaxon? Não obedecera a ele sem questionar? Ela deve ter visto em mim tudo o que eu vira nela.

A porta se fechou atrás de mim. Wynn limpou o sangue das mãos num pano. Não parecia com raiva. Só cansada.

– Ela não era má pessoa. – Uma tensão rouca se esgueirou em sua voz, mas seus olhos estavam secos feito cinzas. – Nunca teve nosso nome, porque não nasceu aqui. Seus sindis a tiraram da rua. Eles a roubaram da mãe quando ela era apenas uma criança. – Fez uma pausa. – Você viu muita coisa dos Protestos de Molly?

Assenti.

– Meu primo foi morto durante a Incursão.

– Eu era bibliotecária do Trinity College na época. – Ela abriu o colarinho. Havia uma cicatriz de tiro entre o pescoço e o peito, parecendo a marca deixada por um dedo na argila macia. – Qual era o nome do seu primo?

– Finn McCarthy.

Ela deu uma gargalhada.

– Ah, eu me lembro de Finn McCarthy, o encrenqueiro. Ele só ia à biblioteca pra pregar peças. Eu... Acho que ele foi mandado pra Carrickfergus com os outros.

– Isso. – Eu queria fazer mais perguntas sobre Finn, sobre como ela se lembrava dele... Que tipo de peças ele pregava, que tipo de encrenca causava... mas aquele não era o lugar para isso. – Você viu o assassino de Chelsea?

– De longe. Não deu pra ver muita coisa. Casaco comprido, cartola e uma máscara. Quando perguntei ao porteiro, ele disse que a pessoa estava aqui a serviço da Sub-Rainha interina e que eu devia ficar de boca calada se não quisesse perder a língua.

Cerrei o punho.

– Bocacort... Chelsea falou alguma coisa pra você enquanto estava aqui? Alguma coisa sobre o que viu em Devil's Acre?

– Ela chegou aqui pouco depois do enterro de Hector, mas não conversava com ninguém. Ela ficava trancada aqui nesta casa e, por mais que tentássemos, não saía. Ivy está bem?

– Ela está encrencada – respondi. – E eu sei que você não tem nenhum motivo pra me ajudar, Wynn.

– Mas você gostaria da minha ajuda.

Confirmei com a cabeça.

– Se a Madre Superiora vencer o duelo, ela vai ter poder supremo no sindicato. Mas, se outra pessoa ganhar, pode convocar um julgamento pelas mortes de Hector e Chelsea.

– Se você está dizendo que quer que eu dê evidências – disse Wynn –, a Assembleia Desnatural nunca aceitaria um testemunho que saísse da boca de uma áugure vil. O Agregador Branco não permitiria, para início de conversa.

– Eles fariam isso se houvesse um novo Sublorde. Ou uma nova Sub-Rainha. Essas regras podem mudar.

– Bom, nesse caso, talvez todas as regras pudessem ser mudadas. Talvez os áugures vis de Jacob's Island não fossem mais obrigados a ficar neste cantinho de Bermondsey. E, se esse fosse o caso, Onírica Pálida, eles ficariam felizes de ajudar quem pudesse derrubar as regras do Agregador Branco. – Ela tirou o casaco comprido e me entregou. – Vista isso. Você está coberta de sangue.

Minha calça estava empapada até o joelho de lama escorregadia, sem falar das minhas botas, e o sangue cobria minhas mãos e meu peito.

– Visto, se você aceitar isso. – Tirei a corrente de ouro do pescoço e, depois de colocar uma pitada de sálvia na palma da mão, botei o sachê de seda na mão dela. – O duelo vai acontecer à meia-noite do dia primeiro de novembro. Isso vai permitir que você passe pelos espíritos que estão ligados a Jacob's Island.

– Ah. A sálvia do porteiro. – Ela a esfregou nas pontas dos dedos. – Esta quantidade não vai deixar mais do que uma ou duas pessoas passarem pela barreira.

– Só preciso de uma ou duas.

– Então, fico feliz de ter sido convidada.

Com um sorriso fino, Wynn me devolveu meu revólver e minhas facas, depois me segurou pelo cotovelo e me conduziu de volta até a escada.

– Espero te ver em breve, Paige Mahoney – disse ela. – Mas vá logo. As pessoas da favela não vão querer intrusos no enterro. E, por favor, tente ajudar Ivy, onde quer que ela esteja. Isso vai partir o coração dela.

22

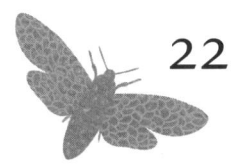

O Mercado Cinza

Havia veneno no sangue de Londres. Bocacortada estava confusa e com medo, mas suas últimas palavras foram cuidadosamente escolhidas.

Eu não tinha certeza de que conseguiria digerir o que tinha descoberto sobre a Madre Superiora. Toda aquela baboseira que ela declarou sobre ser amiga de Hector... E, até o duelo, era ela quem tinha mais poder do que qualquer outro vidente em Londres.

Estava claro que ela havia matado Hector e sua concubina, e, se Bocacortada estivesse certa, sua pele era marcada por uma tatuagem das Bonecas Esfarrapadas, uma que ela nunca mostrara em público, pelo menos não que eu saiba. Era possível que ela já tivesse sido uma Boneca Esfarrapada e houvesse abandonado o serviço do seu mime-lorde e liderado sua própria seção. Talvez ela fosse aquela primeira concubina sem nome que Jaxon tinha mencionado, e o ressentimento da sua deserção tivesse causado a rivalidade entre eles.

Ou talvez não. O que eu sabia com certeza é que era rápido e barato remover a tinta em um estúdio de tatuagem. Não havia motivo para ela ter uma tatuagem que não queria.

Uma mão sem carne viva, seus dedos apontando para o céu. Seda vermelha ao redor do pulso, feito uma algema.

Era essa a mensagem? Que os lenços de seda vermelha tinham sido colocados pela mão do Homem Esfarrapado e Ossudo?

Que o crime poderia ser a ruína dele?

Pressionei as têmporas com os dedos, juntando as pistas. O Homem Esfarrapado e Ossudo devia querer que Hector e Bocacortada morressem para que um duelo fosse conclamado. De algum jeito, ele conseguiu atrair a Madre Superiora para o seu lado, convencendo-a de seus objetivos a ponto de deixá-la disposta a matar por ele. De ter dado a ordem e ela ter segurado a lâmina. A inimizade pública dos dois devia ser uma completa falsidade, uma cortina de fumaça para esconder a aliança.

Esse motivo seria válido se o Homem Esfarrapado e Ossudo quisesse se tornar Sublorde. Teria sido necessário se livrar do Sublorde – e impedir que sua concubina assumisse o lugar – para que um duelo fosse conclamado. Mas o que eu não entendia era por que nem o Homem Esfarrapado e Ossudo nem a Madre Superiora entraria no Ringue de Rosas. Na última carta, os nomes dos dois não estavam listados como candidatos. Por que eles não tirariam vantagem do vácuo que criaram?

Nesse ponto, a teoria falhava. Eu precisava falar com Ivy. Ela podia ser a última pessoa viva que sabia alguma coisa sobre isso, sobre a peça final do quebra-cabeça. Eu devia ter arrancado dela naquela manhã no terraço do telhado, quando admitiu pela primeira vez que conhecia Bocacortada. Agora estava trancada num prédio desconhecido no fim de um túnel bloqueado. Não havia nenhuma chance de tirá-la de lá sem que a Madre Superiora notasse alguma coisa. Eu poderia atacar o local com os Ranthen, mas, quando conseguíssemos passar pelos guardas do túnel, eles já teriam alertado a Madre Superiora e transportado os fugitivos para outro lugar. Ou simplesmente os matado.

A chuva caía no asfalto. Fiquei onde eu estava, enrolada no casaco comprido de Wynn enquanto esperava um táxi pirata, me sentindo entorpecida. Depois de alguns minutos, um carro preto enferrujado veio deslizando e parou na minha frente. Nick saiu de trás, erguendo o braço para proteger os olhos.

– Paige!

Ele manteve a porta aberta. Entrei no carro, ensopada.

– Estávamos morrendo de preocupação quando Eliza disse que você estava em Bermondsey. – Nick fechou a porta e envolveu meus ombros com um braço. Eu me aninhei nele, tremendo. – De quem é esse casaco? Estávamos dirigindo em círculos pra te procurar. Por onde você andou?

– Jacob's Island.

Ele respirou fundo.

– Por quê?

Eu não podia responder. Zeke, que estava no banco do motorista, me lançou um olhar preocupado antes de ligar o motor. Ao lado dele, Eliza estava sentada com um quadro coberto de celofane no colo, o cabelo lindamente cacheado e uma tinta vermelha brilhando nos lábios. Ela esticou a mão no meio dos assentos e tocou no meu ombro.

– Estamos a caminho de Old Spitalfields – disse ela, baixinho. – Jax quer que a gente tente fazer uma venda lá. Isso pode esperar?

– Não muito – respondi.

– Não vamos demorar. É fácil de negociar com Ognena Maria.

Zeke ligou o velho rádio, mudando para uma estação de música antes que pudéssemos ouvir alguma notícia. A entrada de Jacob's Island desapareceu na cidadela enquanto o carro se afastava da II-6, voltando à coorte central.

Não havia nada que eu pudesse fazer por Ivy e pelos outros naquela noite. Tirá-la daquele lugar, onde quer que fosse, exigiria um planejamento cuidadoso. Apoiei a cabeça na janela, observando os postes de luz brilharem do outro lado do vidro.

O carro passou por diversas unidades de Vigilantes noturnos. Zeke trancou as portas. Pareciam estar interrogando transeuntes. Um deles apontava a arma para a cabeça de um amaurótico, enquanto outro homem chorava ao seu lado, tentando empurrar o braço do Vigilante para longe. Eu me virei para olhar pela janela traseira do carro. Quando virou a esquina, vi o cassetete do Vigilante se erguer, e os dois homens agachados no asfalto com as mãos na cabeça.

Zeke estacionou na Commercial Street, e nós andamos juntos até o corredor coberto do mercado. Old Spitalfields era um espaço bem mais iluminado que o Garden, com um telhado feito de ferro batido e vidro, mas a maioria dos comerciantes era amaurótica. Havia roupas, sapatos e joias baratas pendurados em cabides, junto de penduricalhos elegantes para os ricos. A barraca de Ognena Maria, que vendia numa escondidos em enfeites de cachorros e vinagretes, ficava em algum ponto do centro do labirinto. Abrimos caminho por meio das hordas de vendedores e compradores, procurando a mime-rainha. Zeke parou em uma barraca minúscula que vendia bugigangas do mundo livre.

– Já alcanço vocês – disse ele para Nick, que assentiu.

Mantive o passo com os outros dois.

– É bom ela gostar disso aqui – murmurou Eliza. A luz implacável deixava seu rosto com uma aparência esgotada. – Você conhece Ognena Maria, não é, Onírica?

– Muito bem.

– Foi ela que quis a Onírica para sua seção – explicou Nick, dando uma risadinha. – Como sua identidade diz que a Onírica mora na I-5, ela é tecnicamente moradora da I-5. Maria e Jaxon discordaram veementemente sobre isso.

As barracas que vendiam itens proibidos eram facilmente reconhecíveis. Os proprietários tinham uma aparência ardilosa, com tendência a se esconder nos cantos mais escuros dos corredores do mercado, perto das saídas. Fiquei um pouco para trás, analisando as mercadorias, quase sem conseguir ver tudo.

Mercado cinza.

Eu me sacudi. Quando cheguei à barraca certa, Eliza, Nick e Ognena Maria estavam tendo uma conversa séria.

– ... um trabalho refinado com os pincéis – estava dizendo Maria – e as tintas foram cuidadosamente selecionadas. Essa coloração sutil é linda. Você deve ter uma verdadeira simbiose com suas musas pra produzir esse tipo de trabalho, Musa Martirizada. Isso afeta sua fisiologia?

Lá estava aquela palavra de novo. *Simbiose.*

– Um pouco, quando a musa está irritada, mas eu aguento – respondeu Eliza.

– Admirável. Acho que posso encontrar espaço pra... – Ela me viu. – Ah, Onírica Pálida. Eu estava prestes a oferecer uma oportunidade de venda pra I-4 em Old Spitalfields. O que acha?

– Você não vai se arrepender – falei, forçando um sorriso. – Fico feliz em vender com a Musa, caso você não se importe com fugitivos no seu território.

– Ah, é uma honra ter vocês. – Maria apertou a mão de nós três. – Cuidado com os Vigilantes na volta. Às vezes, eles passam por aqui a caminho da Guilda.

– Obrigado, Maria. – Nick puxou a aba do chapéu para baixo. – Boa noite.

– Encontro vocês daqui a um minuto – falei.

Com um movimento de cabeça discreto, ele segurou o braço de Eliza, e os dois seguiram para a entrada do mercado. Ognena Maria colocou a tela embaixo de uma mesa, fora de vista.

– Maria – falei –, você recebeu a tarefa de investigar aqueles lenços vermelhos no corpo de Hector, não foi?

– Sim, e fiz isso. Definitivamente, foram comprados aqui. A fabricante coloca uma marca neles, mas vende muitos todo mês. – Ela suspirou. – Acho que nunca vamos saber.

Olhei por cima do ombro, depois peguei o lenço vermelho do assassino de aluguel na minha bota e o entreguei a ela.

– Este é um deles?

Ela o virou, até seu polegar encontrar um pontinho minúsculo costurado perto de um dos cantos.

– É, sim. – Sua voz estava baixa. – Onde você arranjou isso, Onírica Pálida?

– Com uma Boneca Esfarrapada que tentou me matar na I-4.

– Matar *você*? – Quando assenti, Maria comprimiu os lábios e me devolveu a seda vermelha. – Você devia queimar isso. Não sei muita coisa sobre o Homem Esfarrapado e Ossudo, mas sei que não vai querer que ele resolva ir atrás de você. Por acaso, você falou alguma coisa pra Assembleia Desnatural?

– Não. – Guardei o lenço na bota. – Eu... não sei se confio na Madre Superiora.

– Então somos duas. – Ela se inclinou por cima da mesa, se apoiando nos cotovelos, girando o anel entrelaçado no polegar. – Você lembra que ela queria conversar comigo, né? Aquele dia no leilão? Fui encontrá-la em uma casa neutra na I-2 naquela noite. Ela queria pelo menos cinco dos meus videntes, mas não pra serem andarilhos noturnos. Disse que ia me pagar lindamente se eu os deixasse fazer um bico.

Senti um aperto no peito.

– E você deixou?

– Não. Fazer bico sempre foi ilegal. Vou fechar os olhos se meus videntes quiserem fazer isso por conta própria, mas não vou permitir formalmente. – Maria se empertigou. – Alguns de nós ainda têm moral.

– Vi que você não vai concorrer a Sub-Rainha – falei. – Não pensou nisso?

– Eu não ousaria, doçura. Estou surpresa de haver vinte e cinco combatentes.

– Por quê?

– Eu não diria que Hector merecia morrer na própria sala de estar – comentou ela –, mas ele prejudicou o sindicato num nível que nenhum outro Sublorde conseguiu. Ninguém da Assembleia vai querer estar no comando quando Scion trouxer o Senscudo. Todas as nossas seções serão invadidas por sarjeteiros, mendigos e Vigilantes. A última coisa que alguém quer é estar na proa de um navio afundando.

– Então precisamos de alguém que não deixe o navio afundar.

Ela riu.

– Quem? Me diga um mime-lorde ou uma mime-rainha que pode reverter tudo.

– Não sei. – Agulhas espetaram a lateral do meu corpo. – Às vezes, eu mesma sinto vontade de concorrer, mas me disseram que as concubinas são inelegíveis.

O simples fato de insinuar isso para ela era um risco enorme. Ela sempre me pareceu uma mulher decente e não gostava de Jaxon, mas nada garantia que não levaria esse tipo de informação até ele. Mesmo assim, eu precisava ver sua reação. Precisava saber como um membro da Assembleia Desnatural reagiria à ideia de uma concubina traidora como Sub-Rainha.

Ognena Maria não reagiu como eu achei que faria, mas ficou me encarando.

– Não há uma regra específica que impeça isso – disse ela –, pelo menos não que eu saiba. E sou mime-rainha há uma década.

– Mas as pessoas não iam gostar.

– Sinceramente, Onírica Pálida, acho que ninguém ia se importar. Algumas concubinas são muito mais habilidosas que seus superiores – comentou ela. – Por exemplo, Jack Caipirapãoduro e a Cavaleira Cisne são videntes brilhantes, organizados e razoavelmente honestos, e o que eles fazem? Se curvam e se arrastam por líderes preguiçosos e corruptos que provavelmente mutilaram e trapacearam pra conquistar esses cargos. Se um desses dois concorresse à coroa, eu torceria por eles.

Ergui as sobrancelhas.

– Você acha que toda a Assembleia se sente assim?

– Ah, não. Eu diria que a maioria ia te declarar traidora e ingrata. Mas só porque eles têm medo de você. – Ela colocou a mão sobre a minha. – Seria ótimo se tivéssemos alguém competente este ano.

– Só podemos ter esperança – falei.

– A esperança está ficando escassa nesta cidadela. – Seu sorriso desapareceu, e ela estalou os dedos para chamar sua concubina. – *Pobŭrzaĭ*. Não te pago pra parecer bonita. – A mulher revirou os olhos.

O carro estava esperando lá fora, com os faróis acesos sob a chuva forte. Entrei atrás com Eliza.

– Você vai nos contar o que aconteceu? – perguntou ela.

– Espere. – Zeke ligou o motor. – Não devíamos conversar aqui. Maria disse que havia Vigilantes por toda parte. Primrose Hill é bem seguro, não é?

Todos nós olhamos para Nick. Seus olhos estavam escurecidos pelas sombras.

– Meia hora – disse ele. – Não quero ficar na rua até muito tarde. Jaxon precisa saber disso, Paige?

– Não faço ideia – respondi. – Eu estava fora sem permissão. Ele pode não querer saber.

Enquanto o carro seguia pelas ruas, minha mente vagava por lugares sombrios. E se Ognena Maria *realmente* passasse a informação para Jaxon? Talvez fosse mais seguro ficar em outro lugar até o duelo, mas me afastar dele a essa altura só iria irritá-lo. Eu poderia nem mesmo conseguir permissão para participar, caso deixássemos de ser uma dupla de aliados.

Primrose Hill se estendia entre a I-4 e a II-4, um espaço verde em uma ladeira baixa. Scion tinha plantado ali uma grande quantidade de carvalhos e milhares de prímulas em memória do Inquisidor Mayfield, que aparentemente gostava de jardinagem, além de enforcar, queimar e decapitar traidores. Naquela época, perto de novembro, não havia flores. Deixamos o carro na rua e nós quatro nos arrastamos até o topo da colina, longe dos postes de luz e de ouvidos atentos, até chegarmos ao ponto mais alto. Olhei para cima, para a extensão negra do céu, visível apenas por entre as folhas.

O Mestre estava por aí em algum lugar, mantendo distância. Eu me concentrei no cordão de ouro, imaginando o padrão das estrelas. Ele conseguiria me encontrar naquela noite, se soubesse onde procurar. Até lá, eu tinha algumas notícias para dar.

Paramos na sombra de uma árvore e ficamos em pé num círculo, nos encarando.

– Pode falar – disse Nick.

– A Madre Superiora matou Hector e sua gangue. – Eu estava falando baixo. – Ela acabou de matar Bocacortada também.

Nenhum deles disse nada, mas todos continuaram me encarando. Cochichando, contei a eles o que tinha acontecido depois que me separei de Eliza; como havia encontrado o prédio escondido nos trilhos do correio, que eu vira Agatha morrer e correra até Bocacortada a tempo de ouvir suas últimas palavras.

– Tatuagem – repetiu Eliza. – Ela quis dizer a marca das Bonecas Esfarrapadas? A mão de um esqueleto?

– É assim que se chama?

– É. Todos a fazem bem aqui quando se juntam a eles. – Ela deu um tapinha na parte superior do braço direito. – Ao saírem da gangue, têm que deixar o Homem Esfarrapado e Ossudo queimá-la. Eles não têm permissão para ir a uma loja de tatuagens.

– Quer dizer que, se ela ainda tiver a marca, significa que ainda trabalha pra ele? – perguntou Zeke, com as sobrancelhas erguidas. – O cara que ela supostamente odeia?

– Ela ainda deve trabalhar pra ele, sim – falei. – Depois de atirar em Agatha, o Monge ofereceu lítio à Madre Superiora para o que ela estava prestes a fazer. Ela disse que não precisava porque a *simbiose* estava forte. – Olhei para Eliza. – O que essa palavra significa?

– Simbiose? – Ela franziu a testa. – É o relacionamento entre um médium e o espírito que o possui. Se vocês tiverem uma boa simbiose, quer dizer que trabalham bem juntos. Tenho uma boa simbiose com Rachel, porque trabalho com ela há alguns anos – explicou –, mas demorou um tempo pra me acostumar a uma nova musa, então acabo ficando doente depois das primeiras possessões. Quando acontece a simbiose, alcançamos um... entendimento. Se é que isso faz sentido.

O rosto de Nick estava tenso.

– A Madre Superiora é uma médium física. Será que ela poderia ter usado um espírito pra matar Hector?

Eliza hesitou antes de responder.

– É possível que ela estivesse possuída quando fez isso, o que teria lhe dado as emoções do espírito acima das dela. Também pode tê-la deixado mais rápida. Mas ela teve que passar por sete pessoas pra matar Hector e depois cortar a cabeça dele. O espírito não proporciona nenhuma força física extra, e a Madre Superiora não parece capaz de derrubar oito pessoas.

– Espere aí, espere aí. – Zeke ergueu a mão. – Mesmo que a Madre Superiora *tenha* matado Hector, por que ela não se inscreveu no duelo?

– Essa é a minha dúvida – comentei.

Os olhos dele estavam cheios de compaixão.

– Você encontrou Bocacortada. Onde? Ela falou alguma coisa?

– Eu me dei conta de onde ela devia estar: Jacob's Island. Demorei um pouco pra passar pelo porteiro, depois os ilhéus me prenderam, e... – Respirei fundo. – Não fui rápida o bastante. Ela já tinha sido esfaqueada quando cheguei. A última coisa que disse foi que eu tinha que impedir o *mercado cinza*.

– O que é isso?

– Não sei – admiti. – Se um mercado negro é ilegal, acho que um mercado cinza... não é autorizado. Ou tolerado.

– Jax precisa saber disso – comentou Eliza.

– O que ele pode fazer a respeito? Não pode entregar a Madre Superiora *para* a Madre Superiora – falei, e ela suspirou. – Ela é a Sub-Rainha interina. Se ele confessar que sabe tudo, ela simplesmente vai matá-lo também.

Houve um breve silêncio. Nick se virou para observar a cidadela, as luzes refletindo em seus olhos.

– O duelo é que vai decidir o que vai acontecer em seguida. Sabemos que o Homem Esfarrapado e Ossudo sabe alguma coisa sobre os Rephaim – disse Nick. – Ele capturou o Mestre. Então podemos supor que esse mercado cinza tem alguma relação com...

– Ei, espere! – interrompeu Zeke, encarando-o.

– Como é, o *Mestre* voltou? O guardião da Paige? – Eliza deu uma gargalhada raivosa. – Quando é que vocês iam soltar essa bomba?

– Shiu. – Olhei por cima do ombro, tendo certeza de que meu sexto sentido havia se agitado. – Faz um tempo que ele voltou. Tentei avisar Jax quando os aliados dele apareceram na nossa porta, mas ele não quis... – Parei. – Espere aí. Tem alguém se aproximando.

Eu tinha percebido apenas a presença do plano onírico, se esgueirando sobre nós de algum lugar atrás da árvore. Quase no mesmo instante em que falei, um homem magro saiu de trás do tronco enorme, descalço e vestindo quase nada além de trapos. Dei um passo grande para trás, escondendo o rosto com o cabelo.

– Boa noite, senhoras e senhores, boa noite. – Ele tirou o chapéu e fez uma reverência. – Uma moedinha para um mercadeiro?

A mão de Nick já estava no casaco, na pistola.

– Meio ermo aqui pra você, não?

– Ah, não, senhor. – Seus dentes brancos refletiram a meia-luz das nossas lanternas. – Nenhum lugar é longe demais pra mim.

– Você devia mercadejar primeiro – disse Eliza, rindo de nervoso. Ao mesmo tempo, ela deu um passo para a esquerda, bloqueando o campo de visão dele para que não me visse. – Te dou dez libras se você se comportar. O que você faz?

– Sou apenas um humilde rabdomante, milady. Não faço profecias, não faço promessas e nem toco músicas bonitas. – Ele tirou uma moeda de prata de trás da orelha. – Mas posso levá-la até o tesouro, com a mesma certeza de que tem um nariz no meu rosto. Nós, rabdomantes, somos como uma bússola quando se trata de tesouros. Venha comigo e você vai ver, milady.

– Não – respondi, quase sem mover os lábios.

– Ele pode ter nos escutado – sussurrou ela. – Tenho um pouco de áster branco na bolsa. Podemos ter certeza.

Todos os pelos finos dos meus braços estavam totalmente arrepiados. Ele estava perto o bastante para nos escutar. Nick também parecia preocupado, mas não retrucou. O rabdomante deu o braço a Eliza e nos conduziu colina abaixo, fazendo piadas e contando histórias no caminho. Zeke correu atrás deles, lançando um olhar preocupado para Nick. Tapei o rosto com a echarpe, me perguntando se eu devia simplesmente fugir na direção contrária.

O rabdomante teceu seu caminho descendo até as árvores. Fiquei bem para trás. Quando ele nos conduziu em direção a um bosque cerrado, assumi meu sotaque inglês e gritei para o rabdomante:

– Você não vai nos fazer entrar aí, né?

– Só um pouquinho, madame, prometo.

– Ele pode nos matar – sibilei para Nick.

– Concordo. Não estou gostando disso. – Ele envolveu a boca com as mãos. – Musa! Diamante! Esperem um minuto!

Mas ela já estava seguindo o mercadeiro em direção às árvores, e as palavras dele foram sopradas pelo vento.

Nick acendeu a lanterna e os seguiu, segurando meu braço. Minha pulsação se resumia a batidas fortes. Minhas botas esmagaram folhas secas. Ou um crânio... A adrenalina disparou pelas minhas veias. De repente, eu estava novamente na minha túnica cor-de-rosa, enrolada num casaco e encarando as árvores da Terra de Ninguém, esperando o monstro aparecer. Meus dedos se enterraram no braço de Nick.

— Você está bem?

Assenti, tentando manter a respiração estável.

O rabdomante os levara até bem no meio das árvores. Lágrimas parecidas com vidro pendiam das folhas, e cada uma estava enfeitada com cristais. Folhas de gelo transparente cobriam os ramos, fazendo-os estalar. Uma teia de aranha, presa entre a folhagem, fora transformada em uma renda prateada. Sua criadora estava pendurada num fio, petrificada. O facho da lanterna de Nick se direcionou para os passos dos outros, mas já começava a congelar. Minha respiração saía em nuvens brancas densas.

— Está sentindo algum espírito? — murmurou Nick.

— Não.

Aceleramos o passo. Zeke estava agachado perto de um corpo de água congelada e Eliza se ajoelhara ao lado. Parei de repente. Uma névoa azulada flutuava a poucos centímetros do chão. Atrás deles, o mercadeiro conversava com gestos animados:

— ... durante anos, sabe, senhor, e eu sempre disse que havia um tesouro embaixo dele. Agora, pode fazer a gentileza de pegar isto e tentar quebrar o gelo?

— Parece um círculo perfeito. — Zeke passou o dedo ao redor da margem. — Qual é a probabilidade disso?

Não parecia apenas. *Era* um círculo perfeito.

— Diamante, você está bem? — perguntou Nick.

— Estou ótimo. Você viu isso? É incrível...

Zeke pegou a moeda do rabdomante e bateu no gelo com ela.

— Duas vezes mais, senhor. — O rabdomante olhou por cima do ombro. — Duas vezes mais.

Meu sexto sentido apitava feito um conjunto de sinos. Eu já tinha visto isso com o Mestre. A floresta. O frio. A ausência de espíritos. Enquanto Zeke batia a moeda no gelo pela segunda vez, uma onda se ergueu através do éter. A percepção deixou meus pulmões sem ar.

Ele estava batendo em uma porta que não devia ser aberta.

— Afaste-se disso. — Corri em direção a eles. — Diamante, pare!

Eliza se assustou.

— É só gelo, Onírica. Relaxe.

— É um ponto gélido. — Havia uma tensão rouca na minha voz. — Um portal pro Limbo.

Imediatamente, Nick colocou os braços sob os dela e a ergueu, afastando-a do gelo. Zeke também recuou, mas o rabdomante socou com força o maxilar dele, fazendo-o cambalear e cair. A moeda deslizou de seus dedos e rolou em direção ao gelo. Sem hesitar, peguei uma das minhas facas e a joguei na cabeça do rabdomante, errando por um centímetro. Ele pegou a moeda e a aninhou no peito com uma das mãos, cambaleando até o ponto gélido com a mão livre.

– Eles estão vindo – afirmou. Seus olhos estavam desfocados; os lábios, tortos. – Pra me dar meu tesouro.

– Pare! – Eu já estava com o revólver nas mãos. – Não faça isso. Você não vai encontrar tesouro nenhum aí.

– Você é uma mulher morta – disse ele e levantou a moeda.

Desta vez, o impacto rachou o gelo. O ponto gélido explodiu. Um milhão de fragmentos se ergueram do chão, me cegando com poeira de diamante. E, com um grito que ecoou por toda II-4, um Zumbidor se arrastou para fora do portal e chegou a Londres.

****

Com uma velocidade impossível de ser alcançada, a criatura estava em cima de nós. Ele saltou no rabdomante, jogou as garras sobre sua cabeça e, com um movimento muscular, a arrancou. O corpo despencou, se debatendo como se tivesse levado um choque. Sangue escuro pulsou do que restara, derramando no ponto gélido.

A criatura estava me encarando. Ela gerava uma escuridão própria – uma nuvem de estática preta na minha visão –, mas, pela primeira vez, consegui ver o gigante putrefato. Era musculoso e grotesco, com uma cabeça rombuda, e a pele tinha uma aparência reluzente e inchada. Tudo nele era comprido demais, como se tivesse sido esticado: braços, pernas, pescoço. Um espinho pressionava sua pele feito a lâmina de uma faca. Seus olhos eram puras órbitas brancas, discretamente luminosos, feito luas.

O som de moscas tomou o ar. O suor escorria pelo meu pescoço. Essa criatura era muito maior do que a que eu enfrentara na floresta.

Havia um saquinho de sal no bolso da minha calça. Sem fazer movimentos súbitos, joguei-o na mão e segurei o colar dourado entre dois dedos, mostrando-o à criatura. Eu não sabia até que ponto o Zumbidor entendia, mas poderia sentir o que estava ali dentro.

Ele esticou o pescoço com um clique úmido, depois balançou a cabeça com tanta rapidez, que ela parecia borrada. Afundou os dedos embotados na terra, congelando-a, e engatinhou na nossa direção.

Tentei me concentrar na aura dos outros três. Elas registravam sinais ruins no meu radar. O Zumbidor estava transformando o éter em uma massa densa e congelada, incapaz de suportar espíritos. Coágulos o cercavam, feito bolhas de óleo na água. Nick tentou fazer um enlace, mas os espíritos o rejeitaram com tanta violência que ele teve que soltá-los.

Eu não tinha mais força nos joelhos. Minha visão se reduziu por um instante. Se eu não fizesse alguma coisa, todos nós entraríamos em choque espiritual. Esperei a criatura se aproximar um pouco mais antes de colocar um punhado de sal na mão e jogá-lo. O sal colidiu com o Zumbidor, causando uma explosão efervescente de fumaça, fazendo barulho de fogo de artifício.

Quando ele abriu a boca, mostrando a garganta abissal, um grito terrível saiu lá de dentro. Não apenas um grito, mas mil gritos, gemidos e soluços atormentados, todos de uma boca só. O som arrepiou todos os pelos do meu corpo e gelou meu sangue.

– Corram – gritei.

Disparamos pelas árvores, descendo a ladeira íngreme em direção à base da colina e ao carro. Galhos atingiam meu rosto e enlaçavam meu cabelo. O gelo escorregava sob minhas botas. Forcei freneticamente o cordão de ouro, piscando para afastar a escuridão. O Mestre podia ser nossa única chance de sobrevivência. O chão parecia puxar meus tornozelos, arrastando meus braços, minhas pernas e minhas pálpebras para baixo. *Tão cansada...* Continuei em frente. *Simplesmente pare.* Continuei em frente. Quando chegamos a outra clareira, os joelhos de Zeke cederam. Ele caiu como se não tivesse mais ossos.

Nick caiu em seguida. Parei cambaleando e agarrei seus ombros, tentando levantá-lo de novo, mas água escorria dos meus braços e eu caí ao lado dele, tremendo. Minha aura se contraiu, se encolhendo para longe da criatura, diminuindo minha ligação com o éter. De repente, eu não conseguia mais sentir Zeke, que se afastara. Num piscar de olhos, ele desapareceu da minha percepção.

Pare preciso disso pare pare é como morrer não consigo respirar não consigo respirar pare

Minha aura parecia um órgão vital sendo esmagado por um punho cerrado, que estava impedindo seu funcionamento. Meus olhos ficaram cheios de água com o esforço de me manter consciente. O choque espiritual aos poucos estava se instalando em mim. Meus dedos ficaram com as pontas cinza, minhas unhas ganharam um tom branco doentio. Eu conseguia respirar, mas estava me afogando. Eu conseguia ver, mas estava cega.

Não consigo me concentrar pare não consigo pensar pare pare

Eliza estava na nossa frente, a poucos metros de Nick. Ela deu um impulso com os braços para se levantar, arfando xingamentos, mas suas mãos escorregavam no gelo, e ela parecia não ter como ficar de pé. Eu não conseguia sentir seu plano onírico nem sua aura. Parcialmente cega, abri outra vez o saquinho de sal.

– Círculo – bufei para Nick.

Aquele barulho surgiu de novo, os gritos dos amaldiçoados na caverna pútrida da boca. Rangendo os dentes, Nick arrastou Eliza para perto de si, com sua força duplicada pela adrenalina.

– Me dê o sal!

Eu o joguei nas mãos dele. O Zumbidor galopava em nossa direção, borrado no escuro, com os olhos brancos, sombras e uma raiva brutal. Rápido demais. As mãos de Nick estavam tremendo.

– Zeke! – Sua voz estava rouca. – *Zeke!*

A criatura estava perto demais, avançando para o corpo trêmulo de Zeke. Joguei meu espírito através da clareira.

Quando colidi com o plano onírico, foi exatamente como em Sheol I: um forte ponto de impacto, provocando fagulhas no meu espírito. Havia uma força envenenando esse plano onírico, bem fundo nas vísceras da mente. Com todo o esforço que consegui reunir, atravessei sua primeira linha de defesa e entrei na sua zona hadal.

A dor foi catastrófica.

Meu espírito caiu no que parecia um pântano. Eu estava em chamas, uma língua de fogo, queimando de dentro para fora. Não era um plano onírico.

Era um pesadelo.

A zona hadal da criatura era excruciantemente escura, mas eu conseguia ver onde minha forma onírica estava parada: uma massa pútrida de tecido morto. O sangue borbulhava por meio de uma mancha de carne derretida. A lama agarrou meus tornozelos e me puxou para baixo, para baixo, para baixo, até minha cintura afundar. Uma mão esquelética agarrou minha nuca, curvando meu corpo em direção a ela. Joguei o peso para trás, tentando escapar, voar de volta para o meu corpo, mas era tarde demais. Camadas de deterioração caíram na minha cabeça.

****

Nenhum ar, nenhum pensamento, nenhuma dor, nenhum cérebro.

Desaparecimento.

Dissolução.

O ciclo sem fim de nada, nada, *nada*.

No vácuo, havia uma última insinuação de pensamento: de que isso era o inferno. A ausência do éter, de tudo. Era o que nós, videntes, temíamos. Não a morte, mas a *não existência*. A destruição total do espírito e do eu. Rostos escapavam. Ali não havia Nick nem Mestre nem Eliza nem Jaxon nem Liss, e tudo definhava enquanto Paige estava indo, *indo...*

****

Meu cordão de prata se retesou, feito um arreio para cavalo, e arrancou minha forma onírica da podridão. Aflorei no plano onírico terrível, ofegando em busca de um ar inexistente, me debatendo das mãos que me agarravam. Vozes gritavam em idiomas que eu não entendia. Não iam me soltar. Eu ia morrer ali, dentro do plano onírico do Zumbidor. Não afundando e sufocando. Parti um braço pútrido ao meio e, dando um último puxão violento, o cordão me jogou de volta pelo éter, para dentro do meu corpo.

Minhas pálpebras se abriram.

Respirei fundo.

O círculo de sal estava selado. Nick largou o saquinho vazio e caiu de lado como se tivesse levado um tiro.

O éter ondulou, criando uma espécie de barreira etérea ao nosso redor, como as cercas que nos prendiam na colônia penal. A criatura cambaleou para trás como se o sal tivesse se transformado em lava derretida, soltando mais da sua estranha estática. Será que aquilo era uma aura terrivelmente corrompida? Ele soltou um último uivo mortal antes de afastar, deixando sua escuridão pendurada feito fumaça no éter.

Nós quatro estávamos deitados sob os ramos congelados das árvores.

– Zeke – disse Nick, engasgando e sacudindo-o com uma das mãos.

Eu não conseguia virar a cabeça. Eliza estava mais perto de mim. Seus olhos estavam vidrados de choque; os lábios, quase tão escuros quanto os meus.

Fiquei deitada no chão por um tempo, meu corpo assolado por convulsões. Minha pulsação estava fraca; minha audição, abafada. Houve um longo período de escuridão e silêncio antes de ouvirmos passos sobre as folhas. Uma silhueta se ergueu acima de nós, pouco além do círculo. A próxima coisa que identifiquei foi uma voz feminina e baixa:

– Andarilha onírica. Escute.

Em seguida, uma palavra que eu não entendi, uma palavra em Gloss. Outra coisa estava me chamando. O cordão de ouro torceu de forma violenta – o puxão mais forte que eu já havia sentido –, e meus olhos se abriram.

– Você está machucada? – A voz pertencia a Pleione Sualocin. – Fale comigo, ou não posso oferecer uma cura.

– Aura – falei, mas minha voz parecia fraca até mesmo para os meus ouvidos.

Mesmo assim, Pleione me escutou. Ela pegou um frasco de amaranto e, com o dedo enluvado, colocou uma única gota sob meu nariz. Quando senti o aroma maravilhoso no fundo dos meus pulmões, minha aura começou a se regenerar. Eu me virei de lado e tive ânsia de vômito. A dor colidiu com a parte da frente do meu crânio e pulsou para fora em ondas.

Pleione se levantou. Ela estava vestida como uma cidadã de novo, com os cachos pretos compridos penteados para a lateral do pescoço.

— O Emite se foi, mas vai voltar. Nashira estabeleceu um preço alto pela sua vida, andarilha onírica.

Eu não conseguia parar de tremer.

— Algum dia ela vai dar as caras?

— Ela não vai sujar as próprias mãos. — Pleione limpou a lâmina com um pano, manchando-o com o que parecia óleo. — Levante-se.

Os limites da minha visão estavam borrados, mas me obriguei ficar de pé. Eu odiava a fraqueza que essas criaturas-sarx provocavam em mim, deixando meus anos nas ruas parecerem inúteis quando eu as encarava. Além do mais, me fazia perceber que eu era só uma lutadora, não uma guerreira de verdade. Na fronteira da clareira, Eliza estava encolhida em um tronco de árvore, com as mãos nos ouvidos. Fui até ela.

— Paige!

O pânico na voz de Nick fez meu coração acelerar. Corri até onde ele estava agachado na base de outra árvore. Zeke havia se deitado no colo dele, inconsciente.

— O que aconteceu? — perguntei, me ajoelhando ao seu lado, provocando outro fluxo de dor no meu olho.

— Não sei. Não sei. — As mãos de Nick, normalmente tão firmes, estavam tremendo. — O que vamos fazer? Paige, por favor... Você deve saber como ajudá-lo...

— Shiu. Não se preocupe. Muitos videntes na colônia foram mordidos ou arranhados — falei, mas ele não parava de tremer. — Vamos pedir ajuda aos Rephaim. Você não sabe como...

— Temos que fazer *alguma coisa,* Paige, agora!

Sua voz falhou. Apertei seu ombro.

— Pleione — gritei para o outro lado da clareira. — Errai!

Errai me ignorou, mas Pleione veio até nós. Ajoelhando-se, ela levou uma mão enluvada até a testa de Zeke e a outra até sua bochecha.

— Rápido, andarilha onírica — disse ela. — Você deve levá-lo para um lugar mais seguro do que aqui.

O rosto de Nick se contorceu. Depois, envolveu o rosto de Zeke com as mãos, murmurando algo para ele.

Eliza estava quase inconsciente, mas, quando olhou para cima e deparou com Pleione agachada ali perto, gritou como se tivesse visto a própria morte. Corri até ela e tapei sua boca com a mão.

— Você ainda acha que é um flash de flux?

Ela balançou a cabeça.

Quando senti o Mestre de novo, me levantei, puxando Eliza comigo. Ele abriu caminho pela folhagem, os olhos queimando feito tochas. Ele absorveu tudo: o círculo de sal, a mulher ferida.

— Não tem outros. — Ele atravessou a clareira. — O que você está fazendo aqui, Paige?

Eliza engoliu em seco.

– Estávamos conversando – respondi.

Era triste como uma coisa tão normal parecesse tão idiota, tão imprudente.

– Entendo. – Ele passou por nós. – Tem um cadáver decapitado ao lado do ponto gélido.

– Era um rabdomante. – Uma dor aguda na lateral do meu corpo dificultava a fala. E a respiração, a propósito. – Ele deve ter nos seguido desde o mercado.

– Um servo dos Sargas – disse Pleione para o Mestre. – Pago para garantir que ela não conseguisse ir ao duelo, talvez.

– Acho que não. É improvável que eles saibam muita coisa sobre o funcionamento do sindicato. De qualquer maneira, parecem querer Paige viva. – Ele fez uma pausa. – O ponto gélido deve ser selado, senão mais dessas criaturas vão atravessar. Onde é o abrigo mais próximo, Paige?

Olhei para Eliza.

– Faz alguma ideia?

– Uma. – Ela secou o lábio superior com a mão trêmula. – Alguém precisa chegar até o carro.

– Vá você, médium. – Pleione indicou as árvores com a cabeça. – E rápido.

A cor sumiu das bochechas de Eliza.

– E se houver mais dessas coisas?

– Então corra muito e tente não sucumbir à morte rápido demais.

A cor que restava desapareceu do seu rosto. Coloquei meu revólver na mão dela, com o que sobrara do sal. Ela resmungou, respirou fundo e foi em direção às árvores.

Atrás de mim, o Mestre estava de olho. No círculo, Nick havia apoiado a cabeça de Zeke no colo e estava acariciando seu cabelo, falando com ele em sueco. Pleione e Errai montaram guarda em ambos os lados da clareira.

Ficamos esperando.

****

Os nervos de Nick estavam em frangalhos quando Eliza voltou. Dirigimos de volta para a I-4, deixando os Rephaim de guarda ao redor do ponto gélido, e saímos do carro. Enquanto descíamos depressa um beco de paralelepípedos, com a iluminação fraca dos postes a gás e flanqueado em ambos os lados por lojas com janelas salientes, olhei para Eliza. Ela estava vasculhando os bolsos, respirando com dificuldade.

– Goodwin's Court?

– Vamos pra casa do Leon – disparou ela.

– Quem?

– Leon Wax. O escrivão. Você conhece ele.

Vagamente, do jeito como a maioria das pessoas do sindicato *sabe* umas das outras. Leon Wax era um bom amigo de Jaxon, especialista em produzir papéis falsos para videntes: autorizações de viagem, certidões de nascimento, prova de histórico em Scion, qualquer coisa que facilitasse a colocação de pontos cegos nos olhos do nosso governo. Era ele que tinha falsificado documentos para Zeke e Nadine, declarando que os dois eram imigrantes legalizados, para o caso de serem parados na rua. Como vários comerciantes amauróticos que tinham conexões com o sindicato, ele morava em uma casa dilapidada naquela ruela minúscula.

A parte da frente da lojinha era pintada de preto, com uma variedade de objetos empoeirados se acumulando nas prateleiras atrás da vitrine. Apagadores de velas, velas para truques, caixas de fósforos, castiçais feitos de prata e latão, até mesmo um velho relógio a vela feito de metal. Letras prateadas diziam CERA E VELA, o rosto legalizado do comércio de Leon. A janela saliente parecia que não era lavada havia semanas.

Eliza pegou uma chave no bolso e abriu a porta. Por que ela estava com uma chave da loja de velas de Leon Wax, eu não fazia ideia. Nick carregou Zeke escada abaixo e chegou à minúscula sala de estar, onde o colocou deitado no sofá e apoiou sua cabeça em uma almofada. Apertei um interruptor, sem sucesso.

– Eliza?

– Leon não acredita em iluminação elétrica. – Eliza pegou uma caixa de fósforos num nicho na parede. – Coloque um pouco de carvão na lareira.

Pelo bem de Nick, não discuti. Tirei o casaco pesado de Wynn e o joguei na balaustrada, revelando o sangue seco e a sujeira nas minhas roupas. Eliza me encarou.

– Paige...

– Não é meu. – Peguei os fósforos. – Bocacortada.

A espera por ajuda foi agonizante. Nick se recusava a sair do lado de Zeke e, de vez em quando, tentava passar água em seus lábios. Corri até os quartos para pegar lençóis enquanto Eliza acendia todas as velas da casa.

O Mestre entrou pela porta assim que eu voltei lá de baixo, com os braços cheios de cobertas de crochê. Sem dizer nada, eu o levei até a sala de estar. Um fogo de carvão brilhava na lareira, fornecendo um calor ilusório à pele de Zeke. Nick segurava o pulso dele com uma das mãos, medindo a pulsação.

No canto, Eliza se encolheu por causa do estranho imponente com olhos iluminados. O Mestre não deu nenhuma atenção a ela.

– Onde foi a mordida?

– Lado esquerdo – respondi.

A camisa de Zeke estava ensopada de sangue escuro. Com os lábios apertados, Nick a puxou da ferida, que o Mestre examinou por um tempo. Meu estômago era forte, mas a extensão das marcas – da parte de cima do peito de Zeke até a metade inferior da cintura – foi mais do que suficiente para revirá-lo. As perfurações pareciam profundas, e o tom da pele ao redor era de um cinza leitoso, mas o sangue já tinha coagulado.

– Ele vai ficar bem – concluiu o Mestre. – Não tem necessidade de tratamento.

– O quê? – Nick parecia sufocado. – Olhe só pra ele!

– A menos que a corrente sanguínea dele tenha sido alterada, vai se recuperar. Ele bebe álcool ou usa drogas recreativas?

– Não.

– Então é imune. – O Mestre lançou um olhar firme para Nick. – A condição dele pode parecer grave, dr. Nygård, mas o corpo e o plano onírico dele vão lutar contra a poluição. Banhem as feridas em solução salina e as costurem. Deixem ele dormir. Esses são os únicos remédios necessários.

Com um gemido fraco, Nick afundou em uma poltrona, apoiando o rosto nas mãos. Todos nós olhamos para Zeke. Sua respiração estava superficial; as bochechas, cinzentas; e seus dedos davam a impressão de ter sido mergulhados em fuligem, mas ele não parecia estar piorando.

– Não é justo. – Nick parecia exausto. – Ele precisa de um hospital adequado.

– Sim, e todos nós sabemos qual seria o prognóstico – falei. – Asfixia por nitrogênio.

– Paige! – Eliza me repreendeu.

– Ele não precisa de hospital – afirmou o Mestre. – Ele vai se recuperar no próprio tempo... E, de qualquer maneira, nenhum hospital de Scion entenderia os sintomas dele. Mantenham-no aquecido e hidratado.

Houve um longo silêncio, dispersado por um estalo na lareira.

– Devemos contar a Nadine? – perguntei aos outros.

– Não. Ela perderia a cabeça por causa disso. – Eliza finalmente se levantou da cadeira. – Vou pegar roupas limpas pra todos vocês. Podem dormir aqui esta noite. Leon só volta amanhã. – Ela pigarreou e olhou para o Mestre. – Você... também quer ficar?

– Não vou demorar – respondeu o Mestre.

– O sótão está livre, se quiser.

– Obrigado. Vou pensar.

Quando ela saiu, o ambiente pareceu ainda menor. Dando uma olhada no Mestre, fui até o corredor, hesitante.

Na área de serviço, liguei o aquecedor, peguei um frasco de geleia vazio nos fundos de um armário empoeirado e o enchi com água e sal. Meus joelhos estavam quase cedendo. Foi ainda hoje de manhã que encontrei Chat lendo *A revelação Rephaite?* Parecia que tinham se passado semanas.

Assim que mexi a solução, tentei controlar minha respiração. Zeke estava bem, porém, sem a colônia penal, mais Emim iam aparecer na cidade em pouco tempo.

Afastei esse pensamento. Nick precisava de mim naquele momento. Peguei alguns rolos de gaze e um kit de costura no armário, depois fui logo para a sala de estar, onde ele tinha mudado para um apoio para os pés ao lado do fogo baixo. A mão de Zeke estava envolvida na dele. Eu me sentei no chão ao seu lado e abracei meus joelhos com um braço. O calor do fogo não chegava à minha essência, mas bastava para aquecer meus dedos.

– Eu já te contei sobre a minha irmã? – perguntou ele, com a voz rouca.

– Já mencionou.

Só uma vez. Karolina Nygård, uma vidente cujo dom nunca tivera a chance de se revelar.

– Fico me lembrando da aparência dela. – Sua voz estava fraca. – Quando a encontrei na floresta.

– Não. – Virei seu rosto para que ele fosse obrigado a olhar para mim. – Zeke não vai morrer. Eu prometo. O Mestre sabe o que está falando.

Eu não devia fazer essas promessas. Afinal de contas, eu não tinha salvado nem Seb nem Liss de seus destinos.

– Scion não pode mais tirar ninguém de mim. Isso é culpa deles – murmurou Nick. – Foram fracos. Se entregaram quando podiam ter lutado contra os Rephaim com tudo o que tinham. Talvez eles tivessem medo no início. Mas agora estão prosperando com o sistema que criaram. Se você se tornar Sub-Rainha – disse ele –, vou sair de Scion. Vou pegar tudo o que puder e destruí-los.

– E se eu não conseguir?

– Vou fazer isso de qualquer jeito. Jaxon não precisa do meu dinheiro sangrento pra gastar com charutos. – Era raro ver tanta frieza no rosto de Nick. – Eu me juntei a eles porque queria descobrir tudo o que pudesse sobre o inimigo. Descobri o suficiente, Paige. Já vi o suficiente. Agora só quero derrubá-los.

– Então estamos em sintonia. – O fogo estalou. – Jax deve estar se perguntando onde estamos.

– Eliza voltou para a caverna. Ela vai dizer que ficamos fora até tarde treinando na I-6. – Com um sorriso fino, ele pegou o frasco da minha mão, mas seu rosto estava lívido. – Vá dormir um pouco, *sötnos*. Você já viu o suficiente por hoje.

Ele desembalou o kit de costura com dedos firmes. Eu me afastei e puxei a porta para sair, mas alguma coisa me fez parar. Os olhos de Zeke piscaram e se abriram, e, ao ver Nick, ele sorriu e murmurou "oi". Nick se curvou e o beijou, primeiro na testa, depois nos lábios. Sorri. E lá estava: um último corte limpo dentro de mim, como se um fio tivesse sido cortado.

E sumiu. Em silêncio, fechei a porta.

A loja de velas tinha três andares, incluindo o sótão. Era um prédio estreito, cheio de salinhas pequenas. O banheiro tinha quase a mesma largura que a minha altura, e era coberto de cerâmica craquelada. Acendi o toco de vela na pia. O espelho confirmou que eu não pareceria estranha em meio a escavadores imundos. Um sangue escuro grudava as roupas ao meu corpo, e a pele ao redor dos meus lábios estava manchada de cinza.

Um forte arrepio chegou aos meus ossos. Eu daria qualquer coisa por um banho quente naquele momento. Tirei as roupas e as empilhei num canto. A água bateu nos canos assim que virei a torneira velha do chuveiro, saindo de repente em uma explosão morna. Depois de ficar parada debaixo da água durante alguns minutos e de ter esfregado o cheiro salgado do Emite, me aproximei do espelho para tirar as lentes de contato. Uma das minhas pupilas estava dilatada, ocupando a maior parte da íris. Pisquei e olhei para a vela, mas minha pupila esquerda se recusava a reagir.

Havia um quarto sobrando naquele andar, onde Eliza tinha deixado uma camisola limpa em uma das duas camas idênticas. Abotoei a camisola e senti seu cheiro floral delicado. Era tudo o que eu podia fazer para não entrar em colapso, mas eu não ia dormir por muito tempo naquele quarto. Um aquecedor de cama poderia afastar o frio.

Escovei o cabelo molhado e voltei para o andar, tentando ignorar a dor terrível na lateral do meu corpo. Enquanto eu ia em direção à escada, o Mestre estava subindo. Ele parou quando me viu.

– Paige.

Meus braços ainda estavam arrepiados. Parte de mim queria esse aproximar dele, mas algo me alertou para que eu me afastasse.

– Mestre – falei, baixo demais para me ouvirem no andar inferior.

– Você tentou possuir o Emite.

Ergui as sobrancelhas.

– Você roubou mais uma lembrança?

– Desta vez sou inocente. – O Mestre analisou o quadro na parede. Era uma das obras de arte preferidas de Eliza, algo em que ela trabalhara sem espíritos ao longo de um ano. – Suas pupilas estão de tamanhos diferentes. É um sinal de que seu cordão de prata foi abalado. Se a criatura tivesse conseguido prender você, teria devorado seu espírito.

– Se você tivesse me deixado entrar naquele – falei –, eu provavelmente não teria tentado entrar no plano onírico desse.

– Uma visão retrospectiva me deu sabedoria nesse assunto. – Ele apoiou as mãos no corrimão. – Pelo que entendi, vocês estavam na colina para conversar em segredo.

Minha voz estava rouca, mas me obriguei a contar a história de novo. Ele escutou sem alterar a expressão.

– Um "mercado cinza" – repetiu ele. – Nunca ouvi esse termo.

– Somos dois.

– Então, parece que muita coisa depende da sua vitória no duelo. – Seus olhos arderam para afastar a escuridão. – O homem que atraiu vocês para o ponto gélido pode ter alguma coisa a ver com essa operação.

Fiquei me perguntando quantas pessoas estavam envolvidas. Quantas pessoas estavam dispostas a matar e morrer para proteger o que a Madre Superiora e o Homem Esfarrapado e Ossudo estavam planejando.

– Os Emim vão continuar atravessando?

– Ah, sim. – Suas mãos apertaram o corrimão. – Agora que a colônia penal foi abandonada, os Emim não vão ser mais atraídos para a atividade espiritual de lá. Não importam os custos daquela colônia, funcionava bem como farol. Agora, eles vão ficar tentados pela grande colmeia de espíritos em Londres. Os pontos gélidos para o reino deles podem ser fechados, mas a arte é difícil.

– Reino deles?

– Grande parte do Limbo é inundada de Emim. Você pode ter notado que aquele ponto gélido repelia espíritos, em vez de atraí-los, porque até mesmo os espíritos temem o lado deles.

Talvez fosse isso que Ognena Maria queria dizer tantas semanas atrás, quando comentou que os espíritos estavam desaparecendo da seção dela.

– Não podemos deixá-los virem pra cá – falei.

Nenhum de nós se moveu por muito tempo. As palavras cambaleavam até meus lábios e recuavam de novo. Ele estava me observando como fizera uma vez num salão lotado, sempre indecifrável. Não havia nada que revelasse como ele se sentia – *se* ele sentia – quando olhava para mim.

O que acontecera na clareira, junto de todo o resto, tinha deixado uma dor atrás das minhas costelas. Eu havia descoberto muita coisa em um dia só. Com o mínimo de movimento, me aproximei dele, apoiando a cabeça em seu braço. Um calor irradiava de dentro dele, como se seu peito estivesse cheio de carvões quentes. Suas mãos agarraram o corrimão em ambos os meus lados, quase encostando nos meus quadris. O som baixo que ele emitiu provocou uma sucessão de tremores no meu abdome.

Quando ergui o queixo, seu nariz roçou no meu. Meus dedos traçaram a linha reta do seu maxilar e a concha da orelha dele enquanto eu escutava sua respiração e seus batimentos cardíacos. Eram apenas ritmos para ele, e não contagens regressivas, como eram para mim. Aquela queimação recomeçou no meu plano onírico, como acontecera no Salão da Guilda.

Eu não tinha nome para o que a sensação que ele provocava em mim. Eu não tinha noção real do que era; só que era profundo, indo até o sangue, feito um instinto havia muito esquecido. Só que eu queria deixar que isso me dominasse.

– Andei pensando no que você disse – começou ele. – No salão de música.

Esperei. Seu dedo seguiu a linha que arqueava na lateral da minha palma, passando pelo meu polegar, descendo até perto do pulso.

– Você tem razão. É assim que eles nos calam. Não vou ser calado, Paige, mas também não vou mentir para você. Nossas vidas só vão se encontrar quando o éter achar adequado. Isso pode não ser frequente. Não pode ser *sempre*.

Entrelacei seus dedos nos meus.

– Eu sei. – Foi tudo o que eu disse.

No limiar

Assim que fechei a porta do sótão, o Mestre segurou meu rosto entre as mãos calejadas. Tudo o que eu conseguia ouvir era a minha respiração, meus batimentos cardíacos. Meus dedos encontraram a chave e a viraram, me trancando na escuridão com um Rephaite. Ele era uma criatura do ponto de limiar; qualquer falsa impressão de humanidade tinha desaparecido. Passei as mãos em seus ombros, na curva do seu pescoço, e, por fim, quando meu coração já estava acelerado, a boca dele tomou a minha.

Na escuridão, eu era apenas sentimentos. Dedos passando no meu cabelo, subindo pelas minhas costas. Eu o puxei mais para perto, envolvendo um braço em seu pescoço, entrelaçando meus dedos em seu cabelo com fios precários. Ele tinha gosto de vinho tinto e mais alguma coisa, algo terreno e saboroso, apenas levemente amargo.

Uma palma calejada se apoiou na minha barriga nua, onde minha respiração ficou acelerada e superficial. Até o momento, eu não tinha entendido como queria que ele me abraçasse, me tocasse. Intimidade não tinha lugar no mundo de nenhum dos dois.

O Mestre me levantou, tirando o chão de debaixo dos meus pés. Sua mão envolveu minha bochecha, e quebramos o silêncio com nossa respiração. Ele me segurou de modo que nossas testas se encostaram, como se estivesse me garantindo que não tinha problema fazer aquilo. Como se não fosse uma mentira. Pressionei a boca em seu maxilar, saboreando o calor da sua pele e as notas graves de Gloss que tremulavam em sua garganta.

O plano onírico dele enviou uma língua de fogo pelas minhas flores. Ainda havia aquela voz na minha cabeça quando eu o beijei, quando sussurrei o nome do Mestre na sua boca. *Pare, Paige, pare.* Um alerta inato. Os Ranthen podiam entrar e nos flagrar, como Nashira fizera. Mas, com esse jogo noturno, era fácil ignorar a voz da razão. Ele estava certo: isso não ia durar para sempre. Ele nunca seria uma presença fixa na minha vida. Mas quanto um instante poderia importar?

Afundamos no que parecia um sofá acolchoado, com minhas pernas nas laterais dele e seu braço envolvendo meu quadril. Meus dedos chegaram até as marcas que cruzavam suas costas, as cicatrizes deixadas pela sua traição. Cicatrizes que ele recebeu quando um traidor humano deu informações a Nashira.

O Mestre ficou parado. Captei seu olhar antes de seguir a cicatriz em ramo que partia das suas costas, passando pelas costelas e chegando ao abdome. A textura era quase de cera. Fria ao toque, como as que eu tinha na mão.

Eram as marcas de um poltergeist. Enquanto eu me afastava e traçava uma marca cruel no tórax do Mestre, ele observou meu rosto,.

– De quem era o espírito?

– Um dos anjos caídos dela. O poltergeist. – Seu dedo seguiu meu maxilar. – Naturalmente, o nome dele é um segredo bem guardado. Talvez o tempo tenha feito com que fosse esquecido.

Eu não conseguia imaginar um jeito melhor de controlá-lo do que racionar gotas de amaranto para a dor. Nashira Sargas tinha mais imaginação do que eu pensava.

Ficamos ali na escuridão do sótão, esparramados nos feixes de luz da lua. A adrenalina pulsava nas minhas veias. Os outros não captariam nossos planos oníricos no andar de baixo, mas podiam fazer isso se subissem a escada.

– Ainda vou sair.

– Isso foi uma observação – disse ele. – Uma observação egoísta. Não tem relação com as minhas escolhas.

– Não é só isso. São todos os motivos sob o sol.

– Verdade. – Ele traçou um rastro de luz da lua na minha cintura. – Então, ainda bem que não estamos sob o sol.

Sorri em seu ombro. Lá embaixo, havia alguém tocando piano. Não era um sussurrante. Nenhum espírito se agitou com o ritmo. Olhei para o Mestre.

– Cécile Chaminade. Uma elegia.

– Você tem um jukebox na cabeça?

– Hum. – Ele afastou um cacho dos meus olhos. – Esse seria um ótimo acréscimo ao meu plano onírico.

Houve um tremor nervoso na minha essência, a mesma sensação que eu tinha quando encontrava um ornamento ou um instrumento raro no mercado negro. A sensação de que meus dedos iam deslizar na superfície do objeto. Que iam quebrar antes de ver a luz do dia. Apoiei a mão no abdome dele, para senti-lo subir a cada respiração estável.

– Se você quer isso – disse ele, com muita delicadeza –, mesmo que não dure, precisamos esconder dos Ranthen.

Ou me destruiriam. E a ele e à aliança, tudo para podermos nos tocar, nos beijar e nos abraçar, se quiséssemos. Era um sentimento puro e imprudente, do tipo que Jaxon ia zombar.

O olhar do Mestre percorreu meu rosto. Eu estava prestes a responder com uma mentira – *não importa* –, mas as palavras ficaram presas na minha garganta. Ele sabia que importava, e não era uma pergunta. Eu me virei para ficar com as costas apoiadas no peito dele e olhei para a janela.

— Eu era tão cega... — falei. — Em relação ao sindicato...

— Acho difícil acreditar nisso.

— Eu sempre soube que ele era corrupto, mas não a esse ponto. A Madre Superiora e o Homem Esfarrapado e Ossudo estão fazendo uma coisa terrível, algo que tem a ver com os Rephaim. E não consigo descobrir o que é, mas sinto que a resposta está bem na minha frente. — Passei a mão nas cicatrizes nos nós dos seus dedos. — O traidor da primeira rebelião. Você já viu o rosto dele?

— Se vi, talvez eu nunca saiba. Nunca me disseram qual humano nos traiu.

Não saber quem fez isso com ele deve tê-lo consumido durante anos. Seus músculos ficaram tensos enquanto ele falava.

Tirei a mão do seu abdome.

— Vou ter que invadir o plano onírico do Jaxon durante o duelo. E já faz algum tempo que não entro no plano onírico de ninguém.

Ele me observou por um instante.

— Você pretende matar Jaxon?

A pergunta me atormentou.

— Não quero — afirmei. — Se eu conseguir controlá-lo por tempo suficiente pra fazê-lo se render, pode ser que eu ainda consiga ganhar.

— Uma escolha honrada — comentou ele. — Mais honrada do que qualquer uma que o Agregador Branco vai fazer, imagino.

— Ele arriscou tudo pra me tirar de Sheol. Então não me mataria.

— Vamos supor, por motivos de segurança, que ele vá tentar.

— Não foi você que disse "nunca faça suposições"?

— Faço algumas exceções. — O Mestre se recostou nas almofadas. — Vai ser fácil para você entrar no meu plano onírico agora. Mas, quando encarar Jaxon, vai estar exausta e machucada. Vai precisar do último resquício de força para o salto.

— Deixe eu tentar, então. Sem a máscara.

Não era nada simples me deixar entrar de novo, mas ele não disse uma palavra sequer de objeção. Estendi a mão para sua nuca e o segurei ali, respirando fundo e devagar. Eu já estava começando a ficar sonolenta; portanto, sair do meu corpo foi fácil.

Quando entrei no plano onírico dele, me vi na sua zona hadal, onde o silêncio me prensava feito um muro. Cortinas de veludo vermelho vinham do alto e sumiam na fumaça de uma fogueira. Meus passos ecoavam como se eu estivesse andando em uma catedral, mas o plano onírico dele ainda era uma ilha flutuante no éter, sem uma forma clara. Simplesmente *era*. Talvez o Limbo fosse desse jeito, um reino desolado sem vida. Passei pelas faixas de veludo, atravessando cada anel de sua consciência, até chegar à essência da mente de Arcturus Mesarthim. Sua forma onírica estava em pé com as mãos nas costas. Uma coisa vazia e desbotada.

– Bem-vinda de volta, Paige.

As cortinas nos envolveram.

– Vejo que você escolheu uma aparência minimalista.

– Nunca gostei de acúmulos mentais.

Mas alguma coisa havia mudado nesta parte da mente dele. Uma flor crescera na poeira, com pétalas de uma cor quente e inominável, selada sob uma campânula de vidro como se fosse uma espécie preservada.

– O amaranto. – Eu me agachei e toquei a superfície de vidro. – O que isso está fazendo aqui?

– Não sei como os planos oníricos escolhem a forma – disse ele, andando ao redor da flor –, mas parece que não sou mais uma "casca vazia", como você disse.

– Você tem defesas?

– Só as que minha natureza me deu. Jaxon não vai ter um muro tão forte quanto o meu, mas ele pode ter manifestações da memória.

– Espectros – recordei. Eu tinha lido sobre isso num rascunho inicial de *Sobre as maquinações dos mortos itinerantes* e os visto enquanto espiava o interior de outros planos oníricos. Figuras silenciosas e parecidas com aranhas que se esgueiravam na zona hadal. A maioria das pessoas contavam com pelo menos um. Outras, como Nadine, tinham um plano onírico repleto deles. – São memórias?

– De certo modo. São projeções dos arrependimentos ou ansiedades de alguém. Quando alguma coisa "brinca com a sua mente", como vocês dizem, são os espectros trabalhando.

Eu me levantei.

– Você tem algum?

Sua cabeça se virou para as cortinas. Havia doze espectros reunidos nas fronteiras da zona do crepúsculo dele, refreados pela luz no centro do seu plano onírico. Não tinham rostos discerníveis, apesar da forma livremente humana. Ficavam entre sólido e gasoso, com uma pele que parecia deslizar ao redor de fumaça.

– Não podem machucar você na sua forma onírica – disse ele –, mas podem tentar bloquear seu caminho. Você não pode demorar nem deixar que eles te segurem.

Analisei sua coleção.

– Você sabe identificar cada lembrança?

– Sim. – O Mestre os observou. – Eu sei.

Seu perfil era muito mais rude no plano onírico; não havia nenhuma suavidade em suas feições.

Eu nunca havia tocado a forma onírica de outra pessoa. Entrar num plano onírico já era uma invasão de privacidade, e sempre me pareceu cruel demais pensar em manusear a imagem que as pessoas tinham da própria natureza. Deixar impressões digitais nessa imagem poderia provocar um dano irreparável: explodir ou reforçar um ego inflado, além de destruir um último resquício de esperança.

Mas meu desejo de viajar tinha se transformado em desejo e viagem. Uma sede de conhecimento, independentemente do perigo. Então, quando os olhos âmbar do Mestre me encararam, estendi a mão e a encostei em sua bochecha.

Frio nos meus dedos. Vibrações na minha forma onírica. Sua visão de mim, em contato direto com a visão dele de si mesmo. Eu precisava lembrar que aqueles não eram os meus dedos, apesar de parecerem exatamente iguais aos que eu conhecia. Eram as minhas mãos apenas como o Mestre as percebia. Mantive-as no rosto dele por bastante tempo, traçando os lábios firmes e o maxilar esculpido.

– Cuidado, andarilha onírica. – Ele ergueu uma das mãos para tapar a minha. – Autorretratos são frágeis feito espelhos.

Sua voz ressonante me sacudiu até a essência, me tirando de lá. Quando voltei ao meu corpo, joguei as pernas para fora do sofá, arfando. Fazer isso sem a máscara ainda era difícil, ensinar meu corpo como se manter firme sem as funções mais básicas. O Mestre me observou de longe até eu me recuperar.

– Você... – Recuperei o fôlego, com a mão no peito. – Por que você se vê daquele jeito?

– Não consigo ver minha forma onírica. Confesso que fiquei intrigado.

– É como uma estátua, mas com cicatrizes, como se alguém tivesse usado um cinzel nela. Em você. – Franzi a testa. – É assim que você se vê?

– De certo modo. Anos sendo consorte de sangue de Nashira Sargas certamente corroeram minha sanidade, no mínimo. – Ele encostou o polegar na maçã do meu rosto. – Você não vai precisar sair totalmente do seu corpo durante o duelo. Lembre o que eu ensinei. Deixe o suficiente de você mesma para trás, para manter suas funções vitais funcionando.

Notei sua precaução, mas eu já tinha invadido sua privacidade.

– Não sei como. – Apoiei a cabeça em seu ombro. – Não consigo dividir meu espírito entre dois corpos.

– Você fez isso no salão de música. Não considere isso uma divisão – disse ele.

– Está mais para deixar uma sombra para trás.

Sob a luz da lua, ficamos nos observando por um tempo. Um de nós deveria ter ido embora, mas nenhum dos dois foi. Seus dedos traçaram uma linha da minha têmpora até o pescoço, descendo até onde o decote da minha camisola estava aberto sobre meus seios. A emoção pulsava pelo cordão, complexa demais para nos afastar.

– Você parece exausta. – As palavras ribombaram em seu peito.

– Foi um longo dia. – Sustentei seu olhar. – Mestre, preciso que você me prometa uma coisa.

Ele ficou me olhando. Eu já tinha pedido um favor a ele uma vez, encarando a morte nas mãos de sua noiva.

Se ela me matar, você vai ter que avisar aos outros. Precisa liderá-los.

Não vou precisar liderá-los.

– Se eu perder o duelo – falei –, dê um jeito de acabar com o mercado cinza. O que quer que esse negócio seja.

Ele demorou um pouco para responder.

– Vou fazer o que puder, Paige. Sempre vou fazer o que puder.

Isso era tudo o que eu podia pedir. Seu toque foi até a marca em meu ombro, os seis dígitos que eram meu nome.

– Você já foi escrava – disse ele. – Não seja escrava do medo, Paige Mahoney. Assuma seu dom.

****

Aquela noite foi a primeira. Eu nunca tinha dormido ao lado de alguém, com sua aura enrolada na minha feito uma segunda pele. Levou um tempo para o meu sexto sentido se acostumar à sua proximidade. Minhas defesas se erguiam, tensas por causa do plano onírico dele. Supus que devia ser parecido com dormir num navio, à deriva em uma superfície que nunca parava de oscilar. Mais de uma vez, acordei desorientada, ouvindo outro batimento cardíaco perto do meu ouvido, mais quente do que eu ficaria se estivesse sozinha.

Na primeira vez, entrei em pânico, e os olhos dele me lembraram tão ferozmente de Sheol I, que rolei do sofá e agarrei minha faca. O Mestre ficou me observando em silêncio, esperando que eu me lembrasse. Depois, ele deixou eu me deitar com as costas apoiadas em seu peito, sem tentar me prender ali.

Quando acordei de verdade, passava um pouco das quatro da manhã. O Mestre continuava dormindo, me envolvendo com o braço. Sua pele tinha cheiro de metal aquecido.

Um arrepio subiu pelas laterais do meu corpo. Os outros ficariam se perguntando onde passei a noite.

Desta vez, ele não acordou comigo. Eu nunca o vira parecer tão humano quanto nesse momento. Mais suave, como se todas as lembranças pesadas tivessem escapado do seu plano onírico.

Destranquei a porta e saí sorrateiramente do sótão. No patamar, eu me apoiei na balaustrada e cruzei os braços com força. Confiar no Mestre era uma coisa, mas, ao tocar sua forma onírica, eu havia transformado isso em outra coisa. Algo muito mais perigoso.

Eu sabia que jamais poderia passar sequer uma noite com ele, conforme as regras de Jaxon proibiam. Havia muito nele que eu queria conhecer.

Eu também sabia que não podia durar. Independentemente do que fosse esse relacionamento, era arriscado demais. Por que eu estava fazendo isso? Querendo ou não, eu ia precisar do apoio dos Ranthen nos próximos dias. E, se eles suspeitassem...

Agarrei a balaustrada com ambas as mãos, ouvindo passos no andar de baixo. Eu estava no radar de Scion desde que me juntei ao grupo de Jaxon. Durante dez anos, escondi grande parte da minha vida do meu pai. O Mestre era especialista em disfarçar suas intenções, afinal tinha orquestrado duas rebeliões pelas costas da própria noiva.

Eu queria isso. Parar de correr, pra variar um pouco. Porque, apesar de toda escuridão e frieza nele, havia um calor que me fazia sentir viva e forte. Era tão diferente de como tinha sido com Nick... E não podia ser como fora com Nick. Com ele, era como morrer. Uma longa submissão minha à ideia de que ele poderia querer ficar comigo. Eu dependi dessa ideia por tempo demais. Com o Mestre, era como ter dois batimentos cardíacos em vez de meio.

Desci a escada descalça e abri a porta da cozinha. Nick já estava à mesa, lendo o *Linhagem Diária* e beliscando de um cesto de pão quente da loja de comida.

– Bom dia.

– Ainda não. – Eu me sentei. – Era você no piano ontem à noite?

– Era. A única música que aprendi – respondeu ele. – Achei que poderia ajudar Zeke a dormir. Ele era um sussurrante antes de se tornar ilegível.

– Como ele está?

Nick largou o jornal e esfregou os olhos com uma das mãos.

– Vou deixá-lo descansar por mais um tempo, só que precisamos sair daqui em poucas horas. Leon vai voltar pra casa daqui a pouco.

– Você devia pedir para ele ficar aqui durante um tempo. – Puxei o jornal na minha direção. – Jaxon só vai fazer perguntas.

– Ele vai fazer perguntas de qualquer maneira.

Havia uma clareza penetrante em seu olhar que não estava presente ontem. Ignorando isso, dei uma olhada no jornal. Scion estava estimulando os cidadãos a aumentarem a vigilância na caça por Paige Mahoney e seus aliados, destacando que os fugitivos provavelmente tinham alterado a aparência para evitar a prisão. Eles deviam procurar outras pistas, como sotaques, cabelo pintado, máscaras ou cicatrizes de cirurgias escondidas. Exemplos eram mostrados: costuras com pontos roxos na pele esfolada, normalmente nas bochechas, perto do couro cabeludo ou atrás das orelhas.

– Preciso contar aos outros o que estou planejando pro duelo. – Servi café para nós dois. – E descobrir de que lado eles vão ficar se eu vencer.

– Você vai contar a eles sobre o Mestre?

Um relógio de pêndulo tiquetaqueou acima da pia. Deixei minha xícara na mesa.

– O quê?

– Paige, conheço você há dez anos. Sei quando tem alguma coisa diferente.

– Nada está diferente. – Quando vi o rosto dele, coloquei os dedos nas têmporas. – Tudo está diferente.

– Sei que não é da minha conta.

Mexi meu café.

– Não vou passar um sermão nem vou ser paternalista com você – murmurou ele –, mas quero que se lembre do que ele fez. Mesmo que ele tenha mudado, mesmo que nunca quisesse te machucar ao te manter lá e mesmo que não tenha sido ele quem te capturou, você precisa lembrar que ele te usou. Prometa isso, *sötnos*.

– Nick, eu não *quero* esquecer o que ele fez. Ele poderia ter me libertado no primeiro dia em que me aceitou. Eu sei. Isso não significa que consigo acabar com meu sentimento. E sei que você acha que eu comecei a ser compreensiva com ele – falei, sustentando seu olhar. – Não comecei. Não compreendo o que ele fez comigo... Não tenho nenhuma compaixão por isso... Mas entendo por que ele agiu dessa forma. Isso faz sentido?

Ele não disse nada durante um tempo.

– Sim – respondeu, por fim. – Faz sentido. Mas ele é tão frio, Paige... Ele te faz feliz?

– Ainda não sei. – Tomei um grande gole de café, e isso me aqueceu. – Só sei que ele me vê.

Nick suspirou.

– O que foi? – perguntei, com mais delicadeza.

– Não quero que você seja Sub-Rainha. Olhe o que houve com Hector e Bocacortada.

– Isso não vai acontecer – retruquei, mas eu ficava paralisada só de pensar nisso. Mesmo que Jaxon tivesse se lembrado de falar dos assassinos de aluguel para a Madre Superiora, eu sabia que ela teria ignorado. – Você teve mais alguma visão?

– Tive. – Ele esfregou as têmporas. – Agora surgem em intervalos de dias. Tem tanta coisa nelas, não consigo explicar...

– Não pense nelas. – Apertei sua mão, depois a afastei. – Eu tenho que fazer isso, Nick. Alguém precisa tentar.

– Não tem que ser *você*. Tenho um pressentimento ruim com relação a isso.

– Somos clarividentes. Temos pressentimentos ruins em relação às coisas.

Ele me olhou com desânimo. A porta da cozinha se abriu, e Eliza se sentou na nossa frente.

– Oi – disse ela.

Nick franziu a testa.

– Achei que você estava na caverna.

– Jaxon me mandou pra encontrar vocês. Ele quer todos nós em Dials daqui a uma hora. – Ela se serviu de café. – Devíamos ter voltado pra lá ontem à noite.

– Acho que nenhum de nós estava esperando se deparar com um monstro na colina – retrucou Nick. – Mas por que estamos na loja de velas de Leon Wax?

– Porque pra mim é como se ele fosse da família.

Era raro algum de nós mencionar a palavra *família*. Jaxon gostava de esquecer que esse conceito existia, como se todos tivéssemos sido chocados em ovos Fabergé milagrosos. Nick deixou o jornal de lado.

– Da família?

– Quando eu era bebê, fui deixada na soleira de uma porta e criada por um grupo de comerciantes. Eles me odiavam. Então me obrigavam a buscar pacotes no Soho e carregá-los sozinha por três quilômetros até Cheapside, passando por Vigilantes e gângsteres. Seis quilômetros por dia, desde que aprendi a andar. Quando eu tinha dezessete anos, finalmente arranjei um emprego no teatro poeira. Foi lá que conheci Bea Cissé. Ela era brilhante, a melhor atriz do Cut. Foi a primeira vidente que conheci que não cuspiu em mim.

Nick e eu ficamos escutando em silêncio. Os cantos da boca de Eliza ficaram tensos.

– Bea é uma médium física. Ela costumava deixar todo tipo de espírito possuí-la pros espetáculos. Escapistas, contorcionistas, dançarinos. Isso esgotou o plano onírico dela depois de vinte anos. – Sua voz estremeceu. – Bea e Leon são meus amigos mais próximos fora da gangue. Parte do motivo de eu ter me candidatado a trabalhar com Jax foi pra ajudar a pagar os remédios dela.

Eu mal conseguia acreditar. A lealdade e o compromisso que Eliza tinha para com Jaxon sempre pareceram impecáveis.

– O que estão usando no tratamento dela? – perguntou Nick, baixinho.

– Áster púrpura. Ele a levou pro interior por alguns dias pra tentar encontrar novas ervas.

– É aqui que você vem sempre – falei. – Nas noites de mercado.

– Ela estava mal naquele dia. Achei que íamos perdê-la. – Eliza secou os olhos com a manga. – Quando estão aqui, usam este lugar como abrigo para mendigos, só pra eles serem alimentados e se recuperarem. Agora estão lutando pra manter isso aqui. – Seus ombros murcharam. – Desculpe. Foram meses estressantes.

– Você devia ter nos contado – murmurou Nick.

– Eu não podia. Vocês podiam ter falado para Jax.

– Está brincando? – Ele a envolveu com um braço, e ela deu o soluço fraco de um riso falhado. – Você costumava me contar tudo quando éramos os dois primeiros Selos. Estamos sempre aqui pra você.

Ficamos em silêncio durante muito tempo, beliscando pão e mel. No andar de cima, o plano onírico do Mestre se mexeu quando ele acordou.

– Eu ia te contar ontem – falei para ela. – Decidi enfrentar Jaxon no duelo.

Os olhos de Eliza se arregalaram. Ela se virou para Nick, como se ele pudesse me fazer desistir dessa loucura, mas tudo o que ele fez foi suspirar.

– Não. – Como eu não ri, ela balançou a cabeça. – Paige, não. Você não pode. Jaxon vai...

– ... me matar. – Terminei meu café. – Ele pode até tentar.

– Jaxon tem o dobro da sua idade e é o especialista residente da cidadela em clarividência. E, se você enfrentá-lo, acabou. A gangue acabou.

Não havia como negar isso. Querendo ou não, ele era o eixo que tinha nos unido.

– E, se eu não o enfrentar – falei –, todo o resto acaba. Você sabe o que estamos enfrentando. Se a Madre Superiora *for* a pessoa por trás de tudo isso, não podemos confiar em que o sindicato faça alguma coisa a respeito. Temos que assumir a responsabilidade, antes que ele desabe.

Ela não falou mais nada.

– Você não pode contar pra Nadine. Sabe que ela vai direto pro Jax. Talvez Dani se junte a mim, mas não podemos contar pro Zeke. Não sabemos que lado ele vai escolher. – Olhei para Nick, que entrelaçou as mãos. – Sabemos?

Ele demorou um pouco para responder.

– Não – disse, por fim. – Ele quer lutar contra os Rephaim e sabe que eu sempre vou ficar do seu lado, mas ele ama a irmã. Não sei quem escolheria.

Eliza continuou sentada em silêncio; a boca, uma linha fina de preocupação.

– Paige – disse ela –, Jaxon... realmente disse que não ia fazer nada com relação aos Rephaim?

– Ele só se importa com o sindicato – comentei.

– Agora que eu os vi, não entendo. – Ela beliscou a pele entre as sobrancelhas. – Sei que o que você está fazendo é certo. Sei que temos que nos livrar dessas coisas. Mas Jax me aceitou quando eu não tinha nada, mesmo que eu fosse de uma ordem inferior. Sei que ele é... difícil, mas estou com ele há muito tempo. E tenho o mesmo problema de Nadine. Preciso de dinheiro.

– Você vai conseguir. Prometo, Eliza, que você vai conseguir esse dinheiro – falei com delicadeza. – A escolha é sua. Mas, se eu ganhar, gostaria que você ficasse ao meu lado.

Eliza olhou para mim.

– Sério?

– Sério.

Enquanto eu falava, o cordão de ouro estremeceu. O plano onírico dele estava do lado de fora da porta. Deixei o jornal de lado.

– Um minuto – falei, e Nick me observou sair.

No corredor, o Mestre estava pegando seu casaco no cabide perto da porta. Assim que me viu, seus olhos queimaram.

– Bom dia, Paige.

– Oi. – Pigarreei. – Você é bem-vindo para tomar café da manhã, mas pode ser que precise de uma machadinha pra cortar a tensão.

Minha voz pareceu muito enérgica. Como você devia falar com quem tinha acabado de passar a noite? Eu não tinha muita experiência nesse assunto.

– Por mais tentador que seja – disse o Mestre –, os Ranthen estão me esperando lá fora. Eles vão querer conversar com você antes do duelo. – O Mestre observou meu rosto. – Falando nisso, seria bom você sobreviver a essa provação, Paige Mahoney. Pelo bem de todos nós.

– Essa é a intenção.

Não havia sorriso no seu rosto, mas eu o via em seu olhar ardente e brilhante. Levei as mãos até as costas dele, para poder sentir o ritmo lento da sua respiração. O calor se estendeu por trás das minhas costelas e subiu pelos meus braços, seguindo para a ponta dos meus dedos.

Nesse momento, tive uma estranha sensação de pertencimento. Não no sentido material, como eu pertencia a Jaxon, por exemplo, como antes pertenci aos Rephaim. Era um pertencimento diferente, como coisas parecidas pertencem umas às outras.

Eu nunca tinha me sentido assim, e isso me apavorou pra caramba.

– Você dormiu bem? – perguntou ele.

– Muito bem. Apesar do incidente da faca. – Peguei a jaqueta de Nick na porta. – Os Ranthen vão saber disso?

– Eles podem suspeitar. Nada mais.

Nossas auras ainda estavam se separando quando ele abriu a porta, deixando entrar o vento frio do lado de fora. Calcei as botas e o segui para fora da loja de velas, saindo em uma névoa forte. Os Ranthen estavam esperando no outro lado de Goodwin's Court, reunidos debaixo do único poste de luz. Ao ouvirem o som dos nossos passos, todos juntos se viraram em nossa direção, e Pleione disse:

– Como está o ser humano?

– Ótima. – Ergui uma sobrancelha. – Obrigada por perguntar.

– Você, não. O garoto.

Um Rephaite perguntando sobre um humano machucado. Nunca pensei que viveria esse dia.

– Zeke está bem – falei. – O Mestre ficou de olho nele.

Os ossos do rosto de Terebell Sheratan se destacavam na iluminação azul elétrica, formando sombras sob as maçãs do rosto. Meus punhos se cerraram nos bolsos.

– Espero – disse ela – que você tenha dormido bem. Viemos trazer a notícia de que Situla Mesarthim, mercenária de Nashira, foi vista nesta seção da cidadela. Tenho certeza de que você se lembra dela. – Eu me lembrava muito bem de Situla, parente do Mestre, e de como a única semelhança que tinha com ele era a aparência. – Precisamos ir para nosso abrigo no East End e esperar seu sucesso no duelo.

– Sobre isso... – falei. – Tenho um favor pra pedir.

– Explique – disse Terebell.

– Os últimos quatro sobreviventes da Temporada dos Ossos foram capturados pelo mime-lorde que pegou o Mestre. Um deles tem informações valiosas das quais eu preciso. Ela se chama Ivy Jacob.

– O brinquedinho de Thuban.

Aquela palavra me fez encolher.

– Ele era guardião dela – falei. – Sem ela, pode ainda haver videntes que duvidem da minha capacidade em administrar o sindicato. Os fugitivos foram aprisionados num salão noturno em algum lugar da I-2. Não sei onde, mas conheço um jeito de entrar...

– Você se *atreve* a sugerir que devemos resgatá-los para você – desdenhou Errai. – Não somos seus escravos para receber ordens à vontade.

– Você não me dá medo, Rephaite. Acha que não apanhei o suficiente na colônia? – Levantei a blusa, mostrando a marca a ele. – Acha que não me lembro disso?

– Acho que você não lembra bem o bastante.

– Errai, paz. – À direita dele, Lucida ergueu a mão. – Arcturus, esse é um curso de ação racional?

Os olhos do Mestre estavam pegando fogo.

– Acredito que sim – respondeu ele. – Esse Homem Esfarrapado e Ossudo conseguiu me capturar e me prender sem muita dificuldade. Ele é brutal, cruel e conhece os Rephaim. Seu "mercado cinza" precisa ser impedido, para que ele não continue zombando de nós nas sombras.

– O que significa "mercado cinza", andarilha onírica?

A paciência de Terebell parecia estar se esgotando.

– Não sei – respondi. – Mas Ivy vai saber.

– Você tem certeza de que essa Ivy está presa no salão noturno, então.

– Não a vi, mas senti seu plano onírico. Sei que ela está lá.

– Você espera que a gente arrisque a vida por uma sensação – argumentou Pleione.

– É, Pleione, assim como eu arrisquei minha vida quando o Mestre me pediu pra ajudar com a rebelião, por mais que a primeira tenha sido estraçalhada e queimada – falei com frieza. Eu me arrependi imediatamente de ter dito isso, mas o Mestre não reagiu. – Todos vão estar distraídos na noite do duelo. Perdendo ou ganhando, preciso que Ivy fale.

As feições de Terebell estavam rígidas.

– Os Ranthen não costumam interferir nessas coisas. Os Mothallath acreditam que nunca devemos agir contra os eventos naturais do mundo corpóreo – explicou ela. – Não devemos impedir as mortes, se forem ordenadas pelo éter.

– Isso é ridículo – falei, chocada. – Nenhuma morte é *ordenada*.

– É o que você diz.

– Eles lutaram pra sobreviver. Lutaram pra escapar da colônia de vocês. Se quiser que eu consiga um exército pra você, precisa trazer Ivy até mim.

Eles ficaram um tempo sem falar. Eu os encarei, tremendo de raiva. Terebell me lançou um último olhar antes de conduzi-los pelo beco.

– Isso foi um "sim"? – perguntei ao Mestre.

– Acho que foi um "não". De qualquer maneira, vou convencê-los.

– Mestre – peguei seu braço –, me desculpe por ter falado aquilo. Sobre a primeira rebelião.

– A verdade não exige um pedido de desculpa. – O brilho de seus olhos diminuiu para uma chama fraca e pulsante. – Boa sorte.

O peso do seu olhar fez minha pele formigar. Isso e a imobilidade dos nossos corpos. Como não me mexi, ele tocou os lábios no meu cabelo.

– Não sou adivinho nem oráculo – disse o Mestre, sua voz mais parecendo um estrondo baixo –, mas confio totalmente em você.

– Você é louco – falei, encostada no pescoço dele.

– A loucura é uma questão de perspectiva, pequena onírica.

A última coisa que vi dele foram suas costas desaparecendo na névoa. Em algum lugar da cidadela, um sino começou a tocar.

****

Quando voltamos para a caverna, Jaxon Hall estava trancado no escritório, onde tocava "Danse Macabre" tão alto que dava para ouvir no corredor do primeiro andar. Eliza e eu nos separamos no patamar e fomos na ponta dos pés para nossos quartos. Esperei uma pancada na parede, mas não houve nada disso.

Tentando não fazer muito barulho, me preparei para o duelo. Tomei um banho quente para relaxar os músculos. Separei as roupas que Eliza tinha feito para mim. Eu me sentei na cama e pratiquei possuir a aranha que tinha feito uma teia brilhante na minha janela. Depois de dois humanos, um pássaro e um cervo, era fácil controlar uma criatura tão pequena. Dentro do plano onírico dela, encontrei um delicado labirinto de seda.

Depois de cinco tentativas, consegui controlar a aranha sem abandonar completamente meu corpo. Deixei uma minúscula gota de percepção no meu plano onírico, apenas uma leve sombra de consciência. O suficiente para manter meu corpo de pé durante alguns segundos, enquanto eu corria pelo peitoril, até oscilar e bater a cabeça na parede mais próxima. Disparando blasfêmias, coloquei a máscara de oxigênio na boca e fiz algumas respirações trêmulas.

Se eu não conseguisse fazer isso durante o duelo, não teria chance. Todas as vezes que eu saltasse, meu corpo ficaria vulnerável a ser atacado. Eu seria assassinada nos primeiros minutos. Meus ferimentos de Primrose Hill não eram sérios, mas eu precisava de uma boa noite de sono para que meu plano onírico se recuperasse. Apaguei a luz e me encolhi na cama, ouvindo o toca-discos de Jaxon. "A Bird in a Gilded Cage" atravessou a parede, farfalhando com estática.

Eu não sabia onde estaria depois de amanhã. Certamente não aqui, no meu quartinho em Seven Dials. Eu poderia estar nas ruas, uma pária e uma traidora. Poderia ser Sub-Rainha, administrando o sindicato.

Poderia estar no éter.

Do outro lado da janela, havia um plano onírico solitário. Olhei pelas cortinas, para o pátio lá embaixo, onde Jaxon Hall estava sentado sozinho sob o céu vermelho. Estava usando roupão, uma calça e sapatos polidos, e deixara sua bengala apoiada ao seu lado no banco.

Nossos olhares se encontraram. Ele flexionou um dedo.

Lá fora, me juntei a ele no banco. Seus olhos estavam fixos nas estrelas acima da nossa caverna. A luz delas estava presa nas criptas e nos sulcos das íris dele, de modo que pareciam brilhar com o conhecimento de uma piada particular.

– Olá, querida – disse ele.

– Oi. – Lancei um demorado olhar de esguelha para ele. – Achei que você ia fazer uma reunião.

– E vou. Logo mais. – Ele entrelaçou as mãos. – Os trapos alegres couberam em você?

– São lindos.

– São mesmo. Minha médium tem talento para concorrer com metade das costureiras de Londres. – Os olhos de Jaxon refletiam a luz das estrelas. – Você sabe que hoje é aniversário do dia em que eu transformei você em minha concubina?

Era mesmo. Trinta e um de outubro. Eu nem tinha pensado nisso.

– Foi a primeira vez que eu te deixei fazer um serviço na rua, não foi? Antes desse dia, você era a moça do chá, a pesquisadora modesta. E estava ficando bem irritada com isso, imagino.

– Bastante. – Não consegui conter um sorriso. – Nunca conheci alguém que bebesse tanto chá.

– Eu estava testando sua paciência! Sim, foi quando aqueles malditos poltergeists estavam soltos na I-4. Sarah Metyard e a filha dela, as chapeleiras assassinadas – lembrou ele. – Você e o dr. Nygård passaram a maior parte da manhã rastreando aquelas duas. E o que foi que eu disse, querida, quando você voltou com seu prêmio pra eu enlaçar? Levei você até a coluna e apontei para o relógio de sol que dava pra este lado da Monmouth Street, e disse...

– "Está vendo isso, ó, minha adorada? É seu. Essa rua, esse caminho, são seus pra caminhar" – completei.

Foi o melhor dia da minha vida. Conquistar a aprovação de Jaxon Hall, junto do direito de me chamar de sua protegida, tinha me enchido de tamanha alegria que eu não poderia imaginar um mundo sem ele.

– Exatamente. Exatamente isso. – Ele fez uma pausa. – Nunca fui muito de apostar, nunca levei muita fé no acaso, minha querida. Sei que temos nossas diferenças, mas somos os Sete Selos. Reunidos através de oceanos e falhas geológicas pelos truques misteriosos do éter. Não foi o acaso. Foi o destino. E vamos trazer um dia de ajuste de contas para Londres.

Com essa imagem na mente, Jaxon fechou os olhos e sorriu. Inclinei o pescoço para observar as estrelas no alto, inspirando a densidade da noite. Nozes torradas, café fumegante e fogos apagados. Cheiro de fogo, vida e renovação. Cheiro de cinzas, morte e fim.

– Vamos – concordei. *Ou um dia de mudanças.*

24

O Ringue de Rosas

1º de novembro de 2059

Os relógios de Londres marcaram onze horas. Todas as luzes tinham sido apagadas no prédio do Intercâmbio na II-4. Mas, sob o armazém de tijolos, no labirinto secreto das Catacumbas de Camden, o quarto duelo da história do sindicato de Londres estava prestes a começar.

Jaxon e eu chegamos no táxi pirata e desembarcamos no pátio. Era uma tradição os participantes exibirem as cores de suas auras, e as concubinas adotavam o tom de seu mime-lorde, mas Jaxon e eu estávamos assustadoramente monocromáticos. ("Querida, prefiro dançar valsa com Didion Waite a me vestir de laranja da cabeça aos pés.")

Meu cabelo estava preso com um fascinator feito de penas de cisne e fitas. Meus lábios estavam pretos e meus olhos pintados com kajal, aplicado com destreza por Eliza. O cabelo de Jaxon brilhava por causa do óleo, e suas íris foram clareadas por lentes de contato brancas, assim como as minhas. Na cabeça dele, havia uma cartola com uma faixa de seda branca ao redor. Durante o duelo, as roupas combinando mostrariam que éramos um par de mime-lorde e concubina, com permissão para lutar juntos sempre que quiséssemos.

– Bom. – Jaxon espanou suas lapelas. – Parece que chegou a hora.

O restante dos Sete Selos desembarcou do próprio carro, todos de preto e branco. Vinte videntes selecionados especialmente na I-4 estavam esperando, todos apoiando a reivindicação do Agregador Branco à coroa. Eles mantinham uma distância respeitosa de nós, conversando entre si.

– Estamos com você, Jax – disse Nadine.

– Totalmente. – A sobrancelha do irmão dela estava úmida de suor, mas ele sorriu. – Até o fim.

– Vocês são muito gentis, meus queridos. – Jaxon bateu palmas. – Já falamos o suficiente sobre esta noite. À batalha, então. Que o éter sorria sobre a I-4.

O grupo desceu junto os degraus da porta que dava para as Catacumbas de Camden. O cachorro não estava à vista, mas a guarda ilegível, sim, vestida de preto.

– Vai ser um belo espetáculo – afirmou Jaxon no meu ouvido. – A cidadela vai comentar sobre isso durante décadas, querida, pode anotar minhas palavras.

Sua voz provocou arrepios no meu pescoço. A guarda nos olhou. Quando assentiu para nós, entramos pela porta enfileirados em pares.

Enquanto descíamos os degraus em espiral, meu tórax parecia diminuir. Eu me estiquei para olhar por cima do ombro, mas a saída já estava fora de vista. Se havia um lugar aonde eu não queria ir era voltar para o covil do Homem Esfarrapado e Ossudo, onde algemas e correntes pendiam das paredes; onde pessoas podiam ser engolidas e nunca mais encontradas. Se ele conseguisse o que queria, eu nunca sairia viva daqui. Respirei fundo algumas vezes, mas o ar não chegava aos meus pulmões. Jaxon deu um tapinha na minha mão.

– Não fique nervosa, minha Paige. Tenho toda a intenção de vencer hoje à noite.

– Eu sei.

Dentro das Catacumbas de Camden, os túneis não estavam mais decrépitos. O lixo e o entulho tinham sido removidos, e, no lugar das lâmpadas quebradas, havia fios de lanternas de vitral, cada uma da cor de uma aura.

A câmara central não se parecia em nada com o que era quando estive aqui pela última vez. Havia cortinas vermelhas grandiosas penduradas em todas as paredes, transformando o amplo espaço num teatro de guerra. Uma pintura de Edward VII olhava para todos nós de cima para baixo, segurando o cetro de um rei. A música era tocada por uma fileira de sussurrantes: sons pomposos e sepulcrais que provocavam caos no éter. Duzentas cadeiras estofadas tinham sido colocadas perto da entrada, algumas viradas para mesas redondas, cada uma marcada com o número de uma seção.

Tigelas redondas reluziam aqui e ali, transbordando de vinho tinto. Pratos de comidas fartas fumegavam sobre toalhas de mesa cor de vinho. Grandes tortas de carne, salpicadas com um molho denso; sanduíches com queijo vintage e nozes; peito da carne de boi cozido com cebolas e temperos. Pães-de-ló, leves como devem ser, cobertos com chantilly e geleia de morango. Alguém certamente tinha um garçom de loja de comida ao seu lado. As pessoas já estavam procurando lugares para se sentar, se empanturrando de pudim de ameixa, mingau de aveia e biscoitos frágeis de licor.

– Isso é grotesco – disse Nick enquanto contornávamos nossa mesa. – Há mercadeiros morrendo de fome lá fora, e nós arranjamos dinheiro pra desperdiçar em uma festa.

– Obrigada, Nick – disse Danica.

– O que foi?

– Faz muito tempo que ando procurando alguém mais chato do que eu. Fico muito feliz em ter encontrado você.

Paramos na mesa de bebidas. Enquanto a maioria escolheu vinho, enchi minha taça em uma tigela de mecks sanguíneo. Álcool de verdade poderia me matar esta noite. Tomei um gole do xarope de frutas temperado, rastreando a câmara.

Uma linha grossa de giz separava a área das cadeiras de onde a luta começaria. E lá estava o Ringue de Rosas, o velho símbolo da desnaturalidade. Rosas vermelho-escuras, uma para cada participante, tinham sido cuidadosamente dispostas num círculo de nove metros. Cinzas tinham sido jogadas lá dentro para absorver o sangue que derramássemos. Não teríamos que lutar ali dentro o tempo todo, mas o Ringue de Rosas nos manteria próximos no início, nos dando a chance de dar um primeiro soco destruidor.

Eliza parou ao meu lado com uma taça na mão.

– Está pronta? – perguntou ela baixinho.

– Não.

– O que você vai fazer se...?

– Vamos falar sobre isso quando chegar a hora – afirmei.

Havia videntes por todo lado. Todas as gangues dominantes e mais ainda. Alguns estavam arrastando anjos da guarda ou fogos-fátuos; tinha até mesmo um único psicopompo taciturno num canto da câmara. Jaxon voltou e sussurrou no meu ouvido:

– Está vendo o espírito? – Apontou com a bengala. – É uma coisa rara: um psicopompo. Ele comparece a todos os duelos desde o primeiro.

– De onde ele veio?

– Ninguém sabe. Depois da rodada final, ele acompanha o espírito do candidato vencedor até a última luz. Uma gentileza final do sindicato. Não é delicioso?

Olhei para onde o espírito flutuava e me perguntei se ele já havia servido aos Rephaim. E por qual razão tinha decidido servir ao sindicato agora.

– E lá está Didion. – Jaxon parecia um leão avaliando uma presa. – Com licença.

Ele beijou minha mão e se afastou. Meu sexto sentido estava sendo empurrado pela crepitação de pessoas e espíritos. As emoções do Mestre, relativamente calmas, chegaram pelo cordão; estava claro que nada havia mudado do lado dele, por enquanto. Eu me sentei em uma cadeira à mesa da I-4 com os outros. Danica deu um tapinha no meu ombro e se inclinou na minha direção.

– Terminei a máscara. – Ela pegou um saquinho mirrado no bolso e tirou de dentro uma bobina de tubo, tão delicada que quase não dava para ver. Desenrolando o tubo com o polegar, ela segurou meu pulso e o envolveu num punho grosso. – O tanque está escondido aqui dentro, mas também monitora sua pulsação. Passe o tubo pela sua manga e por cima da orelha para ficar bem perto da sua boca. No instante em que você sair do corpo, seu coração vai parar, e isso aqui vai começar a funcionar.

– Danica – falei –, você é um gênio.

– Até parece que eu não sei disso. – Ela se recostou e cruzou os braços. – O tanque é pequeno, então não exagere.

Empurrei o tubo pelo meu pulso e o pendurei na orelha direita, depois puxei a manga para cobrir o punho. Se alguém soltasse o tubo, ia parecer um brinco diferente.

Demorou para todos chegarem: os mime-lordes, as mime-rainhas, as concubinas e os mafiosos da Cidadela Scion de Londres. Essas pessoas não se preocupavam muito com pontualidade.

Depois do que pareceram horas, os lugares estavam ocupados, e rios de álcool ilegal fluíam. Uma psicógrafa baixinha foi até o meio do ringue, seu colarinho pálido contrastando com a pele intensamente escura. O cabelo preto enrolado estava preso com uma caneta-tinteiro.

– Boa noite, mime-lordes e mime-rainhas, concubinas e mafiosos – gritou ela acima do barulho. – Sou Minty Wolfson, a mestra de cerimônias desta noite. – Ela encostou três dedos na testa. – Bem-vindos às Catacumbas de Camden. Estendemos nossos agradecimentos ao Homem Esfarrapado e Ossudo por nos permitir usar este espaço para nossos procedimentos.

Ela apontou para a figura silenciosa à direita, vestindo um sobretudo. Um aplauso cauteloso deu as boas-vindas ao mime-lorde da II-4. Ele usava uma máscara de tecido amarelado no rosto, com uma faixa estreita para que pudesse enxergar, e um boné marrom por cima. A Madre Superiora virou a cabeça para o outro lado, como se a simples visão daquele homem a repelisse.

Senti que ele estava me observando através da máscara. Sem desviar os olhos dele, ergui minha taça.

Em breve, seu covarde sem rosto.

Ele olhou para Minty. Então, percebi por que ele me dava arrepios: eu não conseguia lê-lo.

O pânico vibrou nas minhas entranhas. Olhei para um vidente próximo, lendo-o imediatamente: adivinho, um eromante, para ser mais específica. Mas o Homem Esfarrapado e Ossudo... Eu sentia seu plano onírico – era protegido –, mas o máximo que eu conseguia dizer sobre sua aura era que ele tinha uma.

Ele não era um Rephaite. O vazio me lembrava de um Zumbidor, mas também não podia ser um desses. Além disso, eu não podia afirmar nada sobre seu dom.

Minty tossiu discretamente.

– Como benfeitora antiga da Grub Street, tenho o prazer de anunciar que panfletos serão fornecidos de graça quando vocês forem embora esta noite, inclusive o novo popular e apavorante terror barato: *A Revelação Rephaite*. Se ainda não leram essa história, se preparem para se encantar pela história dos Rephaim e dos Emim. – Palmas. – Também recebemos uma amostra das primeiras páginas do tão esperado novo panfleto do Agregador Branco: *Sobre as maquinações dos mortos itinerantes*, que todos nós estamos ansiosos para folhear.

Houve um tumulto de aplausos, e alguns videntes deram tapinhas nas costas de Jaxon. Ele piscou para mim. Dei um sorriso forçado.

– Agora, vou deixá-los com a Madre Superiora, que atuou como Sub-Rainha interina durante essa época de crise.

Minty deu um passo respeitoso para fora do recinto. Lá estava ela. A Madre Superiora representava uma figura imponente em contraste com as cortinas do palco, vestindo um terno de crepe preto com punhos brancos e botas de salto. Só nesse instante, percebi que ela e Minty estavam usando roupas de luto.

– Boa noite a todos – disse a Madre Superiora. Mal dava para ver seu sorriso sob o véu de gaiola. – Foi um prazer servir como Sub-Rainha depois da morte do meu querido amigo Hector. Ficamos imensamente tristes, três dias depois, com a morte de sua concubina, Bocacortada. Ela foi encontrada num barraco esquálido em Jacob's Island, com o pescoço cortado de um lado a outro.

Murmúrios na multidão.

– Ostensivamente, ela foi assassinada pela mão dos áugures vis de Savory Dock. Lamentamos sua morte. Lamentamos por uma jovem competente e inteligente e pelo que poderia ter sido seu próspero reinado como Sub-Rainha. E condenamos, a uma só voz, as ações de seus assassinos.

Que atriz. A mulher poderia competir seriamente pelo salário de Scarlett Burnish.

– Agora vou ler os nomes de todos os participantes que se inscreveram para o duelo. Assim que eu disser cada um, o participante nomeado deve se apresentar e assumir seu lugar no Ringue de Rosas. Peço silêncio a todos neste momento. – Ela abriu o pergaminho. – Da VI Coorte: a Lebre, da VI-2, e seu estimado concubino, o Maná Verde.

Jaxon deu um risinho quando os dois se apresentaram. Um deles usava uma máscara de lebre, com orelhas e tudo; o outro tinha sido pintado de verde da cabeça aos pés.

– O que é tão engraçado? – O sorriso de Eliza era nervoso.

– Todos os mime-lordes fora da coorte central, minha adorada. Amadores suburbanos.

O Homem Esfarrapado e Ossudo se afastou da multidão. Eu me levantei. Jaxon me olhou com as sobrancelhas erguidas.

– Vai a algum lugar, Onírica?

Nadine me observou por cima da armação dos óculos.

– Não demore. Você vai ser chamada daqui a um minuto.

– Ainda bem que vou levar só um minuto, então.

Deixando-os para assistir ao desfile de combatentes, segui o homem mascarado até o corredor. Haveria pompa e cerimônia suficientes para uma rápida conversinha com ele.

O caminho para o labirinto havia sido bloqueado com cercas, e cada uma tinha um guarda das Bonecas Esfarrapadas. Quando passei pela alcova fedorenta que funcionava de lavatório, uma mão enluvada agarrou meu braço e me jogou na parede.

Meus músculos entraram em convulsão. O Homem Esfarrapado e Ossudo se assomava sobre mim, com a máscara balançando por causa da respiração. Ela descia até a parte superior do seu peito, encobrindo o rosto e o pescoço.

– Volte, Onírica Pálida.

O fedor de seu suor e de seu sangue estava impregnado no casaco. Sua voz parecia estranha, profunda demais, como se tivesse sido alterada mecanicamente.

– Quem é você? – perguntei, baixinho. Um som abafado martelou minhas orelhas. – Você vai confessar que matou Hector e Bocacortada ou vai deixar outra pessoa levar a culpa?

– Não interfira. Vou cortar seu pescoço, como o de um porco no matadouro.

– Você ou uma das suas marionetes?

– Todos nós não passamos de marionetes à sombra da âncora.

Ele largou meu pulso e se virou de costas para mim.

– Vou impedir você – falei enquanto ele se afastava para a escuridão do túnel – e o seu mercado cinza. Você pode achar que venceu essa, Homem Esfarrapado e Ossudo, mas não é você quem vai usar a coroa.

Quando tentei segui-lo, duas Bonecas Esfarrapadas bloquearam meu caminho. Uma delas me empurrou.

– Nem tente.

– O que ele está escondendo aí?

– Quer que eu te bata, brogue?

– Se você não se importar que eu bata de volta...

Ela pegou um revólver e o mirou na altura da minha testa.

– Você não pode atirar de volta em mim, pode?

Ofereci a ela um forte sangramento nasal antes de me virar.

Quando voltei à mesa, estava quase na nossa vez de nos apresentar. Jaxon parecia mortalmente calmo. Enquanto ele fumava, pegou uma bengala pesada de ébano com pomo de prata sólida no topo, formato de uma cabeça desfigurada e cheia de cicatrizes. Danica a modificara com um mecanismo que permitia que a lâmina fosse totalmente recuada ou revelada na ponta, provocando uma facada letal com molas antes de se retrair.

– Da II Coorte: a Malvada e seu estimado concubino, o Homem das Estradas, da II-6.

Aplausos. A Malvada era favorita entre os apostadores. Com um aceno desdenhoso, ela assumiu seu lugar atrás de uma das rosas.

– Lembre, Paige – disse Jaxon –, isto é um espetáculo. Sei que você poderia matá-los num piscar de olhos, querida, mas não faça isso. Precisa *agradar à plateia*. Você é uma debutante no seu primeiro baile. Mostre a eles todo o espectro dos talentos de uma andarilha onírica.

Nesse momento, a Madre Superiora estava nos chamando para o ringue:

– Nossos favoritos da I Coorte: o Agregador Branco e sua estimada concubina, a Onírica Pálida, da I-4.

Houve um aplauso estrondoso e batidas de pé vindos das mesas da I Coorte, e até mesmo de mesas de outras coortes. Nick tocou minhas costas. Eu me levantei e segui Jaxon até o ringue. As articulações das minhas pernas pareciam motorizadas. Ocupei meu lugar à esquerda de Jaxon, mantendo a rosa entre as botas.

– E, por fim – disse a Madre Superiora –, os três candidatos independentes. Primeiro, o Médium Dissidente. Segundo, o Coração Sangrento. – Os dois recém-chegados assumiram suas posições, recebendo um aplauso superficial. – E, por último, mas não menos importante, a Mariposa Negra.

Silêncio. A Madre Superiora se virou para a multidão.

– Mariposa Negra, por favor, se apresente.

O silêncio continuou. Sobrava uma rosa.

– Ah, caramba. Talvez a mariposa tenha voado. – Murmúrios no público. Um mercenário da Grub Street disparou para se livrar da última rosa. – Agora que temos nossos candidatos, vinte e quatro ao todo, declaro formalmente aberto o quarto duelo da história do sindicato de Londres. – Ela pegou uma ampulheta dourada pesada e a virou de cabeça para baixo. – Quando a ampulheta esvaziar, vou anunciar "comecem". Mas, até ouvirem esse comando, por favor, não se mexam.

Todos os olhares do salão se fixaram na ampulheta.

Bem na minha frente, estava o Enganador Valentão, o mime-lorde de Nell, que usava uma máscara de plástico rudimentar com buracos para os olhos e a boca. Automaticamente, meu corpo assumiu a postura que o Mestre tinha me ensinado. Eu me imaginei em uma corda, sendo erguida, sem algemas, dispensando a carne sutil que me envolvia. Mas meu corpo estava me distraindo esta noite: coração acelerado, ouvidos zumbindo, cada centímetro de pele gelado de medo.

Qual desses combatentes o Homem Esfarrapado e Ossudo e a Madre Superiora queriam que vencesse?

A maior parte dos competidores era de adivinhos e áugures, dependentes de um númen. Não seria difícil superá-los. Mas havia seis, incluindo Jaxon, que seriam um verdadeiro desafio.

Cinco segundos. Imaginei os frascos esvaziando. Minha visão ficou superficial e se diluiu quando o éter assumiu.

Três segundos.
Um segundo.
– Comecem – rugiu a Madre Superiora.

****

Assim que o último grão de areia deslizou pela ampulheta, corri em direção ao Enganador Valentão. O público rugiu em aprovação quando os primeiros combatentes se confrontaram. Finalmente, os mime-lordes e as mime-rainhas tinham saído das cavernas para batalhar no coração do império de Scion. Meu espírito parecia um animal enraivecido em uma jaula, mas eu precisava controlá-lo. Não havia nada nobre, admirável ou divertido em uma Sub-Rainha que matasse seus oponentes dando uma pancada com o próprio espírito.

O Enganador Valentão devia ter mais ou menos um metro e oitenta, era magro e poderoso. Ele só carregava uma corrente de prata. Acertei meu punho bem no seu pescoço, mas ele o agarrou e me girou, como se estivesse dançando valsa comigo. Uma bota pesada me chutou nas costas, e eu me estatelei. Rolei para ficar de pé novamente e me virei para encará-lo, com os punhos erguidos. O foco do público não estava só em mim, porém os videntes mais próximos zombaram.

Não era um bom começo. Em comparação com alguns dos combatentes, eu era frágil. Era devastadora a vontade de usar meu espírito em todos eles, mas eu precisava mostrar que era forte.

Meu radar estava alerta para outros planos oníricos. Senti alguém atrás de mim e saí do caminho. O Afiador de Facas cambaleou quando errou o alvo. Um facão enorme brilhava em sua mão, grande o suficiente para cortar meu pescoço em uma tacada só. *Macaromante*. Aquele era o númen dele, que o tornava letal.

Sua cabeça se inclinou, fazendo a luz refletir na sua máscara prateada. Assim que ele recuperou o equilíbrio, sacou dois estiletes da manga e os jogou em mim com uma das mãos. Passaram assobiando no meu ouvido direito, um depois no outro, fazendo um corte no meu rosto no caminho. Ele veio na minha direção outra vez com o facão, dando golpes e punhaladas na mesma medida, tentando me deixar exausta. Ergui uma das mãos para me proteger, e ele acertou meus quatro dedos, deixando cortes rasos. Empurrei meu espírito, apenas o suficiente para desorientá-lo, antes de mergulhar depressa e chutá-lo no abdome com toda a força que consegui, jogando-o em cima do Médium Dissidente.

Alguém me atingiu antes que eu conseguisse ao menos respirar. Braços envolveram minha cintura, prendendo meus cotovelos nas laterais do meu corpo. Eu sabia, pelo cheiro de cravo e de laranja, que era Meiamoeda, concubino do Nós Sangrentos e um excelente farejador. Ele costumava esfregar óleo nos punhos para impedir que o fedor dos espíritos chegasse às suas narinas. Pressionei várias vezes a virilha dele com a lateral da mão, até ele me soltar, depois atingi a parte de trás da minha cabeça no rosto dele. Girando na cintura, dei um soco entre os olhos, quebrando seu nariz. O impacto causou um choque dos meus dedos até meu cotovelo, mas o derrubou com força suficiente para atordoá-lo.

O Coração Sangrento, um dos candidatos independentes, estava ali perto. Ele tinha veias tatuadas em todo o rosto. Senti sua aura se mover para a direita e evitei seu punho ao me virar com elegância, como o Mestre me ensinara a fazer. Ele enviou um enlace fraco na minha direção, reunido de fogos-fátuos, tão frágeis que nem sei por que ele se se deu ao trabalho de fazer isso, pois nem alcançaram meu plano onírico. Enlacei alguns meus – espíritos mais fortes, arrancados dos cantos mais distantes da câmara – e joguei todos os seis nele. Sem nenhum som, ele caiu feito um peixe sem espinha nas cinzas. Definitivamente se fingindo de morto. Ele estava com medo demais para lutar e, com assassinos no ringue, eu não o culpava.

Um braço musculoso me segurou pelo meu peito. Com um resmungo, agarrei o cotovelo do Enganador Valentão e o ergui, tentando me soltar do seu aperto. Meu espírito explodiu no plano onírico dele como um fogo de artifício. Assim que ele me soltou, empurrei meu cotovelo direito no seu plexo solar, puxei seu braço para o mais longe que consegui e golpeei a parte de trás da articulação. Um osso estalou, e ele recuou.

– Isso aí, Onírica – gritou Eliza, batendo palmas.

Os nós dos meus dedos latejaram, mas a dor desapareceu em uma onda de adrenalina. Não era uma competição de força. A velocidade e a habilidade poderiam superar os músculos. Girei nos calcanhares e desviei de um dos enlaces do Afiador de Facas, mandando-o direto para o seu plano onírico. A força do enlace o derrubou. Nós Sangrentos pulou em cima dele e arremessou uma fileira complexa de enlaces em mim, cada um formado por diferentes tipos de espíritos. Eu me enrolei sob seu braço e, quando ele se levantou, dei uma tesourada com as pernas nos tornozelos do Afiador de Facas. Pressionei meu plano onírico para desviar dos enlaces, fazendo sangrar o nariz das dez pessoas mais próximas. Quando disparou por nós, Jack Caipirapãoduro deu um soco rápido na nuca do Afiador de Facas, acabando com ele antes que o sujeito tivesse chance de afiar uma faca sequer. Ele sorriu para mim antes de atacar Nós Sangrentos.

Aos meus pés, Meiamoeda já se levantava de novo. Ataquei com meu espírito, empurrando-o para sua zona da meia-noite. A dor atingiu minha cabeça, mas eu podia controlá-la. Parte do público deve ter visto o brilho revelador do meu espírito no éter, pois eles gritaram "Onírica Pálida!", e Jimmy O'Duende jogou uma rosa para mim. Eu a peguei e fiz uma reverência exagerada, e a altura dos gritos aumentou muito. Mais rosas voaram, vindas de Ognena Maria e de um grupo de salteadores da I-4.

Meu momento de glória foi interrompido quando Jenny Dentesverdes agarrou meus ombros, onde ele cravou os dentes, perfurando minha pele, e deixei escapar um grito abafado. Ao mesmo tempo, a Lebre segurou meus tornozelos. Eles estavam me puxando em direções opostas. Será que queriam me repartir ao meio? Os gritos da multidão passaram a ser para Jenny. Arrancar um pedaço da famosa concubina da I-4... Quem não ficaria impressionado com essa tática chocante? Com um rosnado, chutei a Lebre. A ponta da minha bota atingiu seu queixo, empurrando sua cabeça para trás. O vislumbre de um pescoço apareceu sob a máscara. Quando ele agarrou meus joelhos, meu salto alto empurrou seu peito, forçando Jenny Dentesverdes para trás e derrubando-a. Rolei para me livrar de seus braços e, com uma das mãos, joguei minha adaga na Lebre. Ele a pegou também com uma das mãos e veio na minha direção, resmungando ameaças vis por meio da abertura estreita da máscara.

Não tive tempo para pensar antes de seu punho se fechar na minha gola. Enquanto ele inclinava a lâmina para o meu rosto, um raio de aço veio brilhando de trás dele. O objeto foi fatiando, cortando de um músculo a outro, arrancando o osso. Metade de um braço pálido caiu no chão.

A Lebre se encolheu com um uivo de agonia, encarando o membro arrancado. O sangue espirrava do cotoco no cotovelo. Atrás de mim, uma arfada coletiva.

– Agregador, você... O que você *fez*...?

– Calado, lebre idiota – desprezou Jaxon, e o esfaqueou através do buraco do olho na máscara.

Deixei escapar um som involuntário de aversão, enquanto o mime-lorde caía de frente. O sangue escorria pelo buraco do olho e se acumulava ao redor da sua cabeça. Seu espírito fugiu sem nem sequer esperar a trenodia.

Jaxon girou a bengala, rindo. As mesas da VI Coorte vaiaram e berraram para ele, mas todos foram abafados pelo rugido uníssono de aprovação das pessoas da central. O primeiro sangue de verdade da noite havia sido derramado e fora parar nas minhas botas. Bem na frente, Nadine estava em pé com seus amigos mercadeiros de Covent Garden, torcendo por ele com toda a força que tinha no pulmão. Foi a vez de Jaxon fazer uma mesura.

Não consegui observar por muito tempo. Jenny Dentesverdes estava de volta com um ponto vermelho nas suas roupas brancas peroladas, arranhando e unhando minhas pernas. Ela era uma hidromante, mas não havia água aqui para usar contra mim. Ela só era boa no combate físico. Eu a segurei com as mãos, rangendo os dentes por causa do esforço, mas Jenny Dentesverdes estava ganhando alguns centímetros a cada instante. A multidão da VI Coorte gritava para ela rasgar meu pescoço. Eles não suportavam pessoas da central como eu. A saliva pingava dos lábios entreabertos de Jenny, espumando como bolhas de sabão entre seus dentes enquanto ela gritava obscenidades na minha cara. Encharcada de suor, eu a forcei para trás com os braços, cada vez mais longe, até conseguir cravar meu salto em seu peito.

Eu não podia ser resgatada por Jaxon de novo. Uma vez era aceitável, uma demonstração de lealdade entre mime-lorde e concubina, mas duas vezes seria uma fraqueza imperdoável. Chutei o abdome de Jenny Dentesverdes com força suficiente para atordoá-la. Assim que ela foi parar no chão, saí do meu corpo.

Desta vez, foi mais difícil ser rápida. Lutei com a forma onírica na sua zona da luz do sol, que assumiu o formato de um pântano na névoa e se agarrava aos meus tornozelos feito areia movediça. Quando finalmente a forcei a ir para um círculo mais sombrio da sanidade, retornei ao meu corpo só para descobrir que eu estava caindo nas cinzas no ringue. Minhas palmas me apoiaram bem a tempo, e o oxigênio chiou no meu tanque. Ao meu lado, Jenny se debateu.

O fim desajeitado do meu salto não pareceu assustar a multidão. Eles nunca tinham visto a andarilha onírica do Agregador Branco em ação. Seu segredo mais bem guardado e sua maior arma, ela seria a joia mais brilhante na coroa do Sublorde. Um coro de mercadeiros começou a cantar:

> *Onírica Pálida, a saltadora, olhe só seu salto!*
> *A ira da andarilha vai te fazer chorar alto*
> *Ela também pegou a pobre Jenny e Meiamoeda*
> *Cuidado com ela, Valentão, ela é tiro e queda!*

O canto terminou com uma gritaria que reverberou na câmara. Mais algumas rosas voaram em minha direção. Desta vez, fiz uma mesura para todos. Eles não iam seguir alguém que não entrasse na brincadeira. Nick estava aplaudindo também, com um sorriso relutante. Atrás dele, Eliza socou o ar e gritou "ONÍRICA PÁLIDA!", acompanhada pelo resto da I Coorte. Percebi que eu estava sorrindo enquanto me levantava, eletrizada pelo espetáculo. Pela primeira vez, esses videntes, divididos durante tantos anos pela hierarquia e pelas guerras de gangues, estavam *unidos* no seu amor pelo sindicato, na sua paixão pelas maravilhas do éter, e até mesmo na sua sede de sangue.

Enquanto eu recuperava o fôlego, dei uma olhada na câmara. Ainda havia uma boa quantidade de participantes lutando. Capavermelha, a mais jovem das mime-rainhas, estava em pé ali perto. Sua aura estava inquieta e instável, impossível de errar: a aura de uma fúria. Sob a boina vermelha, seus olhos eram escurecidos pelas sombras. Sua adversária era a Cavaleira Cisne, uma concubina com cabelo brilhantemente branco, que usava uma capa roxa por cima da roupa preta.

– Não ache que não vou te matar, fedelha.

– Por favor – disse Capavermelha –, tente.

A Cavaleira Cisne ergueu a espada. Capavermelha respirou fundo, enchendo os pulmões, e gritou.

O grito foi tão sobrenatural que taças e garrafas estouraram nas mesas. Numa onda de raiva, Capavermelha enfiou as garras no rosto da inimiga. Seu próprio rosto estava vermelho e retorcido, e os gritos que saíam de sua boca eram terríveis. Espíritos se reuniam ao redor dela, erguendo seus braços e pernas, quebrando-os com movimentos surpreendentemente rápidos. A Cavaleira Cisne não teve chance.

Assim que sua oponente estava fora do jogo, Capavermelha voou em direção ao próximo oponente, sem dar sinal de que poderia diminuir o ritmo.

– Calma – gritou alguém no ringue para ela. – Controle-se, Capa, *controle-se*!

Mas ela continuou, golpeando, arranhando e uivando aquele barulho horrível, enquanto suas bochechas coravam. Seus olhos se reviraram para dentro da cabeça. Metade dos combatentes parou para observá-la lutar contra Jack Caipirapãoduro, usando os punhos e trincando os dentes, mas, no momento, ela estava cambaleando, bêbada de éter, fora de controle. Ela o derrubou com um único golpe no joelho. Ele ergueu os braços para proteger o rosto, com os olhos bem fechados sob a máscara.

Então, quase de forma inesperada, Capavermelha caiu no chão. Sua cabeça foi esmagada no ringue, mas seus braços e pernas começaram a tremer violentamente. Jack Caipirapãoduro saiu do caminho tropeçando. Um salteador correu para o lado dela e segurou sua cabeça entre as mãos enormes. Quando ela parou de se debater, ele a tirou dali.

Vaias e comemorações disputavam espaço. O espetáculo inicial fora impressionante, mas ela não tinha uma força persistente. Eu nunca vira a clarividência se manifestar daquele jeito. Ela deve ter ultrapassado demais seus limites. Eu não podia fazer isso. Eu não ia fazer isso.

A exibição de Capavermelha tinha interrompido a luta, mas dois mime-lordes se socavam a alguns centímetros. A luta foi rápida: ambos jogaram enlaces um no outro durante um tempo, xingando e resmungando, depois o Detalhista de Londres derrubou seu oponente com um soco muito forte. Queixas e vaias se seguiram. *Entediante*, diziam.

– Atrás de você, querida – gritou Jaxon para mim e se virou para se deparar com a concubina do mime-lorde caído.

A Malvada estava mais perto, sem ser atacada por ninguém. Girei uma faca na mão e a segurei pela lâmina. Ela me viu e deu um sorriso irônico, estendendo os braços. Seu gesto me fez hesitar, mas joguei a faca um instante depois, mirando-a em seu antebraço. Um ferimento não letal, apenas o suficiente para provocar dor a ponto de que eu pudesse derrubá-la com meu espírito.

Num borrão, outra pessoa se jogou entre mim e a Malvada. Arbusto de Sarça era minha próxima rival, uma axinomante com rosas entrelaçadas no cabelo dourado. A faca se enterrou no seu ombro. Ela gritou de dor antes de arrancá-la, jogando-a para o público. Um mensageiro a pegou. Antes que eu pudesse registrar o que acontecera, ela balançou os braços, e, com uma força inacreditável, arremessou o machado até o outro lado do ringue. Desviei para a direita e me joguei para trás, com meus pés passando sobre a cabeça, os joelhos encolhidos no peito. Gritos de incentivo vieram da plateia. Assim que aterrissei, parei diante da máscara com a Descarada. Vestindo sedas que reluziam com as cores do pôr do sol, ela usava uma carapaça de porcelana que removia todas as suas feições. Nenhum buraco de olho e nem sequer uma abertura para respirar.

À minha direita, Arbusto de Sarça estava se aproximando do seu machado. E lá estava o Enganador Valentão, vindo na minha direção de novo; e Nós Sangrentos, à minha esquerda. Assumi uma postura defensiva, com a garganta fechada como um punho.

Todos eles estavam vindo para cima de *mim*. Com um movimento rápido, peguei outra faca e a joguei na Malvada. Nós Sangrentos balançou o braço, tirando-a do caminho.

Eles a estavam *protegendo*?

Jaxon estava se defendendo de uma única concubina com sua bengala, quase sem suar, enquanto eu enfrentava uma mime-rainha, dois mime-lordes e uma concubina. Quando Jaxon viu todos convergindo para cima de mim, seus olhos claros se arregalaram. Depois que me matassem, provavelmente iam para cima dele.

Eu me virei para olhar por cima do ombro. O Homem Esfarrapado e Ossudo estava observando do canto da câmara.

Ele queria me ver morrer, aqui nesse redemoinho de sangue quente e adrenalina, onde minha morte seria aplaudida, não investigada nem questionada.

Murmurando nomes por entre os dentes, Descarada começou a reunir espíritos ao seu lado. Ela era uma invocadora. Suas palmas se viraram para dentro, formando uma concha. Fiquei imóvel, esperando que ela soltasse o enlace que havia se formado entre suas mãos. Ela era um ímã vivo, atraindo espíritos de toda a cidadela e guardando-os no bolso de éter entre suas mãos. O Enganador Valentão balançou sua corrente suja de sangue como um pêndulo. Arbusto de Sarça recuperou o machado e o ergueu. Nós Sangrentos levantou os punhos. Havia um soco-inglês em seus dedos, cada um com uma ponta letal.

Todos atacaram juntos. Descarada jogou seu enlace em mim. Um deles era um esguio: um arcanjo ou um poltergeist, difícil dizer. O pingente o afastou com tanta força que eu cambaleei. Ela foi tirada do chão, levada até o público num turbilhão de seda cor de laranja. Dois de seus espíritos entraram no meu plano onírico, mas imediatamente eu os catapultei para fora. Minhas defesas estavam mais fortes. Desviei de um soco forte de Nós Sangrentos e arremessei meu espírito no plano onírico dele.

Piscando para afastar imagens, corri até Arbusto de Sarça. Sua expressão mudou de assassina para chocada quando eu me abaixei sob seu braço, mas seu machado já estava balançando, pesado demais para parar. Em vez de me atingir, o machado acertou o Enganador Valentão. A lâmina se alojou na parte superior do peito dele com um golpe substancial. Assim que ouvi o golpe, arranquei a corda da sua mão e a enrolei no pescoço de Arbusto de Sarça, puxando-a para o chão. Ela largou o machado e arranhou a garganta, com os olhos arregalados. O Enganador Valentão caiu de joelhos e pegou o cabo, com a boca escancarada num grito silencioso, mas suas roupas já estavam ensopadas de sangue vital. Nem mesmo uma força violenta conseguiria extrair aquela lâmina. O público estava torcendo, gritando, uivando, assim como os amauróticos faziam diante da TV. Assim como devem ter comemorado quando meu primo foi enforcado em Carrickfergus.

Quando foi que transformamos a morte num espetáculo?

– Truque podre, garota – disse Arbusto de Sarça, vomitando em seguida.

– Este aqui não é – falei em seu ouvido.

Entrei na sua zona do crepúsculo, e ela tombou para o lado, inconsciente. O Enganador Valentão não ia durar muito mais. Nós Sangrentos estava engatinhando, agarrando a própria cabeça. O Médium Dissidente passou dançando e golpeou seu crânio com uma lâmina.

Luzes surgiam nas fronteiras da minha visão, mas eu as sacudi. Quinze combatentes estavam mortos ou fora de combate, deixando oito com chance de vencer, incluindo Jaxon e a mim. Jaxon, inclusive, fez um corte no abdome do desafortunado Detalhista de Londres, e recebeu uivos de reconhecimento da multidão e um grito de pavor de uma mulher sentada quase na sua frente. Ele acenou para mim, e eu corri em sua direção.

– Costas com costas, querida.

Eu me virei para encarar o público, com a faca ensanguentada na minha frente.

– Qual é a história?

– Só faltam cinco. A coroa está no papo! Talvez devêssemos derrubar esse imbecil miserável.

Estremeci ao perceber de quem ele estava falando. O Lorde Luzente andava arrastando os pés enquanto jogava nas cinzas uma concubina que gritava.

– Por que ele está andando desse jeito? – gritei por cima do barulho das armas e dos gritos do público.

– Ele é um médium físico, querida. Deixou um espírito raivoso dominar seu corpo e manipulá-lo. – Jaxon apontou com a bengala. – Vou deslocar o espírito intruso com meus agregados. E você vai arrancar o dele.

Depois de esmagar a traqueia do outro, Luzente estava nos encarando com olhos enevoados. Com a boca escancarada, ele ofegava feito um fole.

– Volte a si mesmo, seu velho canalha – rosnou Tom, o Rimador, para ele.

Pensei em como Eliza ficava quando estava possuída.

– Não precisamos matá-lo – falei para Jaxon.

– Faça isso ou ele vai voltar pra nos assombrar. Todas as pessoas que ficarem vivas neste ringue vão nos desafiar por aquela coroa.

Um fio de saliva pendia dos lábios do Luzente. O espírito dentro dele estava esperando, posicionado para atacar. Com um olhar de desprezo, Jaxon acenou com a mão esquerda para chamar um de seus agregados. Seus dedos se flexionaram em arcos parecidos com garras, e as veias dos seus braços se contorceram com o sangue quente. Seus lábios se moveram, comandando o agregado. Luzente caiu de joelhos e tapou os ouvidos com as mãos. Houve uma batalha – os dentes de Jaxon rangeram e quebraram um vaso no seu olho – antes que eu cerrasse o punho e me jogasse em cima da vítima.

– Agora!

Arremessei meu espírito nele.

O intruso e o agregado de Jaxon já estavam na fronteira do plano onírico do Luzente, e os dois saíram cambaleando quando entrei de forma imponente. Do lado de fora, o corpo dele devia estar desabando. Passei rapidamente pela paisagem da mente dele. Minha forma onírica estendeu a mão e agarrou o espírito do Luzente, jogando-o com delicadeza na sua zona do crepúsculo. Irrompi de dentro dele e voei de volta para o meu corpo.

O silêncio tinha tomado o público. As únicas pessoas restantes no ringue eram eu, Jaxon, a Malvada e a Sílfide Miserável. Esta última parecia tão miserável quanto seu nome. Um de seus dedos estava pendurado por um pedaço grosso de pele, e lágrimas brilhavam em seus olhos, mas ela não fugiu.

– Você cuida da Sílfide – murmurou Jaxon.

– Não – falei. – Vou encarar a Malvada.

A Malvada tinha colocado os olhos nele primeiro, mas depois virara sua atenção para mim. Ela não usava máscara. Jaxon girou a bengala, gravitando em direção à Sílfide Miserável. Andei ao redor da minha oponente: a mulher que controlava as favelas mais pobres, que as manteve num ciclo de pobreza e miséria. Ela passou as costas da mão no lábio superior.

– Olá, Onírica Pálida – disse ela. – Temos uma rixa que eu desconhecia?

Eu a circundei, enquanto Jaxon fazia o mesmo com sua inimiga. As concubinas de nossas oponentes estavam inconscientes ou mortas nas cinzas. Éramos o único par aliado que restava. O público começou a gritar os nomes de seus preferidos ou daqueles em quem tinham apostado dinheiro. *Agregador Branco* era o mais alto de todos.

– Não – falei –, mas não me importaria de começar uma.

Estávamos longe demais da multidão, perto da fileira de refletores, para que nos escutassem. A Malvada estendeu seu cutelo.

– Algum motivo especial ou você é tão precipitadamente violenta quanto, pelo visto, todo mundo acha? – perguntou ela.

– Você deixou metade dos nossos videntes apodrecerem em uma favela.

– Os áugures vis? Eles não são nada. E você é tão virtuosa assim? Mas Scion te chama de assassina e louca.

– Você ouve o que Scion diz?

– Quando eles falam coisas sensatas.

Ela me golpeou com o cutelo, e eu recuei.

– Sabe, é bom que Bocacortada esteja morta. Ela subiu demais na vida. Uma moradora simplória de Jacob's Island ao lado de um Sublorde... Eu devia ter me livrado daquela lá antes que ela conseguisse cruzar a minha cerca. – Eu a golpeei com a faca, mas a Malvada me evitou com destreza. – Quanto à Jacobite, como ela mesma se chama, não vai durar muito. Ele a mandou pra longe por traição, justiça poética, segundo ele, mas desta vez vai cortar o pescoço dela e acabar com essa história.

– Justiça poética? De que diabo você está falando?

– Você devia ao menos ter *suspeitado*, Onírica Pálida. Ou é nobre demais pra ter pensado nisso?

Ela também era aliada deles. Quem quer que fossem. Sorrindo, a Madre Superiora nos observava do balcão. Chutei a Malvada nas costelas, fazendo-a se curvar.

– Quase pedimos pra você se juntar a nós, sabe. Mas aí você começou a bisbilhotar. – Ela abafou uma risada. – Parece mesmo uma pena ter que matar você, docinho, mas tenho ordens a cumprir.

Ela veio para cima de mim e balançou o cutelo, mirando no meu pescoço. Foi um movimento tão rápido que eu só consegui desviar a cabeça para o lado para evitar o golpe. A lâmina cortou do lóbulo da minha orelha até o maxilar, quase chegando ao queixo. A dor me cegou, incandescente e estridente. Minha mão foi de forma automática até a ferida, e outra onda de agonia subiu pelos meus dedos.

O corte no meu rosto começou a latejar. Ainda cambaleando por causa do golpe, arremessei a pressão do meu plano onírico. Minhas têmporas pulsavam, mas empurrei até seus olhos e seu nariz começarem a sangrar. Ela largou o cutelo. Eu o peguei da sua mão e o joguei para fora do ringue. Fez barulho ao cair no chão e girou até parar debaixo da mesa mais próxima. Um mensageiro o pegou e comemorou.

As pontas dos meus dedos estavam molhadas de sangue. O Homem Esfarrapado e Ossudo estava com as mãos apoiadas nas costas de uma cadeira. Assim como a Madre Superiora, ele estava esperando. A Malvada olhou para ele do outro lado do salão, e o sorriso dela aumentou, me possibilitando o vislumbre de um canino prateado. Outra mime-rainha rica.

E então eu entendi.

O Homem Esfarrapado e Ossudo e a Madre Superiora não tinham entrado no duelo porque planejavam colocar outra pessoa no trono. Um fantoche para eles controlarem das sombras. Um rosto para o trabalho sujo que estavam fazendo. Quantas pessoas neste ringue eram conspiradores, ajudando a Malvada a vencer? Quantos desses cadáveres foram sacrificados por esses dois?

Não era mais apenas importante que eu vencesse. Era *imperativo*. E eu precisava acreditar que conseguiria fazer isso; que eu era mais do que apenas a Onírica Pálida, a protegida do Agregador Branco, a escrava rebelde, a andarilha onírica.

Eu tinha que confiar em mim mesma para derrubar esse peão do tabuleiro.

Nós nos rodeamos, com os olhares fixos uma na outra. Jaxon tinha sido cruel de colocar os videntes em uma hierarquia, mas ele acertara em uma coisa: as três ordens mais baixas tinham dons relativamente passivos. A Malvada era algum tipo de áugure. Sem um númen, ela não poderia usar seu dom na batalha. Pelo menos, era no que eu acreditava sobre os áugures, até ela reunir um enlace e jogá-lo, não em mim, mas no candelabro pendurado no teto.

E o enlace *pegou fogo*.

Era como se fossem feitos de gás inflamável. Cinco espíritos em chamas voaram na minha direção feito cometas, deixando rastros de chama azul. A combustão me tomou tão completamente de surpresa que eu quase não desviei. No último segundo, rolei para evitá-los, mas dois chamuscaram a parte superior do meu braço, queimando minha manga. A dor arrancou um grito do fundo da minha garganta. Acima de mim, o enlace se dividiu feito um fogo de artifício, deixando uma sombra no caminho, antes que todos os cinco espíritos se extinguissem. No público, os gritos para a Malvada duplicaram.

Meu braço queimava. Já havia bolhas se formando na pele lívida. A Malvada devia ser uma piromante. Sempre achei que eles eram hipotéticos, mas não havia dúvidas: seu númen era o fogo.

– Acabou? – Ela limpou as mãos ensanguentadas na calça. – Se você se fingir de morta, pode ser que eu te deixe escapar.

– Se é o que você quer – falei com os dentes trincados.

Meu corpo vazio cedeu e desabou. No instante em que ela ficou surpresa, me joguei no ferro-velho da sua mente, arrastando seu espírito para o éter. O cordão de prata dela se rompeu com tanta facilidade, que parecia que eu o tinha cortado com uma tesoura. Eu a matei por Vern e Wynn, por Bocacortada e por Ivy. Ela permaneceu em pé por um instante, com uma suave expressão de choque, antes de oscilar e desabar nas cinzas. Seu cabelo rodeava a cabeça feito uma coroa de flores.

Quase em coro, Jaxon atingiu a Sílfide Miserável com um agregado. A cabeça dela tombou para o lado e ela desabou no chão.

E, num piscar de olhos, Jaxon Hall e eu tínhamos vencido o quarto duelo da história de Londres.

O público se levantou ao mesmo tempo e explodiu num aplauso retumbante. Batiam nas mesas. "Agregador Branco", rugiam. "AGREGADOR BRANCO, AGREGADOR BRANCO." Batiam os pés fazendo tanto barulho que achei que iam derrubar o armazém sobre nós e que Scion ia descobrir o ninho de motim escondido no subsolo. Eles estavam gritando o meu nome e o de Jaxon, berrando sem parar. Rosas voaram acima de nós, deslizando pelas cinzas e pelo sangue dos nossos oponentes. Jaxon pegou minha mão e, rindo, a ergueu, embriagado pelo seu primeiro doce sabor da vitória.

O garoto que antes era chamado de sarjeteiro se tornara rei de toda a cidadela. Seus braços se abriram, abraçando o aplauso. A bengala – erguida para o alto, feito um cetro – estava brilhando com sangue. Eu nem consegui sorrir. Meu punho estava fraco no aperto da mão dele.

Acima de nossas cabeças, Edward VII, o Rei Sangrento, observava com um olhar frio. A insinuação de um lábio sob sua barba parecia sorrir.

Mas, com um líder como Jaxon Hall, só prevejo sangue e orgias... E, no fim, destruição.

Ele era o Rei de Espadas, o que Liss tinha previsto.

Ele era lorde de Londres e tinha que ser impedido.

Dois psicógrafos saíram correndo de trás das cortinas. Um deles carregava um livro grande; o outro, uma pequena almofada, feita com o veludo mais roxo possível. Na almofada, estava o símbolo do poder do Sublorde. Outros videntes surgiram e começaram a retirar os corpos do ringue.

Supostamente roubada da Torre por um servo fiel quando a monarquia caiu, a coroa de Edward VII tinha perdido as joias e sido transformada em uma corola com vários tipos de numa de adivinhos: chaves, agulhas, fragmentos de cristal e espelho, ossos de animais, dados e minúsculas imagens do tarô em cerâmica, tudo entrelaçado com fio formando alguma coisa parecida com uma coroa de flores. A luz refletia nela por todos os ângulos. Nesta ocasião especial, era amarrada com os numa perecíveis dos áugures: flores, visco, até mesmo lascas de gelo. Minty Wolfson a pegou da almofada e veio em nossa direção.

– É com grande prazer que anuncio que o Agregador Branco venceu o duelo e que sua concubina, a Onírica Pálida, continua ao seu lado. Seguindo a tradição do nosso sindicato, vou coroá-lo Sublorde da Cidadela Scion de Londres. – Ela se virou para o público. – Alguém sabe de algum motivo que impeça este homem de receber o título? Que impeça este homem de governar o sindicato enquanto ele viver?

– Na verdade – falei –, eu sei.

Quando Jaxon se virou para me encarar, sua mão apertou a bengala com mais força. O barulho do público desapareceu, sendo substituído pelo pano de fundo de testas franzidas.

– Sou a Mariposa Negra. – Com o coração pesado, eu me afastei dele. – E desafio você, Agregador Branco.

Nem sequer um sussurro quebrou o silêncio.

A alguns metros de distância, Minty devolveu a coroa para um de seus mercenários. O salão estava tão silencioso que consegui ouvir seus dedos roçando o veludo.

Do outro lado do ringue, a Madre Superiora se levantou da cadeira com adequada elegância, mas seu rosto estava vermelho. Seus lábios se entreabriram enquanto ela ia em direção ao ringue, as botas de salto alto batendo na pedra.

– O quê? – disse Jaxon, muito baixinho.

Não repeti. Ele tinha escutado. Com um movimento rápido, ele virou meu pulso e me puxou para perto.

– Se não estou enganado – sussurrou ele –, você acabou de me *desafiar* em público. – Os olhos dele perfuraram os meus. – Eu salvei você de uma vida de servidão. Mobilizei os Sete Selos pra tirar você daquela colônia. Se algum deles fosse visto, vinte anos de trabalho da minha vida poderiam ter sido desfeitos num piscar de olhos... Mas eu estava disposto a correr esse risco. Se parar agora, Paige, vou esquecer sua ingratidão.

– Você salvou minha vida. Vou ser sempre grata, Jaxon. – Eu o encarei. – Mas isso não significa que você é dono dela.

– Ah, mas eu ainda sei o seu segredo. – Ele cravou os dedos no meu antebraço. – Esqueceu, querida?

Sorri.

– Segredo, Jax?

Ele me encarou, com as narinas em chamas. Dei a ele um vislumbre da pele sob a manga, apenas o suficiente para mostrar que o presente de despedida do Monstro tinha sumido.

E, ah, foi glorioso ver Jaxon Hall somar dois mais dois. Observá-lo entender, cada centímetro agonizante, que não podia mais me chantagear para ser submissa. Que as palavras, por mais valor que tivessem, não iam protegê-lo desta vez. Seus olhos viraram enfeites de vidro na cabeça. Pela primeira vez na vida, ele teria que jogar de acordo com as regras de outra pessoa.

Ele se afastou de mim devagar. Eu recuei, soltando meu punho da mão dele.

– Estão vendo – disse Jaxon, baixinho. Depois, gritou: – Estão vendo, meus queridos amigos? Eu previ essa traição. Você viu com os próprios olhos, mestra de cerimônias, quando recebeu minha mensagem de flores. Não coloquei um acônito no centro, a flor da traição, do alerta? Mas vocês esperavam que logo a minha concubina me traísse? Acho que não. Acho que isso chocou todo mundo.

Murmúrios.

– Isso é permitido? – perguntou a Madre Superiora a Minty. Um sorriso se esgueirava em sua boca. – Certamente, a essa altura, ela não pode declarar que tem uma identidade diferente.

– Não há nenhuma regra que imepeça isso – respondeu Minty, me observando. – Não que eu saiba.

– Ela é uma *fugitiva* procurada – disparou Jaxon. – Me diga, como é que ela vai nos liderar, se Scion conhece seu rosto, seu nome? E você realmente quer permitir que essa traidora participe dos procedimentos, srta. Wolfson? Se ela consegue desafiar o próprio mime-lorde, o que vai fazer com os súditos?

– Covarde – falei.

Jaxon se virou para me encarar. Houve algumas zombarias no público, mas, fora isso, o silêncio reinava.

– Repita isso, sua traidorazinha. – Ele colocou uma das mãos ao redor da orelha.

– Não entendi direito.

A multidão ansiava por esse tipo de drama. Senti isso em seus planos oníricos, em suas auras, em suas expressões. Era a primeira vez que isso acontecia na história do sindicato, uma tragédia vingativa da vida real que só poderia terminar em morte. Um mime-lorde e uma concubina em guerra. Andei pelas cinzas e pelo sangue.

– Eu disse que você é um covarde. – Ergui a lâmina, deixando-a captar a luz das velas. – Prove que estou errada, Agregador Branco, ou mando você pro éter esta noite.

Lá estava. A fera espreitando em Jaxon Hall. A cobertura de gelo que se espalhava em seus olhos: o olhar que eu já tinha visto, quando ele atingia com sua bengala um mendigo que implorava ou dizia que ia demitir Eliza do emprego que era sua salvação. Seu olhar, quando me disse que eu era dele, que eu era uma propriedade. Um bem. Uma escrava. Seus lábios se mexeram, e ele fez uma mesura para mim.

– Com prazer – disse –, ó, minha adorada traidora.

25

Danse Macabre

Jaxon Hall não era de perder tempo quando queria algo feito, e estava claro que ele não tinha tomado absinto hoje. A lâmina veio cantando na minha direção num flash de prata e uma rajada de madeira escura, quase rápido demais para que eu desviasse, mas eu estava preparada para o golpe dele. Senti sua aura se mover para a direita uma fração de segundo antes de ele se mexer.

Ele era tão fácil de ler quanto um livro para um bibliomante. Pela primeira vez na vida, eu conseguia prever as intenções do meu mime-lorde. Com duas viradas rápidas, evitei a facada e parei de repente, feito uma dançarina em uma caixinha de música.

Com as sobrancelhas erguidas, Jaxon deu um segundo golpe, desta vez com a parte cega. A bengala atingiu as lajotas com um som pesado parecido com um gongo, mas a rajada de ar veio outra vez em seguida. O pedaço de metal atingiu a parte da frente do meu ombro, me fazendo recuar alguns passos. Minhas mãos se ergueram rapidamente.

Jaxon me conduziu para a multidão. As auras das pessoas foram registradas feito uma parede de calor nas minhas costas. Passei por ele com um salto mortal e girei imediatamente, voltando para o centro do ringue. Alguns aplausos tímidos vieram dos apoiadores da I-4. A cabeça de Jaxon se virou para o público. Se ele vencesse a batalha, iam pagar por essa traição.

Jaxon ficou onde estava, de costas para mim. Um convite aberto para o golpe. Teria sido irresistível para a maioria dos participantes, mas eu o conhecia bem demais para morder a isca.

– Truques podres, Jaxon – falei. – Na última vez em que conferi, nenhum vidente usava bengala pra tocar o éter.

– Mas você parece estar dançando pra escapar dela, ó, minha adorada. – A lâmina da bengala se arrastou pelas lajotas, afiada o suficiente para deixar faíscas no caminho. – Se eu não te conhecesse bem, diria que isso é um sinal de medo. Agora, me diga: onde foi que você aprendeu essas belas piruetas?

– Com um amigo.

– Ah, tenho certeza de que sim. Um cara meio alto, né? – Seus passos coincidiram com meus batimentos cardíacos. – Cor de olho variável?

Ele não tentou me golpear. Em vez disso, apunhalou com a lâmina de mola. Seu alcance era bem maior do que eu imaginara, me obrigando a dar um passo desajeitado para trás.

– De certa maneira – falei, ignorando as risadas do público. – Mas você o está vendo atrás de mim?

– Sei mais do que você imagina sobre o tipo de companhia que você mantém. Mais do que me importo em saber, minha doce traidora.

Pareceu uma provocação para a multidão que observava, que esperava um belo espetáculo nesse final sem precedentes, mas havia significado por trás da zombaria. Ele sabia sobre o Mestre... E o que mais ele sabia? Quando o encarei, com a clareza bruta da adrenalina, enxerguei uma máscara com olhos vazios, sem alma, feito um manequim.

– Claro, isto é um duelo – disse Jaxon –, bem parecido com os duelos da época da monarquia, quando a honra era lavada com sangue e aço. De quem é a honra que estamos lavando hoje, eu me pergunto? – Golpe, girada. – Você sabe muito bem que seu reinado nunca vai ser aceito por essas pessoas boas. Mesmo que você ganhe esta luta, sempre será lembrada como a Sub-Rainha que assassinou o próprio mime-lorde. E, segundo os boatos, o Sublorde. – Girada, confronto, um arco de fagulhas. – Acho que ainda não pensamos num nome pra alguém tão insensível, tão ingrata a ponto de se virar contra o homem que te manteve em segurança durante anos. Que te alimentou, ensinou e colocou seda nas suas costas preciosas.

– Pode me chamar do que quiser – falei. – Londres é o que importa. Londres e seu povo.

Isso provocou alguns gritos de aprovação dos espectadores, o suficiente para aumentar minha confiança.

– Até parece que você se importa com o povo. – Sua voz estava baixa demais para a multidão ouvir. – Você está arruinada pra eles, Paige, e Londres não se esquece dos traidores. Vai te engolir, ó, minha adorada. Te jogar nos túneis e poços de pragas. No seu coração sombrio, onde os corpos de todos os traidores afundam.

A bengala arqueou sobre sua cabeça, quase atingindo o meu pé direito desta vez, à distância de um centímetro. Se tivesse atingido o alvo, teria quebrado todos os dedos do meu pé. Ele a girou nas mãos e recuou um passo.

– Acho que nós dois estabelecemos que somos excelentes em um conflito à moda antiga – disse ele –, mas talvez devêssemos mostrar ao mundo que tipo de dom escondemos sob nossos exteriores simples. O primeiro ato deve ser seu, acho. Afinal, só eu conheci a verdadeira extensão das suas habilidades. Você precisa ter uma chance para brilhar.

Jaxon ia arrancar minha cabeça se eu não conseguisse montar uma barreira resistente para bloqueá-lo. Empurrei meu espírito até a beira do plano onírico.

As veias nas têmporas de Jaxon incharam. Ele tentou disfarçar, mas rangeu os dentes com o súbito influxo de pressão que martelava seu plano onírico. Meus olhos doíam, mas continuei empurrando até sentir alguma coisa estalar dentro da mente dele. Sangue escorria do seu nariz, um choque de vermelho em contraste com sua pele branca feito cera. Ele ergueu a mão para tocar, manchando os dedos de seda branca de suas luvas.

– Sangue – disse ele. – Sangue! Será que ela não é mais forte do que um hematomante, essa tal de andarilha onírica?

As risadas pareceram distantes. Meus ouvidos se fecharam quando meu sexto sentido assumiu o controle. Jaxon achou que eu ia cair quando saísse do corpo, e era totalmente possível que ele estivesse certo. Eu ainda não tinha dominado a arte de ficar de pé. Devia ter praticado com mais frequência com o Mestre. Feito uma tola, acabei me distraindo por ele.

Voltei a atenção para o plano carnal quando Jaxon atacou de novo com sua bengala, golpeando e apunhalando com uma precisão cruel. Quando ele mirou na lateral do meu corpo, com tanta força, que o ar assobiou, fiz minha lâmina encontrá-la. O metal rechaçou a força antes que conseguisse estilhaçar um dos lados do meu tórax.

Meus pés me afastaram do ataque seguinte. Uma gargalhada cresceu dentro de mim. Eu rebatia alguns golpes com a lâmina, e outros com a evasão. Achei que tinha ouvido um rosnado de frustração de Jaxon. Encantados com a perseguição, os julcos criaram outro grito de torcida:

Ringue, ringue de rosas, o Agregador está sangrando.
Derrote a Onírica! Ela não vai cair andando!

– Que adequado – gritou Jaxon para eles. – Alguns dizem que esse canto tem relação com a Epidemia Negra. Meu primeiro golpe vai ser com um velho amigo, que morreu de peste bubônica em 1349.

Logo percebi o que ele queria dizer. Um de seus agregados se arremessou do canto e atingiu meu plano onírico.

Imediatamente, uma exibição repugnante de imagens passou rasgando pelos meus olhos. Dedos enegrecidos. Bubões inchando debaixo da minha pele, explodindo sob o peso de uma pena de galinha. A maioria dos espíritos enlaçados era fácil de expulsar, mas esse estava sendo controlado por Jaxon, carregando sua força de vontade para os ataques. Cambaleei, me esforçando para enxergar além do terror: covas coletivas, cruzes vermelhas nas portas, sanguessugas engordando com o sangue, tudo crescendo nas minhas anêmonas de papoulas. Por meio de seus agregados,

Jaxon conseguia manipular a aparência do meu plano onírico. Minhas defesas expulsaram o espírito bem a tempo de que eu pudesse me jogar para fora do caminho.

Mas não rápido o suficiente. Quando meu braço se ergueu, a lâmina da bengala rasgou minha lateral esquerda, causando um ferimento raso da axila até o quadril. A base da minha coluna atingiu a pedra com uma força que pareceu abalar todos os meus nervos. Rolei para evitar o segundo corte. Minha lâmina não estava muito longe.

Imagine seu espírito como um bumerangue. Uma jogada leve e um retorno rápido.

Eu precisava de alguns segundos para alcançar a lâmina. Meu espírito se arremessou no plano onírico dele. Jaxon cambaleou para trás com um grito de raiva. Assim que causei o impacto, voltei para o meu corpo, ensopada de suor, e engatinhei até a faca. Atrás de mim, ele golpeava cegamente com a bengala. Outra explosão de sangue nas suas narinas, escorrendo pelos lábios e pelo queixo.

– Deslocamento – disse Jaxon, apontando para mim. – Estão vendo, amigos, a andarilha onírica é capaz de deixar o confinamento do próprio corpo. Ela é a mais alta de todas as sete ordens. – Quando me joguei em cima de Jaxon, ele bloqueou a ofensiva com a bengala, segurando as duas pontas. – Mas ela se esquece de si mesma. Ela esquece que, sem carne, não existe âncora com a terra. Com a autonomia de alguém.

Com um súbito empurrão e um golpe habilidoso, ele me deu uma rasteira e me prendeu de costas. Meu lado esquerdo estava ensopado, a seda branca da minha blusa fora manchada de vermelho. Eu sentia o sangue escorrendo do meu colarinho cortado, descendo pelo peito até chegar ao abdome.

– Agora – disse ele –, acredito que seja a minha vez. Diga oi pra outro amigo meu.

O suor escorria pelo meu pescoço. Eu me preparei, aprontando todas as defesas, imaginando meu plano onírico com muros tão densos quanto os de um ilegível.

O espírito me atingiu.

O oxigênio incendiou minha garganta.

Estacas prenderam minhas roupas à terra. Ao meu redor, minhas flores se encolhiam com a facilidade de um papel. O agregado assumiu a forma de uma figura-sombra na minha zona hadal, rindo ao longe. Reconheci a risada.

O Monstro de Londres, que voltou para me pegar.

Da terra da minha mente, novas flores nasciam e floresciam, sacudindo o sangue das pétalas. Flores artificiais, presas em ramalhetes por pedaços de arame farpado. Espinhos cresciam por entre as pétalas sedosas. No plano carnal, minhas mãos tocaram o chão do Ringue de Rosas. O pingente queimava no meu peito, tentando afastar a força da minha mente as imagens da criatura, mas Jaxon estava lutando para mantê-las enraizadas. No plano carnal, Jaxon ergueu a bengala para atacar. Um golpe na minha cabeça, e tudo isso ia acabar.

Não.

Não era só a minha vida que estava na balança. Se eu não derrotasse esse inimigo, outros se ergueriam e tomariam o sindicato. Tudo estaria perdido. As mortes de Liss e Seb, o sacrifício de Julian, as cicatrizes do Mestre... Tudo isso teria sido por nada. Virei a cabeça sob a bengala de Jaxon. Desejei com força que o Monstro sumisse, desejei até minha forma onírica gritar com o esforço. A terra tremeu embaixo de mim, e uma onda se aproximou e virou as flores artificiais de cabeça para baixo, enterrando os espinhos na terra. O Monstro de Londres gritou enquanto minhas papoulas floresciam ao seu redor. Minhas defesas se ergueram e se fecharam novamente, e ele foi arremessado para o éter.

Assim que minha visão se clareou, Jaxon estava imóvel, com as mãos cruzadas no topo da bengala. Um fio de cabelo tinha conseguido escapar do óleo, e sua respiração estava pesada por causa do esforço de manter o controle. Mesmo assim, um sorriso brincava em seus lábios.

– Muito bom – disse ele.

Minha lâmina estava em uma de suas mãos; a bengala, na outra. A fúria cresceu nas minhas partes mais sombrias. Peguei o castiçal de um libanomante horrorizado e o usei para bloquear a bengala. Quando Jaxon golpeou com a faca, usei o castiçal para arrancá-la de suas mãos e pegá-la. Assim que meu punho se fechou ao redor da faca, meu pulso virou para cima. Uma linha vermelha surgiu acima da sobrancelha de Jaxon. Uma mancha de tinta em uma tela em branco.

– Ah. Mais sangue. – Suas luvas estavam mais vermelhas do que brancas. – Há litros de sangue nas minhas veias, ó, minha adorada.

– É sangue ou absinto? – Peguei sua bengala quando ele a empurrou na minha direção. O fogo queimava meu lado esquerdo. – Não que isso importe – falei, baixinho. – Posso derramá-lo do mesmo jeito.

– Sinto dizer que não posso permitir que você faça isso – retrucou ele. Minhas mãos estavam escorregadias, mal conseguindo segurar o ébano. – Preciso de um pouco mais do meu sangue, sabe. Ainda tenho um truque antes do grande final.

Dei um chute com a lateral da minha bota, atingindo seu joelho. O aperto de Jaxon afrouxou. E, de alguma forma, consegui encostar a bengala em seu pescoço.

Nós dois ficamos parados. Suas pupilas eram minúsculos pontos de ódio.

– Vá em frente – sussurrou ele.

A lâmina da bengala pressionava seu pescoço, onde a jugular pulsava cheia de sangue. Minhas mãos tremeram. *Vá em frente, Paige, faça logo isso.* Mas ele tinha salvado minha vida, minha sanidade. *Ele vai voltar para te assombrar se você não fizer isso.* Mas ele tinha sido um pai para mim, me ensinara e me protegera, me salvara de uma vida em que eu desconheceria meu dom. *Você é uma posse dele. Por isso, ele te salvou. Ele não se importa, nunca se importou.* Jaxon me dera um mundo em Seven Dials. *Ele não escutou quando era importante.*

Minha hesitação teve um preço. Seu punho direito deu um soco e atingiu a parte inferior do meu queixo, bem onde a Malvada tinha me cortado. Cambaleei para trás, quase vomitando de dor, antes que o mesmo punho esmagasse meu tórax. O estalo do osso ressoou pelo meu corpo, e eu caí de joelhos, gritando de agonia. O público berrava: alguns comemorando, outros vaiando. Assobiando, Jaxon tirou a espada toda de dentro da bengala oca.

Então era o fim. Ele ia arrancar minha cabeça e acabar com isso.

Mas Jaxon não mirou a espada em mim. Em vez disso, enrolou a manga e começou a trabalhar. Cicatrizes brancas de escore marcavam seu antebraço direito. Assim que vi as letras que ele entalhou ali, meu coração foi parar na garganta.

Paige

Eu o encarei, paralisada. Seus olhos brilhavam com o fascínio sagaz que eu antes admirava nele.

Quando Jaxon terminasse o nome, eu não conseguiria mais usar meu dom sem me colocar num perigo terrível.

No éter, como um espírito, eu era vulnerável à agregação de Jaxon. Ele poderia me manter presa pelo tempo quisesse. Muito inteligente, Jaxon, sempre pensando... virando meu dom contra mim mesma...

A faca deslizou em sua pele, criando a próxima letra. Forçando o restante das minhas forças no pulo, saltei do meu corpo e entrei no plano onírico dele, mirando no coração.

Jaxon tinha imensas defesas. Não tantas quanto um Rephaite ou um ilegível, porém eram mais fortes que qualquer uma que eu já vira. Elas me empurraram imediatamente para fora, como se eu tivesse atingido um muro. Meu corpo se encolheu e entrou em colapso de novo. O sangue fresco umedeceu a lateral do meu corpo, e minha pele brilhava com a mistura de sangue e suor. Uma zombaria estridente explodiu em todos os cantos da câmara.

– Olhe só a pequena andarilha onírica! Ela está *cansada*!

– Coloque ela pra dormir, Agregador!

Mas havia alguns gritos a meu favor. Não consegui identificar de quem eram as vozes, mas ouvi um berro distinto: "Vá em frente, Onírica!" Minhas pernas pareciam palha. Eu não me sentia capaz de erguer uma simples moeda da sarjeta, quanto mais deslocar meu espírito de novo.

– Onírica! Onírica!

– Vamos lá! Pegue ele!

Sangue não é dor.

– Levante-se, garota – gritou uma das mime-rainhas. – Levante-se!

Pressionei meu lado machucado, molhando os dedos. Eu podia sobreviver a isso. Eu podia sobreviver a Jaxon Hall.

O peito do meu pé empurrou o chão. Dei um bote no castiçal caído e corri em direção a Jaxon, ignorando a queimação dolorosa nos ombros. Ele riu. Ataquei várias vezes, mas ele bloqueava com facilidade cada golpe. E, o pior de tudo, usava apenas um braço para empunhar a bengala. O outro estava nas costas. Ele era muito mais forte do que eu, esse homem que nunca tinha levantado um dedo. *Não use a raiva*, disse o Mestre na minha memória. *Dance e caia.*

Mas a raiva já estava presente, transbordando de todas as partes de mim que eu tinha escondido: raiva de Jaxon, de Nashira, da Madre Superiora, do Homem Esfarrapado e Ossudo e de todo mundo que corrompera o sindicato. O sindicato que eu amava, apesar de tudo. Bati nele pela oitava vez. Uma fração de segundo depois, seu punho atingiu meu abdome. Eu me curvei, ofegando em busca de ar enquanto meu diafragma sofria espasmos.

– Desculpe por isso, querida. – Ele tocou a lâmina em seu braço de novo. – Você não deve interromper. Esse é um trabalho delicado.

Todos os músculos do meu abdome estavam reagindo ao soco, mas havia apenas uma pequena janela de oportunidade para interromper Jaxon. Puxei o oxigênio. O tanque devia estar vazio.

O pomo da sua bengala atingiu meu antebraço. Não gritei. Eu não tinha mais ar nos pulmões. Fraca, mas ainda lutando, peguei uma cadeira e a arremessei. Jaxon gritou de raiva e caiu, largando a bengala, que rolou. Tentei pegá-la. Ele a agarrou de novo. A lâmina balançou acima da minha cabeça. Estávamos cuspindo e rangendo os dentes feito animais. Qualquer pretensão de duelo sumira. A bengala voou na minha direção outra vez, atingindo meu cotovelo. Uma agonia crepitante explodiu no ponto de impacto, lançando ferroadas até a ponta dos meus dedos.

Eu estava quase sem tempo. Reunindo forças, tirei a casca da minha carne surrada e disparei pelo éter, seguindo para o plano onírico dele. Os pés da minha forma onírica atingiram gelo e grama. A zona da meia-noite de Jaxon.

No plano carnal, a janela de oportunidade se fechou com força. Fora do plano onírico dele, o éter estremeceu. Eu me lancei de volta para fora e retornei ao meu corpo.

E não conseguia respirar.

Meus dedos logo tocaram meu pescoço. Um rangido escapou de mim, com um toque de pânico. Isso só tinha acontecido comigo duas ou três vezes. Nick chamava de *laringoespasmo*, uma constrição súbita da laringe que ocorria quando eu me deslocava. Sempre se resolvia em meio minuto, mas eu já estava arfando por oxigênio depois do salto. Com os olhos marejados, olhei para Jaxon.

Tarde demais.

O nome estava entalhado.

O tanque de oxigênio estava vazio demais para ajudar. Enquanto eu me afogava sem água, Jaxon sorria para mim. O sangue escorria de sua sobrancelha cortada. Ele acrescentou uma pequena curva ao "y" no fim do meu sobrenome, só para enfeitar, mas estava pronto. Ele terminou enquanto eu ainda estava na forma de espírito. Sua influência já agarrava meus braços e pernas, mantendo meus joelhos travados e minha cabeça rigidamente erguida. O suor pingava nos meus olhos. Ele estendeu o braço para que todos vissem, e as letras reluziram à luz das velas.

Paige Eva Mahoney

Tudo o que eu escutava eram minhas respirações curtas, o ar passando por um espaço minúsculo entre minhas cordas vocais.

– Levante-se, Paige – ordenou ele.

E foi o que eu fiz.

– Venha aqui.

Fui até ele.

Os mime-lordes e as mime-rainhas estavam dando risinhos. Isso era novidade. Nenhum agregador jamais tinha capturado o espírito de uma pessoa viva. A andarilha onírica tornara-se uma sonâmbula, derrotada pelo próprio orgulho, por alguém de duas ordens inferiores a ela. Jaxon pegou meu braço e me virou para encarar o público. Eu estava frouxa e maleável. Uma marionete.

– Aí está. Acredito que isso seja considerado inconsciência, mestra de cerimônias. – Ele enroscou os dedos no meu cabelo. – O que você diz, minha agregada?

Encostei o dedo no braço dele, entreabrindo os lábios, como se eu estivesse negligentemente fascinada.

– Sim, minha adorada, esse é o *seu* nome.

Uivos de risadas.

Eu não disse uma palavra. Tudo o que fiz foi saltar, agradecendo a todas as estrelas pelo fato do meu pai ter trocado meu nome de batismo.

As defesas dele estavam enfraquecidas pela vaidade e por pensamentos prematuros de triunfo. Foram erguidas um segundo depois de ser tarde demais.

Dentro do seu plano onírico, tropecei em ervas emboladas e raízes de árvores retorcidas, tirando ramos do meu caminho. Cada ramo soltava folhas vermelho-sangue. Enquanto eu disparava, vi relances das lajes cobertas de líquen que me cercavam. Irradiavam do centro para fora, diretamente para as profundezas da zona hadal dele, com números estampados que borravam enquanto eu passava. O plano onírico de Jaxon era um cemitério enorme. O Cemitério Nunhead, talvez, onde ele dominara seu dom pela primeira vez.

Não parei. Ele poderia corrigir meu nome do meio, caso não se importasse de bagunçar o próprio braço. Não era muito difícil adivinhar seu correspondente em irlandês. Mas, enquanto eu corria em direção ao centro do seu plano onírico, semicerrei os olhos para ver os nomes nos túmulos, mas não havia nenhum.

Espectros fugiam da sua zona hadal, altos e translúcidos, criaturas feitas de memórias. Seus dedos tentavam me alcançar.

– Pra trás – gritei.

Minha voz ecoou de maneira interminável pela mente de Jaxon. Um dos espectros agarrou minha forma onírica, e, pela primeira vez na vida, encarei os olhos de um deles. Dois poços escancarados me olharam de volta, com fogo até a borda.

No plano onírico de outra pessoa, eles determinavam a aparência da minha forma onírica, mas só se estivessem concentrados. Assim como fiz com Nashira, eu me imaginei ficando maior, grande demais para o espectro segurar. Seus braços se desmancharam, e, cambaleando, eu me libertei. Minha forma onírica caiu na zona do crepúsculo dele, onde a grama era densa e viva e o cheiro de lírios enchia o ar. Os espectros me perseguiram, mas eu era mais rápida. Pulei por cima de outro túmulo e corri em direção à luz.

No centro da zona da luz do sol de Jaxon, havia uma estátua. Esculpida na forma de um anjo, estava curvada sobre um caixão, como se estivesse de luto. Assim que me aproximei o suficiente, uma de suas mãos ergueu a tampa da sepultura. A forma onírica de Jaxon estava lá dentro. Seus olhos se abriram, e ela saiu.

– Aí está você – disse ele. – Gostou do meu anjo, abelhinha?

Ele colocou as mãos para trás. O rosto da forma onírica não era exatamente o de Jaxon, era mais suave, mais velho, quase simples. Olhos pretos e frios me encaravam com ódio. O cabelo cacheado que crescia em seu couro cabeludo parecia cobre surrado, e fios de cabelo grisalho escapavam da divisão do cabelo.

– Você está diferente – falei.

– Você também. Mas nunca vai saber qual é a aparência da *minha* Paige. – Ele olhou para cima. – Ou vai?

Uma sombra em forma de X flutuava sobre a minha cabeça. Quando tentei mexer os pulsos, percebi que estavam amarrados, assim como meus tornozelos.

– Pobre marionete – disse ele. – Você não tem ideia de nada, não é?

– Nem você. – Puxei meus pulsos para baixo, e as cordas evaporaram. – Ainda bem que eu nunca te disse meu nome, ou o truque teria funcionado.

Um sorriso tocou seus lábios.

– Estou vendo que você é capaz de mudar o estado natural da sua forma onírica dentro do meu plano onírico. Seus talentos continuam impressionantes.

Andei ao redor dele. Sua forma onírica estava em pé com as mãos para trás. Olhos pretos me observavam.

– O que você vai fazer agora? Vai me obrigar a dançar no ringue? Vai me fazer chorar, implorar e choramingar, só pra mostrar como você é poderosa? Ou talvez queira forçar meu espírito a sair, mas duvido de que você tenha forças pra isso agora.

– Não vou te matar, Jaxon – falei.

– Seria um grande desfecho. Um belo espetáculo – disse ele. – Prove que eles estão errados. Prove que você é destruidora, querida.

– Não sou sua querida, nem sua adorada, nem sua abelhinha. Mas não vou te matar. Vou tomar sua coroa.

Nesse momento, eu saí correndo.

Ele era lento. Os espectros não conseguiam romper sua zona da luz do sol, e os ferimentos tinham enfraquecido seu foco na forma onírica. Eu me joguei no caixão, e a tampa se fechou em cima de mim.

Minha visão foi sugada para os olhos de Jaxon, que tinham visão. Cores reluziam para todo lado, cada uma parecendo uma tempestade elétrica. Sistemas nervosos no éter, estendidos em busca de qualquer atividade espiritual. Os rostos do público ficaram borrados e giraram. Minha visão – a de Jaxon – entrava e saía de foco. Tudo parecia estranhamente leve, como se eu não o tivesse possuído por completo. Como se seu corpo estivesse frouxo demais. Como se eu não o estivesse ocupando totalmente.

Então entendi o motivo. Meu corpo ainda estava em pé, com as costas retas. Uma linha fina de sangue tinha escorrido do meu nariz, e meus olhos pareciam vazios, mas eu estava em pé. O cordão de prata me mantinha em ambos os planos oníricos.

Eu ainda conseguia fazer isso.

O corpo de Jaxon caiu de joelhos. Estendi a mão e vi uma luva de seda branca.

– Em nome do éter – comecei na voz dele e, desta vez, não gaguejei.

Espere aí. A voz da forma onírica dele era um sussurro no meu ouvido. *Pare.*

– ... eu, o Agregador Branco, mime-lorde da I Coorte, Seção 4...

Pare. Não, não, saia, SAIA!

– ... me rendo...

PARE! *cale a minha boca!* O espírito contido de Jaxon estava lutando contra mim, chutando e gritando, socando a tampa do caixão. A mão do seu corpo deu um tapa no chão. *Sua maldita! Eu te alimentei! Eu te vesti! Eu te acolhi! Você estaria morta, se não fosse por mim. Não seria nada. Está me ouvindo, Paige Mahoney?* VOCÊ VAI SER DELES SE NÃO FOR MINHA...

– ... à minha concubina – terminei, ofegando as últimas palavras –, a Onírica Pálida.

Dedos rígidos agarraram minha consciência. Minha visão voltou tremeluzindo para o plano onírico de Jaxon, onde a estátua de anjo estava me segurando. A forma onírica de Jaxon estava de joelhos, uivando de raiva. Fazendo um barulho de pedra antiga esmagada, ela me jogou para a escuridão. Fui empurrada para o éter e de volta a minha carne, bem a tempo de ouvir Jaxon recuperar o controle. Ergui os braços, mas a bengala foi bloqueada por outras mãos. Eliza estava de pé, acima de mim, empurrando Jaxon para trás, mas as mãos dele agarraram meu pescoço.

– Pare, Jaxon, pare!

– O duelo está encerrado. – Minty Wolfson entrou no ringue. – Tire as mãos dela, Agregador Branco!

As mãos dele foram arrancadas de mim. Meus joelhos cederam com meu peso. Braços envolveram minha cintura, me colocando de pé. Nick. Segurei seu antebraço com os nós dos dedos esbranquiçados, ofegando.

– Você conseguiu – sussurrou ele no meu ouvido. – Você conseguiu, Paige.

Foram necessárias seis pessoas para conter Jaxon. Suas narinas estavam dilatadas, os olhos, arregalados de raiva, e o sangue escorria de seu queixo. As mesas da I-4 estavam divididas. Algumas pessoas vaiavam, mas foram abafadas por palmas e pés batendo no chão e urros de "Mariposa Negra! MARIPOSA NEGRA!".

Mas os murmúrios subjacentes ainda tensionavam meus nervos. Deixei Nick e Danica puxarem meus braços, os colocarem ao redor do pescoço e me ajudarem a ir até o outro lado do ringue. Os outros dois tinham ido conter Jaxon. Eliza se uniu a nós na beirada e colocou um curativo na lateral do meu corpo.

Meus ouvidos zumbiam. Eu não conseguia pensar direito. Parecia impossível que eu tinha acabado de derrotar Jaxon Hall.

– Ordem! – gritou Minty. – Ordem!

Ela bateu palmas, mas demorou muito tempo para o público se acalmar. Jaxon estava em pé com Nadine, que lhe oferecia um lenço para o nariz ensanguentado, e Zeke. Ele estava perto da irmã, mas sua garganta se mexeu quando olhou para Nick, que não disse nada enquanto pressionava um pote de gel de fibrina na minha mão. Passei uma quantidade generosa no tórax, mas a parte da frente do meu corpo estava ensopada de sangue. Nesse ritmo, até o amanhecer já estariam me chamando de Rainha Sangrenta.

Eliza voltou com adrenalina. Encontrei o olhar de Nadine do outro lado do salão. Ela não sorriu, mas segurou o ombro de Jaxon para estabilizá-lo.

– Tragam a coroa – ordenou Minty, sob gritos ensurdecedores. – Temos uma vencedora!

– Espere. – A Madre Superiora caminhava sobre as cinzas e o sangue. – Qual é o significado disso?

– O Agregador Branco se rendeu à sua concubina.

– Mime-lordes não se rendem às suas concubinas.

– Essa é a primeira vez, então.

– Está claro – disse a Madre Superiora, me encarando – que o grande mime-lorde da I-4 não se rendeu por escolha própria. A garota trapaceou.

— Ela é uma andarilha onírica. O duelo permite o uso *ilimitado* da clarividência de um indivíduo. Se o éter deu uma habilidade à Onírica Pálida, foi e é direito dela usar isso.

— E a traição descarada? E o desprezo pelo amor e pela autoridade do mime-lorde dela?

— Existe uma *lex non scripta* sobre a lealdade de uma concubina, mas nenhuma lei sobre a natureza do combate. Você saberia disso se tivesse lido pelo menos um livro sobre este sindicato e sua história. E, caso nos importássemos com a moral, duvido de que seria mime-rainha, Madre Superiora.

— Como ousa? Você está aliada a essa vira-casaca, não é? — zombou a Madre Superiora. — Você e seus mercenários.

— Sou a mestra de cerimônias. E minha decisão é a final.

Sob o véu dourado, o rosto da Madre Superiora se esvaziou de emoção. O poder de Sub-Rainha interina foi arrancado dela, um poder que roubara de Hector e Bocacortada. Ela virou a cabeça para rastrear a câmara, sem dúvida em busca de seu parceiro no crime, mas o Homem Esfarrapado e Ossudo não estava em nenhum lugar visível. Sua mão com renda se fechou num punho sobre o coração.

A comoção se espalhou do outro lado do Ringue de Rosas. Com um rosnado, Jaxon empurrou o mercenário que estava cuidando de suas feridas.

— Saia daqui — disparou ele. — Posso não ser Sublorde pelos padrões corruptos da Grub Street, mas eu *vou* cobrar meu preço por hoje. Saia da minha frente.

O mercenário saiu do caminho da bengala dele, choramingando um pedido de desculpas. Os espectadores ficaram em silêncio, esperando o tradicional discurso do mime-lorde derrotado.

— Os Sete Selos se romperam. — Isso foi tudo o que ele disse, com a voz quase baixa demais para ser ouvida. Mas eu escutei.

Eu escutei.

Jaxon Hall era orgulhoso demais para ver sua ex-concubina ser coroada Sub-Rainha, mas não ia sair sem ter a última palavra. Ele foi até o público, com a bengala fazendo um barulho suave no chão.

— Sabe, minha Paige... Percebi que estou muito orgulhoso de você. Realmente acreditei que você ia se retrair no Ringue de Rosas, como a fracote que era quando começou a trabalhar para mim, e sairia sem uma única morte na sua consciência. — Ele parou na minha frente, com o rosto a centímetros do meu. — Mas não. Você aprendeu, ó, minha adorada, a ser exatamente como eu. — Ele agarrou meu pulso, apertando-o com tanta força, que senti o sangue bombeando nas veias, e sussurrou no meu ouvido: — Eu vou encontrar outros aliados. Esteja avisada: você não viu o meu fim.

Não respondi. Eu não ia entrar nos joguinhos dele, não mais. Com um sorriso, Jaxon se afastou.

– Então, a rainha vai lutar pela liberdade, e seus súditos, pela sobrevivência. Mas, no fim, minha Paige, quem busca liberdade só vai encontrá-la no éter. – Ele encostou a lâmina da bengala na minha bochecha sangrenta. – Sendo assim, aproveite sua liberdade, quando as cinzas caírem. O teatro da guerra será inaugurado hoje à noite.

– Estou ansiosa por isso – falei.

Seu sorriso aumentou.

As pessoas se afastaram para deixá-lo passar. Nem mesmo o mafioso mais destemido teve coragem de provocá-lo enquanto ele saía: o Agregador Branco, mime-lorde da I-4, o homem que quase foi Sublorde. O homem a quem eu devia tanto, que fora meu mentor e meu amigo; que poderia ter sido nosso líder, caso tivesse aberto os olhos para a ameaça escondida nas sombras. Eu nunca soube que era possível sentir tanta dor pelos machucados e ainda mais dor por dentro. Nadine pegou o casaco dele na cadeira e o seguiu.

Na porta, Jaxon parou. Ele estava esperando, percebi. Esperando para ver quais de seus Sete Selos iriam acompanhá-lo.

Danica continuou sentada na cadeira, com os braços cruzados. Quando ergui as sobrancelhas para ela, Danica deu de ombros. Ela ia ficar.

Ao meu lado, Nick estava com uma expressão tensa. Lágrimas enchiam os olhos de Eliza, e ela respirou, trêmula, mas não o seguiu.

Eles iam ficar.

Mas Zeke deu um passo à frente. Depois outro. Ele engoliu em seco e fechou os olhos. Inexpressivo, pegou o casaco e o colocou nos ombros. Nick estendeu a mão para a dele, que a apertou uma vez antes de seus dedos escaparem. Ele me lançou um olhar rápido e cheio de remorso, depois saiu da câmara atrás da irmã e de Jaxon. Nadine segurou o braço dele enquanto viravam a esquina. Vários dos salteadores e mercadeiros mais fiéis foram atrás.

Como a adrenalina estava se esgotando, todos os tipos de dor tomavam meu corpo. A visão do rosto de Nick partiu meu coração, mas esta noite não tinha acabado. Não mesmo.

Com uma mão delicada, Nick me empurrou para a frente. Fui até o centro do Ringue de Rosas. Minty pegou a coroa que estava na almofada de veludo.

– Preparada? – perguntou ela.

Minha garganta estava doendo, impedindo qualquer resposta que eu poderia ter dado. Com cuidado, Minty colocou a coroa na minha cabeça.

– Em nome de Thomas Ebon Merritt, que fundou este sindicato, eu coroo você, Mariposa Negra, como Sub-Rainha da Cidadela Scion de Londres, mime-lorde dos mime-lordes, mime-rainha das mime-rainhas, e residente suprema da I Coorte e de Devil's Acre. Que seu reinado seja longo.

O silêncio continuou. Eu me empertiguei, erguendo o queixo.

– Obrigada, Minty. – Minha voz saiu baixa demais.

– Quem é seu concubino?

– Tenho dois. Visão Vermelha – falei – e Musa Martirizada.

Eliza olhou para mim, surpresa. Ergui minhas mãos ensanguentadas, tirei a coroa e a joguei nas cinzas.

Murmúrios de confusão se seguiram. Minty parecia prestes a dizer alguma coisa, mas sua boca se fechou.

– Como vocês podem ver – apontei para minhas roupas manchadas de sangue –, meu estado não é adequado para um longo discurso. Mas devo a vocês uma explicação sobre por que me voltei contra meu mime-lorde e quebrei a regra tácita deste sindicato. Por que arrisquei tudo pela oportunidade de falar sem impedimentos. E não foi por uma coroa nem por um trono. Foi pra que eu pudesse ter voz.

Eu me concentrei no rosto de Nick, e ele assentiu para mim.

– Este sindicato, o sindicato de SciLo – falei, aumentando o tom de voz –, está enfrentando ameaças externas, e nós as ignoramos por muito tempo. Todos sabemos que Haymarket Hector as ignorou. Daqui a um mês, Scion pretende ter Senscudos instalados por toda a cidadela. Andar pelas ruas de Londres com liberdade e sem ser notado, como sempre fizemos, será coisa do passado. Se não reagirmos – continuei –, seremos esmagados pela âncora. Já fomos empurrados para um submundo, odiados e desprezados, culpados até mesmo por *respirar*, mas, se isso continuar, se Scion der mais um passo, não vai ter sindicato na nova década.

– O Senscudo é uma historinha de Scion, vomitada das tripas do Arconte. Não só essa Sub-Rainha é mentirosa e traidora – gritou a Madre Superiora –, como também é a principal suspeita do assassinato do nosso último Sublorde. Meu próprio gorila luzente a viu sair de Devil's Acre com o sangue de Hector Grinslathe nas mãos!

A multidão virou um caos. Alguns já estavam de pé, reivindicando minha cabeça aos berros; outros pediam evidências concretas, provas, que o próprio gorila luzente se apresentasse e falasse.

– Você não tem nenhuma prova disso, Madre Superiora – gritou a Rainha de Pérola num tom mirado. – A palavra de um amaurótico, sem uma boa prova pra comprovar a veracidade, não adianta nada. E, se você sabia que a Onírica Pálida tinha matado Hector, por que deu cobertura a ela durante todo esse tempo?

– Acredito nas declarações dos meus funcionários.

– Pergunto de novo. Por que você deu cobertura a ela, sendo que houve tantas oportunidades para tê-la condenado na última reunião da Assembleia?

– O Agregador Branco me convenceu de que ela simplesmente estava no local errado, na hora errada – disse ela, cuspindo as palavras. Seu disfarce de charme delicado estava se desmanchando. – Parece que até a fé dele na Onírica Pálida estava errada. Ela é uma traidora e uma assassina. Agora percebo que, se ela foi capaz de se virar contra o próprio mime-lorde, se tem tão pouco respeito pelas tradições respeitadas pela antiguidade deste sindicato, ela *deve* ser a assassina de Hector. Que triste ter negligenciado isso.

— Você acredita nas declarações dos seus funcionários, Madre Superiora — eu a interrompi —, mas eu acredito no que vi com meus próprios olhos. E o que vi foi a tirania construída sobre uma mentira: a mentira de que as pessoas clarividentes são desnaturais e perigosas. Que deveríamos nos desprezar a ponto de desejar nossa extinção. Eles nos pedem para nos entregarmos e sermos torturados e executados, e ainda chamam isso de clemência! — gritei para a multidão, me virando para encará-los. — Mas Scion é a maior mentira da história. Uma fachada de duzentos anos para o verdadeiro governo da Inglaterra. Os verdadeiros inquisidores da clarividência.

— De quem você está falando, Sub-Rainha? — perguntou o Filósofo Cruel.

— Ela está falando de nós.

Todas as cabeças se viraram para a entrada da câmara, e houve um clamor de gritos e arquejos. Na porta, estava Arcturus Mesarthim e, atrás dele, seus aliados.

— Rephaim — murmurou Ognena Maria.

Recuperei rapidamente a coragem.

— Não — falei. — Ranthen.

26

Taumaturga

Oito deles tinham vindo. Alguns, eu nunca vira, todos em sedas pesadas, veludos e couros pretos, regiamente magníficos. Terebell estava lá, mas também havia outros: prata e ouro, latão e cobre, todos com os mesmos olhos amarelo-esverdeados. No espaço confinado e pouco iluminado da câmara, eles pareciam enormes. E muito ameaçadores. A multidão agitada se afastou do ringue.

— Isso é um Rephaite — disse alguém.

— Exatamente como no panfleto...

— Eles vieram nos salvar...

Pelo menos sabiam o que estavam vendo. O Mestre deu um passo à frente com Terebell. Os outros formaram um semicírculo ao lado dos dois.

— Vocês ouviram falar de nós — o olhar do Mestre percorreu as fileiras de videntes — nas páginas de um terror barato. Mas não somos obra de ficção. Durante dois séculos, controlamos o braço de Scion, baixamos a âncora em todas as cidades que desejamos e transformamos esta Cidadela num ponto de alimentação. O mundo de vocês não lhes pertence, videntes de Londres.

— O que é isso, Sub-Rainha? — gritou um mercenário. — Uma piada?

— Claramente — comentou Didion, apesar de seus olhos estarem arregalados — são fantasias. E isso é uma piada elaborada.

— Você é uma piada elaborada, Didion — afirmou Jimmy.

— Não é piada — falei.

O grupo de Rephaim foi até o tablado, separando os videntes. Ivy estava com eles, atrás de Pleione, com os punhos e os tornozelos marcados pelas sombras das algemas. Os outros três fugitivos seguiam atrás, junto de Lucida e Errai. Um alívio cresceu dentro de mim. Eles pareciam abalados, mas estavam vivos e andando. Desci para encontrar o Mestre. Ele me olhou de cima a baixo, avaliando meus ferimentos.

— Eles estavam presos no salão noturno, como você suspeitava — murmurou ele. — Ivy insistiu em ser trazida para cá imediatamente para se dirigir à Assembleia Desnatural. — Suas sobrancelhas se ergueram quando ele percebeu o Ringue de Rosas lotado de cadáveres e membros. – Ou... o que restou deles, de qualquer maneira.

Concordei com a cabeça. O Mestre se virou para encarar a multidão, e os outros Ranthen se posicionaram ao seu lado. Durante o longo silêncio que se seguiu, voltei para o tablado.

Qualquer que fosse o motivo para o panfleto ter sido alterado, isso tinha funcionado a meu favor, no fim das contas. Todos ao meu redor estavam com medo dos Ranthen, mas também sentiam curiosidade, até mesmo admiração, em vez de hostilidade.

– Esses são os Rephaim – falei –, ou uma facção deles. A raça deles contém os verdadeiros inquisidores de Scion. Eles controlaram nosso governo nos dois últimos séculos, orientando Weaver e suas marionetes pra nos anular e nos destruir. Esse pequeno grupo – apontei para os oito – está disposto a nos ajudar a sobreviver. Respeitam nossos dons e nossa autonomia. – Não era bem verdade. – Mas existem outros Rephaim no Arconte que não dão a mínima para os humanos. Vão escravizar todos os videntes, se deixarmos.

– Isso é uma vergonha – disse a Madre Superiora, se esforçando ao máximo para parecer decepcionada. – Vocês acham que somos todos bobos?

– Hortensia – disparou Ivy, contorcendo o rosto –, se existe alguma coisa vergonhosa neste salão, é *você*. Você e suas mentiras. Nossas mentiras.

A Madre Superiora se calou.

Sob os olhares de todos os videntes importantes da Cidadela Scion de Londres, Ivy foi até o tablado. Com roupas sujas e descalça, ela parou diante do refletor, a cabeça inclinada para longe da claridade. Seu cabelo preto estava voltando a crescer, mas o formato do seu crânio ainda era claramente visível.

– Apresente-se, criança – disse a Rainha de Pérola.

– Divya Jacob. Ivy. – Ela baixou o olhar. – A maioria de vocês não conhece meu rosto verdadeiro, mas eu era chamada de Jacobite. Até janeiro deste ano, eu era concubina do Homem Esfarrapado e Ossudo.

Alguns dos videntes da II-4 pareceram chocados; outros, claramente agressivos. Ivy segurou o braço direito com a mão esquerda.

– Quando eu tinha dezessete anos, fugi de Jacob's Island e, por três, anos trabalhei pra uma kidsman chamada Agatha. O Homem Esfarrapado e Ossudo me observou durante todo esse tempo. Quando eu tinha vinte anos, ele me tornou sua concubina e me pediu pra acompanhá-lo num... "empreendimento", como ele chamou. Disse que seu povo estava sofrendo, pessoas como eu, e ele queria melhorar as coisas.

Fiquei escutando em silêncio. Ivy estava totalmente imóvel, com os braços esguios cruzados.

– Ele estava vendendo videntes pra Scion – revelou ela.

Alvoroço. Eu me levantei.

– Deixem ela falar – gritei.

Quando havia silêncio suficiente para continuar, Ivy retomou. Escutei, me sentindo gelada.

Não podia ser. De todas as coisas que eu imaginara, essa era a única que fazia totalmente sentido, mas meu sindicato não podia ser *tão* corrupto. A Assembleia Desnatural era preguiçosa, sim, e cruel, mas com certeza não tão...

– Ele chamava de mercado cinza. Disse que estávamos recrutando os videntes pras Bonecas Esfarrapadas. – Ela arfava, olhando desenfreada para o público ao redor. – Mas as pessoas que eu mandava pra ele... eu nunca mais via. Procurei Bocacortada, concubina de Hector, e contei tudo. Ela foi encontrá-lo com um grupo de guarda-costas, pediu pra ver as catacumbas e achou alguém algemado. – Suas mãos se enterraram nos braços, como se ela mal conseguisse se manter em pé. – Ela disse que precisava contar pro Hector. Que uma operação como aquela não podia continuar sem o conhecimento dele.

A Rainha de Pérola agarrou a própria bengala.

– Ele fez alguma coisa pra impedir isso? Foi por esse motivo que foi assassinado?

– Não. Ele não impediu. Na verdade, se juntou à operação.

Desta vez, a comoção durou um minuto inteiro antes que Ivy conseguisse falar de novo. Finalmente entendi o que Bocacortada tinha dito. *Nos vendendo.* Assim como Scion nos vendia para os Rephaim, nossos líderes nos vendiam para Scion.

– Bocacortada e eu não sabíamos exatamente o que estava acontecendo. Tudo o que sabíamos era que os videntes estavam desaparecendo e nós estávamos ganhando dinheiro. Eu tinha pavor dele – confessou ela. – A única coisa que me ajudou foi a possibilidade de escolher os videntes que íamos vender.

– Como é que você escolhia? – perguntei baixinho.

Ivy balançou a cabeça.

– O que você...?

– Como é que você *escolhia* os videntes pra vender, Ivy?

Num gesto louvável, ela não hesitou.

– Quando Bocacortada e eu escolhíamos, mandávamos assassinos e kidsmen. Ladrões violentos e criminosos. Pessoas que machucavam outras por prazer ou em troca de dinheiro.

– E a Madre Superiora? – perguntei, apontando com a cabeça para ela. – Já viu essa mulher com eles?

– Já. Ela os visitava com frequência. O salão noturno dela é só um disfarce – disse Ivy, encarando-a. – Ela os atrai pra sua caverna e os enche de áster rosa e vinho antes de *vendê-los* pra...

– Mentiras! – disparou a Madre Superiora imediatamente, mais alto que os gritos de revolta.

— Mas o Homem Esfarrapado e Ossudo não tinha terminado comigo – gritou Ivy de volta, com a pele tingida por um fluxo de raiva. – Certa noite, ele me chamou pra essas catacumbas e me atacou no pescoço com uma seringa cheia de flux. Quando acordei, eu estava na Torre. Ele deve ter descoberto que fui eu que o denunciei. – Ela conseguiu dar um sorriso amargo. – Justiça poética.

Minha visão começou a escurecer. A garota que fora surrada, violada e torturada na colônia tinha ajudado a mandar boa parte dos prisioneiros para o mesmo lugar.

— Então você estava em Londres quando o Sublorde morreu. – Havia uma ruga funda na testa de Ognena Maria. – Sabe de algum detalhe?

— Não. Poucos dias depois de Hector ter sido assassinado, encontrei Bocacortada e ela me disse que a Madre Superiora havia feito aquilo. Bocacortada a viu em Devil's Acre, cortando o rosto de Dentetagarela com uma faca de açougueiro.

Gritos de horror.

— Como você acha que matei oito pessoas sozinha? – debochou a Madre Superiora. – Muito conveniente a Jacobite dar seu depoimento tendo apenas uma testemunha morta para provar.

Ivy ergueu os olhos.

— Como assim?

— Isso mesmo, Jacobite. Sua camarada áugure vil, Bocacortada, está *morta*. – O sofrimento se registrou em marcas miúdas no rosto de Ivy. Ela agarrou os próprios braços até as unhas marcarem a pele.

— Seu nome era Chelsea Neves – disse Ivy –, e, sem ela, não posso provar nada disso.

— Talvez eu possa.

Se os nervos do público estavam um pouco desgastados pela presença dos Rephaim, ficariam em frangalhos. Eles foram recuando em direção às paredes enquanto Wynn e Vern, de Jacob's Island, entraram na câmara. Wynn carregando o sachê de sálvia ao redor do pescoço. Ivy gemeu baixinho antes de jogar os braços ao redor de Vern, que a abraçou sem dizer nada.

Wynn continuou andando até chegar ao meio do ringue. Ela olhou com aversão para a Malvada e chutou o braço do seu cadáver.

— Se a Sub-Rainha aceitar o testemunho de outro áugure vil – disse ela, inclinando a cabeça para mim –, devo permitir.

— Outro áugure vil? Nenhum residente de Jacob's Island devia dar depoimentos diante da Assembleia Desnatural – disparou Didion. – Nenhum deles, exceto os palmistas, podem falar diante de nós. Isso não pode ser permitido, Sub-Rainha!

— Vá em frente, Wynn. – Acenei para ela. – Conte o que você sabe.

— Na manhã em que Chelsea Neves morreu, um assassino mascarado chegou a Savory Dock, onde ela estava se escondendo do sindicato. O guarda me disse que a Sub-Rainha interina tinha enviado essa pessoa em seu interesse. Aparentemente – gritou ela acima dos protestos que aumentavam –, o interesse dela era cortar o pescoço de Chelsea e fatiar o pobre rosto dela!

– Essas acusações são grotescas. Hector era meu amigo querido e, por mais que eu não faça a *menor* ideia dessa suposta traição, nunca poderia ter matado sua concubina. Se me derem licença, pessoas boas de Londres, vou voltar para o meu salão e sofrer em paz. – A Madre Superiora se virou de repente e começou a ir embora, com dois de seus videntes a reboque. – Já sofri o suficiente com essa rainha falsa e seus delírios.

– Não, Madre Superiora – falei, baixinho. – Não sofreu, não. – Tudo o que dava para ouvir eram os meus passos no tablado. Os Ranthen se afastaram para me deixar ficar entre eles. – De acordo com o Primeiro Código deste sindicato, vou acusá-la dos assassinatos de Hector Grinslathe, Chelsea Neves e seus sete associados: Dentetagarela, Narizchapado, Carainchada, Dedoescorregadio, Cabeçaredonda, o Ardiloso e o Papa-defunto. – Mais alguns passos. – Também vou acusá-la de sequestro, tráfico de videntes, envio de assassinos de aluguel pra uma seção rival e alta traição. Você vai ficar em prisão domiciliar no seu salão enquanto aguarda o julgamento da Assembleia Desnatural.

Havia rostos chocados ao redor de toda a câmara.

A Madre Superiora riu em meio ao silêncio.

– E com qual autoridade você me acusa? Somos os fora da lei de Londres. Em qual cela vai me jogar? Ou vai me matar agora e atirar meu cadáver na Flower and Dean Street? Que tipo de Sub-Rainha você vai ser?

– Espero conseguir ser uma rainha justa – falei.

– Justa? Onde está a justiça aqui? Onde estão suas *provas*, rainha briguenta?

– Você, Madre Superiora. Você é a prova. Você – chamei um mensageiro, que se sobressaltou e ficou atento –, pode verificar o braço direito da Malvada?

– Sim, Sub-Rainha.

Tremendo, ele se ajoelhou ao lado do corpo, desabotoou o punho direito dela e ergueu a manga. Observei a cor sumir do rosto da Madre Superiora, a inclinação de sua mão para o próprio braço. Assim que o ombro da Malvada foi exposto, um sorriso amargo surgiu em meus lábios.

A tatuagem de uma mão esquelética desenhada em preto e branco simples. O mensageiro engoliu em seco. Ognena Maria deu um passo à frente, se agachando para ver mais de perto.

– É a marca de uma Boneca Esfarrapada – concluiu ela.

– Exato – falei. – A mesma marca que há nela e nele – apontei para os cadáveres de Arbusto de Sarça e do Carrasco – e em todos os outros mime-lordes, mime-rainhas e concubinas que a ajudavam no ringue, porque todos trabalhavam para o Homem Esfarrapado e Ossudo. Todos estavam nesse... mercado cinza. – Olhei para a Madre Superiora, que estava tão pálida a ponto de parecer um esqueleto. – Vamos ver esse braço, Madre Superiora.

Seus dentes estavam trincados. Ela deu um passo para trás, distanciando-se da multidão e das provas no ringue. Rostos estavam escurecendo. Olhos ficavam sérios.

– Prendam-na – ordenei.

E eles obedeceram. Jimmy O'Duende, Jack Caipirapáoduro e Ognena Maria reagiram imediatamente, assim como todos os mensageiros, salteadores e mercenários restantes da I-4.

A Madre Superiora os encarou, depois olhou por cima do ombro. Não havia mais Bonecas Esfarrapadas na multidão. Até mesmo seus associados tinham desaparecido. O Homem Esfarrapado e Ossudo havia abandonado sua assassina.

A Madre Superiora levou um instante para perceber que estava sozinha. Num momento de estranha clareza, vi detalhes minúsculos de seu rosto mudando como se estivesse sob um microscópio. Seus lábios se contraindo sobre os dentes. Fios de cabelo soltos no rosto, estranhamente delicados com um fundo de ira vulcânica.

E um monstro se ergueu do chão aos seus pés.

Era um poltergeist que eu não conhecia e nem queria conhecer. Esse foi meu último pensamento antes de ser atingido por ele.

– Aqui – gritou a Madre Superiora – está o *verdadeiro* assassino de Hector.

Uma explosão no éter me jogou para trás, e caí de costas no tablado. O ar foi arrancado dos meus pulmões, congelando ao sair de mim. Uma nuvem branca escapou dos meus lábios. Uma mão invisível me prendeu nas cortinas do palco.

O pânico fechou minha garganta e assolou meus braços e pernas. Mais uma vez, eu era a garotinha no campo. O objeto produzido por esse poltergeist não tinha forma clara. Ele se manifestou feito uma parede de peso no meu corpo.

O poltergeist rodeou a câmara uma vez, como se estivesse dando uma boa olhada na multidão. Passou voando pelo candelabro, apagando todas as velas. Lamparinas pingavam. Cadeiras e mesas trepidavam, fazendo barulho. Espíritos e anjos da guarda se acovardavam no caminho dele. Mais abaixo de onde eu estava, vários Ranthen tinham sido pegos, lamentando de agonia, o que provocou arrepios nas minhas costas. O Mestre estava entre eles. A dor passava pela máscara de suas feições, uma dor que eu sentia no meu peito. A Madre Superiora estava em pé com a mão direcionada para mim, com o rosto retorcido pelo esforço de controlar tudo.

De repente, foi como se um cabo tivesse se partido. Ela deslizou para o chão, se apoiando nas mãos. Acima de nós, o poltergeist derreteu no teto. O aperto afrouxou, e eu caí, aterrissando agachada no tablado.

A fileira de refletores piscou. No que restava de luz, voltei a ficar de pé. No meu pescoço, marcas prateadas fracas formavam ramos parecidos com veias onde o pingente reluzia feito uma brasa.

O cordão de ouro vibrou com tanta força que eu senti nos ossos. O Mestre estava segurando o próprio ombro, a mão direita se flexionando e se abrindo como um punho. Pela sua expressão, eu sabia que ele estava em agonia. Quatro dos outros Ranthen enfrentavam a mesma situação, incluindo Terebell.

Eu me empertiguei.

A Madre Superiora me encarou, e eu vi seus lábios formarem a palavra "impossível". Resmungando, ela pegou um revólver no casaco e mirou no meu coração.

Minha visão se afunilou; minhas reações falharam. Tudo o que eu fiz foi erguer um pouco as mãos. A arma disparou. O tiro não me acertou por um fio de cabelo.

A Madre Superiora continuou disparando enquanto recuava para sair da câmara, mas os Ranthen me protegiam com seus corpos. O Mestre levou três tiros seguidos e caiu no palco, com a mão fechada no peito. Virando de forma selvagem, feito um animal encurralado, a Madre Superiora fez quinze videntes voarem para trás com enlaces e disparou mais duas vezes a arma, arrancando um trilho de cortina do teto. Cortinas vermelhas caíram em ondas sobre a cabeça dos videntes mais próximos.

O próximo tiro atingiu Ivy, jogando-a no chão. Ouvi meu grito. A Madre Superiora começou a rir.

E uma arma disparou, mas não era a dela.

O tiro a atingiu bem abaixo do tórax. Mais dois tiros acabaram com ela, um de Tom, o Rimador, e outro de Ognena Maria, que lhe atingiu a cabeça e o coração. A Madre Superiora caiu morta no veludo vermelho.

Respirei fundo, arfando. Sangue escorria do buraco na têmpora da Madre Superiora. Os nós dos dedos de Nick estavam brancos na pistola.

Meus ouvidos zumbiam com o som dos três tiros. Ao meu lado, Nick pareceu recobrar a consciência. Ele agarrou meu braço, me ajudando a me levantar.

– Paige. – Ele segurou minha cabeça entre as mãos, pálido feito osso. – Paige, aquele poltergeist... Nunca senti nada como ele...

– Não sei. – Balancei a cabeça, esgotada. – Por favor, apenas... faça um curativo em Ivy, no Mestre e nos outros.

Ele apertou meu ombro e se aproximou do Mestre, que estava se apoiando nos braços para se levantar. Os membros restantes da Assembleia Desnatural, junto de suas concubinas e de seus mafiosos, estavam me olhando, esperando que eu desse sentido a essa loucura toda, mas fiquei sem palavras. Jaxon teria sabido explicar, mas eu nunca fui muito boa em contar histórias. E essa era uma história estranha pra caramba.

Esta era a nata de Londres. Podia haver outras centenas, se não milhares, mais leais a esses líderes.

– Então, Sub-Rainha – disse Ognena Maria, por fim –, aqui estamos. Parece que você ganhou o dia. E limpou seu nome.

– O que você vai fazer com essa aí? – Um comerciante mascarado apontou com a cabeça para Ivy, que nem sequer ergueu a cabeça.

– Não vai ter punição sem um julgamento. Precisamos fazer uma investigação completa, começando com uma busca minuciosa no salão noturno da Madre Superiora – falei. – Algum voluntário?

– Vou levar meu pessoal – disse Ognena Maria. – Sei onde fica.

Ela assobiou para seus mercenários, e eles a seguiram para fora da câmara.

– Sub-Rainha – disse um salteador, tirando o chapéu –, o terror barato contava uma ótima história sobre essas criaturas, mas elas devem ser temidas ou idolatradas?

– Temidas – disparou Errai.

Lucida inclinou a cabeça.

– Ou idolatradas. Não vamos rejeitar homenagens.

– Temidas – respondi, lançando um olhar severo para ela –, e certamente não idolatradas. – Minha visão ficou preta. – Scion pode ficar com sua ordem natural. O Agregador Branco pode ficar com suas Sete Ordens de Clarividentes. E, como nossas ações vão mandar um recado em alto e bom som pra Scion, que nunca escutaria nossas palavras... nossa ordem vai ser a Ordem dos Clarividentes.

Após essas palavras, minha visão falhou.

Depois disso, não tenho ideia do que aconteceu.

****

Eu não era mais a Onírica Pálida, concubina da I-4. Não era mais um pássaro canoro na gaiola dourada de Jaxon. Eu havia me tornado a Mariposa Negra, Sub-Rainha, e, ainda assim, era a pessoa mais procurada de Scion. Segura no meu plano onírico, eu me encolhi nas anêmonas de papoulas, banhada no sangue quente do renascimento.

O dano ao meu plano onírico não foi tão ruim desta vez. Havia poucas rachaduras na minha armadura mental. Meu corpo tinha aguentado muito mais do que meu plano onírico.

Quando saí das sombras, eu estava deitada num tapete, com a cabeça apoiada num casaco. Haviam tirado minhas roupas manchadas de sangue. Uma lamparina a querosene estava ao meu lado. O calor me impedia de tremer, mas meus ferimentos doíam com a corrente de ar.

Tossi.

Uma dor intensa atingiu minhas costelas e deu a impressão de cravar dardos na minha nuca. Outras dores surgiram por toda parte, irrompendo nas juntas dos dedos, nas pernas e na área entre meu pescoço e o ombro. Um grito surgiu na minha garganta e saiu um gemido fraco. Assim que a pulsação desacelerou, não tive coragem de ousar me mexer de novo.

Jaxon não acordaria com tanta dor assim. Uma leve dor de cabeça. Uma ou duas contusões. Ele já devia estar fazendo planos para tirar o sindicato de mim.

Ele pode tentar.

Do lado de fora, Londres devia estar agitada com as repercussões da minha vitória. Eu tinha a sensação de que o Homem Esfarrapado e Ossudo não ia simplesmente aceitar a derrota. Ele já devia estar se preparando para a vingança.

Provavelmente, queriam que um deles liderasse o sindicato. Talvez a Malvada, por causa do que ela parecia saber. Alguns mime-lordes e mime-rainhas tinham sido usados para se livrar de mim, para garantir que ela vencesse. Sendo que ela não passava de um peão no plano todo. Ao matá-la e não morrer, eu tinha jogado um balde de água fria nos planos deles. O Homem Esfarrapado e Ossudo ia querer uma retaliação. Ele deixara sua lacaia morrer sozinha.

Depois de um tempo, que pode ter sido uma hora ou um minuto, uma silhueta saiu das cortinas do palco. Fiquei tensa, estendendo a mão para uma faca que não encontrei, mas foi o Mestre que surgiu na luz da lamparina a querosene.

– Boa noite, Sub-Rainha – disse ele, com os olhos queimando.

Afundei de novo no casaco.

– Não estou me sentindo tão régia.

Assim que falei isso, uma linha de fogo saltou do meu maxilar para o meu ouvido.

– Devo confessar – disse o Mestre – que você não está especialmente majestosa neste momento. Apesar disso, é a Sub-Rainha da Ordem dos Clarividentes. – Ele se sentou ao meu lado e entrelaçou as mãos. – Um nome interessante.

– Que horas são? – Levei a mão à lateral do rosto. – Você está bem?

– Tiros não causam danos duradouros aos Rephaim. Já se passaram duas horas desde o fim do duelo – disse ele. – O dr. Nygård não vai ficar feliz por você ter acordado.

– Então não vamos contar a ele. – Com dificuldade, bebi do cantil de água que ele me ofereceu. Tinha gosto de sangue. – Me diga que você tem amaranto.

– Infelizmente, não. O dr. Nygård foi até Seven Dials pegar suas coisas, e eu insisto "antes que Jaxon possa vendê-las". Eles planejam se unir a Ognena Maria para vasculhar o salão da Madre Superiora em busca de provas do envolvimento do Homem Esfarrapado e Ossudo.

Nick tinha o bom senso e a perspicácia que eu deveria esperar de um oráculo.

– Não vão encontrar nada – falei. – A Madre Superiora não passava de um recipiente pro poltergeist dele. E ele vai voltar.

– E você vai estar preparada.

Encarei o Mestre.

– Era *aquele* poltergeist, não era?

– Era. – Suas mãos se entrelaçaram com um pouco mais de força. – Um velho inimigo.

— E como a Madre Superiora conseguiu controlá-lo?

— Aquela criatura só obedece a Nashira. Ela teria que comandá-lo para cumprir as ordens de outra pessoa.

A insinuação me abalou. O mercado cinza poderia não ser entre o sindicato e Scion. Poderia ser um canal direto com os Rephaim. De repente, o mundo ficou grande demais para o pequeno foco de dor confinado na minha cabeça, e eu fechei os olhos para bloqueá-lo. Eu poderia pensar nisso quando estivesse totalmente lúcida. Se eu pensasse nisso neste momento, ia ficar confusa.

Arrisquei dar uma olhada no espelho antigo apoiado na parede mais próxima, com moldura dourada. Meu rosto estava horrível – ferimentos e contusões, lábios inchados –, mas o machucado ao longo do meu maxilar sem dúvida era a pior, pior do que qualquer marca que Jaxon havia deixado. Dardos pretos disparados num corte vermelho e inchado.

— Foi um ferimento limpo – disse o Mestre. – Talvez não fique cicatriz.

Percebi que eu não me importava. Se uma guerra estourasse, as mais diversas cicatrizes estavam por vir.

Mais distante no corredor, havia três pessoas dormindo encolhidas sob cobertas. Nell, Felix e Jos, aninhados juntos, do jeito como as pessoas dormiam no Pardieiro por causa do frio.

— Eles sofreram uma lavagem branca – disse o Mestre. – Não se lembram de nada do que aconteceu no salão.

— Sem chance de saber como o Homem Esfarrapado e Ossudo os convenceu a mudar o panfleto, então. – Olhei para além deles. Ivy estava sentada no palco, com os braços magros nus, encarando o teto. – Como ela está?

O Mestre também a observou.

— A bala foi extraída. O dr. Nygård disse que a verdadeira dor é no coração.

— Bocacortada. – Suspirei, fazendo minhas costelas doerem. – Sei que ela passou pelo inferno, mas não faço ideia se consigo perdoá-la pelo que fez.

— Você não deve ser dura com ela por agir guiada pelo medo.

Era verdade. Ivy pode ter mandado inúmeras pessoas para a colônia penal, mas aumentar sua culpa não ia desfazer suas ações. Bebi mais um gole do cantil.

— Onde estão os Ranthen?

— Foram para um abrigo perto de Old Nichol. Amanhã vão embora para espalhar a notícia da sua vitória. – Ele fez uma pausa. – Vários videntes estavam sussurrando que você é uma... taumaturga. Não veem outra explicação para o fato de você ter resistido ao poltergeist.

Jaxon já tinha usado essa palavra para mim, sempre como piada. Era sussurrada pelos videntes que cultuavam o que era chamado de *zeitgeist*, o espírito que supostamente criara o éter. Os fiéis não usavam *taumaturga* com leveza. O termo se referia a alguém tocado pelo próprio zeitgeist, alguém com domínio sem precedentes sobre os segredos do éter.

– Eles não sabem disso. – Abri a parte de cima da blusa. O pingente estava frio, mas as marcas parecidas com veias ainda se espalhavam embaixo. – Isso é o taumaturgo.

– E cai muito bem em você.

– Não quero que acreditem que sou um tipo de milagreira, Mestre. Meu feito aqui é usar um colar.

– Você tem liberdade para corrigi-los depois. Por enquanto, não faz mal deixá-los comentando. Sua tarefa é se curar.

Ficamos sentados em silêncio por um tempo, com a lamparina entre nós. Avançamos muito em algumas semanas.

– Tenho uma pergunta para você – disse o Mestre. – Se me permite.

Bebi de novo.

– Se não for fazer minha cabeça doer.

– Hum. – Fez uma pausa. – Quando Jaxon contratou você, ele parecia disposto a pagar qualquer quantia que você desejasse pelos serviços que fazia. Ainda assim, você não pode ser a concubina rica que eu imaginava que era, ou não teria sido obrigada a pedir o patrocínio dos Ranthen. O que você fazia com o dinheiro do seu trabalho?

Eu tinha me questionado quando ele ia me fazer essa pergunta.

– Não havia dinheiro. Jaxon nem sequer tem conta bancária – falei. – Todo o dinheiro dele vem do nosso trabalho e vai para uma caixinha de joias no escritório pra ser dividido entre nós. Esse é o nosso pagamento. Depois disso, não sei pra onde vai.

– Então por que você continuava trabalhando para ele? – O Mestre me observou. – Ele mentia para você.

O esboço de uma risada escapou de mim.

– Porque eu era ingênua o suficiente pra ser leal a Jaxon Hall.

– Não foi ingenuidade, Paige. Você se preocupava o suficiente com Jaxon para continuar trabalhando para ele. Entendia que ele era necessário para sua sobrevivência. – A mão enluvada dele ergueu meu queixo. – Você não vai precisar do dinheiro de Terebell para sempre. No fim, a lealdade vai ser mais forte que a ganância. Quando eles tiverem esperança.

– Esperança não é apenas outro tipo de ingenuidade?

– Esperança é a alma da revolução. Sem ela, não passamos de cinzas esperando o vento nos levar.

Eu queria acreditar. Eu *tinha* que acreditar que a esperança, sozinha, bastaria para passarmos por isso. Mas a esperança não podia controlar um sindicato. A esperança não derrubaria o Arconte de Westminster, que tinha se mantido forte por duzentos anos. Não destruiria as criaturas dentro dele, que haviam observado o mundo por muito mais tempo do que isso.

O Mestre diminuiu a luz da lamparina a querosene.

– Você precisa descansar – afirmou ele. – Tem um longo reinado pela frente, Mariposa Negra.

Do outro lado do corredor, Ivy ainda estava sentada no palco, sem se mexer.

– Primeiro preciso falar com ela – expliquei.

– Vou procurar o kit médico de Nick. Ele deixou mais uma dose de scimorfina para você.

Ele fez menção de se levantar, mas me encostei em seu braço, mantendo-o ali. Sem dizer nada, eu me recostei nele, de modo que minha testa tocou a dele. Um fogo azul delicado surgiu no meu plano onírico, iluminando-o. Ficamos desse jeito por muito tempo, em silêncio e parados, Rephaite e humana. Eu poderia ter ficado horas assim, só sentindo seu cheiro.

– Mestre – falei, tão baixinho que ele precisou se aproximar para me escutar –, eu não... não sei se...

O fogo brincava em seus olhos.

– Você não tem nenhuma obrigação de decidir hoje à noite. – Depois de um instante, seus lábios roçaram a minha testa. – Pode ir.

Descobrir que ele entendia tirou um peso dos meus ombros. Eu era uma pessoa diferente da de antes do duelo, ainda em metamorfose, sem saber quem eu poderia me tornar no dia seguinte. Mas sentia que, independentemente do que eu decidisse, ele ficaria ao meu lado. Sem mais nem menos, beijei sua bochecha. Ele me puxou para o seu peito, cruzando os braços com força nas minhas costas.

– Pode ir – repetiu ele, com mais suavidade.

Eu o deixei para procurar a maleta de Nick, atravessei o auditório e fui até o palco. Eu estava toda dolorida, mas os remédios amenizavam parte das dores. Ivy não se mexeu quando me sentei ao seu lado.

– Você foi muito corajosa ao dizer a verdade.

Suas mãos brutas agarraram a beirada do palco. Na parte superior do seu braço direito, havia uma confusão retorcida da cicatriz onde antes ficava sua tatuagem. Era um emaranhado de rosa e vermelho que avançava pela pele não danificada.

– Corajosa – repetiu ela, como se não conhecesse essa palavra. – Sou uma túnica-amarela.

Um código que apenas aqueles que tinham sobrevivido ao primeiro pesadelo compreendiam. Suas unhas se enterraram na pele queimada.

– Eu costumava implorar pra Thuban me matar, sabe. – Ela balançou a cabeça. – Quando fiquei sabendo do seu plano pra fugir de lá, pensei em não entrar no trem. Eu não tinha esse direito, depois do que havia feito. E tinha certeza absoluta de que havia sido traída por Chelsea.

– Achava que ela havia contado ao Esfarrapado que você o denunciou?

– Era o que eu achava até encontrá-la. Depois que você disse que ela estava me procurando, subornei o porteiro de Jacob's Island. Ela me contou que passou meu relatório pro Hector e deixou escapar que era eu. E ele contou pro Esfarrapado. – Não havia nada além de sofrimento em sua voz. – Ela sempre tentava ver o melhor de Hector. Sempre confiava nele. Isso a matou, no fim das contas. Querer uma vida melhor do que tivemos quando crianças naquela favela. Eu a deixei lá e voltei pra Agatha, achando que ela ficaria em segurança...

As lágrimas a sufocaram.

– Você entrou no trem, Ivy – falei. – Deve ter tido esperança de salvar aquela vida.

– Entrei no trem porque sou covarde demais pra morrer. – Um sorriso estremeceu em seus lábios. – Esquisito, né? Apesar de sermos videntes, apesar de sabermos que tem algo mais, ainda assim temos medo de morrer.

Balancei a cabeça.

– Não sabemos o que nos espera na última luz. Nem os andarilhos oníricos sabem. – Ivy mordeu os nós dos dedos, ainda alisando a cicatriz. – Quando a Assembleia Desnatural se reerguer, você vai ter uma audiência justa e um julgamento com júri. E prometo uma coisa: o Homem Esfarrapado e Ossudo vai ser acusado pelos crimes que cometeu.

O rosto dela se contorceu.

– Isso é tudo o que eu quero. Justiça. – Ela finalmente me fitou nos olhos. – Quero ver a cara dele, Paige. Antes do fim.

– Eu também estaria curiosa para ver. – Todos os músculos do meu corpo doeram quando dei impulso para sair do palco. – Chelsea morreu nos meus braços. Sabe o que ela me pediu pra te dizer? – Silêncio atrás de mim. – Que você era tudo pra ela e que precisava consertar as coisas. – Eu me afastei. – Então, conserte as coisas.

Ivy continuou sem se mexer nem falar. Quando voltei para a lamparina a querosene, me deitei no casaco e apoiei a mão na coroa, o símbolo do sindicato, a arma que eu ia usar para derrubar Scion.

O Mestre fechou minha mão ao redor da seringa. Eu a enfiei no quadril e apertei o êmbolo.

****

Com ajuda da scimorfina e a presença fiel da aura do Mestre, tive um sono agitado. Não durou muito. Assim que a primeira luz da aurora chegou até o corredor, uma mão fria me sacudiu de volta à vida.

– Desculpe, querida. – Era Nick, e ele parecia abalado. – Você precisa ver isso. Agora.

27

O Amigo Mútuo

O laptop de Danica, fabricado em Scion, estava no chão diante de mim, uma tela de vidro clara com um delicado teclado prateado. Apoiei todo o meu peso no cotovelo, instável. A scimorfina continuava fluindo pela minha corrente sanguínea.

– O que é isso?

Ninguém respondeu. Esfreguei a têmpora, tentando focar. Nick, Eliza e Danica estavam ao meu redor, cercados de bolsas e malas. Deviam ter acabado de voltar de Seven Dials. Atrás de mim, o Mestre se inclinava em direção à tela, com os olhos queimando na penumbra.

– Começou há mais ou menos meia hora – disse Eliza. – Está repetindo desde então. Em toda a cidadela.

Meu olhar se concentrou na tela.

A transmissão era silenciosa, sem nenhum comentário de ScionEye, por mais que seu símbolo estivesse girando no canto da tela. Uma pequena linha de texto indicava a localização da câmera como I Coorte, Seção 5, no distrito de Lychgate Hill. Era o pátio interno de Old Paul's, onde os desnaturais tradicionalmente eram executados. Os condenados estavam em pé uns ao lado dos outros num andaime comprido, cada um à distância de um braço do próximo, com os pés descalços plantados em alçapões vermelhos. Seus rostos estavam descobertos.

Um nó apertado subiu pela minha garganta. Reconheci a mulher no meio. Lotte, uma das últimas sobreviventes da Temporada dos Ossos, vestindo a túnica preta de um desnatural condenado. Havia um corte fundo em sua testa. O cabelo estava preso num nó na lateral do pescoço, que fora marcado com contusões recentes, assim como os antebraços. Pressionei um dedo na tela, dando zoom. Charles estava à direita dela, contundido e sangrando... Charles, que tinha guiado outros videntes até o trem. E, à esquerda dela, estava Ella, com a túnica manchada de vômito seco.

– Paige. – Ouvi o Mestre dizer isso, mas não consegui desviar os olhos da tela. A voz dele parecia muito, muito distante, em algum lugar onde eu não estava presente. – Você não deve obedecer à convocação. Essa é uma mensagem para você, e só para você. Para atraí-la para fora do esconderijo.

Como se para confirmar, a tela mudou para um fundo branco. A âncora continuava girando no canto. Um pequeno pião zombeteiro.

PAIGE EVA MAHONEY, ENTREGUE-SE À CUSTÓDIA
DO ARCONTE. VOCÊ TEM UMA HORA.

A transmissão voltou um instante depois, percorrendo todo o pátio.
– Você disse que isso começou meia hora atrás? – perguntei.
Eliza e Nick se entreolharam, e ela assentiu.
– Viemos pra cá o mais rápido que conseguimos.
A pressão irradiou do meu plano onírico, buscando os outros no éter. Uma gota vermelha escapou do nariz de Eliza, e Nick gritou alguma coisa, enquanto meu crânio sofria uma explosão ensurdecedora. Eu a dominei com um grito de esforço, puxando-a para dentro, comprimindo-a até o sangue escorrer do meu nariz e inundar minha boca com gosto de metal.

Alguém deve ter contado a eles que eu era Sub-Rainha, que finalmente me tornara uma ameaça real para eles. Por isso, estavam tão quietos, por isso Nashira não tinha baixado seu punho de ferro sobre a I-4 no instante em que escapei de sua colônia com minha cabeça sobre os ombros. Antes de acabar comigo, ela queria que eu achasse que havia esperança, que eu acreditasse que conseguiria reunir um exército.

Se eu entrasse no Arconte de Westminster, nunca mais sairia. Se não entrasse, os videntes na tela iam morrer, e todos os videntes de Londres acreditariam que eu não tinha feito nada para salvá-los.

– Paige – disse Jos –, não podemos deixá-los morrer.
– Shiu. – Nell o puxou para seus braços. – Ninguém vai morrer. Paige não vai deixar. Ela nos salvou, não foi?
– Você quer que Paige se entregue? – Eliza balançou a cabeça. – Isso é exatamente o que eles querem.
– Eles não vão machucá-la. Ela é uma andarilha onírica.
– É exatamente por isso – disse o Mestre – que vão machucá-la.
– Fique fora disso, Rephaite – disparou ela. – São vidas *humanas* e, se você acha que são menos importantes que a sua, vá se fo...
– Ele tem razão – disse Nick baixinho. – Se perdermos Paige, perderemos toda a influência que temos sobre o sindicato. Perderemos a guerra antes mesmo de ela começar.

Nell conteve um grito de frustração. Lágrimas encheram os olhos de Jos, que se agarrou à blusa dela feito uma criança com metade da idade dele.

Um assobio agudo invadiu meus ouvidos, um grito dentro da minha cabeça. A mão de alguém sacudiu meu braço.

– Paige – disse Eliza, com a voz mais rígida do que o normal –, você não pode ir. É a Sub-Rainha. – Ela apertou com mais força. – Eu abandonei Jaxon porque acreditei que você poderia fazer isso. Não quero me arrepender.

– Você precisa tentar, Paige – disse Nell. – Pelos outros.

– Não. – Lágrimas brilhavam nos olhos de Jos. – Lotte não ia querer que Paige morresse.

– Ela também não ia querer morrer! – Seu tom de voz fez Jos se encolher. Nell fixou os olhos cintilantes em mim, com o rosto vermelho de raiva. – Olhe, eu era amiga de Lotte na colônia. Você não era uma hárli. Seu guardião era bom pra você. Não trate a gente como eles nos tratavam. Como alimento.

Eles estavam esperando a Sub-Rainha tomar a decisão. Olhei para a tela. A boca dos três prisioneiros estava selada com adesivo dérmico.

– Vou até o Arconte – falei.

– Paige, *não* – retrucou Nick, irritado, ecoado por Eliza. – Sabe que não vão deixar você sair viva de lá.

– Nashira está contando com o seu altruísmo. – A voz do Mestre saiu suave. – Se você se apresentar ao Arconte, vai cair nas mãos dela.

– Eu disse que vou – falei. – Não que vou pessoalmente.

Houve um breve silêncio. Nell e Jos se entreolharam, mas os Selos restantes entenderam.

– É longe demais – murmurou Nick. – Mais de um quilômetro e meio. Você se esforçou demais no duelo. Caso se estique demais...

– Você pode me levar de carro até perto do Arconte. E deixar meu corpo na parte de trás do carro.

Nick ficou me olhando durante muito tempo. Por fim, fechou os olhos.

– Não vejo opção. – Ele respirou fundo. – Danica, Mestre, vocês dois vêm junto. Eliza, fique aqui e cuide dos outros.

– Mas Paige está machucada – argumentou Jos.

– Ela está bem. – Nell só observava. – Sabe o que está fazendo.

Eu me empurrei com os braços, trincando os dentes. Uma dor nauseante atingiu minha cabeça, jogou fogo na minha lateral e se espalhou pelo meu tórax, interrompendo o fluxo de scimorfina.

Sem reclamar, Danica pegou sua mochila de equipamentos e a colocou nos ombros. Nick me pegou nos braços, apoiando minha cabeça com uma das mãos, e a seguiu para fora do salão de música até o carro, seguido pelo Mestre. Ele se sentou na parte de trás, à minha esquerda. Do meu outro lado, Danica pegou minha máscara de oxigênio e fez alguns ajustes. Nick trancou as portas antes de ligar o motor.

Essa era a declaração de poder deles, a promessa de que Scion jogaria toda a força do seu império na cabeça dos meus amigos clarividentes. Mesmo que eu recuasse nesse momento, as engrenagens da guerra continuariam girando.

O carro enferrujado disparou em direção à I-1, com o motor barulhento. Havia Vigilantes por toda parte, mas Nick os evitou, seguindo por ruas mais estreitas em uma velocidade alta. Meus ferimentos latejavam, e uma dor de cabeça golpeava feito um tambor entre meus olhos.

– Vou estacionar debaixo da Ponte Hungerford, perto dos restaurantes flutuantes – avisou Nick. – Você tem que ser rápida, Paige.

Eu precisava tentar. Por Lotte e por Charles, que haviam me ajudado na colônia. Por todos os videntes que foram assassinados na nossa fuga. Por todas as Temporadas dos Ossos da história.

O teatro da guerra seria inaugurado esta noite. Eu era Sub-Rainha, carregando o poder do sindicato nas costas, como eu prometera a Nashira naquele dia no palco. Eles tinham envenenado o sindicato por dentro, deixando-o apodrecer enquanto governavam nossa cidadela.

Tinha que haver algo melhor do que isso. Algo que valesse o preço que íamos pagar. Não só esses julgamentos sem fim, esses dias atormentados. Mendigos se esgueirando nas sarjetas, gritando por piedade a um mundo que não escutava. Vibrando à sombra da âncora. Lutando pela sobrevivência na penumbra, a cada minuto, a cada hora, a cada dia de nossas breves vidas.

Já existíamos em certo nível de inferno. E teríamos que atravessar esse inferno para sair dele.

Nick freou com força debaixo da ponte e estacionou no asfalto, perto de onde um barco agradável piscava lamparinas azuis, cheio de amauróticos bebendo mecks e rindo. Atrás deles, em uma tela a que ninguém assistia, os prisioneiros estavam em pé no andaime, me esperando.

Danica amarrou as tiras da máscara na parte de trás da minha cabeça.

– Você tem dez minutos antes que essa coisa seque – disse ela. – Vou sacudir seu corpo, mas pode não funcionar, com você tão longe. Fique de olho no relógio.

Não havia Vigilantes por perto. Olhei para o Mestre, sentado ao meu lado em silêncio. O rosto dele seria o último que eu ia ver, o último rosto na minha mente, antes que eu entrasse no ninho do inimigo. Ele inclinou de leve a cabeça, de forma que os outros nem perceberam. Foi só o suficiente para me dar força.

A máscara se acendeu, forçando a entrada do oxigênio no meu corpo. Respirei mais uma vez sozinha, antes de meu espírito se libertar das restrições e se erguer na noite.

Na minha mais pura forma de espírito, onde minha visão não se fixava mais a olhos insuficientes, Londres era um cosmos infinito em si. Uma vasta galáxia de luzes minúsculas, cada uma emitindo uma luz singular. Todos os milhões de mentes, ligadas por uma corrente subjacente de energia, amarradas por uma rede de pensamentos, emoções, conhecimento e informação. Cada espírito era uma lamparina na esfera de vidro de um plano onírico. Era a forma mais elevada de bioluminescência, que transcendia os aspectos físicos de cor e atravessava para um espectro que nenhum olho nu era capaz de ver.

Era difícil identificar prédios no éter, mas reconheci o Arconte de Westminster quando o vi. O lugar inteiro tinha aparência de morte e medo, e seu interior estava lotado com centenas de planos oníricos. Entrei na primeira pessoa com a qual me deparei. Assim que abri os olhos, eu estava dentro de outra pessoa.

Eu sentia a diferença no meu corpo. Pernas mais curtas, cintura mais larga, um cotovelo direito dolorido. Mas, por trás desses novos olhos e de seu visor de Vigilante, era completamente eu mesma.

Ao meu redor, havia paredes reluzentes, pisos lustrosos e luzes fortes demais para esses novos olhos. O coração da desconhecida bateu com força. Por mais que eu estivesse desorientada e com medo, essa sensação era revigorante. Como se eu tivesse tirado uma roupa esfarrapada e colocado um vestido luxuoso.

Com esforço, mexi as pernas da mulher. Era como mover uma marionete e, quando me vi num espelho dourado, percebi que estava andando feito uma: sacudindo, embriagada, totalmente sem graça. A visão me hipnotizou. Eu era eu mesma. Eu não era eu mesma. A mulher que me encarava de volta devia ter uns trinta anos, e um fio de sangue escorria do seu nariz. Minha armadura.

Eu estava pronta.

****

O Arconte de Westminster se assomava sobre mim, um palácio de granito preto e ferro batido. O relógio era vermelho.

Todos os Vigilantes que eu possuía comandavam o restante da unidade. Suas armas se ergueram quando me virei nos calcanhares. Marchavam atrás de mim feito um rastro, me flanqueando por todos os lados: seis, doze, vinte deles. Eu não sabia se era meu batimento cardíaco que eu escutava ou os passos da minha guarda.

Minhas botas atingiram o piso de mármore vermelho do Octagon Hall, o saguão do Arconte. Colunas retorcidas se erguiam até o alto, chegando até o grandioso teto em formato de estrela, onde ouro brilhava sob a luz de um belo candelabro.

Vou destruir a doutrina da tirania.

Ali era o centro de Scion. O coração da área central. Ao meu redor, as paredes eram envolvidas por arcos amplos, esculpidos com a aparência de todos os líderes da república desde 1859. Eles observavam de sua altura imponente, com os rostos marcados pela sombra e pelo julgamento. Acima deles, ficavam os oito tímpanos, pintados com cenas abundantemente imaginadas da história de Scion.

Fiquei parada sob a luz pelo que pareceu uma eternidade, um grão de poeira entre as estrelas: uma acima, outra abaixo.

Vou cortar as cordas dos braços e pernas das marionetes.

Acima de mim, o sino da torre marcou seis horas.

Subi um lance de escada e desci por um longo corredor, onde os olhos dos bustos de granito me observavam por todos os lados. As pinturas derretiam em ondas de óleo escuro e ouro.

– Esperem – falei.

Minha guarda parou na entrada. Sozinha, passei sob a arcada.

Vou arrancar a âncora do coração de Londres.

Havia quatro pessoas paradas na outra extremidade da ampla galeria. Na ponta esquerda, estava Scarlett Burnish. Seu cabelo era do mesmo tom de vermelho do carpete, e um sorriso da mesma cor repuxava seus lábios. Não como sangue. Claro demais, falso demais. Sangue cenográfico.

Na ponta direita, Gomeisa Sargas se assomava em seu roupão de colarinho alto, com uma corrente entrelaçada de ouro e topázio pendurada entre os ombros. Havia ansiedade em seu olhar. Num instante de pura loucura, tive vontade de parabenizá-lo por uma expressão de malícia tão admiravelmente humana.

Frank Weaver estava ao seu lado, tão rígido e esquelético quanto um cadáver. Era como se eles tivessem trocado de espécie.

E lá estava ela. Nashira Sargas, soberana de sangue e carniceira. Prateada e linda. Voraz e terrível. Em pé, no meio de humanos, como se fossem semelhantes, como se eles fossem seus amigos, esses manequins estúpidos.

— Você não foi chamada, Vigilante — disse ela. — Espero que esteja com a fugitiva, ou vou arrancar seus olhos.

Sua voz tocou uma parte sombria da minha memória.

— Olá, Nashira — falei, com uma voz que não era minha. — Quanto tempo...

Num gesto louvável, ela não pareceu surpresa. Nem um toque de curiosidade.

— Muito esperto aparecer no corpo de outra pessoa, Quarenta — disse ela —, mas um espírito errante na pele de uma desconhecida não é útil para nós.

— Estávamos dispostos a mostrar clemência — disse Scarlett Burnish. Sua aparência era exatamente igual à da tela, como se tivesse sido moldada em vinil lustroso, mas seu tom de voz era mais frio. — Se você tivesse se entregado pessoalmente à custódia do Arconte, teríamos libertado todos eles de bom grado.

Fiquei totalmente parada, observando a enorme âncora de Scion atrás dos quatro assentos.

— Você já não diz mentiras suficientes, Scarlett?

Ela ficou quieta.

No alto da plataforma, o Grande Inquisidor, Frank Weaver, não disse nada. Afinal, ele não passava de um manequim. Nashira desceu os degraus, com o longo vestido preto arrastando atrás dela.

— Talvez eu tenha julgado você mal, no fim das contas. — Ela encostou o dedo enluvado na bochecha da minha hospedeira. — Não tem coragem de me dar sua vida em troca das deles, Sub-Rainha?

Então ela sabia.

— Você vai poupar a deles — falei — ou vou tirar a dele.

Com um único movimento, a pistola da Vigilante foi parar na minha mão e estava apontando para o coração de Frank Weaver. Seu corpo tremeu de leve, mas ele continuou sem emitir som algum enquanto um ponto vermelho flutuava em seu peito. Scarlett Burnish esse aproximou dele, mas eu disparei a pistola entre os dois. Ela ficou imóvel.

— Para evitar que Londres volte para o controle humano — disse Weaver, robótico —, estou disposto a abrir mão desta vida mortal.

Gomeisa riu, um som que parecia metal rangendo.

— Parece que você estava errada, Nashira. Quarenta está disposta a tirar a vida de um humano para atingir seu objetivo.

— Estou — falei. — Por todas as vidas que ele tirou em nome de vocês.

Os Sargas não tentaram proteger seu Grande Inquisidor.

— Mesmo que derrube esse penhor onde ele está, você não vai impedir o que está por vir — disse Gomeisa. — Não se rachar suas montanhas e destruir suas cidades. Nem se oferecer sua vida pela nossa derrota. Nossa influência está profundamente enterrada na espiral mortal, nos enraizando como uma âncora a esta terra.

— Sou uma andarilha onírica, Gomeisa — falei. — Não reconheço nenhuma âncora a esta terra.

Mas eu tinha perdido. Eles não se importavam se eu atirasse em Frank Weaver; precisariam apenas encontrar outro servo voluntário.

Eu não estava em vantagem.

— Se ajudar a minimizar sua culpa — Gomeisa estava observando a tela sem demonstrar nenhuma emoção —, nós íamos fazer isso de qualquer maneira, se você aparecesse ou não. Essas vidas vão pagar pela vida de um dos nossos que você tirou na colônia, mas nem isso compensa a perda do herdeiro de sangue.

Kraz Sargas. O Rephaite que eu tinha matado com um tiro e uma flor. Scarlett Burnish tocou no fone de ouvido.

— Baixem a âncora — ordenou ela.

Na tela, o Grande Carrasco se aproximou da alavanca que tinha assassinado tantas pessoas do meu povo. Quando ele estendeu a mão enluvada, Lotte tirou os braços das costas — alguém deve ter contrabandeado uma lâmina para ela — e cortou a cola dos lábios. O sangue escorreu de sua boca, mas seus olhos brilhavam com um triunfo selvagem.

— A MARIPOSA NEGRA GOVERNA LONDRES — gritou ela para a câmera. — VIDENTES, ESTÃO ME OUVINDO? A MARIPOSA NEGRA GOVERNA...

A transmissão foi interrompida. Alguma coisa pequena e vital se partiu em pedaços. Eu era um fio desencapado, um fusível aceso, uma estrela explodindo à beira de uma supernova. Meu espírito se elevou dentro do plano onírico, se empertigando para encarar a tempestade que se acumulava na minha mente. Cores iridescentes emolduravam minha visão, me cegaram, feito estilhaços do sol.

— Esse é o destino que vai cair sobre todos eles. — Nashira me observava com seu sorriso debochado. — Pode acabar amanhã, se você voltar agora.

Um som oco escapou da garganta da minha hospedeira, algo que poderia se passar por uma risada.

Videntes, estão me escutando?
– Isso vai acabar – falei – quando não houver mais Rephaim neste lado do véu. Quando apodrecerem com o restante do mundo de vocês. As mariposas saíram da caixa, Nashira. Amanhã, estaremos em guerra.

Uma palavra que a maioria dos videntes do sindicato nunca usaria. Nem mesmo *guerra de gangues* tinha o mesmo peso que essa palavra quando usada sozinha.

Estão me escutando?
– Guerra. – Nashira estava pálida. – Você já nos ameaçou com seus ladrões e criminosos, mas ainda não vimos nada. Suas ameaças são vazias. – Ela passou por mim com passos silenciosos, seguindo até as janelas que davam para a Ponte de Westminster. – Eu poderia até acreditar que esse seu sindicato não existe, se não fosse pelo fluxo constante de videntes que recebemos da Assembleia Desnatural ao longo dos anos.

Estão me escutando?
– O mercado cinza nunca deveria ter existido – continuou a inimiga –, mas confesso que teve foi útil nesses anos. Os videntes que recebemos por esse canal eram sempre mais poderosos do que os que Scion tirava das ruas. O Homem Esfarrapado e Ossudo é nosso aliado há muitos anos, junto da Madre Superiora, de Haymarket Hector e da Malvada.

– Três desses quatro estão mortos. – Minha visão oscilou. – Parece que você vai ter que fazer novos amigos.

– Ah, mas eu tenho um antigo. – Nashira não sorriu. – Um aliado muito antigo. Que voltou para mim às duas da manhã de hoje, depois de vinte longos anos de estranhamento. Um que não reconhece você como Sub-Rainha, apesar da sua... associação. – Ela se virou, olhando pelas janelas. – Srta. Burnish, pode chamá-lo. Quarenta precisa conhecer pessoalmente nosso amigo mútuo.

Scarlett Burnish atravessou o salão, rápida e equilibrada como era no estúdio, e abriu as portas duplas. Um som ecoou pelo corredor e foi adiante. Um barulho de metal no mármore.

E, quando ele chegou, eu conhecia seu rosto.

Sim, eu conhecia muito bem.

As palavras, minha andarilha... as palavras são tudo. As palavras dão asas até àqueles que foram pisoteados, destruídos, sem chance de conserto...

Nenhuma palavra. Nenhuma asa.

Dance e caia.

Como uma marionete. Todos esses anos dançando...

As portas se abriram. Olhei para cima, reconhecendo o erro que eu tinha cometido, sabendo que havia sido idiota em confiar, em me importar, em deixá-lo vivo.

– Você – sussurrei.

– Sim. – Suas mãos estavam cobertas por luvas de seda. – Eu mesmo, ó, minha adorada.

Glossário

As gírias usadas pelos clarividentes em *A ordem dos clarividentes* se baseiam livremente nas palavras usadas no submundo do crime da Londres do século XIX, com algumas alterações no significado ou no uso. Outras palavras foram inventadas pela autora ou tiradas do inglês moderno ou do hebreu transliterado.

Agregado: [substantivo] Espírito que obedece a um agregador.
Amaranto: [substantivo] Flor que cresce no Limbo. Sua essência ajuda a curar ferimentos espirituais.
Amaurótico: [substantivo *ou* adjetivo] Não clarividente.
Andarilho noturno: [substantivo] Alguém que vende seu conhecimento de clarividência como parte de uma barganha sexual. Pode trabalhar de maneira independente ou em grupo num *salão noturno*.
Brogue: [substantivo] Insulto étnico para os irlandeses. Geralmente considerado originário do nome do sotaque irlandês, mas também pode resultar de uma rebelião anti-Scion em Belfast; de "Belfast rogue" (pilantra de Belfast).
Casa neutra: [substantivo] Estabelecimento onde os videntes de diferentes seções podem se reunir dentro de uma seção rival.
Charlatanismo: [substantivo] Prática de fingir ser um clarividente para ganhar dinheiro. Estritamente proibido pela Assembleia Desnatural.
Concubino(a): [substantivo] Clarividente associado(a) a um mime-lorde ou a uma mime-rainha, às vezes apelidado(a) de "bina". Supostamente é: [a] amante do mime-lorde ou da mime-rainha; e [b] herdeiro(a) de sua seção, apesar de nem sempre ser o caso. A herdeira de um Sublorde é conhecida como *concubina suprema* e é a única com permissão para ser membro da Assembleia Desnatural.
Cordão de ouro: [substantivo] Vínculo entre dois espíritos. Pode ser usado para pedir ajuda e transmitir emoções. Sabe-se pouco mais do que isso.
Cordão de prata: [substantivo] Ligação permanente entre o corpo e o espírito. Permite que uma pessoa viva durante muitos anos em determinada forma física. Ainda mais importante para os andarilhos oníricos, que usam o cordão para sair temporaria-

mente de seus corpos. O cordão de prata se esgota ao longo dos anos, e, uma vez rompido, não pode ser remendado.

Corvo: [substantivo] Membro da Guarda Extraordinária. O nome teve origem nos corvos que tradicionalmente habitavam a Torre de Londres na época da monarquia.

Ectoplasma: [substantivo] Também chamado de *ecto*. Sangue de Rephaite. Amarelo-esverdeado, brilhante e ligeiramente gelatinoso. Pode ser usado para abrir pontos gélidos.

Emim, os: [substantivo] [singular *Emite*] Também chamados de *Zumbidores*. Supostos inimigos dos Rephaim; "os temidos". Descritos por Nashira Sargas como carnívoros e bestiais, ainda gostam de carne humana. O sangue deles pode ser usado para disfarçar a natureza do dom de um clarividente.

Espectro: [substantivo] Manifestação dos medos ou das ansiedades de uma pessoa. Os espectros habitam a zona hadal do plano onírico.

Esquentador de cadeira: [substantivo] Pessoa inútil e insípida cujo trabalho é parecer atraente.

Éter: [substantivo] Reino do espírito, acessível aos clarividentes.

Fátuo: [substantivo] Derivado de *fogo fátuo*, refere-se a um espírito que foi agregado a uma pessoa ou a uma seção específica da cidadela. O tipo mais comum de andarilho.

Fluxion: [substantivo] Também conhecido como *flux*. Droga psicótica que causa dor e desorientação em clarividentes.

Fora da casinha: [adjetivo] Insano; imprudente.

Forma onírica: [substantivo] Forma que um espírito assume dentro dos limites de um plano onírico.

Glossolalia: [substantivo] Também chamado de *Gloss*. Língua dos espíritos e dos Rephaim. Entre os humanos clarividentes, só os poliglotas sabem falar o idioma.

Gorila luzente: [substantivo] Guarda-costas de rua, contratado para proteger os habitantes dos desnaturais à noite. Identificados por uma luz verde característica.

Kidsman: [substantivo] Classe de vidente do sindicato. Especializados em treinar sarjeteiros jovens nas artes do sindicato.

Limbo: [substantivo] Também conhecido como *She'ol* ou *meio-reino*, o Limbo é o domínio original dos Rephaim. Funciona como terreno intermediário entre a Terra e o éter, mas não serve ao propósito original desde o Declínio dos Véus, durante o qual entrou em decadência.

Loja de comida: [substantivo] Estabelecimento que vende comida quente para viagem.

Mercadejar: [verbo] Clarividência em troca de dinheiro. A maioria dos mercadeiros se oferece para ler a sorte em troca de dinheiro. Não é permitido pelo sindicato do crime dos clarividentes, a menos que o mercadeiro pague ao mime-lorde ou à mime-rainha local uma porcentagem dos seus ganhos.

Mercenário: [substantivo] A classe mais baixa de vidente do sindicato, contratada com o intuito de resolver assuntos gerais para a gangue dominante de uma seção. Quando o mime-lorde ou a mime-rainha os considera superiores, os mercenários são promovidos a uma classe mais alta, por exemplo, *kidsman* ou mensageiro.

Mime-lorde ou mime-rainha: [substantivo] Líder da gangue no sindicato dos clarividentes; um especialista em mime-crimes. Geralmente tem um grupo pequeno de cinco a dez seguidores, conhecido como a *gangue dominante* de uma seção, mas mantém o comando geral sobre todos os clarividentes na seção dentro de uma coorte.

Mort: [substantivo] Mulher. Termo um pouco ofensivo.

Música de queixo: [substantivo] Conversa sem sentido.

Novembrália: [substantivo] Comemoração anual da fundação oficial de Scion Londres em novembro de 1929.

Númen: [substantivo] [plural *numa*, originalmente *númina*] Objeto ou material usado por adivinhos e áugures para se conectar ao éter; por exemplo, fogo, cartas, sangue.

Parasita: [substantivo] Um dos mais graves insultos na cultura Rephaite. Traz uma tentativa consciente de contribuir para a decadência do Limbo.

Pássaro-chol: [substantivo] *Criatura-sarx* alada. São companheiros dos Rephaim e podem viajar até a Terra na forma de espírito como *psicopompos*.

Pendura barato: [substantivo] Abrigo para os sem-teto, aberto nas cidadelas Scion de setembro a fevereiro. Os clientes podem dormir ou "se pendurar" em uma corda colocada em frente a um banco.

Pergaminho Barato: [substantivo] Livraria móvel na Grub Street. Os mensageiros do Pergaminho carregam literatura ilegal pela cidadela e a vendem para clarividentes.

Plano carnal: [substantivo] Plano corpóreo; Terra.

Plano Onírico: [substantivo] Interior da mente, onde as memórias são armazenadas. É dividido em cinco zonas ou "anéis" de sanidade: luz do sol, crepúsculo, meia-noite, baixa meia-noite e hadal. Os clarividentes podem acessar conscientemente seus planos oníricos, mas os amauróticos só conseguem ter vislumbres enquanto dormem.

Ranthen, os: [substantivo] Também conhecidos como *os cicatrizados*. Uma aliança dos Rephaim que se opõem às regras da família Sargas e acreditam na futura restauração do Limbo.

Rephaite: [substantivo] [plural *Rephaim*] [a] Habitantes humanoides biologicamente imortais do Limbo. São conhecidos por se alimentarem da aura de humanos clarividentes. [adjetivo] [b] Estado de ser um Rephaite; *ser ou estar Rephaite*.

Róti: [substantivo *ou* adjetivo] Amaurótico.

Saloop: [substantivo] Bebida quente e densa feita com raiz de orquídea, temperada com água de rosas ou flores de laranjeira.

Sarjeteiro: [substantivo] [a] Morador de rua; [b] alguém que mora com e trabalha para um *kidsman*. Assim como os mercadeiros e os mendigos, não são considerados membros totalmente maduros do sindicato, mas podem se tornar *mercenários* quando são liberados do serviço pelo kidsman.

Sarx: [substantivo] Carne incorruptível dos Rephaim e de outras criaturas do Limbo (chamados de *seres-sarx* ou *criaturas-sarx*). Tem um brilho levemente metálico.

Sessão espírita: [substantivo] [a] Para os videntes, uma comunhão grupal com o éter; [b] para os Rephaim, o ato de transmitir uma mensagem entre membros de um grupo através de um *psicopompo*.

She'ol: [substantivo] Verdadeiro nome do Limbo.

Sindi: [substantivo] Membro do sindicato do crime de clarividentes.

Sindicato: [substantivo] Organização criminosa de clarividentes, com base na Cidadela Scion de Londres. Ativo desde o início da década de 1960. Governado pelo Sublorde e pela Assembleia Desnatural. Os membros são especializados em mime--crimes para obter lucro financeiro.

Soberano-estrela: [substantivo] Termo ultrapassado para o líder dos Rephaim. Usado durante o reinado da família Mothallath, depois substituído por *soberano de sangue*.

Sublorde ou Sub-Rainha: [substantivo] Chefe da Assembleia Desnatural e chefe do sindicato de clarividentes. Tradicionalmente, mora em Devil's Acre, na I Coorte, Seção 1.

Taumaturgo: [substantivo] Milagreiro. Usado por alguns videntes para elogiar alguém que é especialmente ligado ao éter ou tocado pelo zeitgeist.

Táxi pirata: [substantivo] Táxi que aceita clientes clarividentes. Muitos taxistas piratas são contatrados pelo sindicato.

Temporada dos Ossos: [substantivo] Colheita de humanos clarividentes realizada toda década e organizada por Scion com o intuito de apaziguar os Rephaim.

Terror barato: [substantivo] História de terror ilegal, normalmente impressa em papel vagabundo e vendida a preços baixos pelo *Pergaminho Barato*.

Trenodia: [substantivo] Série de palavras utilizadas com o intuito de banir espíritos para a escuridão exterior, uma parte do éter que fica além do alcance dos clarividentes.

Truque do arco-íris: [substantivo] Situação em que um mercadeiro clarividente engana um cliente, na maioria das vezes fazendo leituras vagas que abrangem todos os resultados possíveis. Estritamente proibido pela Assembleia Desnatural.

Verdureiro: [substantivo] Vendedor de rua. Também chamado de *mascate*.

Vidente: [substantivo] Clarividente.

Vigilantes: [substantivo] Também chamados de *gilantes*. Força policial de Scion, separada em duas divisões principais: a clarividente Divisão de Vigilância Noturna (DVN) e a amaurótica Divisão de Vigilância Diurna (DVD).

Zona vermelha: [substantivo] Segundo nível mais alto de segurança em uma cidadela Scion, seguida apenas pela Lei Marcial.

Agradecimentos

Esta é minha canção de amor para a cidade de Londres.

Meu primeiro e maior agradecimento vai para quem terminou este livro, o que provavelmente significa que você também terminou *Temporada dos ossos*. Obrigada por ter voltado a este mundo e a estes personagens.

Agradeço a David Godwin e a toda a equipe da David Godwin Associates por sempre acreditarem na minha escrita e por sempre estarem à distância de um telefonema.

A Alexa von Hirschberg, obrigada por ser a editora mais paciente e entusiasmada que eu poderia ter. A Alexandra Pringle, essa formidável mime-rainha da Bedford Square, por ser uma apoiadora tão ardorosa dos meus livros e uma inspiração para mim.

Agradeço a Justine Taylor e a Lindeth Vasey por caçarem todos os problemas que estavam nos detalhes.

A todos na Bloomsbury, especialmente Amanda Shipp, Anna Bowen, Anurima Roy, Brendan Fredericks, Cassie Marsden, Cristina Gilbert, David Foy, Diya Kar Hazra, George Gibson, Ianthe Cox-Willmott, Isabel Blake, Jennifer Kelaher, Jude Drake, Kate Cubitt, Kathleen Farrar, Laura Keefe, Madeleine Feeny, Marie Coolman, Nancy Miller, Oliver Holden-Rea, Rachel Mannheimer, Sara Mercurio e Trâm-Anh Doan. Esses livros não poderiam estar em mãos melhores.

A Anna Watkins, Caitlin Ingham, Bethia Thomas e Katie Bond, que se mudaram para novos pastos. Foi um privilégio trabalhar com vocês.

A Hattie Adam-Smith e Eleanor Weil, da Think Jam, obrigada pelo incrível entusiasmo com tudo relacionado a *Temporada dos ossos*.

Os belos mapas no início de *A ordem dos clarividentes* foram desenhados por Emily Faccini, e a capa foi feita pelo sempre brilhante David Mann. Agradeço a vocês dois por deixarem este livro tão bonito.

Obrigada à equipe fantástica da Imaginarium Studios – Will Tennant, Chloe Sizer, Andy Serkis, Jonathan Cavendish e Catherine Slater –, por sua paixão contínua pela série *Bone Season*. Will e Chloe, um agradecimento especial por vocês serem leitores tão dedicados e sensíveis.

Agradeço aos meus editores e tradutores do mundo todo por levarem *Temporada dos ossos* e *A ordem dos clarividentes* a tantos leitores. Um agradecimento especial a Ioana Schiau e Miruna Meirosu, da Curtea Veche, por me apresentarem à música de Maria Tănase.

Agradeço a Alana Kerr por ser uma Paige tão maravilhosa nos audiolivros.

Sou muito grata a Sara Bergmark Elfgren, Ciarán Collins e Maria Naydenova por me deixarem perturbá-las com perguntas sobre idiomas; e a Melissa Harrison, pela ajuda com a parte do estorninho.

Agradeço aos meus amigos por continuarem aturando minhas longas ausências no mundo real. Principalmente a Ilana Fernandes-Lassman, Victoria Morrish, Leiana Leatutufu e Claire Donnelly, que foram meu suporte este ano. Nunca achei que seria sortuda o suficiente para encontrar amigas como vocês.

E, por fim, agradeço à minha família pelo amor, pelo apoio e pelas horas de risadas. Eu não teria conseguido iniciar essa jornada sem vocês.

Impressão e Acabamento:
INTERGRAF IND. GRÁFICA EIRELI